JN001547

新潮日本古典集成

浮世床　四十八癖

本田康雄　校注

新潮社版

目次

凡例

本書は、式亭三馬の滑稽本から、庶民の日常生活を描写した傑作として、『浮世床』『四十八癖』の二作品を選んだ。

〔本文〕

一、『浮世床』は、吉田幸一氏蔵本を底本とし、ほかに同氏所蔵の初版本と判断される別本（初編）を参照させて戴いた。『四十八癖』は、国立国会図書館蔵本を底本とし、尾崎久弥コレクション（蓬左文庫）蔵本および校注者架蔵の零本を参照した。

一、常用漢字は新字体を、それ以外は正字体を用いた。異体字、俗字は通行字に改めることを原則とした。

一、かなの字体は、現行の平仮名・片仮名の字体に統一した。

一、仮名づかいは、原則として歴史的仮名づかいに準拠する方針を採った。発音を表すために工夫された表記、また作者の三馬自身に当時通用の仮名づかいについての軌範意識（参考）があって表記されたと考えられるものは生かした。

（参考）「仮字例　〇中を「もうす」訓　興立を「こうりう」音　と書ける類すべて婦女子の読易きを要とすれ

ば音訓ともに仮字つかひを正さず」（『浮世風呂』三編巻頭）。

一、序文は底本通りに表記した。

一、用言の送り仮名は、活用語尾を送った。

一、句読点は底本の区切りを参考にして校注者が付した。

一、ト書き形式の割注は底本表記に従ったが、その振り仮名は省いた。

一、原注のうち、右注は底本通り、左注は該当語の下に割注の形で入れた。

一、会話や心中思惟の語は括弧で括ったが、ト書きにかかる会話の受け括弧はつけていない。

一、底本中の会話文は初出に話者名と話者記号を付し、再出以降は記号のみの場合がある。これは底本のままとした。また話者名や話者記号等に誤脱がある場合は、頭注で断ってある。

一、底本の振り仮名は総ルビに近い形であるが、なるべく省略し、見開き二頁にわたって初出の語だけに付した。

一、『浮世床』は演劇における「場」にあたるようなまとまった場面をつないで構成されている。その場面を一段落として改行した。『四十八癖』は各話を一段落とした。

一、その他の表記

A　原文の片仮名小文字の表記は、これを生かした。

B　仮名の踊り字「ゝ」「〱」、漢字の踊り字「々」「〻」は底本の表記を生かした。ただし、振り仮名中の踊り字は用いなかった。

C　指示代名詞はなるべく仮名書きにした。ただし、特殊なものについては底本を生かした。

D　小書きで表記されている感嘆詞、終助詞、擬声語の類は、底本がわかち書きの場合もわかち書きにしなかった。

E　本文中の絵文字は底本を生かした。

F　本文読解のために必要と考えられる印章、絵印、図版の類はこれを生かした。また、この類を読者の便を考えて必要によって活字に読みかえたところもある。

〔插　画〕

一、『浮世床』の口絵は、底本に従って掲載した。ただし、口絵中にある会話文字は活字化して句読点を加え口絵下に添えた。

一、『四十八癖』の插画は、各話ごとに代表的な一葉を選び掲載することを原則としたが、一部省略したところもある。

〔傍　注〕

一、色刷りの傍注は読者の理解をたすけるためにつけた口語訳である。可能な限り本文と対応するようにつとめた。

一、本文に省略されている語句を補う際には〔　〕で、同じく話者を指示する場合には（　）で括って示した。

〔頭　注〕

一、近世後期の庶民生活とその風俗等を、適宜解説するようにつとめた。

一、引用文は原文のままを原則としたが、読みやすさを考えて、漢文を訓み下しの形に改め、句読点などの補いをしたところがある。なお引用文の出典書名の振り仮名は現代仮名づかいになっている。

一、本来、傍注で処理すべき口語訳を、頭注欄に移したところがある。

一、＊印は主に本文の鑑賞、批評のために用いた。

一、割注部分の語句についての注は、本文割注の各行頭に一つの注番号を付け、該当語句を〔　〕に入れて掲出した。

一、『浮世床』は段落ごと、あるいは会話の主題の転換ごとに内容を要約した小見出し（色刷り）を付け、『四十八癖』は各編に含まれている各話を一つの段落とし、原則として小見出しを付けた。

一、『浮世床』の口絵頭注欄には◇を使った。当時の大長屋の景を写す、近世後期の貴重な風俗史料であるので、読解のためにできるかぎりの説明を加えたつもりである。

〔解　説〕

一、三馬の「俗談平話」の文芸――それを通して庶民生活を活写しようとした創作の意図と、その卓抜した描写技術の成立の過程を明らかにするようつとめた。

〔付　録〕

一、本書両作品に共通する主要な舞台である、江戸後期の長屋についての理解の便を図るための資料として、必要と考えられる図版を掲げた。また、併せて初期の職業作家としての三馬の生活の理解のたすけに、日本橋本町三馬店の図等を載せた。年表は、三馬の生活歴と創作歴とが一覧できることを目的とした。金銭・物価等対照索引は、庶民の暮しの中での三貨の価値を知る一助とした。

浮世床　四十八癖

浮世床

柳髪新話自序　酔夢閣[一]

尺[二]も短く、寸も長きあるは、各物によりて用る利あればなり。唐山[三]の剃頭店、日本の髪結床、和漢唱のかはるのみにて、人情すべて同じけれど、世とおし移る髪の風。芥子[四]坊主の毛が薄くて、雅だと喜ぶ毛唐人、媽媽梳[五]の毛が厚くて、俗だと否がる日本人、おもひ〳〵の和漢の学問。過日も或儒先生、隣[六]の糂粏の唐贔屓に、大清中華と誉るの余り、いらざる隣[七]の貨を算て、他の国の大きい自慢、唐詩の白髪三千丈[八]、広いに縁て個の如く、髦髪までが長いであると、見て来た様なる国字解[九]。いかに人まで大きくいふとて、大体程もあるべきに、額の亘が一尺で眉間尺[一〇]と呼ぶならば、鬢が四間で閔子騫[一一]歟と訊問たれば、先生これには黙して止ぬ。其傍に国学者の在けるが、彼髪長媛[一二]から引出して、我大御国の古事来歴、お市[一三]が髦髪金山を七巻ばかりひんまいたる、童謡をさへ考訂て論ふ歟と思ひの外、聴耳

一　酒好きの三馬の戯号の一つ。
二　「尺も短き所あり寸も長き所あり」(『楚辞』)による。一五頁＊参照。
三　中国清朝の理髪店。
四　頭の周囲を剃り、残した髪を編んで後ろへ垂らした清人の髪型。弁髪。江戸期の子供の髪型にもいう。「毛唐人」は清人を指す。
五　油をつけず、たぼを出し刷毛先を散らしてまげを上へ向ける結い方。「山の神」とも。
六　隣の物はよく見えて。「糂粏」は糠味噌。
七　何の役にも立たない意の諺。
八　「白髪三千丈愁に縁つて箇の似く長し」(『唐詩選』)。「広い」は「愁」と語呂合せ。
九　国語による漢文などの解釈、解説。
一〇　中国古代の伝説的人物で、眉の間一尺、面三尺の巨人。『太平記』巻十三に見える。
一一　孔門十哲の一。「唐詩選に白髪三千丈とあるは…(略)ハテ論語にも鬢四間といふ人がある」(小松百亀『聞上手』大国)。
一二　応神天皇に召されたが、皇子大鷦鷯尊(仁徳天皇)に賜った、日向国の諸県君の娘。
一三　天明期の俗謡「新保広大寺」の替え歌「越後口説」に登場する女。歌詞の「(和尚が)お市毛饅頭で気がそれた」により、「髪長媛」のイメージを卑俗化した。「金山」は、佐渡金山と「髦」(前が高い髷)をふまえるか。

を聾て居たるは、流石に雄々しき日本心、吾[一]皇国の国風とはしられたり。されど、これにも考たがる癖ありて、国学大人、示ていへらく、「かみゐどん」とは髪結殿の訛れるにて、これをしも「ひつじ」[二]と呼るを、羊のかみをすくといふより、称へ来るとおぼえたるは、例の漢籍に泥る説歟。今按ずるに、ひは日なり、日髪[三]に結ふに拠る物ぞ。つは月の下略、是は月究[四]に留置く故なり。偖又、じとは是如何。其時[五]、先生些も騒がず。チト仮字は違へども、日髪月究の客多くて、朝から晩まで立続けに結て居る故、痔の無い者も痔持になる。これに仍てひつぢなるべし。又一説に、業のし字といへり。油だらけになるを想へば[六]、穢れるは是濁る也。其濁りをピヨイと打て、じの字なんぞはどでごんす[七]、と意味深長なるお考へ。御壱人前三十二孔[八]、各一癖ある所が、浮世の人情浮世床。百人会れば百[九]種なる髪の形と人の風。楽屋銀杏[一〇]の長きあり、蓮懸本田[一一]の短きあり。尺も短く、寸も長し。各其利に由て用ある所を、一個待つ間の搬子にて、おもひついたる趣向の一端。人の長短情譚[一二]に、通音[一三]をとりて咲すは、御存[一四]の戯作者

一 国学でいう「言挙げせぬ国（言葉に出して言い立てない国）」をふまえた。国学者による古学復興は、文化期に至り庶民の間に一種の流行をもたらすまでに盛行した。前作『浮世風呂』（文化六～十年）にも、万葉まがいの和歌を披露する「本居信仰」の女たちが登場する。

二 髪結の隠語。この本の書かれた文化八年の未年にも言い懸けた。

三 毎日、髪を結わせること。

四 一月幾らの契約で髪を結わせる。留髪。

五 「その時義経少しも騒がず」（謡曲「船弁慶」）による。

六 髪を結うには、梳き油をつけて梳き櫛で垢を取り去り、鬢付油で固める。

七 盃・箸・皿などを使っていろいろな形をつくる酒席の遊びの口上に擬した。

八 「孔」は穴開き銭、一文を指す。

九 諺「十人十色」、「十人寄れば十心」。

一〇 歌舞伎役者の髪の結い方の一。鬘をかぶるのに便利なように、鬢を低くとる。

一一 本多髷（中剃りを耳のあたりまで剃り、髪の根を引きあげて結う）に結って、髷を左または右に斜めにする。

一二 各種の人物の特徴、また、その世間話に。「情譚」を「冗談」にも懸ける。

心（だましひ）。在下（おのれ）が短き才をもて、長（なが）物語の這小冊（このせうさつ）、禿（ちび）たる[一五]毫（ふで）の毛をしめして（濡らして）、[一六]先一剃刀（まづひとかみそり）あてん事を想ふ（書き始めようと思う）。維時文化（これときぶんくわ）八年辛未皐月十日（しんびのかうげつとをか）。梳髪店（かみゆひとこ）に待屈（たいくつ）の間（いとま）。[一七]本町延寿丹（ほんちやうえんじゆたん）、並（ならび）に[一八]江戸の水の[一九]賈客両扮（あきうどふたやく）。

式亭三馬　戯題

一三 調子を合わせ会話文を工夫して。

一四『浮世風呂』で銭湯の会話を活写し、大当りをとった作者の自負を示す。

一五 筆の毛に墨を含ませること。月代（さかやき）を剃る時に水で湿すことを懸ける。

一六 戯作『浮世床』の執筆開始をいう。

一七 三馬は文化七年に本石町四丁目新道から本町二丁目へ転宅し、売薬店を開いた。「延寿丹」は仙宝延寿丹、のぼせ引きさげ、痰咳（たんせき）に即効ありという、京都・田中宗悦製法の売薬で、三馬店が関東売弘所（うりひろめどころ）となった。

一八 三馬新製の化粧水で、文化八年二月より売出し大いに流行した。「おしろいのよくのる薬」（『江戸水幸噺（えどのみずさいわいばなし）』）と宣伝している。

一九 戯作者と売薬店の主（商人）の二役。三馬はすでに蘭香堂万屋太治右衛門の婿養子として本屋を経営しながら戯作を書く「あきんど二やく」（享和二年刊『封鎖心鑰匙（びんとじようまえこころのあいかぎ）』）の生活を身につけていた。山東京伝が京橋に紙煙草入煙管（かみたばこいれきせる）の店を開いたのと同じく、家業と戯作執筆の二役兼業が発生期の職業戯作者の生活の姿であった。

＊ 儒者、国学者のハッタリを「尺も短い」とからかい、町人群像の会話を活写する自らの戯作を、「寸も長い」と、屈折した表現で自負している。

◇中央上部、「江戸 御町使 近在郷」と訓める看板（二二頁一二行）は、いわゆる町飛脚で、荷物も運んだ。当時、唯一の庶民の通信機関。

◇中央上部、「ひめのり有」の丸看板の右側に立てかけてあるのが山伏の具「梵天」（二二頁九行）だが、『嬉遊笑覧』等によると、町内の若者が端午に作り幣を指し、山伏を雇って持ち歩いて幣を配り銭集めをする使い方もあったようだ。

◇左端上部の井桁は井戸ありの印。その右側の「定」には「一 損料貸 日なしかし 一切不可入 月 日」とある。

◇「観易」の絵入り看板の下に「馬車(うまくるま)つなぐべからず」とあり、その左、和鋏(わばさみ)の絵入り貼札は今日の「小便無用」に当る。不心得者は「これだぞ〳〵」というわけである。

◇中央、味噌こしを手にした女性の背後に小松菜行商のもっこう（二二頁一〇行）。当の商人は、路地の奥のドブ板ちかく、菜を手に触れ売りしているように描かれている。その手前、疳虫封じの薬売りか。

◇一七頁上部右側から本文二二頁以下に登場する大長屋の住人たちの広告が並ぶ。「高砂ばゝ」（産婆）、「宋学舎寓居」（儒者宅）、「本

「をぢさん、あさりはどうだ。あさりむきん。」

道外科活田仲景」(内外科医)…、ただし、「常磐津黒文字」が五一頁八行以下「仇文字」となっているような、口絵と本文とのズレがある。また、大長屋の構図にもデフォルメがあるようだ。左端「御縁談御世話仕候 男女 御奉公人口入所 うば きまりや」、桂庵の看板。

◇上部右端、植木鉢のある所が外した表戸を置く「戸揚」。

◇中央、赤ん坊を懐にした大男。「女湯へおきた〱と抱いて来ル」(『柳多留』)。隣の年配の人物、大家か楽隠居か。

◇大男の背後に長屋の木戸。貼札は下の部分しか見えないが、一一九頁の口絵によれば暮六ツ(午後六時)の木戸の締切りを表す。ただし、一一九頁とは表記が異なっている。暮六ツ以降の出入りは、大家か番太に開けてもらうわけだが、その木戸の出入り口、さらに左下に「犬這入」(一二三頁六行)らしきものもみえる。

◇左下部の担ぎ商いの男は「麹屋」。時代は下るが『守貞漫稿』に「中秋以後、冬に至り売レ之。是当季茄子の糀漬を製す家多きを以て也」とある。「麹箱」を荷っている。

◇そのうしろ、櫛・笄で飾りたてた少女など、女性風俗は一般に美化して描かれているようだ。

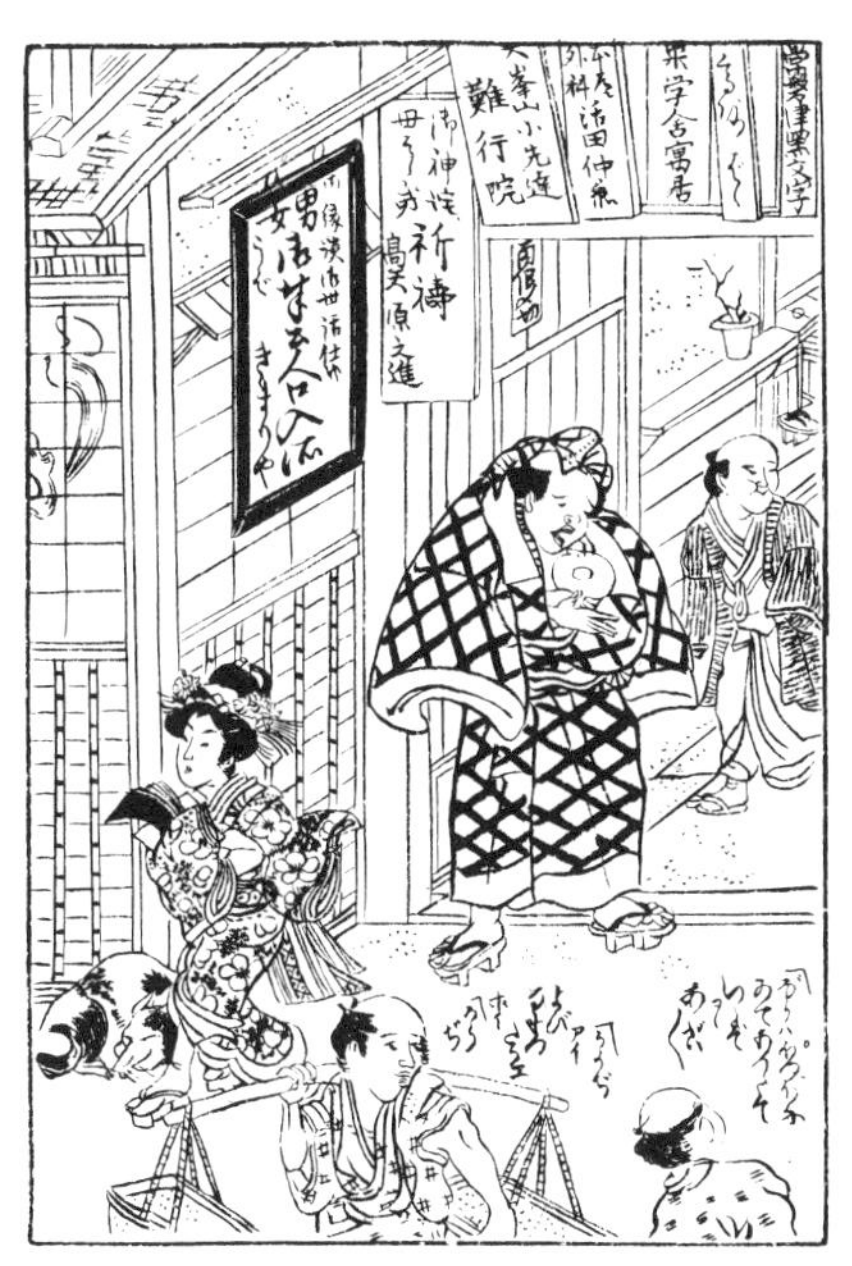

「ぼうはぽつぽにゐて、あつたでい、ぞ。ヲヽあぶい〱。

「からぢ、アイよびなすつたかヱ。ホイ「からぢ。

◇上部、二匹の猫をはさむ左右、物干台の下部か。「今世江戸民家の制、或は二階屋、或は中二階と号て、二階あれども低き家、或は平家と号て…」（『守貞漫稿』）。浮世床は、あるいは「中二階」程度の拵えであったかもしれない。

◇床の障子にもたれる男、歯磨きの袋を持ち楊子を使っている。「勇み肌の男」（二五頁一三行）にその姿態風俗が詳細に描かれている。

◇その下部、「およさん」（一七頁）を呼ぶ、麻の葉模様の着物の幼女。せりふのうち「からぜいがみ」は名筆家藤原行成の歌書の料紙にちなんで呼ばれる、雲母で紋をつけた色紙。

◇中央、火鉢を囲む若者たち。順番を待つ間の髪結床が、当時のクラブのごとき場であったことを教えてくれる。

◇中央下部、箒で掃いているのが浮世床の見習い奉公人「留」である（二五頁四行）。

◇瑣末なことになるが、浮世床の腰障子板の枚数が左右で異なり、板庇の厚みは一九頁とズレがある。

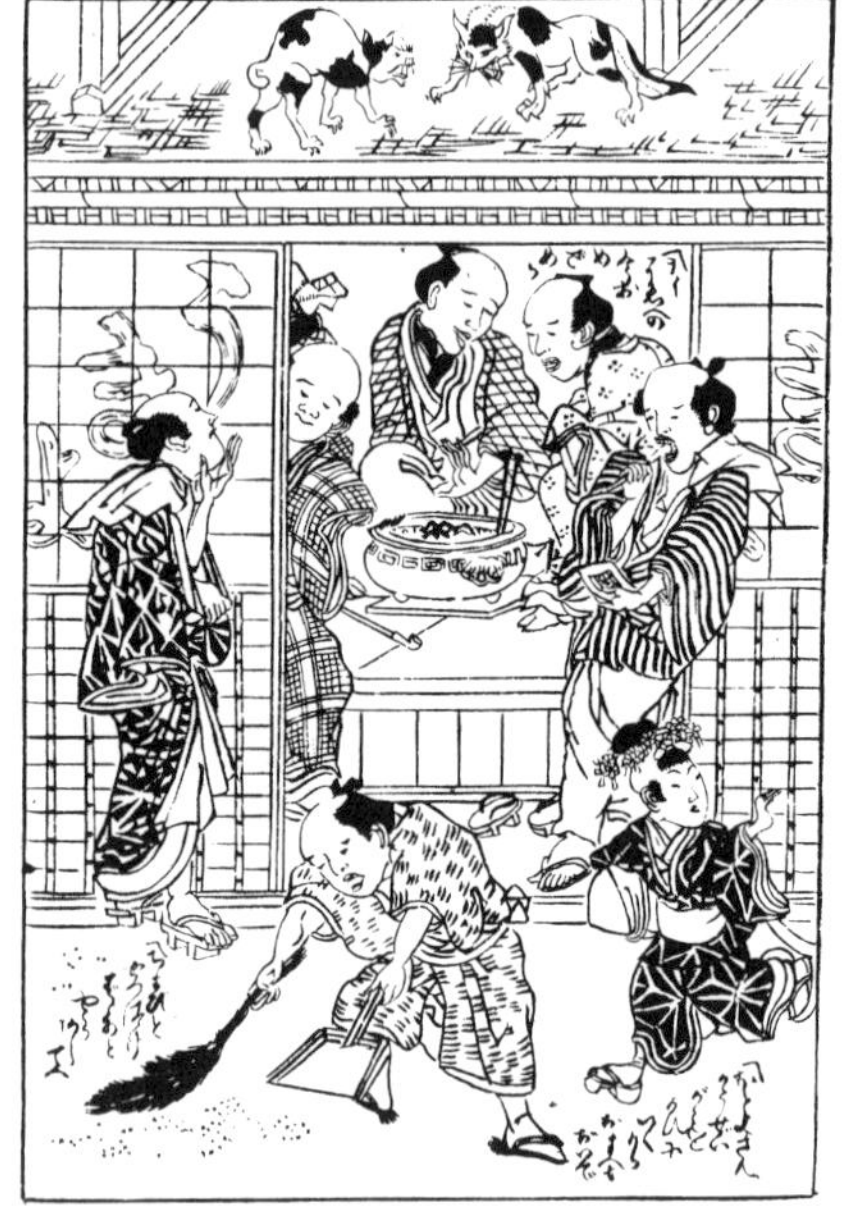

「およさん、からぜいがみをかひにいくから、おまへもおいで。

「ヲイはゝへの。今おめざめか。

「ちよびとやつつけ、ばゝあとやらかしてへ。

◇右端中央の男、朝湯の帰りか。
◇床のあるじ「鬢」の登場。そのせりふで、結ってもらっている客が「伝」であることがわかる。また「伝」のせりふ中の「遠い帳場」（作業場。野帳場(のちょうば)などともいう）によると、その職業は大工、あるいは鳶職であろう。髪の毛を目尻や眉まで吊り上げるほどきつく梳き上げるのも、職人たちの好んだ風俗。腰に煙草入を提げている。
◇梳き場の左、小壁の貼紙の文字判読しがたい。
◇屋根にこけら葺と瓦屋根（上部左端）の混在が目につく。江戸民家の屋根は、藁葺き→板葺き→その押えに蠣殻(かきがら)を使った蠣殻葺→こけら葺〈「屋根板と号て、長尺ばかり幅不同の亀扮板を重ねかけ、木釘を以て打付る是をこけら葺と云」（『守貞漫稿』）〉→瓦葺き、と大むね変化して行く。「火事早い江戸」の都市改造のためにしばしば出された幕令の結果でもある。浮世床の造りは、庇にみる限りでは、その「こけら葺」か。
◇下部の二女性、常磐津師匠と小女か。小女に湯道具を持たせている。

「べらぼうにとほいちやうばよ。」
「伝さん、けふはしごとか。」
「はやくおいでよ。」

◇あるじの「鬢」の伸ばした右手の先に元結、その下段に剃刀、砥石、鋏、櫛等の小道具。その下、歌舞伎の顔見世番付。

◇裁付袴をはいているあるじと二一頁股引き尻端折りの下職との着衣に描き分けがある。ただし、下職は本文に登場してこない。また二人それぞれの着衣の柄が二編では変ってくる。二人の間にあるのがケヤキ造りの台箱（八八頁五行）である。

◇右端中央、頬をふくらませて手鏡をのぞく男の前に灰吹。その左のせりふ中の「かほみせ」は十一月の歌舞伎顔見世興行。「三げん」は、堺町の中村座、葺屋町の市村座、木挽町の森田座。天保火災による浅草移転前の江戸三座を指す。

◇毛抜きを使っている男は、髪結床を遊び所としている人物か。四三頁七行参照。

◇下部、床を俯瞰する視点から店内のみでなく、その裏方までのぞく趣向。いわゆる楽屋裏で「鬢」の女房が客用の什器類のうち「猪口」に手を掛ける。その左に家紋入りの箱提灯が二つ。さらに、左、次頁にかかるのが神棚。瓶子に金幣の間に「大神宮様」を祀ってある。

「喜八さん、かほみせのひやうばんをきゝなすつたか。」
「アイサ、三げんながら、いゝさうさ。きついもんだネ。」

◇右上部の幼児の頭、「芥子坊主」の変型の一つ「やっこ」髪型か。せりふ中の「おゝしき」は犬をけしかける掛け声。「めんかぶり」は面のいい犬の意。「ありやりやんりうとい」の掛け声は、一七九頁五行参照。

◇下職に顔剃りをしてもらっている男が手にしているのが「毛受」である。その下部の三人、女郎からの文を見せてのろけようとする男、大あくびでこれを無視する男、「まづうけちん（先ず聞かされ賃）から先」とからかう男、滑稽本から落語に至るまでみられる常套的な場面設定である。

◇左端上部の男、本文中（四八頁）「すてき亀」の名で登場する男か。せりふ中の「がうけつ」はたくさんに、非常に（客が）、の意。「八公」は客の名か。

「ぶちこい〱、ヱ、おゝしき〱、いせやのよつとうらのめんかぶりとけしかけてやらう。ありやりやんりうとい。

「どうだ八公、すてきとさむいぢやアねへか。ヲヤ〱がうけつにたまつた。こいつはをさまらねへ。

「ヲットあぶねへ〱。ヘンちげへねえ。

「又あくびだ。あアあアあア引。にやん妙ひやうれんじやぶつ。

「コレ〱こゝのもんくがありがてへ。こゝを一ばんきかつし。

「まづうけちんからさきさ。

柳髪新話浮世床　初編　巻之上

江戸戯作者　式亭三馬　戯編

大道直うして、髪結床必ず十字街にあるが中にも、浮世風呂に隣れる家は、浮世床と名を称びて連牆の梳髪舗。間口二間に建列なる腰高の油障子、油で口に粘するも浮世と書きたる筆法は、無利な所に飛帛を付けて、蝕字とやらん号けたる提燈屋の永字八法。その一方は、大長家の路次口をひかへたり。且入口の模様をいはゞ、大峰山の小先達、懺悔々々の梵天は、雨に洒落ても御丹精を遺し、小松川の大束貢、冬菜々々の畚は、霜にもまけぬ無掛直をあらはす。されども不知半分価、お花三文嘘八百、軽庵口の口入所は、縁談の世話、印判の墨、孰を孰れ地口のごとく、御町便小使無用、孰を孰れ謬誤なるべし。尺蠖の屈めるは伸びんがための九尺二間に、寓舎と書きたる宋朝様は、当世風の小儒先生、渇しても盗泉の水屋に

一　「大道直うして髪の如く」(『唐詩選』)。
二　「この浮世風呂の隣は浮世床といふ髪結床なり」(『浮世風呂』四編)。以下、風呂、床をふくむ町内の世界が描写される。
三　二尺の腰板つきの、紙に油をひいた障子。
四　輪郭だけを書き薄墨をさす、二重文字。
五　なぞり書きを得意とする提灯屋の筆法。天明期以後は看板書きもした。「永字八法」は「永」字に備わる八つの筆法。書道の基本。

浮世床の近所合壁

六　多くの世帯を収容している棟割長屋。木戸内にあり、各戸は多く間口九尺、奥行二間(九尺二間)で四畳半一間に土間がつく。通路の中央に排水用の溝がある。口絵・付録参照。
七　奈良県吉野の修験道霊場・大峰山の峰入りの案内者で、「懺悔懺悔六根清浄」と唱える。「梵天」は、その案内者の振る幣束。
八　小松菜の大束の行商。「小松菜」は、東京都江戸川区小松川辺に多く産した冬菜。
九　三文花。仏前に供える安い切花。
一〇　口がうまく、信用できない周旋屋。桂庵。
一一　御町使、小便無用のもじり。「町使い」は手紙、物品などを運ぶ町飛脚。
一二　尺取り虫。「尺蠖の屈むは信が為なり」(風来山人『痿陰隠逸伝』、『文選』)。

汲ませず。勝母の里にあらなくも、親子喧嘩の隣を移すは、易に所謂山雷頤の、卦象と中てたる占やさんが、十有八変と筆太に見しらせたるは、転宅の数をいへる歟。本道外科と割つて書いたるデモ医者の表札は、和様に匙頭も想はれ、造作付売居ありと、べつたり書いたる張紙は大屋さまの書法正伝、さすがに律義を想像られぬ。灸する所の招牌は些し左りへ曲り、ひめのり有の標識は究て円し。或は四角の犬這入、或は三角の鳴子板、ひく三弦の稽古所あれば、鳴る尺八の指南所、士農工商混雑て、八百万の相借家。神道者は店賃の高天原に三十日の大祓を苦に病み、釈氏は如是我聞長家並の定規を守るかと、差覗く一棟は、げにも長々の浪人者、宿昔青雲の楷梯を路次版とともに踏外してより、猶いつまでか生の松、高砂婆とするしたる温婆の名さへ愛たきに、鉢植の松は寒気に摧けて、千歳の齢あぶなくも、戸揚の端に幾代をや経ぬらん。

早朝の景・隠居登場

栄枯貧福さま〴〵なる中にも、楽隠居と見えたる老人、紙衣羽織に置頭巾して大路次より出来たり、浮世床の門首に停立み　いんきよ▲トン〳〵

一三「渇しても盗泉の水を飲ず」（風来山人『放屁論後編』、『文選』）。「盗泉」は中国の泉の名。三馬は平賀源内の継承者と自任。

一四 飲料水（上水）を運んで売る商人。井戸水は雑用に使い、飲み水には用いなかった。

一五 中国の地名。母に勝るという名を嫌って曾子はその里に入らなかった（『説苑』）。

一六 言語を慎み飲食を節すの卦（『易経』）。

一七 筮竹の操作十八変で卦が出来る意。

一八「医者にでもならふという。これを号けてでも医者」（風来山人『天狗髑髏鑒定縁起』）。

一九 家主。地主の地面を差配し町用を勤める。

二〇 江戸者の尻癖、「左捻り」によるか。以下「曲り、円し、四角、三角」は縁語。

二一 板に竹管を吊り、木戸の開閉の際に鳴らす具。「鳴子板、ひく、鳴る」は縁語。

二二 祓、加持祈禱、占いなどを行う行者。

二三 願人坊主を指すか。代参、祈禱また街頭芸を業とする。「杓子定規」をふまえ「情誼」を懸ける。「如是我聞」は経典の冒頭の語。

二四「宿昔青雲の梯を踏失して天笠浪人と成りしより」（風来山人『風来六部集』序）。

二五「猶いつまでか生の松」（謡曲「高砂」）。

二六「岸の姫松幾代経ぬらん」（「高砂」）。

二七 紙子の羽織に丸頭巾をかぶり。

トたゝきながら サア〳〵起きねへか〳〵。遅いぜ〳〵。あて事もねへ。朝寝も程があつたものだ。髪結床といふものは早く起きる筈だに、馬鹿々々しい。ヲイ 鬢公、コレ 鬢さん起きねへか 奥の方にて主鬢五郎寝ほれたる声にて ●ハイ〳〵。▲サア 起きたり〳〵 見世にねてゐるとおぼしき下剃りする弟子をおこす 留や。起きねへか。ヤイ。ヱ、べらぼうめが。親方が寝坊だから、あの野良までが寝濃い トつぶやき居るうちに弟子の留吉そつとおきて出しぬけに戸をあけ とめ■ワッ ト大きな声して戸をあける ●いんきよびつくりしてとびのき ヱ、この野良め。おれには悑りさせをつた。恩を仇〔で返す〕とはこの事だ」とめ「ねつから恩なことはござりやせん。こつちはねむくツてならねへ。隠居さんこそ寝倦きなはるから、夜の明けるのを待兼ねなはるけれど、わつちらは寝たうちばかりが命の洗濯だア」いんきよ「何こいつが口功者な。命の洗濯よりは褌の洗濯でもしろ。紺縮緬か緋縮緬でもしめればいゝに、働のねへ。白木綿が今流行る茶返しのやうな色に為つて、蝨はうよ〳〵所か、どろ〳〵と群集する様子だ。そこらへ落とすな。ヱ、きたねへ」とめ「ひさしいものさ」いんきよ「コレ それは能いが、親方はまだ起きねへか。埒の明かねへ。あんまり夫婦中の能いのもこまつたもの

一「平生は朝未明より床を開き、日暮れ後二時間ばかりに床を閉づるを常」(『絵本江戸風俗往来』)とした。

二「鬢公」の名は、ほぼ同時に制作された『浮世風呂』四編中の会話に「あの位の手の利いた者は覚えねへ」と紹介されている。

三〔寝ほれたる〕寝ぼけた。

四〔下剃りする弟子〕床の弟子小僧。髷は親方が結う。髪結床の職人は「江戸にては二人或は三人も立つ」(『守貞漫稿』)。

五 人を罵る語。馬鹿、あほう。

六 寝坊だ。いぎたない。

七 正しくは▲印を用いるべきところ。
＊「隠居」は物識りでよく世話をやきたがる町人社会の一類型として描写される。
八 私らの訛。中流以下の男女用語。
九 白の晒木綿の六尺ふんどしが普通。職人などの「美を好むは紺縮緬平日紺木綿等を用ひし」(『守貞漫稿』)。就寝時は外す。
一〇 模様のある上を更に茶色に染めた生地。
一一 虱の幼児語。
一二 観音様(しらみの異称千手観音の意をふまえる)へ参詣の人ごみにたとえた。
一三 男女同衾の体を見立てていう。「そふした所は、年代記にある、山城のくにで頭ふたつ有る子をうんだといふものだ」(十返舎一

九『野良の玉子』)。

一四 歴史上の事件を年代順に書いた、通俗歴史年表。「年代便覧」「年代記事」の類。

一五 附け髪とも。禿頭の人がつける鬘(かつら)。

一六〔いさみはだ〕勇肌。侠気に富み威勢のいい言動、またその人物類型。江戸っ子の典型とされる鳶職(とびしょく)、職人など。〔焼桐の丸下駄〕桐台の表面を焼き茶色にした女性用の小判型の下駄。〔三馬製法の箱入はみがき〕三馬の諸作品に「箱入御はみがき代三十二文、五十文」という広告がみえる。三馬の商品宣伝。〔舌かき〕舌の苔をかき落す具。

一七〔かんぼくのやうじ〕肝木を削り先端をつぶし、鉄櫛ですいて房状にした歯磨楊子。〔水髪〕当時、職人等の風俗に「油を少しも附(つけ)ず、誠の水髪に成(なり)しも多し」(『塵塚談』)。〔たぼ〕髱。結髪の後へ張り出た部分。〔はけさき〕刷毛先。男髪の髷の先端。〔まげの一〕髷の元結を結んだところから後方へ出た部分。

勇み肌の男の話題

だ。山城(やましろ)[一三]の国にて頭(かしら)二ッある子をうむと、年代記[一四]にありさうな身(み)で寝(ね)てゐるだらう。あのまたかゝしもかゝしだ(かみさんもかみさんだ)。コレ早く起きなせへと云へ」とめ「隠居(いんきょ)さん、きつい苦労しやうだね」いんきょ「しれた事よ(当り前だ)。老(としがよ)ると物事が苦労になるは。コレ留。そこらをきり/\(てきぱき)掃(は)いて、湯を湧(わ)かして置きや。おれは行つて(風呂へ)来て剃(す)るぞ。ドリヤ湯へ一(いっ)ぱい這入(はい)ッてと。コレ誰が来てもおれが一番だぞ。外(ほか)の者を先へ廻すな(ト出て行く)とめ「それでもおめへさん。爰(ここ)に付いてお出(いで)なさりやァ能いが、湯の跡(あと)へお客が来りやァ、待たしちや置けやせん。(その客を)一番へ廻しやすぜ」いん「ウンニヤならねへ」とめ「そんな無理ばつかし」いん「それよりか早く起しておけ」とめ「モシ/\」いん「ウンニヤならねへ」とめ「モシ/\」いん「なんだやかましい」とめ「何だか落ちやした」いん「ナニ落ちた。何も落とす物はねへ筈だが」とめ「あたまの付鬢(つけびん)[一五]が」いん「べらぼうめ、頭巾(づきん)を冠(かぶ)ッて居(ゐ)るはい」「アハヽヽヽ(ト湯屋へ行く。この内鬢五郎も起出る)

▲一六いさみはだの男、わたいれの上へどてらを着て、ひぢりめんの細帯をしめ、女房の下駄と見えて、朱ばなをに焼桐の丸下駄へやつと足をいれてつつかけ、三馬製法の箱入はみがきをもち、舌かきの付いたる一七かんぼくのやうじでみがきながら来る。尤も髪の風は今はやる○たばねといふ髪なり○たばねとは油を少しもつけず水髪に結ひて、たぼをふつくりと出し「はけさきをばらりとちらして「まげの一を上の方へそらして結

一 〔一昨日の頃結ふたるやうに見ゆ〕結い立ては野暮として嫌った。粋な結い方。〔当時は〕現代は、今は、の意。〔ひたいをぬく〕額を広く見せるため生え際の毛を抜く。伊達男の風。〔丸びたい〕生え際をまるく剃った額。〔かゝアたばね〕一三頁注五参照。『浮世風呂』前編に「ひたひをぬきあげ、びんぎりかかあたばね、二十二三の男」とある。

二 葬礼は町内共同で行う。葬礼の供の帰りに仲間と、寺の多い山谷と接した吉原などの遊廓へ流れる例がよくあった。

三 例の。「えて吉」とも。ここは馴染女郎を指す。

四 結婚後、強くうるさくなった妻の卑称。

五 薩摩芋。「宝暦に至りて、上総下総及び諸国漸く多くこれを種ゆ」（『守貞漫稿』）。この頃焼芋が流行した。「今年は琉球芋が沢山な所為か、焼芋がはやりますよネヱ」（『浮世風呂』三編下）。

六 十六、百六十、一貫六百などを表す、魚屋、青物屋の符牒。ここは十六文。底本付訓「そくもん」は正しくは「そくろん」。

七 唖者。「唖」の訛。

八 「賽日」の訛。正月十六日と七月十六日の閻魔参詣の日。地獄の釜の蓋が開き亡者も苦痛を免れる日とされる。

一 ふなり。すなはち図のごとし。但し只今結立ての髪にても、一昨日の頃結ふたるやうに見ゆ。尤も、当時はひたいをぬくものなし。おほかたは丸びたいなり○たばねとよぶ名は俗にかゝアたばねといへりしを略したるものの歟。これは油気なくて手拭をかしらへまくにこゝろよきためとぞ○この風を按ずるに明和の末安永の初の頃行はれし髪の風に似たり。当時流行おの〳〵むかしにかへるなれば、髪の風俗もまたかくあるべき歟　▲

（はみがきのつばをはいて）いさ「鬢さん早いの」びん「ヲイ勇さんはやかつたの。二三日は仕事か。さつぱり見かけねへの」いさ「仕事なら能いけれど。ヘン人をつけにした。先一昨日、幽霊松が所の葬礼返りから、あいつが所へかつくらはしたと思ひねへ」びん「何所」いさ「ソレえてよ。此中付をよこした女よ（トあごでしやくツて方角をしへる）（○付とは手紙のこと）びん「ム、御ゆかり殿か。そして、いつ帰つた」いさ「昨日の晩帰つたァ。さうすると山の神めェ、琉球芋なら一本十六文宛もしべいといふ角を二本生やしやァがつて、いきなりに胸ぐらよ。不断ならはりくぢいてギウの音も出させねへンだが、此方が不始末といふもんだから、死つた唖を見るやうにだァまつ居たらば、斉日の性霊ぢやァあんめへし、爰ぞと思つたさうで、日頃の羽つぱたきを一時にしやァがつて、小言の候の、ヘン撰取つて十三文、すてきと並べやァがつた。人をつけにした。能い福の神ぢやァねへか」びん「アハ、、、そいつは小言八百に利を食つたといふ洒落だの。しかし〔廓には〕長く居(ゐ)なさんな。一三息子株(むすこかぶ)ぢやァあるめへし、一四流せば迚(とつて)も程があらァな。これがまた、ほんの(本当の)事(こつ)たが、尻(あと)の掃除(始末を)をして呉(く)れる親があるといふもんぢやァなし、とゞの詰(つま)り(結局は)は己(てんでん)(自分が)の身が痛し痒(かい)し(困るわけだ)だ。ノウ　さうぢやァねへか。おめへッちやァ(お前なんぞは)一五訳が分ッて居ながらつまらねへ者(もん)だぜ」いさ「そりやァ二文も承知(百も承知)だがの。一体(いつてへ)酒が悪(わり)いはな。から云つて、可愛(かはい)さうに酒に咎(とが)をなするンぢやァねへが(罪をきせるわけじゃないが)、つい一斤(一升も飲むと)きめると、一六野郎めェ、浮(浮かれて)いて来るもんだから、楷(はしご)とならァス(はしご酒)。ソレ　翌(あく)る日は天窓(あたま)が重てへとか、お頭痛が遊(あす)ばすとか云つてぶん流す(居続けるわけさ)か。ノよしか。己(うぬ)が内でも(わが家であっても入りにくくなる)敷居が高くなるといふもんだから、能(い)いは、一寸(いつすん)切られるも二寸斬られるもと云つた〔同じ〕奴が〔いつか〕、一七そちこち一八三寸となるやつだァな。ア丶モウ　つまらねへぜ。酒は翌(あした)ッから一九願(がん)酒(し)だ」びん「ひさしいもの(いつものせりふだな)よ」いさ「よく罰(ばち)もあたらねへぜなァ。二〇金毘羅(こんぴら)さまも成田(なりた)さまも、幾度(いくたび)だまかしたかしれねへ」びん「そりやァその筈(はず)よ、神仏(かみほとけ)は見通(みどほ)しだ。まただましにうせたな(やってきたな)ト、二一発(あたま)で請(う)けねへから罰もあてねへのさ」いさ「嘘(うそ)ァねへ(全くだ)。よろしく二二お讃岐(さぬき)申しやすだ。コウ　湯へ行つたか」びん

九 …でございますのといって。「…の候の」の略。
一〇 十三文均一店の呼び売りのせりふ。つまらぬことを言いならべることのたとえ。
一一 「山の神」をふざけて逆を言った。
一二 小言をさんざん聞かされた上に、利子を「付け」られたということだな。前行の「つけ」を本来の借り買いの意にとって洒落た。
一三 （富裕な）親がかりの息子の身分。
一四 居続けするといっても。「流す」は流連(りゅうれん)。
一五 ここでは、遊興と処世の道理。
一六 ここは酒を罵っていう。
一七 其方此方(そちこち)。そうこうするうちに。
一八 諺「三寸切られる気持」。重傷でもう助からぬと覚悟する。「三寸きられる心持でぶんながせぶんながせ」（三馬『小野篁譃字尽(おののばかむらうそじづくし)』）。
一九 神仏に誓って禁酒すること。
二〇 「金毘羅さま」は讃岐国（香川県）金刀(こと)比羅(ひら)宮の金毘羅大権現。「成田さま」は下総国（千葉県）成田山新勝寺の不動明王。
二一 頭で（頭から）。「発」の字を当てて初発から、の意を示した。
二二 お頼み。当時の金毘羅信仰の流行に基づく地口。「金毘羅さま」をうけていった。

一 とっさに名前が浮ばずこう言った。
二 義理を立て通すこと。
三 ずるくすばしこい者を嘲っていう。
四 「苫」。上から蔽う物の意で衣類の隠語。
五 金二歩（一両の半額）と銭四百文。四文銭を銭緡に百つないだので一本といった。
六 金二歩二朱（二朱は一歩の半額）。この頃、金一両銭約六千二百文替え（『両替年代記』）として、金二歩と銭七百七十五文。
七 本町二丁目の袋物商丸角屋次郎兵衛店。
八 同じ縞縮緬の上着と下襲とで二枚。
九 裾裏につける布地。
一〇 裾廻しの布が表と同じもの。
一一 着物の裏地で胴に当る部分。
一二 寺社の本尊神体を日を限って開帳して拝観させ、宝物を展示する行事。他国よりの出開帳が多く、本所回向院、音羽護国寺、深川永代寺、蔵前八幡、湯島天神等を借りた。信仰と行楽をかねてたくさんの人が集まった。
一三 歌舞伎芝居。訛って「しばや」。当時の庶民文化の中心に位置する娯楽。
一四 小判三枚を借りてみせた。「舌」は一両小判の隠語。形が似ているのでいう。
一五 こっちも必ず仕返しするぞ、の意。「荒神」は三宝荒神の略。どの家も竈に祀るので「同じ」。常に竈の煙を被る意から、けぶたい

「まだ」いさ「行つて来べい。ヲヽほんに、何[一]は来ねへか。蜂の野郎は」びん「来る〳〵」いさ「来る。あの野郎ア達入[二]のねへ猿[三]だぜ。見付けたら面の皮ア引めくつて呉れべい。此中、泣面をして頼むからの、聞きねへ、かゝあが衣装[四]を脱がした上にサ、おれがソレ過日、為公が前から買つた帯の、ソレおめへも知居らア、瓶助が弐分四百[五]に置いた流れ（質流れを）を、為公が弐分弐朱[六]で引取つて、急に金が入つた（必要になったので）もんだから弐朱損をしておれに売つたア」びん「ム、さう〳〵。アノ博多の帯か」いさ「さうよ。あいつアおめへ、丸角[七]だから物がめつぽう能いはな。あの帯と、かゝあが衣装を、他所行二枚[八]ス。こいつが縞縮緬で裾廻[九]しが黒と、（下襲の）一枚が引返し[一〇]で胴裏[一一]は紅絹の真新しい奴よ。開帳参[一二]と芝居[一三]と、あれが妹の所へ聟の来た時と、タツタ三度しきやアお晴（晴着として着ていない）をしねへときて居るから、（質入れすると）いくら値がつかないなんぼ付かねへと云つても、彼是が物はあら（結構な値にはなろうよ）うス。そいつを、おれが顔で（質屋の）番（番頭を）をくどいて、舌三枚[一四]とお目にかけたはス。直に、五日ばかり過ぎたら帰さうといふ筈（蜂の約束）が、けふで一月になるが猫糞さ。ナントあんまり達入（義理を知らないじゃないか）がねへぢアねへか」びん「ひどからうよ（たしかにひどいな）」いさ「ひどいは

人、気むずかし屋。

一六〔太織（ふとり）〕ふとおりの略。太く粗い絹糸で織った生地。〔あゐびらうどの紋付〕黒みがかった緑色の紋付の着物。〔すそからぼろをさげて〕着物がすり切れ裾から綿がはみ出し、ぶら下がっている。〔なぎなたなりのざうり〕履き古してのび曲った草履。

一七〔素読〕漢文に解釈を加えず、声を出して文字だけ読むこと。〔社盟〕門人。ここは寺子屋の子供。〔五六輩〕五六人。〔残念閔子騫（びんしけん）〕『論語』先進篇の「徳行は顔淵、閔子騫」による洒落。一三頁注一一参照。

一八〔むちや〕全く知らぬこと。無茶助。

一九 孔子の糞をなめるだけ、の意の命名。三馬は、医者、国学者等をも、屁理屈を並べるだけで常識のない滑稽な類型人物に仕立てた。

二〇〔なめげに〕失礼に。

二一「家兎」と共に『本草綱目（ほんぞうこうもく）』にみえる。

二二〔へこんで〕叱られて小さくなって。

二三 未詳。『春秋左氏伝』（左伝）の「抑々（そもそも）君は鼠に似たり。夫れ鼠は昼伏し夜動き、寝廟に穴せざるは人を畏るる故なり」（襄公二十三年）をもじったか。『左伝』は魯の史書『春秋』の注釈書。左丘明（さきゅうめい）の作に孔子の加筆と伝えられる。

孔糞先生登場し、学識をひけらかす

一五 こつちも同じ荒神（おんなこうじん）さまだア　ト湯へ行く
一六 あとより油でにしめたやうなる太織の綿入、あゐびらうどの紋付、すそからぼろをさげてなぎなたなりのざうりをはき、あたまはさかやきぼう〳〵、ひげむしやくしやとして、じじむさき事いはんかたなし。そのく一七 せに気象たかく、弁舌滔々として高慢を吐くは、素読指南の先生、社盟をかきあつめてやうやく五六輩に過ぎざる貧書生と見えたり▲残念閔子騫といふ古風なる口癖あり。生国はいづれ片田舎の者、遊学の間四五年にな一八 れど江戸のことはむちや也
一九 孔糞（こうふん）「どうだ主人、夙（つと）に起き（早起きし）、夜（よは）に寝ねて（夜業をして）、かせぐものだの」びん「ヤ これは先生さん。お早うございます二〇 先生といふてはなめげにきこゆると、先生さんと様をつけていふ也」孔「おれは清貧を楽しむ気だから早く起きる気もないが、家鹿（かろく）のために（ねずみに）起された。ヤあたけて（あばれて）〳〵どうにもならぬ」びん「嘉六（かろく）が酒にでも酔つて来やしたかネ」孔「この男は何をいふ。鼠（ねずみ）が酒に酔つてたまるものかハヽヽヽ」びん「へヱ わつちはまた筋向（すじむかふ）の嘉六が、例の生酔（なまゑひ）（ほろよいで）であたけたか（あばれたか）と思ひやした」孔「何さ。家鹿とは鼠の異名（いみやう）さ」びん「へヱ 鼠にも表徳（へうとく）（雅号があるもんですかね）がごぜへやすかネ」孔「表徳かはしらぬが、社君（しやくん）二一だの、家兎（かと）だのと種々（いろいろ）異名があるて」そばからさし出て とめ「左官（しやかん）だの壁だのとつけるも尤（もつとも）だネ。あいつが壁へ穴を明けちやア左官さ（左官を呼ぶ）わぎだ（騒ぎだ）」びん「べらぼうめ、だまつ居（て）ろ」とめ「アイ」二二 トへこんで門口をそうじしてゐる 孔「独居（どくきよ）して（やもめ暮しだと）居ると、鼠までが馬鹿に仕をる。二三 一屋無猫老鼠走白昼（いへにねこなければらうそはくちうにはしる）と左伝（さでん）にもある通り、

おれを侮つてどうもならぬ。[一]王粛が逐鼠丸でも欲しいものだテ」とめ「逐鼠丸とは京伝の本に書いてありやす。直さま買へやすはな」びん「馬鹿アいへ。あれは[二]読書丸だは」とめ「ホンニ さうだつけ」孔「ドリヤ 一ッ剃つてもらはうか」[三]トこし高のたらひへ湯をくみ、さかやきをもんでゐる びん「コレ 留。モット 敷居の脇を能く掃けヱ。いけぞんぜへ（なげやりなやり方のばかものだ）なべらぼうだ。いくら云つても掃落としやァがる」とめ「アイ」孔「[四]箒千里、惟留が掃かざる所なりだ。アハヽヽ 留は奥を潤し、床は身を潤すといふから、髪結床の隙には奥の用をたして、水でも汲むがいゝ」とめ「きつい（よけいな）おせ話さ。閔子騫めヱ」孔「ナンダ 閔子騫だ。ア 黄白には富みたいものだナ（金銭は持ちたいものだ）。汝が儕までおれを安んじをる（軽くみている）。ハテ 残念閔子騫」とめ「ヲット まづ一ッ閔子騫」三人「ハヽヽヽヽ [五]孔糞毛受をもつてこしをかくる。びん五郎は髪をとかす 孔「[六]むかふのかべに張付けてある寄せのびらを見つめてゐたりしが ハヽァ 竹本祖太夫、靍沢蟻鳳。ハテ おつな事があるの（風変りなことがあるのう）。漢には[七]賈太夫などといふも有つたれど、日本には奇しい。尤[八]秦の始皇帝が松に太夫の官を与へたが、竹に祖太夫の官をやつた古事も覚えずト（故事来歴もないことだ）。扨また鶴沢と置いて蟻鳳と対を取つた（対語にした）心はどういふ意であらうナ。コレ 主人、あの書いたも

一 魏の東海の人。『論語』・『左伝』などの解を著す。「逐鼠丸」は未詳。三馬の読本『阿古義物語』に「王粛が逐鼠丸を免れ、東坡が却鼠刀を逃れん事難しといえども」とある。

二 京橋銀座一丁目の山東京伝の店で売出した強精、記憶力増進の薬という。ここは先輩・京伝へのサービス。

三 〔こし高のたらひ〕足つきの木製金輪の小盥。〔さかやきをもんでゐる〕床の土間の片脇に水流しがあり、夏は水、冬は湯で、客自身が頭をしめらせる。

四 「邦畿千里惟れ民の止まる所」（『詩経』）、「富は屋を潤し徳は身を潤す」（『大学』）による洒落。

五 〔毛受〕剃った毛を受ける具。板の裏に桟がつき、客はその桟を持ち毛を受ける。二一頁口絵参照。

先生、寄席ビラに悩む

六 〔寄せのびら〕寄席の宣伝に、髪結床の壁と湯屋の水函（槽）の上の羽目板にはる。「ビラとは、びら〳〵の略語なるべし」（三馬『落話中興来由』）。一一七頁口絵参照。

七 賈誼。漢の文帝に仕えた学者。

八 秦始皇帝は風雨に遭った際身を避けた松に五大夫の位を贈った（『史記』秦始皇本紀）。

九 座敷や寄席で演ずる素浄瑠璃。

のは何にするのだ」びん「どれヱ」孔「あれ トゆびさす びん「あれは坐敷浄瑠璃[九]さ。祖太夫[一〇]に蟻鳳[一一]だから夕も三百[一二]ばかり這入りやした」孔「フム トはいへども根からわからず ハテナ おれは俗事に疎いから、とんと解せぬ またこちらを見て 今昔物語ト。何だ、朝寝房、夢羅久。フウ トかんがへ 林屋正蔵。ハテナ 風流八人芸。ハヽア これは所謂季氏[一三]が八佾のたぐひと見えるナ。この季氏も魯国の太夫だて。佾は舞列[一四]也。天子は八ッ、諸侯は六ッ、太夫は四ッ、士は二ッ、佾する毎に人数その佾数の如し」びん「モシ〳〵それは何の数でござりやすヱ」孔「是は八佾と云つて舞の数だ」びん「わつちはまた、おつに気どりやしたアハヽヽヽ。あれは、そんな六かしい物ぢやアござりやせん。八人芸[一五]と云つて一人で八人の芸をする盲人さ」孔「ハテナ 盲人ですら八人の業をするに、おれらは両の眼を持つてゐて、一人の行ひがつとまらぬとは、ハテ 残念閔子騫」とめ「そりや二ッ」三人「アハヽヽヽ」孔「あの何はどうかな、今と云ふ字の書いてあるのは」びん「ム、あれは今昔物語[一六]さ。朝寝房夢羅久[一七]、林屋正蔵[一八]、こつちの方が円生[一九]さ。どれも上手な咄家さネ トはなしてゐる所へでんぼう[二〇]一人ずつと来て立つてゐる びん「お早いの」でん「アイ

一〇 二世竹本住太夫。異名を八丁堀という。

一一 義太夫三味線。通称大坂屋小三郎。江戸に下り、晩年、太夫となった。

一二 「そく」は束、百の異称。

一三 魯国の太夫（家老）であった季氏が、天子以外は許されない八人八列の舞人を舞わしたことを孔子が非難した（『論語』八佾篇）。

一四 周代の舞人の一列。

一五 紙帳の中で一人で多くの鳴物（笛・太鼓など）を演奏し、声色を遣い、八人前の芸をする芸人。多くは座頭。見せ物芸として近世初頭から幕末まで盛行。文化の初め東新口が東両国の覗機関の箱の中で演じ流行した。

一六 烏亭焉馬らが天明六年以来催した咄の会は寛政改革政治を憚って「宇治拾遺物語披講」「狂歌戯号披露」等の名目で続行したが、ここも「今昔物語」と題している。

一七 初め三笑亭可楽門人、長物語人情咄の祖。天保二年没。三馬は夢楽の落語を滑稽本化し、『田舎芝居忠臣蔵』を本書と同時期に刊行した。

一八 可楽の門人で怪談咄の祖。二世鹿野武左衛門は合巻、咄本の作者名。天保十三年没。

一九 三遊亭円生。初め可楽、のち烏亭焉馬の弟子。芝居咄の元祖。天保九年没。

二〇 「でんぼう」伝法肌の男。勇み肌。

「そのつぎか」びん「まだ隠居さんが一ッ〔間に〕ある」でん「よし」孔「コレ主人、咄家とはどうしたものだ」びん「落話[一]をする手合さ」孔「ム、笑話か。笑話は漢がおもしろい。山中一夕話[二]の事を開巻一笑ともいふが、また格別だて。笑笑道人[三]が作つたものだ。まだ遊戯主人[四]が笑林広記[五]、和本にも岡白駒[六]が訳した開口新語[七]、あるひは笑府[八]のたぐひ。イヤどうも漢は違つたものだて。あの趣向をきやつ等（咄家とやらに）に教へてやりたい」（などゝいひたがるもの也。からのはなしを日本に訳し、あるひは翻案してあることはしらず[九]。こゝが村学究のもちまへ也[一〇]）びん「唐にも落咄がありますかネ」孔「あるとも〳〵。日本のやうな事ではない。甚だ巧なものだ」でん「（口を出して）唐はどうだかしらねへが、江戸の咄家はどれも上手だぜへ。夢羅久が咄すのは真の咄だぜのう」びん「さうさ。林屋（林屋正蔵の咄も）がのもおもしれへよ」でん「おらァ円生がおかしくて能い」びん「始終おかしいの」でん「夢羅久のは地が能い[一一]。どうも情合をうまくいふぜへ」びん「可楽[一二]は一世一代（引退興行を）[一三]をしたぢやァねへか」でん「それでもスケ（応援出演に）に出らァ」びん「助高屋[一四]（と同様だな）だの、一世一代をした跡がまた若がへるものよ」孔「コレ足下[一五]（貴殿の）の一世一代といふは誤だ。それでは重言（言葉が重なる）になるて。あれは一世一

一 烏亭焉馬等の咄の会に始まる江戸落語を指す。但し、「らくご」の称は明治二十年代に初まる。

二 明の李卓吾編『開巻一笑』の改題本。都賀庭鐘、鹿野野人の訳本が宝暦五年に出版されている。

三 『開巻一笑』の石渠閣重刻本（明代刊）に「一衲道人屠隆参閲」「笑笑先生増訂」「哈哈道士較閲」と署している。

四 清の人。『笑林広記』の編者。

五 中国笑話本。注八の『笑府』と分類も内容も大略同じ。改編本か。

六 岡田白駒。播磨の人、鍋島蓮池侯の儒臣。後、京に上り儒者。『小説精言』『小説奇言』の著者。明和四年没。

七 『訳準開口新語』。『笑府』など中国笑話、また漢文化した日本の軽口本の咄を訓読した。漢文訓読体笑話集の嚆矢。寛延四年刊。

八 中国笑話本。明末の墨憨斎馮夢龍編。我が国では、明和五年に懞憧斎主人訳（訓訳および翻訳）、安永五年に風来山人刪訳『刪笑府』刊行。

九 〔からのはなしを日本に訳し……〕中国笑話が日本で多数訓訳、翻案され、すでに安永・天明の頃から咄本にも入っていることに無知であることを示す。

度といふものだ。咄家々々と何でも家の字さへ付ければよいことと思ふが、咄家と云つては[一六]湯桶訓だ。咄は訓なり。家は漢音だ。呉音では家とよむてな。都て儒学は漢音、国学は呉音でよむが、また仏氏の方なども呉音でよむ。それは各別、笑話家とか、或は[一七]落句（話の落ちを妙味とするから）におかしみを取るゆゑ、落話家ともいへばよいに、咄家とは イヤハヤ 実に絶倒、ハ、、、。すでに[一八]古方家[一九]後世家は漢音、[二〇]二条家[二一]万葉家は呉音で唱へる。是等の事を弁へぬとは、ハテ残念閔子騫」でんぼう「そんなら咄家をやめて笑話家といひやせうね」びん「しかし、今のきいたふう（知ったかぶり）は何でも家の字を付けたがるよ」孔「口を能くしやべるものを多弁家、物を多く食ふ者を食乱家、或は飽食家」でん「酒をよく飲む者を飲家と云つちやア、夏うるさがる（〔蚤蚊みたいで〕）やうだの」孔「それが則湯桶訓だて。酒を呑むものを酒客、酒屋を酒家」びん「ハヽア 酒家が酒家ならば豆腐やは豆腐家だの」でん「提燈屋が提燈家で、煎餅屋が煎餅家」びん「馬によく騎る人を馬家と云つたら腹を立つだらう」でん「香をかぐ人を[二二]香家と云つちやア穢らしいの」孔「さういはれてはたまらぬ。コレ〳〵香を

一〇〔村学究〕視野のせまい田舎学者。
一一 会話以外の話の筋や心理の説明の部分。
一二 三笑亭可楽。江戸の寄席の開祖。三題咄の創始者で三馬と親交があった。天保四年没。
一三 芸能人の引退興行。生涯に一度、以後は演じない意。実際は一回とは限らなかった。可楽のこの「一世一代」は、文化八年春、両国柳橋大のし富八楼で開いた咄会（三馬『落話中興来由』）を指す。
一四 三世市川八百蔵。二世沢村宗十郎の長男。文化元年、二世助高屋高助となる。文化七年十一月顔見世では一番目市村座、二番目森田座よりスケで出演、両座掛け持ち。文政元年没。
一五 同輩に対する軽い敬称。
一六 上の字を訓読し、下の字を音読すること。「重箱訓み」の逆。
一七 漢詩の結句。絶句では結句、律詩では最後の二句の称。ここは咄のオチ。
一八 晋・唐時代の医術を伝える漢方医。
一九 金・元以後の医法を伝える漢方医。
二〇 藤原為氏を祖とする和歌の家元。京極・冷泉両家と対立した。
二一 万葉風の歌をよみ、あるいは万葉集の研究をする人。
二二 後架（便所）に通わせた。

かぐ、花をさすなどの詞(ことば)は古いけれど、まづ花を活(い)ける、香はきくといふが俗例(ぞくれい)[一]で、耳だゝぬてナ(耳障りにならぬな)」でん「香は鼻で嗅(か)ぐだらう」びん「さうさ。耳へ匂(にほ)ふはずがねへ」でん「耳できくものなら香をきくといふが能(い)いけれど、鼻だからかぐ方(ほう)がよからうぜ」びん「さうよ。鼻がきいて耳で嗅がう物なら、目が言(ものい)つて口で見物だの」でん「さう成(な)ると足で頭痛がして、〔釘を〕天窓(あたま)へ踏貫(ふみぬき)の用心だ」孔「コレ〳〵足下(そつか)のやうに言(ものい)ふては論が干(ひ)ない(果てない)。ア、こまつたものだ。是だから聖人[二]もおこまりなすつた事、想像(おもひや)られるテ。どうも度(ど)しがたい(救いようがない)[三]。アッア 夷狄(いてき)[四]に素(そ)しては夷狄を行ひ、郷(がう)[五]に入つては郷にしたがふだ。ア情(なさけ)ない、実に嘆息するのみだ。衆人濁酒(しうじんにごりざけ)[六]を飲まばわれも共に飲まねばならぬかい」びん「実に痰嗽(たんせき)[七]をするなら濁酒は毒だらうネ。それはおやめなせへ」孔「イヤサもう対人(あひて)にならぬて」でん「モシ〳〵もうちつとお講釈を聞きてへネ」孔「イヤ〳〵愚人(ぐじん)と論は無益なり。イヤ しからば（帰る）

引違うていんきよ来る びん「ヤ 隠居さんお湯かね」いんきよ「アイサ 朝湯は奇麗(きれい)で能(い)いが、ヤこむぞ〳〵。湯へ這入るならだまつて[八]はいれば能(い)い事を、兎角鼻唄(とかくはなうた)[九]だナ。

一 世間一般の使い方。香道では室町時代以来、「きく」という。

二 「子曰はく。唯女子と小人は養ひ難しとす」（『論語』陽貨篇）による。

三 諺「縁無き衆生度しがたし」（『譬喩尽』）。

四 「夷狄に素しては夷狄を行ひ、患難に素しては患難を行ふ」（『中庸』）。野蛮人の間に住まなければならないときは、つつしみ深く道を守って野蛮人をも道に感化させる、困難な状態に当ったときは困難に耐えて道を守り通す意。

五 「郷に入りては郷に随ひ、俗に入りては俗に随ふ」（『童子教』）。住んでいる土地の風俗、習慣に従うのが生活の知恵である、の意。

六 『楚辞』の「漁父」で、放逐された屈原にむかって漁父が「世人皆濁れば、何ぞ其の泥を淈(にご)し其の波を揚げざる。衆人皆酔へば、何ぞ其の糟(かす)を餔(くら)ひ其の釃(かす)を歠(すす)らざる」と言った。

七 「嘆息」との語呂合せをして茶化した。

湯上がりの隠居再登場

八 当時の銭湯は相当騒がしかったようである。「因(ちなみ)にいう、湯屋は総じて年季奉公

イヤ御免なさい　ト敷居をまたぎながら　ヤア爰も大入だ。コレ留、なぜおれを先にしねへ」とめ「それだつても、おめへさん遅かつた物を。その代り直に爰へお出なせへ」いんきよ「べらぼうめ。我に剃つてもらふ程なら何も急ぎやアしねへ。我がの（お前の）は剃るのぢやアねへ」留「撫でるのかネ」いんきよ「ウンニヤ引めくるのだ。この年になるが月代を引めくつたり、天窓を張倒したりするものは見たことがねへ　トいひながらこしをかける　とめ「よく揉んでお出なせへ」いんきよ「ナニ揉む毛があるものか。揉む程の毛があれば隠居しては居ねへ。それこそ色事（〔忙しくて〕）で目をまはすは。コレそれよりは一〇付鬢を揉くちやにするな。ソシテもつと叮寧にしやれ。今朝も枕もとに落ちてあつた」でんぼう「寝る時ははづして置くがいゝ。一一ヱヽ人をつけへにした（ばかにした）、褌ぢやアあんめへし」いんきよ「アハヽヽ」でんぼう「コウ今帰つた一二ぼくねんじんも大きな屎凝呆だぜなア（大馬鹿だよなあ）」びん「誰。ム、孔の字か」いんきよ「ム、一三放屁儒者か。あいつが何をしつて（何を知るものか）。まだ不思議に店を持通すがめつけ物よ（長屋を追われないのがせめてものしあわせだ）」でんぼう「ヱヽコウ儒者といふ奴は余程博識な者だと思つたら、一向しき（まるっきりの）な一四トンチキだぜ。一五ちんぷんかんぷんがどう仕

人の遊山場の如く、されば日暮れより近隣の年期者の浴し来たるや、その騒がしきこと半町四方に響きたり。従来湯屋規則一条に、騒敷こと無之やう、の明文ありといえども、誰一人読む者も無く、湯屋は一つのさわぎ場と心得たるものの如くなりし」（『絵本江戸風俗往来』）。

九　浄瑠璃、端唄の類が多かった。

一〇　二五頁注一五参照。

一一　隠居の返辞を先廻りしていった言葉。

一二　朴念仁。わからずや。

一三　形式・格式の上に安住して威張り、実力がないくせに学者ぶる学者。深井志道軒の講釈と平賀源内の戯作が作った語。「唐の反古にしばられて我身が我が自由にならぬ（中略）却つて世間なみの者におとれり。是を名付て腐儒といひ、また屁ッぴり儒者ともいふ」（風来山人『風流志道軒伝』）。これを三馬は棟割長屋の住人として具象化した。しかし、三馬のそれには細民の一人としての哀れと滑稽がある。

一四　まぬけ。馬鹿者。もと深川の岡場所言葉で、野暮や半可通を罵っていった。「とん吉」の「吉」の倒語。

一五　わけのわからぬ言語。儒者が難解な漢語を使うのを冷笑していう。

つッて、[一]近う倚つて後に御拝あられませうッ。開帳場のいひたてが譫言をいふやうに、高慢ちきな熱を吹いても、夢羅久や可楽の訳がわからねへス。あいつらがほんの[二]論語読の豊後しらずといふのだ」びん「能いはい〳〵」いんきよ「あいつらはおめへ、孔子の道ばかりしつても脇道へ切れるとぬかるみへ踏込むのさ」でん「孔子の道はおいて[三]王子の道も、ろくそつぽうにやアしるめへ」びん「唐のことばつかり探して足もとの事に疎いのだの。悪い病ひにとつつかれた。あの人は博物ぢやァ無くッて、平人よりは不足だぜ」でん「そしてあのざまを見ねへな。廊下へころぶと直に雑巾だ」びん「うさァねへ。あの人が内に居る時を見せてへ。古ゥい[四]見台を扣へて、洟をたらしながら講釈をするが」でん「ム、何か。[五]酒本飲太夫お[六]門出語りテテンテン〳〵か」びん「[七]十分芥太夫よ」いんきよ「あいつに講釈をさせるやつは、能く能く物をしらねへやつだらう」でん「講釈は何か、[八]関羽張飛字は孔明、[九]牛房切の鎗を捻つて縦横無尽と働きまする所に、遥左の方に備へを立てましたる所の兵には、誰ござりませうぞや。[一〇]櫓三枚の大立者、[一一]鍬形打つた

一 寺社の開帳で宝物や本尊の由来を説明する口上の最後につける極り文句。

二 「論語読みの論語知らず」に懸ける。「豊後しらず」は、豊後節（宮古路豊後掾が語り始めた浄瑠璃。世話物を主とし江戸で流行）を知らぬ田舎者、の意。

三 王子・飛鳥山への花見道。

四 書見台。支柱に板を斜めに取付けた台。

五 田舎者の江戸見物を趣向にした文化期の滑稽本『旧観帖』に、上野山下のよしず張りの稽古浄瑠璃の小屋で、大酒を呑みつつ語る「酒本呑太夫」のくだりがある。

六 簾内でなく舞台の床に出て浄瑠璃を語る「出語り」に門付けの意を加えた。

七 「すぶ」は、すっかり。孔糞先生の汚ならしさを茶化した。ごみ太夫は杓子を撥に味噌漉に箒の柄を棹にして出鱈目の口三味線を語る門付けの芸人。後年、中村芝翫が中村座で七変化所作事の一として上演し有名になった。

八 『三国志通俗演義』中の人物。関羽・張飛・諸葛孔明はいずれも劉備玄徳の忠臣。これを同一人物と誤らせたおかしみ。

九 軍談・講釈で名刀・槍を表す常套語「蜻蛉切り」「小豆切り」などをふまえ、「午旁の切口」（男色の隠語）を懸ける。

10 女形の座頭の異称。「（劇場の）櫓下 板

読まぬ大学・今川論議

る[一二]五枚じころの兜をさつくと着殺し、[一三]袷一かん半天股引」びん「ヲット 待つたり。[一四]どうした〳〵」「アハヽヽヽ」でん「うんにやよ。あのへつぽこめェ。大かたそんな事をぬかすだらう」びん「ナアニ そりやア軍書の[一五]講釈だ。あつちのは立が違はア」いんきよ「[一六]大学朱熹章句」びん「[一七]御亭主の曰さ」でん「ム、[一八]山高きが故に貴からずか」びん「馬鹿アいひねへ。ありやア大学ぢやアねへ、[一九]今川だア」でん「とんだ事をいふぜ。今川は大てん違だ。[二〇]夜鷹小便を好み、親子が殺生を楽しむ事ス。おらア能く覚居らア。ぬしがのが間違だア」びん「ナアニ よく考へて見ねへ。おれも子耳に聞はさんだ事だから、忘れておたまりがあるものか。ソレ 今川両親不足中ぬき。どこの両親も不足をいふ物と見えたぜ。今川の本にさへ両親不足と教へてあらア」でん「まちねへよ。ありやア愚息だぜ」びん「ナニ 不だよ」でん「ナニサ 不ぢやアねへ」びん「不でなくば為つたのだ」でん「ナンダ 為金か。おきやアがれ。とんだ将棋だ トいんきよの方にむかひ ネヱ 隠居さん。憚ながらわつちがいふのが実だらう。この亭子が情を張つても山高きが大学だネ」びん「ナアニ 大学ぢやアごぜへせんネヱ ト両方からきかれて

三枚を合せて中央には座元の姓名あり、左右の二枚に勤座の女形の姓名をしるす……女形の座頭をさして櫓三枚の大立者と云ふ則是也」(三馬『戯場訓蒙図彙』)。城郭の櫓を芝居の櫓にこじつけた。

一一 兜の飾りの正面の立物。金銅でつくる。

一二 五枚綴りの錏。兜の鉢の左右、後方に垂れて頸を覆う。

一三 袷一枚に半纏を着、股引をはいて。「袷一かん」は「裸八貫 褌一貫」の洒落。

一四 観客から舞台へのかけ声。

一五 軍書講釈。『川中島軍記』『太閤記』『漢楚軍談』などの類。

一六『大学章句』一巻。宋の朱子(朱熹)撰。

一七「子程子の曰く、大学は」のもじり。

一八 寺子屋の教本『実語教』冒頭の「山高きが故に貴からず、樹有るを以て貴しとなす」。

一九 室町時代に今川了俊が子の仲秋に与えた教訓書「今川了俊対愚息仲秋制詞条々」のこと。「今川状」とも。寺子屋の教科書。

二〇「今川状」の「鵜鷹逍遥を好み、無益の殺生を楽しむ事」をもじった「夜鷹小用を好む、此の隅、彼処の隅」(大田南畝『寝惚先生文集』中の狂詩「夜鷹小屋を過ぐ」)から引いた。「夜鷹」は最下等の街娼。

隠居もとより大学をしらぬゆゑ大きにめいわく いんきよ「ム、何(なに)、何さ。おれも年(とし)が老(よ)つたから記憶(ものおぼえ)が悪くて、それに根(こん)が薄くなつたから(根気がなくなったから)、うろ覚(おぼえ)だテ。イヤ〱今のは[一]両方ながら大学に有る〱」びん「それ見ねへ」でん「ヱ、こつちもいはねへ事か」びん「[二]太郎兵衛歩(たろべゑあい)びやれだ。モシ隠居さん。嬰児(がき)の時分覚えた事は忘れねへものさネ」いんきよ「さうよ。ヱ、今の何は、何さ。山高きが故に尊(たつと)からず、[三]川深きが故に立つて游(およ)ぐ」びん「さうさ〱。そんなことがありました」いんきよ「その川ばたに、[四]夜鷹(よたか)が出て居るといふ続きだつけ」でん「わかつた なるほど卜手をくみ やア、川端(かはつばた)だから夜鷹小便(せうよう)を好み」びん「なるほど、川ばたへ小便をすりやア、蚯蚓(めめず)だの目高(めだか)だのといふものが、小便(せうべん)の温(あつた)まりで死(お)[五]ちる。フム爰(ここ)だ」いんきよ「そこで殺生に成るはサ」びん「利屈(りくつ)だネ」でん「コウ〱まだわからねへことがある。ナゼ そんなら親子が殺生を楽しむ事といふだらう」びん「そりやア伝(でん)さん、お前らしくもねえ おめへでも有るめへ。ハテ 夜鷹といふものは、[口が]ばくばくした婆(ばばあ)もあれば、ひい〱[六]たもれの[七]新造子(しんぞつこ)もあらアな。ソレ 爰(ここ)にて親子といはうぢやアねへか。まづさ、物の道理(どうり)が」(でん)「ムゥ なるほど。さう聞い

一 両方の言い分を認めごまかした。

＊ 烏亭焉馬が天明四年四月二十五日、柳橋河内屋で宝合会の席上披講した落話「花のお江戸太平楽の巻物」下巻に『大学』「子ていしゆの曰」「今川両親ぐそく仲秋」などをでたらめに論ずる滑稽な場面がある。三馬はこれを参考にしたか(延広真治「太平楽巻物―落語は如何にして形成されたか」〈『芸能史研究』第三八号〉)。

二 どっちみち結果は同じ。「太郎兵衛駕籠歩びやれ」の略。寛政末年から文化にかけて流行した言葉。泥酔した太郎兵衛という男が駕籠に乗ったが底が抜け、やはり歩かねばならなくなった話に基づく(『川柳雑俳用語考』)。

三 『実語教』の「山高き…」(前頁注一八)をうけてでたらめの対句をつけた。

四 夜鷹の出る場所は、両国・柳橋・呉服橋外・護持院原(ごじいんがはら)(鎌倉河岸(がし))・愛宕下(あたごした)など。柳原土手が有名で往来の人を川端の材木置場の物陰に引っ張った。二十四文。

五 鳥獣虫魚が死ぬこと。

六 子供っぽい様をいう。

七 新造女郎(年の若い女郎)の侮称。夜鷹は「大略年は十五六より四十以上もある也」(『守貞漫稿』)。年功を経た、婆の夜鷹に較べ

て見りやァ筋は通居(とほつて)るといふもんだ。ネヱ隠居さん」いんきよ「さうさ」でん「なぜまたそんなしよむづかしい[八](しちめんどうな)事を云(い)つたもんだらう」いんきよ「まだまだ、おめへがたは若い。是(これ)が則ち因果の道理を弁(わきま)へさせる為(ため)さ。その殺生にも、仕(し)て能(い)い事と悪い事がある。既(すで)におめへ、むかし唐(から)[九]の唐人(とうじん)に、何(なん)とかいふ唐人の息子(むすこ)で何とかいふ人が有つての。是が大の親孝行よ。その親が寒(かん)[一〇]の内に鯉(こひ)が食ひたいといふ。ソコデいろ／＼手段(しゆだん)(手を尽したが)した所が、大雪は降るし、鯉はさつぱりと氷にとぢられてどうも取りやうがねへ」でん「取らずとも(「いい」)の事(こつ)ちやァねへか」びん「壱歩(いちぶ)[一一]出しやァすてきなやつが買へらァな」いんきよ「ハテ その金があれば何(なに)もいふ事(こと)はない。金のない所で苦労するから親孝行だ」でん「おいらァ一年中(いちねんぢう)金がなくて苦労するから、是も親孝行の内だらうス」いんきよ「それとは訳(わけ)が違ふ。おめへ達のはてん／＼(好き勝手に)に遣(つか)ふから無いのだ」びん「東西々々(とうざい)[一二]咄(はなし)の道を切るめへ(腰を折るめえ)。ソレカラ」いんきよ「扨(さて)その大雪の中をかきわけて池の端(はた)へ行つて見た所が、一面に厚氷(あつごほり)が張詰めてあるといふもんだから、爰だと、親の為には命も物(なにものぞだ)かはだト」でん「夫(をつと)[一三]ゆゑには石

て、まだ駈け出しの年の若い夜鷹もいる、の意。

八 「しょ」は強意の接頭語。

二十四孝は王祥の説話

九 中国の二十四孝の一人である王祥の故事。腹ばって池の氷をとかし、鯉をとって母親に食べさせた話。明和三年の浄瑠璃五段もの『本朝二十四孝』三段目に、この王祥の他、孟宗（雪中の筍）、郭居（黄金の釜）の三逸話を換骨奪胎して取り入れ有名になった。歌舞伎では文化五年五月、市村座で上演されている。またこの王祥の話は、安永九年刊の咄本『初登』の「不孝」その他に脱化して親しまれており、それらを種として髪結床の会話に仕立てた。次頁＊参照。

一〇 暦の二十四節中、小寒から立春までの約三十日間をいう。

一一 一両の四分の一。

一二 芝居・軽業など興行物の幕開きの際、舞台から観客に告げる語。東から西まで鎮まり給え、の意。

一三 領巾振山(ひれふりやま)伝説による。肥前の松浦佐用姫(まつらさよひめ)は朝命により任那(みまな)救援に赴く夫、大伴狭手比古(さでひこ)を送るにあたり、領巾振の峰から領巾を振って別れを惜しみそのまま石になったという。『万葉集』にみえる。

に為(な)つたる例(ためし)もあり」びん「東西々々」いんきよ「まづ何かなしに(何はともあれ)真裸(まつぱだか)になつて、その氷の上に寝ころんで居(ゐ)た」でん「そりやァどういふ了簡(りやうけん)だ」びん「果[一]報(かほう)は寝て待つといふ気だらう」いんきよ「何さ〳〵(いやいや)、さういふ浅はかな事ぢやァねへ。ソレ自分の骸(からだ)のあたゝまりで氷が解(と)ける。ノソレ解けた所で鯉を取らうといふ腹だ(考えだ)。ナント親孝行ぢやァねへか」びん「ア、わるい腹だ(ばかな考えだ)。氷が解けて、ひよつと落(おつこ)ちたらどうする」いんきよ「親のために命は損(おし)まぬ所さ」びん「親のために命は損まねへなら了簡せう(堪忍もしようが)が、もし其所(そこ)で落ちて死んだ時には鯉もとらず、その上にたつた一人(ひとり)の親が路頭(ろとう)に迷はう(暮しに困るだろう)ぢやァあるめへか。おらが了簡(考え)ぢやァまづ不了簡(考え違いだと思うがなあ)に聞えるはヱ。まづ第一氷がうまく解けた所(とこ)が、鯉が居(ゐ)ずはどうしたもんだ」いんきよ「それは居る事を承知さ」びん「それでも鯉が氷の下へばかり隠れて居たら仕方があるめへ」いんきよ「そこが親孝行の徳だ。ハテ天道[二](てんとう)さまが見てござるから、むだにはさせねへはさ。自然と感応[三](かんのう)して、鯉がひとりでに飛(とび)あがつて、氷の上でつかまるといふが孝行の徳だはな」びん「それはまァ孝行にもしてやらうが、

一 諺「果報は寝て待て」(好運はじっとして待ちなさい)による。

＊「親に不孝な息子の友達寄合ひ異見してかしやる。『おぬしはナゼあのやふに親に世話をやかしやる。昔は廿四孝といふて寒の内、筍(たけのこ)を掘出し、氷の中より鯉を取つて親の望みを叶へた人もあるに、ちと孝行にしやれ』といはれ、なるほどと感心して内へ帰り『おふくろ、筍をくわつしやるか』といへば、お袋肝をつぶし、『寒の内、筍がどふして喰わるゝものか』『そんなら鯉を喰わつしやい』『おぬしがそれほどに思ふなら、甘酒一つぱい呑ましやれ』といへば、息子腹を立て、お袋を大きにくらわし『廿四孝の内に、甘酒をくらつた親が、なにあるものか』」(『初登』)。

二 太陽。天の神様。

三 神様が孝行の真心に感じて加護なさる。

唐人は智恵がねへぜ。おいらならマアからうする。ナニカかゝさん、鯉が食ひてへ。アイ百も承知だ、待つて居なト云つて平[四]を持つて欠出すは。それはもう大雪は愚か、鎗が降らうが貪惜はねへ。料理茶屋[五]へ行つて六十四文[六]か、高々百出しやア、鯉の御吸物、サアおあがんなせへだ。いかに貧乏[七]でも百位な銭はあらうぢやアあんめへか」いんきよ「コウ〳〵おめへ達はそれだからいかねへ。仮令百の銭が有つても、料理茶屋がなくはどうしたもんだ」びん「唐だつても料理茶屋があらうサ」いんきよ「山家ときては、江戸近在でも魚類は不自由だよ。爰から三里[八]踏出して見なさい。場所によつて生魚は見ることもならず、鯵[九]の増塩をしたやつの辛くて一口もいけねへのを、大根をいれて煮て食ふはさ。僅三里違つても所によるとさうだによ。おめへ達は有がたいお江戸ばかり拝んで居るから、ういつらい事をしらねへ」でん「それはさうだらうが、まだありやす。その氷の上へ夜鷹を連行つて小便をさせはどうだ。ソレその温まりで氷が解けの、ナソレ鯉がぴよくり[一〇]ス。どうだこの智恵はおそろしからう。そこでこそ夜鷹小便[一一]を好み、親子

四　蓋のある平たく浅い椀皿。「平椀」の略。

五　文化期以降、江戸に現れた即席料理の店。客の人数に応じて簡便にみそ吸物、口取肴、二つ物（二品の組合せ料理）、刺身、澄まし吸物あるいは茶碗物、最後に一汁一菜の飯を出す。本格的な料理屋から煮売屋に近いものまであった。

六　当時、鰻かばやき一皿二百文、鰻飯百文、鰌鍋四十八文、鰌汁・鯨汁十六文。

七　芝居者の隠語で、文なし、貧乏をいう。

八　狂歌師、頭光の名吟「時鳥自由自在に聞く里は酒屋へ三里豆腐屋へ二里」（『万代狂歌集』）による。「江戸」は俗には文政元年の「朱引き内」「御府内」より狭い地域、東は大川、西は四谷大木戸、南は品川大木戸、北は神田川以内の範囲。特に内神田、日本橋辺を中心とする地域をいう。外側は農村地帯。「この茄子はおめへ、駒込だァ」（『浮世風呂』四編上）。

九　「鯵」字の旁は誤り。「三里」にひかれたか。

一〇　不意に現れるさま。

一一　三七頁注二〇参照。

が殺生（せつしやう）を楽しむ事だ」いんきよ「アハヽヽヽ、いやはや、あきれたもんだ。ダガ殺生といふ内にも今の親孝行が鯉をとるなどは、[一]殺生でも罪にならぬ」「そのまた[二]罪（罪つくりなひどいことを）になる殺生をする奴（やつ）は伝（でん）の野良（やらう）だ。コレ覚居（おぼえて）ろ。今朝（けさ）よく置（おき）逃（にげ）をしやァがつたナ（置去りにして逃げたな）[三]ト外からなりこむは、おなじ友だちにじやんこ熊トいふあだ名のあるいさみ　びん「ヤ　熊公（くまこう）来（いらっしゃい）さつし」熊「どうだ鬢（びん）公。早（はえ）いの。コウ　聞かッし。この伝野郎めナ、夕（よん）べ[四]二町目の曲門（まがりつと）で、ひよつくり逢つたからの」でん「コレヤイ〳〵　此（こん）べらばァ（馬鹿野郎め）[五]べらぼうはといふ詞也　長気（おとなげ）ねへ、[六]爰（こけ）へ来てしやべる事があるもんかェ」熊「能（い）いやい。おれが口だァ（口勝手だ）。熊さんの御口中が曇らぬ鏡ッ（お言葉に誤りなし）」でん「鬢公きかつし（聞いてくれ）。この野郎ナ、大道売（ずへどうり）の[七]砂糖漬（黒砂糖漬）を常住（いつも）なめつけて居やァがるから、言語（いひぐさ）は[八]黒いもんだ（口先き上手だ）」熊「コレよくてめ（てめえがぼやぼやしてるからだ）へ[九]寝ごかしにしたナ」でん「べらぼうめェ。うぬが気がきかねへからだァ。鬢公きかつし、夕（よん）べナ、手拭を一筋余所（よそ）の女（あま）が所（とこ）からへいつけて（かっぱらって）来やァがつてナ」熊「コレ〳〵　それをいはれておたまりがあるもんか（たまるものか）　トうしろから伝が口をふさぐ　でん「よせェ、よせェ。コレヤイ　息がつまらァ　[一〇]ト熊が手をはなす　でん「きものゝまへをあはせながら　吉ッ子と二ア人（ふたり）でナ、格子へぶつつかりやァがつたはいゝが（張見世の格子をのぞいたまではよかったが）、業恥（がうはじ）をはたきや（とんだ恥をかき）

一　孝行のために生き物を殺すのは仏教戒律の一つの殺生戒を犯すことにはならない。

二　むごい、残酷の意の「殺生」の意に解して、隠居の言葉に続けた。

三　〔なりこむ〕どなりこむ。〔じやんこ熊〕あばた（痘痕）面（づら）の熊さん、の意。

四　新吉原江戸町二丁目のこと。大門（おおもん）をくぐって左側の町。二丁目は京町にもあるが、俗に「素見（ひやかし）は江戸二から」といわれたことによる。

五　底本は左注。

六　髪結床はのろけ話の場。深川の遊廓を描写した『辰巳婦言』にも「是あくる日髪結床のだみそにあるべし」と三馬の言がある。

七　天門冬（てんもんとう）の根、夏橙（なつみかん）、杏（あんず）、文旦（ぼんたん）などを煮て砂糖漬けにしたもの。元来、薬屋で売った。

八　玄人である。練達者である。未熟を白いというの対。

九　（おれを）寝かしたままでうっちゃっておいて逃げたな、の意。

一〇　ト書き形式による「でん」の動作の説明。

一一　沢村源之助。和事（わごと）の立役。文化八年冬、四代目沢村宗十郎を襲名したが、翌九年、二十九歳で夭折。本書成立の頃が最盛期。

一二　気にさわるような。不愉快な。

一三　『浮世床』は、銭湯の情景描写に力点を

アがつた」熊「コレ そねむ(妬くな)ナ。諢名(あだな)はじやんこ熊でも、そこへ行つちやア源[一一]之助(色男)だア。全体あの女が」びん「ヲツト〱 東西々々、おらが内で、そんな咄(はなし)は出来ねへ。[一二]気障気(きざけ)な話は止(や)めたり〱」熊「なぜ」びん「ハテ おめへ達の駄味噌(手前味噌)を請居(うけて)るがつらい(聞くのはかなわない)。それとも、請太刀(うけだち)をして(聞き役を)呉(く)れろなら、請賃に、なんぞ奢(おご)るが能(い)い。ヲイ 伝さん、サア 来たり この内いんきよのあたま結ひしまひ、伝あくびをしながら、さかやきをもみて毛うけをもつ

作者曰(いはく)[一三] これより以下幾人客あるとも、月代をそり、髪を結ひ、順々に下剃にまはる事など委しく書くべけれど、わづらはしければ一々にはしるさず。さま〲の物がたりある中に、おの〲かはり〲に髪月代する事とおもひ給ふべし。且つ、くしけづらずしてはなしに来る人もあり。あるひは毎日あそびどころとして入来る人もあるべし。そのたぐひ一々にははしるさず。穿さくのくはしき御見物かならずとがめ給ふな

でん「ほんによ。能(い)い加減に、〔女に〕だまされ居(て)ろ。友達の顔がよごれらア」[一五]熊「へ、[一四]屎(くそ)でもぐんべい団(うちは)、こつちが、〔女を〕だましてやるのだア」でん「またつき出されて青くならうと思つて」熊「そりやアねへ(そんなことはない)。青くなりやア[一六]のろま人形で[一七]落(おち)をとらア。ヲツト [一八]のろまは口から高野ッ[一九]トかういふ身で 舌を出す いんきよ「あたまをなでながら おめへ達は能(い)い元気だのう。うらやましい。おれも今二十(もう二十歳ばかり)だに若くんばお対手(あひて)といふ気だが、年老(としよ)つては埒(らち)は明かねへ(しかたがない)。ドリヤ 是(これ)から[二〇]色の所へ行つて逢つて来ませう。おらが[二一]花は[二二]惣花(そうばな)にしても三十六文(もん)ですむ」でん

置いた前作『浮世風呂』と異なり、ここで断っているように、以下、髪結いの情景描写はない。主人の鬢五郎も下剃りの留吉も客と一緒に雑談にふける。髪結床の描写よりは「さま〲の物がたり」を主眼とすることを、ここに明記しているのである。

一四 ざまをみろ、の意。「屎でも喰らへ」に「軍配団扇」の訛語を懸けた洒落。

一五 遊女から絶縁される。客として登楼することを断られる。

一六 道化役に使う人形。「其むかし江戸和泉太夫が芝居に野呂松勘兵衛といふものあり。頭平に色青黒くして其さまいやしげなる人形をつかへり是をのろま人形といふ」（三馬『交無疑安売(まじりなしたわけのやすうり)』）。

一七 当りをとる。好評を博する。

一八 うっかりしゃべれないぞ、の意。諺「のろまは口から高野へ行く」の略。愚者は口が軽いのでそのため禍を招く（出家するはめになる）。

一九 〔身〕身振り。

先立った婆どのの話

二〇 馴染みの女。情婦。

二一 祝儀。心づけ。

二二 遊里で、客がその楼の一同の者に祝儀を出すこと。

「どこへお出なはる」いんきよふところから を出して「是々よ」熊「ム、お寺参りか。おめへさんの花は四文花だ[一]ネ」びん「ナアニ〔ケチな〕隠居さんが能[二]うかし四もん花へ。三[三]文花を十文買つて四[四]文銭七文置く風だ」いんきよ「コレ さう悪く云ふめへ。是でもはづむ所では随分切れて見せるよ（金離れがいいんだよ）。今年も本堂の家根が痛んだから、檀[五]方中を廻つて勧[六]化して上げた」でん「おめへさんは、歩行いたばかりで金は出さずだらう」いんきよ「それで承知するものか。おれが端[七]棒で付いて見せねへぢやアいかねへはさ（初筆をつけて見せなくちゃあ）」でん「端棒ぢやアねへ端[八]張りだ」いんきよ「コレ 正金（現金で）で七両二分といたんだは（〔懐ろが〕傷んだよ）」びん「それぢやア密[九]夫だ」いんきよ「なんでも能い。おれ一人を守つてくれた婆どのが、〔あの世へ〕先へ行つてお世話に成居るから」びん「モシ婆さんになつて亡ッた跡は力も落ちやすめへ」いんきよ「それは年老つて見ねへぢやア心もちがわかるめへ。何だつても恩[一〇]愛だものを」熊「それぢやア時々思ひ出しなさるだらうネ」いんきよ「思ひ出すとも。その筈だはサ。おらが息子殿などは、お上[一一]下や帽[一二]子襠で仲[一三]人に謡をうたはして持つたは〔女房を〕。ノおらが御婚礼は下[一四]女の引越の様にして、仲人が葛

一 一束四文の墓前に供える花。前頁末行の「三十六文」で九束。四文銭九枚（文）の勘定になる。

二 どうして四文花なんぞ買うはずがあるものか。

三 墓前に供える一番安い花（一束三文）を十束。

四 明和五年新鋳の四文真鍮銭を七枚。三十文のところを二十八文に値切ることになる。

五 檀家中。

六 信仰のため人々に勧めて浄財を寄附させること。

七 寄附の奉賀帳の筆頭に金額、名を記すこと。

八 見せかけだけ。虚勢。奉賀帳の筆頭は名目だけの場合が多い。

九 間男が夫に払う姦通の謝罪金の相場は金七両二歩と決っていた。

一〇 夫婦の縁は二世という。愛情にひかれる人間の執着心も殊に深かろうというものだ。

一一 裃を着て。

一二 （花嫁は）綿帽子、裲（小袖の上に打ち掛けて着るもの）をつけて。

一三 江戸期の庶民の婚礼では、仲人が謡曲「高砂」の一節をうたうのが恒例。

籠(ら)を脊負(しょ)つて左(ひだ)りの手に鉄漿壺(おはぐろつぼ)[一五]を提(さ)げて、右の手に酒を一升(いっしゃう)さげて来たは。イヤまた恥[一六]をいはねへぢやァ利が聞えねへ。ソコデ おれは商(あきなひ)から帰つて、今に大かた花嫁が来るだらうと思ふから豆腐(とうふ)を小半挺(こはんてう)[一七]買つて来て鰹節(かつぶし)をかい居(て)る所(とこ)へ御輿入(おこしいれ)よ。それから仲人が指図(さしづ)して直(すぐ)に花嫁が茶釜(ちゃがま)の下へ焚付(たき)ける、仲人が味噌[一八]を擂る。ソコデ 仲人の懐(ふところ)から出した三枚の鯣(するめ)を焼いて、三々九度(さんさんくど)[一九]よ。ナント どうだ。それから辛苦して取立てた(作り上げた)身上(しんせう)だから、あの婆(ばゞあ)どのも能(よ)く骨を折つて呉(く)れた人さ。南無阿弥(なんまみ)。ホイ 是はしたり。我(われ)しらずお念仏が出た ハヽヽヽ。ドリヤ そろ〳〵支度(したく)して参りませう。跡月(あとげつ)(先月)参らねへから色(いろ)が待つて居るだらう」びん「よく拝んでお上げなせへ」いんきよ「またから〔おれを〕かはうと思つて、ヤどなたもおゆるりと。コレ 留(とめ)、けふは大分(ずいぶ)剃塩梅(すりあんばい)が能(い)いはい。土産(みやげ)を持つて来るから待居(まつて)やれ」留「へ、椎実(しいのみ)一袋 タッタ四文(しもん)[二〇]」いんきよ「四文でも見やれ、廿八文の天窓(あたま)が三十二[二一]文に付くは」留「へ、今時廿八文持つて来る人は隠居さんばかりだ」いんきよ「やかましい最(もう)止(や)める ト出てゆく

一四 荷ひとつ担いで。手軽、簡便なことにいう。

一五 お歯黒の液を入れる壺。お歯黒は鉄片を茶または米のとぎ汁の中に浸して酸化させ、酢、酒等を加えたもの。女性は結婚後はこれで歯を染めた。

一六 その身の恥になることでも、それを言わなければ真実が理解されない、の意。諺「恥を言はねば理がきこえぬ」。

一七 四分の一丁。「小半」は通常、四分の一を表す語。例えば「二合半(こなから)」など。江戸の豆腐は大型で、縦五四センチ、横二八センチの箱で製したものを十丁、または十一丁に切り、一丁五文または六文に売った。

一八 粒味噌が普通。擂鉢ですり、料理に使う。

一九 婚礼の儀式。花婿と花嫁が三つ組の盃で三度ずつ三回盃を献酬(けんしゅう)する。

二〇 物価の最小額。一文というに同じ。「大約江戸小価の物は四文より四十八文六十四文と凡て四を積て価とする事四当銭を専用する故也」(『守貞漫稿』)。

二一 この頃の髪結賃は三十二文(一四頁自序参照)。二十八文はそれ以前の髪結賃の金額である。髪結賃は明和五年に四文銭が鋳造されてから二十四文、その後二十八文が長く、文化以降は三十二文に定まった。

熊「気の能い隠居だのう」びん「けつこうだ」熊「息子が仕合せだぜ」びん「あの息子も、よく拵いで（稼いで）利口者だから、身上は大丈夫だ」熊「親子ながら仕合といふのだの」びん「どうもさくゝて（気さくで）能い」でん「あれでも若い時には〔色事に〕金を遣つたらうか」びん「ナアニ そりやアねへのさ」熊「只口ばかりサ」びん「口には物がいらねへ（口だけなら金はかからない）。それだから利口だはな」でん「通人[一]だの通り者だのといふ奴は全体野暮だぜ。その証拠には皆身上茶々むちやくだ（財産がめちゃくちゃだ）」びん「野暮だ／＼といふ人は身上をよくして人にも笑はれず、間には貧乏な奴を救つてやつたり何角する。おらアその方が通り者だらうと思ふ」熊「おれもその気で通り者を止めべい」でん「うぬが何国に通り者だ。トンチキ[二]、ごつぽう人[三]、だりむくれのよい／＼（酔っぱらいの中風病み）といふのだ」熊「コレ 先刻からだまつてりやア能いかと思つて [四]声色になり 最う了簡がア（我慢が） ト [五]にぎりこぶしのやぞうでひたいぎはをこすらうとする びん「コウ／＼ あぶねへ／＼、切つたらどうする」熊「なんの此様[六]な〔おまけに〕あたまの一ツや二ツ出来合にいつくらも有らア（既製品にいくらも）。かゝあたばねに兀ツちよを付けて三[七]十八文」でん「べらぼうめ。御誂向[八]の天窓だア」熊「親父やお袋に最と能く

一 人情の機微に通じ、社会万般の事柄を心得た練達の人。特に遊里の事情に精通した人をいう場合が多い。「通り者」も同じ。その反対が「野暮」。

二 まぬけ。馬鹿者。三五頁注一四参照。

三 業報人。悪業の報いを受くべき人の意から転じて、人を罵倒する語。

四 〔声色〕歌舞伎役者の声色。「身振り」を伴うのが普通。専門の声色遣いもいたが、宴席の素人芸として江戸期に広く行われた。

五 〔にぎりこぶしのやぞうで〕握りこぶしでやぞうをきめて、の略。頭をこぶしではさんでぐりぐりやること。

六 人形頭（操り人形の頭）に見立てたか。

七 三十八文店の呼び声に擬した。この店は、小間物類を四つ辻、橋詰などの大道に莚を敷いて並べ「なんでもかでもよりどつて三十八文あぶりこでも金網でも三十八文…」と呼んだ。文化六年暮より流行（『式亭雑記』）。

八 注文してつくらせた頭。既製品でない。

九 二十四輩参り。親鸞上人が東国に下るとき選んだ二十四人の弟子の旧跡を巡拝すること。

誂へればよかつた。伝が天窓も凸凹のある、いめへましい形だナア」でん「じやんこよりは罪が軽い」びん「軽いかしらねへが、髪結には罪が重てへぜ。コレ見さつし。剃刀の遣へねへ所があらア。名所旧跡（山あり谷ありこみいった頭だ）しつかりだ」熊「九二十四輩はこれが天窓ア廻ると、「どきうせき」は済むぜ」でん「どきうせき、アレみや（見な）。たま〳〵云やア、あんな凝をぬかさア（馬鹿を言うよ）。御旧跡だア、べらぼうめ。一〇楊弓場ぢやアあんめへし。土弓席ッ」熊「へ一ばんきめたナ（一本とったな）。こつちは宗旨が違はア（矢取女の趣味はない）」びん「トキニ何宗だ」熊「宗旨は代々一一山王さま宗」でん「馬鹿ア云やな。それは産神さまだア（氏神様だよ）」熊「何でも構はねへ。山王さまは、おれが贔屓だから、おれが宗旨にして置かア。一二南無阿弥陀仏や南無妙法蓮華経ぢやア威勢がねへ（〔山王祭のような〕）。コウおらア何にも願はねへがナ、おれがマア二三百年も過ぎて死んだら、一三輿を人形屋へ誂へて一四[図]のやうに拵へさせてナ、そいつを牛車にのせて一五馬鹿囃子よ。ヨシカ。一六施主や店受には、一七赤熊で面をかぶつて、「ひよつとこ」を踊つて貰はアス。さうしたら一八親分も音頭を取つて呉れようから、友子友達が一九手木前で二〇輿樗をやらかして呉れよう物なら、

一〇 短い弓と矢で的を射る遊戯場。矢取女が客の相手をした。「土弓席」も同様。

一一 現在の千代田区永田町の日枝神社。山王権現社。その氏子であることを仏教の宗旨に擬していった。六月十五日の山王祭は、九月十五日の神田明神の神田祭と、隔年に本まつりが行われる江戸の二大祭礼。

一二 浄土真宗、日蓮宗を指す。

一三 祭の神輿。山車。

一四 万度、万燈。木枠に紙をはり、文字、紋章を書き長い柄をつけたもの。山王祭にも多く用いられた。

一五 江戸の祭礼時に行う囃子。笛・大太鼓・小太鼓・鉦などを使った賑やかなもの。馬鹿面踊りを伴う。葛西の里神楽から変じたもの。

一六 葬式を出す喪主や借家の保証人。

一七 赤毛の鬘にひょっとこの仮面をかぶってする滑稽な踊り。馬鹿囃子につきもの。

一八 熊の職業である鳶職の親方。

一九 手古舞。祭礼の行列で、芸妓が男装して神輿の先導をすること。「手古」は初歩的な木遣の曲名の一。

二〇 木遣歌。大木を運ぶ時の音頭から始まった俗謡。ここは、鳶職による祭事、仏事等の儀礼歌。

おらァうかむぜ(成仏するぜ)。ホンニヨ。今つから遺言にして置かァ。若間違ふと幽霊になつて取付かァ」でん「てめへの面で幽霊はをさまらねへ(しっくりしない)」びん「あれは音羽[一]やの様に好い男でなくッちやァはへねへ(映りがわるい)」熊「チヨッ なんでもけち付だナ。そんなら仕方がねへ。化物で出て呉れべい」びん「てうど能い。野暮が化物に為つて出りやァ箱根[二]から先だ」でん「所詮江戸ッ子にやァ取付けね(取り憑)ヘス(けないさ)」

すてき亀の登場

▲「なんの江戸ッ子まがひめェ。こんな野郎があるから江戸ッ子の評判記[三]が悪い　[四]ト入来たるは、すてき亀といふあだ名のある人、何ごとにもすてき／＼といふ口ぐせあるゆゑなり　びん「サア／＼ 敵は大軍となつて来たぜ」熊「[五]その時熊さん少しも騒がずサ」亀「なんの。だらしもねへくせに　[六]しだらがないトいふ事を「だらし」がない、「きせる」を「せるき」などいふたぐひ、下俗の方言也　[七]何でも四文と出たがるから(何にでも口を出したがる)不便だ」びん「コウ でへぶをとなしいの」熊「何さ。何疋居ても「ひい／＼たもれ(世間知らずの小娘)」だ。まだ[八]鬼渡しや草履隠しをする仲間だはな。[九]紺地利面の褌をしめれば見せたがる手合だ。ヱ、とほうもねへ(あきれはてた)。何程する物だ。高が壱分か一分弐朱[一〇]ヨ。直打のしれた(底が割れているのに)やつを大愡らしく(もっともらしく)見せたがるのは、見えよりは(見栄どころか)外聞にかゝは(聞えが悪い)

一　二代尾上松助の屋号。文化六年二代松助、同十一年梅幸、同十二年三代目尾上菊五郎襲名。容姿すぐれ、粋な江戸っ子に扮することに妙を得た。嘉永二年没。

二　箱根から東に野暮と化物はない。江戸の文化を誇る俗諺。

三　「役者評判記」(歌舞伎役者の技芸、容色を品評した冊子の類)と懸けた。「評判」に同じ。

四　〔すてき〕素敵。数量、程度などの甚だしいこと、ひどい、などの意の流行語。

五　一四頁注五参照。

六　〔しだら〕有様。ていたらく。

七　諺。「何でも四文と出る」。

八　鬼ごっこと、鬼が草履を捜し出す児戯。

九　俠を気取る若者たちの間で大幅の紺縮緬緋縮緬の褌が流行した(二四頁注九参照)。

一〇　一朱は一歩の四分の一。

一一　歌舞伎役者の声色。

一二　三馬の店の筋向いにあった油見世。江戸桜与七。髪油、香具類、化粧品を売った。文化八年中村座で二代尾上松助が店の弘めをして白粉を配った。「三朝」は松助の俳名。

一三　一五頁注一八参照。

一四　常盤橋側両替町にあった化粧品店。下村

らア[一一] この熊さんの御誕生、ぎやつと産れたは江戸桜[一二]本町二丁目の三の朝、三馬が所の江戸[一三]の水を産湯に浴びて、下村[一四]松本[一五]のすき鬢付[一六]、玉屋[一七]の紅をこきまぜて磨き上げたる色男」びん「コウ〳〵どうした〳〵、悪い時気が違つたぜ。町内の厄介者だ」でん「そして何だらう。声色かの」亀「ばば色だらう」びん「今、流行らねへの」熊「そねめ〳〵。源之松助[一八]まつぴら御免と誤らせる色男だ」亀「手めへの面を見ちやア、誰でも真平だ」熊「あんまり女がうるさくてならねへから、女人禁制の札を出すつもりだがどうだ」びん「よからう」でん「この男色気無用[一九]」亀「ナニサ札を出したよりはきついはな」熊「ア色男には何がなるッ」亀「じやんこ面には熊がなるッ」熊「へ小鳥めらが、木兎をなぶるな（[二〇]幸四郎のこはいろにて）大象[二一]よけいに遊ばず」亀「熊は四百[二二]で遊ぶッ」熊「鶏[二三]を割くになんぞ（トいふうしろから、また一人そつと来たり、熊が立つてゐる所の目をふさぐ）熊「誰だ〳〵。古風な事をするナ」びん「あてゝ見さつし」でん「こいつアあたらねへ」熊「あてたらいくらよこす」亀「卑劣な事をいふなイ」熊「待て〳〵指でしれらア。ナンダ小指に藤[二四]の丸の膏薬を張居る奴だナ。魚版[二五]に心中見せたや

山城。その伽羅油は全国的に著名。
一五 日本橋住吉町の歌舞伎役者四世松本幸四郎創業の化粧品店。岩戸香（鬢付油）発売元。
一六 髪梳き油、鬢付油。
一七 日本橋本町二丁目の紅問屋玉屋善太郎。
一八 沢村源之助（四二頁注一一参照）、二代尾上松助（注一参照）。
一九 「このところ小便無用」をもじった洒落。
二〇 五世松本幸四郎。鼻高く、眼鋭く凄みがあり、俗に「鼻高の幸四郎」と呼ばれ実悪役を得意とした。天保九年没。
二一 歌舞伎十八番「助六」で「髭の意休」が言うせりふ「大象は兎径に遊ばず」。大人物は小事にかかわらない意の諺。「とけい」を「よけい」と誤った。文化八年二月市村座上演「助六由縁江戸桜」で幸四郎が意休を演じた。
二二 岡場所（公許の吉原以外の遊廓）で揚代四百文の安い女郎遊びをすること。
二三 注二一に続くせりふ。「雞を割くに何ぞ牛刀を用ひんや」（『論語』陽貨篇）。

ここに旦那出現とは

二四 日本橋通二丁目、藤の丸店の切疵、腫物の膏薬。当主の弟である益亭三友は三馬の門人であった。門人のための宣伝。
二五 庖丁で怪我をしたことの洒落。女郎が小指を切り恋の証しとする指切りに見立てた。

つだから、ア、しれた〳〵。ハテ 誰だらうナ」亀「ざまア〔見ろ〕」でん「ワイ」熊「並[一]び大名めらがやかましい」亀「ひつてんな所ばかりは曾我[二]だ」熊「曾我兄弟[三]鬼王団三七役[四]だ」でん「ひつてんな所が〔貧乏なところ〕」熊「待て〳〵やかましい。アイタアイタ 目をきつくするな、痛へはい」「しれまい〔わかるまい〕」[五]ト手をはなすと、熊が出入場の旦那なり 熊「ぎよつとして こりやア旦那、御免なせへまし。わつちは[六]また、外の者だとおもつて大きにお慮外〔御無礼しました〕申しました。旦那とはおもひも付かねへ。おめさん今日どつちイお出なさりやす」旦「ハヽヽヽ 一寸近所まで。コウ よくなまけるぜ。些精を出さつし。けふか翌は出来上[七]がらうと思つたに。ハヽヽヽ。何か、何か、また何所か〔遊所へ〕行つた帰りだの」熊「イヱ何、旦那、とんだ事をおつしやらア」亀「旦那 モシ ちつとお叱んなさいまし。声色ばかりつかつてをりますぜ」熊「コレ よせ ト顔を赤くして あいら〔あいつらは〕アろくなことは申しません。ヱヘヽヽ トにが笑 旦那「どうも モシ、こまつたなまけ者でごぜへすネヱ。ハヽヽヽ ハイどなたも ト行過ぎる 熊「ハイ さやうなら トまじめになる でん「熊めヱ、毒気をぬかれた〔ぎやふんとまいった〕ア」熊「てめへッちやア〔てめへたち〕早く気をつけて呉れりやア能いに。おらアそれとはしらずに、

一 舞台へ並ぶだけの端役。曾我狂言の対面の場で兄弟が並び大名の前で工藤祐経に対面する場面の見立て。熊は曾我五郎のつもり。
二 歌舞伎では曾我兄弟は貧乏と決っている。
三 鬼王と団三郎。貧乏の中で曾我兄弟に尽した兄弟。
四 一人の役者が七役を早変りすることをいう。七役兼ねるほど見事なものさ、の意。
五 〔出入場の旦那〕得意先の旦那。鳶職・大工などは、出入りの富家が決っていた。
六 二四頁注八参照。
七 建築現場のことか。熊にとって一番痛い話である。
八 「とんだりはねたり」「亀山のおばけ」と呼ばれた亀屋忠兵衛の玩具の売り声に見立てた。竹片で細工された人形が引っくり返って傘がとぶと動物などが現れる玩具で、雷門の裏に売店があった。
九 常磐津師匠仇文字を指す。「新道」は、表通りから直接入れる地主の私道。道幅は九尺（三メートル弱）以上で広く、この道に面した長屋は、各戸の面積が広く余裕のあるものが多い。棟割長屋が木戸内に一軒を九尺に割って隣り長屋とは背中合せ、路地は三尺幅

（一一八頁口絵参照）というのと較べると「高級住宅地区」といえる。新道には通いの番頭、遊芸の師匠、町医者、囲われ者などが住んだ。

一〇 芸人。芸者。ここは市中に住んで営業する町芸者をいう。両国柳橋付近、葭町(よしちょう)、甚左衛門町辺、堀江町辺、京橋辺に多かった。江戸芸者ともいう。

一一 物の紛失したときにいう洒落。「煤掃」は十二月十三日の大掃除。

一二 常磐津節の芸名は、創始者、常磐津文字太夫に因んで、「文字某」とする。「仇」は「婀娜(あだ)」（色っぽくて洗練されている江戸婦女の庶民的美感）に通じるが、ここはふざけた命名。一七頁口絵の看板には「常磐津黒文字」とある。常磐津節は江戸の生活に適合して庶民に行き渡り、また舞踊の地にも適して歌舞伎と結びついた。

一三 芸名。仇文字の稽古所での熊の替え名。

一四 「惣領の甚六」（長男は次子以下より愚鈍の意）をもじった。亀とのかけ合いで熊を茶化している。

一五 生活費のたし。生活の扶助。

一六 常磐津の発表会。会費のほかに祝儀などが必要。

常磐津師匠・仇文字の噂

いけぞんぜへな(ひどく乱暴な)言(ものいひ)をした トいふ所へ、また一人かけて来しなにつまづきて、かたあしの下駄ひつくりかへる 熊「ヲットきたりナ(きたぞ)。[八]傘(からかさ)かはつて猫(ねこ)となり、下駄ひつくりかへつて素足(はだし)となる ト手拍子ヨイ〳〵 熊「どうだ熊公(をう)」でん「雷門(かみなりもん)のうしろへ出て（裏「の玩具屋」に出て）居ればいゝ」辰「どうだ熊公」熊「色男どうだ」辰「亀さん、伝(でん)さん、おはやいの。鬢さんどうだ。まだ跡(あと)があるか」びん「まだ五ッありやす」辰「そいつはたいへんだ。行つて来(こ)よう」熊「また[九]新道(しんみち)か」辰「なんのおめへぢやァ有るめへし トゆき過ぎる でん「新道とは」熊「[一〇]鯨人(げいにん)が内よ」でん「鯨人とはなんだ」熊「しれねへか。[一一]しれずは煤掃(すすはき)まで待たつし」びん「者(しゃ)の事だはナ（芸者のことだよ）」でん「ムヽ[一二]仇文字(あだもじ)か」熊「さう云つても（そうひやかすけれど）婀娜(あだ)な声だぜ」亀「あの野郎(やらァ)、この頃血道(のぼせきっている)をぶち上(あげて)居るぜ」びん「強(こは)もて（怖いだけでもてる）にもてる連中(れんぢう)だはな」熊「さういふな。(おれが)兄弟子(あにでし)だぞ」亀「惣領(そうれう)の」でん「ヲット[一三]表徳(へうとく)は[一四]甚六(じんろく)だらう」熊「よくそねむ奴等(やつら)だぜ。仇文字に聞いて見や。熊さんの声は錆(さび/しぶ)があつて(くって)、いつそ能(すばらしい)いッ(わッ)」亀「なぞとうまく食はせる(だますね)ナ」でん「錆が悪く錆込んで地鉄(ぢがね)へ廻つたから（中まで錆びたから）、つぶしにしかならねへ」熊「どうでまたこちとらが世話ァすれば（どっちにしてもおれなどが後援すると）（いっても）迚(つて)も、[一五]釜の下の賑(にぎやか)しにやァなるめへス。それでも[一六]会(けへ)がありやァ、熊さん一枚お世話やきなら、どいつでもびくともさせやァしねへ」でん「会が有りやァ何の世話ァする」亀「おほかた赤飯へ廻るだらう」でん「序に焼場へ行つてやるがいゝ」びん「熊公が床へ這入つて語る時の、彦んべゑが三弦よ」亀「彦んべい、あいつはじやうだん者だ。こいつァおかしかつたらう」熊「またいふよ。またいふよ。面白くもねへ」びん「戻駕を語る所が、先生よめねへときてゐるから、けいこ本のところ〴〵へ○や△や、いろ〳〵な切かけをして覚えたといふ奴だ。よしか、ソコデ甲所へ行つて、先生め目をねぶつて車輪でやつ居る内に、彦ん兵衛が三弦を弾きながら、本をチョイと四五枚はねてしらぬ顔さ。先生それもしらずよ。甲所を一ばんやつて仕舞つて、跡のキッカケを見ようとして目をぱつちり明くと、小舟町二丁目中の橋通り 伊賀屋勘右衛門板といふ所が出てゐるから、肝を潰して急に一枚々々明けて見ようとする内、彦ん兵衛が意地悪に掛声をして三弦を弾かける。こつちはとちり切つてまご〳〵狼狽へる。夫是する内聴人は毒を云出すか」熊「コウ〳〵 コウ〳〵 能ゑ加減にしさつしナ。つまら

一　一人。芝居、相撲の看板から出た語。
二　葬式の際、強飯の竹の皮包が出た。「五十歳以上は赤、以下なれば白き強めしなり」(鹿島万兵衛著『江戸の夕栄』)。
三　太夫、三味線弾きが演奏する席。
四　「関の扉」「双面」と共に常磐津の三名作。歌舞伎では文化二年五月、中村座「曾我夜討」「両社祭礼」の大切りに「姿花鳥居色粉」、通称「新戻駕」が上演された。作詞、桜田治助。曲節、常磐津伊勢太夫。
五　「きつかけ　合図の事」(三馬『茶番狂言早合点』)。
六　三味線の絃の押え所、つぼの意より転じて大事な所、急所。ここは聞かせ所。
七　車輪玉。休みなく動くことから、一生懸命でやること。
八　現中央区日本橋。
九　最終頁の奥付の刊記。図は伊賀屋勘右衛門店の商標。文亀堂といい、常磐津などの正本を多く出版。三馬も文化八年に「双面」を翻案した合巻『其写絵戯俤』、文化十年に滑稽本『人間万事虚誕計』を刊行している。
一〇　「とちる　うろたへてせりふをわすれ狂言を仕損ずるなどを云ふ」(三馬『茶番狂言早合点』)。
一一　諺「噂をすれば影がさす」。

ねへことをいふぜ　ト表を見てこりとなり　ヲヤ〳〵きてれつ〳〵（奇妙　奇妙）」亀「なんだ」熊「へ、お大事(だいじ)の物」でん「なんだといへばサ」熊「へ、噂(うはさ)[一一]をすればサ」びん「誰だ〳〵」亀「彦ん兵衛か」熊「へ　影がさすッ」

トいふ所へ、隣の浮世風呂女中湯の障子をあけて、あだ文字といふ婦人、十四五の弟子娘に浴衣をもたせ、湯あがりのすがたにて通る　熊はわざと見られたさに、障子をあけて立つてゐる　でん「モット　障子(せうじ)をあけやナ」熊「ヲイ　合点(がつてん)だ　トすこしあける。このおとにてあだ文字こゝろつき　あだもじ「ふりかへりて　ヲヤ熊さん」熊「仇(あだ)さんどうだネ。一ぷく呑往(のんでき)ねへ。がうぎと（ずいぶんと）早起(はやおき)[一二]だの。たつた今四ッ(よ)[一三]が鳴つたア」あだもじ「ヲヤほんにかへ　トたちよりて　ヲヤ〳〵おそろひだネ。鬢さん」びん「此間(こないだ)は」あだもじ「ハイすきと[一四]　トあいけうをくれて　「モシお吉(きつ)[一五]ざんはどうなすつたヱ。さつぱりおめにかゝらねへネ。何(なに)は、藤(とう)[一六]さんはどうしなすつた。此中(このぢう)[一七]教(をせ)へて上げた御符(ごふ)[一八]をいたゞきなすつたかヱ」びん「アイ　おかたじけ（ありがとう）。あのお蔭で大きに能(よ)くなりやした。ほんにまだお礼にも行かねへ」あだもじ「なんのお礼所(どころ)か　ヲホヽヽヽ　トこちらを見やり　ヲヤ〳〵どなたかと思つた。亀さん、きついお見限り（すっかり姿を見せませんねえ）だネヱ。さう（いっそ）なさるがいゝのさ」亀「きつい（はっきり）痛(いため)やうだ（言うなあ）。この頃は欲張(よくばり)[一九]きつ居(て)らアナ」（稼ぐのは一番大事だけれど）あだもじ「欲張は第一だけれど、（遊びの方へ）とんだ所

湯上がりの仇文字を見る目

＊髪結床から前を通る女性を品評することは『浮世風呂』三編の女湯中の会話にも「今もお聞きな髪結床の前を通つたらネ、若い者が大勢で其のおかみさんの路考茶を見てネ…」「…それだから髪結床の前を通るのは恥しいよ」とある。また、江戸の女性は家では木綿または玉紬、紬織、太織(ふとり)の古着を用いたが、外出の際は銭湯や近所へ出かける場合も着物を着換えた。

一二　朝の遅い師匠へのふざけた挨拶。

一三　午前十時頃を知らせる鐘。日本橋本石町、上野文殊堂前、本所横堀などに時の鐘があった。ただし、五九頁に、「巳刻(よつ)の鐘声」が再び鳴る記述があるので、ここは師匠をかついだ熊の言葉と解したい。

一四　すっかり（ご無沙汰を）。

一五　鬢五郎の女房。「ざ」は「tsa」の音を示したもの。三馬は洒落本『船頭部屋』（文化四年刊）以来使用している。

一六　鬢五郎の子供。

一七　此の間。「此中(こんぢう)」とも。

一八　護符。神社やお寺のまもりふだ。「疳の虫」を封じるお守りか。

一九　稼ぐ一方さ。

へ欲張(よくばん)なはるだらう」亀「そりやァねへのさ」あだもじ「熊さん、おまへ夕(ゆふべ)お出(いで)ないネ。母親(おつかア)がいつそ待居(ほんとにまつて)たつけ」でん「熊はゆふべあつち(一)の方(ほう)よ」あだもじ「ヲヤほんにかへ。伝さん、おまへも一緒だらう。道理でお睡(ねむ)さうなお顔だ。ほんに亀さん、ちつとお出(い)でな。あんまりきつい(たいへんなご無沙汰よ)もんだネ。おまへがた三人倚(よ)つたらまた面(おも)しろい趣向〔遊びの〕が付きさうな事(こつ)た。ヲヤ〳〵忘れたは。伝さん、きのふお頼(たの)申した事は間に合ひましたよ。後(のつち)にお出(い)でな。亀さんも、熊さんや伝さんと一緒にお倚(よ)んなさいまし」三人「アイ〳〵」あだもじ「ハイさやうなら トこしをかゞめて モシ鬢さん、また化物(二)ばなしにお出でなアハ、ハ、、」びん「ちつとこはがらせようかの」あだもじ「ホンニ お吉(きつ)ざんへよろヲしく。藤さんお大事になさいましヨ。ハイ あばよ 三ト ふり返りて、小ぢよくの方を一寸見て、ずつと行く。あとから小ぢよくは供をしながらふりかへりて、熊にからかふ 小ぢよく「熊さんのよい〳〵、熊の馬鹿や。くまの馬鹿や」熊「なんだこの小女(あま)は ト片足トンとふみて、追かけようとするまね 小ぢよく わつといふて二足三足かけ出す。あだもじふりかへりて あだもじ「なんだナこの子は、ぜうけなさんな(ふざけなさんな)といふに 四ト 眉毛に八の字をあらはしたる所はひとしほあだもじなるべし でん「うまくいふぜェなア」びん「あの子は全体世事(ぜんていせじ)が能(い)い」亀「別して(とりわけ)鯨舎(げいしや)

一 遊廓。

＊ 三馬にはこういった音曲稽古所を舞台として独立した作品を書く構想があった。没後、文政九年に刊行された『風流稽古三味線』三巻五冊（式亭三馬原稿、南杣笑楚満人〈後の為永春水〉校正）がそれである。年の頃二十二、三の常磐津文字家喜(やき)は、年六十一、二の母親と二人暮しで、田舎侍与五左衛門、上方者伝四郎、いさみ肌吉五郎、また八五郎が習いに来る。師匠に注文して「忍売(しのぶうり)」を習ったり、江戸芝居や桜田治助の話をしたり、その後酒盛りになって、仲間と一緒にお家喜と吉原へ行く約束をしたりする。ここの「あだ文字」の稽古所も同様の雰囲気であったろう。

二 怪談。この頃流行。『浮世風呂』四編に「雪女」の話がある。三一頁注一八参照。

三 〔小ぢよく〕小職。見習いの弟子娘。

四 〔眉毛に八の字〕眉を八の字にする。眉をひそめる。〔ひとしほあだもじ〕いかにも仇文字らしく婀娜っぽい。五一頁注一二参照。

五 「鬼」と対句にして、大慈大悲の観世音菩薩と洒落た。

六 十八、九歳以上の既婚の女性。「江戸にては婦を

美人の年増とその妹の品さだめ

は世事が看板だ」熊「それだから、はやる事を見ねへナ。第一坐敷が上手だに。芸が能いときてゐるに、面がまぶいと云ふもんだから、鬼に鉄棒、仏に蓮華だ」[五] びん「ヲイ見さつし。能い年増[六]が通るぜ」亀「コウ〱剃刀を落とすめへぜ。留はしかられねへ。ナア留。アレ見や、親方からしてあれだものを」熊「ヲヤ〱能いは〱」亀「こいつはすてきと美しい。ナンダ嶋縮[七]緬揃ひに帯が厚板[八]、やぼでねへ。能い頃の中年増[九]だ」熊「おしい女[一〇]が子持になつたぜ」でん「アノ博多縞[一一]は妹だらう」亀「すてきに端手な形だぜ」熊「妹のざまァ見や。姉御とはすてんきう違つ居らァ。鼻筋が内へ通ッて、目の玉が両花道へ引込だ」亀「鬘[一二]は髪結と見えて、天窓は気が利居るが、裾[一三]にしまりのねへ風だ」でん「腰から下は明ばなしとはそこをいふのだ」熊「面と胴とは別〻だナ」亀「啼く声鵺[一四]に似たりけりッ」でん「そして見や。無なしの襟足[一五]を剃刀で剃込んで拵へたぜ。跡が真青で居るから、いくら白粉をひんなすつても女形[一六]の髭といふもんだ」びん「あれよりは坊主襟で能いから、木地[一七]の儘でおけば能い事よ」亀「イヤまた首筋のきつ立つた奴は、

としまと云年増と書、眉ある白歯の女を新造と云」(『守貞漫稿』)。年増と新造(未婚者)は外見から区別出来た。

七 縞(縮緬)は江戸の粋を表す柄の一。

八 絹の練糸を経、生糸を緯にして地紋を織り出した織り方。厚板織の略。

九 二十歳から三十歳までか。それ以上は大年増という。

一〇 連れの若造りの女性を娘と間違えた。中年増に気を奪われて、よく注意しなかったのである。

一一 博多に産する絹練織物。主として帯地。

一二 ここは頭髪のこと。

一三 女子の貞操観念のない様。次の「腰から下…」も同じ。

一四 源頼政が紫宸殿上で射殺した伝説上の怪獣。面は猿、胴は狸、声はトラツグミに似る。洗練されていない醜女の厚化粧を化け物に見立てた。

一五 ここは丸襟の毛を剃刀でそり込んで無理に襟足を作った、の意。「襟足」は首筋の髪の生え際の下へ延びた毛。二筋または三筋、細長く延びているのが望ましいとされた。

一六 隠すことはできない。

一七 丸襟のまま襟足をつくらずにおけば。髪結としての評。

一 気持や身なりがさっぱりと垢抜けしていて、色気があること。江戸の美意識を表す語。
二 〔ほう〕頬。幼児語。
三 美しい。
四 〔江戸〕四一頁注八参照。特に内神田、日本橋辺を中心とする地域。「本郷もかねやすまでは江戸の内」。
五 「紅毛」は新奇なものに冠する語。
六 蒸し羊羹。寒天を用いる煉羊羹に対していう。
七 最中饅頭。今日の最中と同じ。円形。
八 外皮をきめ細かくついた餅。
九 熊を茶化して幼児扱いして呼ぶ。
一〇 「迎酒」の洒落。
一一 「文」と同じ。
一二 外皮を茶色に焼いた餅か。
一三 呼び売りの口上、せりふ。
＊ 物売りの口上、その文句、節、抑揚は一種の大衆芸能とみられ古くより鑑賞の対象となった。因みに、安永三年版『浮世くらべ』は「奈良林」「のぞき」「ざわざわ」「辻談義」など三十六項の売薬、見世物、大道商売の口上を紹介している。

菓子売り登場して呼び売りの口上披露

さァつぱりして能いぜ」熊「只(ただ)の女(素人女)がいくら作り磨いたつて、ほんの事(本当の)(こつ)たがまた、江戸(えど)鯨舎(芸者)にかなふものか。〔芸者は〕十人よせても髪の風(ふう)は同(おんな)じ事(こつ)たぜ。意[一]気で人柄がよくて、マア下卑(げび)た事と云つたら是計(これんばかし)もねへはさ。それだからおれが」亀「べらぼうめ。また仇文字(あだもじ)か」熊「きつい先(さきつ)ぐゞりだぜ(気の回しようだぜ)。只、贔屓(ひいき)だといふ事よ。おかしくもねへ[二]ト ほうをふくらす でん「能(い)いよ〳〵。腹ァたちなんな(立てなさんな)。今お菓子(かし)が来たら買つて遣らう。をとなしくしてお出(い)で。今に、美(うつ)[三]い姉(ねへ)さんがお出(いで)だよ」亀「アレ〳〵 お菓子が来た〳〵。こりやァいゝ。妙だ〳〵」

[四]ト いふ所へ日傘をさして、高く組みあげたる菓子箱をかたにかつぎて売来る。この菓子売江戸に四五人あるゆゑ方角によりて人物違へり 菓子うり「紅毛(おらんだ)[五]ようかん本[六]ようかん。最中(もなか)[七]まんぢゆに羽二重(はぶたへ)[八]もち」亀「ヲイ〳〵 菓子を買ふべい」菓子うり「ハイ〳〵」でん「そこに居るお坊(ぼう)[九]さん(ぼうや)に上げてくんな(〔ふくれて〕)」菓子うり「ハイ〳〵ト 笑つてゐる 亀「サア 熊公、食はつし」熊「菓子は気がねへ」でん「いかつしナ(やってみろよ)。おらァ下戸(げこ)だから迎餅(むけへもち)[一〇]とせう」熊「おらァ今朝迎酒(むけへざけ)をする気もなかつた。夕(よんべ)はべらぼうに酔つたぜ」でん「コウ 餅屋、こゝはいくらだ」菓子うり「ハイ そこ

三馬は菓子売りの呼び声の実態を紹介しているが、その背景には宴席の芸としての浮世物真似（今日の「蝦蟇(がま)の膏(あぶら)」の口上のような類）の流行があった。

一四 今阪餅。餡を包んだ卵形の餅。

一五 うどん粉に鶏卵をまぜて焼き、餡を包み巻き輪切りにした菓子。

一六 餡で包んだ餅に甘煮の小豆粒を付ける。

一七 求肥饅頭(ぎゅうひ)。外皮が求肥の餡入り饅頭。

一八 紅梅餅。粳粉(うるちこ)と砂糖蜜をこね、縁を紅く色どって紅梅の花形に作る。

一九 白ごまつきの求肥餅。

二〇 南京餅か。餅米と粳をまぜてついた餅。

二一 葛粉に砂糖を入れ渦巻状に固めたもの。

二二 中華饅頭。

二三 栗毬餅。粳粉を水でこねて切り餡を入れ外側に米粒をつけて蒸した餅。

二四 うどん粉と卵を混ぜて焼き砂糖をかけたもの。

二五 白玉粉、粉山椒、味噌、砂糖をこね合わせて蒸したもの。

二六 未詳。

二七 砧巻。うどん粉に砂糖を加えて水でこね薄く焼いて巻いたもの。

二八 〔むすこかぶ〕二七頁注一三参照。

二九 〔いさみ〕いさみ肌の連中。伝法。

のところは三十二銭(せん)[一一]。こゝが廿四銭。この中(なか)が四銭、八銭」亀「コウ　こりやァ何だ」かしうり「狸餅(たぬきもち)[一二]」亀「ヱ　狐色だぜ」熊「そんなら是は」でん「狢(むじな)もちぢやァねへか」熊「コウ　余程(よつぽど)な商(あきねへ)が出来たぜ。ぬしが毎日呼(めへんちよび)あるく[一三]ことをそこで云つて見さつし」かしうり「ハイへ、〔ト笑つてゐる〕びん「云ふがいゝ。また売れらァ」かしうり「ハイ　〔トまじめになり大きな声で〕●紅毛(おらんだ)ようかん本ようかん、最中まんぢゆに羽二重もち、いまさか[一四]渦巻(うづまき)[一五]かのこもち[一六]、ぎうまん[一七]葛餅(くずもち)葛まんぢゆ、かすてら紅梅(こうばい)[一八]麻茅(あさぢ)[一九]餅(もち)、南京(なんきん)[二〇]桜に水仙巻(すいせんまき)[二一]、ちうか[二二]、いが餅[二三]うぐひすもち、薄雪饅(まん)頭(ぢゆ)[二四]にあべ川もち、咽(のど)の奥までひよこ、ひよこ〳〵するのが山椒(さんしよ)もち[二五]、麻茅(あさぢ)[二六]野鱗(のうろこ)に狸もち、砧(きぬた)[二七]のちよいと巻(まき)あんころ餅」でん「ヤンヤ〳〵」熊「きついき(面白い)〔トいふ所へ二三人つれ立つて近所のむすこかぶ[二八]連中入り来たる〕徳太郎「ハイ　御免(ごめん)なさい〔トいさみ[二九]の中を通りかねてゐる〕でん「ヤ旦那(だんな)お出(いで)なさい」徳「アイ今日(こんにち)は」びん「大分お揃(そろひ)でございますネ」徳「アイちつと用談が」聖吉「鬢さん、どうだ」びん「ヤ聖(せい)さん、賢蔵(けんぞう)さん」賢蔵「此間(このあひだ)は〔ト云ひながらいさみのうしろをとほり〕ハイ御免なさい。真平(まつぴら)」と上がる〔この内いさみはもちうりに銭をはらふ。一礼して餅うりは帰る〕でん「ヲイ亀公、帰(けへ)るか」亀「ムヽ」でん「おれも行かう」亀「すてきと油を売つ(ずいぶん無駄話をしたぜ)

たぜ」熊「コウ〱おれをばまた置逃か。女房ばかりかと思へば、友達まで置去[一]にするぜ。上るり「[二]おまへひとりで行かうとは、あんまりつれない動[三]欲な。私もともに行くはいにやと、男の膝にくらひ付き、わんとばかりに泣しづむ、ワワンワン〱〱〱」亀「おそろしい文句だの。その面で啼かれちやア、[四]密柑船の地震だ」熊「能いよ、打遣つてお置き。[五]私は一人で参るよ。コウそりやアいゝが、アヽ悪い腹塩梅だ。コウ皆がつき合はねへか。腹直しをしてへ」でん「何所へ」熊「何所でも能いはナ。そこは熊さんの手[六]形だア」二人「行くべい〱」 トびん五郎にむかひ ヲイおさらば」びん「行つて来ねへ。サア旦那、直に」徳「ヲヤ能い間に来たの」びん「まだ間に二ッ三ッございましたが、〔ここに〕お出なさんねへから能うございます。留、今のうち飯を食へ」留「アイおめへさんお上がんなせへ」びん「マアてめへ行きやナ」留「アイ」徳「まだ朝飯前か」びん「ハイ今朝は朝寝を致しました」徳「そんならマア食つて来なせへ トいふ時、奥より女房お吉出来たり 「どなた様も能う御出なさりました。けしからん御寒い事てございます トこしをかゞめてあいさつをはり、びん五郎が方へむいて モシヱ旦那があゝおつし

一 離縁状を渡さずに妻を家に残して夫が出てゆき、事実上離婚になること。

二 「捨て行かうとはさりとては鬼より怖い御心、わしや遣りはせぬ放しはせぬ、殺して置いて行かんせと、男の肩に喰付いて身を震はして泣き居たる」（新内節「明烏夢泡雪」）。これによる駄洒落。

三 胴欲。非道なこと。ここは浄瑠璃の愁嘆場の常套語として使った。

四 手の施しようがない、始末に困る、の意。「密柑」は底本のまま。熊のあばた面に懸けている。

五 浄瑠璃まがいの詞章にあわせて、女言葉を使った。「私」は、丁寧な改まった場合の女性自称代名詞として使用。「私も旧冬から一寸お見舞ながら、お歳暮にもあがりますのでございましたが」（『浮世風呂』三編上）。

六 通行証明書の意から転じて、顔、信用の意。

やるから一寸(ちよつと)おあがんなせへ。お寒からう」びん「ヲイ（トこちらへあいさつ）そんなら御免なさいまし。朝飯をたべねへうちは、仕事をするにもぞく／＼いたします」(徳)「そのはずさ。サア／＼かまはずと、たんと、おあがんなさい」びん「サア留(とめ)、来(き)や」留「アイ（ト奥へ入る）▲（[七]折からもえぎの風呂しきを脊負ひたる男、もゝ引わらんぢにてかど口よりさしのぞき）「鬢(びん)さん、お寒う」（奥よりこたへて）びん「アイ櫛八(くしはつ)[八]ざん、お出(い)で」櫛八「今日(こんにち)はよろしう」びん「アイけふはまづ」櫛「ハイ此中(このぢう)の唐櫛(とうぐし)[九]は、どうでございました」びん「アイまだ遣(つか)ひやせん」櫛八「ホイあの儘(まんま)か。ハイさやうなら（ト跡じさりにしきゐをまたぐと、敷居の外トにねてゐた犬のあしをふむ）「キヤン」櫛八「ヲツト堪忍しろ（[一〇]トいふうしろから小僧トめくらの坊さまが大きな声で）「どうぞおねがアアい」櫛八「びくりとして ホイ」

巳刻(よつ)[一一]の鐘声(かね) ゴヲン

柳髪新話(りうはつしんわ)浮世床(うきよどこ) 初編(しよへん) 巻之上 終

七〔もえぎ〕萌葱、萌黄。葱の萌え出る色による。青と黄の中間色。〔わらんぢ〕草鞋(わらじ)。

八 櫛を扱う背負(しょ)い小間物屋であることによる命名。

九 歯を密にし、両歯にした竹の梳櫛(すきぐし)。

一〇『式亭雑記』によれば、この頃、橋本町（現墨田区）から出る願人(がんにん)坊主（僧形の乞食）が評判になった。六十歳くらいの盲人で十一、二歳の小僧を連れ、かけ合いで「小僧とめくらお邪魔になるな…」と大声で呼んだ。小さな拍子木を打ちならし、銭を貰った時、詞をやめる時に「ヲットよかろ」といった、という。ここでは櫛八の「ヲット堪忍しろ」を受けた形。

一一 午前十時頃を知らせる鐘。

柳髪新話浮世床(りうはつしんわうきよどこ)　初編(しよへん)　巻之中

江戸戯作者　式亭三馬　戯編

馴染みの女のふみ自慢

聖吉「コレ〳〵ゆふべの玉章(たまづさ)[一]を見せてへ。おれにどうもわからねへ事があ
る　トいひながら、懐中より文を取出し、要文[二]のところを出して見する　爰(ここ)はまづよしと。ソレ爰よ。をとゆふ（一昨夜は）は御やく（お約束の）
そくのこがね（小判五枚）いつひらサ。これはソレ読本(よみほん)[三]の文句にあるから大概(てへげへ)覚えてゐ
る」けん蔵「金五両(きんごりやう)だの」徳太郎「そりやア御無心(ごむしん)か」聖「無の字さ[四]」けん「ヤお
それるぜ（恐れ入ったよ）。よく遣(や)つたのう」せい「そこは不便(ふびん)だから（気の毒で）、露[五]の情(なさけ)をかけてつ
かはさるだ」徳「ありがてへ」（せい）「ソコデ爰を聞きねへ。早速御(さつそくおん)いやを申した
く存候(ぞんじさうら)へども、きのふは風の心地にて、やくしよ[六]をもひきをりしまゝッサ[七]。
爰だての、五両むしんを云つてよこしながら早速御いやとはどういふ気(き)だ
らう。いやなら云つてよこさねへがいゝ。それともまたおれが御いやとも
云はずに早速遣つた〔金を〕といふ事か」徳「コウ〳〵足下(そつか)（お前さんでもないぜ）でもねへぜ。それだから

一　手紙。二一頁口絵参照。

二　〔要文〕文章中の重要なところ。

三　中国白話体小説の翻案から始まった江戸後期の伝奇小説。上田秋成、山東京伝、曲亭馬琴が代表作者。和漢混淆の文体に特徴がある。

四　「無心」の略。隠語化していう。

五　わずかな情けをかけてやったわけだ。手紙の文体に合わせて「つかはさる」といった。「露」は遊里語（主として吉原などの遊廓、あるいはその特定の店に限って使われた言葉）で祝儀、心づけの意も表す。

六　見世を休むこと。遊里語。

七　「とさ」の訛。

八　ここは常磐津節のこと。「豊後節」は都(みやこ)一中の門人宮古路豊後掾が創始した浄瑠璃で、後に分れて常磐津節、富本節、清元節の三流となった。常磐津節の名取には芸名に「文字」がつくことによる会話の仕立て。

九　礼の字を訓読すれば、「いや」（うやまう

ちつとは文字の方へも這入つて見ろといふ事よ」せい「何、[八]豊後節を語れ
ばこの詞がわかるか」徳「何さ、少しは本のはしをもよむとわかると云ふ
事さ。その中に書いたいやといふ事は、和文にいふ礼の事サ。勿論礼義の
礼を[九]和訓ではいやと訓ませる。そいつを[一〇]読本などにも誤つて礼をいふ事と
思つて、お礼申すといふ所へいやをまうしてなどゝつかつてあるから、や
つぱり能い事と思つて誤り伝へるのよ。早速御礼といふ[一一]心いきだらうが、
可愛さうに、その婦人に罪はねへ。文の手本を書いたやつがわるい」せい
「ハヽア それで分ッた」けん「全体文の手本を書いてやるものがあるかの」徳
「あるとも〳〵。狂歌や誹諧を[一二]四文ばかりもする人や、[一三]滝本様をごまかす
人などが手本を書いてわたすのさ」せい「それでわかり〳〵。コレ見な。お
定りの[一四]めでたくかしこも最う古いといふ気ださうで、[一五]此中の文には[一六]あなか
しこトやらかしたが、この文にはまたそれも省略つたかして、何もなしさ。
是見ねへ。いづれちかきに御げんのふしを[一七]ねぎまぐろになむトやらかし
た」けん「ハテナ。ねぎまぐろになむトいつては、ねぎにまぐろを拝むやう

こと）になる。

一〇 三馬はしばしば読本の勿体ぶった文体を攻撃した（合巻『無根草夢物語』など）。読本の第一人者、曲亭馬琴との不和の原因もこの辺にあったのではなかろうか。

＊ 曲亭馬琴もまた三馬の読本『阿古義物語』の中の「愛寿は便なき事に思ひ」の一文を批判し、あわれむ事を不便というが、「便なし」は不都合の事に限る、あわれむ事には用いない、と指摘した後に「この作者が、浮世床といふ物に、礼をいふといふことを、今のよみ本にいやをいふといふ誤を論じたるには、相応しからぬことならずや」と述べている（『驫鞭』）。

一一 心もち。心底。もと歌舞伎用語で、心中を身振り、表情で表すこと。

一二 四文銭一枚ほど。いささか。「三文」、「一文」も同じ。

一三 和様書道の一。近世初期、男山八幡の社僧滝本坊昭乗が始めた書風。松花堂流とも。

一四 女性の手紙文の結びに書くきまり文句。

一五 この間来た手紙。

一六 手紙の結びの文句。注一四参照。

一七 誤読して、江戸庶民の惣菜のひとつ葱鮪の意に受けとった。

一 読み書きのできない仲間。
二 無風流な人間。

三 漢字。
四 お待ちしております、の意。
五 手紙の手本を書く連中。
六 書く当人（女郎）が正確な意味も知らずに書いて（写して）いるだろうと。
＊ 女郎の文（多くの場合、方言の文）を披露して茶化すのは山手馬鹿人『軽井茶話道中粋語録』（安永年間刊）以来、洒落本の重要な趣向であった。三馬もここの描写中にこの種の場面を設定し、「文の手本を書く人」についての知識を述べ、通ぶりを示している。
七 国学の不充分な知識で、いい加減な擬古文を書く意。
八 万葉調を尊重する歌人・国学者を指す。
九 富士田吉次（楓江）（明和八年没）と荻

だの」せい「わかるめへが（わからないだろう）」けん「わからねへの」徳「コレサ〳〵足下（そこ）たちは不読同士（よまぬどし）[一]、不書同士（かかぬどし）だぜ。それだから俗物（ぞくぶつ）[二]だといふ事よ。あんまり情（なさけ）ねへ。最（も）うちつと訳（わけ）をしつて呉（く）れねへぢやァあやまる（お手挙げだ）」せい「それだつて、何所（どこ）へでも通じる様（やう）に書いたが能（い）いはさ。是（これ）ぢやァ己（うぬ）ひとり承知で先へ通らねへ（先方へ通じない）。この位（くれへ）なら白紙（しらかみ）をよこす方がはるかに増（まし）だぜ」徳「それは読（よみ）やうが悪い。ねぎまつるになんトいふ事だけれど、るの字を大きく書いて、つの字の続けやうが悪いから、まぐろト読める。一体（いつたい）ねぎまつるといふ事は、御（ご）げん（お目に）のふしを（かかる時を）おねがひまうしてゐるといふ事さ」せい「フウ。それがねぎまつるか」けん「まつらずとものことだに」徳「まつるとは奉（たてまつ）るトいふ事で、男文（をとこも）[三]字（じ）ならば奉願候（ねがひたてまつりそろ）といふ心（こころ）さ」せい「こんなにむづかしく書かずともだの（書かなくてもいいのによ）」けん「やつぱりまち入（いり）[四]まいらせ候とか、御まち申上（まうしあげ）まいらせ候とか書いて、めでたくかしことやらかした方が俗に落ちるの（わかりやすいな）」せい「さうさ〳〵。そのくせ、あいつら[五]が何をしつ居（て）るものか。読めねへ人よりは、書く人[六]がわかるめへと思ふから、それが不便（ふびん）だ」徳「ちかごろは文（ふみ）の手本を書く人が、

[七]古学の間に合をするからさ」せい「古学とはなんだ」徳「[八]万葉家の真似をするからよ」せい「万葉家とはおつな名の唐人（清国人だな）だの」徳「コレ どうもならねへ（手に負えないぞ）ぞ。万葉家とはいにしへぶりと云つてむかしのうたの風さ」けん「昔の歌の風なら[九]楓江か露友の風だの」せい「今の[一〇]千蔵や[一一]芳村とはうたひ様が違ふだらうの」徳「コレサ どうもその様に事を解さねへぢやア（理解しないんじゃあ）、唐人とはなしをするやうだ」せい「そのはずさこつちは[一二]じやがたらの[一三]紀の国屋、おらんだの[一四]音羽屋といふ色男だ」けん「どうで日本では色男とはいはれねへ。[一五]ソリヤ御覧じろ。じやがたらの[一六]こんぱんやは、おらんだの出張（支店）にござい。[一七]遠見の番所の体（様子）、松の木が二本、あねさまが三人まで、このやうな些さな箱の中にしかけてある。ソレ。立つたる唐人、窓からあいさつする体。楓の木ぶり、松の木のふといこと。ナント どうぢや。おまへも見なされ、目鏡は[一八]紅毛の十里見」徳「コレサ〳〵、どうした〳〵」けん「これはおめへたちはしるめへ。おめへはむかしの万葉家とやらは知居るだらうが、この声色はしれめへ」徳「何また、そんな事はしらずとものことだ（知らなくともいいことだ）」せい「おれは随分

江露友（天明七年没）。ともに長唄の家元。和歌の歌風である「いにしへぶり」を江戸長唄の流派の歌い方と取り違えた。

一〇 初代富士田千蔵。富士田吉次の実子。寛政六年に千蔵を名告り、同十年、市村座の立唄となった。文政六年没。

一一 二代芳村伊三郎。初代の弟子で、寛政六年二代目を襲名。

一二 ジャカルタ（インドネシアの首都）の訛。当時はジャワ島の意に誤解。「ジャガタラいも」、「ジャガいも」など、この地の産物を指す呼称。「おらんだ」と共に「唐人」をうけ、異国の、の意を表す。

一三 文化八年冬に四代目沢村宗十郎を襲名した沢村源之助の屋号。四二頁注一一参照。

一四 文化十二年冬に三代目尾上菊五郎を襲名した二代尾上松助の屋号。四八頁注一参照。

一五 以下、覗機関の口上の声色。「覗機関」は口上を述べ、箱の中の浮絵（西洋画の遠近法の手法を取り入れた浮世絵）を紐を引いて転換させ、前方にはめこんだ拡大鏡から覗かせる見世物。

一六 コンパニア（companhia）。会所、会社。

一七 遠くを見張る役人が詰めている小屋。

一八 オランダ製の望遠鏡。千里鏡とも。

知居るテ。それは通町[一]へ立つて居て、いろ〳〵な目鏡を見せた人だ[二]」けん「ムゥよくしつ居る。おめへはまだ物しりだが、なんぼ万葉家を知居ても時代違どのにはわからねへだて（時代遅れ殿には解らないだろうよ）」徳「これは閉口々々。おつな事（妙なことで）でいぢめられるの」けん「最う十四五年も跡迄は（前までは）見かけたが、故人にでもなつたか近頃は見えねへの」せい「さうさ。その十四五年も跡の事を（以前のことを）時代違でしらねへくせに、万葉家とやらの大むかしの事をなぜ知居るだらう。どうも博物とは云はれねへぜ。何も角も知居るから博物と云つてもよけれど」けん「何さ〳〵。万葉家も何も入つた事ぢやアねへ（どうでもいいことだ）」徳「さういはれては論なし（話にならぬが）だが、しかし足下もおれが異見（意見を聞いて）について、ちつとは物まなびをしなせへ」せい「うきよ物まねか[三]」けん「ナニサ」徳「学問をよ」せい「ナニ。論語読[四]の論語しらずよりか、論語よまずの論語しらずの方がよつぽど徳よ」けん「字はしらずとも金さへ持てばいゝはな」徳「字をしるばかり〔が〕学問ではねへ。そこが了簡違だ」せい「それでもまづ字ばかり知るよ（知る人が多いよ）。学問をしてほんとうの身[五]持な人は少ない」けん「さうさ〳〵。字をしるよりか、三弦を習つて

一 神田筋違御門から芝金杉橋に至る大通り。特に日本橋、京橋間の大商店街をいう。

二 覗機関でさまざまの情景を、の意。

＊ 三馬の滑稽本にはしばしば覗機関の口上が登場する。「（からくりのまね）ヲイ、それ、最初とりたて御覧にいれまするが、仮名手本忠臣蔵、初段が機関の最初でござい。アヽい管領足利直義公、鶴が岡造営成就の御祓…内外の瑞籬、拝殿、廻廊、石燈籠にいたるまで夜分の体と替りますればのこらず火が灯てまゐる。アヽイ、そりや、此義もお目がとまりますれバッ」（『一盃綺言』）。一種の街の文芸として読者の興味を誘ったのであろう。

三 浮世物真似。動物の鳴き声や事物の音声、物売りの口上、世間の諸人物のおしゃべりの口真似、身振りの真似をする演芸。役者物真似（声色）に対していう。覗機関の口上の物真似もその一つ。

四 学識はあるが実行の伴わない人を嘲る諺。

五 財産を保ってゆく人。

踊の地六を引く方がい丶。むづかしい字をしる程、損がいくかと思ふよ。まづ観音さまの音の字を見ねへ。七やさしく書けば七百といふ字だが、八むづかしく書くと六百といふ字だ。してみれば舌切雀の葛籠といふ物で、手がるい方が徳だ。ソレよしか。の、ソレ、七百よ トト火ばしで灰の中へ書いて見する ソリヤ、むづかしく書くと六百、ソレ見たか是、ちよつとしても百損がいく」徳「コレサ、どうも足下たちは度しがたい。モウ／＼なんともいへねへから九思召次第」せい「それでもあの機関をしらねへくせに、大むかしの万葉家」けん「これさ／＼。捨てて置きねへ。一〇物しつたり物しらなんだり、物しり物しらずサ」せい「ム、い丶／＼」

美人の月旦、転じて女房論となる

トいふ所へ、びん五郎留両人出来たり びん「これはお待遠でごぜへました」徳「がうぎと早飯だの。アレ／＼表を／＼ トゆびさす。皆々おもてのかたを見る せい「ハヽア あざやかにうかんだり」けん「美女だの」せい「一一万葉家ぢやアねへ」けん「一二饅頭家だ」徳「やかましい」せい「ハヽ、ア紫縮緬に帯が一三八国織」けん「よく一四衣装付を見るのう。おいらア顔ばかり見るから外までは目が及ばねへ」せい「そこはちつと違ふ。つむりの上がざ

六 伴奏の音曲。「字をしる」と「地を引く」の語呂合せ。

七 草書体で書けば。

八 楷書体で書くと。この滑稽は古くから咄本に見えるが、天明三年刊『夜明烏』の「文字せんさく」に「をとといふ字はどふ書くと問ふ。はて、知れた事じや。七百と書くと言へば、それは知つてゐる。真（楷書）ではどふ書くと問ふ。真では六百と書くと言へば、はてのふ、結局百安いか」とある。

九 ご勝手次第、好きにしろ、の意。

一〇 罰盃をかけて畳のへりを跨ぐ、酒席の遊び「へり踏んだり」の歌のもじり。「へりふんだりふまなんだりぢやァねへか」（『浮世風呂』三編上）。

一一 古くさい万葉家などでない当世風の美女。

一二 「万葉家」の語呂合せ。売女。

一三 八端織（縦横に黄色と褐色のしま模様のある綾織）か。

一四 衣装の様子。元来、芝居用語で、衣装方が俳優の扮装に必要な衣装の明細を書きとめる帳面。

つと卅両、櫛が[一]ばらふで簪が今風二本。[二]うしろざしが少し流行におくれたれど[三]甲がけっこう」けん「[四]目がふたつまでまんぞくに付いて、鼻筋足の爪頭まで通り」せい「口は耳の脇まで割けて、歯は乱杭歯」けん「親の因果が子に報ふッ」せい「おきやァがれ、何を云はつしやる」徳「しかし美女だ」せい「[五]男好のする風だ」けん「亭主もちだらうの」せい「アノ婆さまが跡の方からにこ／＼して行くから、あれは実の娘だぜ」徳「きつい／＼。違あるめへ」せい「嫁だと是非跡へ下がッて、姑婆が先へ立つて歩行くやつさ」けん「あれ／＼また来た。ハヽァ[六]お屋敷だの」徳「[七]紅裏の惣模様、きりゝちやんとしてまた好いの」けん「どうだ、今のと是とはどつちらを[八]見立てる」せい「そりやァ[九]見立の利くやつは先の婦人さ。女房に持つなら此方がをとなしやかだ。第一家の為になるはな」けん「先のぢやァ、さぞ〔焼餅を〕焼くだらうの」徳「焼く代りには[一〇]手があるだらう」せい「なんでも女房は野暮な不器量がいゝぜ。から云つて、おれがすべたを持つたから負惜をいふぢやァねへが、焼もちをやくすべもしらず、どんな嘘をついても実に受けるし、その間に

一 黒い斑点のあるべっ甲。
二 耳のうしろの「たぼ」にさすかんざし。
三 べっ甲。
四 以下、見世物の口上に擬す。
五 男にもてる様子、格好だ。
六 「お屋敷者」の略。ここでは武家屋敷に奉公する女性をいう。お屋敷風。
七 紅の裏地で、表全体に柄を配した着物。
八 見て選択する。遊里語としては客が相手の女郎を選び定めること。
九 選択眼のある者は先の女をよしとする。
一〇 手練手管を心得ているだろう。「手」は男を喜ばせるテクニック。

外で美やつをかせぐス」徳「まづ内が静かでいゝ」けん「うぬが女房は不器量でもいゝから、がうぎと野暮でをとなしくて、亭主を大切にして、しまつ者で内を納めるのがよし。友達の女房は、小意気[一一]で婀娜で、夫者[一二]あがりか鯨舎あがりで、酒でも飲んだり三弦でも弾いたり、ヲヤおまはん[一三]何であります、ふうたきい[一四]だよゥ、きつい[一五]洒落さ、なぞといふ浮虚者がいゝ」徳「そりやア誰でもさ」せい「あんまりむしが好過ぎるぜ」けん「しかしおれがやうな、じじむさい女房を持居る者も損だよ」せい「それにはまたそれだけのおあてがひ[一六]があるはな」けん「さうかと思へば正公が様に美しい女房を持ちながら、つまらねへ女を摘む[一七]やつもあり」徳「あれはさう云ひなさんな。常住鯛ばかり食つて滞れるとか云つて、さんまの干物も一口いくやつだはな」せい「さうだけれど、およそ傍で見て居てきの毒なのは瀛公だぜ。干店[一八]へ鞍替[一九]した治郎左衛門雛[二〇]といふ女房だが、なぜあの女にのろくなつたらう。そのくせ瀛公は好男だ」けん「あの女には過者[二一]だはな。一体瀛公が気がいゝからよ」せい「何時行つて見ても、火鉢の廻りへ二人ならんであた

一一「小意気」は粋。あかぬけしていること。「小」は接頭語。「婀娜」はいや味がなく洗練されて艶治なこと。江戸期の女性（特に玄人）の理想像。

一二 女郎あがり。「それ」と朧化した言い方が一般。

一三 お前さん。玄人の女性の使う言葉。以下、同様。

一四「利いた風」の逆倒語。知ったかぶり、半可通。

一五 大した洒落（逆説的にいう）さ。冗談じゃないよ。

一六 持参金。元来は主人よりもらう給与をいう。「持参金嫁なけなしの鼻にかけ」（『柳多留』）。

一七 つまみ喰い。他の女に手を出すこと。

一八 露店。

一九 女郎が他の抱え主へ身を売り替えること。ここでは流行に遅れた雛人形が露店に廻り値下げして売られる様をいう。

二〇 享保の頃、京都の雛屋次郎左衛門の作った雛人形。丸顔に引目鉤鼻の古風な容貌。

二一 過分の者。もったいない相手。

つて居るが、瀛公が肩の所へ女房がべたりと倚添つて、トいふ身（姿で）でひつついて居るが、何分見る目がきのどく（はた迷惑な図だ）だ。瀛公も発明な人だから（賢い人だから）気のつかねへ筈もなし。いらざるおせ話だが、あれは止めさせてへ」せい「火鉢を離れると巨燵へ一緒にあたるよ」けん「巨燵をはなれたら、雪隠へ一緒に往くだらう」徳「一偕老同穴の契り浅からずとはいふが、チトあまりあるの（度が過ぎるな）」せい「欲庵が能いのを（うまいことを）云つたよ。巨燵から出て二相引の糸を引くと〔比翼の〕三鳥の羽の縫になるツ」徳「四鴛鴦の精霊か。ム、いゝ〳〵」けん「引ぬきで鳥になると、〔醜女の〕女房は五家鴨の精霊だらう」せい「独吟のげんぢよ六節で、七所作をお八助踊で見てへ」けん「しかし家鴨と迄もいくめへ（家鴨のよたよた踊りもできまい）。九薩摩芋の精霊さ」徳「とんだ一〇前狂言だ」せい「ちよつと湯へ往くにも友達と一緒には出さねへ。あんなに〔焼餅を〕焼くなら一一大福餅でも売らせれば〔売るより〕いゝ」けん「一二流行の一三八里半（焼芋）がいゝのさ」徳「おの〳〵あの婦人の得意なものだ（好物だ）。内へばかり買ふ事だらう。いづれ一四七去の内漏れる事なしだの（外れる条件なしだな）」せい「七去はおろか、一五腎虚の内をも漏れめへ」徳「やかましい」

一 共に老い死後も同じ穴に葬られること。
二 芝居で引抜きの衣装を結び合せてある紐。以下、変化物の見立て。
三 鳥の羽の縫模様のある衣装となる。
四 常に雌雄一緒にいる鳥。おしどり夫婦。
五 醜く不格好な鳥。「鴛鴦」に対していう。
六 玄如節。会津地方の民謡。天明年間の大飢饉の際、江戸で流行した。「玄如見たさに朝水汲めば姿かくしの霧が降る」など替え歌多数。
七 所作事。舞踊または舞踊劇。普通は長唄を伴奏とするものをいう。
八 天明の凶作のため、貧農の女たちが江戸に出て物乞いをした時に演じた歌、踊り。「新保広大寺」「越後口説」もこの類。一三頁注一三参照。
九 （好物の）薩摩芋同様、転がるだけ。
一〇 芝居で三番叟のあと、大序の前に演じられた狂言。脇狂言。
一一 古く鶉焼、腹太餅といい、塩餡を入れて焼いた餅。寛政期よりこの名に改め「大ふくもち、あつたかい」（三馬『綿温石奇効報条』）と売り歩いた。
一二 二六頁注五参照。
一三 九里（栗）に近い美味、の洒落。

一六 トいふ所へ、かみがたもの、商人体の男入来たりて　作「どうぢや、鬢(びん)さん」びん「や、お出(いで)なさい。作(さく)兵衛(べゑ)さん、きのふは何所(どこ)へお出なすつた」作「ハ。きのふは一七北国(ほつこく)へ」びん「一八お飛脚(ひきやく)にか」作「なんぞいふてかい［何を言うかい］。そりや一九寺岡平右衛門(てらをかへいゑもん)ぢやはいの。わ［私］しぢやて(だつて)、北国へ行かいではいの［吉原へ遊興にゆ行かないでいるものか］。あほういはんすな」びん「どつちがあほう云ふかしれねへ」作「ぢや迚(てて)、あんまりぢやがな。きのふはゑらう寒かつたによつてナ、河豚汁(ふぐじる)焚いて一盃(いつぱい)せう［飲もう］といふ所(ところ)ぢやが、酒(さけ)がいかんさかいナ［飲めないので］、飯(めし)なと食(くを)と思ふたが、イヤ〳〵、二〇屋敷(やしき)の掛取(かけとり)に往(い)ぬる方(ほう)が、やつと［いつそ］増(まし)ぢやと了簡(りやうけん)しかへてナ［考え直してな］、二一下谷(したや)まで往(い)たはい。所(ところ)が聞(き)かんせ。因果のわるさ［運の悪いことさ］。ごくどうめ［極道者めが］がおこしをらぬはい［〔金を〕よこさないんだよ］。チヨツ いま〳〵しい、へこ二二蛸(たこ)め。此様(こない)な時はいつその二三腐(くされ)ぢや。二四娼妓(おやま)なと買ふてナ、ひさしぶりのあばずれ［悪ふざけ］云ふて、どつと騒いでこまそ［やろうと］と思ふたが、イヤ〳〵爰(ここ)ぢや［〔が肝心〕だ］と。今から往(い)てどないな娼妓買ふても、マ悲しい〳〵［つらいことに］壱分(いちぶ)はかゝるはい」びん「壱分、ヱ、それで上げる［〔勘定を〕］つもりかヱ」作「マア あがらんにもせい マア きかんせ。その壱分を私(わし)が二五母者(ははじや)に進(しん)ぜたら、マどないに悦(よろこ)ばしやらうぞい。イヤ〳〵 爰ぢやと

一四 儒教で妻を離縁できる七条件。「父母に順でない、子がない、多言、窃盗、淫乱、嫉妬、悪疾」(『大戴礼』本命)。この七つすべてを備えている。

商人作兵衛の上方者気質

一五 房事過度のため精力が欠乏すること。「七去」と語呂を合わせた。

一六「かみがたもの」関西出身者。関西出身の独身者は、当時の江戸で目立ち『戯場粋言幕之外』(文化三年刊)の呉服屋の手代(てだい)藤助以来、三馬の滑稽本中にその上方気質、上方弁が描写された。

一七 吉原の異称。品川を南、深川を辰巳(たつみ)とも。

一八 当時「文使い」「町飛脚」などが客と女郎の連絡をした。ここは、「仮名手本忠臣蔵」七段目をふまえたからかい。注一九参照。

一九「忠臣蔵」で大星由良之助が寺岡平右衛門に「フウ寺岡平右とは、ヱヽ何でゑすか、前かど北国へお飛脚に行かれた、足の軽い足軽殿か」と言う場面がある。

二〇 武家屋敷の掛売り代金の請求。

二一 現台東区下谷。

二二「すかたん野郎」に同じ。だめな奴め。

二三 いっそのことだめになったついでに。

二四 女郎の関西での称。

二五 母親に進呈したら。

ナ気[一]を丹田に練つて、金壱分を胃の腑[二]にとつと落付けて（懐中にしっかりおさめて）ナゑいか、門跡[三]さんの傍をなんぼも往たり来たりして、とつくりと了簡仕替へた（思い直した）所で、ゑいか、御堂前[四]のあまざけ三盃呑んで、息なしに（一息に）走つて戻つた「みな〳〵わらふ」作「ヤ、モゑらう熱なつて、身内がほてつたはい」びん「きつい[五]上方腹だ。てつきりそんな事と思つたのさ」作「なんぢやい。上方腹とは何のこつちやい。上方の腹ぢや迚、仕入物[六]でも無けにや（無けりゃ）、江戸子のはらぢや迚誂向[七]ぢやあるまいがな」びん「御あつらへ向[八]正銘請合、現金かけ直なし[九]、五分[一〇]でも引かぬといふは、本[一一]たていれの江戸ッ子のはらさ」作「どこが現銀掛直なしぢややら、膽玉のちいさいくせに、何で腹があらうぞい。悪態（悪口）ばかりぼい〳〵ぼやきくさつて、性根[一二]がないはいの、感心（肝心）の性根が。ハヽ、ほんまの事ちや。くやしか（口惜しかったら）性根を出して見やんせ」びん「性根が江戸にかなふものかナ。まづ物事が素早いはな。上方の達引のざまを見たがいゝ「庄兵衛[一三]どん、一寸橋詰（橋の袂へ）まで出てもらをかい」トいふとの▲片ッ方の対手めが、同じく気が長いだ。「なんぢや、わしが事てごんすか」「ヲヽ、いかにもこなん（お前さん）の事て

一 臍の下に気力を込めて。健康と勇気を得るといわれる。
二 吐き出さず、懐中におさめて。
三 浅草の東本願寺。この傍らから浅草観音裏を抜ければ吉原へ行ける。この辺、近松門左衛門「冥途の飛脚」の忠兵衛の所作をふまえて滑稽化したか。
四 東本願寺門前にあった有名な甘酒屋。
五 (甘酒ですますとは)徹底してけちな関西人の了簡だ。
六 (問屋から仕入れた)既製品。
七 注文して作らせた製品。
八 御注文の品は間違いなく引き受けます。
九 現金売り、また上乗せした値段をつけない正札売り。なお、次行の「現銀」も同様の意だが、関西が「銀遣い」(金、銀、銭の三貨の中、銀を本位とする)であることを表す。江戸は金遣い。
一〇 僅かな金額でも値引きしない意と、少しも退かぬ意をかけた。
一一 かけひきなしの意地っ張り。「達入れ」、「達引」は喧嘩そのものをさすことが多い。
一二 根性。
一三 以下、庄兵衛と忠右衛門の達引は歌舞伎

ごんす」「ヲ、そりやマア安い事ちやが、己ひだるうなつたによつて、内へ往んで茶漬一ぜん食て来る間、先へ往て待つて居い」「ヲ、そりや互ちや。おれもその間に飯食て来るほどに、かならず逃ぐるなよ」「へ、なんで逃げうぞい。おのれ、その[一四]口忘れなよ」「へ、なんで忘れうぞい」「ゑいか」「ゑいは」「早う往ね」「この茶漬飯は、我から食ふか、おれから食ふか」「かき込やうの」「早いと遅いが」「たがひの性根」「庄兵衛」「忠右衛門」「後にあはう」▲ト云つて両方へ別れて、それから子分[一五]子方を両方から引連れて橋詰へ二人りならぶと、大勢の子分めらは角力の立合を見る気になつて、ヨヨ[一六]ゑらい〳〵なぞと見物してゐるのさ。智恵のねへ奴等ぢやアねへか。江戸で[一七]何合点するもんか。さうすると二人りがの、そろ〳〵とはじめるはい「庄兵衛ちよと[一八]下に居て貰かい」「ヲ、下に居たが何でありや」「わりや飯の食立で、づつならはないかよ」「おれ聞〔に〕からより、我づつなかないかい」「イヤ おりやづつなかないはい」「そんならおれもづつならないはい」「そんなら云はうかい。また跡の月の晦日の晩、[一九]砂場で貸した蕎麦の代銭三十六

「黒船出入湊」「黒船一代男」また浄瑠璃「姿競出入湊」などで有名な「黒船」のパロディ。「黒船」は侠客狂言として流行し、上方では第一位。大坂北浜・加嶋屋の丁稚が上町の馬士頭庄兵衛（獄門庄兵衛）に男色を口説かれ米切手を奪われる。それを堂島米仲仕の頭、根津四郎右衛門（黒船忠右衛門）が、新町橋で庄兵衛に出会って取返すという物語である。

＊烏亭焉馬の落話「太平楽の巻物」中巻に黒船の忠右衛門と江戸の助六の優劣を言い合う場面がある。三馬はこれに学んだか。三八頁＊参照。

一四 達引を申入れた言葉を忘れるなよ。

一五 子分に同じ。親方の対。

一六 並々でない、大変な。

一七 （悠長な達引を）どうして納得するものか。

一八 しゃがむ。うずくまる。

一九 新町遊郭の西口大門の南、小浜町の俗称。ここのうどん屋が有名であった。

文、しかもその内角銭[一]が一文交つたさかい、おれも男ぢや、そりや取るまい。差引残つて三十五文の銭、今こゝで受取らうかい」「ヲ、わりや マアしぶとい[二]事ぬかすなア。そつちに砂場の出入があれば、こつちも出入があるはい。橋詰のはつたい茶[三]十何盃と呑ました代銭、おれも爰で取らうかい」「ム、さう云や覚のはつたい茶」「我とおれとが出入[四]と出入の」「差引勘定」「どうして取らうとおもふぞい」「ヲ、かうして取る」▲トむなぐらを抓へると「所をかうして」▲トまたこつちから手を出して、鼠こつこ[五]、鼬こつこヲするやうな手つきをして、是からそろ〳〵万歳[六]といふ身で立上がるもんだから、抓合ふまでは欠が出る。それだから、気の短い見物は終まで見た事がねへ。それから比べては江戸ッ子の早さ。なんでも目紛らしい様だ。この傑[七]め、といふが速いか、握り拳で脳天をポントくらはす。なんだ此奴は、といふ隙に向脛をポキリと擲折くはさ。出刃庖丁は任俠の魂だ[八]」

(作)「コレ〳〵それがあほうぢやはいの。出刃庖丁で人をあやめれば、人にも難義させ、面々も迷惑するであるまいか。先第一には、主持なら御主人へ

一 天明四年、奥州仙台藩が飢饉のため、領内限り通用の目的で幕府の許可を得て鋳造した撫角（四隅がまるい）の鉄銭。仙台通宝。この銭三文で寛永通宝一文に当る。

二 強情でふてぶてしい。

三 大麦を炒って粉にひいた麦こがしを茶でといた飲物。

四 貸借の意に、争い、いざこざの意をからませた。「出入」には次の「差引勘定」の意もある。

五 子供の遊び。二人向い合って手を重ね、手の甲の皮をつまみ、下の手をはずしてまた上をつまむことを繰返す。

六 太夫、才蔵一組となり、祝詞をうたってまわる正月の大道芸。二人の達引の悠長さをたとえた。

七 相手を罵っていう語。この野郎め。

八 「刀は武士の魂」をふまえる。「任俠」は俠気ある町人。「たませへ」は江戸訛り。

不忠、親があらば親御たちへ不孝の[九]天辺ぢや。馬鹿者とも不埒ものとも諭やうのない[一〇]不覚悟ぢやぞヱ」びん「それでも立入となつては」作「ササ いはんすな、そこぢやて。そりや立入ぢやない、トツトノ [一一]横入ぢや。ほんまに[一二]男を立てるといふ者は、立派に口聞いて、[一三]詞論の利詰にして、得心さすは。ハテ それで得心ないならば、云ふても詮がないさかい、トツト 放置くがゑいはいの。そりや馬鹿者ぢやと思ふて、ハテ 負けたが能いは。[一四]堪忍五両、負けて三両の勝利ぢや。対手にならんだけ痛いめもせず、人の口端にもかからず、面々の身も無事に納まる。それでこそ男達といはれもすれ。今のやうな事しては、短気者の[一五]大ごくどう、[一六]軍書でいはゞ[一七]猪武者ぢや。によつて、[一八]世の中は化物は怖ないが、馬鹿ものがこはいといふ。そこぢやて。江戸の親たちが男の子持つたら、余程厳しう育てにや役たゝぬ。自慢ぢやないが、上方には其様な馬鹿者は出来ぬぢや。大坂の[一九]人気が荒いといふてもそんなぢやない。京都は別して[二〇]王城の地ぢやさかい、男も女子のやうで万事が[二一]やさかたに、優ぢやはいの」びん「[二二]京の着倒がなにをしつて。おれが去々

九 最上。極み。
一〇 思慮分別のないこと。
一一 横車を押す。無理に事を行う意。「立入」との語呂合せ。
一二 侠客であると自ら任ずる者。男立（男達）としての面目を保つ者。
一三 話し合って道理を説いて。
一四 堪忍に五両の値打があり、おまけしても三両の価がある意の俗諺をもじった。
一五 大馬鹿者。
一六 合戦の次第を記した書。ここは「軍談」に同じ。三七頁注一五参照。
一七 敵に突進するだけで迂回することを知らぬ思慮分別のない武者。
一八 諺「馬鹿と暗夜ほど怖いものはない」「馬鹿ほど恐い者はない」の類か。
一九 人情と気風。その地方の人に特有の気質。土地の気風。
二〇 天皇の座す都。
二一 優形に。気だて振舞いがやさしく。
二二 諺「京の着倒れ大坂の食倒れ」。

年上方へ上つた時、京愛宕山へ登ッて居たら、何所ともなしにざわ／＼ざは／＼と音がするから、海の鳴るのでもなし、あの震動は何だと聞いたら、傍に居る人がいふには、あれは京中で茶粥をすゝる音がごつちやになつて響く音ぢやと云つたが、おれもあの時は肝を潰したッけ」作「またあ悪ばずれいふかいの。爰な亭主の口といふたら、トツト かなはん。仏の御器ぢや」びん「それはしれた事さ。おまへがどんなに力身なすつても、江戸は繁花の地だ。江戸でなくては荷のはける所がねへから、〔江戸へ〕毎年下んなさるぢやァねへか。江戸ッ子の金をおまへがたがむしり取つて行くのだ。してみれば、江戸は諸国の為には大切な御得意様だから、江戸の方へ足をむけては江戸の罰があたりやす。男なら江戸へ下らずに、他の国へ商をして金持になつて見なせへ。そりやァ出来めへ。江戸のおかげで金が出来るのだ」作「なるほど、是はどうやら尤らしいはい。さういふ所に気が付かれては、上方者閉口ぢや。成ほどあちでも下へ下す荷が大分有るやうぢやけど、トツト 御当地の四半分も無いナ。ヤ こりや誤つた、閉口／＼、師直め

一 京都西北端、東の比叡山と対する山。愛宕権現信仰の霊山であり、また、行楽地としても有名。京自慢の引きあいに出される山。

二 茶の煎じ汁で煮た粥。京の朝粥。食生活の方は始末だ、との意を含めた。

三 仏壇に供える仏飯を盛る椀。普通は真鍮製。「かなはん」に「金椀」をかけて洒落た。

四 「力み」の宛字。

五 「…江戸ッ子のありがたさには生まれ落ちるから死ぬまで、生まれた土地を一寸も離れねへよ。アイ、お前方の様に、京で生まれて大坂に住つたり、様々にまごつき廻っても、挙句の果てはありがたいお江戸だから、けふまで暮してゐるぢやァねへかな…」(『浮世風呂』二編上。上方女に江戸の女が言う)。

六 上方。

七 上方から四国・中国・九州を指して呼ぶ。

八 四分の一。

九 「忠臣蔵」三段目で高師直が桃井若狭之助にいうせりふ。

誤つて(謝って)をるぞ。シタが(しかし)、お江戸といふ所(とこ)はこの上(うへ)もない繁花の地で、金設(かねもうけ)[一〇]が目の前にちらつく。ぢやによつて大道(だいどう)に金(かね)が満ち〳〵て、早(はや)う拾へ、早う設(もう)けい、と云はぬばかりぢやが、江戸子(ゑどこ)はその金を設ける事が下手(へた)ぢやはい。先(まづ)第一金が嫌(きら)ひと見えるはい」びん「それは燈台元暗(とうだいもとくら)しとやら、あんまり傍(そば)に居(ゐ)ては見つからねへで、遠くの人に拾はれる利屈(りくつ)さ」作「といふか マア そないな事でも云はにやなるまい。ヱヘン ちつとさうもあるまいかい(そうでもないだろうかね)[一一]」そばの人「東西只今(とうざいただいま)[一二]の角力行司(すまふぎやうじ)預り置きます」「みな〳〵わらふ」（作）「イヤ 皆さんおやかましうござりませう。御免下さりませ。爰(こゝ)な鬢公(びんこう)めは、私(わたくし)の顔さへ見りや争ひ(口喧嘩)でござります。ハヽヽヽ おまへさんがたへお負(まけ)[一三]を申すぢやないが、上(かみ)(上方で)で生れた私ぢやが、一体(いつたい)は御当地のお人様(ひとさま)は義強(ぎづよ)[一四]うて トツト 人気(じんき)[一五]が勇ましいナ。それゆゑ私どもも大好(だいす)きでござります。こりや最(も)う、ほんまの事でござります」びん「また和睦(わぼく)[一六]せうと思つて。上方者(かみがたもの)はどうしても所在(ぢよせへ)ねへ」作「イヤ〳〵こればかりは実(じつ)ぢや、真実(しんじつ)ほんまの事(こつ)ぢや。トキニト まだまアこちの方(ほう)へ〔順番が〕廻つてくるは、やつと(かなり)間(ひま)が入るな(かかるな)。ちよと往(い)て来(こ)うかい。

一〇「金儲け」の宛字。以下、江戸の気風をいう。三馬は、『客者評判記』（文化八年刊）のなかで、江戸の気風を二十歳、大坂を三十歳、京を四十歳の男にたとえ、「江戸は廿才(はたち)ばかりの気なるゆゑ生得たのもしく、請合うた一言には水火の中にも飛入るを嫌はず（中略）されど俗に申さば大様過ぎて少ししまらぬやうにも見ゆ」としている。

一一 そんな理屈でも云わなければ仕方があるまい。

一二 勝負なし。相撲の行司の口上で洒落た。

一三 お世辞をいう。

一四 義侠心がつよくて。

一五 土地の気風。注一〇参照。ここは、鼻っ柱がつよいだけで、といった程の揶揄の意をこめたか。

一六 仲なおりしよう。

この跡(あと)へ入(い)[一]れて置いて下(くだ)んせ」びん「またあしたになりますぜ」[二]作「ヤアだんない。[三]チョッ儘(まま)よ」びん「また欲ばりかネ」（商売かね）作「欲ばりが専(せん)[四]ぢや。月代剃(さかやきそ)る間(ま)も金がほしいはい　[五]トこしさげより二十八文出して、棚のびんみづ入れのかたはらにおく　そりや二[六]十八文ヨ。現銀(げんぎん)といふ中(うち)にも、こちのは前銭(まへせん)ぢやさかい、〔本当なら〕[七]二割も引かさにや歩合に廻らぬ。（金利として充分でない）ケドモ、[八]銭相場(ぜにさうば)が安うて、[九]的(てき)さんも引合ふまいと思ふさかい、こちから負けてやるぢや」びん「おまへの天窓(あたま)はよつぽど大(おほ)あたまだから、[一〇]三割ましをかけねへきやア合ひません」作「またぬかすかい。〔悪口を〕駕籠(かご)かきには[一一]御器量増(ごきれうまし)をとられて、髪結(かみゆひ)に大あたま増(まし)を出しては一向(いつかう)引合はんナ」びん「ナンノついぞ江戸の駕籠（町かご）に乗んなすつた事はあるめへ。[一二]道中(どうちう)かごにも乗れねへ筈(はず)だ。マア皆さんお聞きなさい。作兵衛(さくべゑ)さんが毎年(まいとし)の道中（旅で）に、連(つれ)になる人がねへと申しやす。その筈さ。[一三]下(お)り上(のぼ)りを弐分弐朱(にぶにしゆ)で上げるといふひどい（けちぶりだ）のだ。おまへさんがたは[一四]一寸江(ちよつとゑ)の島(しま)へ〔遊山に〕お出でなすつても、安上がりにして五両と（五両とか）十両はおつかひなさらアス。[一五]百三十里の道中を、往来(ゆきき)で二分弐朱(にぶにし)さ。おそろしい人もあるもんだネ」作「コレ／＼[一六]好稾駕籠(よしわらかご)にも乗るけどナ、いま／＼

一 順番をとっておいて下さい。
二 (これから出かけたら) 今日中には間に合わない、の意。
三 チェッ、どうでもいいや。
四 もっぱら。専一。上方ことば。
五 〔こしさげ〕印判入れ、印籠など腰に提げて携える物。ここは銭ぶくろか。〔びんみづ入れ〕鬢水（髪をすく際に用いる。つや出しのため美男葛を漬けてある）を入れる陶製の丸く平たい器。「ヤレ有難や此の櫛箱に焼物の鬢水入」(近松門左衛門「冥途の飛脚」)。
六 前出の隠居（四五頁参照）と同じくケチで旧料金を支払った。前銭云々はその言い訳。
七 髪結賃三十二文の二割引ならば二十六文になる。
八 銭貨と金・銀貨との交換相場。江戸期当初の金一両＝銀六十匁＝銭四貫文の比率は、重なる改鋳により、幕末には七貫＝一両にまで下落した。
九 相手。元来、遊里語で客が相手の女郎を呼ぶ称。敵娼(あいかた)。ここは髪結床のこと。
一〇 三割加えた代金をとらねば。
一一 駕籠舁用語。客の風采の立派なことを口実に料金の割増を要求すること。割増料金。
一二 街道で旅人をのせる駕籠。

一三 江戸へ下り、上方へ上ること。
一四 神奈川県藤沢市片瀬海岸の小島。弁財天の祠があり名勝地。二か月に一度の己巳(つちのとみ)の縁日には参詣人で賑った。
一五 江戸からの里程としては、京～大坂の中途に当る。
一六 吉原駕籠。吉原遊廓へ通う遊客を乗せて往来した町駕籠。
一七 一挺の四つ手駕籠を三人（交代役が一人）がかりで舁く場合を三枚肩、略して三枚という。「三枚並」は普通に二人で舁くが、三枚と同じ速さを出す場合をいう。
一八 現台東区浅草の金龍山浅草寺の山門。
一九 「四つ手を急速を専らとする時は二夫一歩毎各発声して『はあん』『ほう』と云也俗に掛声と云也」（『守貞漫稿』）。
二〇 腹立たしさ。胸くその悪さ。
二一 浄瑠璃社会の隠語。さしでぐち。おせっかい。
二二 低く太いにごった声。
二三 いきごみを失って沈黙した。
二四 蜻蛉の羽のように棒の前端に横木をつけ、その両端を二人で担ぎ、後棒を一人で担ぐ。長持など重いものの担ぎ方。
二五 棺桶を担ぐような格好で。

しい事があるはい。三(さん)[17]まへ並(なみ)でト乗つて来るはナゑいか。ソコデ雷門(かみなりもん)[18]のあたりまではキヤツ〳〵と掛声(かけごゑ)[19]しくさるがナ、それから跡(あと)といふたら唖(おし)の駕籠かきぢや。マ、ギウともスウともいひをらいで(言わないで)走るはい。その上に跡から来る駕(かご)めはナ、さつさと欠抜(かけぬ)ける(追越すのだ)ぢや。ヤそのいま〳〵[20]しさが、たまつたもんぢやないはい。私(わし)もあんまりぢやさかい、駕籠の衆(しゅ)、掛声をせんかいトいふたら、跡な奴(やつ)めが(あと棒が)ナ、掛声して能(よ)けりやこちでする、いらぬ左平(さへい)[21]次(じ)ぢやといふ様な事いふたはい。最(も)う私(わし)もたまらんさかい、そんなら掛声せいでもだんないが(かまわないが)、なぜに跡な駕籠に乗越されたのぢやといふたら、ありや三枚(さんまい)ぢやといふさかい、私も三枚ぢやといふたら、おまへのは三枚並(なみ)ぢや、マア三枚並で掛声してかけられる事か、おまへ爰(ここ)へ出てかいて(かついで)見なされ、トゑらいドス[22]声(ごゑ)できめをつた(きめつけたものだから)によつて、わしもしゆつと消え[23]て仕(し)舞(も)た」「みな〳〵(わらふ)」びん「作兵衛さんは重からうヨ」留「とんぼう[24]持(もち)で能(い)いのだネヱ」作「留(とめ)めが久(ひさ)しぶりで口出(くちだ)ししをつた。アノ洟垂(はなたれ)めが。すつ込んで居(ゐ)い」留「お寺へ[25]持往(もってこ)うといふ身(み)で、だんまりで(だまって)かついだのだネ、ハ、、、、そば

[一] にゐる短八といふ人、さいぜんよりかゞみを取りてひげをぬいてゐたりしが、あごのあたりを手でなでながら 短「駕籠でおもひ出したが、先へ行く駕籠を乗越す（追越す）時は「若い衆御苦労」と詞をかけて乗越すの 長六といふ人、手ぬぐひをかたにかけて [二] びんぼうゆるぎをしてゐたるが 長「さうさ。あれは礼義と見えるテ」短「舟も タシカ さうだつけか」長「されば（そうだったかな）、気がつかねへ」作「ヤ駕籠には最一度ゐらいめに逢ふたて。こちから〔吉原へ〕往く時ぢやつたがナ、早う遣つて下んせ、南鐐[三]ぢや、といふたら、ヲット まかせ（合点だ）、と急ぎをるはい。ソコデ 五六丁も往たと思ふと、俄に遅うなつて、ゆらり〳〵とかきをる（舁いでゆくので）さかい、コリヤ〳〵 急ぎぢや、その代に南鐐ぢやはいの、早うやらんせ、トいふたら、また掛声してさつさとかけたはゐいが、五丁ほども往たら、またゆる〳〵とかきをる。ソコデ 私も気がせくさかい、コレ どうぢやい南鐐ぢやがナ、なんでおそいぞい（遅いのか）、急いでくれたら南鐐やる、おそけりや否ぢや、南鐐ぢや〳〵といふたら、またかけをるはい。そちこちして土手[四]へ下したところで、ソレ 南鐐と一片[五]出してやるト、駕籠かきめがきよろり（きょとんと）として居くさる（いやがる）とおもはんせ。ゐいか ハテ 南鐐でよかろがのト行かうとすると、駕籠かきがきゝをらん（承知しないのだ）はい。なんぢや

一 〔短八〕二〇頁口絵右端、壁にもたれている人物参照。ひげを抜くのは男子の身だしなみ。「あそびどころとして入来る人もあるべし」（四三頁七行参照）。

二 〔びんぼうゆるぎ〕貧乏ゆすり。

三 二朱銀の異称。長方形の銀貨で、金二朱に相当する。

四 山谷堀の堤防、日本堤。俗に土手八丁といわれた吉原へ通う道。土手に並んだ掛茶屋などで、「中継ぎ」と称して酒を飲み、日暮れを待って大門入りをするのが遊客の常であった。土手から大門へかかる坂を、客が衣紋を直すところから衣紋坂といった。

五 南鐐の表面に「以南鐐八片、換小判一両」の文字が刻してあるので南鐐一片と呼んだ。

といふたら、最前の約束が南鐐三片ぢやといふはい。イヤ こちは一片の筈ぢやといふたら、イヤ／＼南鐐やるといふ事を三度いふたさかい（言ったから）、〔合計〕壱分二[六]朱ぢやと云ひくさつて、[七]邪でも非でもうけをらぬ（承知しない）に仍つて、是非ならわけ（仕方なく話を）たてて百疋[八]。ヤモゑらい目に度々出遇ふた」「アハヽヽヽ、みな／＼（わらふ） 作「わしがはたきがまだあるはい。アノナ〔江戸へ〕初めて下つた折に、どこやらの家へ娼妓買に往た。まづゑいナ。何[九]や角が済んで仕舞て、床へ往たは。ゑいか。私ひとりつき離されて勝手がしれんぢやあるまいか（勝手が知れないじゃないか）。所で蒲団[一〇]が三ッ重ねてあるは。ゑいか。ハヽア これは何でもこの上なふとん（上の）を着て寝る事ちや、と思ふてナ、今思へば推が悪いはい。ソコデ 上な蒲団を持上げて、ト二枚の蒲団の上へそつと這入つて、蒲団着て寝てゐると、サア 娼妓が来て見て、肝を潰[一一]さん事か。悪ヂヤリすなの（悪ふざけするなだの）、あばずれぢやのと（すれっからしだのと）、ぼやき／＼つゥいと何所やら往て仕舞た。ハテ [一二]めんよな（妙な）事ちやがナ、おりや何もあばずれした覚はないが、とおもふてゐると、[一三]引舟が来てナ、先起きい（起きなさい）といふさかい起きたらナ、おまへさん、[一四]寝なますなら爰な上へ寝なませといふて、蒲団

六 二朱銀の三倍。四朱で金一歩に相当。

七 何が何でも。「是が非でも」に同じ。

八 一疋は銭十文。百疋は銭一貫文。金一歩（四朱・南鐐二片）に相当。

＊『守貞漫稿』に「四つ手賃銭日本橋辺より新吉原大門迄大略金二朱即銭にて八百文ばかり也三夫四夫にて輪替し舁くも准レ之て金三朱、四夫は一分也」とある。作兵衛は普通の駕籠賃（二朱）で、「早う遣つて下んせ」と三枚並に急がせるつもりだったが、三度言ったために一歩二朱請求された。値切って一歩支払ったが、それでも四夫の駕籠賃にあたる。始末屋の上方者にしては大失敗である。

九 女郎を見立て遣手を介して出会い、型どおりの盃事を済ませたりして。

一〇 上級の女郎（昼三、座敷持ちなど）は三枚重ねの敷蒲団を用いた。三つ蒲団という。

一一 つぶしたのなんの、の意。

一二 「面妖」の訛。

一三 上級の女郎に付き添い、客席をとりもつ女郎。吉原の番頭新造（番新）を上方風にいった。

一四 寝なさいますなら。「なます」は尊敬の意を表す吉原語。

三ツの上へ寝さして呉れたはい。ハット思ふて能らみたれば、ゑらう綿の入つた錦[1]の夜着がナ、蒲団の裾の方に有つたはい。私またわるい推[2]を遣つてナ、娼妓の衣装を積んだのぢやと思ふたはいのハヽヽヽ。今おもふて見ればあほらしうて、その癡さがたまらんはい」みな〳〵「ハヽヽヽヽ」作「ヤヤ最う往の〳〵。兎に角咄が長なつてならんは。しからば、イヤ皆さんこれに」びん「最うちつとお咄なせへ」作「イヤ〳〵、居た迚あかんはいの ト出て行く

長「軽業[3]の口上といふ男だの」短「桃色[4]の肩衣を羽織つて、ちやるめら[5]を吹かうといふ人だ」びん「気のかるいお方さ」短「長六、手めへ懐に何を入居る」長「新道[6]の八百屋から猫を貰つて来た」短「小猫か」長「ム、何とか名[7]を号けようと思ふが、駒だの、福だのといふも古いから、なんぞすてきに強い名を工面するが、どうもねへ」短「弁慶[8]とつけやな」長「弁慶でもあるめへよ」短「そんなら朝比奈[9]か、金時[10]か。ウンニヤ いつそ飛んで関羽[11]と号けるがいゝ」長「何さ女猫だはな」短「フム 待てよ、巴御前[12]はどうだ」長「呼にくいナ。一ツ呼んで見よう。チヨツ〳〵〳〵 巴御前来い〳〵〳〵。こ

一 色糸で華麗な模様を織り出した厚地の絹織物でつくった掛蒲団。

二 間違った推量。わる推とも。

三 安永以来、上方より名人が江戸へ下って流行した。綱渡り、竹渡り、刀の刃渡り、籠抜け、枕返しなどが中洲、葺屋町河岸、東西両国、浅草奥山などで興行された。「口上」はその実演に際しての説明。調子よくしゃべり続けたのでこう言った。

四 「肩衣」は袖なしで肩から背に掛けて衣の上に着た上着。軽業の口上言いの服装。

貰ってきた猫の名付

五 ポルトガル語の chalamela の訛。孔が七つあるラッパ型の管楽器。唐人笛。

六 五〇頁注九参照。

七 貰い猫に強い名を付けようとして青空、風、屏風、鼠と考えた挙句、猫とつけるという咄が安永七年刊『落話花之家抄』「猫」にみえる。以後、この種の話が多くの咄本に出る。

八 武蔵坊弁慶。源義経の忠臣。強力無双。以下、歌舞伎等で当時の庶民に耳なれた勇者猛女の名があげられる。

九 朝比奈三郎義秀。和田義盛の子。母は巴御前。読本の英雄でもある。

一〇 坂田金時。源頼光の四天王の一人。

一一 蜀王劉備玄徳の臣。『通俗三国志』に登

場。
一二 木曾義仲の妾。義仲に従って出陣し奮戦した女傑。義仲の死後捕えられ、和田義盛に嫁した。
一三 鎌倉時代初期の勇婦。甥の城資盛が源頼家に対して挙兵した際、陣頭に立って奮戦したが、捕えられた。歌舞伎「和田合戦女舞鶴」で有名。
一四 死者の姿が煙の中に現れるという香の名。漢の孝武帝が李夫人の死後、香を燻じて面影をみたという故事による。浄瑠璃「傾城反魂香」で有名。咄本にも「はんごん香」(『売集御座寿』)とみえる。
一五 後見人としてその児に命名する人。
一六 「龍」と「梅」、「虎」と「竹」は縁語。浄瑠璃「国姓爺後日合戦」にも「龍吟ずれば雲起り、虎嘯(うそぶ)けば風噪(さわ)ぎ、龍虎梅竹目前に」とある。
一七 力士、小野川喜三郎。江州大津生れ。寛政元年横綱を免許された。
一八 力士、二代目谷風梶之助。奥州宮城郡の人。小野川と同時に横綱を許された。天明・寛政期の十数年、この二人の名力士の対決が江戸の評判となった。
一九 「龍来い龍来い」を相撲のかけ声とみて、こう言った。

いつは悪(わり)い。さつぱり舌が廻らねへ物を(まわらないなあ)」短「巴(ともゑ)といはつしナ(呼びなよ)」長「巴来い／＼巴々。ナニ／＼どう云つてもよびにくい」短「そんなら板額(はんがく)[一三]さ」長「板額来い／＼。板額来(はんがつこ)／＼／＼」短「反魂香(はんごんかう)[一四]と聞えるかの」長「わるい／＼」短「待たつしよ。ドレおれが猫の号親(なづけおや)[一五]になつてやらう。ヱヽト強いものと、ハテ何だらうナ。ヲツトあり／＼あるぞ／＼。虎(とら)と号(つ)けさつし。虎ほど強いやつはねへ」長「ムウ待ちねへよ。虎はなるほど強いが、龍虎梅(りやうこばい)[一六]竹(ちく)といふから、龍(りやう)の方が上(うへ)だぜ」短「なるほど、それもさうかの。先(まづ)虎と龍と戦ふと、龍は飛びあるく事が自由だから、虎は叶(かな)ふめへ」長「そんなら龍とせうか」短「龍来い龍来い」長「小(を)の川(がは)[一七]に谷風(たにかぜ)[一八]といひさうだの」短「ど[一九]こい／＼か。ア、わりい」長「しかし、龍も雲がなくてははじまらねへぜ(格好がつかないぜ)」短「なるほど雲にはかなはねへの」長「雲とつけようか」短「またつし／＼」長「雲も風には吹きはらはれるの。そんなら風か」短「さうさの。その風も障子(せうじ)といふものを閉(た)てると、めつたに吹込む事はならねへ」長「風よりは障子が強いの。チヨツいつそ障子と号けようか」短「待ちねへよ。障子もねづみには嚙られる」長「さうさ〳〵鼠と号けよう」短「イヤ〳〵鼠も猫にはかなはねへ」長「ム、なるほど鼠よりは猫がつよい」短「そんなら苦労する事はねへ」長「なぜ」短「やつぱり猫と呼ぶがいゝ」長「おきやァがれ。大きに苦労したぜ　トいふ時ふところにて猫「ニヤア　トなく　長「なんだニヤアだ。古風に泣くぜ。あんまりおさだまりだ。ワンとでも泣いてくれりやァ、見せ物師に売つてお釜[一]を起すに」短「うさァねへ。いつその事ニヤンと号けるがいゝ」長「ゥム　こいつァいゝ。ニヤンとせう」短「ニヤンとせうでは、五大力[二]〔詞の〕のやうだ」

道楽息子をさがす爺さまの愚痴

トいふ所へ、六十余のぢいさま来たりて　中右衛門「長さん、おらが野郎をしらねへか」長「イ、ェ」中「にくいやつだ。何所へ這入込んでうしやァがるか、影も形も見せねへ」長「今朝出たのかェ」中「今朝なら能いけれど、一昨日の朝出た儘だ。今に帰らねへ」長「またはじまつたネ。何を聞きなすつたか、横町[三]の恋屋[四]を」中「何、あすこにも居ねへ。悪い癖な野郎さ。いつまでも馬鹿が止まねへはな。おれが目の黒い内は能いが、今にも目をねむつて見なせへ。内[五]は闇だ」長「さうさ。おめへの目が白く[六]為つては後悔さ。せめて黒い内に了簡[七]

一　かまどを起す。身代をつくる。ひと儲けする意。

二　長唄の曲名。寛政七年正月、都座興行の「五大力恋緘」で用いられ、大流行しためりやす。「たとへせかれて程経るとも。縁と時節の木を待つ。はて何としよ。互の心打解けて。上べは解かぬ五大力」とあるのによる。「五大力」は「五大力菩薩」の略で、魔除け、誓いの印に簪、キセル、三味線の裏皮などに書きつけた語。

三　表通りから横へ入った町筋。木戸内の棟割長屋に比して高級な住居が多い。

四　遊芸の師匠。

五　家庭はめちゃくちゃになる。

六　死んでしまってから反省しても、もうおそい。

七　考えを入れかえる。

をつければ能(い)いのさ」短「病目(やみめ)[八]で、目の赤い内(うち)はどうだらう」長「馬鹿ァ云(い)やな」短「好藁(よしわら)[九]があかるくなれば内は闇だ。こまつたもんだの」中「マアきゝねへ。[一〇]あいつが尻(しり)をぬぐふばかりも〔あと始末をするだけでも〕、何度(なんど)だかしれねへぜ」長「おめへが尻をぬぐふから悪(わり)いはな。今度からかまひつけぬがいゝ」中「どうもさうはならぬよ。一体(いつてい)あいつを留置(とめと)[一一]いて、貸すやつが悪(わり)いはな。アヽこまつたやつだ。おめへがたのやうに商売(しやうべい)を精出(せへだ)して、眷属(けんぞく)[一二]を養ふものはその身(み)も始終がよし〔行く末がいいし〕、親たちも老入(おいれ)がいゝ〔老先きが安心だ〕。両方の仕合(しやはせ)だ。おらが所(とこ)の野郎がやうに世話をやかせる奴(やつ)は親が苦労する罪(つみ)ばかりでも、立行(たちいき)[一三]はろくでねへのさ。親は子が可愛(かはゆ)いから、罰(ばち)をあてる気はなけれど、天道(てんとう)さまが見てござるから、終(つひ)には罰が当ります。ほんの事(ほんとの)さ。おめへ方(がた)も今(いま)の分〔様子〕ならいゝが、てん〴〵〔それぞれに〕に用心(ようじん)しなせへ。老人(としより)といふものは悪(わり)い事はいはねへものだ。ドリヤ往(い)きませう」長「何所(どこ)へ往きなさる」中「地主(ぢぬし)[一四]さまへ往つて来(こ)ねへきやアならねへ。アイそんなら」トわかれる

びん「中右衛門(なか)さんも、あの息子(むすこ)では大(おほ)きに苦労するの」短「さうよ」長

八 眼病で。

九 吉原の遊びに通暁するようになる時分には家庭の中はめちゃくちゃになる。川柳。

一〇 吉原遊びでこしらえた借金。

一一 居続けさせて、店が揚代を貸す意だが、敵娼(あいかた)となった女郎が内証(店の会計)へ一時立て替え払いをしたり、「身上がり」「立てを引く」(女郎が身銭で遊ばせる)形にすることもあった。

一二 親族。家族。

一三 将来はろくなことはない。

一四 棟割長屋の住人ならば、地主の差配としての大家との日常の交渉はあっても、地主と直接交渉する必要も機会もないのが普通。ここに登場する「中右衛門」が、長屋の住人より上層の、「ちつとばかりの株家督」(次頁五行)を持っている層であることをも示す。

三十過ぎての放蕩者

「こまつた子だぜ」びん「ひとり子と云ふものは、兎角あまやかすから役に立たねへ」長「全体子も悪いけれど、親がやさしいから悪いのよ」短「小児の時から云なり次第に育てると、あゝなるやつよ」長「此頃はおつな所へはまつて、血道をぶちあげて騒いでゐるが、今に見ねへよ。なけなしの金を捨てて、ちつとばかりの株[一]家督を他の手に渡してしまふだ」短「ほんによ。あゝなると、他の異見も耳には這入らねへはな」長「能い事を云つて遣つても、右の耳から左りの耳へぬけうら[二]になつ居るから、はじまらねへ。あの子は、十八九のとしまでは評判のをとなし者だつけが、いつの間にあんな放蕩者[三]に成つたか」びん「人も三十越してどうらくになつたのはむづかしいよ。その筈だ。見るほどの事、きくほどの事が皆珍らしいから、爰[四]でたまらねへはな」長「遊[五]といふものは、面白づくしにして金をつかはねばならぬやうにしかけた物だから、手めへから了簡つけて、よつぽど勘弁せねばならねへ」短「うかりとすると、おとし穴[六]へはまるよ。三十こしてからはまつた者は、これほど面白い事を今までしらなんだが残念、

一 「株」は営業上の特権、権利で売買できた。「家督」は家産、相続財産。

二 行きどまりとならず、通り抜けられる裏道。通りぬけ。

三 道楽者、極道者。

四 その珍しさで我慢ができないのだよ。

五 「あそび」の江戸訛。遊興。ここは悪所での遊びを指す。

六 窮地に追い込まれることになるよ。とくに女色にはまりこむことにいう。

など丶つかひかけるから（遊びはじめるから）、矢も楯（たて）もたまらぬテ　トいひながら、きせるの火玉をひざの上へ落とす　熱ッ、ッ、ッ、。こいつ矢も楯も所（どころ）か、鉄炮玉（てつぱうだま）だ」長「[七]二百〔値が〕下がる」短「[八]身上（しんぜう）〳〵」

柳髪新話浮世床（りうはつしんわうきよどこ）　初編（しよへん）　巻之中　畢

七　着物が焦げて質屋のつける値が二百文下がる。

八　身上が潰れる。大損だ。

柳髪新話浮世床　初編　巻之下

江戸戯作者　式亭三馬　戯編

〔一 垢をためて置く板へゆびをすり付けながら〕びん「むかしの誰[二]とかいふ女郎が、通人[三]とは廓[四]へ這入らぬ人を通人といふ、女郎買をして金をつかふ者は、おそかれ速かれ身体[五]を滅すから野暮だ、と云つたさうだが、悟つて見ればそんなものかい」短「違ねへ」長「角屋敷[六]竟には野暮の手へ渡り、ト川柳点[七]にあるが、うそはねへ」びん「通だの通り者だのといはれて身体を潰すよりかも、野暮と云はれて金をためた方が利方だの」長「それをしりつゝ〔色には〕迷ふやつさ」びん「あれもちつとは迷つて見るがいゝのさ。若い内にちつと修行して見て、早く足を洗ふがいゝ。〔遊び〕上手になれば成るほど金が入る」短「そしていつまで遊んでもおなじ調子だはな」長「馬鹿[八]にされるで面白いのだが、馬鹿にされると気がついちやア最うお仕舞だ」びん「なんでも商売に精出して見ねへ。親もに

一〔垢をためて置く板〕毛受けとは別か。

二 吉原三浦屋のおいらん、四代目高尾の言といわれる。「されば吉原へは入らぬこそ実の通意と高雄が金言」（梅暮里谷峨『傾城買二筋道』自跋）といった言説が洒落本に多く記されている。この**かくあるべしの道楽訓**粋論が庶民向けの処世訓として語られている。

三 四六頁注一参照。一般に、大通、通、半可通、野暮などの美的理念とそれを体現した類型的遊客像が遊里文化の中から創り出され、洒落本などの登場人物として描写された。

四 遊廓、遊里。

五「身代」に同じ。

六 遊里で豪勢に遊んで通人となったが、その借金のため、由緒ある家が金のある無粋な男に売り渡された、の意。「角屋敷」は、江戸草分け以来の旧い商家で、市中の十字路の角にあったことによる。地の利を得ており、この地面、家屋の所有は町人の面目とされた。

七 点者によって出題された七・七の前句に五・七・五の付句を付ける前句付。世相人情をうがって江戸庶民の間に盛んとなった。宝

こ〳〵すれば、かゝアも焼餅はやかずか、[九]物前にも苦労がうすくて、寿命が延びるやうだ」長「さうよ。その証拠には、〔廓への〕行と帰りとのこゝろ持を見ねへな」びん「[一〇]楽みのあとへは苦来たるとは、あすこだテナ」短「平生苦しんで見さつし。[一一]卅日々々が安楽だ」びん「若くても、おめへたちのやうに早く心づくと大丈夫だが、兎角若者はさう行かねへものさ。ハイ（トせなかをゆびにてちよつく）徳太郎「ア、さつぱりとした。サア〳〵聖公、賢公、あいばつし」三人「アイそんなら」びん「ハイ明日（ト三人は帰る）長「おれが番か。ありがたい。やつと[一二]の事でお鉢が廻つて来た」短「留、てめへまた疵をつけめへぞ」とめ「そりやア違ひやす。[一三]よくもみなせへ」長「鬢さん。けふはちつと油をつけてもらはうぜ。[一四]水髪にばかり結ふと、毛が切れるといふから」びん「切れてもいゝぢやアねへか」長「それでも見ッともねへはな。おれだつても、ちつとは色気があらうぢやアねへか」短「食気の方が勝居らァ。その顔で色気があられちやア[一五]糞色だ」長「おらァ[一六]路考茶といふ色ではやらせるつもりだ。むごくいふぜ」

暦頃の点者柄井川柳が評点を付したものが評判となったことから「川柳点」と呼ばれ、後には「川柳」と呼称された。

八 遊里でだまされうまくあしらわれるから。

九 大晦日、盆、節供などの「物日」の前。掛買いの代金の支払い日にあたる。

一〇 諺「楽尽 哀来」（『譬喩尽』）。

一一 月末。掛買い代金の支払い日。旧暦（太陰暦）の月末は三十日または二十九日。

一二 順番が廻ってきた。

一三 剃る前に月代をよく揉んで柔らかくすること。客自身が揉む（三〇頁注三参照）。

一四 油を使わないで結う髪。「たばね」（二五頁一四行参照）。

一五 もし色気があるとすれば、汚物の色だ、の意。「糞」は小児語で、大便。

一六 路考茶という色の色男として人気を集めるつもりだ、の意。「路考茶」は青味がかった黄土色。二代目瀬川菊之丞、通称王子路考が舞台に用いて宝暦頃流行し、この頃再び流行した。『式亭雑記』文化七年六月の条に「夏冬ともに女の衣装に伊予染流行並に鹿子流行、路考茶流行…」、また「路考茶をね、不断着にそめてもらひました」（『浮世風呂』三編上）とある。

悪戯者の丁稚にお手挙げ

十ある。トいふところへ、としころ十二三のでっち入来たり　でっち「鬢さん。最ういくつほどある」長「まだ百[一]五六十ある。コレ内へ帰つてさう云へ。旦那に、透を待居ちやア一日埒明かねへから、こつちへ来て待つてお出なせへと」でっち「なんの、人をつけにした。百五六十もすさまじい」短「ほんとうだ」でっち「何うそを。コウ鬢さん、ほんとうに幾人だよ」[二]トいひながら、つばきをゆびのさきへ付けて、木地蠟色の台箱へのしこし山を書いてゐる　びん「ヤイ〳〵よさねへか。この調市[三]はよくいたづらをしやアがる」でっち「よくいたづらをするならしかりなさんな。悪くいたづらをするなら叱るがいゝ」びん「くちのへらねへがきだ。それ見ろ。あんまりいたづらをするから、着物は鍵裂だらけだ」長「焼穴を拵へたナ。火鉢へあたつて居ねむりをするからだ」短「口答へばつかりして、動啼[四]をする野郎よ。旦那が気が好いから済んで通るが、他所へ出ては一日も勤らねへぞ」びん「使に出せばおそしの、湯へいけば喧嘩して内へ届けられる[五]。一寸外へ出ると、天麩羅[六]や大福餅を買食するか。かゝつた奴ぢやアねへ」でっち「いゝのさ。おめへの所へ奉公せうとはいはねへから」短「アレあゝいふ口だ」とめ「きのふネ、お客へ茶を出す

一 「いつそく」は一束。魚屋、鴬籠屋、八百屋などの符牒で百をいう。

二 〔木地蠟色〕きじろいろ。「木地蠟色塗」の略。半透明の漆を木地にじかに薄く塗り、蠟色漆を塗って磨き上げたもの。〔台箱〕髪結の道具を入れる箱（二二一頁口絵参照）。〔のしこし山〕この五文字を連ね書きして男根の形を描く落書。

三 でっち小僧。調一。「調一を打たりけり」（『古今著聞集』）、「双六のさいのめに一か二つをりたるをでつちといふ」（『平治物語』）。

四 働きながら愚痴をこぼすこと。不平ばかり言って素直に働かぬこと。

五 言いつけにこられる。

六 いずれも道端の屋台店等で売っていた。この頃からの流行である。

とつて(として)、袂(たもと)から薩摩芋(さつまいも)の食(くひ)かけを落としやした」でっち「ナニ このしらくも[七]
天窓(あたま)め。てめへも番太[八](ばんた)の権助(ごんすけ)が所(とこ)で、お市[九](いち)やねぢがね[一〇]を借りて食(つけで)ふぢやァ
ねへか。しかも、きのふも銭(ぜに)を催促(さいそく)された」とめ「べらぼうめ、人が違はァ
[一一]トはいへども、おやかたの手前へきのどくのおもはくにて、顔を真赤にしてゐる　でっち「それ、見たがいゝ。ほんとうの事だ
から顔を真赤(まつか)にしてゐらァ」とめ「この調市(でっち)は、覚(おぼ)えてゐやァがれ。無(ねへ)もし（有りもしないことをいいやがって）
ねへことをぬかして」びん「ヤイ〳〵留。からかふなイ。だまつて仕事をし
ろェ」とめ「アイ」でっち「ソリヤ叱(しか)られたんのうッ[一二]」短「こいつは終(しまい)に何(なん)になる
だらう。商人(あきんど)には巻舌(まきじた)でむかず、職人には手ぶつてう（不器用だ）なり。ヤイ 手習(てなれへ)する
か」でっち「何(なに)、するものか。手習する罪はしねへ（手習いするような悪いことはしない）」長「算盤(そろばん)をおくか（使えるか）」でっ
ち「算盤、ヘン 算盤は[一三]二之段(だん)ぎりだ(だけだ)」びん「べらぼうめ。それは始(はじま)りだァ。そ
れッ切(きり)か」長「いつから習ふ」でっち「けふで五十日ほどになるが、天窓(あたま)が痛
くッて、ねつから(まるっきり)覚えられねへ。おらが所(とこ)の八兵衛さんは、闇(やみ)とぶん(むやみにぶった)のめ
すから(たくから)、教(をせ)へるよりかも打(ぶ)つ方がたんとだ(多いんだ)。二の段ははじまりだといふが、
おめへたちはしるめへ。その前(めへ)に一の段を習(なれ)へやァした」びん「一の段とい

七 白癬（伝染性皮膚病の一）のできている頭。患部が白くなっている。人を罵る語。

八 「番太郎」の略。市中の四つ辻にある番小屋（九尺に一間が定制）に勤める人。警固、火の番、各戸への連絡、拍子木を打って暮六つ（午後六時）を報ずるなど町内の雑務にあたった。冬は焼いも、夏は金魚を売り、また常に駄菓子を売った。一七頁口絵参照。

九 落雁に似た駄菓子。「『お市といふ菓子でござります』『ムム、お市なら饅頭でもありさうなもの』」（『浮世風呂』前編上）。

一〇 煎豆、煎米を飴で固め、中央でねじった形の駄菓子。

一一 〔きのどくのおもはくにて〕心苦しい、困ったという様子で。

一二 安永・天明期に流行した数え唄「一つ長屋の佐次兵衛殿」の末尾は「お猿の身なればおいてきタンノウ」と結ぶ。これをもじって、「た」止めの文句を「たんのう」と洒落ることが流行した。ここも「叱られた」を茶化してこう言った。

一三 九の段まである割り算の九九(くく)のうちの二の段。

一　一から九までの掛算表。

二　珠算で除数が二桁以上の割算。独特の九九を用いるが、その初段の先頭が「見一無頭作九の一」であるところから出た名称。

三　口から洩らす意。「言う」の罵り言葉。

四　早口言葉、例えば「あの客はよく柿をくう客だ」（三馬『日本一癡鑑』）などに擬した。

五　「いらぬお世話の焼餅やき」をもじった洒落。「おせゝ」はお世話、おせっかい。

六　順番がくるまで幾人…、の意。

七　ひどい目に合わせる、の意。唾をなめさせること。

八　おれさまが好きなようにするままだ。

ふがあるもんか。[一]九九だらう」でっち「ム、その事よ。おらァ二の段でさへ天窓が痛へから、[二]見一まで習はうとしたら、命がたまるめへとおもふからの、一昨日そつと内（実家へ）へ倚つてかゝさんにはなしたらの、そんなに痛いめをするなら、奉公せずと内へ逃げて来いと云つたァ。算盤で命をとられちやアたまらねへから、今度教へようト[三]ぬかす（言ったら）と、直さま内へ逃往くつもりだ」長「てめへのお袋もべらぼうだナ」短「世の中にはそんな親が有るから、善人をも悪くする。情ねへ事たス」でっち「ナァニ [四]おいらがかゝさんは能いかゝさんだやつよ。ワァイこいつはおかしい。ワァイ 笑つて遣れェ。[五]いらぬおせゝの樺焼やい トかけ出して行きしが またたちもどり ヲヤ おらァかんじんの用をきかなんだ。鬢さん、洒落ぢやァねへ（冗談ぬきだよ）。[六]幾人あるよ」びん「最うお三人ありますから、すぐに来てお出なさいトさうぬかせ」でっち「ムゥ ぬかす。うぬ（お前）、またうそをぬかすトおらが旦那がまたこゞとをぬかすぞ。ヤイ 爰にゐるやつら。おれがことをわるくぬかして見ろ。うぬらは皆天窓をつかめへられてゐるから、骸を動かす事もならねへ。[七]甘茶を嘗めさせようと、[八]おれさまが好次第だ。

あやまつたか(まいつたか)」長「やかましい」でつち「ナニ やかましい、口の減らねへ奴等だナ。わいらは(お前らは)終(しまい)には何(なん)になるだらう。商人(あきんど)には巻舌(まきじた)でむかず、職人には手ぶつてう也。ヤイ 手習(てなれへ)をするか。算盤をおくか。二の段か九九を覚えたか。べらぼうめ(馬鹿野郎め)。命が続かずは内へ逃げて帰(けへ)れ。ヤイ覚えてゐろ。留(とめ)のしらくも天窓の、郷在者(がうざへもの)[九]の、へちむくり[一〇]野郎(やらう)め。番太(ばんた)の銭を早く帰せ。ピヨイ トつばきをはきて、ワアイ トいひながらにげゆく

奉公人・居候について

長「なる程いたづらな調市(でつち)だのう。慌帰(あきれけへ)るぜ。転兵衛(てんべゑ)さんの所(ところ)も、兎角(とかく)奉公人が悪(わり)い」びん「奉公人も主人は撰(えら)む事(こつ)たが、主人も奉公人をば撰まねへと、身上(しんせう)の為にならぬの」短「人の身体(しんだい)の能(よ)くなるのは、奉公人さへ能ければ速(すみやか)だ」びん「何事も運次第よ。智恵(ちゑ)もねへ人が(主人が)、金(かね)を持つて大勢の人に崇(あが)め尊(たつと)まれてゐる」長「さうかと思へば、算筆(さんぴつ)[一一]もよし、何ひとつ如在(ぢよせへ)[一二]ねへといはれる人が、一生貧乏して終るのがあるし」短「そこが世の中だ。シカシ何一ツ如在ねへといふ内に、万能(まんのう)[一三]に達して一心(いつしん)の足らぬ奴(やつ)が多いものさ」びん「そいつが仕方がねへ物よ。一生涯(いつしやうがい)うろ／＼まごつきあるいて方々(はうばう)

九 田舎者。「在郷」の倒語で浄瑠璃社会隠語だが、一般にも広く使われた。

一〇 馬鹿者、意気地なし、の意の人を罵る語。流行語。「だりむくの方言世上に弘(ひろま)りてより今はへちむくりといふなり」(『浮世風呂』三編上)。

一一 算盤ができて読み書きも達者であること。

一二 手落ち、てぬかりがない。

一三 万芸を会得しているがただ一つの真心(誠意)がない、の意。諺「万能も一心の善には如(し)かず」、「万能より一心」による。

に尻が居らず、あすこも爰も居候で廻りまはつて、半年か小半年ゐる内には愛相づかしでまた他へ行き、また一年も過ぎれば珍しくなつて這入込みの直に居びたれて、また居候」長「そのくせ、さういふ奴は物倦のするものよ」短「全体、倦速いから身が落着かねへのさ。しかも万能に達したとはいふ物の、近くいはば茶臼芸で一種も本業にならねへ。障子を張るの、腰張をするの、屏風を拵へるのと云つても、猿の人真似で何所にか毛の三本不足な所があつて、まさかの時のお役に立たずか、ヤレ料理を仕候といふ所が半半尺で本式が出来ず、出来た所が塩梅が悪いやら手際が悪いやらで、ヤンヤといふ程にも行かねへ。その時まんざら不出来だと思つても世事だから誉めてやれば、当人は居候になつてまごつく程な癡呆だから、誉めるのを実と思つて段々頭に乗りやす。サア手を書き候といふ所が、手紙一通も人並には出来ねへ。そのくせ、己が気ではいつぱし能書の心いきで、祐筆になりたいの、物書に成りたいのと、ほらばかりふいてゐるだ」長「一体、うぬが身を定めねへほどの奴だから、性根がすはらず、魂が迷つてゐ

一 一か所に落着いて生活することができず。
二 三か月。
三 諸芸をこなすが、一芸もものになったものがないこと。正しくは「石臼芸」。
四 壁、襖などの下部に紙を張ること。
五 自分の考えがなく、ただ人真似をするだけの者を、あざけっていう。
六 どこか足りないところがあって。諺「猿は人間に毛が三筋足らぬ」による。
七 中途半端。いい加減。
八 本式の膳立。正式の料理。
＊ 筆がたち、書式を心得て、帳簿をつけ、手紙が書けるのは、商家での重要な能力である。
九 貴人に仕えて文書を書く役を勤める人。
一〇 文書、記録を書く人。「祐筆」に同じ。
一一 誇大な言を吐く。

るゆゑ、為(す)る程の事がしつくりと落着かぬものよ。そして世間体(せけんてい)は立派に見せ懸(か)けて、何所(どこ)へ出しても一本(いつぽん)[一二]づかひ(ひとかどらしく見える)になるといふ男ぶりなものだ」びん「内証(ないしやう)[一三]へ廻つて見ると、大(おほ)すかまた(見かけ倒し)。スハといふ時の一向(いつかう)役に立たず。それでも口は大恩(たいそう)[一四]だ。あすこの内におれが居ねへでは〔家人は〕大てこずり[一五]、万事おれ独(ひとり)で家内をくりまはして(切りまわしている)ゐるとか、物事(ものごと)おれに相談しねへでは埒明(らちあ)(事が運)かねへなど(ばない)ゝ、大きな売(から)[一六](ほらを吹いて)をぬかして世間中ふれあるくものさ」長「あのさ、居候といふ者は変な者だよ。己(うぬ)がゐる家(いへ)の事はせずに、他所(よそ)の内でよく働くものさ。譬(たと)へば、己(うぬ)が飯(めし)をもらつて食居(くつて)る内では水も汲まず、居膳(すゑぜん)[一七]で居て、外(ほか)の内へなまけ[一八]に往(い)くと、水を汲んで遣(や)つたり、飯を焚(た)いたり、頼みもせぬ使に往つたり、外(ほか)に仕人(して)〔用事〕のあるをも、事を好んでわざ／＼己(うぬ)が仕(し)たり、何でも早呑込(はやのみこみ)で、器用でよく用の足りる人だと思はせて、一寸四百(ちよつといつぱん)[一九]の時借(ときがり)[二〇]や、または行所(いきどこ)のない時居るつもりト、寝所(ねどこ)にこまる時泊るあてに他所(よそ)[二一]をかせぐのさ」びん「さうさ。違(ちげへ)ねへ。やゝともすればむかし(昔羽振りのよかったことを)の全盛を云出して、不問語(とはずがたり)(尋ねもしない自慢話をしてな)の身をひけらしての」長「生質(おひたち)[二二]の善者(いいもの)も、居候染(じ)みると心がさ

一二 一人前として通用する器量があること。
一三 裏へ廻ってみると。「内証」は財政事情のこと。
一四 大きな口をきく。「大恩」は大げさ、仰々しいこと。
一五 閉口する、困る。安永頃の流行語。
一六 ほら貝の「から」の意。
一七 食べるばかりに調えられた食膳。また、それを食べるような状況、身分をいう。
一八 遊びに行くと。
一九 四文銭を百つないだもの。四百文。
二〇 一時借りること。当座借り。
二一 よそのうちのきげんをとって点数をかせぐ。
二二 生れ、育ち。生い立ち。

居候飛助登場

もしく成るものさ」短「居候根性とやらで、一体別なもの（特別なもの）よ」びん「[一]居候大首形の餅を食ひトハよく云つたの」長「川柳点に沢山ある物は居候さ○[二]居候無拠子ぼんのう」びん「[三]多葉なしに粉ばかりのむが居候」短「イヤ 居候でおもひ当つた。おらが親父は、おめへ達の知居る通り泪もろい性だから、年中居候がたえねへぜ。勿論中には頼母しい者もあるけれど、居候にゐる（居候になっている）ほどの者だから、大体はわるいとおもひねへ「[四]居候置候をはだかにし、ト[五]前句付にある通り、恩をしらぬものよ。先おほかたは恩を仇で帰す（返す）やつが多い。あれは必ず（居候は絶対に）置くものではねへ。[六]居る所くぼむの道理で、是非損をかけるによ」びん「ヲイ／＼噂をすれば蔭がさすだ。銭右衛門さん所の飛助が来た」短「ほんにナア 箔のついた（極めつきの）居候が来た」長「あいつは、あの年で寝小便をたれるさうだの」びん「大酒食ひの酒乱で、大飯食ひださうよ」長「三拍子揃つた」びん「ヲット だまらう／＼」

ト[七]いふ所へ、銭右衛門が所の居候飛助といふ人、酒にとつちり酔つてよろ／＼しながら来たり、敷居のきはにてひよろ／＼となり

とび「ヲット あぶなし。どつこい／＼。イヤア いづれも様（どちら様も）御揃。ハヽア [八]奇の字／＼」びん「どうだ、飛

一「かゝり人おゝくびなりの餅をくひ」（『柳多留拾遺』）。「大首形」は着物の衽（襟から褄までの細長い部分）のような細長い三角形。四角な切餅を遠慮して食べず、切屑を食べる意。

二 居候に置いて貰っている弱味で止むを得ずその家の子を可愛がる、の意。

三 煙草（刻み煙草）がなく、煙草入れに残った粉をのんでいる。「たばこ」を「多葉」と「粉」に分けた。「たばこまで細末をのむかゝり人」（『柳多留拾遺』）。

四 居候が自分を置いて生活させてくれた人の財産を使って無一物にしてしまう、の意。

五 八六頁注七参照。

六 人間一人長くいれば必ずそれだけの費用がかかること。

七「とっちり」どっちり、とも。酒に酔って正体のなくなった様をいう。

八「奇妙」の略。すてき、うまい、の意の流行語。

公」とび「[九]どうはこの通り。益御きげんよく、銭右衛門方に御坐遊ばされ、相かはらず[一〇]居候なりけり山桜かなッ」びん「大分いゝきげんだの」とび「いゝきげん、ヘン 悪い機嫌だア。コウ 酔つていふぢやアねへが聞いてくだつし。銭右衛門、いかねへぜ、銭右衛門。それにまた、かゝしが、かゝしがドドどうもかうもいけるやつぢやアねへ。本の事たが、おれだから居て遣るのだ。ホンニヨ 飛助さんなればこそ、居候にゐて遣はさるのよ。気のきいた居候はおさらばだ。おれも居たくはねへけれど、ソレ の、[一一]おめへッちも知て居る通り、お、お、おれが居ねへぢやア片時も納らねへ。納らねもんだから、ソレ の、[一二]不便だから居て遣らア、ホンニヨ。不便、ふ便だアな。コウ 聞いて下ッし。世が世ならばサ、の、よしか、銭右衛門なんざア、おれ、おれが内へ居候に置いてやるのだ。ホンニヨ。酔つていふぢやアねへけれど、ホンニヨ。世が世なればこそ、おれが居てやるのだ。マア 聞かつし。今朝六[一三]ツが ボン と鳴る。ソレ 起きるス[一四]。よしか。〔竈を〕直に焚付けて茶漬を食はせたり、の、よしか、〔自分も〕食つたりよ、それから雑司谷[一五]から堀[一六]の内へ廻つて、今帰つた

九 「どうだ」に応じて「胴は」と洒落た。

一〇 「山桜かな」をつけて和歌風に洒落た。

一一 間投助詞。

一二 昔の富み栄えた時代であったならば（九三頁一三行参照）。

一三 午前六時の時の鐘。

一四 助動詞。「ます」の略。

一五 現豊島区雑司が谷。鬼子母神で有名。

一六 現杉並区堀ノ内。日蓮宗の妙法寺がある。毎月十三日は堀の内（お祖師様）参詣の客で賑った。

＊ 主人のため早朝から遠出の使いをした場所として堀の内を挙げた。飛助の嘘話であろう。

ぜ、今。ホンニヨ 早からうが。最う何時だ。まだ九ツ（正午頃）ぢやァあんめへ。ソレこつちはこの位に深切をつくして、実づくで（真心をこめて）してやるぜ。コウ よしか。それでも内の奴等は不足ださうよ。ホンニヨ うまるめへ（わりに合うまい）。ホンニヨ うまらねへぢやァあんめへか。マァなんとおもふ。朝から晩まで骨ををりぬいて、内外の事をおれ独でしてヨ、それで不足におもはれちやァ割にあはねへ。ホンニヨ。銭右衛門大きな面をして、絹布にくるまつ居ても、常上綺羅[一]の曠着なしだ。一寸出る迚[二]もあげさげヨ。ホンニヨ 一日置[三]に捨利をとられるばかりも大きいはな。おれが居て、あちこちから算段してやるで通られるが、（世間を）銭右衛門恩しらずだ」びん「質[四]を入る使はいつでも主か（お前か）」とび「ウ、」びん「さぞ上借[五]をするだらうナ（びんはねをするだろうな）」とび「ヘン そりやァねへ（そんなことはしない）。そこにかけちやァしらくらなし（裏も表もない）。ハテ こつちも他の世話に為居るから、なりたけ（できるだけ）為になることをしてやるけれど、銭右衛門一向わけがわからねへ。売無面目[六]と云ふやつよ。ゲイ引[七]。ア、い、こ、ろもちだ。中台[八]お一人さま、四文[九]壱合湯豆腐ときめ（飲んだら）たら、すてきト（やたらに）面白くなつた。ドレ 行つて来べい」びん「何所行」とび「か、

一 平生は立派な着物を着ているくせに、正式の場に出る晴れ着を用意していない、の意。
二 質物を出したり入れたりしてやりくりする。質の入替。
三 僅か一日質に置いてとられる利子も馬鹿にならない。「捨利」は、借金するときに元金から差引かれる利息。
四 「はち（八）」は「質」のこと。音通で七とし、それをいい変えたもの。「かめる」はからませる、入れる意。ともに浄瑠璃社会隠語。
五 （主人へ渡す金より）余計に借りて、上前をはねること。
六 全く物事の道理を知らない、わからず屋、の意。「売」は全く。
七 現在の音引き表記に当る。
八 居酒屋の台の中ほどに坐った客。以下、客の注文を受けて調理場へ言う言葉。
九 一合四文の酒（最下等の酒）を一合、肴は湯豆腐。
一〇 妊娠する。
一一 大根の葉や茎を陰干しにしたもの。湯に

しめが、またを[一〇]れ込んだアな」長「穏婆(とりあげばあ)さん所(とこ)か」とび「ナアニ腰湯(こしゆ)をつかふから干葉(ひば)[一一]の古いのを買つてくれとぬかす」びん「い丶[一二]役だの」とび「居候あたりめへ(よんどころない勧めだ)の役割だ。ホンニヨお溜りやアねへ(たまったものじゃない)。ヲイ鬢公、晩にやつて下(くだ)つし。元服(げんぶく)[一三]せうぜ(いい男になろう)。あたまがすてきト痒(かい)い」びん「なんで逆上(のぼせ)る」とび「あれが事でよ」びん「うまくいふな」長「あれが事とは雉子猫(きじねこ)[一四]が事だらう。猫といへばこの猫を見さつし。懐(ふところ)によく寝てゐるぜ」とび「ヲイすんなら」ト出てゆく

短「業晒(ごうさら)[一五]しめ、能(い)いいけどし[一六](いい年をして)をして、いつまで居候に成つてゐる気だ」びん「あまざけ[一七]を売つても、渡世(とせい)は出来さうなもんだ(暮していけそうなものだ)」短「とうがらし[一八]などゝいふものは家毎(いへごと)に沢山(たくさん)入るものぢやアねへが、あれでさへ家業(かげふ)(職業としてなりたつ)になつて通る。これほど有(あり)[一九]がたい江戸にゐて、渡世の出来ぬ奴は本(ほん)[二〇]いくぢなしだ」びん「すべて何(なん)の業(わざ)をするとも、田舎(ゐなか)へ出て銭設(ぜにもうけ)をするやつは、それだけ[二一]の力(ちから)だの。立派(りつぱ)にして通るもの(やっていける者)は、旅歩(たびあるき)はせずト江戸に座居(すわつ)て事をする(稼ぐものさ)はさ。そこがお江戸のありがたい所(とこ)だ」

トいふところへ銭右衛門来る　びん「銭右衛門さんお出(いで)か」銭「どうだ、鬢公。ゆふべの地震(ぢしん)

居候と銭右衛門のうそまこと

入れて体を温める。

一二 体裁の悪い使い役であるのを茶化した。

一三 月代(さかやき)を剃ることを洒落た。「元服」は十五、六歳になった男子の成人を祝う儀式で、前髪を剃り落した。

一四 町芸者の隠語。

一五 恥しらずの意の罵り言葉。

一六 いい年をしやがって、の意。「いけ」は相手を罵る接頭語。

一七 天秤棒の両端に甘酒の釜と茶碗等の入った箱を吊して「御膳白菊、あまい、あまい」と呼び売りした。「江戸は四時（四季）ともにこれを売。一碗価八文とす」(『守貞漫稿』)。

一八 七色蕃椒(とうがらし)。「七色蕃椒、はりこにて六尺程の蕃椒をかつぎあるく。このなかばへ穴を明け、粉とうがらしの小袋を入れ、売声、『とん〳〵唐がらし、ひり丶とからいが山椒の粉、すはすはからいが胡椒の粉、七色唐がらし』」(『続飛鳥川』)。資金のかからぬ行商。

一九 「銭も一つ所(とこ)に集る、ありがたい所だによつて、諸国の人々が皆出て来て、出世するではないか」(『浮世風呂』前編上)。

二〇 本当の意気地なしだ。

二一 それだけの力量しかない。

は知居るか」びん「何、地震所か、寝ちやアたはいなしだ」銭「あの地震をしらねへといふは[一]後生楽だの。イヤ　後生楽といへば、おらが所の候を聴いて下せへ」びん「飛助か」銭「ムヽヨ」びん「今爰へ来たつけ」銭「ナニ　今来た。あの[二]猿けへりめ。今朝むつくり起きると、[三]居膳で飯を食らッて[四]日本橋まで行つたが、今に帰らねへ。タツタ　[五]五町か六町ある所へ遣っても、半日余もかかるから、間尺に合はねへ」長「日本橋ぢやアあるめへ。今朝早起をして、雑司谷から堀の内へ往つて来たと云つたぜ」銭「[六]お株の嘘よ。あいつがやうに嘘をつくやつもねへ者だ。[七]ぬけ〳〵とした事を[八]ぶち上げるぜ。今朝起きたのは、五ツが鳴つてから起きたはな。家内の者は朝飯を食つてしまつた跡だ。それに、居膳で食らふも能いが、せめてうぬが食つた椀でも洗ふがいゝはさ。一人残つて食ふ時は、おれでも　マア　自身洗ふ気になるに、そこは平気な物だ。ゆふべも何所で飲んでうせたか、とろつぺきになつて来て、内中の者に突掛るだ」短「悪い酒だの」長「こまり者だぜ」びん「今朝も最う酔つて来た」銭「迎酒だらう。べらぼうめが」短「おつに洒落るの」

一　物事を気にしない性質。のんき者。
二　おっちょこちょいめ。軽率な人間を罵る語。
三　自分の前に食膳を据えさせること。「直に焚付けて」（九五頁一三行）との対照。
四　江戸の中心地。「銭右衛門」「飛助」が「びん」の床の常連客であるらしく、その二人の住居から「日本橋」へ「タッタ五町か六町」とすると、「浮世床」の舞台は日本橋界隈の大長屋という設定になろう。作者三馬の店が日本橋本町二丁目にあったことも関っての「浮世床」所在地のイメージか。
五　一町は六十間。約一〇九メートル。
六　得意なこと。いつもの癖。本来は営業上の特権をいう語。
七　あつかましいこと。
八　ぬかす、ほざく。言う、の罵り語。
九　金が出入りする度に会計をごまかして懐

長「銭右衛門さん、たゝき出してやれば能いに」銭「そこが不便だから置いてやるのよ。おらが所を出されると、早速にまごつくはな」びん「それでも銭のたち廻るがおつだよ」銭「ハテ その筈だ。[9]売物買物の度に只は通さねへ。是非[10]足駄を履くやつだ。しかし、おらが内は[11]顔みせの二番めといふ内だから、居候の絶えねへもいゝ。[12]宵越の銭を持つた事がなし。おらが内へ来る金は、[13]三日月金とも稲妻金ともいふ。何でもちらりと見たばかり、直に出て行く。そのくせ奢が強いときてゐるから[14]がんぎだ。どうで金持になる気はなし。うまいものを食つて、一生終るが徳さ。シタガ 金持の根性は別だによ。おらが隣の[15]多羅福屋を見ねへ。年中あたじけなくして、食ふものも食はずに金をためて、一生金銀の[16]番太郎に抱へられた様なものだ。あんなに溜めた所が、死ねば置往く物、その跡では実子もなし。他人にそつくり遣るのだが、つまらねへ利屈だの」びん「人はあたじけないといふが、金持ほど大気なものはねへ。なぜと云つて見なせへ。辛抱してためた金を他人に唯遣るのだから、是ほど大気な事はあるめへ」銭「なるほど其様な

へ入れること。「かゝり人質やの使こうしやなり」(『柳多留拾遺』)。

一〇 上前をはねること。

一一 家族、使用人の多いことを洒落た。「顔みせ」は歌舞伎の十一月興行で、翌年の一座の役者全員の顔触れを客に披露すること。顔見世芝居。その二番目(世話場)は、裏長屋などの貧家の場、雪の降っている景がお定まりで、多くの人物が出入りする。一〇三頁一二行参照。

一二 その日の稼ぎはその日のうちに使ってしまう。江戸の職人などの自慢、あるいはやせ我慢の一。その使い方も、生活費に回すわけではなく、遊里や飲食で散じてしまわなければならない。

一三 姿を見せたかと思うとすぐ沈んでしまう三日月のような金。「三日月女郎」と懸けて「ちらりと見たばかり」と続く。「さまはさんやの三日月さまよ、宵にちらりと手拭にべにのついたを見たばかり」(常磐津「帯文桂川水」お半長右衛門)。

一四 「雁木やすり」の略。押しても引いても物が削れることから、損の重なること。

一五 腹のふくれた長者の意による名。たらふく長者。金満家。

一六 番人。八九頁注八参照。

ものさ」長「ハテ運がいゝとひとりでに好事が重なつて来るはな。あすこの内なぞは、伯母さまの死金が千五百両。女房の里から、紀念分の地面が二ヶ所。どれも沽券が千両だの、八百両だのといふ物だから、大愚ぢやァあるめへか」長「役者の給金付を読むやうだぜ」短「おいらも能い伯母さまが欲しい。おらが伯母御などは、不仕合で独身になつ居るから、おれがはごくむのだ。ヱヽ人をつけにした。千五百両も死金の這入る中で、こちとらが伯母御ときたら、小づかひの二三百ヅヽもこつちから取られるのだ」銭「それは伯母孝行で善事さ。大事にしてあげなせへ。奇特な事た。アレ〳〵あの婆さまは何だらう」

びん「ドレ〳〵ムウ巫女だ」長「巫女といふものは、ちいさな笠をかぶつてあるくぜ」びん「さう〳〵」銭「風呂敷包を提げての」短「さうさ」長「あれは夏あるくもんだに、霜枯には珍らしいの」長「寒巫女で直が出るだらう」銭「うそはねへ」びん「あれは裏の内で呼にやつたのだ」長「なぜ」びん「裏の変助さんの所でかみさんの塩梅が悪いが、おほかた先妻のつきものだら

一 自分が死んだ時の用意に貯えておく金。

二 所有物を形見として親族、知己などに分け与えること。

三 土地の売値。本来は土地、家屋の売渡し証文。

四 歌舞伎用語。役者を中心として、狂言作者、浄瑠璃太夫、長唄、三味線弾き等の一年の給料をしるした一枚刷りの刷り物。多く顔見世のとき発行され、その年の顔触れ、順序、位の軽重などが分る。

五 市子。口寄せ、梓巫女とも呼ばれる。神がかりの状態となって、生霊、死霊を招き寄せ、その意中を伝えることを業とする女。老婆が殆どで言葉に近在の訛があった。一二〇頁口絵参照。ここで巫女を出したのは二編への伏線である。

霜枯れ時の巫女登場

六 直径一尺（約三〇センチ）程の竹の皮製の笠（『江戸府内絵本風俗往来』）。

七 横長の小箱（外法箱）を紺か浅黄色の風呂敷で包んでいる。外法箱には一種の蠱物—髑髏、人骨や動物の骨（鷹の爪、鹿の骨、羚羊の上顎骨、狐の頭蓋骨、熊の牙など）—が入っており、これに憑りかかって神おろしを

うといふ沙汰だ」銭「笹[一二]ばたきをするのか」びん「おほかたさうだらう。それにまた、隣[一三]の甚太が所の爺さまが神[一四]がくしに逢つたから、あれも一緒に[一五]口をよせるといふ沙汰だ。今日呼に遣つたものさ」銭「ドレ/\（トろじ口をのぞき）違ねへ/\」びん「違なからう。どつちへ這入つた」銭「おめへの内の地尻[一六]へ這入つた」びん「それぢやァ甚太が所だの。変助さんの内ぢやァ病気に障るからだらう」銭「あいつも（口寄せも）不思議なものだよ」長「啌らしいぜ」短「何々あれは弘法[一七]さまがおためしなすつたとあるから啌はねへのさ」長「今にはじまるだらう」短「おめへの奥から（家の奥の隣家から）きこえるだらう」びん「小窓[一八]の所へ首を出すと、隣の内は直に見える」短「今に覗こうぜ」長「こいつおもしろし」銭「おつりきに（妙ちきりんに）うなり出すやつよ」銭「変助は、全体（やり方が）しかたが悪いはな。爰での話だけれど、先の女房といふものは苦労したものよ」びん「さうさ。ちつと苦労が止むかと思ふと、今度の女を連れて来て、先妻をば二人でいびり出したぜ」長「かはいさうに。あのかみさんは今どうした」短「外へもかた（再婚もせず）づかずに、里に居たさうだが、くやしい/\の一心で、ぶら/\とわづら

行った。

八 巫女が江戸に来るのは夏に限る。

九 草木が霜で枯れる季節。霜枯れ時。初冬。

一〇 寒玉子、寒鮒など寒中に獲れたものは値が高い。それらと懸けた洒落。

一一 人に憑いて祟りをする生霊や死霊。依憑霊。

一二 巫女が口寄せをすること。巫女が笹の葉を熱湯にひたして自分に振りかけ、笹竹で台を叩きながら口寄せをするのでいう。

一三 諺「隣の糂粏は香しい」による命名。一三頁注六参照。

一四 俄かに行方不明となること。神や天狗にさらわれたものとした。

一五 注五参照。

一六 地続きの、表通りからみて奥に当る家。隣家を指す場合もあり、さらに何軒か奥に当る家をいうこともある。

一七 口寄せ巫女の中心的存在である津軽イタコの祭神に、「オシラサマ」「イナリサマ」等と共に「弘法大師」がある。口寄せ巫女の聞き書きに、「神降し　託宣の時は弘法大師、御祈禱の時は塩釜様を念ずるが…」（岩崎敏夫編『東北民俗資料集』（三））とある。

一八 一一七頁口絵参照。

ひ付いたが、とう〳〵あつち物になつた」銭「なむあみだ仏ァ、いたはしい」長「そりやァ思ひがかゝるはずだ。おらァ聞いてもがうはらだ」銭「今度のかゝァめは、死霊で取殺されるは明かだ。また変助も、行末がろくぢやアねへのさ。人情にかけた事をして善事があるものか。どうで直すなをにやァいくめへ」びん「今流行る合巻の絵ざうしに有りさうな条だ」長「違ねへ。読本なら京伝か三馬が作にあるやつだ」長「変助が面を、やつぱり高麗屋の似面で画くだらうの」短「豊国か国貞にたのんで、変助が似面に画いたらよからう」銭「取殺されると変助はうかむのよ。絵本に出たり、芝居でしたりすると何よりの功徳だ」びん「芝居ならば鶴屋南北が作で、さしづめ音羽屋の爺さまが役だ」銭「どつちへ廻つても男が能くなるの」長「仕合者だ」銭「鶴屋南北とはむかしの道外役者で、しかも位付が上上吉名人であつた」びん「今のはその家筋だが狂言方さ」長「勝俵蔵の改名さ」銭「ハヽァ俵蔵か」長「目さきがよつぽど上手だのう」短「きついものさ」長「トキニ今年の顔みせは、各大あたり、大入であつたの」びん「おらァいそがしくて見

一　草双紙合巻。黄表紙の長編化に応じて数冊を一冊に合綴製本した絵本。内容は主に伝奇物語で読本に近い。三馬は京伝に次ぐ一流作者であった。

二　六〇頁注三参照。ここに第一人者の馬琴の名を掲げず、また読本と銘打った作は遺稿を除けば『阿古義物語』一篇しかない三馬自身を出したのは、馬琴を嫌った三馬の自家宣伝。

三　五代松本幸四郎の屋号。鼻高く凄みのある顔で「鼻高の幸四郎」と呼ばれ、文化・文政期に写実的な演技、演出で新風を吹き込んだ。天保九年没。

四　合巻『於六櫛木曾仇討』(山東京伝作、歌川豊国画、文化四年刊)以後、巻中の人物の顔を役者の似顔とすることが流行した。

五　初代歌川豊国。浮世絵師。歌川風の役者の似顔絵を開拓した。文政八年没。

六　初代歌川国貞。初代豊国の門人。役者絵の傑作が多い。元治元年没。

七　四代鶴屋南北。歌舞伎脚本作者。文化八年冬に鶴屋南北を襲名し、勝俵蔵の名を改めた。「天竺徳兵衛韓噺」など傑作が多い。文政十二年没。

八　初代尾上松助。文化七年、尾上松緑。実悪を得意とした。鶴屋南北を引き立て、世に出した。文化十二年没。

ずにしまふス」銭「今の若人（わかて）は、なるほど器用〔芸達者〕だ。むかしの役者を誉めるけれど、むかし名人上手といはれた役者を、今（いま）、舞台（ぶたい）へかけて見ねへ。当時〔今の〕の流行に合はねへから埒明（らちあ）かねへ〔まどろこしい〕。にらんだり、りきんだりして、骸（からだ）を動かさずにするのがむかし[一二]の芸風よ。今時（いまどき）そんな事をしてゐると見物が合点（がつてん）しねへ。ハテむかしは実に狂言[一三]といふものだ。今のは狂言ではない。真剣で太刀（たち）打（うち）をせぬばかり〔しないだけ〕、その外（ほか）は皆地鉄（ぢがね）[一四]でするはな。慶子（けいし）[一五]が七十余（よ）の爺（ぢぢい）でありながら、十四五の娘形（むすめがた）になつたといふはむかしの事さ。その頃の人はその頃の風で済ました〔芸風で納得したが〕が、今の世（よ）の中（なか）で、七十余の爺が十四五の娘形になつては、見物が承知しねへ。おはん[一六]はお半につり合（やひ）のよい年来（としごろ）の役者、おちよ[一七]はお千代らしい年倍（ねんぱい）の役者でなければ、移らぬといつて合点しねへ〔似合わないといって承知しないのさ〕はな。そのうへに若人が器用ときてゐるから、どうも爰（ここ）でかなはねへ。役者にかぎらず、すべての事が若人の行はれる世界さ〔若手がもてる現代さ〕。アしかし顔みせの二番目[一八]はいつも雪降（ゆきふり）で高麗屋（からいや）[一九]の親仁（おやぢ）が例の洒落（しやれ）。和田（わだ）[二〇]右衛門（ゑむ）に築地（つきぢ）[二一]の善公（ぜんこう）が居候。いつもかはらぬ〔昔と同様で〕二番目の顔で実に顔みせの様（やう）であつたよ。和田右衛門が中（なか）

九　役者評判記による役者のランク付け。「むかし」の南北の場合、享保二十年刊『役者初子読（はつこよみ）』に「△道化（どうけ）〔上々吉〕吉兵衛　南北」とある。

一〇　狂言作者。四代南北から作者となった。

一一　中村座、市村座、森田座の三座ともに。文化七年の顔見世を指すか。「当顔見世は、三座とも当り、中にも当座第一の評判なり」（『歌舞伎年表』文化七年十一月森田座の条）。

一二　安永・天明期以前を指す。

一三　「歌舞伎狂言」にふさわしく、こしらえごと、つくりごとであった。

一四　役者に合わせた写実の芸。

一五　初代中村富十郎の俳名。容姿すぐれ、一世を風靡した女形。天明六年没。

一六　浄瑠璃「桂川連理柵（かつらがわれんりのしがらみ）」の女主人公。十三歳のあどけない娘。天明元年、市村座「道行瀬川の仇浪」以来、江戸歌舞伎で上演された。

一七　近松門左衛門作の浄瑠璃「心中宵庚申（しんじゅうよいこうしん）」の女主人公である女房。享保七年、中村座「花毛氈二腹帯（はなもうせんふたつはらおび）」以来、歌舞伎で上演された。

一八　九九頁注一一参照。

一九　四代松本幸四郎。一〇四頁注一参照。

二〇　初名、中島国四郎。天明五年、和田右衛門と改名。寛政・享和期の敵役の巧者。

二一　初代坂東善次。一〇四頁注二参照。

一　四代松本幸四郎。五代の父。瀬川金吾、同錦次、市川武十郎、同染五郎、同高麗蔵、安永元年に四代松本幸四郎、男女川京十郎と改名した。享和二年没。

二　初代坂東善次。享和元年十一月、坂東彦左衛門と改名。「(坂東氏は)これまで何やくをなされても人をわらはす事は持まへ〳〵」(『役者出世咄』「老巧之部」文化八年刊)。築地に住んだので俗に「築地善好」と呼ばれ、よく使ったせりふ「是ぢやァ築地へ…」は子供まで真似したほど有名。文化八年七月、中村座の舞台を最後に築地に隠棲した。

三　元禄期に隆盛をきわめた歌舞伎が、いったん衰微したあと再び盛り返すのが「宝暦」以降のことで、これが文化・文政期の爛熟につながる。

四　流行のせりふ。

五　銭右衛門を指す。

六　後に四谷へ引込んで草花を愛し、池坊の立花に長じた。

七　初め。もと。本来は一宗一派の開祖の意。

八　俳諧師は剃髪し僧形をしていたのでこういった。

九　無知な連中をけむにまいていたが。

島国四郎と云つた時分から知居る。アノ高麗屋[一]の爺様はよく名を更へた人さ。築地[二]の善次も宝暦年中[三]から久しい舞台で、愛敬のある、能く贔屓のある役者さ。是ぢやァ築地へ帰られねへトいふが通句[四]になつた」びん「彦左衛門は舞台を辞した(引退した)さうだの」長「むづかしくいふの、辞したなどト」びん「お[五]らが旦那の口癖が移つたのだ」短「善次から彦左衛門になつたばかり(改名しただけで)で、むかしから善公かネ(同じ築地善好なのかね)」銭「むかしから善次さ。ホンニめでたい役者さ」長「生[六]花では大先生だの」びん「これは誰しらぬものもない」短「風流な事だス」銭「ガ、芝居繁昌で役者の器用になつたのは(芸が細かくなったのは今が一番だね)当時程の事はあるめへ」びん「むかしと云つても、何として(何といっても)当時ほどではないのさ」銭「しかしまたむかしは万事の祖師[七]だから能い事は能いのさ。今の世の中はむかしの事を踏台にして、段々その上へ〳〵と登つて往くかたち。人は賢くなつたに違ねへ」びん「さうかと思へば、おらが裏に誹諧師[八]の坊さまが有つたつけ。おめへ知居るだらう」銭「ム、高慢な和尚だつけ」びん「やたらにちんぷんかんばかり云つて、癡[九]をおどしてゐたが、あいつが大わらひよ」銭「ハア どうしたの。いけもしねへ誹諧で、芭蕉の真似をして行脚に出たつけが」びん「そいつがおかしいはな。芭蕉の気どりでの、おつな頭巾をかぶつて、占者のやうな形で一〇頭陀袋をグツト首にかけて、一一如意とかいふ物を手にもつて出た所は能いが」銭「まづそこまでは一二御宗匠さまだ」びん「ナニガ越後の方から何所とやらへ抜ける山道で、野宿をしたさうさ」銭「フム」びん「その晩の内に一三狼に食はれ」銭「ヱ」長「狼に食はれた」びん「さうよ」銭「ヤとんだ事がある物だぜ」びん「そこだテ。むかしの芭蕉は名人上手で、後世に名を残すほどのお人だから野宿もせうし、山坂で難義もして行脚さしつたらうが、徳が備つてあるから災をはらふ。今時、あの坊主などが誹諧を仕候、行脚に出で候と、形は芭蕉でも腹が芭蕉でねへから狼に食はれる」「ハヽヽヽ

みな〳〵笑ふ

「何をお笑ひだ　ト入来たるは、金もちの家のおぜうさまとおぼしく、五歳ばかりの子の手をひきたるお乳母なり　びん「御乳母どん、けふは遅かつたの」うば「今日は一四御新造さまのお出があつた」びん「ハア何所へ」うば「一五芝居さ」びん「今月は大分遅いの」うば「ナアニ一六三度目程さ」びん「なぜお

一〇 仏道修行のため行脚する僧が経巻、仏具などを入れて首にかける袋。

一一 僧具の一。説経、法会の際に持つ。金属、角、木などでつくり、三〇～四〇センチ位。まごの手の変形したものという。

一二 和歌、連歌、俳諧、茶道などの師匠。

一三 「おほかみ」の訛。

＊ 芭蕉気どりで行脚して狼に食われた俳諧師の話は、巻之上で孔糞先生について鬢五郎が「唐のことばつかり探して足もとの事に疎いのだの」と言ったのとも一脈通じる。前頁で今の役者の芸を賞讃したのと同様、鬢五郎の現実を謳歌する話と受取りたい。

一四 武家、上流町人の妻をいう。

富家の娘御とその乳母登場

一五 「しばい」に同じ。歌舞伎芝居。

一六 二座の芝居をそれぞれ見物に出かけたことを指す。

供に行かねへ」うば「御新造さまのお供ぢやァ気がつまつて否だ。このお子さまは嫌なり、行かねへきやァその気で見たくもねへが、行けば見る気になるから、このお子さんが麁末になるはな」長「御乳母どんは芝居[一]よりはおもしれへ事があるだらう」うば「何があるもんかナ。ア、コレ／＼お滝さんおあぶないよ。そこでおころびだと乳母大しくじりだ。おつかさまのお留守にけがでもさせ申すと、それこそ扶持[二]の食上だ。アレサ、お上がりではわるいといふにさ」滝「ばゝあや上がらう トいふ所へ、奥より女房出来たり「ヲヤ／＼お滝さん、お出なさいましたかェ。サア／＼お上がり。おばあが能物をのけて置きました。御乳母どん、上がんなナ。ナニカ 御新造さんは芝居か」うば「アイけふはふきや町[三]さ」女房「宗十郎[四]が御贔屓だの」うば「なんといふ事はねへ。気が多いから、とき／＼ひいきが替りやす」短「情なしな御新造だの」びん「役者で済んだもんだ。御亭主がその通りぢやァ大事だ」女房「しかしお羨しい事たぞ。代りめ[五]／＼に幾度も御覧じて」びん「お茶屋[六]は丸三[七]か」うば「イイェ 堺町の時は丸三さ。けふは新道の越長[八]だらう」びん「よし／＼晩に早く

一 主人の留守に色事をすることを指すか。
二 失職してしまう。暇を出されてしまう。
三 日本橋葺屋町（現中央区堀留町）。市村座があった。
四 四代沢村宗十郎（訥子）。文化八年十一月襲名。和事の巧者であったが、翌九年、二十九歳で夭折。
＊ 文化九年十一月二十九日に四代瀬川菊之丞（路考）没、三十一歳。続いて十二月八日、この四代沢村宗十郎が没した。三馬は直ちに筆を執って役者追善草紙二種を際物として仕立てた。即ち『瀬川路考 沢村訥子 両面蓮華道』、『訥子 路考 極楽道中記』である。版行は暮れから翌文化十年正月にかけてであろう。この『浮世床』初編と同時に出版された訳である。
五 外題（演目）のさしかえごとに。
六 芝居茶屋。劇場に付属し、観客の案内、待合、食事の世話に当った。
七 中村座のあった堺町（現中央区人形町）の芝居茶屋。
八 市村座のあった葺屋町の芝居茶屋。

仕舞(しま)つて、切(きり)[九]を見に押かけようス(くり出そうや)。しかし、御新造さんの時はうまい物が〔料理も〕[一〇]少(すくな)からう」長「どうで(なにせ)女といふものはあたじけね(けちな)へ物(もん)だから」うば「イヽヱ わたしどもの御新造さまは大(だい)の奢人(おごりて)さ。何でも御夫婦してお奢(おご)んなさるが、あれでもすむ事かしらん。おいらがやうな小さな気ぢやア傍(そば)で気がいた(はらはらする)む」びん「ゆふべ旦那(だんな)は早くお帰(けへ)んなすつたか」うば「アイ ゆふべは四ツ過(午後十時すぎ)、イヤ〱 九(ここの)トいふ所へ、うるさくとりつき 滝「ばゝあヤ、今のをおくれよ」うば「アイ ゆふべ丁(てう)度(ど)九ッ(午前零時)さ。何でもしつかり(ずいぶんと)酔つて」滝「ばゝあヤ、ヨウ」うば「お部屋へ踊込(をどりこ)んで」滝「ばゝあヤ」うば「御新造さまも持扱(もちあつか)つて(扱いかねておいでだった)お出なすつた。それからまた御酒がはじまつて」滝「ばゝアヤ、今の物を」うば「アイヨ それから八ッ過(午前二時すぎ)」滝「ばゝあヤ」うば「アイヨ 八ッ過に御寝(げし)なつた(お休みになった)」滝「ばゝあヨウ」うば「アイといふにさ。おまへさん、そんなにあがると腹(ばんばん)が痛くなりますよ。これでお仕舞(しまい)だヨ」女房「ほんに、上(あ)げるものが有つたつけ。ちやんと(すっかり)忘れた」うば「イヱ〱 最(も)う過ぎますよ。また後(のつち)に〱」びん「みゝを引たつて[一一] アレ〱 はじまつたぜ」長「こいつは面白い〱。はやく結(い)つてくんな」短「サア〱 聞から

九 歌舞伎芝居の大切(おおぎり)。一日の最後の狂言。

一〇 芝居茶屋を通しての飲食は、席の高下や客の好みにもよるが、「観客、席につくと即時に煙草、茶及び番付を持来り、次に菓子次に口取肴次にさしみ……」(『守貞漫稿』)とある。

一一 耳をそばだてて。裏の家の巫女の口寄せの様子をうかがっているのである。

ぜ〳〵」

〔一トいふ所へ、でんぼう二三人入来たる〕竹「髩(びん)さん、今能(いまい)いか」びん「ヲイ 丁度(ちやうど)よし」松「きてれつ(すてきだ)、あり難(が)」竹「おれが先(せん)だ」松「べらぼう云(い)や。おれが先(さき)へ首を出した」竹「おれが先へ敷居(しきゐ)をまたいだ」松「首を先へ出した方(ほう)が勝(かち)だ。てめへ、足を出[二]したつて〔足は〕口がきけめへ。首は先へ口[三]をかけるは」竹「べらぼうめ。首があるけるものか。足があるくから、〔首より〕先へまたげるは。なんでも先へ来たものが勝だ。首から先へ這入(へゑ)る者はあるめへ」松「馬鹿(ばか)ァ云ふな。足は歩行(ある)くから先へ来たらうが、首が先へ出ねへぢやァ用が〔話ができず〕足りめへ。おらァ足であるいて来て、首を出してものをいつた」竹「そんならまた、足をも早く入れたが能(い)いはさ。おいらァ足を先へ入れて置いて、しかうしてのちに口をきくはさ」松「いやらしい事をいふなェ。しかうしての何のと、お[四]談義(だんぎ)ぢやァあるめへし」竹「べらぼうめ。お談義がそんなことをいふ物か」松「いはねへでどうするもんか。いはずは腕づくで云はして見せう」竹「アレ見な。あゝいふ強情者(がうじやうもん)だから、対手(ゑへて)にならねへ」びん「コウ〳〵[五]両方一緒になるか

一 「でんぼう」悪ずれして乱暴な言動をなす者。転じて、威勢のいい、いなせな、の意も。勇み肌。浅草寺の本坊伝法院の奴僕が寺の威をかりて境内の見世物を無銭で見て歩いたことによる呼称という。

二 首と足との優劣論争であるが、この種の発想は「手足の論」(『楽牽頭(がくけんとう)』)、「口脚争」(『笑府』)などの小咄による。

三 先に話をしかけることができる。先約する。

四 僧侶の説経。特に浄土宗のそれを指す。

五 二人一緒に始められるから先を争わなくてもよい、の意。主髩五郎と下剃の留吉と二人で従事している。

六 一〇〇頁注五参照。巫女の口寄せの描写はすでに十返舎一九の『道中膝栗毛』三編上(文化元年刊)で試みられている。

＊ 三馬は洒落本『傾城買談客物語(けいせいかいだんきやく)』(寛政十一年刊)の後叙を一九に依頼し、『式亭雑記』中でも「原曽子来臨、京大坂の奇譚あり。十返舎一九此節大坂書林河内屋嘉助殿宅に止宿のよし」(文化八年五月六日の条)と一九に関心を持っている。この流行作家の作を参照したことが考えられる。

七 「おもしろい」を洒落ていった。

ら能いはな」長「松さん今この裏で巫女[六]が口をよせ居るぜ。聴かねへか」松「こいつァおも黒[七]へ」竹「おれもきくべい」短「死霊[八]だ」竹「死霊だ。威勢が能いナ。コウ はやくやらかしてくだつし。ちよび束[九]でい丶」松「その内おらア聴から」長「ヲイ〱爰の内で聴けらァ」松「きけるト。そいつア奇妙だ。ヘン 太夫桟敷[一〇]だナ。ありがてへ」竹「コレ〱松や。てめへもなんぞ寄せてみやな」松「あの女[一一]でも寄せて見べいか」竹「なんとごたくをつくだらう」松「たてひき[一二]のたゝまり[一三]を恨むだらうス」竹「おきやァがれ」松「さもなけりやァ約束の間違だ」竹「てめへ何を頼まれた」松「猪[一四]を百目買つてやる筈だが、此中の晩もだま[一五]を食はした」竹「色気[一六]のねへ婆だナァ」松「コウ 生口[一七]をよせるとナ、がうてきと眠くなるさうだぜ」竹「あのあまは湯へ這入つて、今時分はどぶさつ[一八]居る最中だらう」松「それぢやァ太郎兵衛[一九]歩びやれだ」竹「能事があるぞ。コウ 爰の壁に張つてある女郎の絵[二〇]とナ、爰の金時の絵をひつぺがして引縛らう。さうしておいて、口によせべいぢやアねへか。この女郎や金時が、どういふ事をいふだらう」松「こいつァおつ

八 死霊の口寄せだ。巫女は希望に応じて死霊または生霊を招き寄せ、神がかりとなって霊の代弁をする。
九 「たばね」の簡略な結い方か。髪結の用語で洒落た。「ちょび」は、ほんの少し、ちょっと、の意。
一〇 特等席だな、の意。「太夫桟敷」は芝居小屋で東西の二階桟敷の中央の最高級の席。
一一 松の馴染みの女郎。
一二 女郎が男への心意気をみせるため支払いを立て替えること。遊客の名誉とされた。
一三 畳まり。たまっていること。
一四 獣肉、特に猪肉の異称。「百目（匁）」は三七五グラム。「山鯨」の看板を出し葭簀張りの店で売った。葱を入れ、鍋で煮る。
一五 だます。約束をたがえる。「だま」は「だまし」の略。
一六 女郎の食い気は、卑しいとされた。ましてここは、下手物の猪肉である。
一七 生霊。生きている人の霊魂を招く意。
一八 寝ている。「臥さる」に接頭語「ど」が付いたもの。寝ることを罵っていう。
一九 諺。どっちみち結果は同じことだ、の意。
二〇 女郎の似顔、似姿をうつした一枚刷りの錦絵。ただし錦絵はお職を張る有名なおいらんに限るので、松の女とは関係ない。

りきだ（た趣向だ）。やらかせ〳〵」長「おれも寄せて見るものがある。段々（順々にやろう）にせう」
竹「コウ　御乳母（おんば）さん。おめへも田舎（ゐなか）にゐる亭主（ていし）でも寄せねへか」うば「否々（いや）
罪だといふから（障りがあるそうだから）いやな事かな」松「罪よりか、江戸で色男を拵居（こせへて）るから、
亭主をよせたらば、さぞしかるだんべい[一]」うば「そんな事はねへものさ。
口はずるいが（口はだらしないが）、心は錠（ぢやう）[二]をおろしてゐるはな」竹「こゝろは錠をおろして、
腰から下は明離（あけばな）しか」うば「いやよ」松「あんまり否（いや）でもあるめへ。サア　皆（みんな）
が来（き）ねへ〳〵」長「サア〳〵行つて聴かうぜ」短「よからう〳〵」銭「ドレ　お
れも聴かうか。ヘン　をとなげねへ（大人気ない話だがね）ス」女房「御乳母どん、おめへも聞きなナ」
うば「気味（きび）が悪（わり）いやうだネ」女房「何（なに）こはい事があるものか」びん「コレ　手めへ
また銭費（ぜにづひへ）[三]な事をするな」女房「ナニサ　わたしは倚（よ）せやアしやせん」びん「ヘン
おれが居ずは一ばんがけ（一番のりで）によせるだらう」

松「是（これ）より二編目、巫女口倚（いちこくちよせ）のはじまり、さやう[四]。

サア　ござりませい（おはいんなさい）　ツヽテン〳〵。

巫女の口をよせてさわぐさま〴〵のおかしみは委（くは）しくうがちて[五]来

一　三二七頁一〇行参照。「さてまた関東べいじや、どうしべい、断（かう）しべい、行（いく）べい、帰（けへ）るべいとは、さて見とうもないナァ」（『浮世風呂』二編上）。

二　操を守っている。

三　巫女に口寄せを頼んで銭を使うな。

四　さよう心得られましょう、の略。見世物の口上に擬した。

五　口寄せの実態をせんさくし、機微をついて描写を試みて。

たる戌春（いぬのはるに）[六]二帙目（ぢつめ）[七]にさし出（い）だし可申候（まうすべく）　その節（せつ）は御評判（ごひやうばん）よろしく奉希候（ねがひたてまつり）。

六　文化十一年正月。当時、版本の出版は原則として正月だけであった。作者は、筆工、画工による版下づくり、彫師による版木の製作、摺師による刷り、また製本の期間を残して前年秋までには原稿（種本、稿本）を完成する必要があった。「…まづ来年正月の新板物はことしの正月あるひは去年のくれあたりよりこしらへかかりて一年中あせりもがくそのいそがしさ、欲につかはるゝとはいひながら、なまやさしき事にあらず…」（三馬『腹之内戯作種本』）。

七　「帙」は書物の「巻」「冊」のひとまとまりを示す用語。ここは第二編を指す。元来、書物が傷まないように包む覆いで、厚紙に布を貼ってつくる。

柳髪新話浮世床　初編　巻之下　終

浮世床後叙　滑稽之魁[一]

長き物、飛頭蛮[二]の反吐とは、清女[三]が筆めきたる物[四]は附の通句（慣用句）なり。夫よりもまだ長いは、不佞[五]三馬が安請合。一寸出来ると思の外、此柏屋[六]の約束も翌明々日と云延たる（言いのばしたが）が、きのふとなまけ、けふとづるけ、いつしか四とせの星霜を経りぬ。宜なるかな発客のお腹立、やつきとして怒て曰。ヤイ三馬の大凝漢、汝書賈のやりくりをしらずや。製本[七]は製本の時節あり、発販[八]は発市の気候あり。汝が様になまけては、発市たくも製本が出来ず、半呑半吐のぬつぺらぽん、お蔭で書舗はすつぺらぽん也。汝が如き戯作者を先生とは職過[九]たり。大人などゝの空拝[一〇]は早く書てもらひたさ、尻食[一一]観音やら、呉音[一二]で先生とやらかすも金が欲さの尊称なり。寔は（ドウダ）の冠辞[一三]を付て、どうだ先生といふやつにて、彼川柳点[一四]に、先生と云て烟器撥さする（帰除させる）といへりし属に斉し。仍て蔭ではめ［名に］の字を添て、三馬めがと人皆鄙

一 滑稽のかしら。首領。三馬の印。
二 長い物事をいう。「飛頭蛮」は、首が長く、伸縮自在の妖怪。その見世物。
三 清少納言の文章に似た、の意。『枕草子』が、例えば「すさまじきもの、昼ほゆる犬…」（二五段）の文型に多くなっているのでこういった。
四 前句付けの点者が「……の物は」という題を出し、これに応じて事物を付ける言語遊戯。謎付け。
五 才智のないこと。自分を謙遜していう。
六 『浮世床』の版元柏栄堂柏屋半蔵。神田通鍋町に住んだ。
七 摺師、製本までの本づくりの全工程を指す。一一一頁注六参照。
八 当時は正月版行が普通（年一回）。一一一頁注六参照。
九 身分不相応。分に過ぎる。
一〇 うわべは尊敬しているふりをすること。
一一 恩を仇で返して平気な態度をいう。「空拝」に対応して「尻食観音」といった。「漢音」をかける。
一二 漢字音の一。呉の音による読み方。
一三 枕詞。
一四 川柳に同じ。「先生と呼ンで灰ふき捨させる」（『柳多留』）。「灰ふき」は現在の灰皿。

しむ。此後汝を後生と呼び小人と唱て、作も頼まぬ、筆も廃、と怒気満面に現れて、欲心臍下に竊たり。素より重々御最、半句の言も出ざれば、倉卒に毫を採て、分説の此小冊。いつも長柄の人柱。人はし懸たる読本も、出しおくれたる誤証文。仍て如件と爾云。

江戸前の市隠

式亭三馬酔中誌

文化十年癸酉孟春発売

江戸発客

田所町　鶴屋金輔

湯嶋切通町　柏屋清兵衛

繍梓

一五 先生の反対語。
一六 大人の反対語。
一七 棄てよ。
一八 実は心の中では早く稿本を貰って一儲けしようと欲の深いことを考えている。
一九 あわてて。
二〇 読本の口調をまねた語。
二一 「いつもながら」と「長柄の人柱」を懸けた。「長柄の人柱」は摂津の国長柄川架橋の難工事を人柱を立てて成功させた伝説。三馬は合巻『昔語兵庫之築島』を脚色執筆した。
二二 人橋。次々に使を出して催促すること。
二三 ここは、絵本に対して文章を読む本の意。『浮世床』を指す。
二四 稿本がおくれたので、そのことについてのあやまり証文。
二五 証文の文末に書くきまり文句。
二六 本来は江戸の前の海、そこからとれた魚をいうが、転じて、江戸気質、江戸の流儀、の意。「市隠」にこの語を冠して洒落た。
二七 市井に住む隠者。純粋高尚な隠者の精神を保持しつつ、それが世に通用しないことを達観して庶民として市中に生活する人。「速に世をのがるべし。但、山林に隠るばかりを隠るとは云べからず。大隠は市中にあり」（風来山人『風流志道軒伝』）。

序　酔夢閣

いつはりのなき世なりせばうそつきの、戯作者頼む人はあらじな、と出たらめの歌謡きて入来るは柏屋の主なり。そらだのめなる明後日も昨日と過して御催促。稿本は如何々々。前編鬻に発市てより頻に二編を俟給へり。僥倖にして喝采のお声は、偏に先生の筆の軽業。噇と誉たり、訕たり、さま〳〵に責られても無い物は金と趣向なり。素より虚誕を著すを戯作者の本意として、閻羅に抜るゝ舌根を自由自在に動かせども、邇来虚が払底なれば、凝ては思案に能はずと、南鐐壱片の雲に乗じ北方へ虚空に走れば、忽ち昇平の楽国に到る。頓に欲界の僊宮に登れば、三千の美女三歩に現れ、五歩の魂二階に飛せり。酒醒、興竭て帰り、熟扁舟の裡に監るに、夜前の実、今朝の虚、去年の実は今年の虚なり。百折千磨の詐を竝べて、千

一　「偽りのなき世なりせばいかばかり人の言の葉うれしからまし」(『古今集』恋四)。
二　『浮世床』の版元柏栄堂の主人柏屋半蔵。
三　空約束の明後日も昨日のことになって。諺「紺屋の明後日」による。「そらだのめ」に天候と、から頼みの意を懸ける。
四　虚譚。うそばなし。でたらめ。
五　「閻魔羅闍」の略。閻魔王。現世で嘘をついた亡者の舌を抜くという。
六　凝り固まっては。物事に熱中し過ぎると、却って判断がつかぬようになる、の意の諺。
七　南鐐二朱銀一枚。「一片の雲」と懸けた。駕籠代。七九頁*参照。
八　吉原を指す。六九頁注一七参照。
九　太平に治まる楽しい国。遊里を指す。山東京伝が洒落本『傾城買四十八手』の口絵に(『板橋雑記』〈清の余懐澹心著〉の一文から)「欲界之仙都昇平之楽国」と題したのによる。
一〇　急いで。
一一　色欲の御殿。妓楼を指す。注九参照。
一二　「後宮佳麗三千人」(白居易『長恨歌』)。俗に、吉原を「遊女三千ご免の場所」とも。
一三　揚代が昼夜各三歩の女郎(昼三)。宝暦以後、吉原で最高級の女郎。
一四　諺「一寸の虫にも五分の魂」。
一五　女郎の座敷、部屋があり遊興する場所。

状万態虚ならざるはなし。[女郎は]競て虚を買ひ、[客は]争て虚を買ふを想へば、世上に虚ほど面白き物はあらじ。[一八]舟師の老兄、櫓を押ながら曰、[一九]子は三馬大酒にあらずや、宿酔の酒いまだ醒ざる歟、何故にかゝる譫言を吐く、吁小さいかな、[二〇]夫曲中の虚は却て招牌に詐なし、虚の虚たることをしらむとならば洪く天地の間を見よ、日月星辰[の運行]はしばらくいはず、森羅万象虚で団めた世界ならずや、子は世界の大なる虚を不測して物の小きを探る、其誤ること甚し。余一句も出ず。[二一]舟楊柳橋下に着ば、[二二]舟師咥煙管を取て枻を鼓て去る。乃ち歌て曰、[二三]契情に実なしとは世の中の、[もてない]客の虚より云ひはじめけむ。家に帰て又復虚の種を下し、筆を耕て竟に拙稿成ぬ。

文化九年壬申十二月[二四]中浣本町の小築、欲心深処に筆を採る。

むかし[二五]所謂金平本の作者

式亭三馬題 

下には主人、使用人が住んだ。遊興して有頂天となった意をこめる。

一六 隅田川を上下し、吉原通いの客を送迎した、細長く舟足の速い川舟。猪牙舟。

一七 幾度もたたかれ、磨かれた。海千山千の。

一八 山谷堀、柳橋にあって猪牙舟を用意し、吉原への客を送迎し、妓楼へ案内した。船宿。

一九 『楚辞』屈原の「漁父の辞」に「漁父見て之に問ひて曰く、子は三閭大夫に非ざるか」とあるのをもじった。吉原の二日酔で疲れている大酒飲みの三馬を、国を追われて憔悴している屈原に見立てた。「子」は貴君。

二〇 遊廓での嘘は看板通りだから嘘ではない。「曲中」はくるわ。「旧院人称曲中（旧院ハ一名曲中トモ云）」（『板橋雑記』雅游）。

二一 柳橋のほとり。吉原通いの舟の発着場。

二二 「漁父は莞爾として笑ひ、枻を鼓いて去る。歌に曰く…」（「漁父の辞」）による。

二三 三馬自作の狂歌「傾城にまことなしとはけいせいにうそいふ客やいひはじめけん」（『戯作六家撰』に掲出）。

二四 中旬。

二五 江戸初期、和泉太夫の語った金平浄瑠璃絵入り正本。江戸出版物の元祖で赤本、黒本を生んだ。草双紙作者として有名な三馬が江戸作者の伝統の継承者であることを標榜。

◇この見開き頁は、初編の二〇、二一頁の俯瞰図をさらに角度を変え、また時間の経過をも示している。浮世床の内部を中央に、その表口、裏口の景を描きわけている。

◇上部の狂歌の作者、匠亭三七は三馬の弟子。狂歌師、尽語楼内匠。通称本田甚五郎。日本橋箔屋町住。文化元年没。狂歌中の「日髪」は、床で毎日髪を結わせることだが、朝夕二回のこともあった。「百にふたつ」は稀少の意。「髪ゆいも百に三つは骨を折り」(『柳多留』)をふまえ、ていねいなことと、百文で日に二回の意を懸けるか。

◇左上端に台所の棚。下ろし金のすりおろしかけの大根がいかにも長屋的である。

◇中央の三人のうち、大あくびの男が二一頁口絵の横向きから前向きに変る芸の細かさ。その男の腕の先に暦が見える。この部分の〝時間〟は停止したままである。

◇右下端の女性、湯上がりの常磐津師匠か。一九頁口絵と着物の柄等異なるが、床のあるじ「鬢」、また下職の着物の柄も二〇、二一頁と異なっている。

◇一一七頁、右上端に「鬢」の女房と奴あ

匠亭三七
日髪にて
百にふたつと
しめしたる
髭を撫〳〵
大たばに結ふ

たまのその子。その左に二つべっつい（二〇〇頁注一参照）。その台はふつうケヤキ製である。さらに下に薪。

◇格子から隣家の「口寄せ」をのぞく男たちが描かれているが、隣家との壁に小窓がある絵の構成は奇異である。物語を進めるための絵そらごとか。しかし、近所合壁の長屋のつきあいを思えば、自然な虚構といえる。

◇中央に「落しばなし　林屋正蔵」など寄席びらの数々（三〇頁一〇行以下）。「円杢」は「円生」（三一頁一三行）とあるべきところ。「瑞龍」は、講釈師赤松瑞龍。日本橋呉服町平七方住。諸侯へも出入りし、町席は夜講のみに出、いつも大入りを取った。

◇その左端近くに本文三〇頁一一行と対応する素浄瑠璃「竹本祖太夫」の名が見えるが、三味線が「鶴沢蟻鳳」ではなく「野沢悟助」となっている。

◇左下の鬼瓦が「馬」となっている。隣家『浮世風呂』の屋根であり、その流行作者、三馬自身を標榜する洒落である。

◇左端中央の一見刀掛け風に並べられたのは消火用の鉄棒（かなぼう）、鳶口（とびぐち）。江戸髪結人は髪結鑑札の札銭（免許料）の代りに町奉行所辺の火災の時には消火に当った。これを「御番所駈付」という（『諸問屋再興調』）。

◇床の裏隣に「當」字の腰障子。「口寄せ」のために巫女を呼んだ甚太の家の屋号である。脱ぎ捨てた履物類は、口寄せに集まった大長屋の女たちのもの。

◇隣家の前に「山田屋」「更科」の箱を担ぐそばやの男のはんてんの柄が「馬」印になっている。一見若者のように見えるこの人物が、一二一頁で顔を見せる趣向である。

◇下部、はだしで凧を背にした少年の手前に物干し。竿をとおす環の形が珍しい。さらに手前へ一升(貧乏)徳利。江戸では、酒を買うのに貸樽、売樽が主であったが、五合、一升の場合、貸徳利もあった。マークは酒屋の商標。漬物用に干した大根の行列(『四十八癖』三編二八七頁)。「大根ですだれの出来る寒い事」(『柳多留』)。

◇右端「其横」とあるのは浮世床を横から見た景の意である。その説明書きの下に「寒気に撼け」た「鉢植の松」、一七頁口絵では松であるか不明。また「戸揚」に一七頁口絵にはない外した表戸が置いてある。

◇左手中央に紙屑ひろい。棹秤（さおばかり）を持っていないので紙屑買いではない。犬に吠えたてられるのもそのせいか。

◇木戸口と相対する位置にあるのが「番小屋」になろうか。粗末な造りであり、薄いこけら葺きの屋根の押えに石を載せている。床と向き合う位置に町内の家主が交代で町役をつとめる自身番、あるいは番小屋があるのが江戸の町屋の通例だが、ここは番小屋。

◇右端に「其裏」と説明書きがある。「當」家の内側に視座を置き、路地がわを見る形である。

◇巫女の手に梓弓。その前に風呂敷に包んだ外法箱、その手前に十二文を包んだ「おひねり」と米一升に銭百文をのせた盆。このあたり、本文一二二、一二三頁に相応している。

◇床の客たちがのぞき込む小窓の下の壁に大津絵の「鬼の念仏」などの絵が貼ってある。壁が痛んで下地（戸舞）が見えているところも見える。そうした壁穴のふさぎのためか。上がり梯子、「無類飛切線香」の看板など、いずれもいかにも長屋らしさを表す点景のための小道具といえよう。

◇看板の左に「右三葉　国直画」とある。歌川国直は信州の産。歌川豊国の門人、また明画を学び葛飾北斎を尊敬した。文化末から草双紙の插絵を画き、歌川国貞に匹敵した。三馬が推挙し取立てた。文化九年の三馬作合巻『昔語丹前風呂』（国直画）に、三馬と豊国が、この「当十八歳の若者」（国直）を「初舞台の御目見へ」させる趣向がある。

◇馬印はんてんの男が顔を見せる。後姿（二一八頁挿絵）からは若い男かと思わせておいて、現れたのは意外や年配者の顔。三馬は文化七年に、『早替胸機関』（「小二変じて主管となる」「美人変じて髑髏となる」など早変りの面白さをねらった切抜き絵本）で大当りをとった。また、初期の作『綿温石奇効報条』口絵には、三馬自身を思わせる「馬」紋をつけた人物が登場している。この口絵の人物の顔つきが、三馬に似ており、はんてんの馬の字柄からも、作中ひそかに作者が顕れる趣向か。

◇左上部、へっついの位置が浮世床とは異なることになる。定例に従って木戸の外の通りに見世が三尺分張り出している髪結床と較べて、いわゆる普通の九尺二間の長屋住いの景をうつしたものであろう。

◇左端下部、腰屏風。衣桁がわりに使っている。

柳髪新話浮世床　二編　巻之上

江戸戯作者　式亭三馬　戯作

浮世床に会ひ居る人々、背門なる小窓より隣の家をさし覗けば、巫女は、一市女笠あがりくちにとりおきて、正坐になほり、二裹包おのが前にひかえて、目を閉ぢ、洟うちかむいとまには、舌もて唇を嘗めまはし、三梓弓ひきもきらず、何やらん呟き居たり。昨夜の四吉燈を喜び、今朝の愁鵲を気に辛むたぐひ、五愚癡で団めて多嘴の衣を覆けたる、六御幣担の嫉妬連中、あるひは眉に八字を作り、あるひは口をへの字になして、おの〱七泣に会る亡者の口々。怒つて頰を尖らすは、婆婆塞と呼ばれたるじやうッぱりの八かかア左衛門。笑つて腮を抱ゆるは、後生楽と名にたちし、おちやッぴいのおてんば娘。九お長屋竝の一切衆生、一〇六親眷属有縁の徒、一一九尺二間は一二維摩が方丈、ところせきまで居ならびたり。童子童女の倚来るを進め、お鶴亀吉

一　一〇〇頁注六参照。
二　外法箱を包んだ風呂敷づつみ。一〇〇頁注七、一二〇頁口絵参照。
三　梓弓に矢をつがえ東西に向けて弦弾きをし、神の名を唱えて霊を招く。口絵参照。
四　丁子頭。燈心の燃えさしの先端が塊になり丁子の実の形になったもの。油皿に落ちると金のはいる吉兆として喜ばれた。
五　愚痴っぽく、多弁な。「世辞で丸めて浮気でこねて」（長唄「喜撰」）のもじり。
六　ささいなことを気にし縁起をかつぐ人。
七　死霊、生霊の言葉に同情して泣くために集まる。諺「親は泣き寄り他人は食い寄り」。
八　強くなった古女房を侍めかして呼ぶ語。
九　長屋中のすべての人々。
一〇　すべての血族、姻族。
一一　間口九尺、奥行二間の裏長屋。
一二　釈尊の弟子の一人。一丈（約三メートル）四方の居室で修行した。
一三　新仏の霊と生者の怨霊。
一四　戒名の一。「居士」の上位。
一五　先祖代々の戒名の院号がいりまじって。
一六　あらゆる霊の言葉を聞き。「三界」は人間が生死、輪廻する三つの世界。
一七　関係のない故人のあらさがしをして。「無縁法界」は無差別平等であること。ここ

が覗くを退け、新霊、生霊、おもひ〳〵に口をかくれば、上がッて来る大禅定門、代々院号ごたまぜに、三界万霊の御託を聴いて、無縁法界の棚下を悟り、信士信女の安否を訪ひ、居士大姉の御機嫌伺ふを想へば、十万億土遠きにあらず、地獄の沙汰も銭次第なり。十二銅の泪は水むけの茶碗に淵なして、心からなる三途の川を現はし、百壱升の歎は笹ばたきの丸盆に積りて、願ひからなる死出の山をなせり。煩悩なければ菩提なし。娑婆あればこそ冥土もあれ。欲悪煩悩の魂魄を、巫女の教戒に脱かるゝ者、若この意味を現在に悟らば、亭主を尻に敷く浮虚的の女房も、刀山剣樹、からき営世することをおぼえて、留守事の雑費銭を慎み、嫁をいぢる偏屈的の姑婆も、叫喚紅蓮、あつさ寒さに人をいとひて、慳貪邪見の角を折らば、これもひとつの済度なるべし。南無阿弥陀仏を泣下しにして、坐を退く世話女房あれば、克く倚らしやれと坐に進む、六十有余の年紀は、時代狂言の老母役者。倚らぬ先から泪と倶に、まづ汲換ふる阿閼の手向。一葉の樒動きて後、またうなり出す巫女の声 [神おろし] 天清浄地清浄、内外清浄六

は、縁も所縁もない人。
一八 男女の戒名の下につける語。
一九 「信士」「信女」より上位の称号。
二〇 諺「地獄の沙汰も金次第」。
二一 賽銭。各人が出す十二文入りの金包み。おひねり。口絵参照。
二二 茶碗にひたした樒の葉で、水を仏壇へはねること。霊に手向ける水。
二三 冥土へ行く死者が渡るという川。
二四 銭百文と米一升。口寄せの礼。口絵参照。
二五 一〇一頁注一二参照。
二六 死者が越えるという険しい山。
二七 妄念がなければ悟りもない、の意。諺「煩悩あれば菩提あり」、「生死即涅槃」。
二八 娑婆と冥土の関係に気がつけば。
二九 地獄にある刀を植えた剣の山を恐れ。
三〇 猛火の叫喚地獄、皮膚が裂ける酷寒地獄。
三一 物惜しみし慈悲心のない性格を直せば。
三二 泣きながら言い。歌舞伎の所作の用語。
三三 室町時代以前の武家社会に題材をとった歌舞伎。
三四 仏に供える水。「手向の阿閼」。
三五 巫女が霊をわが身にのり移らせること。以下は、そのため唱える文句。
三六 六識を生ずる六つの器管。眼、耳、鼻、舌、身、意。

根清浄、上は梵天帝釈四大天王、下は閻魔法王五道の冥官、天の神地の神、家の内には井の神、庭の神竈の神、伊勢の国には天照皇太神宮、讃岐の国には金毘羅大権現、摂津の国には住吉大明神、大和の国には春日大明神、山城の国には祇園牛頭天王、下総の国には鹿島香取の御神、別して当国の一の宮氷川大明神、日吉山王大権現、神田大明神、妻恋稲荷の神、王子稲荷の神、三社大権現。日本六十余州、すべての神の政所、出雲の国の大社。神の数は九万八千七社の御神、仏の数は一万三千四箇の霊場、あまねく冥道をおどろかし奉る。あらたかやこの時に、万の事を残なく、教給へや梓の神。六親眷属有縁無縁、先祖代々一切の諸性霊、弓と箭のつがひの親、一郎どのより三郎どの、人もかはれ水もかはれ、かはらぬものは五尺の弓、一打うてば寺々の、仏檀に響く也。ウ、、、引ト目をねふりてうなりゐる。しばらくありて

くちよせ

寄来るやア〳〵ア。梓の弓のよせ口に、ひかれ誘はれ、冥加はなけれど倚来たはいのう。いとし可愛と思ひ子の、烏帽子宝ではなアけれどナ、軒をはなれぬ寵愛の秘蔵えぼしが来たはいのう。ばゝ「ヲヽ〳〵可哀や〳〵。班

口寄せに浮んだ霊は人ならず

一 大梵天王。娑婆世界を主宰する守護神。
二 帝釈天。須弥山の頂にある忉利天喜見城に住み、大梵天王とともに仏法を守護する。
三 四方鎮護の四神。持国天（東方）、増長天（南方）、広目天（西方）、多聞天（北方）。帝釈天に仕える。
四 地獄の支配者。
五 五道（地獄、餓鬼、畜生、人間、天上）の衆生を取締る閻魔の庁の役人。
六 かまどを守護する神。奥津日子命、奥津日女命。
七 三重県伊勢市の伊勢神宮の神。天照大神。
八 香川県琴平町の金刀比羅宮の神。
九 大阪市の住吉神社の神。
一〇 奈良市の春日神社の神。
一一 京都市の八坂神社（祇園社）の神。「牛頭天王」はインドの祇園精舎の守護神。
一二 茨城県鹿島町の鹿島神宮と千葉県佐原市の香取神宮。
一三 埼玉県大宮市の氷川神社の神。武蔵国一の宮。
一四 東京都千代田区永田町にある日枝神社の神。
一五 千代田区外神田の神田神社の神。
一六 文京区湯島妻恋坂にある妻恋稲荷。

犬か〳〵。ヲヽ〳〵よく倚つて呉れたぞよ。なつかしかつた〳〵。ホンニホンニ[二九]談義詣をしてもノヤ、勿体ない事ながら、お如来さまはさもなけれどノヤ、和尚さまやお所化[三〇]の皃までも、みんなおのし主の様に見えてノヤ、常香[三一]も盛る間も忘れかねて、ホンニ〳〵泣かぬ間はなかつた。あんまりのかなしさに、百出[三二]して葬つて貰つて、檀那寺へお願ひまうして、ノヤ斑犬といふ戒名までつけて、石塔も建ててやつたぞよ。

くちよせ ヲヽ〳〵、それはよく泣かしやつて下さつたよのう。おゥれンも椽の下で生れてェから毎日の余り物、ぶちンよ〳〵と可愛がられてンナ、何もおれンがごきにばかり下さつたアから、おゥれンも嬉しさにンナ、しなアだれてェ尻尾もゥ振つたり、手をンもゥ呉れたりイしたアけれェどナ、裏の肴屋めがァ慈悲心がなくてよ、打鍵[三三]やァ出刃庖丁のむね打でェ度々ンのゥ疵[三四]とがンめ、その時にやア大豆[三五]を煮て食はせて下さつたりナ、さま〳〵の介抱うれしうござるぞや。おゥれンも今やなど死なうとはおもはなんだがのゥ、角の家で鰹を片身盗んだ罰でナ、ござらアよ。ついぞない〔ことに〕三助[三六]めが握り飯を投げたによ

一七 北区王子町にある王子稲荷社。
一八 台東区浅草にある浅草神社の神。三神合祀によって、俗に三社さまと呼ばれる。
一九 総支配どころ。「出雲」にかかる。
二〇 島根県出雲市大社町の出雲大社。
二一 冥土。死後の世界。
二二 梓弓によって降ろされた神。
二三 口寄せによって現れる人も変り、手向けの水も変るが。
二四 弦弾きをすると。
二五 〔引〕現在の音引表記。「ウ、、、ー」。
二六 神仏のお助けはないが。
二七 巫女の用語で、惣領息子。
二八 可愛がって大切にしていた子。
二九 説経を聞きにお寺まいりをしても。
三〇 修行中の僧。
三一 仏前に絶えずたいておく香。
三二 葬儀料。百文。
＊ 愛犬「ぶち」の霊登場、当時の口寄せの実態を笑いの中に正確に描写している。
三三 魚を引っかけて運ぶのに用いる手鉤。
三四 傷がなおらず、一層悪化すること。
三五 傷ついた時まじないとして小豆をつける。それを煮て、の意か。
三六 湯屋の釜焚き男の通称。床に隣りあう浮世風呂の使用人か。

つて、おゥれンも怪しいとはァ思つてナ、おほかた打つだらうと思つてナ、用心してゐたがのゥ、棒を後手で隠してゐる様子も見えず、偖また夏とは違つてナ、冬向は癈物がないから、おらが口は干あがるのゥ、あんまりひもじいにナ、わんぐりと食つたが因果、案の如番木鼈[一]であつた。その儘にこつくり往生のゥ、したけれどナ、是がほんの犬死でござらァよ。健な時にも溝へ落ちてな、泥だらけになればのゥ、最早病犬[二]だといつて、町内の子共には、扑散らされ、横町の雌犬と掃溜に寝てゐればナ、酒屋の白雲[三]天窓めが邪魔をするよのゥ。漸々のことで折助[四]さまのお情で、尻尾をつまんで手伝つて貰つてナ、思ひは晴したけれど、立烏帽子[五]どのが手習の下がりぎはに、見つかつて砂だらけにされたはよゥ。偖また呼声のする時は、何ぞくれるかと思つてかけて行つて見れば、烏帽子宝の小便[六]をやるのだはのゥ。表[七]の飯焚めは熱湯をかけようとするな。奥[八]のお三めは目の明かねへ奴でのゥ、他所の者の放れた糞も、おれが業だとて箒でおつかけられ、さても〳〵いかい気兼をしましたはいのゥ。こなさまは可愛がつて下された

一　フジウツギ科の常緑喬木。インドなどに産する。種子に猛毒があり、殺鼠剤、興奮剤などを製する。
二　狂犬。「やまひいぬ」の約。
三　白癬（頭部にできる皮膚病）にかかった人。罵り語。酒屋の小僧をさす。
四　武家に仕える下僕の俗称。
五　巫女の用語で、男の子供。
六　幼児に小便をさせる時、「ぶちこい、ぶちこい」と犬の名を呼んであやしてさせる。
七　通りに面した家の飯焚女。
八　奥の家の下女。「お三」は下女の俗称。

けれど、[九]枕添殿はあたじけなかつたはナ。邂逅くれた物が大根の香物の食かけト茶粥の茶計りだから、嗅いで見たばかりでふいと往けばのゥ、最早奢つた畜生だといふはのゥ。この身は[一〇]上方と違つて皮の性が悪ィから、犬皮の三弦になつてな、うかむ事もならねへはのゥ。極楽往生しても、善人が多くてなア、[一一]百味の温食も間にあはぬから、[一二]仏の数ほどは物が撥らねへとよのゥ。[一三]立よらば大木のかげ、[一四]犬になるとも大所の犬になれと、譬にもいふ通りナ、おゥれンに如在はねへけれど、うかまぬから為方もねへ事よゥ。[一五]犬骨折つて鷹にとられたは娑婆での事よ。今の身は[一六]溝に流れる米粒を食つてゐれどナ、[一七]みさき烏が皆食つて、おれが口へは這入らぬはいのゥ。さても／＼うれしや／＼な。一盃の水の手向がナ、[一八]唐の鏡の屎をたべたよりも、嬉しくて／＼のゥ、腹の中から臍のあたりまで、染わたつて嬉しやのう。おゥれンも早く倚りたかつたけれどナ、[一九]水は逆さまには流れねへはのゥ。〔人間の〕御先祖が倚りたがつて先へ／＼と出るからな、おれをば止々としかつて、跡へまはされたはのゥ。こなさまも年に不足もねへからナ、はやく

九 巫女の用語で、配偶者。亭主。

一〇 上方の犬の皮は良質として、猫皮の代りに三味線の胴を張るのに用いられた。ここは、狐が鼓の皮となる「義経千本桜」四段目初音の鼓のパロディ。

一一 極楽の御馳走。「おんじき」は呉音で、飲食のこと。

一二 仏の数に比して廃り物が少ない（犬の食事にも事欠く）。

一三 諺「寄らば大樹の陰」。

一四 犬でも富家に養われる方が得である、の意の諺。

一五 諺「犬骨折って鷹に取らるる」。鷹狩の際犬が苦労して追出した獲物を鷹にとられてしまうこと。

一六 小溝。下水。

一七 巫女の口寄せ用語。口寄せの際、死者の近くにいて、手向けの供物などを奪うという烏。「みさき」は神の使いの意。みさき狐など。

一八 巫女の用語で、大事にする妻、母をいう。

一九 物事には順序がある、の意。

臨終往生いそがつしやい。おゥれンも草葉[一]の蔭から待つて居るはよう。かへすぐ\も名残はおしや。みさき烏のこと頼みましたぞや。みさき烏を除けて下されいのう。名ごりやァ惜しいけれどナ、いつまでもく\ゥ、つきぬなごりだァから往きますぞゥ。克く水を手向けて下さつた。うれしいぞやァく\ァ。いつまァでンもゥ、つきンぬゥ、なごゥりイよゥ。さァらばだァ。ウ、、引 と、うなり声を引いて、神あがる[二] ばゝ「ヘツヱ、ヘツヱ トしやくりなきをしながら アツア、可哀やく\、ぶちョく\と、この頃まで手飼にして愛した物を、番木鼈を食はせて殺すとは、さてもく\苦々しい。ヲヽく\、さぞ恨めしく思ふであらう。ガコレ、恨をはらして成仏しやれ、ョ。みさき烏は除をしてもらつてやらうぞよ。アなんまみだぶ」おてんば娘「ヲヤく\お婆さん、おまへは誰をお倚かと思つたら、死んだ班をお倚かェ」ばゝ「さうさ」娘「いかな事でも ヲホヽヽヽ 皆々笑ふ 隣の浮世床の小まどよりのぞきゐる人々[三] 松「今のを聴いたか」竹「人をつけへにした」短八「あの婆さんは犬を倚せたぜ」長八[四]「道理で解せねへと思つた」銭右衛門「コウ 狗はいゝが、先へ倚せた変助がかゝし[五]女房は、おそろしい事の トいふ所へ、上龍といふきいたふうなる男[六]、奥口より入

一 あの世で。

二 〔神あがる〕ここは、霊魂が巫女から離れ去ること。

三 〔小まど〕裏の小窓。一一七頁口絵参照。

死霊の恨みから嫉妬論へ

四 初編では「長六」の名で登場している。

五 噂衆。「かかしゅう」の訛。

六 〔きいたふうなる男〕半可通。知ったか

来たり土龍「なんだ〳〵何がおそろしい」銭右衛門「イヤ 土龍さん、お出で。ウンニヤヨ、今倚せた変助が先妻の死霊は、よつぽど怖しかつた」土龍「ハテナ」松「巫女の白までが、気の所為かこはくなるぜェ」竹「そりやァその筈さ。死霊がのり移るのだものを」短「すてきと恨を云つたぜ」長「とり殺すと云つたぜ」短「とり殺しても倦足りねへとは、おそろしや〳〵」銭「とり殺すといふも、先妻のが尤だ。あのやうな薄情な男は、見せしめのために〔とり殺すのが〕能いのさ」竹「女房[七]はむごくしねへがいゝぜ（つらく当らない方がいいよ）」松「おいらもその気で、山の神[八]を可愛がつてくれべい」銭「こはい〳〵」土龍「絵入読本[九]ならば、身毛もいよだつばかりにて、怖しなどもおろかなり、と書く所だの トこの土龍は絵入よみ本を好みて、かし本やより借本にて見る人、尤も封切[一〇]は価が貴きゆゑ、ずつとのあとで見る人なり。この人万事につきて今やうのよみ本文章をいひたがるくせあり 短「アノ 枕添とは何の事だらう」銭「今云つたのは夫の事さ。女は夫を枕添といひ、男は妻を枕添といふのス[一一]」土龍「ム、やつぱり我夫、我妻の利屈だネ」竹「おれが様に枕添のねへのが気楽だ。三歩[一二]でも二分[一三]でも、乃至二朱[一四]でも四百[一五]でも放下し出しやア直さま枕添が出来る。そのかはりには一夜限りだから、先妻の腹ァ立つ

ぶりをする男。〔奥口〕勝手口。

七 女房をいう隠語。「ばした」とも。

八 妻。年を経て口やかましくなった女房をいう。

九 読本。享和・文化期頃から読本の挿絵に力を入れるようになり、この呼称が生じた。

一〇〔封切〕新版の本は袋に入れて封じてあること。最初に借りて、その封を切って本を読むこと。現在の（映画の）「封切り」の語源。当時は借本屋から借本を借りて読むのが普通。

＊「此人、流行の敵討読本を好みて、新版さへ売出せば、かし本封切合巻の初売りを求めて一番にみることを手柄としければ、板元作者画工のためには結構なるお得意様なり」（三馬『無根草夢談』）。

一一 終助詞。「さ」と同意。

一二 一一四頁注一三参照。

一三 揚代、金二歩のよび出し女郎（呼び出されて茶屋に出て客の相手をする上妓）の価。

一四 揚代、金二朱の下級の女郎。

一五 揚代、銭四百文の女郎。吉原の河岸や岡場所の売女の価。

案じもねへス」松「そりやア百はおけ、[一]五十でも二十四文[二]でも枕添が出来らア」竹「馬鹿ア云へ。そいつは束で売る出来合[三]の枕添だア [四]トいふ時、この家の女房かまもとをしまひて、手をふきゐる 短「ヲイ爰の内の枕添どのどうだ。十二文[五]出しておめへも泣かねへか」女房「否よ、気味[六]の悪い」長「それでも枕添には違ねへス」短「藤坊[七]とい ふ立烏帽子[八]まで育へたから、野暮ぢやアねへ」女房「よしなヨ。気障な。おかしくもねへ」短「ヲツト最う云はねへ。さアらばだア トいちこのくちまね 女房「ヲヽ否な声だ。最うよしなヨウ。それはさうと、変助さん所の先のお奈幾さんは何云たらうのう」松「天窓[九]から塩をつけてかまう引と云つた」女房「うそばつかり」竹「ホンニ〳〵取殺すとヨ」女房「とり殺す。ヲヤ能い気ぜんだのう。全体が、お奈幾さんは嫉妬深かつたから、自分から気[一〇]で気を病んで、あゝ為つたのさ。変助さんも好いとはいへねへけれど、あの子もおやきが過ぎたのよ。そりやア勿論、亭主の尻癖[一一]が悪いとは云ひながら、変助さんが一寸用があつて出るにも、着物を着せかへては出さずか、些と帰が遅いとむしりついての騒だ。誘に来ても友達と一緒には出さずの。それだから友

一 深川の「船饅頭」と呼ばれる売女の価は百文。下級の者は五十文。

二 夜鷹の価。夜鷹は寝ござを持ち、本所吉田町を中心に柳原土手や材木置場に出没した街娼。二十四文。三八頁注四参照。

三 注文の品でない既製品の。

四 「かまもとをしまひて」台所の後片付けをすませ。

五 口寄せ供養のおひねり。

六 変助の先妻の死霊の話のあとで、枕添どのと呼ばれたから気味悪がった。

七 この女房と鬢五郎の子。

八 息子。一二六頁注五参照。

九 妖怪などが人を喰う情景描写の常套句。

一〇 必要以上に心配し自分で苦しむこと。

一一 ここは、好色の癖。

達への顔色（かほつき）も悪いから（愛想も悪いから）、遠慮（ゑんりよ）して来ねへはな。一晩泊ッてでも帰（けへ）らうものなら、それこそ大騒動（おほさうどう）、長屋中（ながやぢう）[一二]か丶つた上で媒人（なかうど）[一三]騒ぎさ。何でもあたり合（あへ）[一四]の物を投放（なげほう）ッて、あげ句（く）の果（はて）は発（おこ）りもしねへ癪（しやく）[一五]と号（がう）して（称して）、三日ばかりふて[一六]寝（ね）をする。ホンニ〳〵か丶[一七]つた事（こつ）ちやァねへ。それだから変助さんも、くさ〳〵として倦果（あきは）てたのよ。ソコデ今のお後（のち）さんと取替（とつけ）へたのだ。あの子のことでも、たび〳〵大（おほ）もめが有つたのよ。一体（いつてへ）あの子をば他所（よそ）へ預けて置いたのさ」土龍「囲（かこ）[一八]ッて置（おき）か」女房「ナアニ 囲ッておく働きもねへから（別宅を構えさせる実力もないから）、相（さう）応（おう）の付届（つけとどけ）[一九]をして預けて置いたのさ。それだから、どつち[二〇]をどうとも団扇（うちは）が上がらねへ。そこへ往（い）つちやァ（いくと）おいらが様（やう）なうんのろ（うすのろ）が好（い）いのう。やきもちでもやいて見たがい丶（焼いてごらんよ）。おらが内なんぞは直（ぢき）に横ぞつぽうだ（すぐに横っ面を張るよ）。ヤイ、今ッから誰（だれ）さんと何所其所（どこそこ）へいく、着物を出せ。ハイ。羽織（はおり）を出せ。ハイ。これは古い、新しいのを出せ。ハイ。その羽織も、古いのを着て、新しいのはかばつておきな（しまっておいたら）とでもいふが最後（せへご）、大疳癪（おほかんしやく）さ。名誉（めんよう）[二一]、男といふものは、新しい着物が出来ると、古いのには目もかけねへよ（目もくれないんだよ）。何（なん）にも角（か）にも、それ

一二 夫婦喧嘩の仲裁にたずさわる。かかりきりになる。
一三 仲人を呼ぶ騒ぎ。離婚騒動。
一四 ありあわせの物を手当り次第。
一五 胸部、腹部におこる激痛の総称。さしこみ。婦人に多い。
一六 ふてくされて寝ること。
一七 相手になれるものではない。
一八 妾として別宅に囲ったか。
一九 金品の贈物。
二〇 どちらがいいとも悪いとも判断がつかない。
二一 面妖。不思議に、奇妙に。

ばかり着たがるものさ。サアそれからお帰には、湯豆腐か水雑炊まで拵へておけといふ仰置れで、鼻紙、手拭、頭巾、足袋、履物までそろへて、ハイ、御機嫌ようお遊びなさいまし、トいはねへばかりにして出すのだはな」竹「〔亭主は〕それでもこごとをいふだらう」女房「いふ位か。それだものを、やきもちのやの字もあると、忽地梵天国さ。その代においらがやうな者は、死んでも〔亭主を〕取殺す気はねへ。そこは後生楽だ」土龍「地獄へ行居て、亭主の生霊に取つかれるもんだぜ」松「うさアねへ。その代に情があるめへ」女房「そこはどうだか」銭「もし思召があらば御相談にのりませう」女房「銭右衛門さん、ひさしいものさヲホヽヽ」土龍「しかしやきもちといふやつはうるせへてネ。おらアやかれた覚はなけれど」長「あいつも、わざ／＼からかつてやいてもらふ男があるよ」短「芝居のやうに面白おかしくやいてくれたら、どうか色男のやうでうれしからうテ」長「〔歌舞伎〕狂言のやうにいきやアありがてへ」土龍「〔狂言の〕色事は女の方から惚れてくれるから、爰で妙ス。大卅日に掛とりが来ると、直に舞台をぶんまはして、〔亭主は〕他行のぶんでしらを切りの、元

一 水を多くした菜粥。酔後の食とした。

二 外出する場合、特に遊里に出かける際等には頭巾を用いた。竹田頭巾、船底頭巾など。縮緬、絹など上等の布地を使う。

三 いうなんてものじゃない。

四 離縁になる、の意。「梵天国」は、古浄瑠璃の曲名で、元禄頃まで、一日の演目の最後に語る習慣があったことから、終り、打切りの意となった。

五 そのかわり。

六 のんき者。お人よし。「死んでも」に懸り、あの世へ行っても安楽だ、の意も。

七 極楽行きのはずが、なんと地獄へ堕ちていて、亭主を取殺すのとは逆に。

八 やきもちを焼かない代りに男への情愛がないだろう。

九 （私に）その気があるなら。

一〇 山東京伝の黄表紙『江戸生艶気樺焼』の主人公、艶次郎などがこの種の、色男になってやかれてみたい男の代表。

一一 惚れてくれるものと筋書がきまっているから。

一二 すてきだ、有難い、の意の流行語。

一三 大晦日に掛売りの代金の集金人がくると。大晦日は延期できない最後の決算日。

一四 女は急に態度を変えて。「舞台」は、芝

日にずつとせり出し。ナント こいつは妙でごぜへせう。しかし婦人といふものは兎角妬心のあるものさ。[一六]亭主が色事の所へ夜な〳〵通ふ事を思つて、

[一七]風ふかば沖津しら波たつた山、よはにや君がひとりこゆらん

ト歌で[一八]云しらせたれば、流石に夫も女房の[一九]ありがたき心を恥ぢて、おもひとまつたトありやす。まだかういふ事がある。物の本の中に、ヱヽ何さ、わたしは暗記じてゐやす。ヱヘン。[二〇]むかしある男、その妻にこゝろざしうすらぎ、めづらしき女をよびいれてあさからず契りけり。この妻いさゝめも心にかけず、うらみたるけはひもなく日かず経るまゝに、秋の夜のながきに寝もねられず、ひとり灯火かゝげてうちかたぶき居りけるに、鹿の音かすかにきこえければ、

[二一]我もしか、なきてぞ人に恋ひられし、今こそよそに声はきけども

と声しのばして詠じけるを、男きゝてかぎりなくあはれにおぼえ、今の女をばはなちやりて、もとの妻に[二二]ふた心なくして、いとめでたく過ぎにけり、

居の廻り舞台を廻して場面を一変させること。

一五 掛取りのこなくなった元旦になると居留守は終りで、出現する。「せり出し」は舞台中央の一部を床下から上げる操作をいう。

＊ 歌舞伎の舞台のように自由自在に女心を変えられたら、すばらしい。

一六 以下、『大和物語』百四十九段の要約。

一七「風吹かば沖津白波」は「たつた山」にかかる序詞。龍田の山を越えるのは昼でも困難なのに、この夜中にあなたは一人で越えて行くのか。

一八 亭主に婉曲な形で嫉妬の心を告げたところが。『大和物語』の説話では、「云しらせた」訳ではない。誤解あるいは曲解である。

一九『大和物語』では女が嫉妬心を抑えてひたすら夫の身を案じている。そのありがたい心の意。

二〇 以下、『大和物語』百五十八段の説話の紹介。

二一 自分も、今鳴いている牡鹿のように男から泣いて慕われたことがあった。今は他の女のところでの睦言を聞くだけだけれど。

二二 浮気心なく。誠実に。

ト書いてある」銭「ハテ、よく覚えてゐなさるネ」長「土龍さんは記憶とやらがいゝ[一]トいはれて大きにうれしきおもいれ 土「ナニサ この位な事はお茶の粉（簡単だ）だ。わつちは読本といふ読本を暗記してゐるから、つひ平生の事も、あの詞[二]になつてどうもならねへ（どうも困るわけよ）」銭「サア〳〵見さつし（ご覧よ）。いかい事（ずいぶんと）女が揃ッた」松「アリヤ〳〵お囲[三]まで出て来たぞ」竹「何を寄せるだらう」短「先の旦那を寄せるのさ」長「生口[四]で、目上でござんやす（年上でございます）トいふのだナ」銭「最う三十七八になるのだらうが、まだ眉毛[五]をくつ付けてゐるナ。女が好いの、美しいのと云つても、眉毛を落とす時分に落とさねへやつだから文離だ。本のことよ（本当だよ）。いはば化物の仲間だ。人間の交りぢやァねへ（数に入らない）」土「しかし美だネ。[六]いやらし身たつぷり（あの手で〔男を〕）。あすこで迷はせようといふ洒落だ[七]」竹「わりい洒落だス」土「沈魚落雁[八]閉月羞花[九]ときてゐる」松「何落雁[一〇]だか。岩おこし[一一]ほどな大粒な痘痕[一二]があるけれど、上塗[一三]に工数がかゝつたから見えねへ」長「工手間[一四]がかゝつちやァ、請負だと棟梁出奔だ」土「なるほど極彩色[一五]だ。色摺[一六]にすると二十遍は丈夫（間違いないね）にかゝらう。しかし頭は好いが、胴雕[一七]を雕崩した[一八]これは板木師、摺物師の詞なるゆゑ、がくやおちにてさつぱりおちず 身仕舞[一九]はし

一 〔おもいれ〕思入れ。芝居用語。無言で考えや感情を表す身ぶりをすること。

二 読本の言葉と文体。中国の明・清時代の白話（口語体）小説の翻案を源流とする読本は日本古典の語彙、文体を取入れ、読本独得の文体を形成した。前頁の『大和物語』を要約した文章も、読本の文体の一である。

三 旦那に囲われている女。妾。

四 生霊。生きている人の魂。

五 結婚した女はお歯黒をし眉を剃る。

六 色っぽさが充分。

七 意気なこと。あかぬけした言動。ここは土龍の口癖で、趣向だ、といったほどの意。

八 美人の形容。『荘子』の「毛嬙麗姫、人之所ㇾ美也、魚見ㇾ之深入、鳥見ㇾ之高飛」（人は美人とするが、魚や鳥は恐れ逃げる）を誤用し、優れて艶な意とする、読本の常套句。

九 読本に多く使われる美人の形容。美貌にうたれて月は隠れ、花ははじらう、の意。

一〇 なに落雁だか知らないが。「落雁」は麦こがし、きなこ等を砂糖、水飴でねり、型にはめて乾かした干菓子。

一一 糯米や粟を蒸し、ごま、落花生、豆などを加え岩のように水飴と砂糖で固めた菓子。

一二 天然痘の治ったあと。

一三 厚化粧だからわからない。「上塗」は壁

たけれど、[二〇]ゆふべ気でおそく起きたといふ洒落かッ」〔寝乱れ姿〕短「おつな洒落だの」竹「トいふ洒落かの（土龍が詞のすゑに「トいふしやれ」といへるくちくせあり。故にかたはらの人わざとなぶりにいふなり）」

土「月に三両ヅヽ〔払うのでなく〕こつちへよこすなら、世話をしてやらう」

銭「あの女の泣く皃を、こゝで見りやァ安いもんだ」松「泪が小皺へ滞ッて雪柱になるのス」長「しかし美女は泣く面までが可愛らしい」短「そりやァ浄瑠璃の文句にもあるはさ。[二一]雨にしをれし海棠の花の、ァ、何とか云つた。こりやァ語らねへきやァ出ねへ〔後が〕」竹「後はしイらァないッ」松「トいふ洒落かの」銭「アレ〳〵婆めが犬の事で目を泣腫した内がいゝ」土龍「[二二]泪はふりて、よゝと打歎く傍には、数珠さや〳〵と摺鳴しッ、[二三]泥たる声音して、阿弥陀仏々々々々と唱ふるさま、目もあてられず哀なり。外の方にかや〳〵と音して、入来たるは何曾〔何者か〕の者ぞ。[二四]只見、軀には柿色染の[二五]襤褸衣を穿ち、アレ見な。酒屋の[二六]小二め、何所からか凧を引ずつて来ながら覗に来た」竹「サア今度は甚太が処の爺さまだ」松「神がくしだナ、こいつは面白いぞ」長「こゝ一ばん聴所だッ」銭「あの爺さまは一体大坂うまれで、義太夫の三絃を弾いたり、人形をつかつた

土などの仕上げ塗り。ここは白粉を塗ること。「工数」は手間、手数。

一四 工事に手数がかかっては。

一五 濃厚な絵の具で細かく塗ること。ここは、白粉や口紅を濃くつけている意。

一六 多色摺りの版画にすると。色ごとに異なる版木で摺るので手間がかかる。

一七 人物の胴の部分を彫り損い、版がくずれている意か。

一八 〔摺物師〕摺師。木版を摺る職人。〔がくやおち〕専門の仲間だけに通じて他の人には理解できない言動。

一九 化粧し着かざること。

二〇 昨夜の房事の疲れが残っている様子。

二一 美人の愁いを含んだ様をいう。

二二 涙はあふれて。以下、誇張した読本の文体で語っている。注二参照。

二三 濁った。

二四 ふと見やると。「ただ看る、おぼろなる黒影の中に人ありて」（上田秋成『雨月物語』）。

二五 「針目ぎぬ」に同じ。つぎはぎだらけのボロ。

二六 一一八頁口絵参照。「小二」は通常「丁稚」をあてるが、読本にならった当時通行の宛字。

りして、[一]田舎芝居を歩いた者さ」短「それだから[二]操座の楽屋でつかふ、隠語をば、よヲく覚居た」銭「[三]センボとか、センボウとかいふものだね」土龍「[四]サンシヨとも云ひやす」

天狗になった爺さまの口寄せ

甚太が女房、水むけをしながら「[五]先跡月の晦日の日でござります」いちこ「アイ〳〵[六]生口か死口かネ」妻「生口でござりませう。神がくしになつたのでございますから、生死はわかりません。占つて貰つたら生居るとは申しましたが」いちこ「アイ〳〵目下かヱ」妻「イヱ目上でございます」いちこ「アイ[七]トつるをならして くちよせ [八]そり込むやア〳〵ア。梓の弓にかけられて、引き出されて [九]太棹の[一〇]「づる三絃の糸、寄って来た より来たはいのう。「へいせいじの水の手向は、[一一]出語の[一二]湯呑ではなけれどナ、うれしはいやい。「ぜめおれは草葉の蔭には不居けれどナ、[一三]杉の木蔭ながら、ゑらううれしはいやい」

[一四]浮世床の見物 竹「こはいもんだの。巫女の言まで大坂になつたぜ」松「三絃弾のこ

一 旅芝居に加わって地方巡業をした人だ。三馬にはこの種の人物の登場する滑稽本『狂言田舎操』『田舎芝居忠臣蔵』の作がある。

二 人形操芝居の一座。

三 人形操、浄瑠璃社会の隠語。「センボウ」の短呼。

四 もと無頼の徒の用いる隠語をさしたが、後に「センボ」と同化。

＊ 演劇通の三馬は、滑稽本は勿論、洒落本中にまでよく「センボ」を使う場面を設けた。

五 先々月。

六 生霊か死霊か。

七 梓弓の弦を弾いて。

八 戻ってきた、帰ってきた、の意のセンボ。

九 太棹三味線。義太夫節に用い、普通より棹が太く、胴も大形、絃も太い。

一〇 三味線の意のセンボ。この辺り巫女の「梓の弓の弦」に義太夫の「太棹のづる(絃)」、「糸(を撚る)」に「寄り(来た)」を懸け、縁語仕立とした。

以下本文該当語の下の注は、底本では左注に表記されている。なお、一三七頁一〇行の「晋太郎の略」、一二行の「祐右衛門の略」などの類は、以下も底本どおり右注の位置においた。

とが直(ぢき)(すぐに)に出て来るから奇妙なものだ」長「草葉の蔭ぢやアねへとよ(ないそうだよ)」土龍「ム、杉の葉の蔭だといふから神がくしに疑(うたがひ)なし」短「一五鼻高(はなたか)さまだの。一六強事(おしこと)はならねへぜ(逆らっちゃならないぜ)」竹「鼻高や一七荒神(こうじん)のう」松「一八おまへをみれば松立つて」土龍「巫女がすぐに一九豊後節(ぶんごぶし)に為(な)つた」銭「強事はならねへ」長「ヲツト二〇東西々々」短「むだ(むだ口)をいはつしやんな」竹「トいふ洒落(しやれ)かッ」松「ア二一づなこい」長「さつさい」土龍「これはしたり(これはまいった)。二二嗚呼(をこ)なる人々かな。口かしこうたはれごとない(もっともらしく冗談をいうな)ひそ。止(や)みね〳〵」

くちよせ

また跡(あと)(先月の)の月の晦日(つごもり)の日に、「二三どうじゆく(ともだち)共(ども)「おやまこ(三人)で「たつぽ(さかな)屋へ「かまつた(行った)はいのう。その日は「しんた(晋太郎の略)(ぜに)が「ぜけ(あり)たさかい、「やつかい(たくさん)に「せいざ(酒)「のせ(のむ)たはいやい。偖(さて)「きたなこ(こゝろもち)が「やつかい(ゑらう)「ゑむ(祐右衛門の略)に(おもしろく)為(な)つたゆゑ、到頭(たうとう)「日(にち)(お日さま)が「せぶる(日がくるゝ)まで「のせ(のむ)て居たはいのう。「どうじゆく(ともだち)は「うき(舟)を「しこらへ(こしらへ)させて、「やんまひ(女郎を買ふこと也)に(女郎を「やん」といふ。買ふことを「舞ふ」と云ふ。)「かま(行)つたなれど「ぜめお

一一 浄瑠璃の太夫が舞台に設けられた席に出て姿を客に見せて語ること。

一二 出語りの際、太夫のわきに置く湯飲み茶碗。

一三 杉の木に棲むといわれる天狗の神隠しにあったことを示す。

一四 浮世床の壁の小窓から覗いている連中。

一五 天狗の異称。

一六 神仏の奇特や怪異を信じないで言い消すこと。

一七 「三宝荒神」の略。かまどの神様。毎月、月末に松の枝を供える。

一八 文化七年九月、市村座上演の「当秋八幡祭(できあきやはたまつり)」中の道行浄瑠璃で法印(簑助)と巫女(松之助)が登場する場面で唄われる常磐津「千草花色世盛(ちぐさのはないろのよざかり)」中の「家内は三ぼうからじんのお前を見れば松の助」による。

一九 豊後節及びそれから分派した常磐津節、富本節、清元節など江戸浄瑠璃の総称。

二〇 興行物で観衆の騒ぎをしずめたり、口上を述べる時にいう語。

二一 囃し言葉。「さつさい」も同様。

二二 烏滸(おこ)。愚かなこと。ばか。以下、読本の文体となる。

二三 同じ宿房に住む僧の意から友だちを表す隠語。

(れ)は「よりと[一](おやぢ)株(かぶ)[二]ぢやによつて「ぜかして(やめにして)仕舞(しも)たはいのう。それからそこを「そり(帰り)出して、宿(やど)へ「そり(家にかへり)込んだ所が、また「さいこぼう(こめのめし西国の略)「もぢり(食い)たくなつたゆゑ、朝の「じんだい(みそしる)のあまりと、「きら(香の物ト)「おしぐすり(唐がらし)を「あて(菜の物)にして、「さゝき(四膳)か「かたこ(五膳)「のせ(食)たはいのう。それから(ナ)、「がり(娘)めが「むき(衣装)を着替へいと、やかましう云ふたをかまはず、「ぐる(帯)もそれなり(そのままに)、「すそく(足)のばして「せぶつ(寝)たはいやい。(ナニガ)、「ざぶろう(酒)のさめ際で、「こつぱり(目)寤(さま)したれば、「せこ(大便)が「ふかし(便じ)たうなつたゆゑ、戸口へ出たれば(ナ)「じば(小便)が急(急に)(催したので)ぢやさかい、小溝(こみぞ)へじばを飛ばしながら目(こつぱり)を「つない(見)だれば、「がんど[三]まへびき(武士)を「がつれ(供につれ)た、「りやうたつ[四](惣髪)の「びんこう(男)が「ぜけ(居)て、「ぜめ(おれ)が「えんこう(手)取つて、此方(こち)へ「かまれ(来)〳〵と云ふて、何かな(とやかく言わずに)しに「がつれ(ともなふ)て「そり(行)出したはいのう。偖(さて)それから、「やつかい(めつそう)に「まぶい(うつくしい)所へ「かまつ(行)たはいの。そこにゐるわろ(男を)を「つない(見)だ所が、「しろざ(鼻)の「やつかいな(大きな)「しのき(坊主)殿や、「ちく(くち)の尖(とが)つた「し

一 「としより」の倒語。

二 身分、年配などを表す。息子株など。

三 二本差し。「がんど」は刀剣類、「まへびき」は眉引(まゆびき)で、二の意。

四 髪全体をのばして後ろでたばねて結ぶ。ざんぎり。ここは修行者、仙人などの風俗か。

んでん（男）ばかり「ぜけ（居）て、「わこ（女）も無けにや、「えご（小児）も「ぜけん（見えぬ）、「たしわこと（下女）の様なものもないはい。ぢやによつて「ぜめ等（我等）が「ゆき（下女）や「びんこう（下男）の代りして働くのぢやはいのう。きのふも一寸使に往たが、京の[五]愛宕で朝飯食て、[六]筑紫の彦山へ往た戻りしなに、[七]二荒山へ立倚つて昼前に帰つたらばナ、遅い云て、ゑらうどづかれたはいのう。「たつぽ（さかな）は「しのき（しやうじんもの）なれど、[八]熱鉄の熱燗を三度ヅヽのせる（飲むので）に仍つて「はんべ（反兵衛）い（わるい）な事ないはいやい。「しんた（ぜに）出して「たげる（買ふ）事も無けにや、「まかり（借銭）も「ぜか（出来）さず、家根代（家賃の催促もないから）の沙汰も無けにや、「屋大（家主）が「をかのしろ（かほ）の「助四郎（わるいかほ）を「つなぐ（見）といふ案じ（心配もない）もなし、枕添（女房）も去々年「そつ（死）たに仍つて、「ちやうけい（後家）になる歎も無けにや、立烏帽子（息子）にはそなたといふ枕添あてがふたりや（もらってあるし）、何の気づかひないはいやい。この上に「そくかけ（けめか）が「ぜけ（出来）るとも、そりや「めんめ（面々）の働ぢやさかい、「ぜめ（おれ）の構ふた事ちやないはいのう。「づるかぢり（さみせんひき）や「手すり（人形つかひ）へ廻つて、「ごうざい（かゐな）歩行せうよりはやつと増な身の上、「玄四老（みぬす）したり

五　愛宕山。京都市の西北にある山。山頂に愛宕権現があり、大天狗太郎坊が棲むといわれる。

六　福岡県と大分県にまたがる山。修験道の道場があった。天狗豊前坊が棲む。

七　栃木県の二荒（日光）山。修験道場があり、筑波山、三峰山などと並んで江戸の庶民にとっては、身近な天狗の霊地のひとつだった。

八　天狗道成就のため日夜三度ずつ飲む鉄をとかした熱湯。この熱湯を熱燗の酒に見立てた。「夜に三度、日に三度、くろがねの熱湯を飲む苦しみに、天狗道成就し」（近松門左衛門「孕常盤」）。

「掌握(ぬすみ)したりする「反兵びんこう(わるもの)を、引抓んでさらひ取るやら、「つむじ(いぢわる)な「しんばゝめを引裂いて、木の股へかけるやら、なか／＼「ゑむ(おもしろい)ぢやはいのう。烏帽子宝も安堵[一]して呉云て、此様に伝へてくりやいの。そなたもまた「こだれ泣てゐずとも、この末(今後は)はよろこんでくだされ。うれしいぞや、うれしいぞや。さりとてはかたじけない。「ぜめ(おれ)が今の身の上は、信濃者[二]が冬奉公に済んだ(住込んだ)様で、「つなげぬ(わからぬ)詞や何や角で、西も東もしらなんだが、このごろは杉馴れ[三]て、深山幽谷(ヲット)まかせぢや(まかせておけだ)。今ではどないな山坂や、雲霞の中なりと、通り町[四]を大手振って歩く様ぢやはいの。人間界は穢らはしや。ガッしこらへのじりくちくすい(これは天狗道の詞と見えたり)追加考。月あり[五]、徳とら[六]、二七[七]の厄日、債主の声いまなしや。怨霊ぜけ[八]てもなす目はなし。貧鬼[九]の渋団で、あふがれて居た因縁か、今羽団[一〇]の山おろし、思へばおもひまはすほど、羽[一一]が敵の雲の中ぢやよなァ。さるにてもよろこばしや。「よりと親なりやこそ「えご子なればこそ、よう水むけて(口寄せして)呉れたぞいやい。うれしや／＼うれしやのう。杉葉の蔭[一二]からまもるほどに、この後

一 安心してくれと言って。

二 信州人は雪のある間（農閑期）中江戸へ出稼ぎに来る者が多かった。「おしな」とも。

三 住馴れて。天狗らしく洒落た。

四 勝手知った大通りを。「通り町」は神田筋違御門より芝金杉橋に至る大通り。特に日本橋から京橋の間。

五 日済貸。その日のうちに返す借金。「日、なし」に対応して「月、あり」とした隠語。

六 損料。借賃。「損龍」の字を宛て、その反対語で「得虎」とする仕事師仲間の隠語。

七 二日、七日、あるいは小正月の前日の十四日が、利払いの日であったか。

八 掛取りが現れても返済することは考えられない。「怨霊」は掛取りのこと。「ぜけ」はある、「なす」は返済する意。「目」は賽によい目が出る意で機会、場合。

九 貧乏に追いまわされていたせいか。「貧鬼」は人にとりついて貧乏にさせる神。破れた渋団扇（柿渋を塗った赤黒色の粗末なうちわ）を持つ。

一〇 天狗に追い使われている。「羽団」は鳥の羽で作った団扇。天狗が必ず手に持つ。

一一 「金が敵の世の中」を洒落た。

一二 「草葉の蔭から」を天狗らしく洒落た。

一三 俗人は、霊界の秩序安穏を乱さぬよう慎

「[一三]ぜめぉれをばよせてくれな（口寄せしてくれるな）。どうらく子息の[一四]中宿へたのむ様なせりふなれど、再びよせて呉れまいぞ。よせたら両方の為にならぬ。出世〔霊界での〕のさまたげ、[一五]不浄の穢、なごりはつきねどさアらばぢやア　ト神はあがらせ給ひけり

松「コウ[一六]いよ〳〵鼻高殿」竹「ヲヽおそろしや〳〵」長「あの爺さまはセンボをつかふことが平生の口癖だつけが、口よせにまでセンボをやらかした。あれは[一七]活口で口が活居るからあゝだらう〔なるの〕」短「サア是から[一八]女郎の絵と金時の絵を縛つて口によせべい」銭「ナニサ止すがいゝ」短「なぜ」銭「[一九]前編にさう書いては置いたが、口よせばかり多くては御見物がお倦きなさるだらう」松「それもさうかの。マア いつぷく呑まう」竹「ヲイ頭、煙草にせうぜヱ」長「よかんべい」土龍「アイおかみさん、おやかましう」女房「ハイ〳〵[二〇]桟敷代が出ますよ（要りますよ）」短「三拾五匁かの」土龍「本直だネ　[二一]本直とは芝居の通言なり。上桟敷三十五匁、あるひは土間弐拾五匁などのたぐひを本直といふ」松「アヽすてきと立草臥た」竹「てめへ、克くすてきといふぜ」長「[二二]すてき亀の出店だ（文店）」（短）「出店ぢやアあんめへ。おつかぶせだらう（そっくり真似ごとだろう）」銭「うそは

まねばならない。また、中有に迷う仏を呼び戻すのはますます成仏の障りとなる。

一四 親が中宿に、もう息子を近づけてくれるなと頼むような。「中宿」は遊里へ通う者が途中着替えをしたり、女郎と連絡したりするための家。

一五 天狗は極端に清浄を尊ぶという（『民俗学辞典』）。俗界に呼寄せられると穢れる。

一六 やはり天狗だ。五代松本幸四郎を鼻高幸四郎と呼んだので、そのほめ言葉で洒落た。

一七 生霊。

一八 浮世絵の一枚刷り。両者の睦言の口寄せ。

一九 一〇九頁一二行参照。

二〇 「桟敷」は歌舞伎劇場で舞台前面の土間を囲む三方の座席。二階があった。この小窓のところを桟敷と見立て、面白い口寄せの上演に対して、桟敷の料金が皆さんの懐ろから出るであろうとふざけた。

二一 〔上桟敷三十五匁〕東西の桟敷にはそれぞれ内格子、太夫、平の三区画があり、内格子、太夫の中の舞台に近いところが三十五匁であった。桟敷中の上席。〔土間弐拾五匁〕本土間、前土間は土間の中の上席で二十五匁だった。

二二 初編に登場している「すてき」と口癖に言う人物。

互いに小咄を披露する

一 〔髪結床のみせの方へ〕見物していた口寄せが終って裏の勝手の小窓から再び表の店へ来たのである。
二 つまるところ。以下、読本の常套句。
三 一二九頁注一一参照。
四 天狗さまの美少年の役を勤めるのさ。
五 女なら月経のあがった年寄りだから。
六 天狗に愛される稚児。顔は童顔でもあろうが、髪が白毛ではかえってグロテスク。
七 男女の交歓を「雲となり雨となる」というが、天狗なので「風」と洒落た。
八 李義山の雑纂中の句。風流な場所で卑俗なことをする、の意。
九 注八に同じ。妓のはべる宴会の席で俗なことを話題にする、の意。
一〇 これは意外。とんでもないことだ。「狂言」でよく用いる。
一一 「横町」は八二頁注三参照。「お姫さま」は女郎あがりで世事にうといのでいう。
一二 海千山千のしたたか者。年老いた狼の腹部に毛がないという俗説による。

ねへ」

一 トいひながら、大勢打揃ひ髪結床のみせの方へ来る　あるじびん五郎「どうだ聴きなすつたか。モシヱ 土龍(どりう)さん。口よせは肇(はじめて)でござへませう」土龍「さうさ。あまりおかしくもなき物(もの)ネ。彼(かの)老爺(らうや)、天狗(てんぐ)にさらはれて後何事(のちなにごと)をかする。〔読本だと〕チト 納(をさま)りがつかねへの。二 畢竟是(ひつきやうこれ)如何(いかん)。且聴下回分解(まづつぎのだんにときわくるをきけ)ス」三 松「天狗さまの四 串童(おかま)ス」銭「五 月水(つきやく)のあがつた爺さまだから、是(これ)は清浄(しやうじやう)だらう」土龍「六 童顔鶴髪(どうがんかくはつ)の色若衆(いろわかしゆ)、七 雲とならば風とならんとか、契(ちぎ)る事かス」松「トいふ洒落(しやれ)かの」土龍「コウ 些(ちと)うるせへ〔妙な文句を並べて駄洒落をいうので困る〕。真平(まつぴら)だ。どうも公等(こうたち)はおつな句を出してこぢつけてならねへ。八 華下曝褌(くわかこんをさらす)。ナソレ 花の下(もと)に褌(ふんどし)を曝(さら)すさ。九 妓筵(ぎえん)に説俗事(ぞくじをとく)で、女郎買(ぢよろかひ)の座敷で米が安いの薪(まき)が高直(かうぢき)〔高い〕のといふに斉(ひと)しく、はなはだ殺風景(さつぷうけい)だ。チト おたしなみなさい〔気をおつけなさい〕」竹「トいふ洒落かの」土龍「一〇 これはいかな事。アレ〳〵 何が通る、〔例のあれが〕一一 横町(よこてう)のお姫(ひめ)さまが通る」びん「ムウ ようござへすはい〔うまいことというじゃないですか〕。お姫さまはありがてへ〔結構〔な名〕だ〕」銭「あの〔あの女〕くれへそらつたばけて〔くらいそらとぼけて〕、あどけねへ〔無邪気な〕まねをしたがる者もまたあるめへ」竹「一二 下ッ腹(したつぱら)に毛のねへ癖に、やみと(むやみと)あどけなく見せるネ」長「最(も)うそちこち(かれこれ)

四十だの」短「このごろは肥ッて女ぶりが悪くなつた」土龍「あの女房が能いのを云つたよ。或晩に話に行つての、二三人一斉に帰らうとすると、あの女が手燭[一三]を持つて門まで送ッて出やした。ソコデ下女が履物をなほすと、連の人の草履が見えねへのス。あなたのお履物はどのやうなのト聞いたから、ハイ私のははなはだお恥しいが、冷飯草履[一四]でござります、トいふとあの女が、コレ初[一五]か、金兵衛さんのはお冷[一六]のお草履だとさ、ト云つたから、ヤ各ふき出さねばかり」銭「ハヽヽ、お冷のお草履はいゝ」びん「兎角ありたがるものさ。まんざら知りきつてゐる事をも、しらぬ風で物を尋ねる。諸事あどけなく見せるを俗に葭藁言[一七]と云ひやす」銭「まだおかしいのがあつた。いつかの晩、無尽[一八]が有つて誘ひに寄つたらば、女房巨燵にあたつて大福餅を食居やした。スルト、延公が、コウお浮や、そこの用箪笥[一九]から金を出してくだせへトいふと、いくつ[二〇]出しますヱ。亭主も亭主よ。二朱銀[二一]を十一くだせへ。トまづ十一[二二]もおかしいが、出しやした。ヲヤ〳〵最う跡に金がございませんよ。筭へて見よう、ト筭へて後、お姫さま曰、モシ旦那

一三 柄のついた携帯用の小型の燭台。
一四 袴が付いたままの藁で作った草履。最も粗末なもの。
一五 下女の名。
一六 冷飯を「おひや」ということから気どって言った。
一七 吉原詞。遊廓内で生活する女郎の世間を知らない物言い、態度に擬してこういう。元来は吉原詞は吉原の女郎が用いた特殊な言語で、遊里共通の語と各妓楼により異なる語とがあった。
一八 無尽講。庶民金融の一。講親が掛金を集め、定期的に集まり入札を行って全員に順々に一定の融通をする。
一九 身辺に置き、当座必要のものを入れておく小簞笥。
二〇 いくら、と金額をきくのが普通。
二一 南鐐二朱銀。八枚で金一両に相当する。
二二 「一両一歩二朱」と言うのが普通。

ヱ 跡(あと)にはたつた[一]七両四分二朱(しちりやうしぶにしゆ)ございますと云つたが、こりやァ聴いてゐら(おかしくって)れめへ」びん「一度々々(いちど)に首を振(ふ)つて、あまへッたれた(甘ったれた)言語(ものいひ)をするから、つらがにくい。イヤ お姫さまにはかういふ事があつた。あすこのお初が、モシ、おかみさんヱ、半鐘(はんしょう)[二]が鳴りますよとたちさわぐと、お姫さまおちつきはらつて、コレ 初や、よく聞きや、遠いのが火事(くわじ)、近いのが手失(てあいまち)[三]だよッ」短「こいつはいゝ」土龍「延公が屋しき(武家屋敷)から帰(けへ)つて、袴(はかま)を脱放(ぬぎばな)して置くと、コレ 初や、そのお袴を一寸袖畳(ちよつとそでだたみ)[四]にしておきやと云つたが、あいつもおかしかつた」銭「爺端折(ぢんぢんばしより)[五]もよかつたよ」長「なんだネ」銭「ヱ、何さ。あすこの小僧(こぞう)が火鉢(ひばち)の火をふきながら、貧乏震(びんぼうゆすり)をしてゐると、コレ 止(よ)しやよ、おいらはきついきらひだよ(大きらいなことだよ)、といへど小僧更(さら)に気がつかず、何を止(や)めますヱといふと、何を止める云(と)つて、そのぢん〳〵ばしよりをさト云つたが、一座(いちざ)皆絶倒(みなひつくりけへつ)た」土龍「万事あどけない所をおいらん[六]でしてゐるからたまらねへ。イヤ おいらんといへば、去内(さるうち)の新造(しんぞう)[七]が能(い)いのを云ッたテ。方々(ほうぼう)で二階(にけへ)[八]を止(と)められた客が、そこの内へ来て、また何かいちやつき過ぎて、二階を

一 各種の貨幣（一両小判、一歩判金、南鐐二朱銀）の枚数を数えるだけで価値が分らない。大金であるのに「たった」ということになる。四歩は一歩判金が四枚あったのだろうから八両二朱と呼ぶのが普通。

二 火の見櫓(やぐら)につるした小さい釣鐘。火災の発生を知らせる。

三 てあやまち。過失。失火。この小咄は『柳巷訛言(さとなまり)』（朋誠堂喜三二、天明三年刊）に出ている。

四 背を内側にして二つに折り、両袖を合わせてそろえ、更に袖付の辺で折り返し畳む。着物の略式のたたみ方で、袴とは関係ない。この小咄も『柳巷訛言』所載。

五 着物の背縫の裾をつまんで帯の結び目の下に端折(はしょ)り込むこと。姉女郎と新造の小咄として『柳巷訛言』所載。

六 おいらん式で。

七 姉女郎につき従う年若い妹女郎。

八 客に不義理があるとき、妓楼が登楼を断ること。「二階」は女郎の座敷・部屋があり、客を迎えるところ。これも丁子屋での咄として『柳巷訛言』所載。

止められると彼新(かのしん)が聴いて、ぬしは世事(せじ)[九]もよし、気めへも好いた人だが、なぜか階子縁(はしごえん)[一〇]が有(あ)んなんせんッ」皆々「ハヽヽヽ」銭「あの曲中(くるわ)はあどけないので落(おち)を取るのさ（評判になるのさ）。おらが裏の年明(ねんあき)[一一]が、今客(きやく)の世話に為(な)つて（妾に）居るが、縫物(ぬひもの)が出来ねへから月雇(つきやとひ)のお針（裁縫女）を置くのさ。ある日そのお針(はり)と争論(ものいひ)をして両方が云募(いひつの)るト、お針が腹を立つて、なんぼ其様(そんな)に利口(りこう)さうに口をきいても、縫物がひとつ出来ねへ癖に、トいつぱいにはりこまれて（存分にやりこめられて）、年明もぐつと癪(しやく)に障(さは)つたから、なんでも一ばん縫つて見せる気で、晩方(ゆふかた)隣のかみさんへ話すには、モシ聞きないまし（聞いて下さいよ）、昼(ひる)お針衆(はりし)がかう〳〵云ひしたから（言いましたから）、いつそ（やたらと）腹が立つて〳〵、くやしくてなりイせん、翌(あした)はおもひ切つて、なんでも巳刻(よつ)[一二]から起きて縫ひかゝらうッ。こいつはどうだ」みな〳〵「ハヽヽ」（大笑ひなり）銭「十分(ずぶ)[一三]落語(おとしばなし)だネ。落語に為(し)さうな実説が多くあるものさ。他(ひと)の事ぢやアねへ。おれが壮年時分(わかいじぶん)、十六文[一四]ヤ廿四文[一五]は銭(ぜに)もつかつたから、野郎(のら)[一六]同士(どうし)おつな事（面白いこと）もありやした。六月、船[一七]へ出た所が折ふし涼し過ぎた日で、夕方(ゆふかた)になると震上(ふるへあ)がる様(やう)になつて、縮(ちぢみ)[一八]の帷子(かたびら)などは中々着て居られず、てん〳〵（めいめい）に袷(あはせ)に

九 お世辞もうまいし、気前もいい人だが。
一〇 「二階を止められる」をあどけなく言ったつもり。
一一 女郎奉公の年季（契約期限）を終えた女。
一二 午前十時。女郎勤めの習慣が残っているので、これでも大変な早起きのつもり。『柳巷訛言』所載。
一三 全く。まるで。
一四 夜、担ぎ売りする蕎麦屋の蕎麦切一碗の値段。夜鷹そば。「三都とも温どんそば各一椀十六文」（『守貞漫稿』）。
一五 夜鷹（最下等の街娼）を買う値段。
一六 放蕩者。
一七 吉原通いの舟にのって隅田川へ出たところが。
一八 縮織のひとえの着物。「麻布葛布等の夏服を指(さし)て云(いふ)也」（『守貞漫稿』）。

着替へたり、単物の重着など丶いふ中に、おれはその用意がなかつた。ソコデ縮の儘で縮上がつて、絽[一]の羽織有つてもやくにた丶ず、そちこちする内に堀[二]へ着いて上がつたのさ。それから大門[三]を這入つて馴染の茶屋[四]へ往くト、茶屋の子息が大縞の浴衣で団扇をつかひながら、マ是は入らつしやいまし、どうなさいました、此間はお見かぎりでございますト云ふと、どうだ大分寒いのと云つたが、我ながらこれ等[五]は落話に為りさうだ。イヤまだおかしい事があつたのさ。おれが二十一二の比、どうらくで追出されて伯父御の所へ預けられて居ると、サアどうも出たくてならねへから、ある夜ひそかに素一歩[六]工面した所が、紙入の類みな取りあげられて手になし。一歩褌へ結付けてもおかしし、為方がなくて脇差の鞘の中へ、ト百疋[七]を入れて、上から身を差込んだから、まづ案じはい丶ぜ。トコロデ、御佩刀はきめる[八]シ、形はりりうトしてゐるから、なか〳〵素一分のお客とは見えねへ」土龍「野暮八人[九]を以て通人一人に換ふト見えたらうネ」銭「それぢやア南鐐一片の旦那だ。ハ、、、、。勿論お茶屋は三年[一〇]ふさがり、此方[一一]に向ひて一

一 夏用の薄い絹織物。
二 隅田川から山谷堀へ。
三 吉原遊廓の門。その手前の衣紋坂下には番所があり、諸禁制を記した高札が立ち、大門をくぐれば会所もあって、女郎の廓抜け(脱走)を監視し、遊客の出入りなどを見張った。
四 客を女郎屋へ案内することを業とする引手茶屋。
五 このはなしも『柳巷訛言』に出ている。
六 金一歩だけ。
七 銭十文を一疋とする。百疋は銭一貫文で金一歩に相当する。ただし、この場合は、もちろん一歩金一枚のこと。
八 しっかと差す。
九 南鐐二朱銀の表面に刻してある「以南鐐八片、換小判一両」のもじり。
一〇 登楼を断られて三年。「ふさがり」は出入りを差しとめられる意の吉原語。陰陽道では大将軍、太白神、天一神などのいる方角。この方角に向って事をすれば禍を得るとして忌む。
一一 暦の文句「この方に向ひて一歩出ず」を

句も出ずといふ暦(こよみ)だから、無拠(よんどころなく)一二駈上(かけあが)りとしてしらねへ内へ(女郎屋へ)揚(あが)りやした。スルト 若者(わかいもの)が出て、一三お定(さだま)りのお腰物(こしのもの)。お小柄(こづか)がござりませんや(ありませんねとか)何角(なにか)で、ず一四〔刀を〕つと渡して階子(はしご)を バタ〳〵、ソレ 酒が出る。まづ飲む。こゝでかなしく(少なくとも)も一五内鯨舎(うちげいしゃ)でも揚(あ)げようといふ場(ば)だが、其形(それなり)けり(そのままにせずに終えて)ですまして、チト 一六お片付(かたづけ)となつた。気のきかねへ(間の抜けた)一七撫牛(なでうし)で、蒲団(ふとん)のうへに煙草を呑(のん)で居ると、若者が来て、ヘイ お淋(さみ)しうト つくばつたから(膝をついて挨拶するから)、ソリヤ お勤(つとめ)を下げよう(勘定を済まそう)とする。サア 脇差がねへス。それまでさつぱり忘れ居(て)て、この時に漸々(やう)思ひあたつた。ガどうも何とも云へねへから、大きにむづついた(当惑したわけさ)のさ。ナント 若者(わけへし)、先刻(さつき)預けた脇差を、一寸爰(ちよつとここ)へ持つて来て貰ひてへ、直(ぢき)に帰(けへ)すト云つた所が、若者が、イヱ どうも脇差を二階へ上げる事はなりませぬ。イヤサ 爰でちよいと見るばかり、些(ちつ)と見たい事があるから一寸かして下(くだ)せへと、云へばいふほど不審が立つて(やしまれて)、なんだかあやしい客だ、と思ふも道理よの。イヱモウ いかやうにおつしやつても二階へお腰の物はなりませぬ。ナニサ ちよいと見たばかりで直(すぐ)に渡すと、いろ〳〵強問答(おしもんだう)した内に、一八遣人(やりて)といふ者が出て来て、

もじり、その茶屋に対しては、挨拶も出来ない、の意とした。

一二 引手茶屋を通じないで直接登楼すること。

一三 遊里では、武士、町人を問わず、刀剣を内証（帳場）へ預けて二階へ上がる。刃傷沙汰を恐れての予防措置である。

一四 そのままさっと。

一五 女郎屋の抱え芸妓。

一六 遊里で、客を床に案内するため、座敷の遊びを切り上げること。

一七 撫牛といった格好で。「撫牛」は素焼の臥牛の置物で、商家などこれを小さい蒲団の上に据えて撫でて吉事を祈った。遊客が、来ない女郎を待って寝床の上に一人坐っている様を、これにたとえた。

一八 女郎を取り締り万事を切り回す女郎上がりの年配の女。

おまへさんなぜまた爰で見たがらッしやるのでございます、若御覧じたくは二階を下りて下で御覧じて下さいまし、どういふ思召だの、どうかさしつたらうのと、一向論がひねへ。最うおれも一生懸命だから、右の始末を白状に及ぶと、遣人も若者も大笑となつた。それから脇差を持つて来たから、御佩刀をするりとぬいて、[一]赤井錆光、それから御覧じろといひながら、鞘をふり出すと、金一分ポンと飛出した。イヤ笑つたの何のと、今でこそはなせ、恥かしくもあり、おかしくもあり、誠に赤面であつた。それからそこの内が心やすくなつて往く。兎や角する内[二]親許へも立帰り、その内に馴染が重なつて、脊負込んだのが今の女房さ。ナント世の中といふものはあぢなものぢやァねへか。[三]縁の縄が何所に引ぱつてあらうやらしれねへの。シタガ、傾城には[四]はまるべからずだぜ。土龍さんなども女難の多い風だが、あれははまらずに買ふものさ。おらが女房の話で聴いたが、あるおいらんが[五]指を切つてやつたら、その客人大はまりになつて、ぐつと身請の相談にかゝる。その噂を傍輩女郎が聞いて、アノ何さんは[六]今度は切り中さし

一 赤くさびついた鈍刀の意。刀の銘のようにいった。

二 勘当を許されて。

三 夫婦の縁を結ぶことを「赤縄を結ぶ」という。唐の韋固が宋城であった老人に、赤縄で夫婦となるべき者の足をしばって縁を定めるという話をきいた故事（『続幽怪録』）に基づく。三馬はこの故事を合巻『和合神所縁赤縄』（文化十一年刊）の趣向として使っている。

四 女色におぼれて夢中になる。

五 女郎が客に真情を示し、愛を誓うためにする行為。小指の先を切る。

六 今度はうまく行った。他の客にもすでに

つたツサ[七]」大ぜい「アハヽヽヽ」

柳髪新話浮世床（りはつしんわうきよどこ）　二編　巻之上　畢

何度も同じ手段を講じて失敗していたのである。このはなしも『柳巷訛言』所載。

七「とさ」の訛。

柳髪新話浮世床　二編　巻之下

江戸戯作者　式亭三馬　戯作

土龍「話説[一]す。きのふは奇々怪々といふ事が目下（目の前で起りました）に有りやした。ヤ これはおそらく珍説だから、説破[二]（説き尽しましょう）する事だらう。怎生[三]いづれの人ぞといふに、隣新道[四]の人氏[五]、姓は虚田、名は万八[六]、字[七]は何といふか〔知らぬが〕、渾名（馬鹿者）をはね者と呼び、俳名を馬陰[八]といふ男ス」竹「ヱヽ、何か、あの高慢痴気な人物で、今流行る綿頭巾[九]に有りさうな黄色な声[一〇]の人かネ」土龍「さやう〳〵。招牌（表面は）つきは風流俊雅の才子と見えて弁舌懸河[一一]の如くだから、舞台達者[一二]を見ちやア強勢さ。看一看（一見した）した人は謔されて恟りしやす。楽屋[一三]へ這入つて見ると何にもねへ男だ。ア詩人の牛陰嚢[一四]が好いのを云つたテ。馬陰は蘭字[一五]の草書だツサ。ナソレ草書は、くる〳〵といくらも引巻いて、右の方の筆尻がぴんと跳ねてゐやす。よしかヱ（よろしいか）。いふ心（その意味は）は売薬などの招牌に書いた所、どうやら一物（何）あ

一 以下、物語を始め、説明する、の意。読本の文章の冒頭によく使う語。
二 「説破すべし」の口語風の言い方か。
三 いったい。「怎生ドウシテ」（『小説字彙』）。
四 五一頁注九参照。
五 お人で。人物で。
六 姓をうけて、万の中に真実は八つ、の意。
七 本名以外につける名。「渾名」に懸ける。

色恋と酔いの終りは溝の中

八 馬の性器。馬は跳ねるので「はね者」の縁語。不仲だった曲亭馬琴を揶揄する意図か。
九 『守貞漫稿』に「三都ともに絹、縮緬等袷製にて中に薄く真綿を納る」とあるのに当るか。この頃流行した。
一〇 軽薄な半可通の気取ったかん高い声。
一一 すらすらとよどみなくしゃべるから。
一二 演技の巧さを見れば立派なものだ。
一三 交際してひととなりを知ってみると。
一四 牛の性器。「馬陰」の対。漢詩人風の名とした。
一五 オランダ語の筆記体。因みに三馬は『阿古義物語』（文化七年刊）巻頭に蘭字ににせて「紅毛銅版ノ細密ヲ偽刻」している。
一六 「字体」に「自体」、「（蘭字の）はね物」に「はね者」（馬鹿者、のろま）を懸けた。

りさうで、見体は立派だが世人に解せず、唯訛したばかりで[一六]字体がはね物だと云つたが、チト迂遠ながらも、詩人の準擬には最だテ。それから以来は[一七]馬陰が渾名を、はねものといはずして紅毛仮字といひやす。閒話休題、きのふ酒楽和尚と、あの男とわたしと三個で、[一八]岡山島が庵を訪つたのさ。山鳥大の酒客で、頗おもしろき男さネ。まづ寒暖終つて、例の大酒となりやした。マア そこで[一九]話下不在さ。[二〇]却説。[二一]裏門から退出た所が、和尚酔ひしれて泥たる声などで高やかに小唄を唄ひの、折々大きやかなる声でかや〳〵と笑つて、何か独でさえのめしの、[二二]浪々蹌々として歩いて来やした。[二三]話分両頭。こゝに渾名を白と呼べる、[二四]窈窕なる少女がありやす。白と号くるはいかにとなれば、[二五]紅粉を粧ふこと大造だから、是にて然号来たれりさ。おつだネ。モシ 御免なせへ。わたしは話に実が入ると好物の読本風が出る。是は癖だからゆるしッこ。彼少女が家は[二六]与太郎町から片側町へ出て、道程半町あまり往くと、右側に浪人者か医者かといふ住居で、黒き[二七]出格子のある家さ」びん「ム、しれやした。あの娘は名代さ」松「ム、あれか」土龍「ソレ

一七 曲亭馬琴著『近世物之本江戸作者部類』（巻之二）に「蟹行散人蚊身田の龍昬窟に稿す」とある。「蟹行」文字とは横書きの西洋文字のこと。「紅毛仮字」にあたる。馬琴のこの号「蟹行散人」をはねものと揶揄したことになる。

一八 幕臣近藤金之丞に仕えた下級武士。浪人して馬琴の門に入り節亭琴驢と号したが、文化六年頃、三馬に師事し岡山鳥と号した。滑稽本、合巻などの戯作類を著し狂歌を嗜み、三馬門唯一の武家、別格の文人として敬愛された。文政十一年没。

一九 この話はこれで終り。読本の常套句。

二〇 さて。ところで。読本に多用される語。「却説トハ…サテト云事」（『語録訳義』）。

二一 山鳥が住んだ町の裏の木戸を指すか。

二二 さまよいよろめいて。

二三 話は別のことになるが。読本の語句。

二四 しとやかで奥ゆかしい。

二五 べに、おしろい。

二六 三馬は三人の道筋を、「与太郎（でためらの隠語）町」、「片側町」（江戸市中数多い片側町並）と架空仕立にしているが、後者を駒込片町と見ることもできる。固有名詞の朧化は戯作に共通の手法でもある。

二七 壁面よりも外に突き出た格子窓。

柱[一]がくしの女絵といふ身(格好)で、格子から半身見せて」竹「往来の人を張居る[二]娘だ」長「いつでも立派な衣裳付よ」短「さうよ。金毛織[三]の帯が押物[四]だ」「こいつは委しい」銭「白面金毛織九尾[五]の娘ぢやァねへか」松「男は随分化し(狐なら)兼ねめへ」土龍「彼馬陰めははなはだ色このめる男だけれど、花街では女[六]郎の背後に縁深いから、阿曾比[七]ぎらひで地者拵[八](親玉さ)の冠たる者さ」長「ぼろッ[九]買らしい」土龍「そりやァ最う。湯灌場買[一〇]と号していゝネ。何でも、自惚といふことはこの人よりぞ始まりけるで、平生が見えたつぷり。ちゞれた髪毛を一本ヅゝ揃へて鑷[一一]を離す間なし。歯磨[一二]を午睡のお目覚にもつかひ、額際から小鼻の脇を二本指で撫でるが手癖さ。その手で襟をちよいと合せて襟先[一三]をぐつと引張つて、膝をトント払ひながら四角に坐る。この時両手で羽織の折返し[一四]をズウイとしごいて、左右へヒラリと羽おつて(払って〔坐り〕)、トキニモシ、といふが話の序開[一五]さ。イヱサおかしい事がありやす。日向をあるくと、板塀へうつる罔両を偸眼に見ながら衣紋をつくり(襟を調え)ネ、顧向いて踵を見る風で後の風体をなほし(後姿を直し)、髷を抓み、尻を撫で、イヤハヤうるさきことといはんか(たとえようが)

一 柱の表にかけて装飾とするもの。ここは浮世絵の美人画を描いた柱かけ。
二 男を物にしようとねらっている。
三 金糸をよこ、絹をたてとして織った織物。
四 得意のもの。看板だ、の意。
五 「白面金毛九尾の狐」をもじった。この狐は唐土、天竺、日本と渡り歩き、鳥羽法皇の寵姫、玉藻前に化けたが、安部泰名に調伏されて本性を現し、三浦之介義明らに射殺されて那須野原の殺生石となった。この伝説を書いた高井蘭山の読本『絵本三国妖婦伝』を三馬は合巻『玉藻前三国伝記』(文化六年刊)に仕立てている。浄瑠璃の「玉藻前曦袂」、歌舞伎の「三国妖狐伝」(文化四年六月、市村座)で有名な妖狐である。
六 女郎に背を向けられる。嫌われる。
七 女郎買。
八 素人の女との情事。
九 どんな女にでも手を出す好色漢。
一〇 寺の湯灌場(納棺の前に死体を湯でふき清めるため寺の一隅に作られた小屋)で死者の衣服を買い集める屑屋。当時、借地人、借家人は埋葬の前に寺で湯灌をした(地所持ち、家持ちは自宅)。
一一 ひげを抜く(男性のお洒落)のに用いる。

たなし」短「トキニ その娘はどうしたネ」土龍「不題[一六]。それはさておき、あの娘は誰が通つても〔門口へ〕出て居る事をしらずに、コウきゝ給へ。どうも好男子はうるせへよ。おれが通る時刻を考へていつでも首を出すが、あいつおれにはきた[一七]山時雨だよなどゝ、毎日はりかけるのさ」銭「そいつは洒落だらう」土龍「ナニサ それが地鉄だからおかしいはな。ハテ 女の事では楊枝隠[一八]だはな」竹「用もなくて通ふやつかの」短「色事師も骨のをれたものだ」長「その癖にはり中てねへものよ」松「はる〳〵といふ奴は〔相手に〕、皆はり倒されてしまふ」銭「どういふ気だらう。金銭を出せば好次第の女が買へるのに」びん「事を好んだものだの」土龍「イヤ さう云ひなさんな。そこが色と恋との差別だよ。女郎のは色事、地者のは恋路と云物だ。色恋と一緒に云ふけれど、色と恋とは菖蒲[一九]と杜若ス」松「真烏賊と鯣烏賊ほど違ふのは、おいら風情の色恋だの」竹「蕃南瓜[二〇]と東埔寨程違ふのは、新田[二一]の兄の色恋か」長「コレサ〳〵 話が立消する」短「しかし、あの駄面[二二]で恋も気障[二三]だ」長「面で恋はしねへ。心いきでするといふのス」土龍「却說。今云つた三人連〔山鳥の庵から〕で帰つて来ると、〔馬陰が〕つき

一二 歯を白くするのは江戸っ子のお洒落。
一三 着物の襟の部分の先端。
一四 襟の折り返してあるところ。
一五 はじまり。もとは、本芝居の前に出された一幕物をいう。
一六 読本でよく使う。次の「それはさておき」がその和訳にあたる。
一七 惚れている。惚れたという意の「来た」を京の北山時雨の「北」に懸けた洒落。
一八 馬鹿。お人好し。楊枝隠れの術（楊枝を持ち、呪文を唱えて楊枝の中に隠れる忍術）を使い、姿はまるみえなのに隠れたつもりになり、周囲の人がからかって殴っても我慢しているお人好し。三馬の『古今百馬鹿』（文化十一年刊）にも描かれている。
一九 似て非なるものだ。
＊ 菖蒲と杜若の例が出たのに対し、卑近な色気のない、いかやかぼちゃの例を並べて茶化した。
二〇 区別のつきにくいものを形容していう。
二一 田舎者の蔑称。「新田」は新たに開墾した田地。
二二 おそまつな顔。
二三 不愉快だ。

合つて呉れといふ句を出した[一]。おれもその光景が見たかつたから、和尚を無理に引張つてわざ〳〵そこの前を通るのさ。サアこゝがおかしい。馬陰は盆石[二]の富士ときて（と同様で）、真黒な丸面に鼻ばかり大きいが、背の低さ[三]三尺何寸といふ裁下であのごとく小兵だ。それに引かへ、酒楽は五尺ゆたかの大の法師。よしかネ。竝んであるくと、和尚が章門[四]の麓にやつと頸があるくらゐさ。ソコデ三人竝んで往くと、例のごとく娘が出てゐる。チラリと見ると馬陰が曰、おれをば娘の方の端へ廻してくれと、わざ〳〵溝端をあるいて格子の前へ往かゝる。この時和尚は先刻の悤劇[五]で十二分の酔を引出し、些心が悪く（気分が悪く）なつたと見えて、大喝一声ワッといふ声に駭き、馬陰が顧回く凸凹に、ゲイと云つて吐逆したが、彼背低の馬陰が頸からゲロ〳〵〳〵と両方の肩頭へかけたから、前後へだら〳〵〳〵。ホイといひながら身を退いて除けようとすると、溝の端だから、馬陰溝の中へ落ち」びん「や、それは大変ハ、、、、」土龍「深い溝でもないが、背が低いからてうど是ッ丈さ（ト乳のあたりへ手でしかたする[六]）イヤ見え坊も稗棒[七]も出来らばこそ（あつたものでない）、二人唯肝ばかり潰し

一 言い出した。

二 「箱庭の富士」に同じ。「盆石」は盆の上に自然石や砂を置いて風景をつくり、鑑賞する趣味的な芸。盆景。

三 背たけは三尺（約一メートル）なにがしという身体のつくりで。「背の高さ」というところを「低さ」といい、さらに、身長を「裁下」（仕立て上がり）と、和服の用語でいった。

四 脇腹の下から一枚目（女は二枚目）の肋骨の灸穴。

五 山鳥の庵を出てからの一人での騒ぎ。

＊「なまゑひの大のきまりは反吐をはき」（『柳多留拾遺』）、「生酔はどぶでぬき手を切てゐる」（『柳多留』）。

六 〔しかた〕身ぶり。

七 「見え坊」に語呂を合わせるための語。

て、権く呆にとられてゐたが、往来の人だかりはする、見つとも見たねへ(見たうもねへ)から曳揚げようとするが重くて揚がらず。こつちは穢れめへと、身をかばひながら手をとるから猶あがらず。和尚はきのどくがつてひよろ〳〵しながら手伝はうとする。コレサ また落ちめへよ(〔お前も〕また落ちるといけないよ)、おめへはかまひなさんなといへども、酔に乗じて情が強い(強情だから)から更に聴きもいれず。漸々二人で揚げは揚げたが、まづ[八]始末のわるさ。馬陰色真青で頸から心へかけて反吐に染まり、乳下より両足まで、全身泥にまみれてすつくりと立つてはゐたが、寒風膚を射るがごとく、その上水にはひたるシ、がた〳〵がた〳〵と震ふばかり。[九]狼狽に当惑を加味して一言を出だす者なし。あんまり人立がするゆゑ、[一〇]辻番から棒を持つて来たを幸ひ、半町ほど向の辻番まで連れて行きの、おくまりたる所へひそめおいて、着物を脱がせたり、何角介抱する所が、袂からは真黒な水〔泥〕が袖口へ押出して、博多の帯へ赤子子が取付居たり、[一一]金唐革の[一二]前提に蚯蚓が〻かじり付いて、[一三]打紐を欺くなど イヤハヤ」竹「モシ〳〵 お詞の中だが、赤子子は[一四]冬向あるめへね」土龍「どうしてかあり

八 手がつけられないひどさ。

＊ 河童に見立てたか。この辺、読本の文体で事件を大げさに書いて、汚いがおかしい。

九 あわてるやら、こまるやら。

一〇 辻番の番人が六尺棒を持って人だかりを追い払いに来た。「辻番」は、武家地の辻にあった路上警備の番所で、番人は六尺棒を持つ。また、酒酔人の扱いについては次のような心得があった。「江戸中往還の輩、道路に於て頻りに煩ひ出し、又は酒に酔ひ行き留り候節、町送りに仕り候儀、前々の如く停止たるべし。侍小路町屋敷の前たりと云ふとも其処に暫く留置き介抱せしめ、遣るべし…仮令正気つき候上にも行歩叶はざる時は、其者の住所承り届け、使を差越し迎のもの招き寄せ、相渡し遣るべき事」(『辻番所定書』〈一万石以下の辻番〉より)。慎重な扱いであった。

一一 なめし革に金箔、漆で模様を置いたもの。巾着、煙草入れ等をつくる。

一二 帯の前に提げる巾着。

一三 巾着を提げる組紐(二筋以上の糸を組んで作った紐)とまちがえる。

一四 冬期は。冬は。

やした。まづおまけにもしろさ。それから顔を拭いて、頚の掃除をした所が、葱鴨[一]の葱や、卓袱[二]の芹が、本田[三]の髷節[四]に引掛つてゐるからいゝぢやアねへか」松「ヱヽ穢な」長「聞いてもおそれる」土龍「そちこちする内に、わたしらが所の出入の職人が通つたから、それを頼んで着類をとりよせやした。その内焚火にあてゝ、辛うじて寒をふせがした。なんでも溝の端から辻番まで、泥の足踪がついて、妖怪[五]ならばあとを慕ッて退治すべき光景だつた」銭「娘はどうしたネ」土龍「娘はいつの間に引こんだか。なか〳〵娘[六]沙汰でなしさ。好男[七]これにて縁切。おつな[八]事が縁切になるものだ」短「最う、よもや張りにはあるけめへ」土龍「鉄面皮だからどうもしれねへよ」銭「地者にけちつく奴は根性のあつかましいものだから、糸瓜[九]とも思ふめへ」びん「[一〇]なまけ者他所の障子を張つて遣り、トいふ句の通り、うぬが内では横の物を竪にもしねへものが、娘を張りに往つて他家の帳合までしてやつたり、買物をたのまれたり、使にまであるくのがある」

二字の戒名が話の発端

短「あるとも。八百屋の青右衛門が所の、お豆をはりに来る息子がある

一 鴨の肉と葱を煮た料理。
二 卓袱料理の略。ここは卓袱そばか。
三 本田髷。通人の髪型。中剃りを広くし髷を高く結う。
四 まげぶし。髷の折り曲げた部分。
五 妖怪退治は読本や合巻の重要な趣向。溝に落ちた馬陰を妖怪に見立てた。
六 娘のことどころの話ではない。
七 色男もこの失敗で幕となった。
八 珍妙なこと。溝に落ちた醜態をからかっていう。
九 何ほどにも思うまい。蛙の面に小便。「糸瓜」は、何の役にもたたぬもの、の意。
一〇 川柳。九三頁一二行「他所をかせぐ」と同趣。

二一 このじゅう。先頃。この間。
二二 好い気じゃあないか。

一三 生れつき大変なけちだから。
一四「ろく」は正常、まとも。「そつぽう」は強めの語。
一五 まるで親類にしかるべき人がいないように。
一六 いい気味にやっつけられて。「寂滅」は死ぬこと。
一七 ぎゃふんと参ってしまった。
一八 普通は四文字。因みに『式亭雑記』によれば、三馬の実弟石渡平八の場合も、二字戒名の「顕修信士」。
一九 投込寺。引取人のない行倒れや女郎などを葬った寺。吉原の西念寺、新宿の成覚寺などは女郎の投込寺として知られる。新しい穴を掘らずあらかじめ掘ってある穴へ死骸を投込んだ。
二〇 戒名に「…院」とつくもの。

がナ。此中[二一]妹のお柚が死んだら、いゝ[二二]ぢやァねへか、二親さへ寝たのに、通夜をしてナ。それもいゝけれどナ、若い身そらで数珠を出しやァがつて拝んだアス。仏壇へ向つて鉦を鳴らしながら、ぶつ〳〵ぶつ〳〵念仏まうしてゐやァがつた。それでもお豆が承知すりやァいゝけれど、かたつきしうるさがり切居らァ」松「〔お豆は〕只うめへ物でもおごらせて、食徳としてゐるのだナ」銭「色気はねへ。食気よ」竹「その食気も、〔息子は〕性[一三]が大の生姜だから、ろ[一四]くそつぽうなことはしねへ」松「銭もつかはずにつかふ風をして、きいた風ばかりきめ居るのが、〔世間には〕よくあるやつよ」短「葬の時なんざァ、べらぼうに世話アやきやァがつて、ひとりで捌くもんだから、大屋さんにきめられてナ、コレ貴様は何だ、あてこともねへ。親類[一五]に人もねへ様に、などゝいはれてナ、きび助寂滅[一六]、ぎ[一七]やはんきうといふ目に遇つた。それから跡でナ、戒名を見た所が、縁応信女と タツタ 二[一八]字戒名だッサ。何々ト二字あつて縁応信女ならまだ好いが、たつた二字では投込[一九]へやつた様だト、その上に今までの仏は院号[二〇]が付いて、何とやら院、何々、何々信女と、皆おそろしく長い中に、今度のはなぜ短うござると、施主[一]に相談したもんだからナ、いかさまとうなづくもあり、なるほどゝ承知する者もあつて、和尚さまにぶつつかつた所が、和尚のいふにはナ、今度の仏は夭だから何も修行がないト。今までの仏たちは本山[二]へも二度参詣いたされ、いろ／＼ト宗体[三]の功とやらがござるによつて、院号にいたしたと云つたさうよ。それからあの野郎が左平二[四]ですでナ。御出家さまは柔和忍辱[五]茶々[六]むちやくトやらでござりやすが、何と思ひなさる、素人といふものは」銭「素人といふがあるものか。在家[七]とか檀家[八]とか云つたらうス」短「ム、そんなことを云つたさうよ。在家ぢやァ戒名が短いと、まんざら安仏になるやうに想はれやすサ。修行がねへといひなさるけれど、今までの仏は六十七十になつて死んだから、本山へも往つたり功もあつたりしたらうが、今度のは高で十六になる娘だから、そこ所ぢやァござへやしねへ。爰は一ばん柔和忍辱で、戒名を最ちつとまけてサ、院号がならざァ、せめて最う二字足してくんなせへト、質屋の番頭をくどく様にやりやァがつたら、和尚めむつとしたさうで、柔和

一　葬儀の主催者。喪主。
二　一宗、一派の末寺を統轄する寺。
三　宗派の中で定められている仏道修行上の年功。
四　さしでぐち。おせっかい。浄瑠璃社会の隠語。
五　温順で怒らず耐え忍ぶこと。「柔和忍辱心」（『法華経』法師品）。「忍辱」は侮辱、迫害を耐え忍び恨まないことで、六波羅蜜（菩薩が修する六種の行）の一。
六　むちゃくちゃ。めちゃくちゃ。むずかしい仏教語を言えないのでごまかした。何とやら。
七　在俗の人。仏道に入らぬ人。
八　寺に所属して布施をする信徒の家、またその人。

忍辱とむしやうに云はつしやるが、柔和忍辱でも、韮蒜でも、修行のねへものに、長い戒名はやられぬ寺法でござるトいはれて、野郎め指を咥へて引込んだッサ」銭「そんな話を聴いたッけ。寺法とはいふが、そんな野暮なしに、最う二字ふやしてやればいゝに。さうすりやァ施主も嬉しがるから、法事々々のお布施も快く納めて、和尚の実入[九]も沢山になる利屈だ。お寺に[一〇]大福帳といふ帳があるかないかはしらぬが、金銭にかゝはるが世の習俗。僧俗ともに身過世過[一一]さ。早く云はうなら権助信士[一二]、お三信女[一三]でも事はすむ。[一四]お歴々の御身分はいろ〳〵の例式があるから、こちと等にはわからぬことだが、平人[一五]が戒名に、代々[一六]院号、代々居士、代々大姉などゝ騒ぐは、やつぱり驕の沙汰さ。おいらは縁応信女と二字だらうが、何院大禅定門[一七]だらうが、貪惜なしだ。むづかしい戒名を付けると、孫子の代には訓やうもしれず。棚経[一八]の坊さまに尋ねても、さればでござる、何雪院[一九]何々香花信士とござるが、首の字と三ばんめ四番目の字が、ヱヽ、ヱヽ、とつかへながら、それも負惜で読めませぬとは云はねへ。わかりませんといふはナ。読める

九 収入。
一〇 商家で売買の記帳をする台帳。
一一 商売第一さ。
一二 下男の通称をそのまま一番位の低い戒名にしたもの。
一三 下女の通称を戒名にしたもの。
一四 高い家柄の人はその身分によってきまった作法、しきたりがあるから。
一五 無位無官の平民。貴人の対。
一六 先祖から歴代院号がついていると。
一七 居士の上に位する戒名。
一八 先祖をまつる盂蘭盆会に精霊棚の前で僧が読経すること。
一九 「雪隠」「後架」の音を利かせた。

坊さまによんでもらつた所が、また忘れてしまふゆゑ、孫や彦のこちとら組は、先祖の戒名をおぼえずに暮らして、ひよつとして拝む時には南無御先祖さまとか、十五日の仏さまとか云つて済まして置くはス。ホイ今朝は精進日だつけ、南無三、鰹節をやらかした、チヨツどうするものか、油揚でも買つて上げやな。ナニサ最うお飯に手が付いたから。ホイそんならお備でも上置くさ、ハイ仏さま真平御免なさい、今朝は忘れました、南無、ト目をねぶつたばかりでお飯をわんぐり。ヘン鰹節で精進を落ちちやア割に合はねへといふが世間一同、こちとら組の習俗よ。ソレよしか。何院だらうがへつたくれだらうが、お歴々の御身分のこと、平人は死んだ時ばかりの名聞だ。生きてゐる内名利名聞をつくし、おもひれ驕つたことがまだ不足で、死んだ先までも、名利名聞の驕をきはめるのだ。ハテ院号から居士までで、べらぼうに長々と、法性寺入道見たやうに、三遍つゞけては唱へられねへ仏が、千畳敷の蓮の上へ往生したといふ返詞を、菩提所へよこした噂もなし。縁応信女の名が短くて、まだ迷つてをりますと、幽霊の出

一 曾孫。ひまご。
二 例えば十五日が命日の仏さま、とか言って。
三 身を清め魚鳥など肉食をしない日。先祖、親族の忌日など。
四 しまった、の意。「南無三宝」の略。汁のだしに鰹節を使うことも、なまぐさになるのである。次行の「お飯」以下も仏供のあとで家族が食べるのが普通であることを指す。
五 仏壇に供える菓子、果物など。
六 おえらい人たちが、身分、格式を守るために問題にすることだ。
七 葬式の時に戒名が長いとか短いとか言われるだけ。
八 名誉と利益。
九 法性寺入道前関白太政大臣藤原忠通。長くて言いにくい名の例として戯作類にみえる。三馬も『日本一癡鑑』（黄表紙、享和元年刊）で使っている。
一〇 極楽に往き広い蓮の上に坐れた。
一一 菩提寺。代々帰依して、葬式、追善供養などを行う寺。
＊ お歴々が身分にふさわしく、また世間体もあって格の高い長い戒名をつけることを、現世の地位や財産をあの世へ持ちこもうとする馬鹿げたことだと痛烈に皮肉

た沙汰も聞かねへ。そんならば長くても短くても訳はなし。死んだ跡をかまふものかナ。活居てさへ、今の間にどういふことが有るか分らねへはさ。それで死んだ先がしれるものか。[一二]鉢兵衛信士、お三信女で埒明くけれど、鉢兵衛お三は活居る間の名で、[一三]これは神道だ。死ねば仏道が引取つてくれる。その[一四]尊い神国の称名を、死んで穢れた身につけておいては、此国の神々さまへ勿体ねへから、仏道の法式をもつて、何やら信士とかなんとか、法名を号けるのさ。長く付けてくれるも、短く付けてくれるも、坊さまの了簡次第、あつちに何か[一五]算談のある事だらうから、そんな事はとんと打捨てる事さ。ハテ[一六]地獄の沙汰も金次第。[一七]文覚の様な気の短い坊さまもあるから、おしなめて柔和とも云へねへ。また位づくで長い戒名がならずは、平人は皆縁応信女のやうに短くするがいゝ。出家の御身分だから所詮[一八]金づくではあるまいス。また[一九]修行づくや功づくで長く号けるなら、お歴々をかまはず、町人の金持をかまはず、[二〇]夭をした者はみな短くするがいゝ。[二一]万両分限でも、町人風情か、あるひは功のない者は皆短いならありがたい事だネ。

っている。

一二 下男、飯焚男の通称を戒名としたもの。

一三 神道に戒名はない。俗名の下に「之命」をつけるのが普通。以下、当時の庶民の、神仏混淆的宗教観に立っているといえよう。

一四 神がつくり、守護する国。日本。

一五 算段。工夫。讃談（法話）を利かせたか。

一六 何事も金次第、金力万能をいう諺。戒名をつける僧侶への皮肉。

一七 平安末鎌倉初期の僧。もと遠藤武者盛遠という北面の武士であったが、渡辺左衛門亘の妻、袈裟御前に恋慕し、夫の身代りとなった袈裟御前をそれと気付かずに殺し、翻然と発心した。荒法師として有名で、浄瑠璃、歌舞伎の題材となり、文化六年、市村座顔見世では鶴屋南北作「貞操花鳥羽恋塚」で四代松本幸四郎が演じている。

一八 金力によって戒名が左右されることはないはずだ。これも徹底して僧侶への皮肉。

一九 仏道修行の実績や年功によって。

二〇 実態は若死して修行の年月や寺への功がない者も、その身分や金力によって格の高い長い戒名が与えられているのである。

二一 何万両という財産を持つ金持。

なか〳〵〔現実は〕さうでない。お歴々さまがた、万両分限などの、仏道修行もない仏に、長いとも〳〵一息(ひといき)で云はれぬ程(ほど)な戒名のあるを見ては、なんだかチト一空(くう)な物さ」土龍「毎日の家業(かぎやう)に追はれてゐる若者(わかいもの)が死ぬのだものを、功も修行も所詮(もともと)ある筈がねへ」銭「八百屋(やをや)の娘のお柚(ゆず)は仕合(しあはせ)な者だ。まづ第一短くて唱好(となへい)いから、一番先へ拝むはさ。コウ おらア二狂歌といふはしらねへが、是(これ)でも狂歌にならうか。お柚が三追善(ついぜん)の為〔一首〕うかんだ。たつた今出来た四てのほや〳〵だから、早いがお徳(とく)。かうもあらうか(こんなところかな)ス。前書(まへがき)とか何とかいふことを一ッ。ヱ、何さ。ヲイちつと筆をかしな。ドレ〳〵。ヱヘン。安く(ちよっとした)はねへ歌人(うたよみ)だぜ。

五十万億土(じふまんおくど)遠いとおもへば遠し。又近いとおもへば近し。縁応信女(えんのうしんによ)短いとおもへば短し。又長いとおもへば長しサ。○この又の字は消さう。不用(いらね)へことだ。能(い)いかの。チヨツ これで置(このままにしよう)かう。ナンノ、よけいなことをして消すやつさ。それから歌よ。ヱヽト 待つたり。ヲ、それ。よし〳〵。

一 むなしい。空虚な感じがする。

＊ 社会的地位があり金のある者には長い戒名を与え、金のない庶民には僅か二字の戒名しかつけない。その基準とする、地位、仏道修行、修行の功徳等はすべて出鱈目で、尊い身分の坊さんの了簡はどうやら地獄の沙汰も金次第、ということらしい。いまも昔も変らぬ、世態の裏側を描く。

二 滑稽を主題とした和歌。俗語を用いる。江戸中期以後、庶民の間に大いに流行した。三馬は狂歌師事典ともいうべき『狂歌鵠(きょうかけい)』を編集し、狂歌師名、住所、代表作などを紹介した。

三 死者の冥福を祈って仏事を営むこと。追善供養。

四 大道商人の呼び売りに見立てた。

五 現世から極楽浄土までの間にある仏土の数、転じて極楽浄土。

六 聴聞。説経を聞くこと。

七 この頃流行の唄「長いもあれば短いもあるは八百屋の縁の下」による。「されば長湯も短湯も、あるは八百屋の縁の下と松坂音頭の白声(しらこえ)は」(『浮世風呂』前編上)。

ト書きをはり、「サア〳〵みんなが聴問[六]しな。

　戒名の長いもあれば短いも、あるは八百屋の縁応信女[七]

どうだ〳〵。名歌か〳〵」土龍「俄[八]ぢや〳〵といふ歌だ。銭右衛門さんも隅には置けねへぜ」びん「こいつは妙だ。アハヽヽヽ　ト皆〳〵わらふ　銭「ヤがうぎと今日は油を売つたはい。ドレ往かう」びん「何所へぞ往口[九]かネ」銭「けふは倒[一〇]れ口だ。龍蔵[一一]が進物をして　龍蔵とは南鐐一片の事也。ふんどうの紋嵐龍蔵よりいでたる詞[一二]　盃を嘗めて来るのだ」びん「おまへは飲みさうな文体[一三]で下戸だの」銭「疵[一四]に玉だらうよ。この上に飲んぢやァ身は持てねへ」松「婚礼でもあつたか」銭「ム、おらが伯母御の子息が、泊客に来てゐた娘と出来て、懐胎[一五]したもんだから、すぐに親許から貰つて夫婦にした」びん「それも恋かの」銭「まづ恋さ」土龍「鮒[一六]だらう。イヤおれも帰[一七]らう同穴の契り浅からずとせう。銭右衛門さんそこまで一緒に往きやせう」銭「角から直に別れるのだ」土龍「それでも気[一八]は心さ。ヤしからば　ト銭はきものをはく　土龍両人「アイどなたも」内にゐるもの「アイそんなら　ト別れる　長「さらばおいらも帰らう」短「長尻[一九]だよなァ」長「違ねへ」短「おらも帰らう」

八「十万億土…」の、偈(仏の功徳をたたえる韻文)まがいの文のむすびにつけたこの狂歌を、俄狂言の「落ち」に見立てた。俄狂言は素人が座敷や街頭(流し俄)で行った即興滑稽寸劇で「落ち」がつくが、当時周知の流行歌を種にしたところが、「落ち」にふさわしかったのである。また、「俄」には、にわかづくりの意も含む。

九 特に行くところがあるのか。何か用事があるのか。口寄せの「生口」と懸けたか。

一〇 入費のかかる方面だ。

一一 南鐐二朱銀一枚分ほどの進物をもって。

一二〔ふんどうの紋〕歌舞伎役者、嵐龍蔵の定紋が分銅であり、南鐐二朱銀にも分銅が彫られていたので、南鐐の異称を龍蔵という。

一三「かっぷく」(恰幅)」の訛。体格。

一四 唯一の取り得。諺「玉に疵」を逆にいう。

一五 妊娠させたので。

一六 鮒程度だろう。「恋」を「鯉」ととっての洒落。

一七 帰宅しよう。夫婦の話が出たので「偕老同穴の契り」(夫婦の愛情が深く、共に老い、同じ穴に葬られること)をもじって洒落た。

一八 気持を示すことが大切だということ。

一九 ずいぶん長居したなあ。自分等のことをいう。

髪結渡世の話

びん「[一]帰り風が立つと皆が帰るぜ。マア咄しねへ」両人「松さん。竹さん。アイすんなら」松「ヲイ帰るか」竹「もつと遊ばつしナ（遊んでいきな）」両人「アイ（ト立帰る）」

竹「コウ鬢さん。銭右衛門も若い男だぜナア。おらが小児の時分から同じ事たぜ」びん「[二]人魚町にゐた所為だ」松「[三]わるく洒落るぜ」竹「コウ大勢ゐる間は気がつかなんだが、留野郎何所往た」びん「買物にやつた」竹「あの野郎頃日めつぽうに手節が利いて来たぜ（腕前が上がってきたぜ）。ナア松」松「ムウ」びん「まだ欲が出ねへからいかねへはな」竹「いくつだ」びん「十六よ」松「とんだをとなしい[四]二才だ。まだ色気がねへの」びん「ム、さうよ」竹「おつゝけ見や（わずかの間だよ）。面皰がふき出すやうになると、そろ〳〵始まらア（色気が出始めるよ）」松「[五]好業になるだんべい」竹「しかし髪結もつらい職だのう」びん「つらい所か、業の習時分には腰が痛くてからつきり伸せねへぜ（のばせないぜ）。剃刀をもつた手が棒のやうになつて、櫛へ移る時[六]手子摺切るはナ。日がな一日腰を折居て、俯向いてばかりゐるのだから逆上て目が眩むはナ。[七]今の話ぢやァねへが、[八]功を積んだから、今でこそよけれ、なんでも馴れねへことはいかねへよ」竹「習はうより馴れろだ」

一　帰る人が出はじめると。

二　「人形町」を洒落た。人魚は上半身が女で下半身は魚の形をした想像上の動物で、これを食すると若返るという俗信があった。

三　うまくない洒落をいうぜ。

四　「青二才」の略。若僧だ。

五　腕のいい仕事師、職人になるだろう。「だんべい」は関東方言。

六　もてあます。処理に困る。

七　前述の戒名の話。

八　多年修業して年功があるから。

九　何事も生活するための仕事となるとつら

松「夏がいゝか、冬がいゝか」びん「どつちをどうともいへねへ。夏は汗がかたまつて出るシ、冬は冬でつめたくて手がかじかむか（かじかむだろ）。夏の夜業は蚊がうるさし、掻きたくッても油手なりか」竹「そん其様な物だナ。九渡世はおそろしい」松「何がこはい云て渡世ほどこはいものはあんめへ」びん「その上に髪結といふものは一〇場所をしようが一一床を預らうが、人の機嫌気づまを取ら（ご機嫌をとり結）ねへきやアなりやせん（ばなくちゃいけません）。一二是でも大勢の客の内にはむづかしい（気むずかしい）人があるはな。一三十人が十種をそれ〴〵にあしらつて、その人の好きな事に連れて口を合せようといふものス（好きな話題につき合って話を合わせよう）。女郎と同じ調子よ。この商売は別して一四内股膏薬がいゝのさ」竹「それが一五当世だ」松「おらア髪が上手だ云て、渋面してゐちやア誰も来やアしねへ」竹「世事が好いとか。ナア」びん「男が好いとか（男前だとか）」松「ナニ男をいふもんか（〔鬢に〕男前を求めるものか）」竹「ホンニヨすべての事が愛敬がなくッちやアいかねへぜ」松「しかし何の業でもお互一六長左衛門だけれど、こいつも年が老つちやア出来ねへ」びん「五十を越しちやアむづかしいはな」竹「五十六十になつて一七手間取をしてゐるも出来さねへ（感心しない）奴だナ」びん「そりやア何商売でも一八覚期の悪い

いものだ。

一〇 場所まわり。町内に得意先をもって、そこを廻って歩く髪結。一町内を一人、または二分して二人で廻る。

一一 各町内毎に髪結床は一軒。当時、髪結の株式の組合があって、髪結を営業するためには組合行事の認める証文で定められた町内、あるいは町内の一定の区画の株主の権利（名義）を持たなければならなかった。髪結床一軒、場所一か所が一株であるが、株値が高いので自株で営業するものは少なく、富裕な一軒が数株、あるいは一、二株を持ち、多くは定められた揚げ銭を払って借株で床を預って営業した。鬢五郎も月々揚げ銭を払ってこの権利を借用しているのである。

一二 こんな商売でも。

一三 諺「十人十色」。人によってそれぞれ性格や好みが違うこと。

一四 （両股いずれにもつくことから）自分の主張はなく、どちらへでも都合次第でつき従うこと。

一五 （髪結に限らず）現代風の生き方だ。

一六 おたがいさま。長左衛門を付けて人名化した。夢中作左衛門、平気孫左衛門の類。

一七 手間賃で雇われること。

一八 心掛けが悪い。

のさ」竹「大概しれたもんだから（先は知れたものだから）、てん〴〵で身じんまくをするがいゝス」（それぞれに身の始末をするがいいよ）
松「町内の廻りでも、床でも、代りとなると（代理の人だと）マア今日はいゝト（結構だ）いふぜの」
びん「場所ぢやア（場所まわりでは）別してさ（特別にそうだ）。床でもさうだはな。それだから休の翌日は、為事が重なつてめつぱ廻さアな。兎角代りには結はせねへものよ。おれにしろ、勝手が違ふと気持が悪いから、そこは尤だ」竹「まはりの髪結の上手な奴が、折角馴染んだとおもふと、鬢盥無尽をしてまた他町へ往くものよ」松「中には惜しいのがあるけれど、一ッ町内をひさしくは廻らねへ」

より門に立ちて、日向ぼこりしてゐたる男、ずつと内へはいり 蛸助「松さん、それにつけてもこの鬢公は如才ねへよ。場所は五六町預り、床は三ヶ所預つて皆弟子を出して置くシ、云分はねへ。その上に、この床は自身に手をおろして欲ばるか（自分で結って欲ばっているんだからな）。それだから金がウンウンとうならア」松「おほかた預つた〔店を〕といふも虚だらうス」竹「他の名前にして内証は（本当は自分が）てん〴〵が持居るのス。女の事と欲ばりにやア五分も透かねへ」たこ助「一月の上銭が積ッたら大きな事だらう」松「それだから床の立派な事を見ねへ」たこ「さらさ。おつつけ台箱が金銀瑠璃硨磲瑪瑙等の寄細工に

一 目をまわすほどやたらに忙しい。
二 人の結った髪をいじるのは。
三 「代り」を嫌うのはもっともだ。
四 鬢盥を新調するといって寄付金を集めて。「鬢盥」は髪結道具一式（櫛、剃刀、砥石など）を入れた細長い箱。廻り髪結はこれを提げて得意廻りをした。新調する場合は得意先に寄付を乞い、「其具を買て猶若干の余を得る、是を梳夫の利とす」（『守貞漫稿』）。
五 〔日向ぼこり〕ひなたぼっこ。
六 髪結場所の権利を五、六町、髪結出床の権利を三か所株主から借用している。
七 他人の名義で、実は自分が持っている。
八 全く隙がない。抜け目がない。
九 一月の売上げがたまったら。
一〇 髪結の道具を入れる箱。「鬢盥」と同様だがやや大形で、江戸では床に備えつける。
一一 木を組み合せ埋め込んだ、寄木細工。
一二 初代中村助五郎と二代大谷広治とを併せた称。たびたび共演した名コンビ。
一三 初代中村助五郎の俳名。敵役として有名。宝暦十三年没。
一四 十町。二代大谷広治の俳名。宝暦七年没。
一五 二つの紋を組み合せて作った紋。
一六 諸糸（左縒りの糸と右縒りの糸をさらに縒った糸）で伏縫にする縫い方。

なりやす。イヤまたわたしらが壮い頃の髪結床は、きたねへ手桶に水が汲んであつて、しみつたれた小盥さ。表の障子が助広治[二二]の紋所。ソレ魚楽[二三]が（仙）丸に仙の字、十丁[一四]が⊕さ。それを二ツ比翼[一五]に書いて、丹と薄墨とで別々に彩色たものよ。その障子に類したものが、蛇腹[一六]ふせ正平紋[一七]と書いた真中へ、立花[一八]の様な松を墨画にして、薄墨を入れたのが縫箔屋[一九]の障子。さてまた表具屋[二〇]の障子は、隣の家を偸眼で睨居る達磨さ。今も折ふしは見かけるが、昔ほど沢山はない。床の障子も、助広治の外に役者の紋を付けるは、東[二一]坂東又太郎（うづまき紋）[二二]市村亀蔵のかへ紋 市村羽左衛門なり（むすめ紋）[二三]瀬川二代目 王子路考 回[二四]みます は江戸一面さ（江戸中にあるさ）。その中には素人絵の武者や役者、あるひはさま〴〵の見立物などが有つたけれど、彩色は丹に山梔[二五]に藍紙[二六]などを用ゐて、どうさ[二七]の無い障子へ画くから、墨書の外へ藍がにじみ出すやら、目の中を青く彩るやら、丹の粕はこびりつくシ、山梔は水と黄色と別々になつて焼筆[二八]の痕がしつかり残つて、イヤハヤ見られた物ぢやァねへ。近年は蝕[二九]とかいふ双鉤に薄墨をさした油障子。看[三〇]板書も提灯屋も、おの〴〵立派な事さ。役者の似白も浮世絵師のお弟子が

一七 旧紋を塗りつぶして新しく描いた紋、または、型染にして切りつけた紋。

一八 針金などを用いて枝ぶりを整え、大がめにさす池坊流華道の一様式。「松」は針の印。

一九 刺繡や摺箔を業とする店。

二〇 経、巻物、掛軸、襖などの表装を業とする店。糊（法）の縁で達磨を印にした。

二一 四代坂東又太郎。明和三年には敵役上々吉となり江戸敵役の首位をしめた。天明末まで活躍。荒事、実悪、敵役の名手。

二二 九代市村羽左衛門の前名。特に所作事に優れる。天明五年没。

二三 二代瀬川菊之丞、通称王子路考。宝暦六年に二代菊之丞を襲名して後、安永まで女形として江戸の人気を集めた。安永二年没。

二四 市川（団十郎）宗家の紋。

二五 梔子の実から作る染料。濃い赤黄色。

二六 つゆくさの花の汁で染めた紙の絵の具。

二七 紙絹にひき、墨、絵の具の滲みを防ぐ液。

二八 柔らかい木の端を焦がしてつくった炭の筆。消し易いので下絵を書くのに用いる。

二九 輪郭だけを写して中を空にする筆法。二二頁注四参照。

三〇 筆、紙、糊などを入れた箱をもって茶店、髪結床などを廻り、障子、掛行燈の類を張り替え、屋号なども書いた。二二頁注五参照。

画くやうになれば、極彩色の障子にさま〴〵のおもひつきが出来るシ、紺[一]屋染の暖簾にも、むかしは大文字[二]や裾模様であつたが、今ではいろ〴〵の人物を彩色に画かせたり、色わけに染抜かせたり、まことに人は器用になりました。万事痒い所へ手のとゞく様さネ。銭さへ[三]出せば自由の足りる世の中」

[四]トいふ所へ、鳥屋のちゃぼ八といふ男人来たる ちゃぼ「蛸助さん。何をこゞとをいふ。隣の縁居て聞いたが、おめへひとり多嘴居るぜ」 たこ「うんにやさ。ありがたい世の中だといふ事さ」 ちゃぼ「おめへ今しつたか。遅い〳〵。コウ 青首[五]が一羽残つた。元直に売るが買はねへか」 たこ「おいらにははかしはめん鳥[六]が相応だ」 ちゃぼ「あたじけない。爰かまはずと往け[七]。ャがつてんだ [八]トしりひつからげ、ギツクリをして、引込三重を口でいひながら上へあがる。是はげんきのよき男なり ちゃぼ「サ[九]〔買手は〕そこらに御ざいませんかナ。たつた一羽うりたい。御愛敬には三芝居[一〇]役者[一一]声色。立役[一二]は幸四郎[一三]三津五郎[一四]。団十郎[一五]松助[一六]。これはさつぱり出来ません。中二階[一七]は大和屋[一八]に紀の国屋[一九]。三河屋[二〇]に伊勢屋。八百屋に万屋お好次第。何でも出来ません。只私の声色を私がつかひます所

一 染物屋で染めてつくる暖簾にも。

二 大文字を描いたり、裾模様をつけたりするだけであったが。

三 諺「金が敵の世の中」のもじり。

四 〔鳥屋のちゃぼ八〕チャボ（小形の鶏の一品種）の人名化。

五 真鴨の雄。首の羽毛が緑色なのでいう。

六 羽毛が茶褐色の鶏の俗称。「青首」が雄であるのに対して「めん鳥」といった。

鳥屋の口上一部始終

七 歌舞伎の舞台に見立て、相手と自分のせりふを続けて言い、身振りをした。

八 〔ギックリ〕歌舞伎役者のする目をむいてにらむ見得。〔引込三重〕幕切れに使われる浄瑠璃の三味線の節の一。

九 以下、香具師の口上に擬した。

一〇 森田座、市村座、中村座。

一一 有名な役者の名せりふの声帯模写。客寄せのため劇場入口で演じられ、また宴席の芸として素人の間に流行した。

一二 歌舞伎の男役、特に主役級をさす。

一三 五代松本幸四郎。一〇二頁注三参照。

一四 三代坂東三津五郎。天保二年没。

一五 七代市川団十郎。安政六年没。

一六 初代尾上松助。文化十二年没。

が、外に類と真似事がない。まづこの鴨をめしあがつて御覧じろ。芳しくて歯につかず、従弟同士[二一]の味がいたす。北州[二二]の千年も蜉蝣[二三]の一時。盧生[二四]が夢も五十年。一時の栄花には千とせを延ぶる。千金万金の出ます事ならば、御思案御分別もござらうが、是は僅に風前の塵[二五]ぢや。四百や五百はよしない事にもおつかひなさる。二朱[二六]や一分は飛んだ穴へもおすてなさる。まことに御当地は繁花の地、入船千艘あれば出船千艘。まだ御存もないお方があらでかなはぬ。さやうなお方さまには風味合といたして代が八百、一口あがつて古いとおつしやるとも、代を取つたあとは此方かまはず。元朝より大卅日まで、お手にふれまするこゝもとが定店[二七]。面が看板、お子さまがたまでも御ぞんじ。今日は爰に在つて、明日は山の手[二八]へ参るなど〻申す胡乱な者でござらねば、売間違と買損ひがない。イヤ／＼わかいものさうでない。わがいふことはいつはりがましいと、おつしやるまいものでもない。若さやうな御仁さまは、コリヤ、この通記し置きましたる所書が証拠ぢや。なれども我物を悪いと申して商ふ者、一人もござらぬ。雁も鳩も食ふてみ

一七 歌舞伎女形のこと。女形の楽屋が中二階にあったのでいう。当時、楽屋の三階建が公には許されなかったので、表向きは三階を二階、二階を中二階といった。

一八 岩井家の屋号で、この頃は五代岩井半四郎。

一九 沢村家の屋号で、この頃は二代沢村田之助。文化十四年没。

二〇 四代市川団蔵の屋号。文化五年没。以下、役者の屋号になぞらえていう。江戸には「三河屋」「伊勢屋」を屋号とする商店が多かった。

二一 諺「従弟同士は鴨の味」。従弟同士の夫婦は情愛こまやかで最上の味がする、の意。

二二 須弥山の北州に住む者は千年の寿命がある（『倶舎論』）という。

二三 かげろう。はかないもののたとえ。

二四 人生五十年の栄枯盛衰も夢のようにはかないことの譬え。「邯鄲の枕」の故事による。

二五 忽ち消えてしまうほどの微細な出費だ。

二六 女郎の揚代。吉原では、一分女郎以下の者のみ抱える店を「大町小見世」、一分女郎もなく、いても唯一人ばかりで二朱女郎が主体の店を「小見世」といった。

二七 定まった場所で一定の商品を売る店。

二八 本郷、小石川、牛込、四谷の高台。

ねばその味がしれぬ道理。まつた又山寺の鐘よく鳴るといへども、法師来たつて撞木をあてざればその音色がしれぬ。酒屋の門に三年三月お立被遊ても、飲らぬ酒には酔はぬ道理。いづれめしあげられまして、実かは[一]我が口上に違はず、風味合よろしきと有つておもとめ下されうならば、今[二]日にはかぎりませぬ。毎朝此所にて御披露仕りまする鳥屋ちやぼ助。ア、口[三]が酢くなつた。おかみさん、お茶でもお湯でもおくれ。お茶台[四]にはおよばぬ。お手でくださいまし　皆々きもをつぶしてちやぼ助が顔を見つめてゐたりしが　びん「なるほどよく多嘴るのう」松「口[五]から先へ生れたとはこれが事た」竹「香具師[六]のいひぐさをよく覚えたぜ」たこ「あきれもあきれたが、感心も感心だ」びん「読売[七]や大道売のでんぼうを[八]して暗に記えたのさ」たこ「しかし出来ねへ事た」ちやぼ「どうして〳〵。おめへたちにこのまねが出来るもんか」竹「出来た所がはじまらねへ」松「上手になつて、てめへ位な働だアス」竹「コレもつとまけや」ちやぼ「いくらに」竹「二百ス」ちやぼ「そんな二百やな[九]事を云つちやア納らねへ。じやうだんいはずに元直が六百だ。最う余りだから、五十損をし

一　なるほど。
二　今日お買いにならなくても結構。
三　立て続けにしゃべったので口が渇いた。
四　湯呑みをのせる台。ここは盆。
五　諺。多弁な者の形容。
六　やし。てきや。人出の多いところで見世物を興行し、商品を売ることを業とする者。
七　世間の事件を絵入りの一枚摺りにして節をつけて読み、あるいは唄って売り歩いた者。
八　浅草伝法院の奴僕が境内の見世物をただ見したことから転じて、ただ見、そのような地回り、さらに転じて勇み肌、の意にも使われるが、ここは語源に近いただ見の意。
九　「にやくや」(あいまいなさま)のもじり。「二百」をうけた語呂合せ。

て五百五十[一〇]にしてやらう」

[一一]トいふをりから、十二三歳なるてつち、はやりうたをうたつて来たる「五ッいやまの千本ざアくら。六ッむらさき七ッ[一二]南天八ッ山ざアくら[一三]トうたひさしてはいり、かみそりばこを出して　でつち「鬢さんに、[一四]御無心ながらこの剃刀を研いでおくんなせへと、御面倒でございませうがおかみさんがおたのみ申しますト」　びん「おかみさんの御無心なら早速承知せずはなるめへ。些待たつし」　ちやぼ「コレ　[一五]気障な唄をうたふな。[一六]田舎ぶしを有がたさうに。をへねへ猿だぜ（手に負えない馬鹿者だぜ）」　でつち「おめへの口はかりねへ（お前の世話にはならない）」　ちやぼ「口の達者な調市だナ」　でつち「おめへに似てさ」　ちやぼ「ホイ　一言もねへ。[一七]先が尤だ」　たこ「今この小僧がうたつた唄はやたらと流行るが、あれは[一八]下越後あたりから出る[一九]瞽女の唄だの」　びん「さうさ」　松「おつな（風変りな）唄だナア。威勢がねへ（のんびりしている）ぜ」　たこ「あの唄は人のうたふのは皆すこたんだ（いい加減だな）の。おれが越後者から直伝の紛なし（正調）を知居る」　ちやぼ「そいつはおれに教へてくんねへ」　竹「兎角あんなことを覚えたがるナア」　たこ「今唄つた文句は、全体長いものさ。江戸の者は不残の文句をしらずに、所々切抜いて（切りとって）うたつてゐるのだ。瞽女のうたふ越後節の

瞽女のうたう正調越後節を披露する

一〇「めならび」の略。魚屋、青物屋などの符牒で、五十五、五百五十のこと。

一一〔はやりうた〕この時期に江戸で流行した唄。

一二「南天は、なるてん」（三馬『小野𥶡譃字尽』かまど詞大概）。

一三〔うたひさして〕唱うのをやめて。

一四 勝手なお願いですが。

一五 そんな唄をうたうのは子供のくせに生意気だ。「気障な」は嫌味な、生意気な、の意。

一六 上方、江戸以外の地方産の歌曲。「…流行唄も諸国のいりごみだから、下卑た田舎節の流行るはうらみだぞ」、「瞽女の唄などが流行つては怖れるス」（『浮世風呂』四編下）。滑稽本の主題の一つは、田舎臭さへの嗤いにあった。

一七 おっしゃる通りさ。

一八 越後国（新潟県）北部。

一九 三味線を弾き、唄をうたって銭を乞う盲目の女。多く越後から出た。越後は民謡の宝庫であって多くの唄を産し、座頭や瞽女によって東北一帯に広まった。それが江戸へも伝わったのである。越後瞽女の演目は「越後松坂」「祭文松坂」「越後口説」「新保広大寺くずし」などであった。

真面目はこれでございだ。教へてやらうがいくらよこす」ちやぼ「さもしいことをいふぜ。マア一くさり聴いてからの直打さ」竹「きかねへ内は相場がしれねへナ」

○「千畑ェ引、荒物町のゥ染屋の娘。姉と妹をならべて見イたら、姉はすかない蕣のゥ花。妹今咲く白菊のゥ花。姉にや少しも望はなアいが、妹ほしさに御立願掛けて、一に岩船お地蔵さアまよ。二には新潟の白山さアまよ。三に讃岐の金毘羅さアまよ。四には信濃の善光寺さアまよ。五には呉天の若宮さアまよ。六に六角の観音さアまよ。七ツ七尾の天神さアまよ。八ツ八幡の八幡さアまよ。九には熊野の権現さアまよ。十で所の色神さアまよ。掛けた御立願かなはぬけェれば、前の小川へ身を投捨てて、三十三尋の大蛇となアりて、水を流してくるりくるりと巻きやアれ、やんれェ。「実か爺さん、とぼけた婆さん、小桶で茶ァ呑め。姑が我を折る。

たこ「ト跡で囃すのさ」たこ「とぼけた婆さん小桶で茶ァ呑めとはいふけれど、

一 「新発田」の聞き違いによる誤りか。この唄は小寺玉晁の『小歌志彙集』の文政七年の条に「越後ぶし流行、勿論前々よりありし由なれども、此頃より大いにはやる」として記録されている。大略同文。異なる箇処は、「新発田新巻とき屋の娘…一ツ所の氏神さまよ、二にはにあひのはく山さまよ…五つ出雲のお社さんよ…十ヲ豊川お稲荷さまよ…三十三ひろの大蛇となつて柴田新まきとき屋の内を三人も七人もまき沈む、ヤンレ」（近世文芸叢書第十一『俚謡集』）。三村清三郎も同巧の歌詞を紹介（『江戸文化』「江戸の童謡」）。

二 いやな。きらいな。

三 「立願」。神仏に願をかけること。

四 越後国下越後岩船郡（新潟県岩船郡）の地蔵尊か。

五 新潟市の白山神社。

六 香川県琴平町の金毘羅大権現。

七 長野市の善光寺。

八 「呉天」は期仙（新潟県五泉市）の誤りか。

九 京都市下京区六角通りの頂法寺。俗に六角堂。

一〇 石川県七尾市天神山の松尾天神社。

一一 京都府綴喜郡の男山八幡宮。

その前後のことは誰もしらねへ。今この小僧の唄つたのはこれ（次の唄）よ。

○「船[一四]の船頭に晒三尺貰ろて、わしが冠るにや晒でもよヲいが、殿[一五]さ冠るにや晒ぢやわアるい。何と染めよか、染屋に聴けば、一に橘[一六]、二にかきつゥばた[一七]、三にさアがり藤[一八]、四に獅子牡丹、五ッゐ山の千本桜、六ッむらさき、七ッ南天八ッ山桜、九ッ小梅をちらしに染めて、十で殿様の好の様に染めた。ほんにさうよと気がさ揉める、やんれヱ。

たこ「是も時過ぎる（後世になる）と、当時々々の風俗をしるによし（知るのに良い）。また後の人の慰にもなる物だから、おれは一冊に書とめておいた。まだ〳〵いかい事あるが、たんと云ふとくどくなるから最うよしにせう」ちやぼ「最うタッタ一ッ云つてくんねへ。おれは皆覚えた」たこ「そんならタッタ一ッおれが隣を教へよう。

○「おらが隣ぢやよい聟とゥりて、石臼目[一九]も切る。桶の輪掛ける。人がたのめば大工もなアさる。桶屋もなアさる。左官もなアさる。木挽もなアさる。少さい内から餌刺[二〇]が好きで、紺の股引さし緒[二一]の草鞋、黐箱

一二 和歌山県熊野市の三社権現。

一三 この土地の。鎮守の。瞽女唄によく使われる表現。「色神」は男女の仲をとりもつといわれる神。

一四 注一と同書同箇処に記録されている。異同を示すと「…一に朝顔…六つ紫鹿の子のしぼり…八つ山吹よ…十ヲでとのさの心いき染て、ヤンレ」。木村仙秀も弘前地方の手毬唄として同巧の歌詞を紹介（『彗星』「浮世床」中のはやり唄）。

一五 女性から男性を指す敬称。

一六 紋所の名。橘の葉と果実とを合わせた模様。丸に橘、杏葉橘など。

一七 紋所の名。かきつばたの葉と花を合わせた模様。

一八 紋所の名。二房の藤の花で輪を描いた紋。

一九 磨滅した石臼の目を立てる。

二〇 先端にとりもちを付けた竹竿で鳥を捕ること。

二一 差苧。麻、苧などの繊維を綯ってつくった強い紐。

腰にさげ黐竿手に持ち、下の方から二丁目の、上の方から三丁目の、合せて五丁目の真中さ頃で、榎大木に小鳥が一羽、こいつ刺いて呉りよと黐竿取替へ、黐竿短し小鳥は高かし。そこで小鳥が喧嘩をなァさる。おまへ鳥刺さんか。わしや百舌鳥のゥ鳥。さゝれまいではわしやなけれェども、御縁あるなら今度来て刺しやれ、やんれェ。

たこ「サア よしか。一ツニ付き壱歩[一]ヅヽ、〆[二]めて昼三[三]だけ驕つたぜ。この外にまだ○わしとおつかさんの唄からはじめていろ〳〵ある」ちやぼ「一冊[四]が僅八銭。上下揃へては小銅十六銭とお手に入れる。私どものうたふは本の真似方ばかり。さやう〳〵。お声のよいお方がお唄ひなされればひとしほのお慰。もし御用とあらばうたひますうちにおもとめなさい。紙代板行代が僅小銅八銭」たこ「イヤ あきれた口だぞ。人を茶かす男だぜ」ちやぼ「茶かす筈だ。孝経開宗明義章第一[五]などゝ、ちんぷんかん[六]のお師匠さんぢやァねへ。早くいはゞ馬鹿を教へるのだ」たこ「教はる馬鹿もあるス」

ちやぼ「こつちは博学大才肉食妻帯[七]だ。本の事だが孔明提灯[八]を持て、楠

一 大げさに冗談を言った。
二 勘定をしめて。合計して。
三 計三歩を「昼三」と洒落た。「昼三」は揚代が昼夜各金三歩（通せば一両二歩）の吉原で最高級の女郎。
四 流行歌の歌詞を数枚の摺本にしたものを読売りする口上に擬した。
五 『孝経』第一章の題名。
六 訳のわからぬ漢語、漢文をいう。
七 「博学大才」に語呂を合わせた。元来、僧にいう語だが、ここは「行いすまさないただの人」のこと。
八 諸葛孔明や楠正成のような智将を使いまわすほどの博学大才の人物だ、の意。諸葛孔明は中国三国時代の蜀漢の丞相。劉備に仕えて蜀漢を建て、劉備没後はその子劉禅を補佐したすぐれた軍師。楠正成は南朝の忠臣、軍略家。
九 二二一頁口絵、一六六頁注一〇参照。
一〇 『三国志通俗演義』の和訳本。五十一冊、湖南文山序、元禄五年三月、京、吉田三郎兵衛版。
一一 漢字平がな交り、平がなの振がなつきに筆写した本。
一三 返り点、送り仮名をつけた訓訳

読めるか、通俗三国志を

本。
一三 貸本用に、平がな交りに筆耕させた本。
一四「野暮ならこうした憂目はせまじ」のもじり。
一五 わけのわからないことのたとえ。
一六 しまった。大失敗。「ほうちんたん」は口遊びとして添えた語。
一七「あやまる」に按摩を懸け、針と続けた。
一八 唾でまるい「の」の字を書き、穴をあけるいたずら。
一九 女郎の口真似。
二〇 ねずなき。女郎が客を呼び入れようとする時などにする鼠の鳴き声。
二一 粋でなまめかしいさま。
二二 潮来節。常陸国（茨城県）潮来地方の舟唄からおこった小唄、川崎節を江戸化した俗謡。伴奏は三味線と太鼓を用いる。
二三「七星壇孔明祈風」（『通俗三国志』四編巻之三）。魏の曹操と呉の孫権が赤壁で戦った時、孔明は壇を築いて風を祈り、魏の兵船を焼打ちにした。潮来節から一転して講釈師の口調となる。
二四 藪医者。「町人なれば商を為得ず、職人なれば無器用者にて、糊口を為兼ぬるもの医者にでもならふといふ。これを号けて、でも医者とて」（風来山人『天狗髑髏鑒定縁起』）。

草履をなほせといふのだよ。ヲヤ 孔明といへば台箱[九]の上に通俗三国志[一〇]。コレ〳〵 噂をいへば影がさすとは爰の事だ。ハヽア 平仮字[一一]付に写したのだ。今では真片カナ[一二]の本も写本[一三]になほすからいゝ。からすると女にも読めるシ、おいらにもおちかづきの字になつていゝ」松「口の止所がねへ」竹「ぺら〳〵ぺら〳〵と油紙へ何とかやらだ」ちやぼ「そねめ〳〵。ちやぼならか[一四]うしたうきめはせまじス。コウ この本は誰が置往た」びん「土龍さんが預けて往つた」ちやぼ「ム、土龍か。高慢な口ぶりだのう。何をいふか、唐人[一五]の寝言ばかり云居るぜ。あれぢやア話をするもしねへも同じ事た。ドレ〳〵土龍が本なら液をつけて穴をあけてやらう」びん「よさつし。貸本屋から借りたのだ」ちやぼ「ホイ お陀仏[一六]ほうちんたん。あやま[一七]針の療治。是にも丸[一八]の〻字。どう[一九]いたしイせう、チウ〳〵[二〇]のチウ」松「気違だ」竹「いづれ本気の沙汰ぢやアねへ」たこ「まんざら捨てた男でもないが」びん「あんまり拾つた男でもねへ」ちやぼ「婀娜[二一]な潮来[二二]で迷はせる トふるひ声にてうたひ アすてゝこすてゝこ すてゝこてんてこてんとんとん アうは〳〵ッ。孔明七星壇[二三]に風を祈るッ ト本をよみてけろりとしてゐる デモ医者[二四]のやうに風を祈ることもねへス（風邪の流行を祈ることもない）」びん「馬鹿ア云はつし」たこ「それでも本式に読めたが不思議だ」ちやぼ「読んで見せうか。一曹操横へて槊を賦す詩をス」たこ「何の事だ」ちやぼ「おれにもわからねへ」たこ「二棒読にやらかしたのだ。曹操槊を横へて詩を賦すと読むのだ」ちやぼ「それほど知居るならおれをへこませる事はねへス。字が宙返りをしたり、三ぎばを返つたりするから、爰は読みにくい。四よみくせ五徐庶命、徐庶命をゥ受け、ヱ、受け、てすで、てすでに、ヱ、受けて、すでにイ、兵を、兵を引きイてヱ、引きイてヱ出で、ければア、ヱ、ければア、出でヱけれヱばア、曹操、ヱ、、曹操、（何だ仮名を落としやアがつたぜ。よめるもんぢやアねへ）今はア都、都のゥ、内心に、ゥ、都の内、ヱ、心にイ、か丶るなア、ヱ、、心に、ヱ、、心にか丶る事、ゥ丶ゥ、、なしとて大にイ、大にイ、喜びみづゥ、喜びみづトウ丶ウ丶みづからみづから、馬にイ乗りイてヱ、まつくが、まつくがのゥ、先陸のゥ」大ぜい「ハ、、、、アハ、、、ヲホ、、、、」びん「イヤどうもこたへ（［笑いを］我慢できない）られねへ」たこ「笑ふまいと思つてもふき出してならねへ」竹「よせ〳〵」松「外聞のわりい」ちやぼ「おれが読みやうはい丶が、書きやうの悪いの

一　以下『通俗三国志』を読む場面。同書、四編巻之一「曹操横槊賦詩」では、赤壁の戦いに臨み、曹操は百万の水軍を率いて自信に満ち、船上で酒宴を催している。該当する部分は「徐庶命を受て、すでに兵を引て出ければ、曹操も今は都の内心に掛ることなしとて、大に喜び、みづから馬にのつて、まづ陸の陣を見巡り、そののち大船一艘を中央にうかべ、帥の字書たる旗を立てさせ左右みな水塞に傍て弩千張を伏置、みづから将台の上に坐す。時に建安十二年冬十一月十五日なり」とある。「曹操」は魏の人。後漢に仕えて功があり、魏王に封ぜられた。

二　返って読む漢文訓読法を知らず上から下へ順番に読んだ。

三　歌舞伎の立廻りの形の一。投げられた時、尻餅をつき両足を前へひろげて投げ出すかたち。「レ」点の見立て。

四　以下、ちゃぼが節をつけて読むことを示す。

五　徐庶。字は元直。蜀漢の人。初め劉備玄徳に仕えたが、母が曹操の人質となったので止むなく曹操に仕えた。劉備と別れるに当って諸葛孔明を用いるよう進言した。赤壁の戦いでは曹操に尽すのをきらい、わざと都に謀反ありとの噂を立て、仰天した曹操の命をう

よ」たこ「まだ二行読まねへぜ」ちやぼ「よみくせ先陸の、ヱ、先陸のゥ」松「先刻の巫女のやうな節だぜ」ちやぼ「[六]東西々々、先陸のゥ、陳を見ヱ、陳を見イ、めへりイめへりイ」びん「コレ〳〵何をいふ。めつたなことをいふめへぜ」ちやぼ「それでもかう書いてあるものを」竹「先から読直して見や」ちやぼ「大変なことをいふのゥ。先から読返すには、またしらぬ人に遇つたやうだ。陳を見、陳を見」びん「[七]陳を見陳を見盆牛房」ちやぼ「東西々々。陳を見」たこ「陳を見廻りだはナ。大概推量して読むものだ」ちやぼ「どうして推量が出来るもんか。無利ばかりいふぜ。おれが[八]関羽と推量しても、字には[九]玄徳と仮字がふつてある。自ら馬に乗つてトいふから、おほかた馬士といふ字だらうとおもへば、先陸のト仮字が付居るス。向にも[一〇]荒神さまがあるから、推量がうまくいくもんか。○その後〳〵イ。[一一]「ソレ早からうが、韋駄天が自ら馬に乗つて、小使をひよぐるやうだ。サア〳〵早いぞ〳〵推量だ〳〵。○[一二]その後は御めにかかり不申。「ヲヤ〳〵そりや違つた。コレ見ねへすいりやうがかうちがふ大[一三]々イ神楽ア。「でもない大船だ〳〵。「[一四]大船すみます、おひとりさま四文一合、コリヤまたちがつた○大船一艘。ヲ、、[一五]一艘馬鹿らしい」たこ「コウ大船一艘

けて三千の兵を率いて出立し、そのまま高飛びした。

六 三九頁注一二参照。

七 当時流行の洒落をふまえたか。

八 三国時代の蜀の武将。字は雲長。劉備玄徳の忠臣で武勇にすぐれた豪傑。

九 劉備玄徳。三国時代の蜀漢の皇帝。諸葛孔明を参謀とし、関羽、張飛に助けられ、呉の孫権と協力して魏の曹操を赤壁に破り、漢中王となった。呉の孫権、魏の曹丕（曹操の子）と天下を三分して覇権を争った。

一〇 荒神が家を守るように相手にも保護してくれる者がいるはずだから、こちらの勝手にはいかぬ。

一一 「韋駄天」仏法守護神。快足の神として知られる。「ひよぐる」放尿する。

一二 女郎からの文の常套句。

一三 獅子舞の一種。伊勢の太神楽から転じた。三味線、鉦、太鼓、笛で囃し立て曲芸や道化を加えた門付けの演芸。

一四 「代銭済みます、おひとりさま四文一合」と居酒屋などで呼ぶのに懸けた洒落。

一五 「いつさう」から女郎の口真似「いっそばからしい」に続けた。

だはナ。大きな船が一艘といふ事だ。そこを推量しねへナ」ちやぼ「ヲットよし／＼。〇ヱ、中々ヱ、中」びん「舌切雀ぢやアねへか」ちやぼ「〇ヱ、中央にイ浮べヱ、帥帥のゥ字イ、書きイたるゥ、旗をゥ立てさせ。「こゝらはうまいもんだぜ」左[一]右もん祐経、ウンニヤ水さアいだ。「水塞ト。〇ゥ、左右々々、みなア水塞に、そぶて、そぶて、傍ふてェ、弩弩、伏々置き、自かアらア。「ソリヤ／＼

[二]またみづからだ。唐人のくせにいやらしく、みづから／＼トぬかすぜ。ひげだらけなお姫さまだらう。全体みづからトいふものは昆布の事だによ。おめへたちはかみがたへ行つたことがねへからしるめへ。おれはこのあと、店の番頭さんの供でのぼつたからくはしい。かみがたの芝居へ往つたとき、中売[三]のおやぢが、みづからあがらんか、みづからあがらんかトいふのよ。ハテナ、あのおやぢが食はれもせず、なぜ、みづからあがらんかだらう。但し茶が無いから、水からあがらんかトいふのかと、いろ／＼考へてゐると、ヲイみづから／＼だんせと買ふ人があるから、のぞいて見たら昆布をおつに[四]結んだもので、カリ／＼と噛つぶすと、中に山椒が這入つてあるはナ。それから傍の人に、山椒が這入つてゐるネと云つたら、山椒が何で這入るぞい、江戸の山椒は足があつて這入るかはしらねど、こちの山椒は足がないさかい這入りはせん、昆布の中に山椒の入れてあるのぢやとどがめられた。おれも一言もねへからだまつて居たが、なぜまたみづからといふとたづねたれば、ハテ、みづからぢやによつてみづからといふはいのツ。いつまでいつてもおんなじ事、ねつからわからねへやつさ

〇将台[五]のゥ上にイ坐す、坐すゥ、時にイ、建々[六]」竹「時に建々啼くばかり」ちやぼ「東西々々。ア、もう止にせう。おかげで肩がはつて来た」たこ「今までかゝつて漸々六くだり読んだ」びん「人にはいろ／＼風のあるものだ。土龍さんは常の話が読本の様でわからず」松「ちやぼ助が多嘴も本を読ん

一 『通俗三国志』の「左右みな水塞」が読めず、「左」から曾我狂言の工藤左衛門祐経を連想した。

二 〔みづから〕わらわ。身分ある女性の自称代名詞。〔ひげだらけなお姫さま〕曹操が「みづから」と称したとしてこう言った。〔このあと〕この前。さきごろ。

三 〔中売〕なかうり。幕間に茶、弁当、菓子などを売り歩くこと。〔みづからあがらんか〕水辛（山椒を昆布で包んだ菓子）を召しあがりませんか。

四 〔おつに〕おもしろく。上手に。

五 大将のすわる台座。

六 「建安十二年…」の「安」が読めない。

七 「このごろ小児走り行つゝアリヤリヤンリウとゝいへり」(『嬉遊笑覧』)。火消が龍吐水(りゅうとすい)を引いて行く時の掛け声のまね。
八 犬をけしかける掛け声。

櫛屋、吉原の文使い登場
ちゃぼ八と蛸助の拳勝負

九 梳き櫛はいらないか。
一〇 櫛吉への挨拶。
一一 櫛の目のあらいものと密なものとの中間の歯の櫛。
一二 全く駄目だ。
一三 日ながの春になって、の意だが、ふつう、新年になったら、の意で暮のうちに使われる。
一四 お年玉として粗末な櫛をくれるのはお断りだぞ。

では吃(ども)る」竹「奇妙(きみやう)なもんだ。その気(き)で帰(けへ)らう」松「おれも往くべい。アヽ腹筋(はらすじ)をよつたぜ」(大笑いしたぜ)両人「アイそんなら」びん「アイお帰(かへ)り」ちやぼ「コウ鳥(とり)はどうする」竹「いらねへ」ちやぼ「(勝手にしろ)おきやアがれ」(松竹二人はかへる)びん「サア子蔵(こぞう)どん、剃刀(かみすり)をやらう。内へ往つたらさういはつし(そういいなさい)。おかみさんになんぞおいしい物がござりますなら、押(お)しかけのお客に参りますト」こぞう「アイ」(ト門口を出ると)[七]ありやりやんりうとい。ヱヽ[八]おゝしき〳〵、ぶらヤアイおゝし」(引ちがへて、風呂しき包を脊おひたる若衆きたる)櫛吉「鬢(びん)さん、[九]透(すき)はよしか」びん「[一〇]吉公どうだ。ナニ、すき、ウンニヤいらねへ。先刻(さつき)櫛(くし)八が来たが、誰(だつれ)のも買はねへ。まだいらねへ。しかし何はねへか。[一一]間歯(あひは)はねへか」櫛吉「ありやす」びん「間歯でも買ふべい」(櫛吉、箱の内より出して見せる)これは[一二]一向(いつから)だ。此様(こん)な櫛がつかはれるものか。いくらだ、百五十(百五十文)か」櫛吉「二百さ」びん「二百もすさまじい(二百文とは呆れかえる)」吉「ナゼ」同「五十安いぜ」びん「二百五十の間歯とはわけが違(ちが)はア。持往(もつてか)つし〳〵(持ってお帰り)。[一三]春永(はるなが)にせう。コレ[一四]年玉(としだま)にまたつかはれねへやうな櫛を呉(く)れるなら、お断(ことわり)だぞ」吉「ハイハイありがたい仕合(しあはせ)」びん「ほんとうだよ」吉「おめへはほんとう、こつちは虚（うそ）よ　ト荷をしまひて脊おひ　吉「アイ　さやうなら　ト出行く。引ちがへても、引がけの男　「お寒（さむ）うござります」
「アイ　お出（いで）。まだ〔用は〕ございやせん」「ハイ〳〵。さやうなら、また此間（こないだ）に　ト出行きし
は、[一]油の垢買ひと見えて、かごをかたげて走りゆきぬ　▲また一人[二]ふとりのはおりも、引尻はしよりにて、寒見廻とおぼしき箱を三ツ四ツならべて　銅助「此間は御無沙汰（ごぶさた）い
たしました。御きげんよろしう。是（これ）は[三]　トばかりにてさし出す　びん「相（あひ）かはらずおかたじ
け。跡の三ッは金様鉄様銀河（ぎんが）様[四]、ト。椽（えん）[五]から落ちたお乳（ち）の人はおれだの」
銅助「ハ、、、」びん「アイ　慥（たしか）に届けやせう」（銅）「ハイ〳〵。毎度御面倒（まいどごめんどう）ながらお願
ひ申します　ハ、、、。モシ　なまりや[六]の銀吉（ぎんきつ）さんはお見えなさいますか」　びん
「此頃（このごろ）はさつぱり来（き）なさんねへ」　銅「ハテ　こまつたことかなだネ。そんなら
憚（はばかり）ながら〔女郎からの〕この手紙を置いてまいりませう。お出（いで）なすつたら上げておくん
なさいまし。もしまたお見えなさらずはその儘（まま）さ」　びん「幕支（まくづかえ）[七]と見えるテ」
銅「ハ、アちと癪（しやく）[八]だネ。イヤ　直（すぐ）に参（さん）じませう〔失礼しましょう〕」　びん「マア　い、はな。一ぷく
呑往（のんでき）ねへ」　銅「今日（こんにち）はまだ山の手へのさねへきやァなりません〔出かけなければ〕。モシ　ちつと
お出なさいまし。大分賑（にぎやか）さ。霜枯（しもがれ）[九]の景気（けいき）ぢやァございません　ハ、、、、」
びん「こつちは霜枯で冷（ひえ）かたまつた　ハ、、、」　銅「ハイ　さやうなら」　びん「内

一〔油の垢買ひ〕髪結床から油をふきとった紙屑などを買い集める者。

二〔ふとり〕太織（ふとおり）。粗い絹糸で織った生地。〔寒見廻〕寒（冬期の小寒、大寒の総称）の間、親戚、知人を見舞うこと。
＊この男は吉原の文使いで、女郎の手紙を客に届けることを職業とする人。髪結床はこの種の連絡場所でもあった。
三　鬢五郎への贈物である。
四　吉原での替名（呼び名）。
五　幼児が縁側から落ちないよう気をつけている乳母自身が縁から落ちる。他人の世話はしても誰にも助けて貰えない損な役廻りであると洒落ていった。
六　金属の縁による屋号、あるいは通称。
七　芝居の幕が事故で開かぬこと。銀吉がこの女郎のところへ姿を見せぬことをいった。
八（この女郎が）癪を起しての手紙だったんだね。手紙を出したわけが腑に落ちたのである。「幕支」の「つかえ」の縁語でもある。
九　年末は不景気が常だが、今年は忙しい。
一〇〔何人なるか作者もしらず〕読者にわざと気を持たせた表現。
一一　手打蕎麦の新しい店ができた。「今世、江戸の蕎麦屋大略毎町一戸あり」（『守貞漫稿』）。
一二　表通りから横に入る小路。この小路に長

へよく云つてくんな」銅「ハイ〳〵 一〇(ト出て行く。何人なるか作者もしらず。御見物のおもひ〳〵に註をくだし給はゞ、なほ興深かるべし) たこ助「ちやぼ公。今度は内証で読居るの」ちやぼ「あんまり悪口がひどいから、だまつて読む」たこ「音のしねへやうにくすねて食ふのだの(盗み食いをするわけだな)」ちやぼ「食ふといへば、なんぞ食ひたくなつた」びん「一一新見世の手打蕎麦が出来た」ちやぼ「一二横町の木戸際か、一三拳で押付けよう」ちやぼ「一四ムヽ、一五よかんべい」びん「また負けようと思つて」たこ「じぶつくりなしだよ(一六文句は言いっこなしだよ)」ちやぼ「おめへこそじぶくるやつさ。何だ〳〵勝つた者が買ふのか」たこ「そんな法があるものか。負けた者が驕るのス」ちやぼ「アそれぢやァ些勝手が悪い」びん「よわい音を出したナ」ちやぼ「ナニサ蛸公に驕らせるが気の毒よ」たこ「ヘン押がおもてへ(押しが強い)。サア来たり。一七三拳ばらひか」ちやぼ「一八折詰々々」たこ「埒が明かねへ。一九二拳ばらひの三拳勝負」ちやぼ「よし」たこ「待つたり。二〇鼻脂をひいてよんやさトしてやらう」入両 五二。九 十。「とをらい〳〵〳〵」たこ「十といふ拳があるものか。二一無手と十は打たねへ法の物だ」ちやぼ「ソリヤ じぶくり二二三年柿八年。おらァ法にかまはねへから、十無手、何でも数の合つてあたつたも

屋へ入る木戸があって、その際、の意。

一三 拳で負けた方におごらせよう。「拳」は、対座した二人が、右手の指を屈伸して数を示し自分と相手の数の和を予想して掛け声を発する。親指だけを伸ばすのが一、親指と食指を開けば二など十一種。左手は数取り。

一四 「たこ」の誤りか。前の話者と重複する。

一五 よかろう。「与勘平膏薬」にも懸ける。

一六 「じぶっくる」「じぶくる」は、ぐずぐず文句をいう、すねて怒る意。

一七 「三拳ばらひの四拳勝負」の略。三拳まで折った左手の指を払ってご破算とし、四本目で勝負を決する。

一八 「五拳の折詰」の略。「京都、堺、江戸にてはみな五拳の折詰といふて指を合すたびたびにをりこみ、四本をりてはらひといふてゆびをみな払、五本目の拳一本合せ、かちとなるなり」(『拳独稽古』)。

一九 三本目で勝負を決する。注一七参照。

二〇 指先で小鼻の脇をこすって油をつける。手品師などのしぐさの真似。

二一 握り拳で示す。ゼロ。「無手と十は打つもんぢやァねえと、おとつさんが教へなすつたが…」(『浮世風呂』三編上)。

二二 「桃栗三年、柿八年」の洒落。じぶくるな、ぐずぐず文句をいうな、の意。

のを勝にする。其様な不自由な拳なら否だ」たこ「チヨッ　そんならゆるしてやれ」ちやぼ「なんの恕されるわけはねへ。サア　これからだよ」［人両］一六。七三。五。「ヲツト　あいかう　四四。「ヲツト　あいかう　声が　あはねへ　三「とつて九。五二。「とつて　はらひ　ちやぼ「些待つてくんな。おめへ最う払つたの。今度が勝負だの。ア、　ます　拳先が悪い。なぜからだらう。芋殻で足を擡くとは此事だ」たこ「洒落ッくせへ」ちやぼ「なむ拳道第一ねらひさま、何とぞ私が勝ちまして、蛸助に蕎麦を奢らせますやうにまもらせ給へ。おんぞろ〳〵三ばい食つたりそばか。サア　来い。これからは鬼に鉄棒、弁慶に薙刀、おれに女ときて、しつかり大丈夫」［人両］七十。八十。二十。三十。五無手。四無手。六無手。「ヱ、めんだうな、一はどうだ。ソレ　づどん」ちやぼ「ヱ、一本も取らずに負けた」びん「ハ、、、、」たこ「これは御馳走でございます。サア〳〵　蕎麦屋へはやく誂へて来い。コレ　小僧道草を食ふな。そして代もすぐに払つて来いよ。ア、　われはいくぢのない奴だな。きり〳〵尻を端折つて往つて来い」ちやぼ「チヨッ　いま〳〵しい。口から蕎麦屋とは此事だ」

一　以下、両者の掛け声。両者が同数をいう場合、両者とも当っていない場合は無勝負（勝負として勘定しない）。

二　〔あいかう〕勝負なし。両者同時に「五」と言った。

三　一方がおくれて「四」と言ったので注意した。

四　数を言い当てる。勝つ。この場合「九」が勝ち。

五　指を折って数えている左手の指を開く。以上で二拳勝負あったのではらった。次が勝負。

六　「幸先が悪い」に懸けた洒落。

七　諺。油断して思わぬ失敗をすること。

八　洒落臭い。生意気な、こしゃくな。

九　「南無天道大日如来様」の洒落。

一〇　「唵呼嚕呼嚕旋荼利摩登枳」は薬師如来に祈るとき唱える呪文。「唵阿毘羅吽欠娑婆訶」は大日如来に祈るときの呪文。その二つを併せたもじり。「おんころころせんだりまとうぎ、おんあびらうんけんそはか」（謡曲「黒塚」）。

一一　勇者につきものの武具を並べて、「おれに女」で卑俗化したおかしみ。

一二　最後に勝負がついた時、勝者が発する掛

トいふ所へひとりで口をきゝ、長口上をべたり／＼といふばあさま門口より 袋[一四]「ヲヤ 鬢(びん)五郎さん。さて／＼おさむい事でございますネヱ。御免(ごめん)なさいましョ」びん「ホウ これはお袋(ふくろ)さん。よくお出(いで)なさりましたト奥の方へむかひコレ何や、何がお出なすつた。一寸(ちよつと)来さつせへ。[一五]金鳴屋(かねなりや)のお袋さんが」奥より女房かけいで「これは／＼おめづらしい。ようこそお出なさいました。サア／＼まづこちらへお上がんなさいまし」袋「イヱ／＼もう必ず(決して)おかまひなさいますな。一寸(ちよつと)参りたう存じましてもネヱ おまへさん。日短(ひみぢか)でせは／＼しうくらしますから、つい／＼御無沙汰(ごぶさた)になりますよネヱ おまへさん。扨先(さてまづ)、おまへさん(ご家内)にもお揃(そろ)ひなさいまして御きげんよう」女房「アイ あなたにもおさへ[一六]／＼しう(お達者でなにより)」袋「ハイ／＼ ありがたうございます。別(べつ)して当年はネヱ おまへさん、いつもと申します内にもとりわけお寒さが強(つよ)うございますネヱ おまへさん。それでもお寒さのおあたりも(寒気のおさわりも)ございませんで何よりおうれしう存じます。[一七]宿(やど)でも一寸お[一八]見舞(みまひ)に参りたがつてゞございましたが、是(これ)もまたおまへさんネ、[一九]お屋しきさまの御用(ごよう)が追々(おひおひ)重(かさ)なりまして、イヱサ まこと／＼におまへさんネ、三度々々のお飯(まんま)さへネろく／＼落

け声。
＊「ちゃぼ」は反則の十、無手ばかり打っている。結局「たこ」が一を打った時にも無手を打って負けとなった。
一三 余計なことをしゃべったために蕎麦をおごらされた。諺「口から高野」（失言や放言などのために出家しなければならなくなる）のもじり。四三頁一一行参照。
一四「お袋様」の意。
一五「金満家」の意をこめた名。
一六 生き生きと活気ある様。「お冴々しう」。
一七 主人も。夫のことを他人にいう時の謙譲の称。
一八 寒中見舞い。十二月、寒に入って挨拶に廻る。暑中見舞いなどと同様。
一九 出入り先の武家屋敷。

着いて〔食べて〕はくださいません程でございますのさネ。それでございますからネ　ヱ おまへさん、家内中がてん〳〵舞〔てんてこ舞〕をいたしますてネ、私なども見てをられませんからやはりお店の方のお手つだひをいたしてネ、おまへさん、銭湯へ参る間もございません。イヱ 最う誠に〳〵ありがたい事ではございますけれどネ、草臥れますから主[一]もおまへさんネ、ほつ〳〵[二]と云つてでございます。夜前〔昨夜も〕などもネ おまへさん、私がさう申す事さ、このやうにいそがしいはありがたい事だが、正月物[三]を拵へたいにも隙がなし、ハテ こまつたものだとネ おまへさん、チヨツ いゝはさ、何も是[四]が不自由といふではなし、洗濯物[五]の仕立が間に合はずは他所行の着類を惜まずに着よう〳〵、と私が申しましたればネ おまへさん、主が申されますには、ナニ 着物などにかまはつしやるな、しまつて置くには及ばぬから、さつさと着るがよいと

から申されますのさ。それだからネ おまへさん、洗濯をいたした儘〔洗い張りをしたままで〕でそつくり〔仕立てもせず〕と積んでございますのさ。イヱ もうそれ〔伺いたいと〕ゆゑに存じながらお尋ねもまうしませず、何とか思召もございませうが右の訳でございますからネ、

一　夫。主人。
二　ふうふう言って。
三　正月の晴れ着。
四　金のこと。
五　解いて洗い張りした着物を仕立てるのが。

かならず〳〵お悪く思召しませんやうに。ヲホヽヽヽ、今日もネ おまへさん、是まで参りますうちにてうど五軒御無沙汰を埋めました（挨拶を済ませてきました）。是からネ、お春が所へも久しぶりで参りたしネ、その序には秋助さんの所へもお倚申さうと存じます。それにおまへさん御祝[六]は千年、夏右衛門が孫がネ おまへさん、虫気[七]でひさしうしくほく（四苦八苦）いたしてをりましたが、到頭はやあつちものになりますネ（死んでしまいましたものね）」女房「ヤレ〳〵それはほんにいかいお力落しで」袋「イヤハヤ夏右衛門親子の者もがつかりいたしまして、気ぬけのやうに成りましてネヱ おまへさん、お冬が惣領娘のお霜ネ、あれがおまへさん相応な所がございましてかたづけまして、今日が里開[八]でございますから夏右衛門が所から是へも顔出しを致したうございますシ、めでたい事や何や角やでネヱ おまへさん、まことに〳〵気の休まる間がございません。ヲヤほんに藤[九]さんはお達者でございますか」女房「ハイありがたう。至極丈夫でございまして、只今まで何とも申しませぬのさ」袋「ヤレ〳〵それはほんにお仕合な事でございます。子ども衆は何はおけ（何はさておき）御丈夫さまが一番けつこうなことでご

六　凶事を述べる時、その前にめでたい言葉を言い添える習慣があった。

七　病弱な子供に起る病気の俗称。疳の虫。

八　里帰りの忌み語。「帰る」を忌んでいう。他家へ嫁した女が結婚三日目または五日目に初めて実家へ帰って泊ること。

九　鬢五郎の子供の名。

ざいますよ。[一]お屋敷のお妹御(いもとご)さまもおさへ〴〵しう（お元気で）お勤(つとめ)なさいますか。久しうお便(たより)をうけ給はりませぬ（ご様子もうかがいません）」女房「ハイありがたう」袋「お序(ついで)によろしうおつしやつて下さいまし。ホンニ〳〵[二]一寸(ちよつと)参つてどうせうかうせうと歌にばかり唄つてやう〳〵今日(こんにち)参じました。ハイさやうなら[三]折角(せつかく)御きげんよう」びん「まアよろしうございます」袋「ハイ。いへもうさう致(いた)しちやアをられません。只今(ただいま)も申ス通りネヲホヽヽヽ。猶(なほ)また来春(らいしゆん)おめでたく」両人「ハイ、ハイ、あなたにも。ハイ〳〵、ハイ〳〵」袋「ハイさやうなら」両人「ハイさやうなら　ト立かへる

○たこ助ちやぼ八両人、先刻より彼ばあさまのひとりにてしやべることをきゝゐたりしが　たこ「コウ、能(よ)く多嘴(しやべ)る婆(ばあ)さんだの」ちやぼ「人に口をきかせずに、うぬひとり口をきいて（自分ひとりだけしゃべって）ポイと帰(けへ)つたぜ」両人「世話がなくていつそいゝのス」ちやぼ「[四]何とやらでございましてネ。角(か)とやらでございますからネヱおまへさん。ヲホヽヽヽ何とやらいたしてどうとやらいたしますからネヱおまへさんッ」たこ「流石(さすが)のちやぼ助もあの婆(ばあ)さんには閉口(へいこう)だ」ちやぼ「ネヱおまへさん〳〵」

一　武家屋敷へ奉公中の。

二　いつも言っているだけで実行しない、または、できない。「踊を見にと、歌にばかり、うとふて果てぬ」（『西鶴諸国ばなし』巻三）。

三　くれぐれも。つとめて。

四　お袋さんの多弁な「ございます」言葉の口真似である。

俗[五]談平話のおかしみあることどもをひろひあつめ、人情のありさまをくはしくうがちて、来春嗣(つぎ)て出す。看官(かんくわん)[六][七]三編の発市(うりだし)を俟(また)ば幸甚々々。

柳髪新話浮世床　二編　巻之下　畢

文[八]化十一年戌孟春発売

江戸書肆　田所町　鶴屋金助
　　　　　神田鍋町　柏屋半蔵　繡梓

五 「柳巷花街の事を省きて俗事のおかしみを増補せよと乞ふ。則(すなはち)需(もとめ)に応じて…」（『浮世風呂』巻頭）などと同趣旨。一般世間の普通のはなし。これが三馬の滑稽本のテーマであった。

六 読者。

七 三編は三馬自身の手によっては書かれず九年後（三馬没後一年）の文政六年、滝亭鯉丈が執筆、刊行した。二世南仙笑楚満人（後の為永春水）が寄せたその序文に「文栄堂に頼まれて柳髪新話の三編目を本丁庵へ言ひ入れしは三年已前(いぜん)の事なりしが、近年先生多病にして、風呂の加減も床髪も暫らく筆を留め置くのみ…」とある。

八 刊記は『日本名著全集』の『滑稽本集』の図版によった。「孟春」は、新春の意。

四十八癖

四十八癖初編自序

杜預[一]に左伝の癖あれば、三馬に戯作の癖あり。親に異見の癖ありて戯作を止よの教戒も、書賈に需る癖ありて、十八年来[二]竟に戯作者の魔界に堕す。号は式亭三本杉[三]、名は高慢[四]の天狗宴[五]、彼熱鉄[六]の熱燗をも、飲では酔ひ、醒ては飲する例の酒癖、其酔醒に毫を採て、世の人々の無くて七癖[七]、或は有て四十八癖、異類異形[八]を図にあらはして、癖といふ癖物語[九]と目す。されど元来づるけるが生質の癖なれば、半月余遅々したるを、発兌に催促の癖あるゆゑ、紺屋[一〇]の明後日云竭し、倉卒なる筆癖を以て一夜漬の稿を脱す。閲者本文[一一]の読癖は、仮字付に従ひ給へと御存の口癖ながら、ナント子ども[一二]衆合点か〳〵。

文化八年辛未十二月三日、本町[一三]の小築、
欲心深処に筆を採る。

一 晋の武帝の武将。『春秋釈例』等の著がある。「左伝」は二九頁注二三参照。
二 処女作の黄表紙『天道浮世出星操』『人間一心覗替繰』を刊行した寛政六年より数えて十八年このかた。「魔界」以下は、戯作者三馬の自嘲の語り口の裏に隠した自負。次行の「天狗」への伏線。
三 「式亭三馬」と「三本杉」を懸けた。「三本杉」は、酒神でもある大三輪神社の紋所。
四 名高くなっていい気になり。「高慢」(の鼻)から「天狗」を出す。
五 京都の犬神人が正月二日に、建仁寺町の愛宕念仏寺に集まって行った酒宴をいう。
六 一三九頁注八参照。「只其の人に憎みありて性酒を嗜み」(『近世物之本江戸作者部類』)。三馬は自他共に認める大酒家。
七 諺「無くて七癖、有つて四十八癖」。
八 いろいろ変った性格を挿画入りで描写して。変化、ばけものに見立てた。
九 版本の題簽には副題として「癖所謂癖物語」とある。「目す」は見なす、判断する意。
一〇 諺「紺屋の明後日」。一一四頁注三参照。
一一 この種の物真似(声色)の手法による会話描写が三馬の文芸の真骨頂である。
一二 草双紙の文末の常套句を用いて洒落た。
一三 一五頁注一七参照。

式亭三馬戯誌

四十八癖標目(ひやうもく)[一]

〇女房(にようばう)をこはがる亭主(ていしゆ)の癖

〇亭主を尻(しり)にしく女房の癖

〇万事(ものごと)を気にかくる人の癖

〇通者(とほりもの)になりたがる人の癖

〇何事(なにごと)も苦労(くらう)になる人の癖

〇詞数(ことばかず)の多き人の癖

〇人の非(ひ)を算(かぞ)ふる人の癖

通計七種[二]

一 三馬の滑稽本の作風から言えば『酩酊気質』(文化三年刊)が『当世七癖上戸』(文化七年刊)となり『四十八癖』が生れる過程、「気質」から「癖」への発展が注目される。溯れば早く二十四歳で『似顔絵本俳優楽室通(やくしゃがくやつう)』(寛政十一年刊)の後半部『歌舞伎楽屋通俳優家贔屓気質(やくしゃひいきかたぎ)』で八文字屋本の気質もの―例えば『世間子息気質(むすこかたぎ)』『世間娘気質』など―の手法によって芝居愛好家の「気質」を誇張して描写したのに始まる。

二 第二項は本文では一つの標目としては掲げられていないが、第一項(「女房をこはがる亭主の癖」)の後半部は明らかに「亭主を尻にしく女房の癖」を書いたもので、これを独立させて標目に掲げ、七種と数えた。

四十八癖初編

女房をこはがる亭主の癖

かたちは絵にあらはすごとく、一体いづかたへかとまりに行きたる翌朝のありさま。ゆふべ夜なかまでの大酒にて目ははれぼつたく、ねむさはねむし、いろまつ青にてがうてきとふさいだ顔色。今一人はさらに平気のかたちなり。

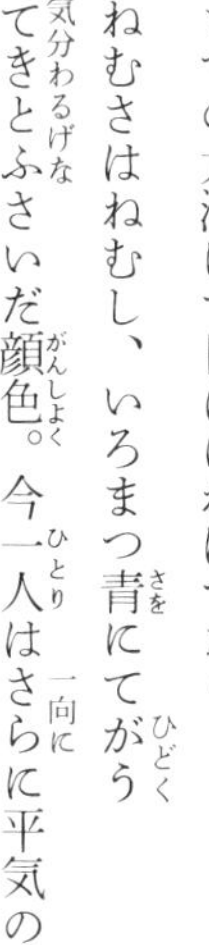

●吉ッ子、すてき[三]とおそくなつたぜ、つまらねへ。それだからおれが早く帰らう〳〵といつたけれど。▲伝公、いはつしやんな、みれんらしい。からすかあ〳〵で帰りやアあたりめへだ。店者[四]ぢやアあんめへし、帰りそびれてしきゐ[五]の高へりくつもねへ。●うんにや、おらアえて[六]吉めがむづか

＊悪友が集まって遊里へ出かける相談をするところ、続いて途中の情景の描写は洒落本作者のお定まりの腕のみせどころであった。それとは逆に長屋への朝帰りの詳細な描写は三馬の滑稽本のこの場面が嚆矢であろう。但し、落し咄としては三笑亭可楽の噺本『身振姿八景』（文化十一年刊）中に「あさかへり」がある。

敷居の高い朝帰り

三　この頃の流行語。四八頁注四参照。

四　お店者。奉公人。十二、三歳で丁稚、小僧として雇い入れられてから手代になるまで十年以上もかかり、番頭・支配まで昇進する頃には四十歳を過ぎる、それまで独身で住込み、主人に仕える。通勤支配になれば妻帯して通勤するが、その時には五十歳を過ぎている。それに較べればこの伝公、吉ッ子など長屋の住人は職人、担ぎ商いなどが多く、貧しくとも遥かに自由無頼な日稼ぎの生活を送っていた。

五　敷居が高い。不義理をしてその家に入りにくい時にいう。

六　「えて」は例のこと、例のものなどそれと言わずに指示する語。ここでは、伝公の女房のこと。

しいから、チットおそいとあんべいしき[一]がわりい。▲えて吉とは。●かゝアよ。▲山の神[二]がごたく[三]をぬかしたつて、かゝとから上へ[四]おとりあげはねへ。うつちやつておかつしナ。●さうかの。▲さうでねへッたつて、かゝアがとつてくはうといやアしめへし、どうしえへる[五]もんか。●そりやア高が女だからいゝけれどの。しかしおらがかゝアは、女か、おほかめ[六]か、もゝ[七]んぢいだか、山くじら[八]だか、わからねへぜ。めつぽうすてきとやかましい。ヲイ／＼またつし／＼。向ふから来るのは大屋[九]さんだ。▲がうぎとはやくおきたナア。●そこはよくばつてるから、はやおきだア。人のおきねへ内に外をあるいて、何かひろふつもりだらう。▲大屋さんにあつちやアわりいか。●わりいどこか、三月たまつてらア。ヲット横町[一〇]へきれよう。コウ／＼見さつし、ぶらてうちん[一一]といふやつは、夜があけちやアをさまらねへやつだぜ。▲ふところへいれさつしナ。●ヲイト▲コウ気のきかねへもんだぜ、そのつるのほうからいれさつし。ソレ柄の方をたもとへおとして、てうちんはそつくりとふところへいれるといふやつだ。はた[一二]

一　塩梅式。都合、具合の意。
二　「小戸の夫己が妻を他に対してかゝあと云ひ或いは卑めて山の神と云ふ」（『守貞漫稿』）。
三　「御託宣」の略で、「山の神」の縁でいった。「ぬかす」は、言うの卑語。
四　全く取りあげない。「かゝとから上へ」は、取りあげないを強める序詞。
五　「どうし得へるもんか」。どうすることが出来るものか。
六　ここは狼の意。「おほかめもの」は外面はおとなしいが内心は邪悪で横着な人を罵っていう語。
七　ももんがあ、お化け。獣肉の意も。また、食えぬ女をいう。
八　猪、または猪肉のこと。
九　俗に「大家といえば親も同然」という。店賃を取り立て、冠婚葬祭の世話もした大家は、「子も同然」の店子の内証を知り尽していた。店子にとって煙たい存在でもあった。
一〇　表通りから横へ入る町筋。
一一　柄を付けてぶらさげるようにした携帯用提燈。例えば深川の岡場所の一つ古石場では、朝帰りの客に船宿からぶら提燈を渡した（『船頭深話』）。他の岡場所なども同様であろ

らきのねへ（のきかない）男だぜ、それだからかゝアに見くびられらア。▲ヲイがつてんだ〳〵。かんにんさつし（かんにんしてくれ）、[13]さきは子どもだ　トてうちんをふところへいれて　こいつはきつい（うまい具合だ）。コウ　今度（こんどッ）からは[14]な紙袋（がみぶくろ）の入る（い　要る）ときは、ぶらてうちんをいれようぜ。▲[15]うさアねへ。さういつてもよんべ（昨晩は）はおもしろかつたぜ。●ゆふべはおもしろくつてもけさはつまらねへ。おらアなぜとまつたかしらん。よせばよかつた。▲コウ　けちな男だぜ。友だちのげへぶんに（外聞に）かゝはらア。●[16]友だちのげへぶんより、かゝアのとうぶんがわりい（当分〔の機嫌〕が悪い）。ほんの事（こつ）たア。よく〳〵だとおもはつし。▲さらけ出してしまへばいゝ。●ヘン　おれが追出（おんだ）されらア。▲てめへ聟（むこ）か。●ナニ、おれが方へ呼んだのだ（嫁にとったのだ）。▲それ見や、気のよはい。おいらアどうしたもんだ（こんな具合だぞ）。かゝアが持つてうせた（来た）物はきれいさつぱりに[17]まげて（質入れしてしまって）しまつて、[18]着（き）たッ切雀（きりすずめ）にしておくけれど、[19]チウの音（ね）も出させねへ。●おめへは仕合（しやはせ）だぜ、そんなかみさんを持つて。ほんにヨ一生の徳だア。おらア見ねへ、朝おきると米をといでめしを焚（た）くぜ。それから膳立（ぜんだて　膳ごしらえ）をしてまくらもとへ出しておいて、仕事に出るが役（やく）よ。つひしか（いまだに）商売（しやうばい）に出ねへさき（出る前に）、か

う。

一二　無能な。事をうまく行う才覚のない。

一三　相手は子供だ。子供が迷惑をかけた時、とりなす常套句。

一四　絹布、皮などで作り、鼻紙、小銭、印判その他の小物を入れる。遊客のアクセサリーであり、通人は競ってその品に凝った。鼻紙袋のかわりにぶら提燈を懐中するとは、遊里風俗の長屋版か。

一五　うそはない。全くだ。

一六　諺「外聞より当分が大事」による。友達の評判が悪くなる（面目がつぶれる）のを気にするより、女房に当座やきもちをやかれることの方が問題だ。

一七　「質（しち）」に音通の「七」は第二画が曲がることから、質に入れることをいう。

一八　今着ている着物だけで着がえがないこと。舌切雀に懸けた洒落。

一九　雀をうけて「ぐうの音」をもじった。

かァの起きたことがねへ。▲はなつたらしだ。●はなつたらしも承知だが、どうもしかたがねへ。こりやァおれが業[一]の滅しねへのだ。コウ吉ッ子、一生のおたのみだ。今朝おらがうちへいつしよに行つてくれねへか。さうすりやァおれも気[二]が丈夫だ。▲ばかァいひねへな。くせにならァ。コウ おれが教へてやらう。マア いひぐさはかういはつし。戸[三]をあけてずつと這入るは。●その戸をサ、めつたぢやァあけねへよ。いつか中も夜半に帰つたら、戸をあけねへでの、おらァ夜明まで立往生してゐた。それから隣[四]のかみさんのわびごとで、やう〳〵這入つた。▲そんなことがどこにあるもんか。委細かまはず戸をがらり、グイトにらみながら、ずつと内へ上がつて、かかァ今帰つたイ。よんべはあれが所へ行つたァ。いひぶんはあるめへナ。あると云つて見やァがれ、たゞはおかねへ。ヤイ酒を買つて来や、迎酒[五]を呑んべい。朝帰る事ァ大概しれたもんだァ。雪花菜汁[六]でも拵へておけェ、猿つけへりめ、トむやみをきめて見さつし。のつけに[七]先をとられるから向が七歩[八]の弱みだ。●ぬしのやうにうまく云へりやァいゝが、どうして〳〵

一 前世の悪業の報いが消えない。宿命だ。
二 気強い。
三 間口九尺奥行二間（三坪）の棟割の裏長屋。土間があって、四畳半一部屋。入口には腰障子がはめてあり、夜は障子の代りに戸を立てる。一一八頁口絵参照。
四 壁で仕切られている長屋の隣りの女房。
五 二日酔の酔をさますために飲む酒。
六 豆腐のから（卯の花）を入れた味噌汁。
七 諺「先んずれば人を制す」による。
八 七割方、かかアが劣勢だ。
九 角（十字路）にある居酒屋の略称か。『浮世風呂』三編上に炭の銘「角大」が出てくるが、これは当るまい。
一〇 一合が四文の最下等の酒を二合半。こな

かゝアのかの字をいふと、それこそ大変だ。▲気の弱いことをいふぜ、コウ一合きめさつし。角大で四文二合半とむけべい。●否々。▲なぜ。●モウ〳〵酒は見るも否だ。かゝアの前へ出ることがむねにつけへて、是見な、爰まで痞居るぜ　トむねをあけて見せようとするひやうしに、ぶらでうちんが懐からぶらり　ヲツト狗子々々。▲そんならその気で内へ行かッし。●ヲイおさらば　トふりかへつて心ぼそいおもいれにて別れる。○横町の小便所にてはり札をよみながらいつまでも長小便をしてゐれどよきふんべつも出ずこまり入つてゐる　コウト、先度は生酔のまねをして帰つたからあれで納つたが、けふはしかたがねへス。ム、あるはい〳〵、髪をちらしてト、この着物をぐる〳〵と引巻いて、はだか身へ帯で脊負ひの、このてうちんを、ト脊中へ突插して、裏の物置からそつと上がつて物干へどさりと落ちよう。その音でかゝアがびつくりする、直に上がつて来るだらう。そのときおれが馬鹿な顔をしていろ〳〵なことを口ばしる。そこで大屋さんがござる。長屋中が惣かゝりとなる、これはおほかた天狗さまにさらはれたに違へねへとかいつてねかす。そこで一寝入、こいつは能いはへ、それにきめよう。アしかし夜が明けたからこの狂言もむづかしいス。ハテこまつた。

から徳利一本。

一一 心配で胸が詰ったように痛んで。本来、思いつめて積（ヒステリー）がおこるのは婦人の場合である。「是見な……」のせりふ、しぐさもいかにも女々しく滑稽。

一二 「犬の子」の訛。子供が夢にうなされて泣く時に唱える呪文。ここは自ら不安を抑えているところ。

一三 一杯ひっかけたつもりで。元気を出して。

一四 〔おもいれ〕思入れ。芝居用語。役者が無言で、姿態や表情によって気持を表現すること。〔横町の小便所〕横町（の棟割長屋の路次口の近く）にある共同便所。〔はり札〕大屋が書いた長屋で守るべき条目の表札の類が小便所の傍にあったか。その類には「紙くずひろい物もらひ木ひろい一切入べからず損料貸日なしかし此方へ断なく貸借無用」（『船頭深話』）などと書いてあった。

一五 神隠しにあったふりをして。神隠しにあった者（多くは子供）は帰って来てもぼんやりして意識がはっきりせず、すぐ寝てしまう（『民俗学辞典』）。

一六 天狗が子供をさらって神隠しにすることは近世では広く信じられていた。一三六頁六行参照。

ヲ、それ〳〵、まだあるはい。ゆふべふら〳〵と内(うち)を出たとおもつたが、それからあとは夢中で、やう〳〵今朝(けさ)気がついて見たら、真崎(まつさき)[一]の田(た)の中に寝(ね)てゐたッ。イヤ〳〵[二]こいつもわるさうだ。チヨッ どうするもんだ（どうしようもないな）。だまつて帰(けへ)らう [三]ト思ひ切つてろじぐちを入り我家へ来て見れば女房まだおきぬやうすなり トン〳〵 トしづかにたゝく ○女ぼうだまつてゐる トン〳〵、コウ あけてくんな。トン〳〵〳〵 今帰つたよ。トン〳〵〳〵 ひさしくたゝいてもあけぬゆゑとなりのかみさん出て来る「ヲヤ 伝さん。今帰(けへ)んなすつたか。おめへン所(とこ)のお平(ひら)さんはよんべ癪(しやく)[四]がおこつて、長屋中大さわぎをしたはナ。●ヱヽ トびつくりして そりやアおやかましかつたネ（お騒がせしましたね）。「久しいもんサ（〔お前さんも〕いつものことだね）。●ひさしいもんでもねへがの、ついよん所(どころ)なく泊(とま)つて来やした。「お茶が出来(でき)たからあがれナ ト内へいる ●アイ。また トン〳〵トン。あけてくんな 女房のねそびれたる声にて ●[五]だれだ。●今帰(けへ)つたよ。▲誰(だれ)だよ。●おれだはな。▲おれと云つちやア皆(みんな)おれだ。名を[六]いふがいゝ。●コレサ〳〵 おれだはな。あけてくんねへな トいふこゑにふしやう〳〵おきて戸をあけ、またすぐによぎの中へころり ●伝は女房にむかつていねいなるあいさつなり。そつとは[七]いつて戸をはづし、こしせうじとはめかへて上へあがり ●コウ お平 だまつてゐる コウ コウ コレサ お平堪忍(かんにん)しねへ。ゆふべはよん所なくの（やむを得ない事情でな）。▲久しいよんどころなくだよ（いつでも）。聞きたくもねへ。

一 隅田川の上流西岸、真崎稲荷明神社があった。宝暦年中より賑った料理茶屋が並ぶ観光名所。ここは真崎稲荷の狐に化かされたという言い訳の趣向。

二 吉原の近辺では言い訳にならない。

三 〔ろじぐちを入り〕（表通りから横町へ入り）棟割長屋の路次の木戸口から入って我が家へ。これより、標目の「亭主を尻にしく女房の癖」に対応する。

四 一三一頁注一五参照。

五 ▲印のあやまり。

六 亭主に名を名乗らせようという徹底した侮辱である。

七 〔こしせうじ〕下部が一尺内外の板張りになっている戸口の障子。一九六頁注三参照。

床の中では女房が手ぐすね

[八]よん所あつて夜泊(よどまり)[九]をするやつは見た事がねへはな。勝手[一〇]にしな。てん〲(それぞれ勝手)の所帯(しよてへ)だから。●さう云つて呉(く)れる事(こと)アねへ。全体(ぜんてへ)吉ッ子がの。▲やかましいはな。なんぞといふと、友達(ともだち)の名ア出してからに。皆(みんな)おめへがわりいよ。友達のわりい事はひとつもねへ。否(いや)だといふものを首玉(くびつたま)[一一]へ縄(なは)を付けて曳往(ひいて)く者はねへはな。そして何処(どこ)へ往つたのだ。●ヱ何よ[一二]。▲どこだよサア。●ヱちよつとあすこまで。▲ちよつとなら泊ることはねへはな。どこだよ。いはねへぢやア合点(がつてん)しねへ。●何よ。なんだはな、アノあすこのッレ、何の、あつちよ。▲きり〱(はつきり)云ひな。●いゝはな、云つたつてはじまらねへ理窟(りくつ)だ。▲うんにや、はじまるよ。●ゆふべ亀(かめ)が内(うち)で呑(の)んで、それからアノ何が、アノ、何がソレの、今からちよつくりつき合(や)つてくれといふのよノ。それからソレ、おれもなんだけれど、ソレ何がどうも。▲なんだナ。ひとの気もしらねへでおかしく[一三]もねへ。最(も)うい丶はな、きかずとしれたもんだ(聞かなくても知れた話だ)。ずいぶんそりやアもう、はたらき(かせぎ)があるなら行くがい丶のサ。女房にすごされて(養われて)ゐるやうな男で、夜どまりはもつてへ[一四]なからうよ。マア

八 「よん所なく」の反対の意味に洒落た。
九 外泊すること。
一〇 どうぞ御自由に。めいめい、ばらばらの暮しだから。実は、稼ぎのないこの男への皮肉。
一一 無理やり引き連れることの誇張表現。
一二 女房の癇にさわるのでそれと言えない。
一三 おもしろくないことだ。不愉快だ。
一四 女房に対して相済まない。

一 土間に竈、俗に「へっつい」があり薪を燃す。小人数の家は二つ竈（火口が二つ）を用いた。一一七頁口絵参照。
二 普通は長屋の敷地内の共同井戸から汲み土間の樽へ入れておく。但しこれは雑水として使い、飲料水は水屋から購入する。
三 〔火うちばこ〕火打石、火打鉄、火口を入れて置く箱。江戸では火打石は白石（石英の一種）を用い、火打鉄は「ひうちがま（鎌）」と言う。火口は茼麻稈（茼麻の茎の皮。『守貞漫稿』では火口木という草の幹とする）を焼いて炭にしたものを使う。火打がまで火打石を叩き、火花を火口に移す。
四 〔ほくちがしめりて〕火口が古くなってしけて。
五 茼麻稈を焼いて新しい火口を作っておけばいいのに。
六 火口の火を上手に薪に移せ、の意。
七 「ちやがま」の訛。「ちやまがなどいへる片言の属は俗語に拠る所也」（『浮世風呂』三編上、仮字例）。専ら茶を煮出すのに用いる釜。上部がすぼまって口が狭く、鍔がある。一一七頁口絵参照。
八 葉茶を入れ茶を煮出す袋。
九 その湯で洗顔をするまで。
一〇 銭四百文で購入した米が。米は百相場

ゆる〳〵いつてきかせやせうから、火でもたきつけて水でも汲んで来ねへ。（トいはれて火うちばこを出しカチ〳〵とやらかす）▲ヱヽらちのあかねへ、爰へ出しねへな。ぶつつけてやらう。●（火うちばこを女房のところへもつて行く）▲（はら立まぎれにカチ〳〵と打てどもほくちがしめりてつかず）ヱヽ、じれつてへ、このほくちも間を見て焼置けばいゝのに、夜泊りのひまはあるがほくちをやく間はねへさうだ。カチ〳〵カチ〳〵〳〵〳〵サア（ト火をつき出し）けすめへよ。●ヲイ。▲コウ〳〵、茶釜の中は昨夜の儘だによ。茶袋を替へなせへ。コウ、茶釜をあらふなら中へ手をいれめへよ、鉄気が出ていかねへ。●ヲイ。▲茶まがの湯がわいたらおれが手水をつかふまで茶を入れなさんな。●ヲイ。▲米がねへよ。●ヱヽ（トびつくり）▲何もびつくりするわけはねへはな、四百が米が幾日あるもんか。夜どまりをするほどだから銭がありやせう、お買ひなさいやし。●銭はねへ。▲おめへ銭もなくて夜泊をするか能気だの、おらァおめへのやうな気になりてへ。●コウ最うあやまつた。▲あやまつてすむならひもじい時、米にあやまつてゐたら腹がはりさうなもんだ。ヲイ〳〵。茶びしやくが燃へるはな。いくぢのねへ。ホイ〳〵（トなほす）▲その釜を提往て

米を買つて来ねへな。●それだつて銭がねへ。▲それでも夜泊りか。●コレサ〱おがむ〱世間体(せけんてへ)がわりい。▲おめへも世間体を知居(しつて)るかほんに奇特(きどく)だのう。〔感心だねえ〕コウ〔煙草を〕一ぷく吸付(すいつ)けてくんな、そして火(一五 おき)が出来たらこの火入(一六 ひいれ)へ一ッ(ひと)ぱさみよ

一七 トいひながらたばこのひきだしよりなみ銭を百文かきあつめ サア。これで米を買ひねへ

一八 ト四文なげだし そりや、これで帰りしなに〔米屋の帰りがけに〕お汁(つけ)の実(み)を買つたり。そしてきり〱(しゃんとして)して仕事に出なせへ。

●ヲイ。▲おめへ〔今は〕いつだとおもふ。●ヲイ。▲ヲイぢやァねへ節季(一九 せつき)師走(しはす)だ、正月物(二〇 しやうぐわつもの)の一枚(いちめへ)ヅヽも〔女房に〕着せたがいゝはな。●ヲイ。▲コウそしての、時(二一)ならぬ水ぎれだといふからの、四斗樽(二二 しとだる)へ汲込(くみこ)んでおいてくんねへ。●ヲイ。そいつはおそ(まいっ)れるの。〔仕事だ〕た▲どうせ夜どまりのやうぢやァねへのス。〔どのみち夜泊りのようにはいかないよ〕●ホイ。いふほどの事

（銭百文につき米いくらの相場）である。この頃は四百文で約五升とみてよい。「富『モシモシおまへさん米はどの位な相場でお買ひなすつたネ』。八『ハイ私は百文に付一升三合』」（『素人狂言紋切形』文化九年序）。

一一 いっか。いく日の意。

一二 柄の付いた竹製のひしゃく。

一三 話者記号●の脱落か。

一四 飯を炊くかま。

一五 薪の燃えさし。

一六 刻み煙草を吸いつける火種を入れる器。煙草盆の中に灰吹きなどと共に入っている。

一七 〔たばこのひきだし〕長火鉢の煙草入の引出し。〔なみ銭〕寛永通宝四文銭。裏面に波紋があるのでこう呼ぶ。

一八 江戸時代、銭は九十六文（四文銭で二十四枚）で百文として通用した。残る一枚（四文）を投出して。

一九 掛買いの支払いを済まして正月の準備をしなければならない十二月だ。節季は盆、大晦日また各節句前の決算日。大晦日は支払いの延期が許されない。

二〇 正月用の晴着の上着と間着（重ね着）。

二一 思いがけなく水涸れだというから。樽が空であることを洒落て言った。

二二 四斗（七二リットル）入りの樽。

がみなわりい[一]。しかし今朝(けさ)はいつもより御機嫌(ごきげん)がいゝだけありがてへ。▲よくはねへがしかたがねへ。うぢ〳〵(ぐずぐずしないで)せずと早く往きなナ。●ヲイ　ト釜をさげて米を買ひにゆく　▲大きなこゑでとなりへはなし　およしさん。「なんだ。▲おらが内(うち)の楊枝(やうじ)[二]がくれど〔の話〕のを聞きなナ。「ムウヨ。今帰(けへ)つたの。▲さうさ。「おめへが昨夜(よんべ)積(しやく)をおこして大(おほ)さわぎをしたと与太郎(よたらう)[三]あがいたら(うそ)の、きもをつぶしたよ。▲かはいさうにおめへまであすびかける(からかうんだね)の。「一生屁(いつしやうへ)[四]をひり合ふ(夫婦でいる)男ぢやァねへぜ。▲うさァねへ(まったくだ)。「しかし、おめへほど亭主を下直(げぢき)(粗末に扱う)にするものはあるめへ。▲そのはずよ。おらァ亭主(ていし)だとはおもはねへ、お信(しな)[五]を置いた気だ。「へうまらねへ役(やく)〔ご亭主も〕損な)だの。コウ〳〵お平さん、あんな人がの、終(しまへ)にはよい〳〵[六]になるもんだよ。▲大詰(おほつめ)[七]までは見ねへ(死水を取る気はないよ)はな。「その内(うち)に跡釜(あとかま)[八]か。▲そこはみれんなしさ。「情(じやう)[九]があるのう。▲へちむくれ(役立たずの親玉)の開山(かいさん)、いくぢなしのてつぺん(頂上)といふ男サ　トいふところへていしゆ米を買ひ片手にねぎをさげて来たり　サア　買つてきた。サア　喰ひねへ　トたもとからみかんを三つ出してねてゐる女房にやる　▲また鼻ぐすり[一〇]か、ひさしいものよ(いつもの手だ)　トみかんをむしやり〳〵　●コウ　へちむくれの開山いくぢなしのてつぺんとは誰(だれ)が事だ。▲あれか、あれは何よ、権(ごん)[一一]

一　風当りが悪い。

二　馬鹿者。一五三頁注一八参照。

三　操り、浄瑠璃社会隠語で嘘の意。「あがく」も同様で、言うの意。

四　卑俗きわまる表現ながら、長屋住まいの夫婦の親近の様子を言い得ている。

五　「御信濃(しなの)」の略。信州から出稼ぎに来た奉公人を卑しめて呼ぶ語。多く冬の農閑期に来て力仕事をし大飯を食うとされている。

六　手足が麻痺し、呂律(ろれつ)がまわらなくなる病気の総称。中風、梅毒などの症状。

七　歌舞伎用語。一番目狂言（時代物）の最終幕のことであったが、転じて物事の終局、最終の意。

八　次の男と取り替えるか。

九　わざと反対を言った。

一〇　御機嫌をとるために与える賄賂。

一一　下男、飯焚男に多い名。転じて安っぽい男。

七さんの事よ。●権七か、ム、あいつはいくぢなしのてつぺんだト米をごしく〳〵。

物事を気にかける人の癖

「きんじやうさいはい〳〵、はらひ給へきよめて給へ。なむとしとく尊神さま、なむ出世大黒天、べつしてはあきなひ神えびす三郎左衛門さま、当年は猶さらあきなひはんじやういたし、家内あんぜんそくさいえんめい家運長久とまもらしめ給へ。さてまた、おついでにはおがみませぬ、狂歌師ならばあひだへ〇をいれるつもりでおがみまするはたれござりませうぞや、四国讃州なかのこほりざうづ山こんぴら大ごんげんさま、ならびになりた山、ホイ　これもおついでにおがみまするではござりませぬ、私べつして御しんから仕りまするなりた山大聖ふどう明王さま、あくじさいなん、火難、水難、剣なん、病なん、ならびに女難のまぬかれしめ給へ。七なんそくめつ、七福そくしやう、当年よりべつ

一 謹上再拝。神に礼拝する時唱える語。

二 卜部家の三種大祓の一。「はらふ」は神に祈って汚穢、災厄、罪障等を除き去ること。

三 歳徳神。年神さま。新年に祀り、正月様とも。その年の恵方に向けて歳徳棚(恵方棚)を設け、注連縄を張り供物、燈火を献じ松竹等を飾る。

四 衆生を救うため仮にこの世に現れた。

五 七福神の一。福徳、財宝を与える神。

六 七福神の一。商家の福神。恵比須三郎とも。ここはさらに「左衛門」を付けて唱えた。

七 新たに筆頭の神様として、の意。狂歌を列記する際、作者の位付けを考慮し、〇印で区切って新たに書き起すことによる。三馬は紀平佐丸の『戯場百人一首』(文政三年刊)の序で「番附面の位を分つに〇白圏を隔て席を定」めた点を賞讃している。

八 香川県仲多度郡象頭山(琴平山)金毘羅大権現。現在の金刀比羅宮。

九 千葉県成田山新勝寺。不動明王が本尊。

一〇 成田不動は江戸人の信仰篤く、江戸歌舞伎「不動」「鳴神」「雷神不動北山桜」にとり入れられている。「大聖」は徳の高いこと。「南無大聖不動明王〳〵」(「鳴神」)。

一一 親族一統願い通り。六親眷族のもじり。

して欲心(よくしん)[一一]けんぞく(眷族)、富貴繁昌(ふうきはんじやう)、天筆和合楽(てんぴつわがうらく)[一二]、地福皆円満(ぢふくかいゑんまん)、紫(し)[一三]色雁高(しきがんかう)、我開令入給(がかいれいにうきう)とうやまってまうす。なむきんじやうさいはい、あくじさいなんはらひ給へきよめて給へ、なむ ト目をねぶって アありがたい。まことにはや今日(こんにち)の天道様(てんとうさま)、御かげを持ちまして、家内大勢(かないおほぜい)のものども路頭(ろとう)にも迷ひませず、三度の御膳(ごぜん)三ばいづゝもいただくとまうすは、ま事(こと)にはや神々(かみがみ)さまの御利生(りしやう)、しんこん(心魂)にてつしまして、ありがたい仕合(しあはせ)に存じ奉(たてまつ)りまする。なむきめうてうらい(帰命頂礼)、はらひ給へ〳〵。ハツア ありがたい。ハツア ありがたい。ハツア ハツア トいくつもらいはいしあたまをあげたりおろしたり居たり立ったり気ちがひのやうにおがみをあげてしまひ コレ〳〵 四郎兵衛(よろべい)、コレサ 四郎兵衛(よろべゑ)といはゞ返詞(へんじ)をしやれナ。おれはしの字[一四]が禁物(きんもつ)だから、きさまもその気で名を改(か)へればよい。ヱ、埒(らち)もない(くだらない)、ヱ、何は、アノ 今来た礼者(れいしや)[一五]は誰(だれ)だ。初春早々(はつはるさうさう)、初々(はつばつ)しく死人(しびと)を御祝儀(ごしうぎ)中入れますと云(い)ったがてつきりあいつめはおれが御幣(ごはい)[一六]かづきとしってぬかしたのだ。

一二 天上界と和合して地上も福が満ちてめでたい。舞楽「万秋楽」の異名「天地和合楽」が、新年の書初め、てまり唄として普及した。ここは浄瑠璃「伽羅先代萩(めいぼくせんだいはぎ)」の道行「福寿海延満楽、天筆和合楽の、大福長者に」による。

一三 陰茎の逸物をいう。かりだか。ここは「仮名手本忠臣蔵」(道行「旅路の嫁入」)の「ししきがんからがかいれいにうきう、神楽太鼓にヨイコノヱイ」による。「開」は女陰。「和合楽」「皆円満」をうける。文化年間、和合神の画像を拝んだ流行(『武江年表』)による駄洒落か。画上に「和合生万福、日進太平銭、随亭高孚書、万事吉兆図」とあったという。三馬にこの画像によった合巻『和合神所縁赤縄』(文化十一年刊)の作がある。

一四 「しの字嫌い」は小咄、落語に類話が多い。四の字を言った者は銭を五貫ずつ出すのだと旦那に言われた小僧、「『モシ旦那様、今日通丁で鍋屋が木のなべにせい出して火であぶっておりました』といへば、旦那『とんだやつだ。それは大きにしりがこげるだろう』といへば、小僧『はい、五貫文〳〵』」(『十千万両』天明六年刊)。三馬は『酩酊気質』の「かつぎ上戸」でこの趣向を使っている。

一五 年賀の挨拶にまわり歩く人。

一六 「御幣(ごへい)かつぎ」を言い誤った。縁起かつぎ。

御幣かつぎとしりつゝいらざることをぬかす。四郎兵衛々々々々、今来た礼者は誰だ。ナニ[一]御幣といふものだ、御幣でも御幣でも四の字でさへなければよいは。今の死人といつたはどいつだよ、ナニ しらぬと、ハテ わるい耳だ。拝みを上げてゐるおれにさへ聞えるものが。ムヽ、さうか、渋屋[二]の藤六どのかヱ、聞えた〔納得した〕、それでわかつた。渋屋の藤六、渋藤御祝儀申上げます。ムヽよし〳〵、ハテ まぎらはしい否な名だの。あの人もまた、ほかに商売もないやうに、〔わざわざ〕渋屋をする事もない、家名[三]の頭にしの字がつくはさ。ア、えんぎの[四]トいひながらとし玉物の箱をさがして「フム 誰だ、ノシ[五]しん上しんのり、新寺町[六]しなのや新兵衛ッ。ヘツヱ 鶴亀松竹千秋万歳[七]、はらひ給へ〳〵〔箱を〕トなげ出して両袖をはらひながらサア〳〵 この海苔は喰へぬぞ〳〵、わすれずに捨てたり〳〵。あてこと〔冗談じゃない〕もない、熨斗の書様〔書き方もあるだろうに〕こそあらうづれ、片かなで書くことがあるものか。片かなのシの字は幽霊[八]の額にあるはさ。今でも田舎では、亡者〔死人の〕の額へごま塩[九]包のやうなものを付けてやります。ホイ〳〵 初々〔新年早々〕しくこんな咄もいやだ。ヘツ、ヘツ、鶴亀々々。御[一〇]いはひは千万年まづきかつしやれ〔お聞きなさい〕。ノシしん上

一 四郎兵衛から間違いを指摘されて、無茶苦茶な反論をする態。以下の書き方は『酩酊気質』の凡例で「自問自答の言語、所謂独角觝の如し。されど、おのづから傍に人ありて応対するが如く聞ゆ」と言っているのに符合する。

二 墨渋屋。桶二つを担い又は小桶一つを持ち、刷毛を携えて来り、板塀、塀の腰板、板庇などを塗る。「安永天明の比、江戸中十七人也。文化には三四百人となる」(『守貞漫稿』)とあるから江戸の新しい商売であろう。正月を飾るための仕事をさせて貰った職人が年賀に来たのである。

三 屋号のはじめに。

四 「とし玉物の箱をさがして」お年玉として贈られた箱入りの品を見つけて。

五 本来は熨斗(方形の色紙を折りたたみ、中に熨斗鮑の細片を貼る)を贈答品の中央より上の右側につけて進物の印とする。普通は略して「のし」と平がなで墨書した。

六 この町名は浅草、下谷にあるが、ここは浅草稲荷町(新寺町とも言う)であろう。

七 縁起の悪い時に厄払いして祝い直す「鶴亀々々」にめでたい「松竹」、長寿を祝う「千秋万歳」を続けた。

八 歌舞伎、草双紙の幽霊を指すか。

新海苔、新寺町しなのや新兵衛といふ事を気にかけて読下して見ると、後死ぬぞョ死ぬなり。ナよしか。なにぬねのは五音相通[一一]だとお隣の先生様に聞いた。それよしか。後死ぬぞよ死ぬなり、死ぬ寺まち死なぬ屋死ぬべいときこえるはさ。まづまうさば半死半生[一二]の体だ。ナント どうだ、いやだの〳〵。ナント いやではないか。コレ〳〵 この海苔ははやく川[一三]へながすがいゝによ。コリヤ〳〵 幸太郎、けし炭で何をむだ書する。けし炭で丸いものを書くのは棺桶[一四]の正面を知るためだは、たはけづらめ。ろくなことはしをらぬ。何は アノ 長六はあたまをどうした。ヱ 何、神棚でぶつた。コレどうしたものだ。正月しまからあたまをぶつの、けがをするのといふことがあるものか。ソシテ 年神[一五]さまのお棚は大切だ。あたまは人のかしらだ。人のかしらをこの家でたとへればすなはち[一六]おれが身だはさ。ハテ きさまのあたまばかりとおもふと了簡が違ふ。コレ〳〵、お神のたなはけがれはせぬかの。ハツア 鶴亀々々、我身[一七]ではなし他の身になれ、こつちの身ではないぞ。ハツア 鶴亀々々、フツ[一八]、フツ、ト袖をはらふ 道理こそ、ゆふべの夢見がわ

九 隅帽子。その形状からゴマシオとも。死者、生者（葬礼の縁者）いずれにも用いた。

一〇 新年、賀の祝いなどに使われる祝詞の常套句。凶事を払う語でもある。一八五頁注六参照。

一一 五十音図の同じ行の音が互いに通用するという考え。近世以前、国語の音韻変化の説明に用いられた。「てぬぐひ↔たなごひ」の類。

一二 「後死ぬぞよ…死ぬべい」を重態の病人に見立てた。

一三 精霊流しに準じて厄払いをする。

一四 通常、甕棺または早桶の上を箱棺で覆い、差担いで運ぶ。棺の前後が不分明では具合が悪いのである。

一五 二〇四頁注三参照。

一六 他人（使用人）が頭をぶつけたことにまで縁起をかついで我が身に不幸がふりかかるのを心配する。

一七 神罰が当るのなら他人に。

一八 塵埃、汚れを吹き払って清める擬声語。

るかつたに（かったのに加えて）、今朝おきると早々烏[一]なきがどうも気にすまなんだ（気がかりだった）。てつきりそんな事のあらう端か。イヤサ（前触れさ） 前表[二]といふものはあるものよ。一体まづ年[三]越の赤鰯といふものは悪魔をはらふために柊といつしよにさす。ケレドモ、ソコダテ、鰯といふ字は魚篇に弱と書く。すべての物が弱くてよいといふ道理がない。ソコデ おらが内では鰯でない。おれがいろ〳〵魚づくし[四]の本を見て弱くない文字を探したが、強い字は扨ない。それゆゑぜひなく（仕方なく）堅いといふ字をとつて、節分には塩鰹をさすが（〔わが家の〕）吉例。ソコデ 鰹は堅魚也。また物事に勝つといふ心で鰹をつかひます。扨しかる所に[五]（トいふをりから神だなよりしめかざりの歯朶ゆづりは風につれて落ちる）（「びつくりして上を見やり」） アレ〳〵 アレ〳〵 よめかざり（注連縄）からよだ（歯朶）ゆづりはが落ちた。是はどういふ事（前兆）であらう。千秋万歳はらひ給へ、七里けつぱい[六]、鶴亀〻〻、[七]こつちの身ぢやアねへぞ他の身になアれ。我身ぢやアねへぞ。[八]フツ フツ フツ。

一 烏の鳴き声によって吉凶を占うこと。
二 前兆。事の起る前触れ。
三 節分の夜、柊の枝に鰯の頭を挿して鬼やらいの豆を炒る火で焼き、門戸に挿す。
四 江戸期、寺子屋で教科書がわりに使われた往来物の『魚字づくし』。
五 〔ゆづりは〕トウダイグサ科の常緑喬木。その葉を羊歯と合わせ正月の飾り物とする。
六 「七里結界」の訛。魔除けのため七里四方に境界を設ける意。縁起直しの呪文。
七 災難、不幸は我が身でなく他人の身の上におよぶように、の意。
八 二〇七頁注一八参照。
九 吉原・深川芸者以外の江戸市中の芸妓をいう。町芸者。「両国柳橋辺葭町甚左衛門町辺堀江町辺京橋辺等に多し」（『守貞漫稿』）。
一〇 〔一方金〕一歩方金。金一歩の金貨。小判の楕円形に対して長方形であることによる名。町芸者は一席金一歩、長座の場合は二倍、三倍とした。
一一 芸者の通称を列挙した。『浮世風呂』二編上（朝湯）の「お三味」と「お撥」の会話中にも「猫文字さんの所から誘はれたからの、おづるさんと豊たぼさんと、一所に行たはな…」とある。

半可通、異説氏の長広舌

通りものになりたがる人の癖

「てめへ名はなんといふ。ヱ何、お泣。ムウ、心やすくしてもらはうぜへ（仲良くしようぜ）。[九]江戸鯨舎に（［通人の］）おれをしらねへものはねへ[一〇]トふところより一方金サアト出してはづみチツト見つとむねへ（みっともない）が細く長くつき合ふからあすびにきさつし。おらが内は毎日種々なやつらが来るぜ、ちつとも遠慮はいらねへからあすびに来な。何は定めてしつて居るだらう、[一一]豊はねや婆文字、もじ猫、豊たぼ、お馬鹿にお猿などゝいふ所は。「さうだらう〳〵。あいらは（あいつらは）おらが所をうぬが内のやうにしてゐらア。イヤきのふもうたせぬいたぜ（[一二]手をやかせきったぜ）。まづ朝湯の帰りに髪結床の半二が所へよると[一三]下料が来て居て[一四]景物の手がるにいくやうな（準備が簡単な）茶番を考へてくれろといふ。ソシテおれにも一幕出てくれといふたのみよ。最う茶番でもねへとかいつておつに（適当に）ごまかしてしまはうとしたが、なんぶん（何分）ゆるさねへ。ばんまで[一五]とりしやぎつて内へ帰ると、[一六]墨浜の鞠塢が来て、何か[一七]雅物があるとかいつて見せの（見せるわけだ）、それから例の茶の湯よ。さうすると、すでにあやうく見えたる所へ（［今夜も］まともにすみそうもなくなった所へ）[一八]青楼と花街と[一九]那可之町の茶屋が、[二〇]異説さんどうでございます、とか

一二「うたせる」は化政〜天明期の通人用語「打つ」の使役。困らせる、閉口させる意。

一三 安物の意の擬人名化。作中人物の雅号としてふざけた。遊廓や茶屋などでは実名は用いない。

一四 茶番（当時素人の間で流行した道化芝居。上方の俄に当る）上演の際、見物に配る景品。茶番の趣向と関連ある品を必ず用意した。琴通舎英賀作「川」は夕暮れの大井川越しを演じ最後は「らうそく（老足―蠟燭）では越せませぬ……」と結び、蠟燭を提燈に添えて配った（『茶番狂言早合点』）。

一五 取仕切って。責任を引受けて仕事をする。ここは、相談にのる、というほどの意。

一六 墨田川畔。「鞠塢」は百花園の主人の号。通称、佐原平八。仙台の人。向島に茶店を開き多くの文人に愛され、庭園に草花を栽培し遊覧の名所となった。天保二年没。

一七 書画骨董の類、あるいはその逸品。

一八「花街」とともに客人の号。遊里の遊び仲間であることを示す。

一九 仲之町。吉原の大門より水道尻までの大通りをいう。両側に引手茶屋が並んでいた。

二〇 この話の主人公の号。知ったかぶり、利いた風の半可通であることを示す。

いつて、どんとおしかけの、こいつは奇妙[一]だとかなんとかいふ内に、堀江[二]町の庄蔵[三]が所へ人をやつて、ざつと鰻ばかりが一円三方[四]と御目にかけられた。シカシ 庄蔵が所の魚はいゝよ。しつてゐるか山田庄蔵を。何とおつにうがつだらうが、あいつも地口[五]ばかり云ひたがつて毒のねへ男よ。ヲイヲイ、その蠟燭[六]のしんを切つてもらひてへ。コウ〳〵、三弦を出すな。ハテ ひかずともの事だァな。あいつも時によるときゝてへ事もあるが、まづしばらくさ。江戸ぶし[七]の外この耳へ入るべからずだ。ひねつてかみがた唄[八]といふ所もわるくねへやつさ。コウ 潮来[九]はまつぴらだぜ。おれが前でいたこをひくものは罰酒三盃だ。おれが嫌へなものはかみがた[一〇]狂言と蛇と潮来だ。しかしさうもいへねへよ。今ぢやァ、かみがた風が江戸へ流行つて、みぢ[一一]つかな羽織を着る所為か、生姜な江戸つ子が多くてうるせへ。物干[一二]から唐へ一飛と云ひさうな口ばかりきいても蝦蟇[一三]を家上へあげたやうで一向納らねへ。コウ つかねへ事たが毒庵を知居るか、しるめへの、あいつも久しい幇間[一四]医者よ。旦那[一五]またひさしいものさ、へ、やつかましいの手を封じると、

一 すてきだ。絶品だ。前出の雅物をほめる。
二 市村座、中村座のあった葺屋町、堺町に隣接する町。
三 「草吉や山田庄蔵が所へ往つて百疋さういつて来や、堀江町三丁目の鰻屋だによ」（三馬『人心覗機関』）。
四 所狭しと。座敷一杯に。「三方」は「三宝」（強意の接尾語。ありたけ三宝、いきなり三宝など）か。
五 「地口合い」の略。上方の口合に対して江戸では地口といった。当地（江戸）の口合の意。類似音の聞違い、言葉違いのおかしさを一歩進めて作為的に著名な諺、成句などを類似の音に洒落て言いかえる言語遊戯。
六 和蠟燭は燈心が燃えて黒く固まり光が暗くなるので時々芯を切る必要がある。
七 元来は江戸半太夫が興した半太夫節のこと。広義に河東節を含めていう。座敷浄瑠璃を主とし古格の伝統を守った。
八 江戸唄に対する京坂の三味線唄。地唄。
九 常陸国（茨城県）の潮来の舟唄が元で、遊里から流行し始めた。「潮来出島の真菰の中にあやめ咲くとはしをらしや」が元歌。伴奏、囃子が賑やか。三馬に洒落本『潮来婦誌』がある。付録・年表参照。
一〇 上方の歌舞伎。「おらァありがたくも東

ッ子だぞ。上方の才六めらと倶一にされちゃァお陰がねへ」(『客者評判記』)。

一一 「明和二三年の頃大坂より吉田文三郎吉田文吾などヽいふ人形遣ひ下り長羽織を著せしを皆人わらひけるが其時分より段々と長くなり文化七八年に至り又々短く成しやうに見ゆ」(『塵塚談』)。

一二 大言壮語の例として使われる常套句。

一三 諺。立ちすくむ様をいう。

一四 幇間同様に金持ちの旦那の御機嫌とりを専らとする医者。

一五 「旦那またひさしいものさ」と「へ、やつかましい」の口癖を言えなくすると。

一六 陸へ上がって頭の皿の水がなくなり力を失った河童同様に無能力。

一七 敵に、自分の討死を信じさせるために葬礼の「泣き男」を雇ったという楠正成の智謀説話による。ここは、武士には無用の才を「道具」代りに使われた「泣き男」を幇間医者にあてはめ、さげすんでいったもの。

一八 前出の「下料」とならんでふざけた命名。

一九 安永・天明期に吉原で豪奢に遊び、通人として有名であった富裕な町人達の称。蔵前の札差、大問屋の主人、吉原の楼主など。

二〇 鮟鱇の皮。吸物に使う。「料理人吊して置て腑分けする」(『柳多留』)。

[一六]陸の水虎だ。あいつも捨てちやァ物がねへから相応につかつちやァやるのさ。[一七]楠が泣男でなんぞの時には道具につかはれるやつだ、この頃につれてこよう。トキニ[一八]杜撰や誤脱をしらずか。何、しらねへ。しかもてめへの近所だに、しらねへとはチト(残念だ)うらみだ。いにしへの[一九]十八大通相伝の通りものだぜ。おれが引合せてやらう。あの連中(の座敷)を勧めねへぢやァ、チト(失礼な言)はばかりだが、江戸鯨とはいへねへぜ トいひながら吸物わんのふたをとり ハヽァ鮟鱇か、こいつァありがてへ。しかもおれが好をねらつて、[二〇]鮟皮をたつぷりみせた所が千両だ。コウ、板(板前は)は誰だ。ナニ、金おやぢか、ムヽありがてへ〳〵。コレ〳〵おべそ、てめへ下へ行つたなら料理番にさういつて

くりや。今夜の大詰[一]は密柑潮[二]、湯大根[三]はならねへと、（ソシテ）菊豆腐[四]といふ古手を止めて、ぐつと新手が見てへと、さういや。（コレ）〳〵まだある、龍斎と山阿をよびにやつたが、まだ使は帰らねへかきいてくりや。あいつらがくるとまた拳[五]でスコ[六]うたせる[七]（困らせる）けれど、酒の対手にはやぼでねへよ。何も日傭（人を雇ってまで）をいれて酒をのんでもらふわけもねへがこりやァおれが病だ。おしつけ（そのうち）見さつし、酒も行年書[八]（する年まで飲み続けると）をするやうになると杖[九]を突いて那可之町さ。こりやァ今ッからたのしみにしてゐる（トいひながら耳をそばだて）なんだ、がうぎと騒々しい。隣の大座敷は太々講[一〇]の参会（会費だから）と見えるナ。にぎやかに見えてさみしいやつよ。昼食ぐるめ南鐐一片が高だから、大ぶた[一一]が二枚でると、ひつぱり合つて餓鬼道の体想[一二]だ。常に（いつもは売れ残る）お茶をひく慈姑[一三]や獅子茸[一四]まで羽がはへる（飛ぶようになくなる）といふもんだから、なまぬるい味噌吸物もけんまでしてやる（拳までして取合う始末だ）法だ。下戸の講親が肴札[一五]をかなじむ（節約するから）から、上戸の講おやが板しばり[一六]で鯨舎をはづむといふやつさ。餅をくひながら将棋をさし居ると、生酔が来てめつちやにかき廻す［盤を］もひさしい（いつもの）株（癖だよ）だよ。（シタガ）鯨舎もあんな座敷はおそれる事だらうス。女護島[一七]へふき

一 舞台用語で終幕の意。ここは主菜のこと。
二 鯛や貝などの潮煮に蜜柑の皮をきざんで香味料に添えたもの。
三 風呂吹。輪切にした大根や蕪をゆでて、たれ味噌をつけて食べる。
四 豆腐に縦横に庖丁を入れ、椀に入れて汁をはり菊花様に仕上げる。
五 一八一頁注一三参照。
六 「すこし」の下略。少々。
七 二〇九頁注一一参照。
八 書画の落款に年齢と氏名を記載すること。行年を書くのは通例は高齢の場合。
九 中風病みとなって吉原通いだ。
一〇 伊勢太々講。伊勢参宮のための講（組合）。毎月掛銭を出して講中の者を順番に参宮させ太々神楽を奉納する。
一一 口取肴などを盛る角形、蓋状の器の大きいもの。またその料理。
一二 様相。ありさま。
一三 地下の球茎を食用とする多年生植物。
一四 鹿茸。「きのこ」の異称。鹿は晩春に背、脚の毛が赤黒くなるのでいう。
一五 仕出屋で出す肴の切手（引換券）。
一六 どうしようもなく。身動きできないように板に縛りつけることからいう。

ながされた串童[一八]といふもんで、一人か二人を大勢でとりまいて、お間[一九]だの[二〇]おさへるのといふ傍から、大坂助[二一]に助けてくれなど〻いふ野暮が出るから、うるせへよのう。あゝいふ時鯨舎の思ひざし[二二]といふは、歯のねへぢいさまか、むづかしさうな生酔へさすやつさ。トキニ その酒はぬるいぢやァねへか、あけさつし毒だぜ。イヤ よく身にもあたらねへもんだ、十日以来大酒がつゞくけれど、おらァなんともねへぜ。ホンニヨ。椀久[二三]ぢやァねへが酒に[二四]あかさぬ夜半もなしだ。コウ 酔醒の薬なら三馬が製へる金勢丸[二五]をのむがいゝ。おれも懐中薬はいろ〳〵持居るが、あれはよつぽど能い薬だ。鯨舎の呉れていきなやつは金箔をかぶつた花柚[二六]よ トいひながら盃をとり またおれが飲む法か。コウ お泣、チット ついでくりや。ヲット よしさ、かういつちやァおかしらしいが、つき合が広いから一年の内二百六十日はあすんでくらすのだ。ナント どうだらう。是でやぼならせうことがねへッ。ヱヘン [二七]トひざを四角にしてぐつとあげぎせる きせるといつしよにふりむいて見る人也

一七 女だけが住むという想像上の島。お伽草子『御曹子島渡』で義経が回った島の一。
一八 少年の歌舞伎俳優。宴席に侍って男色を売った。
＊ 風来山人『風流志道軒伝』の主人公は色道修業の最後に女護島へ漂着し、「男郎」として多くの女を相手に苦しむ。
一九 酒盃の献酬の際、第三者が代りに盃を受けること。
二〇 相手の献盃を押し返し重ねて飲ませる。
二一 未詳。「大助けに助けて」に「坂」をはさんだ洒落か。
二二 自分で相手を選んで酒をつぐこと。つがれても飲めぬ杯を回す。
二三 大坂御堂前の豪商、椀屋久右衛門の通称。新町の遊女松山に馴染み放蕩の末、座敷牢に入れられ、発狂して家出し延宝五年に死んだ。
二四 長唄「其面影二人椀久」による。
二五 「大包代百文、小包代五十文。酒の酔をさまし酒をよくのましむ…」(『四十八癖』三編附載広告)。
二六 小柚。花、莟、皮を酒や吸物に入れ香気を賞味する。ここは花柚製の気付薬か。
二七 「あげぎせる」煙管の雁首が吸口より上になるように啣える、気取った吸い方。「やに下り」。

つまらぬ事を苦にする人の癖

「この間も赤酔さまのおはなしできいたが、天地といふものは一たい丸いもので、マヅ いはば手毬のやうなかたちだによつて、その丸いものが循環してぐる〳〵とめぐるとおつしやつたが、毬のやうにぐる〳〵廻つたらば、今の地が天になつて、天が地になるだらうス。もしさうなつたらばひよんなものだす（奇態なものだぞ）、まづ畳を上へ敷いて、楷梯を下のほうへかけずばなるまい。さうなつてくると、雨や雪が下のほうから降るだらうから、傘をはいて下駄をかぶつてあるくやうにならうシ、地震があたまの上でゆさ〳〵する。こいつは気づかひがなくてよしと、雷も下でなるから落ちることならずよ。アいや〳〵、これも循環の理だから、雷が這上がるもしれぬテ。その時掘抜の足場はどうしたものだらう。釣瓶は凧をたぐるやうにして上から汲むだらうが、雪隠などが第一にこまりさうな事だ。どうぞおれ一生に循環せぬやうにしたいものだ。なぜまた天地を丸く拵へたらうス。おれならば四角にがつしりと、すはり（安定するように）をよく拵へるものを。むかしの人はどうも

五尺のからだの置き所に困る男

一 石田梅岩の石門心学に心酔する人の意でふざけた命名か。その高弟のひとり中沢道二は日本橋通塩町に参前舎を開き、松平定信の知遇を得て寛政改革の時期に心学の普及に尽した。

二 すでに近世前期にゴメスの『天球論』を訳した『二儀略説』（小林謙貞著）が写本で行われ、その「地大円相ノ事」に、この世界が球体をなしていることを述べている。ここは心学講釈の説く天地の論などによったか。例えば「元来天地の外には何もなし。人も天を以て心とし、地を以て躰としてゐる也。一切万物も同じ事也。固りたる物は皆地、空なる所は皆天なり」（手島堵庵『知心弁疑』）など。

三 地動説は、長崎蘭通詞本木良永の著『天地二球用法』（安永三年）によりはじめて我が国に紹介され、寛政九年には天文学者麻田剛立の門弟等が幕府の嘱をうけて『寛政暦書』を完成して学問的に承認された。

四 掘抜き井戸を掘るため組立てる足場。

五 「近頃は江戸中掘抜井多くなり一町の内に三

智恵がねへ。いつそきかねば気にもかゝらねへが赤酔さまにきいただけ、どうもあんじられてならねへ。アまゝよどうするもんか。そのときはその時だけに工夫がつくだらうが、シカシ今がかんじんだ。どういふことで天井の梁[六]がどつさりと落ちまいものでもない。イヤ〳〵用心はこゝだ、五尺もよけて脇の方へ寝ませう。さすれば梁が落ちてもきつい怪我はない。全体二階へ寝るはあぶないテ。どういふ事で二階が落ちまいともいはれぬ。イヤ〳〵、これは下へ寝ることだはへ。まてよ、下もまだ〳〵合点がいかぬテ。ひよつと二階の落ちた時には下に居てぴつしやりとつぶされるは。ハテ、ム、、あるはい〳〵。これは野原のやうな所へ、細ヲい材木で、おれ一人だけの家を作つて這入つてゐるがいゝ。その事だ〳〵。イヤ〳〵まてよ。どういふ事で大地がめりこむまいものでもない。ハテこまつた。僅五尺にたらぬからだの置所にこまると

四ケ所もこれあり」（『塵塚談』）。

五　縄または竿につけ井戸水を汲み上げる桶。

六　天井に横にわたした木。

＊　むかし杞国の人が天の落ちるのを心配した（『列子』天瑞）という「杞憂」の語源の長屋版か。

いふも難義な事だス。おれタッタ一人のからだでさへ物事を考へて見ると不安心なものだに、親子夫婦はいふにおよばず、家来けんぞく[一]大勢をかゝへて、安閑としてゐるは勘弁なしな事だぞ。マア元日がくると大三十日[二]がむねにつかへるから、おれが気にとんと弓断も透もない。銭が八文[三]減るとそばから八文うめる。また廿四文つかふと、すぐに廿四文うめるやうにするから、なか〳〵気の休まる間がない。おれほどに物事を考へるものはあるまい。その証拠には、親からゆづられた鍋釜竈[四]、寝道具、土瓶、手桶一つ、茶漬茶碗[五]、膳箸[六]、銭が壱貫[七]五百六十四文、親の遺言と一緒に受取つたが、今十年の月日はたてど、道具はそのまゝ、銭は今に壱貫五百六十四文、一文半銭[八]も多くも少くもならぬ、これで安気[九]だ。この銭が一文減つても心づかひだが、一文倍へても安気ならぬ。アしかしながら、どういふ事で夜盗がはいるまいともいはれぬ、そのときぬすまれては居所立所[一〇]にまよふ。サアこゝだテ、用心といふはこゝの事だて、あの壱貫五百六十四文を、店請立合[一一]で大屋[一二]さまへ預けて置かうか。そこにも利

一 親族。同族。
二 大晦日。その年の支払いの最終決算日。
三 当時、四文が日常生活で常用される金銭の最小額。
四 江戸では普通は「二つ竈」という火口が二つあるものを使う。多人数の家では三つ竈。土間を背に焚口を部屋の内部に向けて置く。一一七頁口絵参照。
五 「茶を飲の碗は茶碗と云ふこと勿論なるを今俗磁器の飯碗をも茶碗と云ふによりて茶用には『茶のみ茶わん』飯用には茶漬茶碗と云ふ也。蓋あり。茶用は無蓋也」(『守貞漫稿』)。
六 各自使用する食膳。内側は朱、外側が黒の漆塗り、四本足の膳(蝶足膳、宗和膳—本膳という)が本格的なもの。江戸庶民は日常は折助膳(箱膳)、二足の略膳を用いた。膳碗の類は食事のあと布巾で拭くだけで、月に四五回洗う。箸は各自、湯茶でゆすぐだけであった。
七 一貫は一千文。銭相場は一両につき文化九年三月、六千八百五十文。同十一月、七千四文(『両替年代記』)。
八 寸半。銭は直径一寸。その半分で、半文、半銭の意。「一文も」を強める。
九 安心だ。気が楽だ。

窟があるて（別の心配が起る道理だ）、あの壱貫五百六十四文を店請が聞いたらば欲に目がくれ（目がくらみ）出来心で、おれが身にどういふ事〔危険な〕があるまいものでもない、トいつてあのまゝおくはあぶないもの、イヤ〳〵穴を掘つて椽の下へ埋め、イヤ〳〵〔金が〕むかし蟇[一三]になつたはなしもあるから、これもあぶない。ハテどうしたものだらう。だれぞ親重代大切の壱貫五百六十四文、ホイわれしらず大きな声をした。だれぞきかねばいゝが、壁に耳あり[一四]徳利に口あり、それは兎も角も、人といふものは、いつ何時頓死頓病[一五]（予測できない）もはかりがたい物だから、どういふ事で今夜の内にも目をねむる（死んでしまわないとも限らない）まいものでもない。ここだテ、用心はこゝの所だ。我等目をねむり候はゞ、壱貫五百六十四文、親重代の品これにてよろしく御とりまかなひ[一六]可被下と書いて、この書付をまいばん首へかけて寝よう トいふをりふし鼠がから〳〵とさわぐ ヲヤ〳〵びつくりした。シカシいくらあたけても（暴れても）落とす物もなし、割る物もなし、こゝを考へて〔家財を置かず〕おれは何でも不自由してゐる。ガ鼠[一七]の居る家は火難がないといふから、まづ今夜はあんしんだ。ダガいつ何時どういふ事で隣から手あやまち[一八]（火が出るかもしれない）があらうともいはれぬ。今夜は股引[一九]をはいて壱貫五百

一〇 住む場所がなくてうろうろする。路頭に迷う。

一一 店子（借家人）の身元保証人。請人。請人は「店請」「奉公人請」等の場合、公用文形式に則って「請状」を書く。四編三三六頁注二参照。

一二 一九四頁注九参照。

一三 大切なものを隠すときの民間呪文「人が見たら蛙になれ」による。

一四 密談のもれやすい譬え。続けて「徳利に口あり」「垣に縫目あり」という。

一五 急死、急病。

＊ 僅かばかりの金に大変な警戒ぶりは滑稽だが、これがこの男の全財産であることを思うと笑えない。

一六 葬儀万端、その他死後のあれこれの費用として下さい。

一七 「鼠荒ざれば火災あらんと案ずる」（『譬喩尽』）。

一八 手過ち。過失から転じて、失火の意。

一九 そのまま避難出来るように。『守貞漫稿』に「江戸にては縮緬及び絹の物をぱつちと云ひ木綿は長短を択ばず股引と云ふ」とある。商人や職人が日常に用いた。

六十四文をしつかり脊負(しよ)つて[一]寝よう。すはやといふ時ソレ起きるは、その手で鍋釜諸道具(なべかましよどうぐ)を片付(かたづ)ける、向(むか)ふの蔵(くら)へ入れる。イヤ〳〵他(ひと)の蔵はあてにならぬ、やつはり(やつぱり)鍋釜も諸道具も持つてにげる事だ。まかり間違へば親重代の壱貫五百六十四文〔が消えてしまう〕、これさへあればまづ安心だ。

一 銭(ぜに)は貫緡(かんざし)（一千文の場合）、銭緡(ぜにさし)（百文の場合）という細い縄を穴に通して一束とする。それを風呂敷で包んで。

＊ この男は裏店(うらだな)の独り住まいの店子(たなこ)で、職人かその日稼ぎの行商で暮しているのであろう。文中繰返される「壱貫五百六十四文」には切実な響きがある。親重代のこのかけがえのない金を減らしもせず、殖やしもせず、日々あくせくと稼いでこの男の一生は終る。細民の生活の悲哀を超えたところに現れた一編の喜劇とみたい。

しゃべるためにしゃべる、おしゃべりの滑稽

詞数の多き人の癖

「[二]ちゃん六さん、どうなすつた。おまへにお目にかゝりたくて一昨日も一寸参らうと存じたが、御存じかはしらぬが日本ばしのへび助どのゝ事でひまいりがあつて朝むつくりおきると飯をたべてはしを置くとそのまゝ蛇五右衛門さんの所へおより申して一ッ二ッはなしをいたす所へへび助どのがござつてかやう〳〵のわけやひでござるによつて、よろしくおたのみ申すと、[三]のつぴきならぬ事ゆゑ、そのあしで福助さんの所へ参つて段々御談じ申して見た所が、とかくはかどらぬ様子さネ。イヱ　また是にもやうすのあることでござります。それからおまへ、[四]赤坂へ参つて、四ツ谷くだりをぐる〳〵経めぐつて小石川へ出まして一二けん用事を足して、すぐに湯嶋へぬけて下谷へ一ッけんよる所がござつて、爰迄来たものだから序といふももつたいないが、浅草のかんのんさまへ参らうと存じて、お参り申して[五]蔵前へ出ましてネ、おつな事さ。あのおまへ御存じかはしらぬが、[六]天王ばしの大和屋と申す茶みせがござりますネ。あすこの向側のあたりで、尾籠

二 「宿六」などと同種の通称。「ちゃん」は「おとっちゃん」の上略。

三 退引ならぬ。避けることも引くことも出来ない。

四 赤坂以下浅草、蔵前まで、ほぼ現在の通称と重なるとみていい。出発点が不明だが、かなりの健脚でなければ回れない。

五 浅草寺から南へ浅草川に併行する蔵前通り（奥州街道の里俗名）を行った辺。現在の台東区蔵前一、二丁目。江戸幕府が直轄地から送られてくる年貢米、買上げ米を収納する倉庫が並んでいた。この米の大部分は旗本、御家人の扶持米にあてられた。その前の一画を蔵前といい、札差（文化末で九十六戸）がこの禄米を担保に金融業を営み、裕福な暮しをしていた。

六 （蔵前通りを南下して）鳥越川にかかる橋の俗称。「大和屋」は未詳。

ながら小便をひよくつて居ると、その脇にも一人小便をいたしてをる人がござつて私と顔を見合せると、イヤ爰がおかしい。おまへ御存じかはしらぬが千三屋[一]の万八[二]どのネ。あの人でござります。イヤこれはお久しいとか申してたがひにむかしばなしをいたした。あれは一体御存じかはしらぬが、あのお人のわかいじぶんは、伝馬町[三]の虚多屋[四]与太郎と申して、こちらから参ると左り側[五]の五六けんめに、今も大きな土蔵がござります、今は代がかはつて他人のものになつてをるが、あすごがおまへ、万八どの丶養子にいかれた家さ。あの万八どのは屎仕[六]がわるくて終追出されましたが、そののちおまへ、芝の、ア丶、あれは何とか申す町内で、ア丶、あれは何とか申す大きな内[七]へ再縁いたされたが、そこをもまたかぶつて[八]当時は蓑輪[九]の方にをられるさうでござりますが、イヤ ひさしぶりで逢ひましたから、むかしばなしがつき

一 嘘。嘘つき。真実は千のうち三つ、の意による命名。
二 注一に同じ。本当のことは万のうち八つ、による命名。
三 現在の中央区大伝馬町。
四 うその意の隠語。一五一頁注二六参照。
五 本町二丁目にあった三馬店から通町を横切って入ると大伝馬町一丁目にあたる。この辺木綿店が多かった。
六 もと、犬猫の排便のしつけが出来ていないこと。転じて尻癖、身持ちの悪いこと。
七 「家」に同じ。
八 しくじる。失敗する。芝居者隠語で「毛氈をかぶる」の略。道楽が過ぎて離縁されたこと。
九 三ノ輪。吉原の西方に当る当時の農村地区。現在の台東区三ノ輪。零落してこの地へ引籠っているとの意。

ませぬ。私もむかしはあすび友達でござりましたから、若い時分の馬鹿[10]をおもひ出して、たがひに立居てはなしをいたす所で、晩鐘[11]がなりましたから[12]きもをつぶして別れましたが、そちこち夜の五ッ(午後八時頃に)じぶんに宿(家へ)へ帰りました。そこでくたびれはてゝふせりましたから、また昨朝も寝ごみ[13]に使をうけて桜田辺[14]の御やしきさまへ用談の事で出まして、七ッ(午後四時頃)頃に帰宅いたすと、お聞及びもござりませう、私の娘めが、ろくな産付やう(器量でもございませんのに)でもござらぬのに、去る方から、イヤほんに去る方と申しては忌詞[15]でござりますが、アノそれ、何アノ、御存じかはしらぬが、鶴亀屋[16]の御隠居の松竹さまのおせわで蓬莱屋の台助どの方へ縁談が取きまりまして、昨日、結納がまいるの酒を出すはの、仲人が来るはのと申して一日(まる一日)さんがい家内中が、ごつたかへして大混雑、かれこれ跡仕舞までに夜の九ッ(午前零時)までかゝりましてイヤハヤほつといふ息をつきました。その上にこの節は妻が不快(病気で)でをつて、イヤ、デモ妻の妹がナ、御存じかはしらぬが、下谷のおやしき[17]からお隙をもらひまして、この節私方へさがつてをりますから、是で少しは間もかき(用も足りますが)ませぬが、ま

一〇 馬鹿をつくしたこと。放蕩三昧に明け暮れたこと。

一一 暮六つ(午後六時)の鐘。時の鐘は初め江戸城内にあったのが、本石町三丁目に移された。後に、その他に「所謂浅草寺、本所横川町、上野、芝切通、市谷八幡、目白不動、赤坂田町成満寺、四谷天龍寺等」(『江戸名所図会』)が出来た。ここは浅草寺の鐘。

一二 もう夕方か、とびっくりして。

一三 まだ寝ているうちに。

一四 外桜田御門周辺にある武家屋敷。

一五 慎んで使用を避ける言葉。婚礼の際には離縁する意の「去る」は、「切る」「帰る」などと共に使用しない。

一六 以下、めでたい名をならべた。「台助」の名は、鶴亀松竹梅などを飾って蓬莱山に見立てた祝い事の飾り物「蓬莱台」による。

一七 江戸の裕福な町人は、娘を教育し嫁入り修業させるために屋敷奉公させるのが一般であった。しかし、この「妻の妹」はその種の奉公ではなく、一生奉公の女中として住みこんでいるのであろう。

だハヤ、町(まち)なれぬお屋敷(やしき)[一]どのでござつて、これとてもいくぢはござりませず(働きがありませんので)こまり切りました。イヤモ夜前(やぜん)はそのくたびれでがつかり(ぐったりした)いたした所為(せゐ)か、いつも七ツじぶん(午前四時頃)には目のさめるものが、今朝(こんてう)は家内(かない)の者と一緒におきました。トキニ昨日(さくじつ)はお手紙、ハイ〳〵その節(せつ)もすぐに参りたう存じましたが、ただ今おはなし申すわけでござつて、ぜひなく失礼、さて段(だん)々御心配まことにありがたう。今日(こんにち)も早朝(さうてう)参るはずでござりましたが神田(かんだ)[二]の八丁堀(はつてうぼり)の、かの御存じかはしらぬが、ハイ〳〵、ハイ〳〵、これはお手で下さりまし(お盆なしで結構ですよ)、イヤモウおかまひなさりますな、ハイ〳〵、これは〳〵、ヘイお茶をいたゞきます、エヘン〳〵。

一 「屋敷者」（武家屋敷の奉公人）を揶揄(やゆ)して言った。世上の暮し向きに無知な権高い女。

二 当時、京橋筋と神田のいずれにも八丁堀があった。ここは、今川橋辺より西の神田堀付近から本銀町(ほんしろかねちょう)あたりの称。明暦の大火後、防火のため八丁の土堤（本銀町の土堤）を築いたのでこう呼ぶ。滑稽本や草双紙では作中人物の住所をここに設定することが多い。『東海道中膝栗毛』の弥次郎兵衛、喜多八もここの住人。

人の非(ひ)をかぞふる人の癖

●お吉(きつ)さ゚ん御(ご)めん。▲ヲヤ お徳さんか。●今湯から帰(けへ)つて来たはナ。▲いつしよにんなもんだのう（つめたいじゃないの）。最(も)うちつとまつておいらといつしよに行つたがいいはさのう。●それだつてもこつちにもさんだん（心づもりが）があらアな。▲コウ〳〵白(しろ)三酒(ざさ)をのまねへか。●何白ざゝ、おいらアしろざゝといふものをかぢつたこと四はねへ。▲そんならげびて（俗に言って）白(しろ)ざけよ。●いやな事かな（ご免ですよ）、辛酒(からざけ)五なら一升(いつしやう)ばかりもひつかけよう。▲いやよ。●いやよ〔すきなくせに〕もすさまじい（いやよとはあきれるわ） コウ お雛(ひな)さまをかざつたか。▲ムウ、これ見な 六（トてふあしのぜんの上へけし物細工の雛をかざりおく）●ヲヤ〳〵かはいらしいのう。目の中へ這入(へゐ)りさうだ。ヲヤ〳〵かはいらしいあんどん（行灯）だのう。何(なん)だかむだがき（落書き）がしてあるよ。ナンダ、うまずをんなの、ヱヽト、何(なに)かし突(つ)くも、あばれなり。こりやアなんの事(こつ)た。▲ナニサ、七うまず女(め)の雛(ひな)かしづくもあはれなりといふ事だとよ。御亭主(ごていし)さまが酔居(よつて)てお書きあすばした。●フウ、なんの事(こつ)たのう。うまずめとやらは馬の爪(つめ)かのう。▲八なんだかしれねへでもつた物よ。おいらアの、もつとりつぱに（立派なものを）ねだりてへけれどの、女(をんな)

三 雅語の「ささ（酒）」を使って上品な言い方をした。

四 「ささ（酒）」を「笹」と誤ったか。また、（そんなものは）知らない、心得がない、の意。上品なもの言いに対する、ふざけた受け方の常套語法でもあった。

五 清酒。ふつうの（甘くない）酒。

六 〔てふあし〕蝶足膳。祝膳とも呼び、外黒内朱塗りの四つ足膳。〔けし物細工の雛〕芥子(けし)雛。極小に作った雛人形。まめびな。

＊「菓子盆にけし人形や桃の花」（其角）。

七 石女(うまずめ)。子を生めない女。女児の代りに雛人形を大事に護っているのもあわれだ、の意。服部嵐雪の発句集「玄峰集」所載。

八 何だか分らないので無事に済んでいるのだ。

の子はなしか、ソレ種なしといふもんだからしかたがねへはな。●そりやアおたげへだ。しかしむかし雛のふるびたやつをかざつておくよりもこの方が増よ。▲そりやアさうだけれど雛店へ行つて見るとほしくなるよのう。●おいらアうざ〳〵したはだか小僧や小人形はいらねへから、舟月か玉山の五人ばやしがほしいよ。▲さうさ〳〵、そして外にも道具がほしいはな。舟月の五人ばやしと道具がそろはう物なら、なんにもねがひはねへ。うざ〳〵した人形はけつく邪魔だはな。●コウ〳〵お松さん所の雛さまを見たか。▲見た〳〵。●あのざまアみな。がうさらしな事を。ヘンかざらねへ内はたいさうなほらをふいたから、おいらアよつぽどりつぱかとおもつたら、なんのざまだらう。それからおれがの、何もしらねへ顔をしての、お松さんおめへのおはなしの大きな内裏さまといふのはこれかヱと云つたら、さすがのから云ひも、ハットしたさうで、顔を真赤にして、イヽヱ是ではないのさ、その雛さまはよそへゆづりましたと拵へたはな。▲全体ほらふきだから、あの子のいふ事はあてにならねへはな。コウ〳〵そりやアさ

一 内裏雛など、上方下りの雛人形。「昔は十二ひとへ着たる大き成内裏雛用ひたり、今は御所の御殿向など造る」（『飛鳥川』）。

二 本町と本石町の間の大通り（十軒店）に二月二十八日から三月二日まで雛市が立った。「桃の佳節を待ち得ては、大裡雛、裸人形、手道具等の鄽、軒端を並べたり」（『江戸名所図会』）。その他、尾張町、浅草茅町などにも雛市が立った。十軒店は三馬の店のあった本町二丁目に隣接する。付録参照。

三 赤ん坊の裸の人形。市松人形とも。

四 「傘につる小人形といひし送梅雨の頃」（山東京伝『腹筋逢夢石』序）。

五 人形師。「万木彫細工　御雛師　本町二丁目木戸際　原舟月」（『江戸買物独案内』）。「文化の比は玉山、舟月両人の細工雛流行、尤工み成物也」（『我衣』）。古代雛の形を当時の様式と折衷させ玉眼をはめ、後の雛人形の様式を決定した。四二〇頁図参照。

六 近世後期に江戸で考案された。謡の役、笛、小鼓、大鼓、太鼓を奏する童子の人形。雛壇で、内裏雛、三人官女の下に配される。

七 雛の調度品。注二の「手道具」の類。

八 『腹筋逢夢石』第三編に「だぼ沙魚」が

登場する。目玉のギョロリとした、大きな顔の男が首の左右に団扇を当てて「えら」、両足をのばし団扇を挾んで「尾」を作り、沙魚の身ぶりで、「…人間のべらぼうめ」と言う。

九 そしらぬふりをして取りあわぬこと。

一〇 以下、壁隣りの「お徳」が暗誦するまでになった夫婦喧嘩のせりふの口真似。

一一 しみったれた金。はした金。

一二 鉄漿水の容器。お歯黒壺の中の米のとぎ汁や茶汁に「出し鉄」として古釘など屑鉄を入れ、つやを出すため酢、酒などを加えた。既婚者は、かねつけ楊枝を鉄漿水に浸し、五倍子粉をつけて塗り、歯を黒く染めた。

一三 飴細工のお面。本来は素焼きの玩具。南風に飴がとけ形が崩れたような顔で。

一四 持病（積か）の薬代で身代がつぶれる。

一五 着物の裾を引摺って歩く意。だらしない、不精な女を罵る語。

一六 衣類の洗濯（洗い張り）や繕い。

＊ この種の啖呵は三馬の得意とするところ。「こうろぎやぺん〱ぐさの生へそうな屋体骨へ持参金の二そくも持ってくるお嬢さんだ…姑がこわくってこのよ世界にいられるもんか…ぎやつといふから水道そだちでけつの穴の大きいおんなだによ」（『天道浮世出星操』）。

うと、だぼはぜはどうした、納つたか。●だぼはぜとは。▲それよ、鉢ざん所のお釜さんよ。●ム、〱まだ納らねへさうさ。▲ナニ納るものか。●コウ、なぜあの子の事をだぼはぜといふだらう。▲おめへだからいふがの、京伝が作のあふむせき[八]の中にある、だぼはぜに似てゐるからよ。●ム、ム、さうさのう。その晩の鉢ざんのあくてへを聞いたか。▲ウンニヤしらなんだ。ひさしい夫婦げんかだからめづらしくもなし。おいらア未だにしら[九]ぬ顔の反兵衛さ。●それがいゝのさ、おかしくもねへ。あの時はの誰も行かなんだから、よん所なくおれが行つてとりさえたが、なる程どつちをどうともいはれねへよ。鉢ざんも気が早いが、お釜さんも口が過ぎるはな。鉢ざんのいふ事にはの、[一〇]コレヱ、あんまり金々と大びらな事をぬかしやアがんな。五両や十両の[一一]涕垂金を持つてうせたつて、なけなしの鼻にかけやアがんな。おらアおはぐろ壺[一二]の出し鉄ともおもはねへ。[一三]飴で製へた面形が南風をくらつたといふ面で、年中うかねへかはりには、[一四]持薬の銭で追倒されるは。[一五]引ずりな女もあるが、たつた二人の身[一六]じんまくを洗濯やへやるいくぢなしめ、勘定するぢやアねへけれど、[一]単物を一寸とやつても三十二文か五十はとられる。板の間といへば[二]煤掃の外雑巾をあてた事もなし、[三]猫の額ほどな[四]ながしもとを腐れ次第に箒もあてずサ。朝喰つた飯の椀も昼飯まで積んでおくやら、きのふ焚いた釜の中も洗はずにまた焚くから、年中釜底へこびり付いて、ちよつと湯を涌かせば去々年あたりの[五]湯のこをすゝるはい。[六]行燈の皿の中には先去々年の[七]節分の豆がそら豆ほどにふやけてゐるが、これまで二度の煤掃にそれを掃除せうでもなし、巨燵へあたつて[八]けつかりながら戸棚の戸へたかつた煤を、はたからといふ気もつかずに、指の先で[九]まいらせ候と、[一〇]むだ書はどういふ気だらう。兎ても[一一]左衛門のつくかゝアだから、色気も恋気もねへけれど、[一二]眉毛は生え次第、鉄漿ははげ方題、[一三]横撫をするかしらねへが、油壺からひきだしたやうな着物のざまで、[一四]仙泥おばあからツリを取らうといふざまだは。たま〳〵おはぐろを付けるとおもへば巨燵の炭団へ[一五]漿子をかけて、火鉢の中へ液を吐くとは、あきれけへつた無性あまめ。[一六]お徳さんきいてくんねへ、そのくせに甘味へもの喰で、

一 袷（裏付き）でない、春秋の着物。
二 十二月十三日の大掃除。年一回。
三 極めて狭いことのたとえ。
四 土間の流し（食器洗い場）のある所。
五 湯におこげを入れて香ばしくしたもの。ここは、湯の中の沈澱物。
六 燈心をともす油を容れる素焼きの皿。
七 節分（立春の前日、旧暦では年末頃にあたる）に撒いた豆。
八 「居る」の卑語。居やがる。
九 女子の手紙文慣用句（底本は変体仮名）。
一〇 煤の上のいたずら書き。
一一 甲羅を経た古女房を、武張った侍名（「嬶左衛門の尉」とも）めかして罵倒した言葉。
一二 既婚者は眉を剃り、お歯黒をつける。
一三 袖で顔、鼻を拭く。
一四 「仙台おばあ」の訛。文化期頃、街頭で物乞いした四十歳ばかりの狂女。「身には夏冬おなじ様に、解わけ衣のつゞりたるを、幾重ともなく衣紋よく褄さき揃えて打重ね」（『只今御笑草』）。
一五 鉄漿水を入れ、竈にかけて沸かす金属製の器。ここは、こたつの火（炭団）に漿子をかけ、歯に塗ったあと、うがいの水を火鉢の中へはくのである。
一六 仲裁人である。二二五頁八行参照。

白魚を十ちよぼ[17]ばかり玉子いりにからりと煮付けて、喜撰[18]の飪の苦いやつでお茶漬をたべようの、海鼠の酢漬をどんぶりに一盃あきるほど喰つて見てへのと、一年中食好みで、大福餅から海苔鮓[19]で、竈の下は竹の皮の死骸の山だ。あまざけ三盃、汁粉が五膳、そのあとで鴨南蛮[20]の二つも喰つて、そばや[21]の箸をひつぺしよつて楊枝をつかひのしやあ〳〵でゐやあがる。貧乏神[22]の巫女[23]が風の神[24]の釜祓[25]に来たといふざまアして、ふて寝[26]の捨磔[27]も見倦きたはい。日本国中広しといへど、鉄の草鞋でたづねても、最う一人とあるもんか。いかな気の能い亭主でも、われには愛相が尽きるはい。トおそろしいあくてへもくてへ[28]よ。▲ヲヤ〳〵おめへよくお

一七 佃島で白魚二十一匹ずつ（安永後期より二十匹）を一まとめにして数える売買の単位。賽の目の一より六までの合計数なので「ちょぼ」（さいころ博奕）という。「佃島女房は二十筋かぞへ」（『柳多留』）。

一八 宇治の銘茶。宇治の縁で喜撰法師の名。

一九 海苔巻鮓。「巻鮨を海苔巻と云ふ干瓢のみを入る」（『守貞漫稿』）。

二〇 鴨肉と葱の入った蕎麦。「南蛮」は「南蛮煮」の略。「葱を入るゝを南蛮と云ひ」（『嬉遊笑覧』）。

二一 割箸ならば記載例としては早い。

二二 人を貧乏にする神。痩せて色青ざめ、手に破れた渋団扇を持つ。以下、だらしない格好をしてしかめっ面をしたかかあ左衛門が台所に屈んでいる形容。

二三 一〇〇頁注五参照。

二四 風邪を流行させる疫病神。「風の神送り」の際は風の神に雇った乞食を大勢で鉦や太鼓を鳴らして囃したて、隣り町へ追い払う。

二五 「竈祓」。毎月晦日、巫女が民家をまわって竈のお祓いをすること。

二六 不貞寝。ふてくされて起きないこと。

二七 大の字なりに寝た姿の形容。

二八 「あくたもくた」（芥藻くた。さまざまのつまらぬ事）に「悪態」（悪口）を懸けた。

ぼえてゐるのう。がうせいと長い事だに。●そのはずさ。あのあくてへは、鉢ざんの押物だはな。隣でふだん聞居るものを、闇におぼえねへでさ。そりやアいゝがの、大屋[一]さん所のおかみさんも今度きたのはむね[二]き者だぜ。▲そして面が大きいはな。どうで前のおかみさんのやうにはいかねへのさ。●大屋を何だと思つて居るだらう。いけふさ〳〵しい女だ。▲ろ[三]じの出這入りに人の内を覗込んであるくが、どういふ気だらう。●どういふ気があるもんか。高が知れ居らアな。ソシテノ、あのかみさんはあゝ見えても最う大婆[四]だぜ。他で聞けば子が三人あるとよ。それを伯父御の所へ預けておいて、子の無へつらで来たさうだが、大きな喰せ者だのう。大屋さんも店子の事はいふけれど、ひよんなものを脊負込んだぜ。しじうは泣の種だ。▲さうさのう。こつちにも里にやつた小児ともに四人あるからはじまらねへ。●あのまた物領[五]のお鍋といふがきも口が悪いよ。▲ゆだんしなさんな。をいねへ女だによ。●ヲヤほんに表[六]の万屋のお蛸さんが宿[七]下がりにきたさうだの。なぜ長屋を廻はさねへのう。タシカ表はあるいたさうだ。▲おいら

一 一九四頁注九参照。
二 根性悪。悪党。
三 路次。裏長屋の路次。大屋は普通、横町、新道に住む。
四 大年増の卑語。年増、中年増の上で、四十歳前後。
五 家の名跡を継ぐ者。転じて長男、長女。
六 表店。表は通りに面し、地借り町人の店舗などもある、比較的裕福な区域（玉井哲雄『江戸町人地に関する研究』）。付録参照。
七 奉公人が休暇を貰って親元へ帰ること。武家方では三月三、四日。
八 裏長屋。木戸があって路次の両側に九尺二間の棟割り長屋が並ぶ。
九 店子同士のつきあいは平等だ。「店子」は「たなこと訓ず。地借人、表店借、裡店借ともに店子と云ふ。家主より云詞也」（『守貞漫稿』）。
一〇 長屋の月当番、月番を申し送るついでに。当月の月番は戸口に申し送りの札を提げ、長屋中の冠婚葬祭などの世話に当った。
一一 長屋の路次の裏口。木戸口の対。
一二 クリシギゾウムシの幼虫。栗の実の害虫。形が丸く白いことから色白の肥った幼児をたとえていう。

ア裏店だからつき合つては見つともねへといふ気さ。よしてもくりやだ。うら店〳〵と下直にとり扱やァがつても、店並はひとつだァ。欠けた銭一文、表店からもらはうぢやァなし。アノお蛸さんは内にゐる時分から世事のねへ大面な子だつけが、お屋敷奉公をしたらさぞかしおもひやられるの。▲ウンニャおつなものよ。きのふ長屋番を送る序にてうど裏口で逢つたが の思ひの外愛相がよくなつた。ャそのかはりに肥つた〳〵。▲もとつからふとつてうよ。●栗虫ともなんとも譬へやうがねへ。立つて歩行くのも横にころげるやうだ。▲ひさしく聞かねへが三絃はあがつたかの。●不器用な子だつけ。アノソレ、胴満声の琴は耳に付いたつけのう。▲ひゞの入つた声よのう。あれでも親馬鹿と云つて御秘蔵さ。●御秘蔵といへば、おめへの好きな祭文をよむ坊主はひさしくこねへの。▲さうさ。おいらァ祭文も能いが、新内ぶしがどうも能いよ。今に来るだらう。●また百おごらうか。▲おたがひに百文とられ候ッ。●道成寺の坊主ぢやァあんめへし。▲内でごとをいはれるも尤だナ。●どこの内でも小づかひがいるといつて

一三 屋敷奉公では、雑用をつとめるかたわら、特技の踊り、琴、三絃等の稽古もした。『浮世風呂』には六歳で乳母付きで踊りの奉公に上がった例（二編上）もあるが普通は十六歳頃から。「…娘をお屋敷へ上ますので、何か世話〴〵しうございまして…」「…タシカお十六かネ」「ハイさやうでございます」「いへもう近所の若い衆が騒〴〵しうございますから何事もない内に御奉公のことさネ…」（『浮世風呂』三編上）。二二一頁注一七参照。

一四 どうまごえ。調子はずれの太く低い濁った声。

一五 琴に合わせて歌う歌。

一六 未詳。門付けの祭文語りの一か。「祭文」は歌祭文で、世俗の出来事を面白おかしく語る。江戸の祭文語りは多く上州から出た。山伏の姿をし、法螺貝を鳴らし金杖を振って語った。

一七 浄瑠璃節の一。鶴賀新内の名に拠るが、創始者は鶴賀若狭掾。最盛期は安永年間前後。心中道行物を主とし、哀切な曲調を特徴とする。

一八 門付けへの謝金。

一九 「京鹿子娘道成寺」に登場する多数の所化を「百坊主」、「聞いたか坊主」とも。「百文とられ候ッ」に懸る。

〔亭主が〕ごとよ。なんにもむだはねへけれど。▲しかしむだのねへともいへねへはな。●それだつて、どこのていしゆもてん〴〵にだりむくる（それぞれ勝手にむちゃくちゃをやるから）から、ちつとづゝの留守事（るーすごと）[一]はゆるすがいゝはな。コウ〳〵横町（よこてう）へ新店（しんみせ）のあなごや[二]が出（で）たが、きのふお魚（いを）さんが行つて見て、いつそよくするといつたよ（なかなかいい店だと言ってたよ）。行からぢやアあるめへか。▲行から〳〵。針箱（はりばこ）のひきだしに四百（いつぽん）[三]ほどはほまち（へそくり）があるだらう。●小づかひが入（い）ると云つても二朱（しゆ）[四]くづして見な、いかつぱち（どれほども）もつかひ出（で）はねへのう。▲ほんにさ。ドリヤお昼[五]の支度でもせうか。●まだ早いはな。最（も）うちつとずらすさ。そんなに手まはしをする〔よく〕と、お夜食（やしよく）に杖（つゑ）[六]をつくはな。▲さういひなさんな。あすこへお日さまが来る〔回って〕とお昼だよ。●何（なに）まだおしやべりの八百屋（やをや）が来ねへ　ト右の袖で口をふきながら長きせるをパタリ

四十八癖　初編　尾

一 亭主の留守の間の女房の気晴らし。『世事見聞録』は裏店の女房や娘たちがその日稼ぎの夫や親の苦労をよそに留守を幸い、仕放題のわがままをしていると書いている。

二 三馬作黄表紙『玉藻前龍宮物語』（文化五年刊）中で乙姫が沢山の魚類を食べてしまい、諌言したうなぎが樺焼にされそうになり、品川のあなごがその身代りを願い出て許される場面がある。あなごを食する流行はこの頃からか。

三 四文銭を百つないだもの。文化九年三月の銭相場で、金一両銭六千八百五十文（『両替年代記』）。四百文は約一朱にあたる。

四 南鐐二朱銀（長方形の銀貨、金二朱相当）を銭にすると。

五 一日三食の食習慣の固定したのは文化・文政期であった。

六 立って歩けないことから、食べすぎて動けなくなること。そんなに早くお昼を食べてしまうとお腹がすいて夕飯をたくさん食べるようになるよ、の意。

四十八癖二編自序

去年四十八癖の初編を案じて、にはかに稿を脱したるはいつもながら作者の筆癖。御贔屓の寵を得て、ヤンヤの御声かゝりしは板元[七]の大造化。されども兎角[八]あはぬといふが板元の算盤癖。欲心増長二編をたのむも板元の癖。「ヲット承知」とはやのみこみ、安うけ合が三馬の癖。速く書んとおもへども、翌[九]あるといふ心にひかされつひづるけるが放蕩家の癖。宿酔に転寝すれば、やれ米がない薪がない、稿本[一〇]の催促にも分訳の為方がないト傍からせがむが山の神の癖。居催促[一一]に来て居ねふるは板元の小僧の癖。[一二]物前になりて、俄に目がさめ後悔するが凡夫の癖。最う〳〵酒は見るも否、万事酒から発るゆゑと三日禁酒も酒客の癖。文人[一三]両拗あきうどで、[一四]「おしろいのよくのるくすり　江戸の水　三馬製」ト欲慾るのも世上の癖。ゑいやらやつとで筆をとり、御評判よろしくト作[一五]者の像を絵[一六]冊子の

七（金儲けをした）板元、鶴屋金助の幸運である。「造化」は財産を造りなす意の宛字。
八 差引勘定が合わぬ（損をした）と言うのが。
九「明日ありと思ふ心はあだ桜夜は嵐の吹かぬものかは」（『譬喩尽』）。
一〇 原稿、草稿。執筆した原稿（挿画の下書きも作者が書いた）をとじたもの。稿本は筆工、画工の清書を経て彫師が版木をつくり摺師が印刷して本になった。
一一 その場に坐りこみしつこく催促する意。
一二 物日前。大晦日、盆など勘定の決算日。
一三 戯作者と商人の兼業で。
一四 三馬新製の化粧水で、文化八年二月より売出し大いに流行した。二三二頁注一参照。
一五 この序文は、三馬像を含む六枚の絵図と組合わされたもので他に、『四十八癖』初編の広告、「江戸の水」広告を織込んであるが、絵図等の部分は省略した。
一六 江戸文芸中、最も古い伝統を持つ草双紙（赤本、黒本、青本、黄表紙、合巻）。巻尾に作者が登場して挨拶する趣向がよくある。

ひさしい癖。

トありのまゝを序してしかいふ

一文化十稔癸酉正月発行　同九年三月上浣

本町延寿丹の主　江戸の水製法の二間に

三毫を灑ぐ　式亭三馬戯作

一　脱稿の日時だけでなく発行の時期を記すのは、序文として異例。

二「江戸の水」宣伝のための合巻『江戸水幸噺』（三馬作国直画、文化九年刊）に「これは和蘭の薬法にて蛮名もあれど、女中がたにおぼえよきため江戸の水と名づけたり」「寒の水を以て製法するゆゑ、日かずを経るともくさることなく」とある。「蛮名」は眉唾ものであろう。発売の前年冬に他家から「おはぐろのはげぬ薬、るりの露」「三能水」が売出され大いに流行した（『式亭雑記』）、というから、これらに学んだか。「江戸の水」という命名はさすがである。硝子詰箱入りで売出したが、箱は越谷在の箱屋に、硝子は両国米沢町の硝子屋に作らせた。「戯作の御ひいき強き御蔭にて、御邸の御女中様方は別して御評ばんよろしく」（『江戸水幸噺』）とあるように戯作者三馬の名が薬、化粧品の商売とも直結していた。この商売は家業として一子式亭小三馬に伝えられ、それ以後も三馬店は明治の初め頃までこの本町二丁目に存続していたが、明治十一年に浅草に移転した（『江戸化粧志』）。

三　筆を洗う。稿本の作成を終えた、の意。

真君曰吾一十七世為士大夫身未嘗虐民酷吏周人之急済人之乏容人過憫人之孤一心如此聴命於天若依茲行天必降福

四十八癖二編標目

○幇間めかす素人の癖
○大言を吐いて諸道を訕る人の癖
幷ニ克く応答をする人の癖
○蔭で舌を出だす人の癖
○金を溜むる人の癖
○金を無くす人の癖
○浮虚なる人の癖幷ニ不実者の癖
通計八種混六扮

＊三馬の印「滑稽之魁」（『浮世床』初編後叙）の「魁」（かしら。首領）字を「鬼」と「斗」（ます）に分けて、鬼が金貨をマスで計り千両箱に蓄える図とした。筆硯や書籍も座辺にあるので文人、商人兼業の三馬自身の戯画と解される。

四 「真君曰く、吾一十七世にして士大夫の身となる。未だ嘗つて民を虐ぐる酷吏ならず。人の急を周い、人の乏しきを済け、人の過ちを容れ、人の孤を憫む。一心此の如く命を天に聴く。若し茲に依つて行わば天必ず福を降さん」。三馬が九歳から奉公した書肆翫月堂を辞したのが十七歳、以後の戯作者としての生活を自ら戯画化して述べた。「真君」は万物の主宰者。

五 「克く応答をする人の癖」「不実者の癖」を入れて八種類を、混ぜて六項に仕立てる意。

四十八癖二編

幇間めかす素人の癖

何屋何がしといふて、きつとした世わたりの業もあれど、なまけ者の渡世きらひ、年中親のすねばかりかぢつて居て、あそびたがるがこの人のうまれつきなり。れき／＼たる一家親類をもちながら、同輩の人に、おひやり、おべつかをつくし、人のさげすみをもわきまへず、恥を恥ともおもはねば恥かいたるためしもなし。是いかなれば、他の褌で角力とらんことをおもへばなり。金設くるすべをしらねば金つかふ事もならず、酒色の街に業をさらして、たいこもち同様の行ひするも、他のおあまりを食ひ、銭の出ぬ酒を飲みたがるゆゑなるべし。▲ぱち／＼とした南部しまのまがひを上に着て、緋はかたの帯、下着は一反十八匁くらゐする、真岡木綿のさらさ染に、ちゝぶきぬのうらを付けて、遠目に本さらさとごまかすやつな

一 宴席をとりもち、歌、踊り、声色の芸をして遊興を賑やかにする男芸者。浄瑠璃などの一流の語り手で太夫と呼ばれる者も多い。

二 歴々。身分、格式のある。立派な家柄の。

三 おひやること。お世辞、追従をいうこと。

四 諺「ひとの褌で相撲を取る」。他人の物を利用して労することなく利益を得ること。

五 南部地方産の絹織の縞物。紬、縮緬の類で地質が強い。十返舎一九『東海道中膝栗毛』（文化六年刊、八編中）で弥次が大法螺を吹いて、「八丈もやぼになつた。唐桟はおやぢめく。南部じまはもふゆやにぬいであるやうになつたから、おそれる／＼」と言う。上質の生地の中では比較的普及したものであろう。その紛織の生地。

六 博多織の帯の緋色のもの。

七 栃木県真岡付近で産した白木綿。浴衣、白足袋などに使った。

八 更紗染。サラサ形（人物、鳥獣、草花などの模様）を種々の色で染めた布。

九 埼玉県秩父地方で作られた絹織物。裏地として用いた。

一〇 当時インド、シャムなどから渡来した本物の更紗染。

当世料理茶屋座敷の景

り。羽織は黒[一一]つむぎと見せて黒さん[一二]とめへしやれにすがぬひ[一三]の紋所大きく、もちろん仕立は、まへさがり[一四]なしにずんどぎりのみぢか羽織[一五]、〔裾に〕綿をわざとたつぷり入れさせ、黒糸のふとき打紐[一六]をむな高にむすび、あたまはわざと毛をうすくした由兵衛[一七]奴、やゝもすれば宗十郎の声色をつかふくせあり。

○料理茶屋のはしごをばた〳〵とあがつて来たり。下へむいてすてぜりふありて、片手を手すりへかけながら、一ッぺんずういと見わたし、「ヨウ トうしろへそり身になり、わざとまじめなつらにて、おちついたるものいひ コレ、これだものを、油断も透もならねへ。今朝あさ湯へ行つて運気[一八]を考へたところが、おめさんがたはてつきり迎酒だト、ソレ、おほかた桃皮[一九]か冬鱗だらうと思つて二軒行きやした。ヘン、爰に飲みとは夢にもしらずだ。シカシ中らずといへども遠からずだネ。イヱサ、二軒の内と思つた図がはづれたから、待てよ、ト考へながら爰の前を通つたら、二階で半裏さんのゲイ引[二〇]が聴えやした。ヱもし、あのまた、ゲイ引は天地広しといへど、最う一人とあるめへネモシ。アハヽヽヽ。ヱ、何ヱ、何かまた、あつちの方で悪口が始まつたネ。どうするもんか、それめ〳〵、

一一　黒染の紬糸で織った絹布。

一二　江戸における黒木綿の称。

一三　菅縫い。菅糸（生糸一本を撚りをかけずに用いる）で刺繡すること。

一四　羽織の前丈を脇から衿先へ向けて斜めに長くすること。

一五　「江戸は文化末年長羽折廃して」「江戸も文化の初は長きを着す」（『守貞漫稿』）。みじか羽織の流行はこの頃からか。

一六　二筋以上を組んで作った紐。組紐。ここは羽織紐の説明である。

一七　歌舞伎の「梅由兵衛」（処刑された大坂の悪党、梅渋吉兵衛をモデルとする男伊達）風の男髪型の一。文化七年三月三日初演の中村座二番目「隅田春妓女容性」は大当りをとり、由兵衛役は沢村源之助であった。源之助は翌文化八年冬、四代沢村宗十郎を襲名したが、二十九歳で夭折。一〇六頁＊参照。

一八　雲や霧の状況。雲気。昔、天文家は雲の色や形によって戦の勝敗、吉凶を占った。

一九　有名な料理茶屋。「塩川岸　百川」（『守貞漫稿』）。塩川岸は江戸橋北、伊勢町が西堀留川に面するところ。「江戸の料理家もかぞへてきかさう。マヅ江戸むきで百川、東林、むかふ島に王子」（三馬『一盃綺言』）。

二〇　一二五頁注二五参照。

一そねめが原。「ウッ（トいきをのみてあごをつき出すをきつかけに、左のゆびをひろげて、手をツイとつき出すくせあり。これはわるい地口をいふ時ときく時との手くせ也）何ヱ、何か悪口がきこえねへ。コレ お酌坊、取次いで呉んねへか（トみゝをよせて）ウ、、ありがてへ二野郎の清姫か。ヘン 跡を追つて来たといふやつか。ヘ、まづ安珍いたちまちた（安心いたしました）。トキニ お盃のお明はございませんかな。〔由良之助のせりふの〕ヲット三頂戴と会所めくのか（ト一ぱいかけて）アヽ やつと人心地だ。モシ、四いつかの蕃椒以来大汗になりやした。ハイ おつまみ（トいひながら玉子やきをくひかき）お酌め贔屓分に水をふやせ（たつぷりつげよ）ろ、心意気の能い者はてめへばかりだ。半表さんも半裏さんも実は恨な仕打さ。一寸お使者があつても（知らせてくれても）罰はあたりやすめへ ハテ どうせわたしに見こまれたが五因果へけれけス。そりやアさうとこの出し物（料理）の様子ぢやア、六一番目は切れたといふ幕だネ（最初の料理は出終ったようだね）。こはいろ「七由良の助おそかつたはやいッ。ヱ、がうはらだ（いまいましい）おもふさま食ふ法にせう。買ふは損食ふ法大事、八幸坊大師ときこえるか。コリヤ、なんにもいふな洒落ではないは（トまた宗十郎のこはいろ）九ドレ／＼ まづ出し物を一見せばやと存じ候。まづ座着が厚焼の鶏卵だらうス。一〇今朝はまだあんまりお早いから、まづ是でお一ッとか云ひの鶏卵むしや／＼。トコロデ、

一「采女ケ原」の地口、語呂合せ。木挽町松平采女正上屋敷跡の馬場。小芝居、浄瑠璃、軽業、講釈などの演芸場、水茶屋、楊弓場、船宿、飲食店があり、夜は夜鷹の稼ぎ場となった。

二 男性版の清姫。恋慕のあまり蛇となり僧安珍を追った清姫の見立て。もと紀伊国道成寺の伝説。浄瑠璃、歌舞伎で人口に膾炙した。

三 一献頂戴致します、と改まるのか、の意。町内の会所では堅苦しい物言いをしなければならなかったところから、礼儀正しい挨拶をする場合に用いる。「仮名手本忠臣蔵」七段目の九太夫と由良之助のせりふ「九『サア由良殿、久しぶりだお盃』由『又頂戴と会所めくのか』九『指しおれ呑は』由『呑おれ指すは』」から出て人気を博し、酒席の献酬の際の常套的声色となった。

四 客に命じられて蕃椒をのみこんだことを指すか。二四二頁四行、一三行参照。

五 運の尽きです。「へけれけ」は言葉の遊びで意味はない。

六 最初の出し物。「一番目狂言」の略。一日の歌舞伎狂言の興行は二本立てで、一番目を時代物、二番目を世話物とする。

七「仮名手本忠臣蔵」四段目の塩冶判官高定のせりふ「ヤレ由良之助待兼たはやい」。ここでは早く来ていれば御馳走を戴けたの

ゆふべの残を、爰にある提蓋へ積んで出したといふやつか。慈姑のよせもの、こいつが悪く甘いやつでいかずト。小海老の照焼が落武者といふ身で、たつた二騎に打なされてゐる内が不便だ。さうかとおもへば、隣のとこぶしは子刻前の禿といふ身で、かぢけて重なり合ッ居るが一ツも手つかずだネ。爰にさつぱり死骸の見えねへ物がある。こいつは何の跡だらう。ハテナ、あたらねへはヱ。チト移り香でも嗅いで見よう ト中鉢をかいで見て ハテナ、鼻高しといへども貴からず。どうもしれねへ。ヱ、何ヱ、ヱ、がうはらな。今一足はやくんば、かうやみ〳〵と食はれてはしまふまい。から云つちやアどうか狼に食殺されて跡が敵討にならうといふ条だネ。サア〳〵最う

に、の心をこの声色に託した。

八「(身銭を切って買うより、ただで)喰う方大事」を「弘法大師」に懸けた洒落だが、洒落に念を押すのは野暮の骨頂である。

九〔宗十郎〕一三五頁注一七参照。

一〇 宴席で最初に出る料理(あるいは芸)。つきだし。

一一 残肴。
＊ 以下、意地きたないこの男の独白を描写(物真似)しながら、遊里の宴席を扱った洒落本の伝統的描写法で、料理茶屋の座敷の情景を、料理を中心に活写する。
一二 広蓋の類か。
一三 慈姑に魚の摺り身と麦粉、葛粉、寒天などをまぜ合せて味をつけ蒸籠で蒸した料理。
一四「さいまき」は小型の車海老の異称。「鞘巻」の訛か。
一五 打ちなされていることが。「内が」は、…することが、の意。
一六 常節。巻貝。アワビに似るが小型。
一七 娼家の閉店時刻の子の刻(午前零時)の禿同様に重なり合って居睡りしている。「禿」は上級女郎が身近で使った十歳前後の少女で女郎の格により二人から三人が付いた。
一八〔中鉢〕大鉢、小鉢に対していう。
一九「山高きが故に貴からず」(『実語教』)。

何も食ふ気はなし。座頭といふ肴を皆しめられたから納らねへ。チヨツ、悔むべからず。朕が不徳とあきらめる事だ。是から酒でも飲まう。トキニ、これより二番目といふ肴が出さうなもんだネ（トいふ所へ初段のみそ吸物一人前持来たる）ありが〳〵。先刻からあすこにある吸物椀の中へ魂が半分飛居た。ヘン安いやつさ。いかに跡から来たとて（くら後から来たからって）おれが分の味噌吸が出さうな物だとはおもつたがそこが内端者だからだまりんでゐやした（内気者だからだんまりでいました）。まづ吸にありつき。ハヽア田舎味噌とひねつた内がいゝ（くふうしたところがいい）。ゆふべ気の（二日酔は）腹は名古屋味噌か臭味噌でいくとすつぱり洗へやす。迎酒と見て何も出さねへ所が山だ（肝心だ）。モシ爰の内はおつに穿ちやすネ、会席奇妙さ。あの最う飲めも食へもしねへ所へやたらとこじつけて出す内は気障さ。その人数を見切つて（に合わせて）出すといふやつが流行だ。たつた三人の坐敷へ大鉢の鯛麪、大平へ汁沢山で松茸がもやしを負つて、切身と竹輪が立游をしてゐるのも、中でごぜへやすよ（いただけませんな）。爰らの庖丁を食つてやらねへぢやア（庖丁さばきを分ってやらなくては）料理通にあらずさ。コウ娘、ヘン娘と云つたら俄に返詞がちがつたぜ。コウ料理番は河岸から帰つたか。ナゼ、内に居るか。フム、爰ぢや

一 主要な料理はみんな食われてしまったから我慢できない。

二 天子の自称。遅れた私が悪いのさ、というところを威儀めかしてふざけた口調。

三 〔初段〕すでに運ばれて一区切ついた料理を芝居の初段に見立てた。

四 すすりたくてたまらなかった。

五 米麹の代りに麦麹を使った味噌。色が赤黒く味がからい。

六 名古屋の味噌。味がからい。

七 万事心得て急所をついたうまいやり方をしますね。

八 当今流行の会席風でさすがだ。「江戸にては近年会席風と号け、其客の人数に応じ、余不足無レ之、唯僅かに余るべき程に出し価を減ぜり」(『守貞漫稿』)。洗練された簡便なサービスが江戸の料理茶屋の特徴であった。

九 何だかんだと言って料理をもって来る店は困りものですよ。

一〇 そうめんに鯛の身と汁をそえて盛り合せた料理。

一一 平たく大きな蓋つきの椀。

一二 魚河岸。他に大根河岸、米河岸、塩河岸、多葉粉河岸等々があった。

ア御亭主が買出しに往くか。ハヽア、こいつは穿ち損ひ[一三]おそれ山ねこ。シカシもう河岸から帰つたらうの。コウ帰つたら早く二ばんめ[の料理]を出しておくれト。ヲツトまつたり、これもいはずともの事だらう。下[一四]で如在はあるめへ。それはそれでよしと。爰でお頼はグツトソレあつうく燗をしてもらひてへ。二三日つゞいた腹だから[酒が]つめてへ酒は通らねへ。ナニ、この酒をあけろ。どうして／＼勿体ねへ。酒客が下盞[一五]しては酒の罰があたる。お燗のよき所で半表さんへ上げるといふ所だが、半表さんは他にばつかり強いて、ぬしはとかくのがれたがるテ。強酒[一六]さん半表さん、ひうどろんこ[一七]ひうはどうだ。ウツトヲツト燗出来か。ありが／＼。憚りながら爰へ汲んでくれ給へ。何、どんぶりで。やつかましい、どうもならねへ。ヲツトこぼれる。コレサ素人らしい。どうしたもんだ。お手へかゝらねへやうに。コレサ／＼。最う[一八]些と膝の上だと身上に拘らア。ほんによ。今こそしれねへが土用干[一九]の時見ると酒染の痕が白ヲくかびて、膝の上に日本[二〇]の図が現れらア。コウお酌。てめへに教へて置かう。縮緬[二一]の着物へ酒がかゝつたら熱い灰を上へふりか

一三 知ったかぶりのし損いで恐れ入る。「おそれ山ねこ」は恐れの連想で恐山→山猫と続けた。

一四 下（一階）に帳場、調理場があった。座敷は二階。

一五 盃を下に置く。もう飲めぬ意を示す。

一六 「椎茸さん干瓢さん」（御殿女中のように作り立てた髪型をしている人）のもじり。「椎茸髱」は御殿女中の髪型の一。髱を椎茸の笠のように張り出しているところからいう。料理でよく使う干瓢を添えて洒落た。

一七 ひゅうどろどろ。歌舞伎の幽霊の出端に使う鳴物。高音の笛に小刻みの太鼓。

一八 もうちょっと手前の膝の上だったら。

一九 虫干。夏の土用中に衣類を日に干し、風をあてること。

二〇 伊能忠敬が測量を開始したのが寛政十二年。江戸後期はかなり正確な官選日本地図の完成期であり、民間では、地誌、街道細見の類の出版が盛行し、庶民の間に、日本国土のイメージがようやくかたまりつつあった時期といえる。

二一 絹織物の一。よりのない経糸とよりの強い緯糸で織り、布面に細かな縮みがある。以下は大道売りの口上に擬した。

けて、暫くじつとしてゐるだ。忽ち燥くから燥いたらば灰をそつくり捨て、跡をはたくがいゝ。色もかはらず染もつかず、是ひとつお覚えなされても女中がたの御調法若御用とあらば伝授書[一]は、二十四銅（二十四文で差上げます）とお手に入れます。イヤ〳〵[二]若い者さうでない。我には出来てもおれには出来まい。とお立合（お客さんの中から疑いが出ないものでもない）のうちからおつしやるまい物でもない。コリヤ 面が看板。元朝（元旦）から大卅日まで此所が定店売[三]間違と買間違。ヲツト 東西[四]、こりやア洒落だが今教へた事はほんとうだぜ。それも時過ぎ（時間が経っては）ちやア、きかねへ、酒をかけた時の〔すぐ〕ことだよ。ソレ どうだ、折節為になる事をいふぜ。それだからあんまり下[五]直にしめへ恐多い事だ。トキテ 半表さん、チト 上げます。ハヽア 右の手を畳につき、左の手で膝をたゝき、座中を斜に見る様子では、半表さんも酔を迎出した（酔い始めたね）はヱ。なぜだまるか、酒に酔ふとだんまりのまじめだネ。また[六]お押へか、その句も久しいやつさ。盃の往く度にお押へだネ。半裏さんお[七]間、ナニサ 間[八]にお手もともおかしいぢやアねへかネ、そんなら〔間を〕頼まずに〔自分で〕のむ方がいゝ。シカシ 頼む[九]だけこつちに一盃の徳があるス。まづ飲めの（野辺の）若草

一 （染ぬきの）秘伝を書いたもの。

二 オイ、若造、お前はごまかして巧くやっても、買った俺には出来ないのではないかと。

三 定まった場所でいつも決った商品を売る店。定店なので返品はご自由、の意。

四 「東西東西」。口上をのべたり見物人を静めたりする際にいうきまり文句。

五 粗末にするな。

六 盃の献酬の際、相手のさそうとする盃を押し返してもう一度飲ませること。

七 献酬する両者の間に入って、別の人が代りに盃を受けること。酒盃献酬の作法。

八 「お手もと」は「お手元拝見」。酒を勧められて、それを押え、逆に相手に勧める際にいう言葉。相手の手なみが見たい、の意。

九 半裏がお手もとといって盃を返す分だけ一盃よけいに飲める。

か。ウツト(例の手)わたしも酒をのみたがるほど欲をしると親仁のことはきかねへけれど、どうもモシ商売は否だネ。欲ばつて銭をほしがる、ヘン俗な奴だ。酒を飲んでむだくちをたゝいて一ぴよこ(一〇ご祝儀つきなら)があらうもんなら、是にて本望ス。女郎買が嫌ひ、芝居は覗いた事なし、酒は嗅ぐも否、煙草は煙を見ても酔ふ、肴はなまぐさくて御免、只銭金ばかりほしがつて咽口(一一)を干す者は現世からの餓鬼道だ。ありやアおめさん人間の法に背くから、わたしが目からは獣に近いとおもふ。ナントいつその事お飯を断物(一二食事を一切やめ)にしたらよささうなもんだネヱ(たらよかろうよ)。わたしらが気ぢやアまアさうだ。世の中をぐつと中(一三)だめ(出鱈目に)に悟つた所が、マアそんなものさ。ハテ悟りやした。悟らねへでこのまねが出来るものか。まづ第一親父やお袋がこごとをいふス。所が此方悟つてゐるもんだから、万事貪惜せずさ。女房もたず子はもたず、親類つき合せず、ナント悟つたもんでござへせう。扨から悟つて見ると、商売が否になつて、山奥へでも世をのがれて、天窓を丸めるやつだが(坊主になるというところだが)、チトそれも古風な悟りさ。そいつをぐつと裏を行つて(裏をかいて)、やつこあたま(一四)で山奥はおろか(山奥に遁世するどころか)、

一〇 幇間用語。ぴよこりと一つお辞儀をすること。転じて、そのようにして受取る祝儀そのものを指す。

一一 (我が身の)飲み食いを惜しむ者は。

一二 神仏に祈願の証しに、ふつう酒、煙草、塩、異性などを断つ。

一三 不確か。あやふやな事。「宙だめ」とも。

一四 月代を広く深く剃り込み、両鬢(頭の側面)と後の項(えりくび)に残した毛で髷を短く結ぶ。二三五頁注一七参照。

内にゐてさへ淋しいから、色と酒の賑やかな所で行ひすまさずにゐるといふ所は、モシありがてへぢやァねへか。ハテ爰らが悟の場。ヲツト肴は拙者が御自由にめしあがる。コレサ〳〵、その慈姑とは何事だ。先の鶏卵の裏を行つたナ。ヱ何、悟だ、おきやァがれ。何、丸呑にしろと、久しいもんだ。モシ半裏さん。さりとは情なき[一]綸言だネ。このまあ慈姑がどうして丸呑にいくもんか。生の鶏卵を殻ごとばり〳〵食ふのは[二]太夫前芸だけれど、この慈姑はおそれやす。コレサお酌、てめへまでが同じ様に、コレ馬鹿ァ云やな。この慈姑を呑まう物なら、咽がごつくり往生だ。何ヱ、[三]物食が能いヱ。やつかましい、またふさがせる法か。半裏さんはどうもならねへ。アレまた。半表さんもだまつておいでなさるかと思へば、[四]出語りのワキ師の様に時々独吟が廻りやす。この慈姑が丸で鵜呑になるものか考へて御覧じやしな。あれも[五]他の子樽拾ひス。コレどうもならねへ。先達て向ふ島へお供の時も、活居る蜈蚣を山葵醤油で食はせられて、家根舟へ帰ると彼、[六]綾瀬仕入の蜆汁へ[七]舟虫の這込んだやつを、お目通でまた食へだ

一 君主が臣下に対していう言葉。絶対に守らねばならぬ命令。底本は「倫言」。
二 幇間としての芸。「太夫」は芸のある幇間の呼称。
三 食いっぷりがいい。
四 浄瑠璃語りのタテ（首席）の太夫に次ぐ役。掛合いの場合、きれぎれに語り場がわりあてられて回ってくる、それと同じで時々ぽつりと口をきく。
五 「雪の日やあれも人の子樽拾ひ　冠里」。「樽拾ひ」は酒屋、醤油屋の小僧が得意先の空き樽を集めて回ること、またその小僧。雪の日の哀れを催す情景を詠んだ有名な句による。
六 綾瀬川。荒川の支流。
七 岩、船板にすむ節足動物。長さ三センチ位で小判型。

他(ほか)[八]の者で御覧じろ、食ひもせうが大食傷だ(食あたりだ)。モウ〱悪洒落(わるじやれ)は真平々々(まつぴら)。

ハテサ 丸呑にのめなら呑みもせうが、慈姑ども(くらえども)[九]その味(あぢはひ)をしらずだ。ウッ ト例の手くせをして どうもならねへ〱 トくちくせ

八 私はともかく、他の者だったらどうなることか。

九 「仮名手本忠臣蔵」大序冒頭の「嘉肴ありといへ共、食せざれば其のあぢわいをしらずとは」のもじり。

大言を吐いて諸道を訕る人の癖并ニよく請太刀をする人の癖

金があつてたはことをぬかすゆゑ、人がハイ／＼〔愛想よく〕[一]とうけてばかりゐるを（聞いてやるのを）よき事（いい事に）と心得、われおもしろの人かしまし（人は迷惑）といふ人物。●コレ／＼　好助子、もうちつとまつがいゝ。きのふ孔糞[二]が所からおつなもの（珍しいものを）をもらつた。何を、アノ何さ軸羅洋[三]でとれるハンカーツー[四]、といふものス。さだめて承知だらう。▲イヽエ存じません。何か珍奇な物でござりませう。●こればかりの壺へ詰めて来やした、いづれ国産[五]にうまき物は絶えてない。ダガ　おつでごつす（珍味でありますよ）。▲ヤそれはいたゞきたい。どうも妙な事には、あなたへばかり珍物がふきつける内[六]がおそれ入ります（感心いたします）。●此間物産家[七]にたづねたら和名[八]をすいがりといふさうさ。ナニカ　手前味噌[九]で漬けたと見えて、はなはだ塩が辛い。▲でござりますか。ヱヱ　なるほど、これはさやうでござりませう。へイ／＼。いづれさナ。遠方まゐるもの（遠方から到来する）でござりますからそのはず（塩が辛い）ではござりますれど、へイ／＼。しかし何角と申しても山海の珍味が自然とあつまります所が、旦那の御威光でござります　へイ／＼。●是ヨ、燗がよくはそ

一「うける」は、受ける、請ける。話を聞くこと。特に、自慢話、のろけ話の相手になること。

二 二九頁注一九参照。ただし、ここはもちろん『浮世床』の素読の師匠とは別人の設定。

三「軸羅様」（和様とも唐様ともつかぬもの）のもじり。「軸羅」は巨済島の古称、瀆盧の転かという。朝鮮と日本の潮界の海、転じてどっちつかずの意。「軸羅が沖」とも。「軸羅」は底本のまま。

四「半可通」を洒落た。

五 舶来でない国内産の肴で。「国」は本来、本邦内諸国の意。日本産の意として使われた早い例か。

六 到来するのが。到来することが。

七 物産学者。古来の本草学（動植物を薬用、食用に用いるための研究）が江戸時代中期にオランダの博物学の影響を受けて発展し、鉱物をも扱うようになり、物産学の呼称が生れた。漢名、蘭名、和名を文献で調べ、その効用を研究した。三馬が師と仰ぐ戯作者、平賀源内は代表的物産学者であった。

八 「粋（すい）がる」（通人ぶる）を洒落た。

九 自家製の味噌の意から転じて、自慢すること。ここでは洒落て味噌の名とした。

一〇 地蔵菩薩。下等な酒をいう。『地蔵講和讃』の「帰命頂礼地蔵尊釈迦の付嘱を憶念し、悪趣に出現し給ひて、衆生の苦患（くげん）を導けり」中の「悪趣」に懸ける。

一一 工合のわるいこと。そぐわないこと。

一二 近頃は、の意。

一三 一三昧。没頭すること。

の肴（さかな）と一緒にきのふの壺（ハンカーツーの）を出してくりや。ナニカ、燗はお継（つぎ）か。ア、政（まさ）か。政ぢやアいかねへ。燗ばかりはお継にさせるがいゝ。他（ほか）の者はどうもいかねへ。わたしは燗がむづかしい。所謂（いわゆる）地蔵（ざう）一〇ぼさつといふ酒で、悪酒（あくじゅ）に出現の上を変に燗をされたはおそれるやつさ。▲さやうでございますへイ／＼。酒は燗が第一。●わたしはチトあつい方が好きだが。▲へイ／＼。酒はあついが能（よ）うございますへイ／＼。ぬるいのは大（と）きく（ても）中（ちう）でございます（一一いただけません）テ。へイ／＼。●そこでわたしは他所（よそ）ではのまねへ。そこへ行つてきついのは（ひどい奴は）酒好子（しゅかうし）だ。▲酒好さまはあれは別でございます。へイ／＼。何でもめしあがるから強傑（ごうけつ）でございます。へイ／＼。イヱモシ奇（き）談（だん）がございます。あなたのお嫌（きら）ひな茶粕（さはく）さまが、此間（このあひだ）一二は茶湯（ちゃのゆ）一三（一辺倒）いつさんまい。

誠にサ、こりかたまつてゞございますが、ヘイ〳〵、先日も〔お宅へ〕あがりましたらば、ヘイ、伊賀一の水さし、ヘイその外に、銘は源氏と申す宗丹二の茶杓三を拝見いたしました。ヘイ〳〵。●それは払ひ物四かの。▲ヘイ。イヱどちらからかお借りなすつた様子でございます。●井戸五の茶碗を持居るぢやァねへか。▲ヘイサ、夕ぐれと申す銘で、ヘイ〳〵。あれも借ものでございます。●おきやァがれ（いい加減にしやがれ）。▲イヱその中に奇談は、水さしでございます。正金六十両が物はりんとあつて（値打ちはきちんとあって）、私どもがヘイ、五十両なら〔買受けの〕請人に立たう（保証をしよう）といふ品物、遠州六さまの五月雨と申す序語の手紙、勿論七へがしでございましたがヘイそれを添へて三十両でお手に入りましたげな。ヘイ〳〵よほどのお堀出し（掘出物）でございます。ハヽヽヽ。●高金な物を安く買ふは禄のある者の業でねへ（金持のすることではない）。ハテ高い物は高く買ふで、足下八たち（お前達の）が渡世になるといふもんだ（商売になるというものだ）。ほり出したと云つてうれしがるは商人の事でごつす。素人はほり出されるがいゝ（高値で買うがいい）。ハテサ。価の貴い所で道具にもなる、自慢にもなるが、下料（安物）な品では秘蔵する甲斐がないでごつす。▲ヘイ〳〵、さやうでございます。●ア、茶粕が茶

一 伊賀焼の水指。三重県阿山郡丸柱付近で産する焼物で茶人に好まれる。「水さし」は茶の湯で釜にさす水を入れておく容器。
二 利休の孫千宗旦。
三 抹茶をすくう小さじ。
四 売り立てで買った品。
五 朝鮮産の抹茶茶碗の一。茶人珍重の品。
六 小堀遠州。江戸初期の茶人、造園家。千利休、古田織部と共に三大茶人と呼ばれる。
七 貼った書などをはがしたもの。剝。
八 好助は担ぎ商いの道具屋か。因に三馬は書林万屋太治右衛門の婿養子の時代に貸本で右のような商売をしている。『封鎖心鑰匙』に「子ぞういそげ〳〵。山の手から下谷へまはらう。なんぞもうかる雅物でもでさうなものだ」と、風呂敷包を背にした二十七歳の三馬の插絵がある。
九 茶室の客の出入口。にじって上がる（膝をついてすり上がる）のでいう。
一〇 一四〇頁注九参照。
一一 「言行君子之枢機」（『易経』）。
一二 「…方今学者、移居於品川、思浜漢土之裏店、放驪于目黒、禱入唐人之人別…」（『寝惚先生文集』の序＝風来山

湯もよせばいゝ事さ。なぜだらう。[九]にじりあがりから窮屈に這ひ上がつて、乞食の茶碗で古池の水を汲んだやうに青い湯をのむ事もねへス。その上で亭主の身についたものを一々にほめころばすだ。何の事はねへ、ついしやうけいはくをのべて、[一〇]びんぼう神の祭をするやうなもんだ。あの男の見識もあれでしれたもんだ。学問を仕候といつても[一一]言行相違してゐる。なんとして〳〵篤行の君子といふものぢやァねへ。我日本にうまれて唐山の事ばかり羨しがつてるから、本意でねへ。▲さやうでござります。へイ〳〵[一二]居を品川にうつしては、漢土の裏店にちかよらんことを思ひ、[一三]驪を目黒に放ちては、唐人の人別に入らん事を祈る、といふ所でござりますか。ハ、、ハ、。●そこさ。しかしまた茶粕が[一四]内君が国学をはじめたとか云つて、舌つ足らずが言ふやうに[一五]万葉家の和文を書くにもおそれる。鎌足とか猿田彦とか云ふ名を追つて、[一六]異様の名告をすれど、皆何かしの声色さ。▲へイ〳〵。これの日出づる国とか申して、日本を貴む所は至極よろしうござりますが、[一七]兎角近体と[一八]忌敵な所が、どうも[一九]日本魂ではござりますまいて。●あれは[二〇]念

人）による。父の謫地上総から江戸に帰り、芝に塾を開いた荻生徂来が「これで唐土に近づいた」と言ったという。「日本国夷人物茂卿」と署名したこともある徂来、あるいはその亜流の儒者の唐土崇拝熱を諷したもの。

一三 前注の「品川」の音をうけて、近世、「驪」の文字を宛てた「目黒」の地名を引き出したか。以下、「牛を桃林之野に放ちては」（『書経』）と語呂を合わせ、前句同様に「唐人の人別」（人別帳・江戸期の戸籍簿）に入りたがる態の漢学者を揶揄した。モデルは青木昆陽か。

一四 内儀。妻君。

一五 『万葉集』を尊重した賀茂真淵一門の国学者たちによる擬古文。

一六 雅号。ここは真淵門の建部綾足や伊能（楫取）魚彦などを連想したか。

一七 真淵等の上代風（古体）の和歌に対して、荷田在満、本居宣長等は『新古今集』を最上の和歌集とし和歌は芸術であるべきだと考えた。これを古体に対して近体といった。

一八 憎み嫌う間柄であることが。

一九 上代から伝わる民族固有の精神とは大違い。一四頁注一参照。

二〇 浄土真宗と日蓮宗。

仏と法花、古方家[一]と後世家、犬と猿、下女と調市、どうも中のわるい事はしかたがない。国学もよくすればよけれど、概偽[二]万葉だて。わたしがこのごろさる人を大きに嚇したて。それはなんだといふに、新地新道[三]からの案じで、新万葉[四]といふ歌の体を立てたが是はどうでごつす。まづ汐干といふ事をよめるㇲ。

[五]どろみがたあしくさら[六]かしいをとりつきびたわろさよ今しほこよか

と

▲これはまことに古体[七]おそれ入りました。イヤモ実に感吟仕ります。●どうでごつす、古学者[八]にはかうはよめぬてナ。近体をよませてはこれはまたお茶の粉だて。これはいふにおよばぬ扨何はどうでごつす。久しくあはぬが彼季氏麿が乱舞[九]は。▲ヤ これは、ます〳〵でござります。●兎角熱がさめぬかの。こまつたものだ。謡をうたふの、鼓をうつのと、いらざる事さ。早くいはゞ、畜生[一〇]の皮をたゝいて幽霊の噂をするやうなものだ。すべて何業によらず、わたしが目から見ては孩児の戯れだ。一々とるにたらぬ。ま

一 三三頁注一八・一九参照。
二 世を欺瞞する偽物の万葉学だ。
三 深川新地（隅田川口の深川側の尖端）など新たに埋立てて開いた土地。「新道」は地主が私有地を新たに開いた私道。
＊ 宣長は異国（唐土）の「道」が聖人どもの人為のさかしらによって作られたもので「国を治めむために作りてかへりて国を乱すたねともなる」のに対して我が国の上代には「山路、野路」のようにただの「路」に「御」を添えただけで「道」はなかった、自然におおらかに天下が治まっていたと説く（『古事記伝』一之巻、「直毘霊」〔此篇は、道といふことの論なり〕）。三馬は、右に従い、深川のただの泥んこ道を考察して新歌体を立て、御国学びに参加すると洒落た。
四 『万葉集』の「丈夫振り」を尊重した真淵の歌風を継承する万葉派への揶揄。
五 「年魚市潟潮干にけらし知多の浦に朝漕ぐ舟も沖に寄る見ゆ」（『万葉集』巻七）などに似せた。
六 腐らす。（足を）ぬかるみに浸して。
七 立派な万葉調の和歌だ。
八 国学者一般を指す。
九 訛って「らっぷ」とも。能楽中の舞の部

づ碁将棋といふものが喑の喧嘩、鞠を蹴て何が徳かとおもへば、腹のへるばかりさ。詩歌連俳、香茶の湯、遊芸すべて屁のやうなことでごつす。六芸の内にも就中書家だ。それも世上の書家はおの〳〵能筆だが、アノ何を見なせへ、仮在行が手跡を、あれでも書家の気だぜ。和様は俗だとかいつて、唐様を書く所が、所謂石摺手で、横筆逆筆をつかひ、更に書法といふ物をしらねへ。あれは〔文字の〕声色つかひで、只文字の形を似せて心をとらぬ。あのことを書奴と云つて、文字の奴だとある。和人の唐様が習はれるものかと、唐人〔の書〕をいつぱし呑込む気でならふが、真面目といふものを見ずに、墨本ばかりだからひとつぱも役に立たぬ。ハテ墨本といふものは、まづ真蹟を双鉤にして石に上せ、木に刻する。だん〳〵伝はる内には真蹟と大いに違つて、その上に運筆の跡が見えず、死物のぬけがらを習ふやうなものだ。則ち畑水練、巨燵兵法といふたぐひの物でごつす。どうもあの男等は見識が低い。これにてつき合はれぬでごつす。▲イエモ あなたの仰せられます事は一々御尤、ヘイ〳〵まことに高論でござります。ヘイ〳〵どうぞして気

分だけを演ずる仕舞。

一〇 能の鼓と曲中の登場人物（多くは昔の有名人の亡霊）をふざけて言う。

＊ この辺の批判にも風来山人の調子がある。「鼓のヤツハア、大鼓のテレツクスツテン〳〵、とんと上手に成りおふせても耳へ入つてぬける間の楽にて名の不朽に伝ふべきにあらず。其外俗の芸と云ふは、皆小児の戯なり」（『風流志道軒伝』）。

一一 啞者。

一二 蹴鞠の遊戯。『浮世風呂』前編上にもけまり自慢の医者が登場する。

一三 連歌と俳諧。

一四 中国周代の士の必修教養科目。礼・楽・射・御・書・数の六種の技芸。

一五 明の文徴明風の篆・隷書体で江戸後期に流行。「売居と唐様で書く三代目」（『柳多留』）。

一六 拓本と同様の筆跡。

一七 誤った筆遣いと筆順を逆に書くこと。

一八 「書蠹」（書物の紙食い虫）の誤りか。章句を覚えても、心が解らず応用もきかない。

一九 法帖。昔の書家の筆跡を摺り出した折本。

二〇 輪郭をなぞった二重文字。蝕字。

二一 空理空論だけで実地の役に立たないこと。「巨燵兵法」も同じ。

をつけて(つかせて)上げたいものでござりまするが、兎角目のさめぬで(もの)ござりまするて、ヘイ〳〵アハヽヽヽ。●サア〳〵酒が来た。一椀喫し給へ。▲これは〳〵いつもながら雅品、ヘイ〳〵。イヤモお物好は(ご趣味のよいことは)まことにおそれ入ります。ヘイ〳〵。さやうなら(それでは)御盃を頂戴。イヤこれは実に奇絶(結構)。ヤこれはどうも実に奇絶。ヘイ〳〵。イヤモおそれ入ります。ハヽア是が彼おうはさのハンカーツー。ハテ奇絶。ヤこれはどうも。実にもうヘイ〳〵。御酒と申しヘイ〳〵。イヤモありがたい仕合せ、ハヽア甘露々々(美味)、ヤモ実に奇絶。ヘイ〳〵、ヘイ〳〵、ヘイ〳〵。

＊このあたりも、会話を活写することを得意とする三馬の特徴がよく出ている。「仮字のつかひぶりを、克く心得て読み給ふ時は、よみくせありて、酔人の情殊に深かるべし」(『酩酊気質』)。好助のそつのない追従ぶりがありありと浮び出ている。

追従好助の腹のうち

蔭(かげ)で舌(した)を出(だ)す人の癖

「ヘン べらぼうめ。無学文盲聴取傍問(むがくもんもうきゝとりばうもん)[一]のくせに、〔調子を〕あはせてゐればいゝかと思つて、さまぐ〳〵など〔言いたい放題を〕ごたくをつきをる。なんだハンカーツー。おかしくもねへものを食はせて、うぬひとりだみそを〔たわごとを言いたてる奴だ〕ぶちあげるやつさ。ャレ〳〵〳〵けふも、うけたぞ〳〵[二]。しつか[三]りうけさせた。なんぞの時金(きん)[四]を引出(ひきだ)さうとおもふから、ぜひなくうけてはゐるが、ほかの者(もの)がなか〳〵つゞくしんぼうぢやァねへ。ヤレ〳〵ほつといふ息(いき)が出る。まづ酒の燗(かん)からはじまつて名酒のうぬぼれ、何あれが名酒なものか。金を持つたやつといふものはなるほど生姜(しやうが)にきはまつた〔けちと相場はきまった〕。口ばかりたいさうなほらをふいても、おいらがのむ酒から見てはかげもねへ〔見るかげもない〕。こちとら〔おれなどは〕は銭(ぜに)こそなけれ紙屋[五]の菊か、木綿屋[六]の七ツ梅、さては〔あるいは〕焼印(やきいん)[七]の剣菱(けんびし)でなくては腹(はら)が合点(がつてん)しねへ〔承知しない〕。それに〔それを〕なんだ。なだものゝ〔燗を〕地蔵(ぢざう)[八]ぼさつをつけ

一 聞取法問。他人の説を聞き、自説として発表すること。
二 二四四頁注一参照。
三 奴め、随分と聞かせやがった。
四 金を借り倒そうと。
五 兵庫県伊丹の紙屋醸造の銘酒。商標が八弁の菊花なのでこういう。
六 伊丹、木綿屋の銘酒。商標に七つ梅の紋を用いた。
七 伊丹の坂上醸造の銘酒。酒樽に剣菱の商標がある。灘から船で東へ下る酒の中で、同じ銘柄でも上下等があった。「焼印」はその上等のしるし。
八 二四五頁注一〇参照。

ておきながら、ャ悪洒に出現もすさましい（一よく言うもんだ）。ナンノ茶の湯のわけも御ぞんじなくて、和学がどうだの、漢文がかうだのと、ヘンおきやァがれ（二いい加減にしろ）、諸芸三無得道でゐながら、書の沙汰までするからあきれるは。世の中のきいたふう（四利口ぶり）をひとりで脊負居る野郎だ。サテモ／＼おそろしや。酒が二合ばかりに食へもしねへ五国産物で、や丶一時うけさせた（二時間自慢を聞かせた）。これぢやァうけても六引合ねへ。一度のうけ賃（お相手料）七里扶持に倣つて、壱分二百と極めよう。よし／＼、このごろ（近いうち）に三十両ばかりだましうち（インチキ話を）に切かけてやらう（持ちかけてやろう）。シカシ、典物しちもつを置かねばはめずは借すめへか。あんな奴にはおもいれ（思うさま）損をさせてやりてへもんだ。れつきとした諸芸を悪くぬかして、うぬひとり能い子の気だから罪は重てへ。詩歌連俳何もしらず、遊芸ひとつぱもらちあかず（ひとつも仕上げることはできず）、八手は書いても無筆仲間の座がしら、まだちつと取得な所は記憶の能いばかりだ。口はりつぱ（もっともらしく話すから）にきくから、しらぬ人はいつぱい食はうが、二度と出遇つた人はたちまち九楽屋を見透すさ。ア丶こまつた一〇しろものだ。金があるから一一おはい／＼（はいどもっとも）をいへばい丶かとおもつて。チヨツまづ今日は請損トいひながらぶら／＼行く。うはさをすればかげがさすとむかふより来るは茶

一 聞いてあきれる。上に助詞「も」がつく。
二 奥義を知らぬ。精通していない。
三 心得がない。体得していない。
四 知ったかぶり、半可通の罵り語。倒置して「ふうたきい」とも。
五 舶来でない国内産の肴で。
六 聞いても割に合わない。
七 里親へ払う養育料。転じて芝居茶屋隠語で一歩二百文をいう。
八 手本を写すことはできても、文字の読み書きはできない。
九 内部の実情、実力を見とおしてしまう。
一〇 代物。人物、やつ。人を軽蔑していう。
一一 御はいはい。「はい」を重ねた上に「御」までつけることから、人にへつらう意。

粕、季氏麿、仮在行、三人つれだちて好助にむかひ

茶粕「好助何所へ行つた。もう帰りか」好助「ヤ これはお三人さま、おそろひでどちらへ ハヽア 慢斎さまへ御来駕でござりませう。まづ御きげんよろしう ヘイ〳〵。大きに御ぶさた仕りました ヘイ〳〵。トキニ御茶の湯はどうでござります、相かはらず御風流で ヘイ〳〵。季氏麿さまそののちはとんと罷出ませぬ、ヘイ〳〵。御免下さりませ ヘイ〳〵。仮在行先生は毎日の書画会[一二]で、さぞ御繁多に入らつしやいませう。ヤほんに此間唐紙[一三]の払物[一四]がござりました。お入用ならば」仮「ホヽウ、それはてうどよい。しかしおれは貧乏人ぢやによつて、現銀ではチト 難渋ぢや[一五]」「久しいものアハヽヽヽ」季「ナニ あんなことを云つてもあれは皆虚誕だ。先生この節は大きに富みて居るぜ」仮「馬鹿をいふまい。季氏麿がやうに冬も蚊屋を内に置き[一六]、他所行の上下を持居るやうな経済家[一七]ではない。此方いたつて不経済ぢやによつて、宵越[一八]の器物をもたぬ。ナニカ 慢斎は内に居たかの」好「ヘイ〳〵 御在宿でござります。ガ 例の大言をしつかり請けました」仮「此方などの事をさぞ卑しめた事であらう」季「あの人の癖だ」茶「かげでわる

一二 文人、書家、画家が作品を出して展示、即売する会。例えば文化八年三月十二日、両国橋向尾上町中村平吉方にて三馬が会主となって書画会が催された。世話役は、歌川豊国、山東京伝、版元西村源六などの、絵師、文人、版元、版木師、摺師など。三馬の門弟一同が手伝っている（『式亭雑記』）。

一三 中国製の紙。墨汁の吸収がよいため書画用とする。国産の和唐紙もこう呼ぶ。「和製唐紙始まる（城州の人朝正斎義楽、通称中川儀右衛門といふものたくみ出し、若年の頃江戸へ下り、下白壁町に住し、文化三寅年春官許を得…）」（『増訂武江年表』）。

一四 出物に同じ。好助の側からすれば仕入れ物である。

一五 うそ。

一六 不要なものを入質せずに持っている。

一七 理財家。金の運用に長じた人。

一八 「江戸子は宵越しの銭をもたぬ」のもじり。季節外れの家財、衣類、日用品の類を用済みの都度入質してしまうことをいう。

くいふといふやつが一ばんわるい」好「イヱ　今日(こんにち)は中位(ちうぐらゐ)一でござりました」「アハ丶丶丶丶」仮「あのやうに悪く罵(ののし)つて、あの男の気に入るものはひとつもあるまい。アハ丶丶丶丶。イヤしからば、ヤコレ〳〵〔ごめん〕唐紙をもつて来てもらはう」好「ヘイ〳〵、さやうならば近日(きんじつ)トたちわかるゝ好「トまづ云つたものよ。どれも〳〵高く(お高く)とまつてゐるが慢斎(慢斎が)のわるくちをいふもむりぢやアねへ。ア丶、おの〳〵かして二はよこ〔払いを〕さぬ顔だぜ。唐紙も現金(げんきん)なら売つてやらうが、まづ置往堀(おいてけぼり)三なら御免(ごめん)だ」

一　「一ばん」といったのに対してこういった。

二　掛け売りをしては。

三　本所七不思議の一。錦糸堀附近にあった池という。釣人が帰ろうとすると堀の中から「置いてけ」（置いて行け）と声がかかり、魚籠(びく)は空になっていた。池の主は河童(かっぱ)ともいう。転じてここでは、品物だけもっていかれること。

金を溜る人の癖

金は恋人、花見のかわりに金見

「世の中に金ほどありがたいけつこうなものはない。このたのしみをしらぬたはけが、色だの酒だのとばか[四]をつくして、あげくのはては金に見かぎ（金のほうが逃げ）られるのだ（出すのだ）。イヤまたかうならべて見た所は千両々々[五]、これこそまことに千両だ。わるくないてナ。アツアありがたい。お金さま、ようこそ私方へ入らつしやいました。何とぞお見すてなくおねがひ申上げます。〔お金様を〕私は主人とも親とも存じてをりますゆゑ、むだづかひなどには一銭たりともつかひませぬ。世の中の放蕩者は、おまへさまを下人（召使いのように）のごとくにとりあつかひ、やたらとなげほうつて他に唯やります。勿体至極もない。このもうからぬ（得難い）金銭を、只やるなどゝいふ不所存（心得違い）な事でございますから、ソコデ おまへさまがたがお見かぎりなさる、御尤でございます。私においては文字半銭[六]只やるといふ事は仕らぬ。サテト、かやうに鼻をそろへて[七]（大勢そろって）金箱の中にあそんでござつてはなりませぬ。何とぞ早く貸付金におなりなされてお子を（利子を）産んで下さりませ。一夜でもあそばせてはおまへさまがたへの冥理[八]がわるい。

四 つまらぬ、無益な遊び。

五 極めて多額の金の意から、非常にすばらしいこと。

六 一文半銭も。少しの金も、の意を強めていう。表に文字があるところから銭を「文字」といい、銭の直径一寸の半分の意で「半銭」（寸半）という。

七 顔をそろえる。一緒に並ぶ（もと馬についていう）。

八 金の冥利に反する。神様が儲けられるようにして下さったのに、遊ばせては天罰があたる。

子を産んだら早速お帰りなさい。極時[一]にお顔を見ますればまたかしつけます。兎角長居はわるうございます。こゝにざつと五百両お出であそばすが、これを三十両[二]壱分の足と見て、一ケ月[三]五五二百五十目、一年に三貫目[四]、まづ五十両子をうむ。イヤありがたい事だ。一両に付いて一ケ月五分の利だが、サテこはいものゝ、からまたならべて見た心もちは何ともたとへやうがない。世の中の人は花を見る月を見る、ヤレ雪を見るのト、高い酒肴をおごつて見ずともの事だ。月雪花に木戸番[五]があつて札銭を取らうとはいはぬ。銭なしで見られるものだから只見るがいゝ。よし野[六]初瀬[七]へ路銀を費して往かずと、物干へ上がッて隣の鉢植を見ればすむ事サ。それも沢山見たくは、どこぞの縁日へ行けば植木山のごとくだ。シカシ、雪踏の裏が十一[八]文ばかりも引が立つだらう。それがおごりよ。さてまた、月も雪もわが内に居て自由に見られる事だ。毎月見る月を、珍らしさうに見たがる事もない。そのひまに夜なべでもしてかせげば翌の算段がよし、垣根[九]の外の設けがある。どうぞして他の雪見に行く隙に、片時巨燵にあたつて見ようと思

一 約束した返済の日時。

二 金三十両に付き金一歩の利息（月歩）。金一両＝銀六十目（匁）で換算すると、一両に付き、銀五分（〇・五匁）の利息である。江戸では利息を明記する際の証書の形式は「元金〇〇両につき一歩」。

三 金一両に付き一か月銀五分の計算で、百両は五十目（匁）、五百両なら二百五十目となる。

四 二百五十目の十二倍は三貫（三千）目。金一両＝銀六十目（匁）で換算すると五十両。

五 芝居、見世物などの出入口の番所。

六 奈良県吉野郡の吉野山。桜の名所。

七 奈良県桜井市の長谷寺。

八 足袋の文数（大きさの単位）にかけた洒落。

九 範囲外の意より転じて、思いがけぬ、余分の、の意。

ふが、それさへ出来(でき)ぬ。今の若いものはやくにたゝぬ。おれはこのとしになるが、ついしか(まだ一度も)巨燵にあたつた事なし。朝、人あとで(人に遅れて)起きず、芝居見(しばゐみ)たことなし。女郎屋(ぢよらうや)の内はどのやうなものか、〔吉原は〕山谷(さんや)一〇の堤(どて)から家根(やね)を見たばかりだ。冬は寒いもの、夏は暑い物と、むかしから定(さだま)つたことを、ことしはじめてしつたやうに、イヤあつくてたまらぬから舟(ふね)一一へ出(で)ようの、涼しい高みで昼寝(ひるね)がしたいのとおごる。そのたびに金銀(きんぎん)を費す。ハテあついと云つて照殺(てりころ)されたはなしもきかぬから、団扇(うちは)一本で門口(かどぐち)にすゞめば事はすむ。門口に涼めば〔団扇代〕十六文の風が来るが、楼船(やかたぶね)に涼めば百両の風が来ると、金(かね)づくにでも(金の多少で)かゝはらば(変るのなら)尤(もつとも)だ。ガひとつ風が間違(まちが)ふと一二板一まい下は地獄(ぢごく)の一三一足飛(いつそくとび)といふ船にのつて、琴三絃(ことさみせん)声色(こはいろ)物まねをゆう／＼ときくこともない。まづ第一身しらずだ(身のほど知らずだ)。一四花火をポンととぼし

一〇 日本堤。遊客は隅田川から今戸の山谷堀の舟宿に着き、日本堤を通って吉原へ入る。

一一 隅田川の涼み船はこの文化期頃が全盛。納涼のため屋根船を出し、花火を鑑賞し、歌、琴三味線、役者声色、浮世物真似の余興の中で酒盛りをした。蔵前から永代橋まで、両国橋辺がその中心。

一二 諺「板子一枚下は地獄」。舟の危険なことをいう。

一三 諺。「地獄の上の一足飛」とも。命がけの危険な業。

一四 涼み船の客自身が花火を揚げる。それを他の涼み船が見物するので見栄をはる。花火を行商する花火船から買って揚げ、また花火船に命じて揚げさせる場合もあった。川開きの大花火とは別。

て、シユツと消えた所が屁の中落、その金を〔利に〕廻して見たがいゝ。いつかどの利分を得るはさ。月々の利足の事を考へて見ると、うかつに銭はつかはれぬものだテ。白くても西瓜だとおもへばひや〳〵としてよいのに、井戸の中へ長々とひやした上を、白砂糖つけて食ふなどゝはばちのあたつたやつらだ。おれはこのとしになれど、撰取つて三十八文といふ西瓜を、生涯三度買つた。丸で買つたはそればかり。立売は四文で、からだによつて、二十四五度も買つたらうが、今おもへば後悔だ。四文ヅヽといふても微塵つもれば山となる。ハテなんでも物見遊山が好きては金はもたれぬ。夏は初松魚、冬は初鮟鱇と、高いものを食つた所がわづか咽を通る間の事、十枚五文の干物を食つても腹にたりる味は同じ事だ。して見れば下直な物がよい。第一楽のあとへは苦来たる、苦の跡へは楽来たると、若い内精出してかせいだものは、老つて安楽。ハテちかいたとへには、銭金をまきちらして騒ぐ内はおもしろからうが、それは瞬の間、サア節句前になると方々の掛取がうざ〳〵来る、所で一年中の苦となる。その払ひが済むで少し苦

一 派手に花火を打揚げたところで屁の中落のように無意味なことだ、の意。「中落」は、魚を三枚におろした背骨の部分。身を取ったあとの棄てる部分。無価値な「屁」の、さらにその滓。

二 文化六年暮から現れた「三十八文見世」の呼び声「なんでもかでもよりどって三十八文」による。京伝、三馬の草双紙、合巻の古板も売りに出た（『式亭雑記』）。ここは単に大道売りの格安の西瓜の意か。

三 西瓜の立売りは赤い紙の行燈が看板。四文は最低の値。「ヲイ西瓜買ふべい。いくら。四八文か。ヲイ前銭だぜ」（『一盃綺言』両国辺り）。

四 諺「微塵積つて山となる、又砂長じて巌となるともいふ」（『北条氏直時分諺留』）。

五 諺「楽あれば苦あり、苦あれば楽あり」。

六 決算期。三月二日、五月四日、七月十六日、九月八日、十二月三十日、および十月晦日の中払い。

七 掛売り代金の集金人。

が遠ざかる、またつかふ、また借りる、それでどうして金持になるものか。初物[八]を人さきに〔より〕食ひ、新店へ人さきに往き、芝居[九]は〔外題の〕代りめ／＼に見る、生酔の揚句は女郎買、開帳[一〇]ござれ、祭[一一]ござれ、人が誘へばヲイ／＼とゆく人は一生身がもてず（財産ができず）、いづれ貧乏神[一二]の神主だ。なんでもおごらぬ事[一三]、おごる[一四]平家久しからずと譬にもいふ通りだ。けふはチトおごりませうと思つた時は、〔逆に〕昼飯をのばして夜食と一緒に食へば、沢庵の香々一きれで茶漬四膳、鯛やひらめのお菜よりも、腹をへらして飯を食ふほど旨い事はない。その上に二食だから、夜食に四膳食つても二膳徳がいく。三膳ヅヽと見て三三九膳の所を、二食では朝三膳、夜食四膳、〆て七膳となる。こゝらが利勘[一五]だ。まづ物の道理を考へて見るがいゝ。芝居は何だ、役者が働くのだス。女郎は何だ、只の女だス。日本人を日本人が見るのだから珍らしい事も不思議な事もない。それに大切の金銭をなげうつ。イヤハヤあきれもしない（呆れる気にもならない）。ドレ／＼一両、二両、こゝが十両、こゝが五十両、これで百両。よしと、そこで家質[一六]が三口ながれこむ。沽券[一七]（土地の権利を加えて）をいれてことしもてうど三千五百両の

八 その季節に初めて出廻った野菜、果実、魚など。初鰹の類。初物食い。

九 中村座、市村座、森田座それぞれ月毎に出し物が替る。

一〇 当時の江戸庶民の娯楽のうちで、諸開帳の占める比重がいかに大きかったかは、『武江年表』(斎藤幸成著、嘉永三年刊)を一見するだけで明白である。年々の記述の中、時には半分ちかくが府内と近郊の開帳記事にさかれている。

一一 山王社、神田明神の大祭をはじめ、多く江戸著名社の本祭が表、かげと隔年になっていたのは、山車行列などの神賑行事に注ぎこむ主に氏子の経済的な負担を考慮してのことである。まさに「女房を質においても」祭に贅を競うのが江戸っ子であった。

一二 貧乏神にお仕えすることになる。

一三 贅沢をしない。派手に金を使わない。

一四 「驕れるものは久しからず、ただ春の夜の夢の如し」(『平家物語』)。「驕る平家に二代なし」とも。

一五 経済的だ。理財家だ。

一六 屋敷、家屋が抵当流れで自分のものになる、最も手堅い貸金法。

一七 土地家屋の売渡し証文。やはり貸金の抵当にとったもの。

のび。イヤまだこんなことではならぬ。しかしから見た所はいゝ心もちだ。おれが色[一]はこれだ。[二]山ぶきいろといふ色事だからのろくなるテナ。ドリヤ人まねをして、花見の代りに金見をせうか。酒のかはりに焼塩[三]で茶漬を食ひませう。ドリヤ〳〵。

一　馴染の女。情婦。
二　金貨（大判、小判）の異称。
三　塩を素焼きの壺に入れて炭火で蒸し焼きにしたもの。

金をなくす人の癖

「隣の才六[四]がやうに金の番をしてためてばかりゐるも気がしれねへぞ。あれは何がおもしろくて〔金を〕つかめへてばかりゐるだらう。つかふといつてほしがる金、つかふためにこしらへた金を、居すくまり〔立往生させて〕にしておくもおしいもんだ。おれにもたせるとよつぽどおもしろくつかつて見せるに、あのおやぢにもたれた金は労瘵[五]が出るぜ。咽口を干して食ふ物も食はずに、あたじけない親仁[六]だ。てん〴〵〔当人は〕は覚悟だからいゝが、奉公人が迷惑だス。そのくせに人づかひがわるくて〔荒くて〕大の無慈悲者、欲ばるばかりで情といふ事をしらねへ。あんなに金をためても死んだ時持往れるものぢやァなし、いつまで活きる気で欲をかはく[七]〔欲ばるのだろう〕だらう。実子はなし、跡[八]は他人の物だ。大きな屎痴呆。トキニ ゆふべむじん[九]を取つたからつい[一〇]ぞない金満だ。マツト、この内十両で典舗[一一]をうける。ト 衣装がすつかり極まる。残の十両が、サア〳〵どつちを先にせうか目移りがする。まづこんな時かたまつた〔まとまった〕金をつかつて見よう。おらアどうも能[一二]い所〔大店で遊ぶことが〕へ往く事の出来ねへ性だス。考へて見るに、いつ

金は遣うものなれど人間万事晦日は闇

四 人を罵っていう語。たとえば上方人を嘲って「上方才六」といった。もと、若年者に対する罵り語。

五 肺結核。

六 「やぢお」(仁親)は「おやぢ」の倒語。

七 欲ばる。「かはく」は「する」の罵り語。

八 跡式。家督。遺産。

九 無尽。世話人(講親)が仲間を募集して掛金を集め、定期的に入札を行って交互に金を融通する共済組合。頼母子講。

一〇 訛って「ついぞねえ」とも。明和、安永期の流行語で、珍しい、の意。

一一 七つ屋。質屋のこと。

一二 遊廓などで、大店で遊ぶことができない。

でもけちな所でぶんながすといふもんだから、死金[一]になる。今度こそ活かしてつかはうと思ふが、酔ふといくぢはねへ。マア〳〵つかへ〳〵。なんのこれ三百までいきた人は武内[二]ひとりだ。まづ往当る所までつかふサ。ヲイ〳〵か丶あどん、コレ見さつし。神棚からゆふべの二十両を下げたが、ヘン わるくねへやつさ。金といふやつはいつ見てもかはい丶やつだが、この畜生め兎角おれをにくんでならねへ。コレ金よくきけ、われは隣のおやぢが所へ行くと労瘵が出るは。そこをおれが所へ来たといふもんだから、[三]一夜泊が能い贔屓だ。翌まではもたねへぞ。[四]チラリと目のさきをちらついたばかりで、またにぎやかな所へ往くのだ。ヘン 情なしめ。ナゼ さうしてくれる。最うちつと尻を落つけてくれなよ」女房「おめへがさういつたつて、金は何とも思はねへ」「べらぼうめ、そこをおもはせらァ。よヲく金に[五]てへじやうごひをすると小判の耳が[六]きくはな。ナア 小判公。さうぢやァねへかッ」女房「おめへまたそれを直につかひなさんなよ」「つかひたくなくても奇妙に出ていくよ」女房「おめへアノ親方の所の三分弐朱も義理が

一 効果の上がらぬ投資。費した甲斐のない金の遣い方。

二 武内宿禰。大和朝廷の初期に活躍したといわれる人物。記紀によれば、孝元天皇の曾孫で景行、成務、仲哀、応神、仁徳の諸朝に二百四十四年にわたって仕えたという。

三 精々好意を持って居てくれても一晩だけだろう。

四 三日月金、稲妻金という。九九頁注一三参照。

＊ 金が出て行くのか、自分が遣うからなのか、どうにもならぬ「金をなくす癖」に自らはかない抵抗を試み、以下、失敗を続けるおかしみ。

五 「怠状乞」の訛。念を押すこと。懇願すること。

六 大判、小判の縁。転じて枚数を耳と呼ぶのでこう洒落た。

悪(わり)いぜ」「ム、帰(けへ)すべい(返そう)。ざつと三分弐朱、よしさ」女房「そしてァノ、わたしが簪(かんざし)も〔質に〕三本往(いつ)て居るが、こんな時でなくちやァうけられねへ(請け出せないからね)によ。わたしはほしくはねへが、金を持たしておくとおめへ直につかひなさらァ」

「ばかァいへ、なにつかふもんか。いゝは、てめへのかんざしもうけやな。いくらだ。元金弐両。ヲヤ おそろしい」女房「利ともに三両だ。きついこと(大変な金額じゃ)はねへ(ないんだ)のだ」「あんまりきつくねへこともあるめへす。それで都合三両三分弐朱よ。大まかに四両[七]ス」女房「大屋(おほや)さま(家賃が)が三月(みつき)たまつたが、おらァもう[八]井戸ばたへ出る度(たんび)につらいおもひをするはな。早く上(あ)げなせへ(納めなさい)。〔大屋の〕おかみさんの顔付(かほつき)(機嫌が悪いんだよ)がわりいはな」「べらぼうめ。やるめへと云(い)やァしめへし。高(たか)が三分九百(三歩と九百文だ)だ。遣(や)れ〳〵。かまふ事はねへ。能(い)い、あすの晩(ばん)から恩(おん)[九]ひらなしだ。ろじ[一〇](木戸)を破(わ)れるほどたゝいてくれべい」女房「よしなせへ。何のつまらねへ。皆(みんな)こつちが悪(わり)いのだァな」「悪(わり)いはしれ居(て)らァ。こつちはやけだ。そりやァさうと、おれが衣装(とば)[一一]はどうせう。半分出さうか」女房「思ひ切つて皆(みな)うけなせへ(請け出しなさい)。またこまる時にはやられるはな(質入れできるじゃないか)」「それもさうだナ。まづ

＊すぐ遣いたがる自分の悪癖を、熱心に詭弁を弄して出て行きたがる金のせいにしている。

七 三両三歩二朱に二朱加えなければ四両にはならない。それを「大まかに」いう気前のよさを示す。

八 裏長屋の共同の井戸。洗いものは井戸端の流しを使う。長屋の女房達が集まり賑やかであった。

九 家賃を払えば恩に感ずる所など何もない。負い目はない。「ひら」は片、断片の意。

一〇 ここは裏長屋の路次で、木戸があり暮六ツに鎖した。鍵は大屋が持ち、夜商いの者はその世話になった。「店賃がすんだか路次のたゝきやう」(『柳多留』)。

一一「苫(とま)」の訛。上から蔽(おお)う物の意で衣類をいう隠語。

[一]十両に四両三分九百ト」女房「酒屋が壱両弐分」「ヱ トびっくり こいつも[二]三分やれさ。飲んでしまった跡だから払はずとも能いけれど。不便だ」（可哀そうだ）女房「おめへのやうな手前勝手はねへよ。酒屋が聞いたら腹を立つだらう」「腹を立たばやらずを極めるス」（不払いで居直りだ）女房「むしのいゝよ」「ト云つたばかりよ。銭金で人につらア見られるは否だ」（値ぶみされるのも）女房「それでまア質はかたづくの。それからおめへ、伯父さん所の時がりはいくらだ」（当座の借金は）「ム、さうだつけのヲ、それ〳〵壱両壱分よ」女房「それも帰しなせへ。またあとを借りるもんだ。おめへのやうにして人をこらせると二度目がきかねへはな」（懲りさせると）「返す〳〵。ソコデ十四両三分九百に、〔酒屋の〕壱両弐分ト。〔一両二歩を〕こいつを三分〔半分の〕やるにして、〔事〕伯父御が壱両壱分。からだによつて〆て[三]十六両三分九百」女房「まだあるよ。権八ざん所へ吉兵衛さんの届物を弐分弐朱五百つかひこんであるぜ」「ホンニ それ〳〵。あれも今やらねへと[四]尻われのお陀仏だ。それで[五]あらかた十七両弐分弐朱よ」女房「わたしも[六]綿入の一枚も着てへ。不断着がこればかりだ。そして[七]襦袢の半衿もコレ見なせへ。こんなに切れたはな。紫か藤色の裁を買ひて

一 質屋から着物を請け出す代金。

二 一両二歩（分）の半額にあたる。取敢えず半分払っとくさ。

三 十四両三歩九百と二歩で十五両二歩九百。これに一両一歩加えて十六両三歩九百である。

四 こっそり遣いこんだのが露見してお手上げだ。「尻を割る」は秘密が発覚すること。「お陀仏」は南無阿弥陀仏と唱えて往生する意。

五 十六両三歩九百と二歩二朱五百で十七両一歩二朱と千四百。千四百文は当時の銭相場（一両＝六千文）で約一歩である。

六 冬物の上着のこと。

七 「諸国ともにじばんと唱ふ。東国及西国にてはだぎともいふ」（『物類称呼』）。ポルトガル語のジバン（gibão）―胴着、ジャケット―に襦袢の字をあて、ジバンと呼び、下着、長襦袢を指した。

八　これで合計十九両二朱。無尽の二十両は残り三歩二朱となる。

九　裏の裾廻と胴裏に同じ布地を付けたもの。

一〇　ちょうどいい所に。

一一　生貝の肉を薄く切って塩水に浸したもの。

一二　大形の二枚貝。平貝。えぼし貝。

一三　うしお汁。塩味で仕立てた吸物。

へものだ」「買ふがいゝ」女房「おめへも羽織の一枚も拵へなせへ。なんぼ男は〔身なりを〕かまはねへと云つても、最う一つあつても能いはな」「ウヽ、拵へよう。壱両二分[八]もかけたら出来ようス」女房「小紋の通し[九]裏があると能いの」「ヘン〔着手が〕お人がらだの。〔ご立派だからな〕面と羽織と別々に見えるだらう」「コウ　むじんの当つた祝ひに一盃飲まうぢやアねへか　ヲット　奇妙、肴屋の声がするぞ。図星[一〇]へ持つて来たナ。ありがてへ。何がある。鯛か。鯛を買ふべい。一枚、拵〔おろして〕へてくんな。生貝。ヲイ　新らしくは水貝[一一]にしてくんねへ。たいらぎ[一二]もあるナ。そいつは跡で潮[一三]煮としべい。ヲイ〱　鯛はよき所をさし身に取つて、残りは塩焼に魚田[一]。ヲイかゝあどん。そこの棚に串があるから取つて下つし。ソリヤすぐにこの串へさしてもらはう。ヲイ〳〵頭[二]。鯛のあらはあら潮煮としべい。ヲツトそれぢやァ潮煮がつらをうつ（重なるな）ナ。たいらぎを赤味噌で味噌吸[三]とせう。ヲイ〳〵手ぎはをよく料られると、あら[四]に実がねへから山の神[五]（女房）不承知だぜ、何でもかゝァどんの気に入るやうに実をつけてくんな。あら煮もちつとばかり拵へよう。コウ〳〵火を焚つけさつし。おれが煮方[六]だァ。潮煮なんざァ、汁の濁らねへ所が山（急所だ）だ。よし〳〵。ヲイかゝァどん、そこの金を遣んねへ。壱分弐朱持往ねへナ。上端（余分がすこしあるだろうが）がちつとばかりあらうが今度買ふまで貸して置くべい。ナニサつりはいらねへ。邪魔だ〳〵。ヲイ〳〵待つたり。その伊勢海老を五ッばかり置きねへ。ナニ七ッある。皆買ふべい。ヲイかゝアどん。最う弐朱遣らつし。ハテいゝはな。余りは（お前に）預けておくから二分[七]持つて往かつし。コウかゝアどん。てめへの好きな物だからうでるともかぢるともするがいゝ」女房「おめへそんなに一時に買はずと翌も買ひなさればいいに」「そりやァ百も承知だが、けふはけふ、翌は翌の風が吹かァ。今夜

一 魚の田楽。串にさして味噌をつけ、焼いた料理。
二 魚屋への呼び掛け。
三 「味噌吸物」の略。
四 粗（魚肉をとった残り骨）に魚肉が付いていないので。
五 結婚後、強くうるさくなった妻を卑しめていう。
六 煮る役。
七 一歩二朱に二朱加えて二歩。これで二十両のうち残り一歩二朱となる。

にもこつくり往（あの世へ）くめへもんぢやアねへ。[八]人間万事三十日は闇ス。[九]おもひ立つ日が吉日だ。ほんの事だが是がまた、何の何がしとかいふ[一〇]料理茶屋へ往つて見さつし。おれ一人りでも二分や三歩はまたゝく内だ。お酔ひあそばすと[一一]ぺん／＼が聴きたくなるから（芸者を呼びたくなるから）、そちこち小判となるは（かれこれ一両〔かかること〕になる）。よしか、内で飲みやア安いもんだ。ノウ 肴屋さん。コウ その[一二]はんだいの下にあるのは何だ。栄螺、そいつ面白し、十ばかりくんねへ。コウ 一ッの壺〔さざえの〕へ二ッ宛いれて、五壺にしてくだつし。一ッの身ぢやア食足りねへ。壺焼といふやつはたのしみになつていゝ。ヲイかゝアどん、是から八百屋へ往つてもらふだ。承知か／＼」女房「今に八百屋が来るだらう」「それが当になるもんか。人間万事卅日は闇ス

トいふところへ [一三]青物うり来る

女房「ヲヤ[一四]うはさをすれば影がさすだ。八百屋さん何がある」「ヘン[一五]見通しの法印さまだ。妙といふ所へ（ちょうどいいところへ）八百屋が来たぜ。八百公、何がある。ヱ、何でもある。そんなら金があるかッ。なんと一言もあるめへ。[一六]紅毛のさつまいも、じやがたらの真桑瓜はねへか。そんりやアじやうだんだが、そこにある三ッ葉と生姜、独活に蓮根といふもの

八 陰暦三十日には月が出ず暗いのと同様、人間はすべてお先まっくら、の意。

九 諺。「思い立ったが吉日」とも。「今一度対面申さんと、思ひ立つ日を吉日と、船の纜とき初め」（謡曲「唐船」）。

一〇 料理屋。四一頁注五参照。

一一 小児語で、三味線の音。

一二 盤台。魚屋が使う浅くて大きい楕円形のたらい。二六五頁挿絵参照。

一三 〔青物うり〕行商の八百屋。

一四 諺。「噂いへば影が差す」（『譬喩尽』）。

一五 洞察力がある意の「見通しだ」に「見通しの法印」（占いのよくあたる山伏）を続けた洒落。

一六 オランダ。室町末期より東南アジアを経由して貿易に来るヨーロッパ諸国を「南蛮」と総称したが、近世に入ってオランダを「紅毛」、ポルトガル、スペインを「南蛮」と区別して呼んだ。「じやがたら」は六三頁注一二参照。

を買ふべい。ヲイ 銭はこゝにおくよ。好きな程(ほど)持つていかつし(おいでよ)。ヲイ、また何か来たぜ。[一]七色蕃椒(なないろとうがらし)か。ヲイ とうがらし、十袋ばかりくんな(おくれ)」女房「おめへそんなに買つて何にしなさる」「ハテ いゝはな。高が四十だ(四十文だ)。[二]四十や八十はよしない事(つまらぬこと)にもおつかひなさるッ。これを買つておけば半年はたつぷりだ。ヲイ 四十よ。よしか、請取(うけとり)を書いていかつし。ヤイ／＼ そこへ往くのは[三]伊勢屋ぢやアねへか。[四]四方(よも)か、ありがてへ[五]滝水(たきすい)を五升ばかり持つて来や。たつた今はやく」女房「おめへ五升買はずと一升ヅヽ買ひなせへナ。置所(おきどこ)にこまるくせに」「ハテ いゝはな五升や八升の酒はお目通りで(目の前で)平(たい)げておめにかける。そんなけち助(すけ)は云(い)はねへもんだ ハテ 人間万事卅日(みそか)は闇(やみ)ス。隣(となり)の才六を見るやうに金ばかり握詰(にぎりつめて)居ても納(をさま)らねへ(しょうがない)。ヲヤ そこへ来たのは何(なに)屋だ。ヱ、[六]ひしほ、金山寺。ヲイ おもしろし。[七]日光種抜(につくわうたねぬき)の蕃椒はなしか。ある、奇妙々々(愉快)。五十本ばかりくんな。ソレ 銭はそこに出てゐるから持往(もつてき)ねへ。ヲツト 来たり(〔品が〕)。こいつはいゝやつよ(これはいい品だ)」女房「たつた今七いろを買つて、また種ぬきか」「ハテ 打遣(うつちや)つておかつし。七色も種ぬきもそれ／＼の味(あぢ)が

一 七色蕃椒の行商。大きな赤い唐辛子の張子を背負い「とん／＼唐辛子、ひりゝと辛いが山椒の粉、すはすはからいが胡椒の粉、胡麻の粉、ちんぴの粉、中でよいのが娘の子、いねぶりするのが禿(かぶろ)の子とオン／＼唐辛子」と呼び売りした。

二 呼び売りのせりふか。

三 （酒屋の）屋号。江戸には伊勢出身の商人が多かった。「諺に江戸に多きを云ひて伊勢屋稲荷に犬の糞と云ふ也」（『守貞漫稿』）。

四 神田和泉町の酒屋、四方久兵衛の店の御用聞き。

五 四方久兵衛店で売った銘酒「四方の滝水」の略。同じく略して「四方」とも。

六 「醢(ひしお)」と「金山寺味噌」。いずれもなめ味噌の一。ここは、金山寺屋（なめ味噌、納豆、醤油諸味、座禅豆、漬物類を売り歩く商人）の呼び声。

七 日光唐辛子の種を抜き去ったもの。

あつて喰ひてへ時があるはな。七色が本妻(ほんさい)なら種抜は妾(めかけ)といふもんだ。ヲツト来たり。四方(よも)か。滝水五升、こいつが命から二ばんめだ〔に大切〕。ソレ壱分やるぜ。コレ〳〵御用〔御用聞き〕、そのつりで山葵(わさび)を一本とナ、赤味噌(あかみそ)[八]を廿四文持つて来や。ヲイ〳〵その帰(けへ)りに米屋へ倚(よ)つて、グウツト上白(じやうはく)[九]を壱分が〔相当〕持つて来いと云つてくりや。コウかゝアどん。向(むか)ふ[一〇]裏(うら)のお酒(みき)さんと、金蔵さんと、太吉公(きちこう)を呼んで来さつし。ソレ味噌は落味噌(おとしみそ)[一一]で、煮立(にた)てゝこすやつだぜ。そりやアさうと、松(まつ)[一二]の野郎(やらう)が来たら、金(かね)ヱ壱分遣(や)らつし」女房「なぜ」「先頃(いつか)中花(ぢうはな)〔祝儀をやる〕をやると云つて置いた」女房「花。ヘン能(い)い気色(きしよく)だのう〔気前だねえ〕。わたしは湯具(いもじ)[一三]を買はうと思つ居(て)るが、それさへ買はずに済ますに」「なんの買はつしナ〔買いなよ〕。金のある時、お御戸帳(みとちやう)[一四]を建立(こんりふ)するがいゝ。おれも頭巾(づきん)を買つてト、それから煙草入(たばこいれ)を買ふべい。最(も)う革(かは)も倦(あ)きたから紙にしべい。京伝[一五]にせうか、江戸橋の竹屋(たけや)[一六]か、石町(こくてう)の松本[一七]か、マアこの三軒の内でなくちやア持てねへス。コウ此間(こんぢう)から〔お前が〕ねだるが翌(あした)は芝居にせうぜ。翌の堺町(さけへてう)[一八]は丸三(まるさぶ)[一九]から行つて見べい。あすこの内の鉄(てつ)[二〇]といふ者はよく出来た者(もん)だよナア」女房「葺屋町(ふきやてう)[二一]も見て

八 四方久兵衛店は、また赤味噌でも有名。
九 上等の白米。二十両はすでに費えてしまい、ここからは、また借金が溜まるのである。
一〇 向い側の家の裏。
一一 粒味噌をすったりこしたりせずに鍋に落すこと。
一二 この男は幇間か。
一三 ゆもじ。腰巻のこと。
一四 神棚・仏壇の前などに垂れ下げる帳(とばり)。ここは湯文字を買うことをふざけていった。
一五 山東京伝の店。京伝は寛政五年秋、京橋南銀座一丁目に「紙烟草入煙管店」を開いた。
一六 「竹屋烟草入　竹屋は四日市町紙たばこ入店也」(『守貞漫稿』)。
一七 煙草入れの店。未詳。
一八 堺町(後の人形町)には中村座があった。
一九 堺町の芝居茶屋。一〇六頁注七参照。
二〇 茶屋の男衆。モデルがあるか。
二一 日本橋葺屋町には市村座があった。

へよ」「行くがいゝ。どうせ新道の越長[一]へ行くもんだから見さつし」女房「わたしはそれもいゝが、この帯も一筋拵へてへよ。コレ見なせへ。ナント能く御奉公つとめたネヱ」「ウ、拵へて遣るべい。ナンノきつい事アねへ。ヲット御用か。よくした〳〵。山葵醤油と洒落よう」「ナンノコレ。人間万事卅日は闇だ。コウ奥のお囲[二]さんを呼んで来ねへか。アノ代物は酔ふとチトいやらしくなるけれど、なぶるにいゝ。ヲイ炭がねへ。こいつは南無三[三]だ。大俵四百六十四文とはづめ〳〵。ヲイ水屋[四]さんか、二荷いれてくんねへ。そして一盃呑んで行きねへ。ナア水屋さん、つかふための金だア、いくら活きるもんか。ハテ人間万事卅日は闇ス」

一 葺屋町の芝居茶屋。

二 囲いもの、妾、の意の命名。

三 仏教語「南無三宝」の略。驚いたとき、失敗に気づいた時に発する語。

四 飲用の水を売る商人。大川の上水を水船で運び、細長い桶に入れ天秤棒の両端につけて一荷と称し、百文から二百文で売った。二三頁注一四参照。

性悪な娘と浮気女房の世間話

浮虚(うはき)なる人の癖并ニ不実者(ふじつもの)の癖

（ばた〳〵とかけて来たり）●御免(ごめん)なさい[五] トせうじをあくる ▲身上寺(しんせうじ)[六]あみだ堂建立(だうこんりふ)ッ。●ヲツト そんな古句(ふるく)[七]はうんざりだ。ヲヤ もうお昼飯(ひるまんま)か。ヲヤ〳〵 早いのう。▲ナニ 早かァねへ。おめへなんざァ朝寝坊(あさねばう)ときてゐるから、他(ひと)のお昼は朝飯(あさめし)だらう。●かはいさうなことをいひねへな。[八]わつちらはそんな朝寝ぢやァねへよ。▲早くて四ッ過(すぎ)[九]さ。●ごめんよ。（もう帰るよ）ヘン、よろしく申しておくれ。▲ハイ さやう〔それじゃあ〕なら。●きついしやれだよ。（からかいすぎだよ）コウ、お猫(ねこ)さん。けふは旦那(だんな)さまがお出(いで)[一〇]があつたぢやァねへか。▲ウヽヨ、きいてくんな。横町(よこてう)の調六(てうろく)さんと堀(ほり)の内(うち)[一一]さ〔参詣に〕まへ行つたよ。●後生(ごしやう)[一二]ねげへだの。▲後生はねがはずともゆるしてつかは（勘弁してやるから）すから、遊(あす)[一三]びに往(い)くのト、こゞとをいふのを止(や)めてもらひてへ、ホンニホ〔気が〕ンニ くさ〳〵とするはな。●うつちやつておきなナ。（ほっときなさいよ）こゞとだと思ふからわりい。鼻唄(はなうた)だと思つてちやかしてゐな。（冗談にしていな）わつちらァ亭主(ていし)といふ者を持つた事(こた)アねへが、あれもうるせへ物(もん)だらうのゥ。▲ナンダ もたねへ。（独身だと）ヘン、持たねへもすさましい。（あきれるよ）すくな〳〵（少なく見積っても）も五六人だらう。●ヲヤ[一四] これにもだの。

五 棟割りの裏長屋の入口には腰障子がはめてあり、夜は戸を立てる。

六 文化十年十一月頃、小坊主を先にたて市中を勧化して「御めんなさい珍重寺阿弥陀堂建立」と言って歩く和尚がいた。そのもじりの物真似が流行した（藤岡屋日記）。「三『サアどきねへ〳〵。ハイ真平。コレサ通り道がねへ。アイごめんなさい』八『珍重寺』冨『あミだ堂建立ッ』…冨『ホイ御免なさい』八『身上寺』冨『泪(なみだ)堂建立ッ』」（『素人狂言紋切形』）。

七 月並みな洒落は。

八 「わたし」の訛。中流以下の男女の自称。

九 午前十時過ぎ。

一〇 お出かけなさったじゃないか。

一一 堀の内村（現杉並区堀ノ内）の日円山妙法寺。日蓮宗一致派。「当寺は遙かに都下を離れたりといへども、霊験著き故に、諸人遠きを厭はずして、歩行を運び渇仰す」（『江戸名所図会』）。

一二 来世の安楽を願うこと。信心。信仰。

一三 遊里での遊び、あるいは茶屋遊び。

一四 この私にも亭主があるというのだね。

御あいさつでいたみ入ります。わつちらァ娘株[一]だ。正銘[二]の箱入娘だから亭主のわけ[三]は御存なしさ。ホンニヨ、しやれはのけて、亭主もたのしみな事もあらうが合間にやァおそれる事もあらうのゥ。▲あるの段ぢやァねへはな。内証のあるなしで夫婦げんかもおこるしの。年中好面もねへはな。そんな時にやァ、内[四]にゐるが否でならねへけれど、おいらァ欠出[五]し往く里もなし、マァ〱と堪忍して胸をさすつて居らァな。ホンニ〱しみ〲つらい事があるよ。これもおれが因果[六]よ。ほんにの、因果[七]くどきをするぢやアねへが、兄貴がどうらくでねへと、おいらァ、こんな内へかたづきはしねへけれど、したく[八]はなしおたふくといふ者だから、破鍋[九]が綴蓋の亭主を持つたのさ。誰をうらむわけもねへ。●ヘン能い[一〇]おたふくの風をして、なるほどおまへさまはおたふく様さ。どうせまたおめへやわつちらの身上[一一]ぢやァ、気にいつた亭主は持てねへと、あきらめるが早いはな。▲さうさ。御亭主さまの方でも御不足に思し召すから、天秤にかけると、中[一二]からぽつきりさ。おめへなんぞも、なりたけ亭主は持ちなさんな。世帯といふ内に

一 きちんとした娘だ、の意。「株」は旦那株、番頭株、師匠株など上の語に相応しい人物であることを示す。

二 正真正銘の。本物の。「箱入娘」は世間知らずに育てられたお嬢さん。

三 訳。亭主との関係。夫婦間の細かい事情。

四 我が家。「内の人」と言えば亭主のことである。

五 何かあったといって逃げもどる実家もない。「欠出す」は逃げ出す。妻の座を拋って家出をする。「欠落ち」の「欠」の字を使っている。

六 わたしの宿命だ。

七 我が身の不運について愚痴をいう。

八 嫁入り仕度（持参金）はなし、無器量なので。「おたふく」はおかめ。醜女。「おたふくめ黙れと持参叱られる」（『柳多留』）。

九 諺「破れ鍋に綴じ蓋」。似たもの夫婦。

一〇 善良なお多福様のふりをして（実は手ごわい山の神だ）。

一一 財産。持参金を指す。

一二 双方から不満でひっぱり合って真中から折れる。

も、貧乏(びんぼう)世帯を持つたほど辛苦(しんく)なものはあんめへ(つらいことはあるまいよ)。それだから、どのやうな美女(いいをんな)でも世帯にかまける(やりくりに苦労すると)との、うざま[一三]が尽きるはな。お床(とこ)のあげおろしから釜(かま)[一四]の下(した)の事まで一切(いつせへ)がつさい〔家事は〕せい女房一人(ひとり)といふもんだから、顔があらびるやら(荒れる)、ひゞあかぎれがきれるやら、イヤハヤかゝつたざまぢやアねへ(人目にかけるような姿ではない)。コレまあ、ちよつとさはつて見な。手がぱさ〳〵渋紙(しぶがみ)[一五]のやうだから、綿入物(わたいれもの)なんざア、人一倍(ひといちべゑ)[一六]ひまがかゝらアな。●それでもおめへは、たしなみが能(い)いから身(み)ぎれいだ。表(おもて)の金(きん)さんがおめへの事を、男好(をとこずき)[一七]のする風(ふう)だと云(い)つたよ。▲ヲヤ否(いや)よ、気(き)はづかしい。〔それでも〕まだしもほめ詞(ことば)にのせたのは金さんばかりだ。虚(つや)でもありがて(うそでもうれしい)

一三 「う」は接頭語。「様」、「態」が尽きる。滅茶苦茶になってしまう。見苦しい姿、格好になる。

一四 炊事。

一五 張り合せて柿渋を塗った紙。表面がざらざらしている。垢抜けした皮膚を「渋皮が剝けた」という。

一六 手が荒れているので真綿がひっかかり手間取る。『コレ此様(こんな)に手が荒れるから、綿入物なんぞは出来るもんぢやァねへ』『江戸の水を付ければいい』(『古今百馬鹿』)。

一七 男にもてるタイプ。

へ。ホンニサ。[一]お座敷(ざしき)なりでも能いからなんぞおごらう（お上手かもしれないけど）。●また旦那さまにしかられようと思つて。▲ナニ おかまひなしだ。一生屁をひり合はう（生涯面倒を見合おうや）といふ心いきもねへ（気持もない）。ほんの一時(いっとき)のがれさ〔の夫婦〕。●ヲヤ きつい情なし文句だの（冷たい言いようだね）。▲銭金もなけりやア、情もねへのス。おめへなんぞもおれが異見(いけん)について（意見に従って）、かならず亭主(ていし)はもちなさんな。ちつとも（少しでも）よけいに楽(らく)をしな。独身(ひとりみ)ほど楽なものはねへによ。●そりやア、おめへがいはずともだ〔承知〕。マア 一年もたんと（一年でも余計に）楽をするが徳(とく)よ。しかし親が安心しねへから〔独身では〕、こゝではじまらねへはな（それで独身ではだめなんだよ）。▲それもさうだが、そこは口先(くちさき)であやなせる（ごまかせるよ）はな。●おいらがかゝさんは[二]甘い酢ぢやアいかねへ（甘い相手じゃないんだよ）はな。どうして〱（なかなかどうして）、こつちが真直(まっすぐ)に出ると、先(さき)ぢやア新道(しんみち)[三]を曲つておつにひねる（妙にかんぐったりする）からむづがかしい[四]といふやつさ。ア、、ア、、なんにしてもいやだ〱。一生はどうなるもんか、しれねへ[五]で持つたもんだよのゥ。▲一生は風次第(しでへ)ス。若い内は二度とねへから、若い内おもふさましやれるさ[六]（楽しむさ）。ホンニノ、すりみがきも（お化粧も）三十四五までだよ。●ヲヤ、おめへそのとしまでもおつくり（お化粧を）をする気か。▲ナゼナ。●チト おもてへ[七]（図々しいね）の。わつち

一 その場をつくろうこと。いい加減。「おざなり」に同じ。

二 諺「甘い醋(す)ではいかぬ」。甘口ではいかぬ、と同義。簡単には押えられない。きびしく当らねば思い通りにならぬこと。

三 単純にものを言うと相手（かかさん）は細かく色々と複雑な解釈をする。「新道」は表通りから這入る横丁。

四 「むづかしい」の戯語。

五 はっきり分らないから、それでやって行けるんだねえ。

六 遊興する。派手に楽しむ。

七 押しが重たい。押しが強い。あつかましい。

八 武家屋敷。ここでは御殿女中を指す。

九 種々の礼式、作法。

らア三十までと思ふは。▲さういひなさんな。おやしき〔八 御殿女中を〕を見な。しはだらけのばく〳〵婆さんが、真白につくるぢやァねへか。●そりやァおめへで〔お前らしくも〕もねへ〔ない言いようだ〕。お屋敷はお諸礼九とかやらだ。白粉も濃いのはいやだの。▲うすい一〇事さ。●コウ 柳さんがおめへの所へ何ぞ出して置き〔預けて〕やァしねへか。▲ウンニヤ、覚はねへ。●ハテナ、そんなら松野郎と、黒ぢゝいとで、一〔私を〕ばんかつい〔一丁ひっかけた〕だはェ。▲なんだかあやしいの〔艶めいた怪しい話だね〕。●そんな事でなしさ。おいらがやうな五一一葉重珍に何があるものか。男を張る一二までにはかなくはねへはな〔安っぽくはないよ〕。コウ。何かおいしさうな物をおたべだの。チト 下卑一三ようぢやァねへか〔つまみ食いしたいね〕。▲げびるなら、〔口を〕あんと往きな〔いあけな〕。おいしいもんぢやァねへ。ゆふべ幕一四の内を買つた煮染が残つ居たからの、そん中へ鶏卵をおとしてジヤ〳〵とやらかしたら、塩が辛くてへんぽうらい〔一五 へんてこな味になった〕だ。●いかな一六事ても紅毛料理だのゥ。それがお留守一七事の奢か〔わびしい話じゃないか〕。▲しがねへぢやァねへか。●しつかり金をおため。▲鉄漿壺一八へ〔お歯黒が〕か。●おはぐろといへば、わつちが所のは最う出る時分だが、さつぱりつ〔歯に〕かねへはな。おめへのをけふも貰はうヤ。コレ見なこの通りだ〔ト口を四角にしてはをくひし〕

一〇 三馬は薄化粧の白粉を発売した。「御かほの薬あらひこ白粉　薄化粧」という銘で「あつ化粧をきらひ給ふ御方うす化粧があだでよいとくちべにばかりちよいとなさるが当世ふう。或は四十歳以上の御女中様方けば〳〵しくけはいするもふさうおうぢやとおぼしめす方などはかならず御用ひ御ためし可被遊候…」という広告文を自作に掲載している。

一一 御用提燈。男に「御用なし」の洒落。「提燈」は添えた言葉。

一二 男をものにしようとねらう。

一三 食べる。人前での飲食を恥じるのが女のたしなみ、という考え方が前提にあっての言葉。

一四 幕の内弁当。芝居の幕間に食べる。

一五 変っていること。

一六 いくら何でも食べられそうにないね。「紅毛料理」は、普通とは変った、珍奇な料理の意。

一七 亭主の留守の間にうまいものを食べること。

一八 お金などとんでもない、お歯黒壺へ入れる鉄片くらいのことか。「鉄漿壺」はお歯黒の液を入れておく壺。鉄片などを入れて酸化させるのでこう言った。

▲ほんにのゥ。おめへは後生[一]が能いから、それでつかねへ〔お歯黒がよく〕のだ。気のい丶者ァ、おはぐろが早くはげるとさ。おいらはいけ[二]根性悪だから、漿子[三]にちつとばかし出すト、直に〔歯に〕つくよ。●さういひなさんなおめへの歯はのりが能いのだはな。わつちらァ二盃つけてこの通りだ。▲おはぐろの出ね[四]へのはこまるよ。おいらァ曲突[五]さまの前ばかりぢやァねへ、椽の下へも漬けておいたから、気つかひなしにつかひな。燗[六]ざましの酒がたまつて、ドンとあるから、勿体ねへとおもつちやァ入れ[七]/\した所為か、この頃のはちつと辛いよ。●辛くても不肖[八]せう。コウ、後にゑりを削つてくんなナ、後生だ。▲ム丶削つてやらう。おれがのも削つてくんな。おめへのは衿足[九]が能いから、しやんとして剃栄がするけれど、おいらァ坊主襟[一〇]ときてゐるからはじまらねへ。●ハイ/\/\御尤々々。先[一一]は子供、まつぴら御免さりまし。▲ほんの事たァな。●い丶よ、しやれでもねへ。おめへのが坊主ゑりなら、わつちらのは奴襟[一二]さ。▲お民さんの襟足は真直[一三]に三本あるが、あれは何襟だ。●五徳[一四]ゑりとでもいふだらう。▲五徳にも四本のがあるは

一 お人よし。
二 意地が悪い。「いけ」は強意の接頭語。
三 鉄漿を沸かす金属製の小さな入れもの。
四 お歯黒が熟成しない。
五 竈。竈の神（三宝荒神）を祭ることからの敬称。一二一頁口絵参照。
六 お歯黒のつや出しに酒や酢を入れる。
七 次々と入れ足しにすること。
八 不承しよう。「不肖」は宛字。不本意ながら承諾する。不運とあきらめて我慢する。
＊ 既婚者は眉を剃り鉄漿を付ける。但し、未婚の場合でも「江戸も未ㇾ嫁女も年十八九になれば大略眉を剃り歯黒すること京坂より早し」（『守貞漫稿』）とある。
九 首筋の毛の生え際。襟足は二筋または三筋細長くのびているのが望ましいとされた。
一〇 襟足のない首筋。
一一 子供が悪戯した時に詫びる決まり文句。ここは「御尤々々」に続けてふざけた。
一二 自分の襟足の形を「坊主襟」に対応して言った。「奴」は奴頭。幼児の髪型。
一三 襟足が三筋のびているもので、江戸では「三本を二本足と云」（『守貞漫稿』）。
一四 火鉢の中にすえて鉄瓶などをのせる鉄の輪。その三本足をお民の襟足にたとえた。

な。●そんなら三毛猫[一五]ゑりさ。▲三毛は色がまじるはな。●そんな面倒な事はしらねへよ。先[一六]の辻番できくがいゝ。▲ハイ〳〵かしこまりました。そりやアさうと、剃刀をお徳さんにかして遣つた。まだ帰さねへ。あの子はなげやりさんぼう[一七]だぞ。貸したものを取に往かねへきやア返さねへ。そしていつでも斬を止めてよこす。●廻り[一八]の富どんに磨いでもらひな。▲おらが内ぢやア、床[一九]へ往かアな。●そんならわつちが磨いでもらつてやらう。あの人は気が能いよ。▲そして小いきな男だのゥ。●ムヽヨ音羽や[二〇]の才三といふ所が、何所かあるの。おめへどうおもふか。わつちらア、実体[二一]な風で、唐桟揃ひ[二二]の好男といふよりは、少し勇み肌[二三]で、潮来の字余り[二四]か、そゝりぶし[二五]を仇な声で唄ふといふ男が好居るよ。▲そりやアさうさ。小口[二六]でもきいて、肌合[二七]な男なら、銭がなくつても能いはな。●誰が気も違はねへもんだのう。▲しかし違ふのもあるよ。石部金吉金兜[二八]といふ男を好く者もあるはな。●さうだけれど、手前勝手をいふやうだが、悪い男は律義なのがよし、好男の堅蔵は傍で見て惜しいやうだ。▲好男の老実なのは玉に疵と

一五 白、黒、茶の三色の毛の混った猫。襟足の三筋の毛と三毛を懸けた。

一六 武家屋敷の辻に設けた番所。また番人。質問をはぐらかす常套句。

一七 「放題」の意を添える接尾語。もと仏語。

一八 廻り髪結。各戸をまわって歩く髪結。場所まわり。一六五頁注一〇参照。

一九 髪結床。

二〇 二代尾上松助。文化八年正月二十日より中村座の二番目「東都名物錦絵始」で髪結才三を演じた。容姿にすぐれ和事と実事を最も得意とし、特に江戸っ子の粋な男の役に妙を得た。四八頁注一参照。

二一 堅い真面目な。

二二 唐渡りの桟留の略。たて縞の平織の木綿の着物で高価。都会ふうの渋いお洒落の着物。

二三 侠気があり、てきぱきして江戸っ子らしい男。町火消し、職人に多いタイプ。

二四 もと田舎歌である潮来節をわざと破調で歌うのを粋としたところからの字余り。

二五 そそり唄。廓を素見して歩くときの歌。

二六 ちょっと気の利いた話しっぷりで。

二七 気っぷのいい男。

二八 石部金吉が更に金兜をかぶったような手堅く、無風流で、くそ真面目な人物。

も思ふが、亭主に持つたら世話がやけねへでよからう。好男はとかく女房に世話をやかせるものさ。悪い男の癖に、ずるやで、女房に世話をやかせるもあるが、それは[一]一向式、箸にも棒にもかゝらねへのだ。おらァお君さんはあやかり者だと思ふよ。なぜと云つて見な、清五郎さんの様な亭主は少ねへによ。まづ第一男がよくて[二]意気で、如在がなくッて世事がよしか、女房をかはいがつて夜どまりにも出ずさ、[三]地色ぎらひで野暮かと思へば、人のつき合もするシ、老にも若い者にも肌があつて、酒もふかくはのまず、銭もぱつぱとつかはず、ホンニ〳〵爪の垢ほどもいひぶんのねへ人だのゥ。●全体お君さんには[四]過者だ。▲そりやァ[五]角力が違ふはな。あれがほんの、[六]能い月日の下で生れたといふのさ。●それでも相応に不足をいふが勿体ねへ子だよ。▲おいらならば拝んで持居らァ。●あの子はうろてへると[七]男罰があたる。▲ヲ、こはい事、めつたに好男はもたれねへの。●ダガ悪い女ほど好男を亭主にするによ。それだからわつちはお楽しみだ。おめへなんぞはお美しいから、[八]ヲツたまらう。▲またはじまつた。●そりやァいゝが

一 まるっきり。
二 粋。洗練されていること。
三 素人女を追いまわしたりもせず。
四 分に過ぎた。よすぎる。
五 格が上。「役者が違う」に同じ。
六 幸運。もともとは、生年、干支でその年月の吉凶を占う俗信暦の流行によった言葉。
七 いい男を粗末に扱ったということで神罰があたる。
八 「たまらない」の「たまる」に「う」が付いた形。たまらないだろうの意をわざとこう言った。
九 本所回向院。諸国寺院の出開帳（出張開帳）に場所を貸すことが多かった。
一〇 神仏出開帳の際の世話役のことだが、ここは「おとりもち」接待役の意。参詣客を集めるため人気役者が頼まれる場合があった。
一一 四代沢村宗十郎。文化八年冬襲名、翌九年十二月八日、二十九歳で夭折している。つまり、この二編の稿本執筆時には全盛であったが、刊行の年にはすでに没していたことに

お猫さん、翌の頃、本所[九]のお開帳から、〔回って〕浅草の観音さまへ参らうぢやァねへか。▲よからう。アノ開帳には役者が取持[一〇]に出るとよ。●ほんにか。またかつがうと思つて。▲うそをついて何にするものか。●ヲヤうれしいのウ。わつちはどうぞ紀[一一]の国やの出る日に往きてへのウ。▲おいらァ音羽屋[一二]だ。●わつちはどつちでもいい。▲ヲヤ 気の多い。道理でこの子は、環菊[一三]と四ツ輪[一四]を、簪へ比翼[一五]に付居る。どつちらでもといふ気だの。ヘン 心いきがいゝ。●いゝはな。打遣つて置きな。おめへも覚があらうぢやァねへか。▲きつい事たの、おいらァ、〔簪に〕亭主の紋を打たせた。●ヘン 夢にか、〔大嘘で〕あきれもしねへ。その御心ならヤンヤだけれど。▲なんでもいゝよ。情[一六]なしみりつち、鉢合せ五歩々々さ。●そんなら堪忍してやらう。▲堪忍もおかたじけだ。コウ おめへ着物は何を着て往く。●半襟物[一七]さ。▲そりやァしれた事たアな。●コウ〱 伊予染[一八]も最う、婆さんの着るやうになつちやァ気障だの。路考茶[一九]も山出し[二〇]の姉が着るから納らずト。▲此頃はちつと流行物[二一]が遠ざかつた。此間黒縮緬の裾模様を黒糸で縫はせ[二二]て、対に着た二人連[二三]が通つたが、

なる。
一二 二代尾上松助（三代尾上菊五郎）。二七七頁注二〇参照。
一三 尾上家の紋。
一四 沢村家の紋。
一五 比翼紋にして。「比翼紋」は自分と愛人の紋を組合せたふたつ紋。もと遊女と客、役者とひいきの女性客との間の風俗。
一六 愛情のない点は夫婦負けず劣らずだ。「みりっち」は蛤の貝殻を割り合う児戯で双方ともに割れた場合にいうかけ声。五分五分。
一七 黒繻子の半襟をかけた縮緬の着物。晴着（上着）を下着めかして見せるために「半襟」をかけた当時の風俗。分不相応に贅沢な着物でないことを示す体裁づくりである。
一八 伊予簾を二枚重ねた木目のような模様に染めた着物。
一九 青味がかった黄土色。八七頁注一六参照。
二〇 地方から出てきて間もないこと。滑稽本の定型的な登場人物のひとり。
二一 着物の目新しい流行がなくなった。
二二 縫い取りをさせて。種々の模様や文字などを色糸で縫い出すこと。
二三 女の二人連れ。

いつそ（とつても）意気（いき）でよかつた。●ム、いゝの。黒ちりめん[一]へ黒糸といふ所（とこ）はよく気がついたのゥ。全体上方（ぜんてへかみがた）でも案じて（くふうして）着た者があつたさうさ。荘三（しやうざ）[二]さんのはなしできいたつけ。▲そんならいよ〳〵翌（あした）か。その気で殿（との）（亭主殿に）さまに伺はねへきやアならねへ。●まだしつかり（はつきりとは）とは極められ（決められないね）ねへはな。ドリヤ そのつもりで後（のち）に来よう [三]トいひながら立てはしごへよりかゝりて足をばたばたしながら小声のいたこぶし 〽傘（からかさ）の骨（ほね）になるまで通（かよ）はにやならぬ。やぶれかぶれはあたりまへ。▲ア、[四]せつせヱ〽こゝいちばんきゝどこだい トはやしながら板の間へ膳をかたよせる ●そんなら後に来るよ トながしもとへおりる ▲勝手（かつて）にしやれ、ヱ、いけさう〳〵しい（むやみと騒々しい）。静（しづか）に障子（せうじ）を明（あ）けなナ。●それでもあかねへ（開かないんだ）ものを（もの）。▲誰（たれ）か押（おせ）へてゐるはな。●誰だ。松野郎（まつやらう）か。悪（わり）い洒落（しやれ）ヱすると了簡（りやうけん）[五]があるぞ トがたぴしして表へかけ出し このおさき[六]奴（やつこ）め覚えてゐろ。よく先刻（さつき）、黒（くろ）ぢゝいと並んでかつぎをつたナ [七]ろじにてどちぐるふ ▲おもふさまつめつてやんなナ（おもいきりつねってやりな）。ア、それ〳〵簪（かんざし）が落（おつこ）ちた。アレ〳〵 いくぢのねへ（だらしのない）、帯が引ずるはな。アレ 弱い子だのう。ヲツト ころぶめへ。ドレ おれが手伝つてやらう [八]トおなじくかけ出て、ろじ板をばた〳〵ふみならし [九]かんばり声にてキイ〳〵といひながらどちぐるふ所へ七十余歳とおぼしき大屋さま、雪隠からひよいと出る。●これにて三人びつくりのおもいれ手もちぶさたに犬にむかひ 「白（しろ）々々」「ぶ

一 目立たぬお洒落を粋としたのである。

二 林屋正蔵の落話で聞いた。林屋正蔵には林泉、楽我、笑三、可龍、正三などの号がある。文化年間に怪談ばなしを創始した。咄本などの戯作も著している。三馬と親しく、三馬は彼のために『林屋物語』を草した。天保十三年没。

三 〔はしご〕二階（屋根裏）へのはしご。〔いたこぶし〕潮来節。

四 潮来節の囃し言葉。

五 こっちにも覚悟があるぞ。

六 先払いをする奴。さしで者をいう罵り語。

七 〔どちぐるふ〕「どち」は接頭語。ふざける。騒ぐ。

八 〔ろじ板〕裏長屋の路次のどぶ板。

九 〔かんばり声〕甲張り声。癇高い声。〔雪隠〕ここは長屋の共同便所。〔おもいれ〕思い入れ。芝居用語。この場の心理状態を、無

ち来い。ぶち来い」「アレサあま(雌犬め)。手前(てめへ)ぢやァねへ」

四十八癖　二編　終

言のうちに固定した動作、姿態、表情で表すこと。

題四十八癖三編巻首

東夷南蛮北狄西戎四夷八荒大地乾坤之間不許翻刻[一]

光陰[二]は虚のやうに過ぎ、日月は欺すやうに去て、時光[三]は早野短兵急[四]、まだ[五]三十になるやならずを楽みて、邇来〔まだ〕までも若白髪と、思[六]の外に年闌ては、悔ども跡に帰らず。心ばかりは長なくていつもお正月を待侘れど、大三十[七]〔前に〕日といふ怖物あれば此奴に頗辟易せり。彼来山[八]が一里塚、一休[九]の御用心、悟つた所が面白からず、祝へば千年の松飾〔門松を〕、くゞれば其身の不老門[一〇]、長生[一一]伝授があるならば春秋富[一二]て金溜て、日月遅く寛に、べん／＼だらりと遣り〔人生を〕たき物を、利に走るが浮世の習俗、はぜ売[一三]は更にもいはず、扇々[一四]の売声も近来絶て聴く事なし、福寿草さへまだ売ぬ元日の早天から、払扇子箱買[一五]はうと欲ばり、団扇で蚊を追ふ門口を、水雞[一六]と倶に叩納豆[一七]、暑い寒いの節を構はず、旨い醜いの旬[一八]を嫌はず、速きを勝と争ふは世の中の人情か、但しは天地の然しむる所か。どういふ門首[一九]より入来るは発客の使なり。先生兼

一 何人たりとも翻刻を許さぬ、の意。歌舞伎のせりふにもある漢語を羅列した。
二 歳月。「光」は日、「陰」は月。
三 時の流れ、時間。
四 「仮名手本忠臣蔵」の登場人物「早野勘平」に、「早く」て「短兵急」（にわかに、急にの意）を懸けた。
五 「忠臣蔵」七段目の「勘平殿は三十に成るやならずに死ぬるのは」をもじった。
六 思っている中に、意外に速く。因みに三馬はこの序文の文化十三年に四十一歳。
七 陰暦十二月三十日。年間の総決算日。
八 小西来山。江戸中期の談林派俳人。酒を愛した。「元旦やされば野川の水の音」（歳旦物寄。前書に「果しなの世こそをかしけれ」とある）から次の「一里塚」をひきだす。
九 室町中期の禅僧。「門松や冥途の旅の一里塚」の句は人口に膾炙した。
一〇 洛陽城門の一。ここは不老不死を願う門。
一一 長命を保つ秘伝があるなら。このところ、正月わらべ歌のリズムによるか。
一二 若々しく、生い先長く。
一三 もち米を炒ってはじけさせたもの。元旦に家内に撒く厄払いの祝い物。
一四 年玉用の扇を売り歩く商人の呼び声。「廿年来さつぱり扇売りなし」（『浮世風呂』）。

約の三編は稿成れるや如何、[二〇]来年の新板は今年の秋から開市さんと、[二一]絵冊子は皆摺終て今製本の最中なり、頓に草稿を投じ給へと、[二二]観月の団粉を食ながら、はや来年の[二三]計は升の芋より巧なり。何が速いといふ中にも是程疾きものはあらじと、呆れた口をも塞ずして、[二四]当日の始終八癖の序に換て、まづ二張を口ふさぎに与へぬ。時に文化十三年丙子の八月[二五]中浣。

むかし[二六]所謂金平本の作者

式亭三馬戯題

本文は再びなまけて[二七]引摺餅の杵の音、松竹売の声せはしき臘月下旬。

竹売は担ひし竹に年なみの浪をうたせて春いそぐめり

戯れに一首を詠じて年立つことの迅きを悟れば、おもひあたりし日頃の怠り、万事酒ゆゑ遅々したりし二十年の前非を悔みて、ことしから入る下戸の門、おはもじながら汁粉餅の三杯機嫌、茶に侵されて寝られぬあまりに、おのれと[二八]筆をとりがなく、[二九]吾嬬訛の滑稽詼諧、例の倉卒に著作するは、乃

一五 不要になった扇を買集める商人。年玉用に二度売りした。
一六 クイナ科の水鳥。鳴き声が戸を叩く音に似る。「叩納豆」に懸る。
一七 庖丁で細かに叩いた納豆。粒納豆の対。
一八 魚野菜などの最も美味の時期。
一九 何とやらいう門の門口から。不老門に対して洒落た。
二〇 一一一頁注六参照。売り出しは早くても十二月から。「秋から」は大げさである。
二一 草双紙合巻。滑稽本（中本）も含めての総称としたか。
二二 ここは八月十五夜（中秋）の名月を賞すること。団子、里芋（きぬかづき）を供える。
二三 「升（増）」は「計」を受ける。升で計る芋にも増して、来年の商売の計算が上手だ。
二四 本日あったことの始終を『四十八癖』の序の代りに。
二五 月の中の十日間。中旬。
二六 江戸初期、和泉太夫の語った金平浄瑠璃の絵入り正本。一一五頁注二五参照。
二七 餅屋が注文をうけた家に道具を持参して賃餅をつくこと。行末の「臘月」は十二月。
二八 朝まで筆をとる。筆を「採り」と「鳥」を懸ける。「鳥が鳴く」は「あづま」の枕詞。
二九 三馬得意の江戸言葉の描写を指す。

ち作者が一箇(ひとつ)の癖歟(か)。

文化十三年丙子臘月脱稿

同　十四年丁丑正月開市

遊戯道人再記[一]

[二] 無何有郷之印

[三] 家荘於藐姑射之窓奥

一 三馬の戯号。

二 「無何有郷」は自然のままで何等の人為もない楽土。「心をし無何有の郷に置きてあらば藐姑射の山を見まく近けむ」（『万葉集』巻十六）による。

三 「藐姑射」は中国で仙人が住むという山。この戯印は仙境（遊里）で酩酊して執筆したという三馬自らの「蕩児」ぶりを標榜している。

四十八癖第三編標目

○他[四]の疝気を頭痛に病む人の癖
○他の奴婢を会めて世間話する人の癖
○他に遊ばれさうなる人の癖
○世話を為過ぎて悪く言はるゝ人の癖
○面白くない話する唯の老爺の癖
○物に譬へて悪言を衝く人の癖
○話の度毎に悪地口をいふ人の癖
○亭主に負けぬ下卑[五]女房の癖

通計八種

四 諺「隣の疝気を頭痛に病む」。自分に関係のないことに頭を悩ます。「疝気」は下腹に激痛を起す男の病いの総称。ふつう、性的な意味あいを含ませて使われた。

五 下品で卑しいこと。飲食、金銭、男女関係についていうことが多い。

＊ 実際にこの三編で扱ったのは第三話までで、第四、五話の主題が四編に織り込まれることになる。第六話以下は執筆予定だけに終っている。

癖所謂癖物語　四十八癖三編

江戸戯作者　式亭三馬戯作

他の疝気を頭痛に病む人の癖

●ヤ他右衛門さんお出なさい。▲どうだ白六さん、けふはめづらしくお宿でござす（宅ですね）。●さてお寒い事てございます。▲さればさ、きつい（大変な）寒じ[一]様でござ[二]す（ござりますといふべきをござすと約めていふくちくせなり。はなしの句切りに「ネモシ」といふて対人の顔[三]をしばらくながめて居る。その事にしたがひそのまねをしてはなすことあり）ゆふべおらが隣の亭主があしたは雪だと云つたが、おれは風だと云つた。見なせへ案の定おれがあたつた。シタガ（それにしても）寒い事てござす。

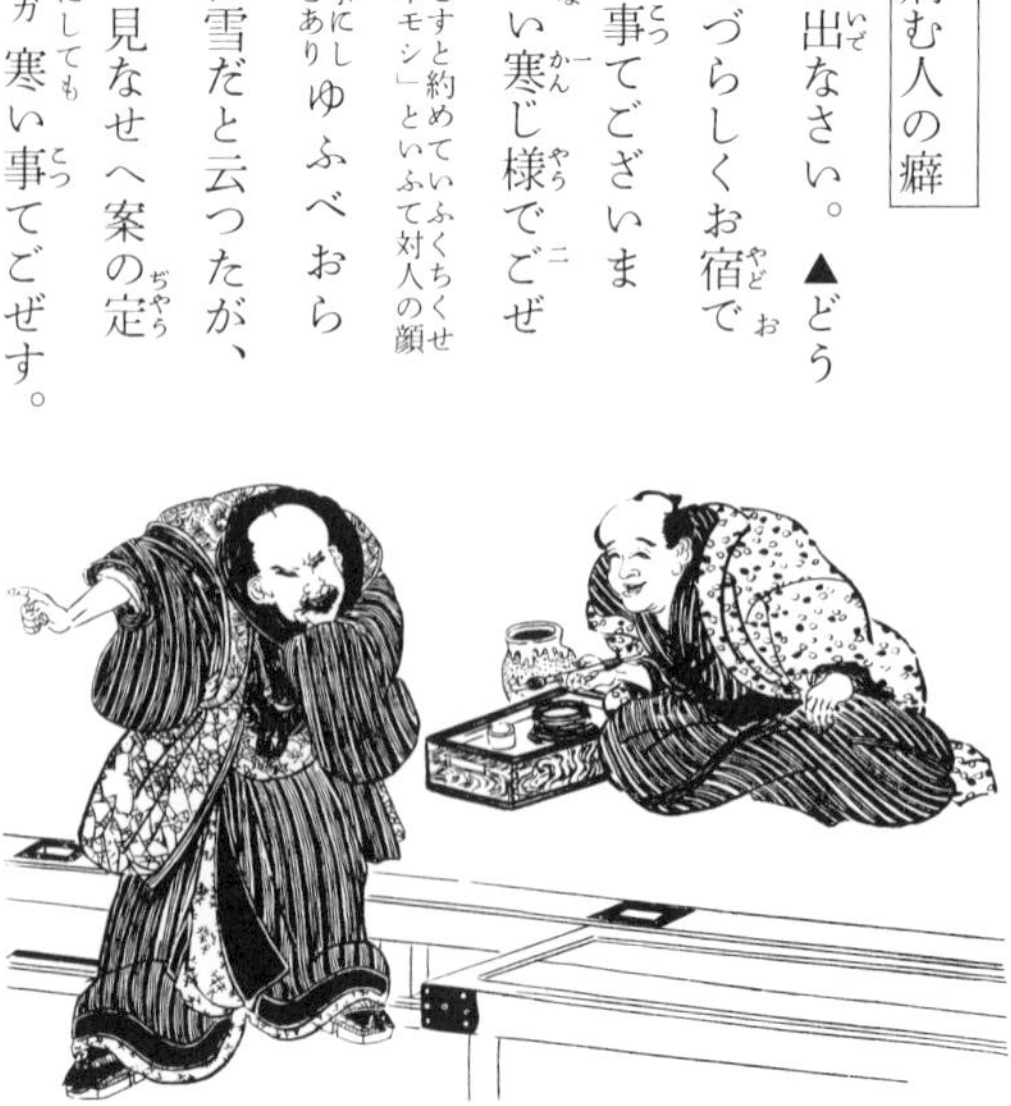

中年男の町内時評

一　寒さ。「寒じる」は寒さがひどい、ひえる、という意の自動詞。

二　「ござります」が「ござりやす」→「ござえやす」→「ござす」と崩れた形。

三　〔その事にしたがひそのまねをして〕話題に応じて身振り、声色をつかって。

近年に覚ねへ。是ぢやァ沢庵大根[四]も霜凝るだらう。伊勢屋[五]の大根干場は日中の悪い上に菰[六]のかけ様がぞんざいだ。あれぢやァ十分に霜気入るぞ。●奉公人に任せて置いちやァ往きません。▲実[七]にならぬ物でごぜす。あのァレ、伊勢屋の隣の土蔵は万屋のかァネ。まだ新しい蔵だが抹頭[八]へ割が出た。あれははやく左官に見せれば好い。打遣つて置くと大離しにどんとくるやつだテ。今の普請は化粧[九]ばかりで丈夫向とは往かねへ、すべての器が形容ばかり好くて細工の手抜きが多い。段々に功者になつて如在なくなつたネ。[一〇]その道理はあたらしくて三分するものは古くて壱両壱分も弐分もするはさ。鉢兵衛どんが箪笥を買つたから、おれが壱両とふんだら壱両弐朱六百で買つたと云つたが、おれが壱両もすこしあたじけ[一一]茄子だけれど、何所へ出しても壱両弐朱が物はりんとありやす、六百お客になつたのさ。●しかしその位なものさ。▲あれも気永に買ふと堀出しがあるけれど、おれが詞を用ひずに性急だから、ネモシ。あれ〳〵寒いといふ口の下から小児といふものは、天[一二]水桶の氷を丸で引出して、アレ〳〵、そりや割つたは。コレ〳〵な

四　漬けるために干してある大根が霜のため傷んで腐る。
五　江戸にもっとも多い商店の名。ここは酒屋か。
六　霜よけのむしろを指す。
七　（そんなぞんざいな扱いでは）うまい沢庵漬はできませんよ。
八　土蔵の軒の下の、土を厚く塗った部分。
九　外観にあらわれている部分（建築用語）。
一〇　それが道理である証拠には。その見方が正しい証拠は。
一一　「あたじけない」（欲深い、けちくさい）の語尾を「茄子」に懸けた洒落。
一二　防火用に雨水を溜めておく桶。

一 真暗になって、に同じ。まっしぐらに、めくらめっぽう。「三宝」は強調の接尾語。
二 諺「子供は風の子」。
三 願人(がんにん)坊主が極寒中に水をかぶり、裸体で手桶の曲投げなどを行い、寒垢離代参として米銭を乞うた。
四 修験者等が、寒中に白装束で町を歩き、家々の戸口に用意した水桶の水を浴びて廻る修行。「水行の日向(ひなた)を歩く未練者」。
五 山伏。修験者。
六 酒樽の薦を捲いたように腹を縄で捲いて。
七 調子をつけてしゃべっているのである。
八 この行者の声帯模写をして。
九 不動明王の真言(しんごん)のうち大日経真言蔵品。「戦挐摩訶盧灑挐」は、暴悪大忿怒(だいふんぬ)の意。
一〇 寝起きのように乱れた頭髪が凍りついて、ずぶ濡れの身体の上にかぶせた蓋のように見える。「水瓶」は台所で水を貯えておく甕(かめ)。
一一 ガラス製のかんざし。「硝子(びいどろ)」はポルトガル語ヴィドゥロ(vidro)が日本語となったもの。「氷柱」と「水っぱな」の状態から「花簪」をひきだし、さらに「何でも四文」の大道売りの口上に続けた。「四文」は四文銭一枚で、一文と言うに同じく最低の額。

ぜ其所(そこ)へ氷を落とした、元の通り丸くして入置(いれ)け。桶の水が減つて〔火の〕用心の為にもわるし。その氷が解けて見ろ、人もすべる道もぬかる(ぬかるみになるぞ)は、あてこと(あきれたこと)もねへ(だ) ト こちらむいて したを出して ハ、、、、。真暗三宝逃往(まつくらさんぼうにげて)[一]つた。小児(こども)[二]は風の子よく譬(たと)へたもんだ。ヤそれよりきつい(すごいのは)やつは寒垢離(かんごり)[三]の坊主、まだもきつい(もつと)は水行(みづぎやう)[四]、今も爰(ここ)へ来(来がけに)しなに見れば、寒中水行の法印[五]が、名酒の札(ふだ)を張らう(張るとよいような)といふ巻(まき)[六]縄(なは)の腹(はら)で、乱髪(らんぱつ)の向鉢巻(むかふはちまき)[七] ト 左の肱(ひぢ)を腋下(わきのした)へ突張(つつぱ)つて右の手で鈴(れい)をふりながら [八]ト こはいろを まねて 「せんだアまッかろしやアだア(戦挐摩訶盧灑挐)[九]」行衣(ぎやうい)は ソレ おめへ、造り付けたやうにしやちこばつて〔凍って〕、頭は寝起き[一〇]の水瓶(みづがめ)の蓋(ふた)といふ光景(ありさま)で氷柱(つらら)と涕(みづッぱな)が硝子(びいどろ)[一一]の花簪(はなかんざし)四文(もん)々々と云ひさうで ト またこ はいろ 「そわたやうんたらたアかんまん(娑頗吒耶 吽 怛 羅 怛 唅 𤚥)[一二]」 身ぶりを しながら ネモシ、真言(しんごん)を一針貫(ひとはりぬき)[一三]にして震(ふる)へながらあるくが、ア 行(ぎやう)とはいひながらつらい事(こつ)たネ。あんなに難行(なんぎやう)せずは権兵衛(ごんべゑ)[一四]僧都(そうづ)にもなれやすめへか、ネモシ。不断(ふだん)然(さう)思ふがよく転ばね[一五]へもんだ。そこが御方便(ごほうべん)(ご利益か)[一六]か。転んぢやア長脚国(あしながじま)[一七]の話の様だ、行衣(ぎやうい)が硬く突張(つつぱつ)て居るから独(ひとり)では起きられねへ。たとへ他(ひと)が起こすにもしろ、まづ大怪我(おほけが)だテ。あれはよせば能(い)い、はなはだ不量見(ふりやうけん)だ。行なら行で水を浴びて宿(うち)に居たらよささうな物を、あるく（歩くのは）は身しらずだ（身のほど知らずだ）、ネモシ。●そのあるくが行(ぎやう)だらう。▲行(ぎやう)は行(ゆ)くといふ字だからいかさま（なるほど）歩行(あるく)か、しかし行でもたつた一文で（修行にしても）［の喜捨］で「敬つて念じ奉る大日大聖(だいにちだいしやう)一八不動明王(ふどうみやうわう)」を唱へてゐる間(うち)が、がた〳〵がた〳〵胴震(どうぶる)ひで、ア、苦しからう。ネモシ巨燵(こたつ)へあたつて雑炊(ざうすい)を食居(くつ)てさへ寒いのに、ア、否々(いや)、モシかならず（決して）一チ文上げなさんな、却つて罪でござすぜ［苦しめるから］。唵阿盧力迦娑婆訶(をんあろりきやそはか)一九をいふ間(ひま)には、宿(うち)へ帰つて熱燗(あつがん)でキウツと引(ひつ)かけたからう（飲みたかろう）。ガしかし、こゞえた腹へ急に熱い物は大毒(だいどく)、そこが気の毒二〇でござす、ネモシ。すべてひもじい時など、少しッヽ、追々(おひ)に増して食ふと能い。そこを十分ンに食ふとお陀仏(だぶつ)。あの行者などもその通り、まづ最初ぬるまにして僅(わづか)食ひ段々温(あつたか)にして後(のち)はぐつと熱くても能い。偖(さて)また急に焚火(たきび)や炭火(すみび)にあたるが悪い、これも藁火(わらび)二一のやはらかい火でそろ〳〵と温(あつた)まるだ。●そいつは初生(はしり)（初物をたくさん）をたんと買込んで置いて焚(た)かう（煮よう）といふもんだ。孔方(おあし)二二の入(い)る（要る）はなしだネ。▲何ヱ。●蕨(わらび)のやはらかい火。▲蕨ヱ。何さ藁火さ、藁を焚くのさ。●これは大違ひ。

一二 大日経真言蔵品。「薩頗吒也(そわたや)、吽(うん)、怛羅(たら)迦(た)、悍漫(かんまん)」。破壊、恐怖、堅固、種子の意。原注とは多少の異同がある。

一三 一針毎に針を抜いて縫うこと。真言陀羅尼(だらに)の密語を一足ごとに一節ずつ唱えることをふざけていった。

一四 「権少僧都」（僧の官位の一）に田舎者の意の「権兵衛」を懸けた。庶民の間での通称か。

一五 この寒中水行の行人の足が凍えてつっぱったことをいう。

一六 仏が衆生を導く巧みな手段。

一七 長脚国人は倒れると一人で起上がることができず、他人に起して貰う。「此国は長脚(ちやうきやく)国とて、体は日本人程なれども、足の長さ一丈四五尺なれば…」（『風流志道軒伝』）。

一八 不動尊。大日如来が悪魔を降伏するため忿怒の相を現したもの。大火焔の中で石上に坐す。

一九 「唵」は真言の上につける言葉。「阿盧力」は阿嚕力経、「阿唎多羅陀羅尼阿嚕力品」の略。「娑婆訶」は最後に添えて願いの成就を祈る語。

二〇 心苦しい。つらい。「大毒」と語呂合せ。

二一 藁を燃した火。

二二 銭。「孔方」は方形の穴のあることによる宛字。

●ハ、、、。▲然しねへと命にかゝはりやすから、入らざることだがそこが苦労だ。●むかふ[一]にも荒神さまがあるから如在あるめへ。馴れて見ると思つたやうでもねへのさ。一口にいふ事ではねへが、橋に寝る菰かぶりを御覧じろ、菰の上へ霜が降積つて塩を蒔いた様だが、平気で高鼾だ。▲あれは惣体を顔だと思居れば寒くもなからうか。此間も見たれば、紙袋へ蕃椒を貯へて居たが、あれは利方だ。ハテ食へば額から湯気の立つほど温まる物だから、蕃椒で寒気を防ぐだらう。それ〳〵が有つた物だ。そこで此中寒い晩に蕃椒の施行[二]を為やした。●中には嫌ひがあらう。▲嫌ひな者は菰の上へ振りかけて寝ると湿気[三]を稟けやせん。ャその湿気といへば中には疥癬病[四]もあれど、思へば少いもんだ。赤い頭巾[五]を冠つて、物を貰ひながら疱瘡をしてとるから。●さやうさ。風に中ッちやァ悪いといふけれど橋の上で吹晒されても、結構してとる。▲然かと思へば医者に医者をかけて大切にするのがころりとやらかすシ。イヤほんに、痘兵衛さん所の痘人[六]はむづかしいはい。●狩場[七]紋づくしぢやァねへが、釘貫[八]松皮黄村濃さ。▲松皮[九]

一 二八頁注一五、一七七頁注一〇参照。
二 施し。功徳のための僧や貧民への喜捨。
三 「湿気」から音の似た「疥癬病」(注四)をひきだす。
四 梅毒で皮癬、湿瘡のできている者。
五 疱瘡(天然痘)よけの呪いに着衣から玩具のダルマまですべて赤色をよしとした。
六 疱瘡を患う小児。当時、疱瘡は幼児の生死を決める重大な「通過儀礼」であった。「何の因果に疱瘡迄仕舞ふた事じやと」(『菅原伝授手習鑑』)。三馬には麻疹の流行を素材にした滑稽本処女作『麻疹戯言』の著がある。
七 近松門左衛門作の浄瑠璃「曾我五人兄弟」中の「小袖紋尽し」の冒頭の文句「くぎぬき、松かは、きむらこう」をふまえた会話。
八 「釘貫」は釘抜の形を図案化した紋。「松皮」は松皮菱の略。「黄村濃(紅)」は三浦氏の五幅の幕の配色にならった紋。
九 悪性の疱瘡。かさぶたが松皮状に重なる。
一〇 「孔子も時に遇はず」(『譬喩尽』)のもじり。知能ある者も不運で用いられないことがある、の意から、適時の治療の要をいう。
一一 「よこね」は「便毒」の俗称。梅毒、淋病により股のつけねにできるリンパ節腫脹。
一二 ここは化膿させてしまうと、の意。
一三 「春暁　春眠不覚暁…花落知多少」(『唐

疱瘡、ァ気の毒千万はやくお医者にかければ能い。今の内が療治時だ、療治も時があるもんだテ。●[一〇]療治も時に合はずぢやァいかねへネ。▲さやう／＼、横町の瘡七が[一一]便毒で居じかり股をしてあるくから、思ふさま高足駄を履いて踏みしめてあるけと教へたのさ。壮い元気でぐつと[一二]踏出してしまふと後が根切だといふけれど（根絶するといふんだが）［それもせず］、けちな野郎だ。●疼い物ださうだ。▲いくら痛いとッて（痛いからって）内攻して見たがいゝ（体内に広がってごらん）。[一三]鼻落ちて知んぬ多少ぞだ。ネモシ、唐人も馬鹿ぢやァねへ。壁隣の儒者の二階で、毎日[一四]読居るが（よみこゑのくちまね）「[一五]今年鼻落ちて明年顔色更まり」●（よみこゑ）「[一六]あしたに紅顔の肌もゆふべには白骨となる」▲違ねへその通りだ（[一七]しやれで付けた所が本気にうけたやつ也）アレいらざるお世話だが、向ふを通る[一八]婦人を御覧じろ。白骨となるとはしりながら、かう見た所は悪くねへやつさ。●紅顔の膚より[一九]迎願寺といきてへネ（いいたいね）。▲御覧じたか。どうで[二〇]ござせう。一寸銭湯へ往くまでも[二一]白粉こつてりだ。帰つてまた白粉だらうが、何でも亭主迷惑、[二二]油店のお仕合せ（大喜び）。まづ一日に白粉の代四文づゝと見て、月に三四の[二三]百廿四文。かうだによつて（こういう具合だから）、年には壱貫五百文。この割で

詩選』孟浩然）のもじり。

一四 素読する声を指す。

一五 「今年花落顔色改　明年花開復誰在…」（『唐詩選』劉廷芝）のもじり。

一六 「朝には紅顔ありて夕には白骨となれる身なり」（「蓮如御文章」）。

一七 ［しやれで付けた所が］ ふざけて唐詩選のもじりに御文章を続けたところが。

一八 結髪の後ろへ張り出す髱から転じて若い女をいう。

一九 「仰願寺蠟燭」の略。仏前にともす小さい蠟燭。色白ですらりとしたいい女のこと。白骨の連想もある。

二〇 「ござす」（「ござえす」の短呼）に推量の「う」がついた形。どうでございましょう。

二一 「文化文政頃迄は炊婢に至る迄平日も白粉濃く粧せしと云へり」（『守貞漫稿』）。

二二 髪油を主とする化粧品店。伽羅油をはじめ諸種の髪油、紅、白粉などを売る。三馬の店も売薬の他に化粧品を売り出した。この辺、三馬の商売の話にからませている。

二三 大三十日小二十九日のいずれの月の場合も算術的に合わない。当時、日用品の価が「四文」単位だったことにひかれての端数か（四五頁注二〇参照）。九十六文が、実質百文に相当した銭価感覚とも関係してこよう。

紅粉が暑寒[一]の丑の日をいれて、一年に七八百（七八百文）はなめるだらう（つけるだろう）。アレ〳〵推量した所が、丁字茶縮緬[二]の着古したやつへ更紗[三]をおかせて（胴に使って）、下着[四]二枚の裾廻しにして、上着が縞縮緬で、厚板[五]の帯は形が小さくて御意にいらねへで（お気に召さず）、御不断締にお下しあそばしたのス。鼈甲[六]に浮が出るを悲しんで（隙間ができるのを嫌って）、芳野紙[七]へ巻いて挿したのは、京坂の女郎や芸子が、吝嗇から起つて（けちから始まった）する業だ。なんぼ京坂風が流行ればとてあの真似は江戸ッ子の疵ぢやアござせんか（恥じゃありませんか）。湯へ這入るに何の見え坊が入るもんか（見栄を張る必要があろうか）。後には裸体にならずに裲襠でも着て浴びるだらう。●さやうさ、近来は襦袢の半衿に黒天鵞絨をかけるが、あれも京坂風に伝染た無切思案[八]さ。▲穢れず命しらず（寿命も長い）といふ所が利勘[九]の骨長。その筈でござすはな、胴は（胴裏は）度々とり替へて袖口は奥口[一〇]する間に（衿は）、まだしやア〳〵自若としてゐるはさ。それはまづ利勘でよけれど（経済的で）、解せねへことが（わからないことが）ござす。アノサ 丹花[一一]の唇とか云つて唇は赤いを賞美するを、今では笹色[一二]などゝ嬉しがつて、唇紅が狐火[一三]の様に青く光つて玉虫を横咥にしたやうでござす。髪の結ひやうも正真[一四]の京坂なら能けれど、江戸ッ子[一五]の義太夫節が訛

一 寒中に製した紅は最上のものとされ、特に丑の日に買う紅は珍重された。丑紅。夏の土用の丑の日は、鰻を食しまた灸を据える日で紅とは無関係。土用の丑の日まで買って、という洒落か。

二 紅色がかった茶色の縮緬の着物。縮緬は外出用の晴着に用いるが、着古したものを普段着の下着に工夫した。

三 人物、鳥獣、草花などの模様を五彩で染出した綿布。インド、ジャワ等より輸入した。

四 「下着」は下襲の着物で、冬は二枚重ねた。（更紗を胴にして）袖口、裾の廻りに丁字茶縮緬を使って二枚仕立てた、の意。

五 「厚板織」の略。地紋を織り出した絹織物。主に女帯。

六 鼈甲の笄、簪など。「浮」は、鼈甲の細工の合せ目に隙間ができること。

七 吉野紙。奈良県吉野郡丹生産の和紙。「ふといからがいを白紙にてぐる〳〵とまきたるは、湯気にてべつかうのそらぬためなり」（『浮世風呂』二編上）。

八 その時かぎりの苦しい思い付き。

九 勘定高さの真骨頂（最高）だ。

一〇 袖口と袖付とを入れ替えること。

一一 「芙蓉の眸、丹花の唇」（『太平記』二一）。

るやうな物で皆[一六]半々尺だ。●上方とも付かず、江戸とも付かず、〔東海道なら〕大井川あたりをまごついてゐるやつだネ。▲道理で[一七]島田が見えやす。●嘘アねへ。▲●ハ、、、、。▲[一八]地張の吸口へ四つ橋の厂首をすげた煙管だから、[一九]浮虚の煙脂にむせて、いづれ通らね[二〇]へやつのする事でござす。●悪大造な粧だネ。[二一]大体な花嫁が〔挨拶に〕親類廻りをする形容だぜ。[二二]小女郎に[二三]浴衣をもたせてあの絹布では[二四]身体滅却。▲亭主が[二五]烏金を借りて〔返済に〕まごつくもかまはず、女房は[二六]鴨南蛮煮の

一二 「近頃は紅を濃くして唇を青く光らせなどするは何事ぞ青き唇はなきものを本色を失なへり」（『嬉遊笑覧』）。
一三 歌舞伎の小道具の一。焼酎火。
一四 本物の上方の結い方ならよいが。
一五 江戸者（素人）が浄瑠璃を語る際に江戸訛りが出ることを指す。専門の浄瑠璃語り（太夫）は原則として上方出身者に限られた。
一六 中途半端だ。
一七 静岡県、大井川左岸にある宿。大井川の渡しで有名。ここは「島田髷」と懸ける。
一八 江戸で鍍金した吸口に大坂の四つ橋の煙管屋の雁首をはめ。江戸とも上方ともつかないから。「煙管…名所は大阪の四ツ橋とす」（洒落本『意気心客初心』）。
一九 京坂風に媚びた中途半端な流行をいう。
二〇 煙管がヤニで詰まる意と、通人でない意を懸けた。
二一 普通の。標準の。
二二 小おんな。女中。
二三 当時、湯上がりに着てからだを乾かす、文字通りの機能ももっていた。
二四 財産がなくなる。
二五 高利貸の一。今日借りれば明朝明け烏の鳴くと同時に返済させられる。
二六 鴨肉と葱を入れた蕎麦。「南蛮」は葱。

買喰ひで潮来節を謡つてゐる人物よノウ。●さればさ、唐茄子薩摩芋はたべたことのねへやうな顔をして、二の上でツン〳〵もにくい〳〵。何所ぞの囲女か妾あがりぢやアねへか。▲何さ、あれは凝息の女房よ。●ヲ、何か。野呂松がかゝアか。また取替へたの。▲大師さまの宿坊附で毎月かはるのよ。あれで七人目だ。●七人の女は持つとも浮虚者に心をゆるすな。▲何をいはつしやる。●しかし七人で止まらねへと十三人まではもつはヱ。年季を追ふものさ。▲何中気病ぢやアあるめへし。イヤ 中気といへば千三屋の婆さまはまだ達者かの。最う老年だ。半身きかねへで米の守を出した内がいゝ。兎角長生すれば恥多し、いらざる事だが早く赤い強飯になるがいゝのさ。聞けば身上が大分いたんださうだ。●大きにまはつたのさ。最う地面も我居る所ばかりさネ。おしい株だけれど。▲あれは悪いからさ。まだ〳〵おれに持たせると今がたて直し時だ。あすこでぐつと改正してくらし方を小体にした上で、おれなら得意まはりをして国々の荷主をすつぱりとのみこませるのよ。高くはいはれねへがコレからさ トひたいへしはをよ

一 店屋物をとったり、外食したりする習慣は一般の主婦にはなかった。遊客のうたう「潮来節」を口にするなども同断である。

二 南瓜。さつま芋とともに庶民の女たちの好物。「かぼちゃの小なるを唐茄子と名付けはやり出しは明和七八年のころなり」（『嬉遊笑覧』）。

三 三味線の調絃法の一。本調子よりも「二の糸」が一音高いもの。

四 馬鹿息子。

五 当時、上野寛永寺の開山堂にある慈恵・慈眼両大師の像のその月々の宿坊付（宿泊、休憩のため借りる寺坊の割付け）を記した、「大師様の御宿坊付大小柱暦」が発行された。寛永寺の両大師の像は子院三十六坊を三十日ずつの期限で遷座した。

六 諺「七人の子を生むとも女に心許すな」による。

七 もと漢方による呼び名。七年で死なねば十三年は保つと信じられた。

八 嘘つき屋。「千三」は千言のうちに真実は三つしかない、の意。

九 米の字を書いて八十八歳の祝に人にくばる餅。

一〇 「強飯」は糯米を蒸したもの。葬礼の際、

せて顔をさしよせ小声になり人さしゆびでたばこぼんの角をたゝきながらぽち〳〵としばらくさゝやき▲またふところ手になりて身をおこしつねのこゑにてノソレ、この利屈（りくつ）ぢやァすつぱりたゝける[一二]ぜ。ハテ早い所（とこ）がかやう〳〵に仕法（しはう）を付けました（手順を決めました）から（から）、旧来の御懇意を思召（おぼしめ）してさ、以来（以後は）はかやう〳〵に被成（なすつ）て下されと向（むかふ）へぶつつかつてなげくさ（じかに当って訴えるのさ）ひとりうなづきながら直（ぢき）に荷を送るやうになりやす。どうもさから云つちやァ何（何だが）な事（こつ）たが、あの衆（しゆう）は仕様（しやう）が下手（へた）だ、ァヽ、下手だ〳〵。イヤまた下手と云つたらばおらが裏の医者よ。そのくせ匕（さじ）[一三]（腕はけっこういいが）は相応にまはるが、世事（せじ）（お世辞べたで）が疎くて人の交（まじはり）が下手だ。●よくあるものさ。▲学問は能（い）いさうだが人情を解（げ）さねへやつだから近くいはゞ一国者（いつこくもの）[一四]さ。その証拠には内弟子（うちでし）になつて飯（めし）を焚居（たいて）た若衆（わかし）や、薬箱持（くすりばこもち）の村夫（やまだし）は皆（みんな）御医者様になつて、海鼠襟（なまこゑり）[一五]の合羽（かつぱ）を着たやつが、黒縮緬（くろちりめん）の羽織でりう〳〵（ぱりっとしている）してゐる。調助（てうすけ）と云つた野郎めは槙割台（まきわりだい）を枕にして冬も紙衾一枚（てんとくじいちめへ）[一六]でぶる〳〵（震えていたが）したやつが、長棒（ながぼう）[一七]の乗物に乗つて細見（さいけん）[一八]を読みながら、面（つら）を駕籠（かご）充満（いつぱい）にしてあるくが（大きな顔をしているが）、裏の先生それを見ても微笑（あざわら）つてゐるのよ。何あいらが（あいつらが）山医者（やまいしや）[一九]の分際で乗通せる（［駕籠を］）ものか。ァ世の中にいらぬ命が沢山あるさうで、山医者が繁昌するはい。病人は医

強飯の竹の皮包を出す。「五十歳以上は赤、以下なれば白き強めしなり」（鹿島万兵衛著『江戸の夕栄』）。

一一 営業の権利。ここは、老舗（しにせ）を、といった意味。

一二 酒店に働く者の隠語で、手を打つ、商談が成立する意。

一三 薬の調合が上手でよく体にゆきわたって利き目がある。「匕」は、薬剤を調合する匙。

一四 頑固で融通が利かぬ人物。

一五 合羽の仕立に使う襟当りのやわらかい、海鼠の形をした襟。

一六 紙を外被とした藁蒲団。江戸芝西久保巴町の天徳寺の前で売ったことからの名。

一七 普通四人で担ぐ長柄の駕籠。本来は貴人用。

一八 遊里の置屋、揚屋の名や女郎の特徴、揚代などを列記した案内書。「吉原細見」。

一九 いんちきの医療をする医者。

書のためしもの（試験台にされるような）にあふ様な物ぢや。病人を救ふではない、病人に救はれるのぢや。医者といふ名目があるゆゑに解死人にとられぬが仕合ぢや（殺人犯にされないのが好運だ）。病が言ふたらば医者は粉灰[一]であらう。診脈[二]よりは見脈[三]、見脈よりは容体[四]の口上で薬をもる（与える）事ちやもの、病[五]は平気で鼻唄でけつかる、などゝ大言ばかり吐いて（〔裏の先生は〕）貧乏して居るが宝の持腐[六]といふのだネ。●医者は上手で世事（お世辞）が下手なのだ。▲世事は下手でも医者は上手なが医者の本意、医者が下手で世事が上手ならば医者は止めて幇間[七]をせい、などゝ弟子をしかるが、これは最でもあるけれど、些とは世事も有つていゝ。能い業を持つて貧乏するから馬鹿の内でござせう。●世事を三分配剤[八]すると中分なしの御医者さま、ダガ然自由にいかねへでもつたもの（〔世の中〕思うようにならないところがミソさ）。▲ヤ自由にいかねへといへば、ゆふべの頼母子講[九]はどうだつたネ。御守でも咒でもいかなんだでござせう（だめだったでございましょう）。●おきゝなせへ。わたしが切分[一〇]で徳平さんにとらせた。ハヽヽ、イヤもう何のまじなひでも運だ〱（〔利き目がない〕）。金のある所へは金がよぶといふが違ねへ。福助さんか徳平さんの内だと（どちらかだと）云つたが、案の定さ。▲窮六が貰ひてへといつてゐ

一 骨灰。粉か灰のようになる意。散々だろう。
二 脈搏を診察すること。脈を取ること。「しんみゃく」。
三 脈を見ること。同じ漢方医用語だが、先の「診脈」より手軽な、の意をこめる。
四 病状についての（出鱈目の）説明だけで。
五 「病」を擬人化していう。
六 諺「宝の持腐り」。役に立つものを持ちながら活用しないこと。
七 「幇間医者」と呼ばれる類もかなりいた。
八 薬の調合ふうに洒落た。
九 無尽講。二六一頁注九参照。江戸の頼母子講は現在の「おみくじ箱」様の「振鬮」による抽選の形が多かった。
一〇 ときさばき、処理の意。

たつけが。●吉公(こう)も貰はうと云出(いひだ)して両方落合[一一]つたから破談となつた、ガ[一二]一両の礼金なら鬮(くじ)で押付けて(いずれかに決め)、片方(かたかた)へ貸す方が徳だけれど。▲金持の見識は各別[一三]よ。ア吉公もせつなからう。それといふが大根(おほね)[一四]なまける(普段怠ける)からさ。年(ねん)中大三十日(ぢうおほみそか)だと思つて居れば物前(ものめへ)[一五]に困らねへ。おれが常不断(じやうふだん)[一六]いふはそこだテ。アこまつたもんだ、ネモシ。あの男は月壱歩(つきいちぶ)の傭婆(やとひばあ)をせずと、女房をもてばいゝに。家の為にいくら費(つひへ)(損になると)があると思ふ。此中(このぢう)からいふ事がござした。水屋(みづや)[一七]の株(かぶ)と髪結床の株と、一ヶ所づつ持居(もつて)るお袋付(ふくろつき)の売居(うりすゑ)[一八]さ。家内(かない)[一九]はその株で食へるから自分働(じぶんばたらき)[二〇]になんぞ家業を持居(もつて)る聟(むこ)がほしいと、よくあるやつでござす、ネモシ。勿論娘の器量は中位(ちうッくらゐ)。ダガ甲斐々々(けへげへ)しい女さ。そこで吉公を勧めて見たが、先生糠三合(ぬかさんがふ)[二一]の野暮ばかり云つて不承知だ。是等(こいら)は両為(りやうだめ)(両方の為になるが)だけれど、チヨツしかたのねへもんだ。しかしいらざる世話かネ。●よければよし、悪い時両方へ気の毒な思ひ[二二]をする、それが否(いや)だよ。▲否だといへば(トあごをひよいとしやくり)えてきち(あいつの)の聟もてめへから出たげな(自分から〔家を〕出た)。●娘が我(わが)まゝからさ。▲然(さう)だとさ。親の躾(しつけ)がわるいからさ。シタガ、親に不孝なや

一一 両者同じことを言って譲らなかったから。

一二 一方が一両礼金を貰えるのなら、鬮でいずれかに決めて他方へ無尽を貸すことにした方が得だけれど、の意。

一三 特別だ。すぐれている。窮六や吉公には そのような見識はない、の意。

一四 元来。もともと。

一五 掛け売りの代金請求の期日。物日(五節句其の他の祝日)前の意。特に大晦日はその年の最終の決算日で厳しい取立ての日。

一六 いつも。

一七 飲料水の行商。水汲みともいう。二七〇頁注四参照。

一八 売家。ここは聟をさがしている娘、の意。

一九 家族は株を人に貸して、その収入で。

二〇 自分一人の生活費を稼ぐだけでよいから なにか職業を身につけた。

二一 諺「粉糠(こぬか)三合有らば入聟(いりむこ)は不レ為(すな)」(『譬喩尽』)。

二二 心苦しい、つらい思いをする。

つだ、老つた両親をひかえて男択をするなど〻。当世は色男より拵男とさへいふに、おれが娘ならば仕方があるけれど、ヘン、是もいらざる世話か、ネモシ。ほんにその聟でおもひ出したが、伊勢屋のかぶつた[一]番頭はまだ帰参せずかェ。ありやァ何とか云つたネ。●今ぢやァ角兵衛さ。調市の頃は市松と云つたつけ。▲ハヽァ角兵衛か。●手拭屋の息子さ。▲ムヽ角兵衛[二]も獅子でかぶる縁があるが、手拭屋で市松[三]もこいつかぶる筈だ、ハヽヽヽヽ。お隣づから見ても居られめへ。どうか口をそへてお遣んなせへ私も主人方は懇意だから、不及ながらとも〴〵侘びようが、まづ口びらきはおめへハヽヽヽヽ。チヨツ、これもいらざる世話か。トキニ、隣の御亭主の沖釣はまだやまぬかネ。板一枚下は地獄だのに、よせば能いことを、こまつたもんだ、チヨツ、これもいらざる世話かネ、ハヽヽヽ。年中隣の疝気を頭痛に病むのだ。ハイさやうなら。

一 芝居者隠語。「毛氈かぶる」(毛氈をかぶって舞台から去る)の略。しくじる、失敗して逃げ出す、の意。

二 「角兵衛獅子」をふむ。越後からの子供の獅子舞で、初夏故郷を出て秋の末に帰る。業者の江戸定住以降は正月の景物となった。『嬉遊笑覧』に「或人云武蔵国(一宮)氷川神社に古き獅子頭あり…その獅子頭の角に菊の紋ありて御免天下一角兵衛作之と彫てありといへり」とあり名の起りとされる。大宮氷川神社の獅子頭も背景として考えたい。

三 市松模様(紺と白とが打ち違えの碁盤縞)の手拭をかぶる。「石畳江戸の俗は今に市松と云ふ元文中の俳優佐野川市松と云ふ者諸服専ら此の形を用ふ、市中婦女学レ之大に流行す以来市松形と云ふ」(『守貞漫稿』)。

四 壁を隔てた隣家。棟割りの裏長屋で、壁越しの両隣り、裏の家などを含めていう。

五 二二六頁注一一参照。

六 各戸を回って歩く髪結。場所回り。『塵塚談』の著者小川顕道は、女性は毎朝自分で結い髪結いに委せてはならぬと述べている。

七 金を出し合い、小人数向きのちょっとし

近所合壁[四]の奴婢を会めて世間話を好く人の癖

おてんば娘おしやべりあまの功を経たるかゝア[五]左衛門。亭主の留守には長屋中の下女子もり、やとひ婆をよびあつめて、どつぴ〳〵とどちぐるひ、町内のまはり[六]の髪結どんを引ずり込んでおごらせるをしやれにして、出銭[七]のうまごと小鍋立をうれしがり、いろ〳〵に水をむけて、家々のないしやうばなしをぶちまけさせるがもちまへの好物なり。気だてのよい山出し下女をもそゝのかしてひまをとらせ折角重年[八]した奉公人にねがひ込[九]のうそををしへて中途で浪人させ、おのれが世話をするやうな口ぶりも深切ごかし[一〇]で、しりくらひ[一一]観音経、普門品[一二]第二十五か六ぐらゐのとし恰好。髪の毛のうすいくせに前髪[一三]をぱらりと切つて、反古で巻いたるいぼじりまき[一四]、髷のうしろへ帽子針[一五]よりちいさきぴら〳〵のかんざし、蟹菊[一六]の紋所、外に後ざしは名古屋打[一七]の銀かんざし、黄楊[一八]の水櫛[一九]を横の方へちよいとさし、襟足をやつかいにして剃込んだゆゑ、生す為にや、あをひげ[二〇]のやうに毛際が残り、わざと白粉をつけずあらひこ[二一]おしろいをすりこんで、唇紅[二二]を青くひからせ、

た料理を取りよせての楽しみ。酒も入る。

八 奉公人が年季を重ねて勤めること。

九 辞職願いのための口実、つくりごとを教えて、年季奉公の期間中にやめさせ。

一〇 親切ごかし。親切を装って人を陥れる。

一一 後がどうなろうと知らぬ顔。窮した時は観音を念じ、よくなると知らぬ顔をしていることから、六観音の縁日（十八日～二十三日）の後の闇夜を尻食（暗）いに懸けていう。

一二 法華経第八巻第二十五品の観世音菩薩普門品の別称。「二十五歳」に言いかけた。

一三 江戸の女は二十五歳ぐらいになると前髪を二寸ばかり切ってたらした。

一四 髪をくるくると巻く結い方。ここは反古紙で巻きつけている。手を抜いた髪の結い様。

一五 綿帽子を留める針。

一六 菊の花を胴、葉を脚に、蟹の形にした紋。

一七 琴柱の形をした足の股の間が広い簪。十四～十八歳の若い女性が使用した。

一八 つげ科。櫛、版木などにする。

一九 水をつけ髪を梳く時用いる歯の粗い櫛。

二〇 襟足のきわに「青髯」のように毛を残してある。「青髯」は歌舞伎の敵役が顎に青黛を塗り、髯の剃りあとを表すもの。

二一 二七五頁注一〇参照。

二二 二九三頁注一二参照。

鉄漿（おはぐろ）[一]をつけたあとで上歯（うはば）二まいをわざ／＼みがきおとして真白（まつしろ）にしたるは、愛教歯（あいきやうば）[二]とか号（なづ）けて、このむれ（この連中）の流行なり。茶弁慶（ちやべんけい）[三]のめんちり[四]の布子（ぬのこ）に、花[五]がつみの浴衣（ゆかた）を下に着てじゆばんの胴はお化（ばけ）[六]とおぼしく半ゑりは紫縮緬（むらさきちりめん）へ白く出た市松形（かた）[七]、太織（ふとり）[八]の大縞（おほじま）の袖なし羽おり、肩いれ[九]は縞ちりめん、すべて衣装は七ッ過（すぎ）[一〇]ごろなり。黒じゆす[一一]の帯、少しひけた方（すり切れた側を見えない方へ）を下へまはしてむすび、前だれは真岡木綿（まをかもめん）[一二]の茶がへしに、むらさきちりめんの紐（ひも）、くじら[一三]で一寸五分幅（はば）を帯のまんなかでむすび、今朝たべた夫婦取膳（とりぜん）[一四]のよごれ物を上（あげ）[一五]ながしのかたはらへ出して置きしは、誰ぞ来たらばあらはせようといふはら（魂胆である）也。銅壺（どうこ）[一六]付（つき）の箱火鉢[一七]へ両ひぢをもたせて、左（ひだ）りの手は小楊枝（こやうじ）をつかひ、右の手は火ばしで灰の中へ丸い物を書いて、その丸の中をしよせんもなく（退屈まぎれに）つッつきちらして、蜜柑（みかん）の種をひとつぶ見あたりしが（見つけたのを）、追つかけ追ひまはして灰の中へしづめたるを、［今度は］ゆくへ詮義[一八]（取調べの）の最中。○御用はよろしし、丹波屋よろしうござい、といふ声がする。作者曰この家へ大勢の人入り来たりて問答ある所なれど、双方の詞（ことば）を書きては紙数しげくなり（多くなって）、一冊に一回をも

一　二二五頁注一二参照。
二　例えば、愛敬あばた、愛敬毛（女性の頬のあたりにほつれた髪毛）、愛敬紅（女性が目尻や耳たぶなどにつける紅）の類か。
三　紺と茶色の二色の糸で織った弁慶縞。
四　「縮緬（ちりめん）」の倒語。「布子」は綿入れ。
五　文化・文政期に歌舞伎役者三代坂東三津五郎のはやらせた花柄の紋様。
六　袖口、裾廻りの見えるところと、胴布が別のつぎはぎ仕立のこと。「片身頃あればお化が一枚できる」（『浮世風呂』二編下）。
七　二九八頁注三参照。
八　ふとおり。太糸を使って平織にした絹織物。
九　衣服の肩の部分に他の布を使って縫うこと。
一〇　午後四時を過ぎた、たそがれ時。着物などの古びた様の形容。
一一　黒の繻子（しゆす）織の帯。なめらかで光沢がある。
一二　栃木県真岡（もうか）付近から産した木綿。「茶がへし」は表裏ともに茶色。
一三　鯨差、鯨尺。民間で布を計る場合に用いた。鯨尺の一寸五分（曲尺（かね）の約一寸九分）は五・七五センチメートル。
一四　夫婦など二人向い合って食事をする膳。

竭しがたし。仍つてこの女房一人の詞にて、大勢と問答するやうに書しるせり。その心にてよみ給はねば、この場の情[一九]うすかるべし。すべてこゝばかりにかぎらず独語の所はかならず対人あると見給ふべし。女房「ヲイ丹波屋々々々、コレ御用どん、御用がある。アレサ、うそぢやアねへよ[二〇]うそぢやアねへが水[二一]を汲んでくんな、たつた一手桶でおさらばだ。ヱヽよく動啼をするのう。最一人の白禿頭[二二]はどうした。あの御用はにこ〳〵してよく用[二三]を達すけれど、貴さまは御用染みていふことをきかねへ。あの白禿頭はけふは廻り場が代つたか、如在ねへ内だのう。馴染[二四]が重なると掛になるといふ逃か。何ンの借り[二五]ようと思へばどうしたつて借りずにおくものか。コレ早く汲みや。なんだ、ふさ〳〵しいト、ヱヽおいても呉りや。〇ヲイ〳〵お春どん〳〵、直通りはならねへよ今朝はいそがしいもすさましい。そつちのいそがしいは三年もこたへる。マアちつと寄んねへな。煙草の吹いてへ時ばつかり来る事もねへ。あんまり虫がいゝ。其様に精出して旦那のお気に入るは能いが、おかみさんが角だによ。おめへん所のお

一五 土間にある流し元に対して板の間に設け坐って使う流し元。歌舞伎の大道具では床面より上に浅い箱形に造られた流し場をいう。

一六 火鉢に仕込んである銅製の湯わかし。

一七 箱形の木製の火鉢。長方形のものを長火鉢という。

一八 このような書き方は紙数の節約もあったが、それ以上に主としてこの女の生態をその物真似、声色によってありありと描出することを直接の狙いとしたことによる。同種の作品に『酩酊気質』(文化三年刊)があり、その「凡例」でも、「他人」の詞を省略する旨断り「自問自答の言語、所謂独角觝の如し、されどおのづから傍に人ありて応対するがごとく聞ゆ…」と述べている。落語家の高座の芸が想起される。

一九 心の動き。その面白さ。

二〇 ［せうじ］戸口の障子。

二一 井戸の水(雑用に使った)。

二二 頭髪の伝染病、白癬の俗称。

二三 用事を手伝ってくれる。

二四 親しくなりすぎると掛売りの代金がたまって回収しにくくなるので、それを防ぐために御用聞きを替えたのか。

二五 勘定日にきちんと支払いをせず借金を踏み倒す意。

かみさんはよつぽど苦労性だよ。から云つちやァ無躾(ぶしつけ)だが、あの位(くれゐ)な男は、上総部屋(かづさべや)[一]の掃溜(はきだめ)にやァ踏付(ふんづ)ける〔いやというほどいるのに〕ほどあるのに、女房の欲目(よくめ)[二]で色男に見えるさうで、嫉妬喧嘩(やきもちげんか)が絶えねへのう。あんなに大切ならば二重箱[三]に納(い)れて、封印をつけて、蔵(くら)[四]の三階(さんげい)へしまつておけば能い。○ヲヤ〳〵 今朝(けさ)も起きし〔起きぬけに〕なに喧嘩か。いかな(いくら)事(こつ)ても(なんでも)、夫婦中で口舌(くぜつ)〔痴話げんかしたり〕を云つたり、ひぞつたり〔すねてみたり〕するとは、お中の〔夫婦仲の〕能い事(こつ)た、お楽(たの)[五]だのう。おうらやましい。しかし、旦那は朝起きると本店[六]へ通ひ勤(かよづとめ)[七]で夜も店(たな)の勘定を見届けて内へ帰(けへ)るのだから、夫婦、顔を揃へて居る間はねへ。それだから女郎買(ぢようろけへ)[八]に来た気持だらうよ。女房も女郎もおンなじ気取さ〔女郎と同様の気になっているのさ〕。全体(ぜんてへ)お店の隠居番頭(いんきよばんとう)[九]といふものは、一ばん年若(としわか)だと云つても五十一二さ。別宅〔通い番頭になり〕して女房を持つと、いつでも若い女を持ちたがるはな。男が六十一の本卦還(ほんけげへり)[一〇]で、女は十九の疫年(やくどし)[一一]などゝいふ夫婦は大概(てへげへ)隠居番頭さ。隠居番頭と新五左(しんござ)[一二]と引(ひつ)[一三]ぱり〔好一対〕で、女めづらしいから済んだもの〔落着いているのさ〕さ（トいふ所へ御用、水をくみ来たる）○ヲイ御苦労々々々そのほうびに徳利(とつくり)を三本帰(けへ)さう。空陶器(からどつくり)を集めて帰(けへ)る〔御用聞きに〕と一ッ一チ文ヅヽのほうびが出るとよのう。お春どんはし

一 大名屋敷の渡り中間(ちゅうげん)（定まった主人をもたず渡り奉公する中間）の大部屋。
二 亭主を贔屓目で見る女房の愚かな判断。
三 二重に造った、貴重品を入れる箱のように。
四 金蔵の最上階に秘蔵すればよい。
五 お楽しみ。
六 暖簾分けをした別家に対する本家を指す。
七 通い番頭。通勤支配。丁稚、小僧として雇い入れられてからこの地位までは住込み奉公である。
＊ 零細で貧しくはあっても個人営業、自由業である裏店の女房の立場から勤め人を揶揄している。しかし店者も通い勤めとなれば、いずれ暖簾分けをして貰う、保証された地位のある町人であった。結局、裏店(うらだな)の女房の嫉妬心と言うべきか。一九三頁注四参照。
八 わが家へ帰った気持でなく新鮮で。
九 通勤支配以上の奉公人にあたる。
一〇 還暦。数え年六十一歳。
一一 女の厄年は十九、三十三歳。
一二 遊廓の事情に不案内で女郎にあそばれる田舎武士。「新五左衛門」の略。「浅黄裏」「武左」と同類。

一三 一緒。共通。
一四 奉公人が休暇を貰って親元へ帰ること。正月、盆の十五、十六日。宿下がり、藪入。
一五 寺に行って墓まいりをして説教を聞く。ここはお夏の奉公先の法事。
一六 宿元。身元引受人。このような場合は解雇されることになるのが普通。
一七 やたらと女好きで。
一八 この家では下婢の通称をこう呼んだか。先代のお春の意。
一九 いつでも。
二〇 奉公人が特別の事情で年季奉公の期間中に無理に暇をもらうこと。
二一 神田堀と本銀町辺の称。「この地域の可成りの部分を占める与力、同心屋敷は実際はその土地を町人に貸し貸長屋などを建てて別途収入を計った。(同心は与力拝領屋敷などに住んだ)。この地には儒者、検校、勾当、手習指南など武家地に相応しい者が住んだ」(中村静夫「新作、八丁堀組屋敷図、解説」)。文芸上では十返舎一九『東海道中膝栗毛』の弥次郎兵衛、喜多八などの住所とされる。

るめへ。徳利帳へしらべて置いて、宿下り[一四]の時その銭を呉れるとさ。なるほど然せずは御用が集めめへ　おつりきなことをしたもんだ。ヲイ御用どん後に廻らつし、何かしら美味物があらう。ヲヤ お夏どん早く化粧が出来たの。お寺詣[一五]のお供か。こなたの所ぢやァ内中がはで好だから仕合せだ。そんなにびらしやら化粧をして見な、お春どんの内だと三ッ日も勤まらねへ、直に宿[一六]を呼べだ。ほんによのう、嫉妬深い内は奉公人難義さ。是がコレ、老朽ちた身ぢやァなし、若い者は誰しも磨きてへはな。それにマア、何所の国にか、髪も結ふな、鉄漿も付けるな、湯も十日目に往けの何の角のと、ホンニ〳〵聞いてもあきれらァ。それといふが亭主が婬乱[一七]で女にのろいから発るはな。おめへ達はしらねへが、この三月までゐたお春どん[一八]は常[一九]不断わつちが所へ啼込んだよ。あの女中はおむくな、をとなしい人だつけが、この三月無理暇[二〇]を取つた。今ぢやァ、神田の八丁堀[二一]にゐるとッていつウか中たづねて来たつけ。それでも奇特よのう、てめへの勤めた旦那へは往かねへで、わつちをわつちと思へばこそ音信れて呉れらァな。今初まつた事ちやァねへ、前から奉公人の居つかねへ内さ。お夏どん所は気さんじな夫婦だから、年ン中むだ口ばつかりきいて賑かな内だ、奉公人はいくら勤能いか。ヲイ〱お春どん、もつとあすびな。ナニ 叱られる、ヘン 一株を云居らァ。後に来なよ、二油揚の棒でも出よう。ヨシカ そりやァ洒落だ、三廻りの民公か辰んべいが来たら、なんぞおごらせて遣らァな（まはりとは町内をまはる髪結どのゝことなり） コウ ほんとうに待居るぜ。ヨ、ヨ、アレ、四ざまァ、返詞もせずに出て往かァ。イヨ 後姿が婀娜でございます。ヨ 五大和屋ァ、町内での六中年増だぜ（かへった跡でしたをへろり）出してお夏にむかひ トまづうれしがらせた物ス。お夏どんこなたの髪は誰だ、フゥ 七お霜さんか、強勢に手が上がつたのう。全体器用な子だが三弦にかけちやァ八無地からつきり棒だの、九寒弾の声を聞くのが今つからの思ひだ。美しい娘は兎角声の悪いものよ。ちよつとあつちへむいて見せな。ヲヽ能いは、一〇山の塩梅から一一一の恰好、五歩も透かず。今ぢやァ、一二島田の中を低くして、何によらず髷がちいさくなつたけれど、十四五年あと、おいらが十歳ばかりの時分は髷が御大造に大きかつたはな。一三張紙で製へた髷入といふものが流

一 お株。いつものせりふ。
二 たたくこと。なぐること。「世にくらわすことをあぶらげの棒とよび」(『当世杜撰商』)。
三 「廻り髪結は定所ありて専ら一町一夫とす。或は一町を二分にして二夫廻ㇾ之もあり」(『守貞漫稿』)。
四 「ざまァ見ろ」の下略。
五 五代岩井半四郎の屋号。美貌で、娘方を本領とした。弘化四年没。
六 新造（眉ある白歯の処女）に対し、眉を剃り、お歯黒をした婦人を年増といい、そのうち二十八九以下を中年増という。
七 髪を結ってくれた朋輩の下婢か。
八 「無地」はまったく、「からっきり」は強めの語。「棒」は「棒に振る」「棒になる」のごとく、だめ、失敗の意。
九 寒中、早朝または夜更けに三味線の稽古をするその歌声。寒復習。
一〇 髷の盛り上がったところ。
一一 髷の元結の括りから後方に出た部分。
一二 つぶし島田、つぶし髷のこと。
一三 頭髪に入れ、髷の型を整えた紙製の道具。
一四 一番大きい張子。
一五 頂に楕円形でやや平たい髷を結う髪型。
一六 髱を後方へ張り出すために入れるもの。

一七 たぼさしを使わず、手で摘んで形をつけた髷。「アイサ、みんな摘髷でございました。それがおまえさん、髱插(たぼさし)だの張籠(はりこ)だのと調法なことになりました」(『浮世風呂』二編上)。

一八 本石町三丁目にあった時の鐘。その他八か所に鐘つき台があり時を報じた。付録参照。

一九 陰暦十月の中旬。日の一番短い頃。

二〇 味醂と白砂糖たっぷりの料理だから。

二一 口取肴などを盛る盆。またその肴。

二二 榧の実をしぼった、淡泊で香味ある上等の油。てんぷら油とする。

二三「文化のはじめ頃深川六軒ぼりに松がすし出きて（中略）それより少し前に日本橋きはのやたいみせにて吉兵衛と云ふものよきてんぷらし出してより他所にもよきあげものあまたになり…」(『嬉遊笑覧』)。

二四「江戸の天麩羅はあなご芝ゑびこはだ貝の柱するめ右の類惣て魚類に温飩(うどん)粉をゆるくときてころもとなし而後(しかるのち)に油揚にしたるを云ふ」(『守貞漫稿』)。

二五 路傍の移動屋台店。すし、てんぷらの店が多い。「鮓(すし)と天麩羅の屋体見(世)は夜行繁き所には毎町各三四ヶ所あり」(『守貞漫稿』)。

二六 ぶっかけそばにして。蕎麦切りを温めて汁をかけたもの。今日の「かけそば」。

二七 芹と鴨、白魚のてんぷら蕎麦。

行(や)つたつけが、[一四]一番の母衣(ほろ)なんぞは顔ほど有つたよ(大きかったよ)。[一五]母衣とは丸まげへいれる形(かた)さ。それが段々むかしへ帰つたから(戻ったから)、おッつけ(いずれは)[一六]鬢(びん)さしも止(や)めて[一七]摘髷(つまみたぼ)になるだらう。ヲヤ 最(も)う[一八]鐘が鳴るは、ヲヤ〳〵もう四つ(午前十時頃)かのう。[一九]十月の中の十日と譬(たとへ)の通り、まさにお心なしだ(［日の短かさは］ほんとに人の気もしらない)。お夏どん、けふは法事か、フン油づくめのお料理で御馳走(ごちそう)になるのだの。[二〇]美醂酒(みりんしゅ)と白砂糖大専(だいせん)といふ料理だから、お寺さまで食ふのは旨(うめ)へよ。ソシテ [二一]硯蓋(すずりぶた)の揚物(あげもの)が能いはな。たとへ[二二]榧(かや)の油でねへ所が(榧油でないにしても)、本胡麻(ほんごま)だ。本胡麻と云へば日本橋の[二三]吉兵衛が[二四]天麩羅(てんぷら)は日ッ本一だぞ。ヲヤ こなたはあれをまアしらねへか、江戸で[二五]家体店(やてへみせ)の親玉だはな。おいらは此中(こんぢう)の晩(ばん)、勝(かつ)べいと、あば専(せん)とおらが内(うちの亭主)と四人連(よつたりづれ)で立(たち)食(ぐひ)に往つた。初鰹(はつがつう)の天麩羅を売る者(もなア)はあすこ一軒だ。何ンでもねへといふものなし(無いという物なし)。いつ何時(なんどき)往つても大勢の人が覆重(おつかぶさ)つて居る。そしての、傍(かたわき)に蕎(そ)麦売(ばうり)が居るから妙(みやう)よ、鶏卵(たまご)を揚げたやつを温(あつ)ゥい蕎麦へ[二六]ぶちこんで、ぶつかけで食ふのが千両ス。[二七]芹鴨(せりかも)もよし、白魚(しらうを)もいゝが、おいらア鶏卵の方だ。この頃(近いうちに)に湯へ往つた帰(けへ)りに、夜そつと抜けて来さつし、買ひに遣つて食はせてへよ。こなたもまだ、あれをしらねへぢやァお嬢さんだのう、おらが内へ稽古に来るが能い、月に壱歩弐百づゝで、ヘン嘘ァねへ、きつい里扶持だ。ア、あたまが瘙い、久しく髪を洗はねへ所為だ。このごろに間を見て洗はうや。馬鹿口をきいて遊んで居るひまはあるが、髪を洗ふや綻を縫ふ間はねへ。こなたもおもふさま遊ばつし、今の内だぜ、悪い事ァいはねへ。併色事は師匠いらずに出来るが、縫針は出来ねへ〳〵。ア、否だ〳〵、針を手にとると頭痛がしてくる。アレ〳〵お夏どん、内で呼ぶぜ、腎六ぢぢいの声だ。あの爺は罵言坊だのう、嘸うるさからう。あんまりうるせへ時にやア、ふてゝ寝て遣らつし、おいらァ亭主にさへ時々ふて寝の、居膳で食ふといふ御新造さんだ。時邂逅困らせてやらねへと癖になるはな。コウ〳〵、此中預かつた四百銅はつかひこんでねへけれど、おめへ今日入るならの、爰に紙屑を売つた銭が五十六文ある、是でも遣らうか。○フウ、けふは入らねへか。雪踏がなくはおれが裏附をかしてやらう。裏附ぢやァしかられる、ナンノ、裏附ぐれへ、駒下駄でも履きやァしめへし、京草履

一 世間知らず。

二 子供を里子に預ける時の養育費。通常、月に金一歩と銭二百文。

三 食べるばかりに調った膳。自分は何もせず亭主に食事の用意をさせる。

四 武家や裕福な町家の妻女の呼称。

五 四文銭を銭緡しに百枚つないだもの。四百文。まきあげたのである。

六 竹皮草履の裏に革を張った草履。頑丈で長持ちする。江戸では礼装用にはく。

七 「裏付草履」の略。女性用には三枚から五枚重ねの厚い上等なものがあった。

八 台も歯も一つの木材から刳ってつくった下駄。庶民の普通のはきものであり、法事の礼服には合わない。

九 淡竹の皮でつくりビロードなどで縁をと

でも履いてめかして（おしゃれして）遣（やんな）らつし、もし追出（おんだ）したらおらが内へ来るがいゝ。コウ〳〵帯が引摺（ひきず）る にが〳〵しい（かほをして） ヱ、、ヱ、、アレ いくぢ（だらしの）のね（ない）へ、ソレ 水で曳いた（水の中を曳きずった）、そりやア、一〇むき身屋のからかひ爺（おやぢ）が荷をおろしたつけ、その溜水（たまりみづ）だらう。一一汐（しほ）むきぢゝいめ、でへ（だい）な（なし）し〔帯が〕一二水だらけにした。○ヲヤ 婆（ばぁ）さん、お花をおくれ。おめへが来るだらうと思つて除（の）けて置いた。サアたべな 一三ト釜そこへこげつきたる飯を大きくにぎりてみそをべつたりとなすり組ふたものゝふたへのせて 一四置きしを鼠いらずではない鼠入の膳棚から出して花うりばゝアにやる アイ 十六文、此中（こんぢう）の分もこれですむよ（この間の払いも） 一五ばゝアつんぼうと見えて大きな声で 是での、この間の代も済むよ。アレサ、

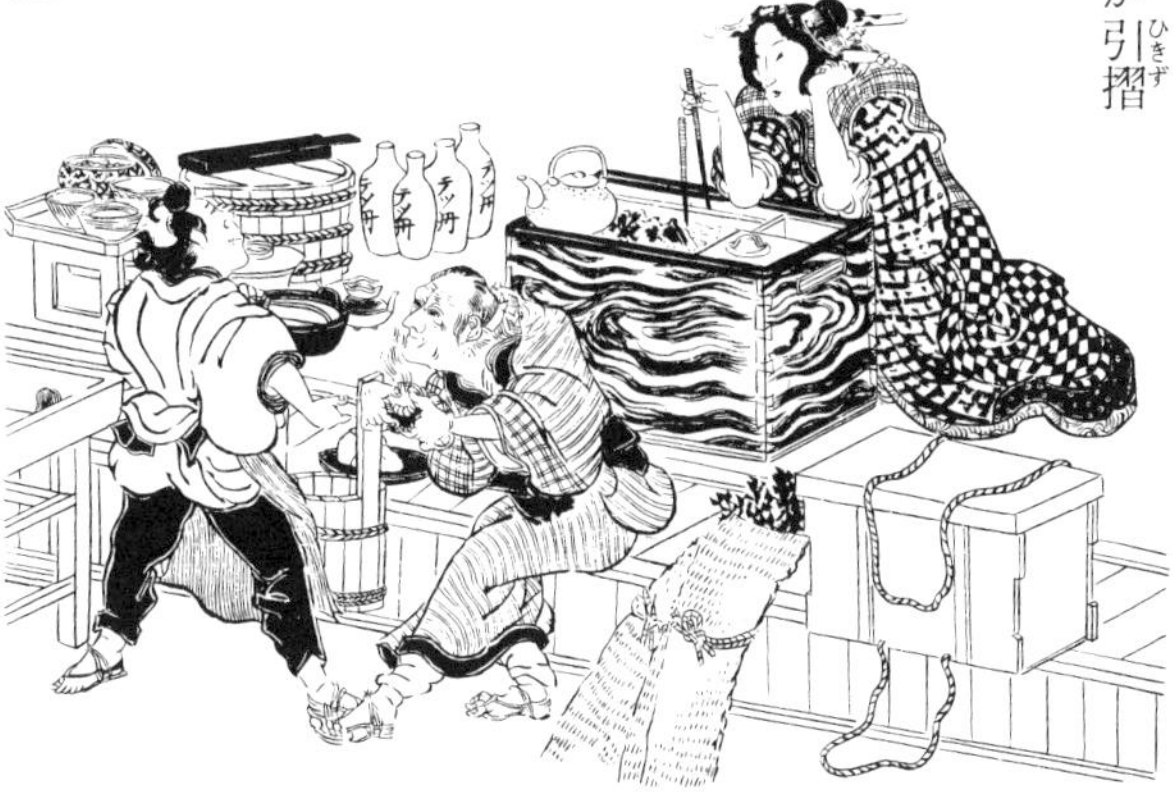

った婦人用草履。もと京都でつくった。

一〇 はまぐり、あさり等の貝類の剝身（むきみ）の行商。一六頁口絵（但し少年）参照。

一一「塩剝き」は生貝の剝身。ここは「汐吹き」（口がとがり、片目が他方に比べ小さい仮面。ひょっとこ）を懸けた。ひょっとこ爺め。

一二 すっかり。

一三〔組ふたものゝふたへ〕蓋つきの容器（どんぶり、椀の類）の蓋を皿のかわりにして。

一四〔鼠いらず〕鼠の入らぬように作ってある台所の膳や椀などを入れる戸棚。〔鼠入の膳棚から〕鼠いらずならぬ鼠入り（壊れて穴の開いた）戸棚から。

一五〔大きな声で〕この女房が婆さんに聞えるように重ねて。

多かァねへよ、二度ぶり（二度分だよ）だよ。サア お茶をこゝへ置くよ。静（しづか）にの、しづゥかにたべて往きなせへよ （[一]花うりばゝアのにぎりめしを食ふ間はつんぼうゆゑはなしもならず、少し口がひまになると火ばちの引出しから[二]新内ぶしの本を出し小やうじのさきで一字づゝ突きながらよむ）〽[三]いふが中にもわたしほど、世にあぢきない（情けない）ものはなし、親にそひねのゆめにさへ見もしりもせぬ人中（ひとなか）へ売られくる[四]わのうきつとめ（つらい）、禿（かぶろ）[五]の内の気ぐらうは、ねぶる[六]日かげをおひおこされて、文の使やへんじさへ、ながい廊下のゆきかよひ、まぶ[七]の手びきやあひづの[八]てれん、気をもみ[九]うらの色に出て（見つけられ）、やりて[一〇]につめられた（つねられ）ゝかれる、その苦をぬけてやう〳〵と、見せへ[一一]出雲（いづも）の神さんも、片びいきなる縁むすび 女房「どうもこゝの文句がいゝ。新内節（しんねへぶし）がこの頃またはやり出した所為（せゐ）か、潮来（いたこ）もあきたやうだ。（新内節の方が）ずっと いつそ[一二]婀娜（あだ）でいゝ。ヲヤ〳〵 婆さんおめへたべてしまつたら然（さう）して置きな（そのままでいいよ）。アレサ そこへおいた膳椀（ぜんわん）は洗はずといゝよ、インニヤ、洗はずといゝようの。おめへかまひなさんなよ、若者（わけへもの）がの、老（としより）をつかつてすむものかナ、ハテ 能（い）いといふに、どうぞそのまんま（儘）、そつくりおいてくんなよ （トむりにとゞむる）○（女房入り口の方を見て）そこの障子（せうじ）をのぞくのは誰だ。何だ私（わたくし）、

一 〔口がひまになると〕おしゃべりしようにもできなくなると。

二 〔新内ぶし〕鶴賀若狭掾と鶴賀新内を祖とする浄瑠璃の一派。最盛期は安永頃で、「泣き語り」といわれた哀切な曲調を特徴とする。

三 「若木仇名草（わかきのあだなぐさ）」、通称「蘭蝶」（鶴賀若狭掾作）中の詞章。浮世声色身振師市川屋蘭蝶が遊女此糸と馴染み、身売りまでして金をつくった妻お宮の真実を汲みながらも、その金も遣い果して、此糸と心中するという筋。ここは此糸の口説の場。

四 「来る」と「曲輪（くるわ）」（遊廓）を懸ける。

五 上級の女郎について用をたす少女。「かむろ」とも。

六 廓勤めで夜おそいためねむたいのを早朝から起されて。

七 間夫（女郎が客や店に隠れて忍び会う情夫）の手引き。

八 手練。うまい仕方。

九 「気をもむ」に「紅絹裏（もみうら）」を懸ける。

一〇 遊廓で万事を切り回し、女郎の監督などをする女。遣手婆。

一一 「見せへ」（ご覧なさいの意の廓詞）と「店」、「（店へ）出る」と「出雲の神」を懸ける。やっと一人前の女郎として店に出たが、縁結びの神といわれる出雲の神様もいやな客

ムウ、お秋どんか、まだ後(うしろ)に誰かゐる声だ。ウ、ウ、、しれた(わかった)〳〵部屋方者(へやがたもの)[一二]か〳〵。井戸端(ゐどばた)で米を炊(と)ぐのに上炊(あげとぎ)[一四]とか上下(あげさげ)とか云つて、鼠(ねづみ)こつこ[一五]、鼬(いイたち)こつこが綾(あや)を取る(綾取りするような)やうな手つきをして唄(うた)でとぐ人だらう　冬かァ、冬(つくり声をして)[一六]かァ、コレ冬か。お主(のし)は去年まで部屋方に居(居なさった)やつたさうだが、町方(まちかた)[一七]へ下がりやつたから猶(なほ)人がわるくなりやつて、悪口が大分(だいぶ)あがり(うまくなったの)やつたの。ゆるすからこちらへ這入(はい)りや。秋か、お主(のし)はなんだナ、早く冬をつれて這入(おはいり)りやといふに、ヱ、じれつてへ、二人(二人とも)ながら這入(へゑ)らねへか。[一八]おちやつぴいと[一九]おてんばがお揃ひでお出(いで)だ、爰(ここ)[二〇]へ来てもおンなじ値、そこから覗いても釜(ふ)[二一]山海(さんかい)の湊(みなと)は見えねへ。何ンだと美しく(私が)見えると、ヘン おかたじけ、お礼から先キへ申しませう。〇ヲヤ 婆さんお帰(けへ)りか。最う寒いから、今日は仕舞つて帰んな。寒い[二二]からの、最う休みなよ。アイ そんなら 花うりばゝアは帰る。引ちがへてお秋お冬、ずつとはいる どれも〳〵油売(あぶらうり)(仕事を怠ける名人だね)の先生だよのう。ヲヤ〳〵お秋どん、おめへはその椀(わん)を洗つてお呉れか、うれしいのう。何云(なんて)つても如在(ぢよせへ)(気のきくのは)ねへ者はお秋どんだよ。ちよつと来ても片付けてくれる、只(ただ)は帰(けへ)らねへ、よつぽど健人(まめじん)[二三]だ、ほんに

ばかりひいきしてわたしに押しつけなさる。「縁むすび」のあと曲詞は「好かぬ客衆にいびられて泣いて明かさぬ夜半とてもなし」と続く。

一二 洗練され垢抜けている。

一三 武家屋敷奉公の召使女。

一四 未詳。武家屋敷の米とぎの風習か。「上下」は操作し、やりくりすること。

一五 子供の遊戯。二人向き合って「鼠こっこ、鼬こっこ」と唱え、AがBの手の甲をつまむとBがもう一方の手でAの手の甲をつまみ返す。以下AB交互に下の手をはずして相手の手の甲をつまむ遊び。

一六 武家屋敷の言葉遣いの真似をして。

一七 武家方に対して町家をいう。

一八 おしゃべりで出しゃばる女の子。

一九 つつしみがなく活発に動き回る女の子。

二〇 別に値下がりする訳ではない。勿体ぶらずに内へ入れ、の意。以下、注二一を含めて、覗機関(のぞきからくり)など掛小屋の呼び込み文句か。

二一 朝鮮半島の日本側の海岸。「薬罐ながれて釜山海の湊へ寄る」（『鹿の子餅』）。「隔二海一而釜山者朝鮮之海口也」（『和漢三才図会』）。

二二 陰暦十月中旬（三〇五頁三行）である。

二三 丈夫な人。ここは、こまめによく働く人。

よ、おべつかぢやァねへ。ヲヤ お冬どんお拭きか、おかたじけ。こりやァ[一]役者揃（ぞろ）ひだ。先刻（さつきッ）から、お春どんも、お夏どんも来たけれど気がつかねへ。どうしても[二]一枚（いちめへ）看板、違つたもんだ。今し方（がた）、花売婆さんが洗はうと云つたけれど、老（としより）ぢやァあり、第一じゝむせへ（うす汚れているから）から、やつと誤（あやま）つた（勘弁してもらった）。ヲイ〱お冬どん、その[三]うぐひすは布巾掛（ふきんかけ）の傍（わき）、おしやもじは鍋棚へ上げて、[四]こがらしはこつちのおくもじへ掛けておくれ。ヱ、おくもじとは[五]茎漬（くきづけ）の事だと。ヲヤ〱、鮓（すし）はすもじといふから、生姜（しやうが）はしよがもじ、釘（くぎ）は大かたおくもじだらうと思つた。あだ名（変え名）のねへ物へは、やつたらむしやうに（むやみやたらに）おの字を付けて、[六]もじもじとさへいへば、能（い）いかと思つた。団粉（だんご）が[七]いし〱だの、[八]せつかいがこがらしだの山荒（やまあらし）だのと、部屋方奉公も仇名（あだな）を覚えるが面倒だのう。しかし、おめへのやうに銭遣（ぜにづか）ひがあらくッちやァ（テハ）、月に[九]五匁や拾匁の[一〇]御菜（ごさい）は足前（たしめへ）が入る筈だ（余分に費るはずだ）。[一一]旦那様もさぞおこまりだらう。ヲット お静かに遊ばせ、こなたへ（うちへ）入らしつてまで、お壊（こは）し遊ばしては、[一二]御身上（ごしんせう）にお拘（かかは）り遊ばち、ばち、ヲホ、、、[一三]遊ばせ詞（ことば）はたべつけねへ（使いつけないから）から、どうも出来ねへはな。

一 有能な人がそろっている。
二 大立者だ。顔見世の紋看板の上部に示した看板役者。
三 「切匙（せっかい）」の異名。飯杓子を縦に半截した形のもので、擂鉢の内側についたものをすり落す道具。「蓼匙なるべし、うぐひすといふは鶯の香を尋るといふことをとりて異名としたるなり」（『嬉遊笑覧』）。
四 すりこ木。「木枯しとは葉の落たる木をすりこぎといふがごとし」（『嬉遊笑覧』）。
五 大根、蕪などを葉、茎と共に塩漬にしたもの。「おくもじ」は茎の文字言葉（注六参照）。
六 物の名を直接に呼ばず、その頭字の下に「文字」をつけ婉曲に表現する。これを、文字言葉といい、もと女房詞として行われた。
七 女房詞で団子のこと。「いしいし」は「おいしい」と同義。
八 注三参照。
九 銀五匁。
一〇 家計費の中でのお菜代。
一一 「冬」が仕えていた奥女中を指す。
一二 私の財政に関わる。
一三 婦人の最も丁寧な言葉遣い。女房詞や部屋方で使用される言葉遣いはこれに入る。

ノゥ お秋どん、お冬どんも最う半年過ぎると、すつぱりと町にならうが、口癖に〔屋敷言葉が〕なつたからなほらねへ。お秋どん所のおかみさんは、然様然者、馬鹿叮嚀といふ性質に、お冬どん所のおかみさんは、田舎出の世間見ずで、その身その儘なり、二人が入代つて奉公すると丁どつり合がいゝけれど、自由にならねへもんだ。そりやァさうと、おめへ達はお昼の支度だらうの。おいらもお菜は何レにせうか、製へるも否だから角の居酒屋[一四]へ平[一五]を持往つて、湯豆腐を八文ですまさう。紅葉[一六]おろしをかけたもまんざらでもねへ。サァ〳〵 お秋どんもお冬どんも〔煙草を〕一服のみな。まァ襷を取りなナ、いそがしさうに。そりやァいゝが、お秋どん、田舎の兄さんは来たか。まだ来ねへ、ヲヤ〳〵、それぢやァ着物もねだられねへの。どうせ兄さんが来るもんだから、給金[一七]を借りて、思ひ切つて此中[一八]のを買ひな。古着を買つてもやつぱり仕立だはな。ハテサ 袖[一九]を通したといふはよしわるしで、丁ど能い加減と思ふものは仕立さ[二〇]。ソシテ おめへの下着々々も久しい鳴だが、かうすれば能い、おれが註文につきな。まづ一枚は、おめへの丹精したはぎ〳〵[二一]を表[二二]の

一四 店先で客に酒を飲ませる店であるが、ここは後出（三一二頁九行）の「にうり酒や」のこと。酒肴の煮売りを兼業する居酒屋。「煮売り屋」とも呼んだ。

一五 「平椀」の略。「お平」、「大平」とも。

一六 大根の切り口に唐辛子をさし込んでいっしょにすりおろしたもの。

一七 奉公人の給料。下女は住込み年季奉公で、文化期は年一両二歩が通り相場。文化末には三両くらいに値上がりした。この中から前借りするのである。

一八 この間（いっしょに）見た品を。

一九 他人の着た古着はどうしても体にぴったり合わず工合の悪いこともあって。

二〇 だから、解いて仕立直しをした方がよい、の意。

二一 余り裁れを継ぎ合せたもの。「男子は周りと央と二品のみを以て製し女服には周り一品なれども央を種々の小裁を縫合て用レ之もあり。俗に央を胴と云ひ裡も…上下二品を継用ふを胴裏と云」（『守貞漫稿』）。

二二 着物の胴の表布として使うこと。

胴にして、昨日三ツ物やのあばたが持居た紅絹の胴裏を買つて付けねへな。ハテ胴裏はしはが有つても貪著はねへ。そこで最う壱ッの表の胴は、おめへの解いた八丈にして、あれに付居た胴裏を、そつくりと用ひてさ、然して大縞の縞縮緬の引解でも見繕つて買へば二ッの廻りが出来るシ、裾廻しは花色秩父が、お定り一丈二尺といふ所を倹約して見な。ハテ間へ着る方の裾は浅くても済むから、なりたけ浅くして、トからだに仍つてト、ウ、、一丈五寸買へば野の宮、高砂だ。しかし一尺や二尺減迚はじまらねへ。そりやアおめへの量見次第、なんでもおれが異見に付きなよ、果しがつかねへはな トいふ所へ角のにうり酒やより竹の付いたるつばなし五合入りのてうしへあつがんの酒を入れてをかもちの上へ、手紙をのせて持来たる 孫どん、門違ぢやアねへか。おらが所か、ドレ見せな。ム、この手紙は半さんの手だは、ヲヤ〳〵どういふ心いきだの、マア読んで見ようや トひらき見て 酔つた手だのう。帳場の筆を借りて書いたのだ。サア よめねへ判じ物だ。マア〳〵蓋を明けめへよ。明けねへ内が山だ。ヱ、ト、き、よ、をば、おめの、すき、なまくらが、やすから、サア わからねへ。なまくらがやすから、おごたト、

一 古着行商人。「三ツ物」は古着の異称。古着を身頃、袖、襟衽の三つに解いて売ったのでこう呼ぶ。
二 「絹裏木綿裏ともに女用は裾を縹或は今世の薄色にし上体の裡には紅絹を用い」（『守貞漫稿』）。「胴裏」は着物の腰から上へ付ける裏。
三 八丈島で産する平織の絹織物。
四 天蚕糸入りの縮緬（天蚕糸は染まらないので自然に縞となる）を解き分けたもの。
五 表布の「胴」以外、腰から下の部分。周り。
六 着物の裾裏につける布帛。胴裏とは異なる布を用いる。京坂では「はっかけ」（八掛）といった。
七 縹色（薄い藍色）の秩父絹。秩父絹は秩父地方産の絹織物で、目が粗く衣服の裏地に用いる。「縮緬は必ず引返し裏、上田島紬縞などは薄色絹（天保半前は縹絹を花色秩父と云ひて不易の物とす）」（『守貞漫稿』）。
八 定尺。現在は八尺～一丈という。
九 三枚重ねのうちの中着。
一〇 十分だ。安心だ。「野の宮」「高砂」共に謡曲の曲名。高枕安臥の意。
一一 「竹の付いたるつばなし五合入りのてうし」持運ぶための竹の柄のついたつばのない

ヲヽ〳〵こゝに墨壺のやうなものが画いてあつて、その傍にこれでのむ、今いくよ、めでたくかしこッ、わるく洒落らア。そりやアいゝが、どうもわからねへ。ムヽ、しれた〳〵、けふはだ、けふは、おめのすき、おめへの好なだ。まくらが、ムヽ、まぐろか、悪い書様だのう。まぐろが安いから、奢つたトいふ事だらう。孫どん、その鍋はしほさい[一四]の鼈煮[一五]か。ムヽ、わかつた〳〵、この墨壺のやうなものは河豚[一六]の気だ。画人が能い〔上〕に、見人が能いから、〔筆跡とで〕三拍子揃つた。孫どん、置往きな。コウ おめへ往つたらの半さんに早く来なと云つてくんな。孫どんと云つちやア、馬[一七]を紛失したやうだのう。サア〳〵 奇妙きてれつとなつた。お秋どんは〻かりながら、そこの火消壺から消炭を些おくれな。お冬どん、こゝへ岡持をくんな。サア おめへ達も一盃のみねへ。サア〳〵面白くなつて来山[一八]のほうちんたん、河豚にまぐろのさし身ぢやア大やんやだ。さめねへ内に半さん来れば能いのに、サア かまはず始めようか。ヲヤ 岡持の中に孔方が四百銅[一九]不足あるよ。ムヽ、二朱[二〇]くづしてつりを取つたのだらう。からと、酒が二十八文五[二一]の字、これが百四

五合入りの燗徳利。〔をかもち〕岡持ち。平たい桶で蓋つき、柄がある。料理を運ぶのに用いる。

一二 心底。心の中。

一三 手紙を判読する趣向は洒落本、滑稽本によく使われる。『浮世床』六〇頁参照。

一四 塩際河豚。毒性が強いので調理がむずかしい。

一五 魚類を濃いたれで煮る料理。

一六 「てっぽう」(鉄砲)は河豚の異称。あたれば死ぬ、の意。

一七 「馬子遁(走)」との語呂合せ。

一八 「豊心丹」のもじり。言葉遊びとしてふつう諸種の語の末に添える。

一九 四文銭を百枚つないだもの。

二〇 南鐐二朱判銀。当時の銭相場は一両が六千〜七千文だから、約八百文に相当する。

二一 魚屋、青物屋の符牒「ぶりばんどう」の略。二十八、二百八十。「五」は酒五合の下略。一合二十八文の酒を五合。

十に、鼈煮が二百の鍋に、まぐろのさし身が百五十と、ざつとこれで五百たらずだから、ツリに違ねへ。サアお冬どん、火はおこつたから始めよう。一寸ついで呉んな。ヲヤこの猪口は[一]気障気だ、[二]火鉢の大引出しから能いのを出しておくれ、序に箸もよ。ヱ何、ヱ何、何を小声でいふのだ。[三]大屋さんが通つた、何ンのかまふものか、大屋さんの孔方で酒を買ヤァせず。それだが、こゝの大屋さんは、よつぽど奇麗好で能い。毎朝[四]惣後架の掃除から長屋中の掃除を自身にして、家根の破損や溝板の壊なんぞを、気を付けてなほさせるから能い大屋さんさ。然して大屋ぶらねへで、腰が低くて随分圧が利くから妙さ。此中も店賃を持往つたら叮寧に挨拶しなすつて、大きに御苦労でございます、おめへがたが不参なしにしてくんなさるから、お蔭で[五]地主前が能うございます、慥な[六]店子を持つたはわたしばかりではない、[七]地主さまのお仕合せだ、わたしも最ちつと[八]孔門を広くして上げたいが、これは譬の通り、狭いが大屋根性だと思つて、不肖して呉んなさい、なんのかのと、洒落まじりに堅いお人だから妙よ。この前の大屋のやうに、店子

一 気に入らぬ。
二 長（箱）火鉢の下についている引出し。
三 家主。「私には大屋とも云ふ…地主の地面を支配し地代店賃を店子より集めて地主に収め公用町用を勤め自身番所に出で非常を守るを職とす」（『守貞漫稿』）。
四 裏長屋の並んでいる敷地の奥の共同便所。惣雪隠ともいった。なお、糞尿は近在の農民に売り、大家の収入となった。付録長屋図参照。
五 地主の手前の（大家としての）面目。
六 借地、借家人。
七 「家主株」を買いさえすれば、「番太郎」でも大家にはなれるが、所詮は地主の差配人にすぎない。家作は地主の持ちものであるのが普通。
八 広量、狭量をいうのに、俗に「尻の穴が広い（狭い）」という。

をにらみ付けるばかりで情(なさけ)がねへから、見なせへ退役(てへやく)[九]した。大きな面(つら)をしても芝屋(しばや)の大屋さまを見な、高麗屋(かうれへや)[一〇]の親、錦江(きんかう)[一一]とかいふのが一(ち)度したばかりださうさ。跡(あと)はいつでも立者(たてもの)の役ぢやァねへ(立役者のしない役柄よ)。ヲヤ〳〵〳〵、あの声はおらが内(うちの亭主の)の声だのう。アレ〳〵槙屋(まきや)の婆さんと話声(はなしごゑ)がする。ヲヤとんだ時帰(けへ)つたのう、けふは昼仕舞(ひるじまい)かしらん。サアお秋どん、サアコレお冬どん、そこの物をかたづけておくれ。大屋さまは能(い)いけれど内が帰つちやァ真平(まつぴら)だ、罵言(こごと)もいはねへが、じろりと睨付(にらみつ)けるのにおそれる トうろたへてかたよする所へ髪結[一二]の民吉来る ヲット 民公(たみこう)か、今来ちやァ悪(わり)い トおやゆびを見せて 是(これ)が帰つたから塩梅(あんばい)しき(具合が)が悪い。ヲヤ半さん来たか、今はおかたじけ。コウ 民公か、半さんが居(ゐ)れば能いはな、皆(みんな)半さんの奢(おごり)だから。おめへ達も相伴(しやうばん)で、わかつてゐるはな、何もかまふことはねへが、〔亭主の〕留守(るす)に人を寄せたやう(集めたよう)だからよ。[一三] マア あがんな、一盃(いつぺい)のまう。飲まねへ内は気が弱くてならねへ。はなうた「口舌(くぜつ)もつれて茶椀酒「アうは〳〵ッ。

九「地主の意に応ぜず或は奸曲及び地代店賃等を多く債する時は地主より追放すること あり」(『守貞漫稿』)。

一〇 五代松本幸四郎の屋号。享和元年冬、五代を襲名。鼻高く眼つき鋭く「鼻高の幸四郎」と呼ばれた。天保九年没。

一一 四代松本幸四郎。俳名、錦江。安永元年、四代を襲名。享和二年没。

一二〔髪結の民吉〕廻り髪結の民吉。鬢盥を提げて町内を廻って歩く髪結。

一三 以下に、しかし半さんが居るなら構わない、を補って解する。

人に遊ばれさうなる人の癖

ハ、ア お文さん本を読みなさるか、女でおまへほど好きな人はないぞ。本が、ヤ、わたしも好きだが、つゞけては毒だ。折ふし休み〳〵読まぬと、肩が張つて凝つてわるい。しかしおまへのやうに御覧じたら、何でもしらぬことはあるまい、大概な男は素足だぞ。フム、何を御覧じる、ハ、ア、源平盛衰記か、面白い。盛衰記もひらがなの方は短くてよい、たつた五段だ。これは長いくせとして、梅が枝の無間の鐘などはございません。ヘヱ、無間の鐘は作り物かネ、ハテ しらぬ事。イヤ 是でおもひ出したが、平家物語は私どものやうな文盲な者にもわかるが、源平の違で源氏物語はわかりませぬ。先達て去るお屋鋪様で、ア、何ンとかいふ先生がお講釈を上げましたが、お出入でございましたから、お次で聴聞いたしたが、何かむづかしいものさ。その癖、軍はさつぱりなかつた。あのさ、源氏の君といふことが沢山ございましたが、頼朝さまならば、富士の牧狩か曾我の対面でもありさうなもの。八幡太郎ならば、貞任、宗任がさしづめある筈、頼光なら

一 「遊ばれる」は愚弄される意。
二 はだしで逃げ出す。太刀打ちできない。
三 軍記物語。四十八巻。講釈のテキストとして古くから『太平記』と並ぶ人気作品。
四 浄瑠璃「ひらかな盛衰記」五段（文耕堂ほか合作）。「ひらかな」は源平盛衰記を分りやすく仮名にくだいた意であるが、軍記物語と浄瑠璃を一緒に論ずるのは無茶苦茶。
五 傾城梅が枝は、梶原源太の出陣用意の鎧の金三百両を得るため、手水鉢を無間の鐘になぞらえて柄杓で打とうとする（「ひらかな盛衰記」四段）。「無間の鐘」を撞けば現世で大富豪に、来世は堕地獄、の伝説をふむ筋書。
六 書物の内容、意義を説明すること。ここは『源氏物語』講釈。
七 歌舞伎の曾我物（曾我狂言）に、源頼朝が工藤祐経に富士の牧狩りの総奉行を命じ祝宴を張る場がある。
八 曾我狂言の、曾我兄弟が朝比奈の執り成しと虎少将の口添えで、並び大名の前で父の敵工藤祐経と対面する場面。
九 浄瑠璃、歌舞伎の「奥州安達原」は八幡太郎源義家が安倍貞任、宗任を征伐する奥州前九年役を扱っている。
一〇 常磐津「四天王大江山入」。天明五年十

ば、大江山入[一〇]がありませう。まづわたくしが承つた所には、一向けぶらいもなかつた。ソコデ御家頼衆に伺つた所が、ヱ、何とか仰有つたテ。ア、途忘[一一]をした、伊勢[一二]の御師が蕎麦を食ふ様な名さ。ヱ、出ねへ、ソレ何さ、玉何姫[一三]とかいふお姫さまが首を持つて啼く事がある、アレ芝居でよくする、ア、ソレ、あの人なんぞの出る所さ。ム、青葉の笛[一四]〳〵、葱なら打遣る所さ、青葉の笛を持居る。ヲ、それ〳〵〳〵、無官の太夫敦盛[一五]さ。ソレ何ンでも御師[一六]が蕎麦を食ふやうだと思つた。その人の逃げて来た都は、何ンとか云ひましたネ、奈良の都の八重桜[一七]でなしと、花の都は歌でやはらぐと、待てよ、ヲ、須磨の都、その事〳〵。須磨、明石[一八]さ〳〵。サア〳〵引事が長くて話を乱離にした。ヱヘン、そのお侍衆の仰有るにはネ、須磨が済んで、今日の講釈は明石の巻だ、須磨、明石と続いたから、鵯鳥越逆落[一九]も間はあるまい、八島壇の浦の戦はあの先生では面白くないから、是は近日、馬谷[二〇]を召してお読ませなさる、と仰有つたが、イヤハヤむづかしいものでございます。昔[二一]の事を見て来たやうに講釈をするのだから、あれは余程な学者

一月桐座初演、瀬川如皐作詞。源頼光が怪童丸を召抱え坂田の金時と名乗らせる筋。

一一 胴忘れ。「度忘れ」の長音化。ふと忘れて急には思い出せぬこと。

一二 伊勢神宮に属し、暦や御祓箱を配った下級神職。伊勢太夫。

一三 浄瑠璃「一谷嫩軍記」二段目に登場する玉織姫。熊谷次郎直実が打落した平敦盛の首を瀕死の玉織姫が抱き嘆く場面。この歌舞伎が文化五年六月森田座で上演されている。

一四 平敦盛が愛用した横笛の名。『源平盛衰記』では「小枝の笛」の名で登場。

一五 平敦盛。参議経盛の子。従五位下に叙せられたが官職がなかったことからの称。

一六 神官、伊勢太夫、熱盛（蕎麦）の連想。

一七 「いにしへの奈良の都の八重桜今日九重ににほひぬるかな」（『詞花和歌集』）。

一八 「平家の一門楯籠る須磨の内裏の要害、前は海上波けはしき鵯越…」（「一谷嫩軍記」）。

一九 義経が仕掛けて成功した奇襲作戦。『源平盛衰記』と『源氏物語』の講釈の混線。

二〇 講釈師森川馬谷（二代目）。文化頃、最も著名。合戦の場の読物にすぐれる。宝井馬琴など「馬」字のつく講釈師はこの弟子筋。

二一 「講釈師みてきた様なうそをいひ」（川柳）。

でなければ出来ますまいナ。私どもは現在きのふのことを忘れますに、イヤハヤ博識といふ者は剛い者でございます。ハ、ア ちと拝見（トかたはらなる本をとり上げ）源平盛衰記第卅七番か[一]、一寸取上げた所が、三十七番が出ましたから、是を見徳[二]にいたしたらよからう。ヱ、何ンだ、景高景時入城[三]、幷に景時秀句の事と、ハ、ア おもしろさうな所だ（ト口のうちにてよみゐたりしが段々にこゑが高くなる）ヱ、大将軍[四]のゥー[五]、仰なり、勢を待ち儲ヱーてヱー、寄せ給アー、へヱーとゥー、いへば、梶原[六]はアー、きと見返ヱー、りイー、てヱー（ト歌の所をいつぺん小声にてよみまた大きな声して）武士[七]のとりつたへたる梓弓、ひきては人のかへるものかは、成程、成程（ト小首をかたぶけ少しふしをつけて）武士の、とりつたへたる梓弓、ひきては人の、かへるものかは、と詠じて、木戸口[八]ィー、木戸口近く押しよゥー、せヱー、てヱー、散々に戦ふト。ハテ すさましいナア、この、まづ軍半に歌を詠むなどゝは落付いたものだス。生きるか死ぬかといふ、二ツ壹ツの場だから、譬へて見ようなら、女の産をするやうなものでございます。今まで健なものが、ぽつくり往くことがございますから、まづいは産の最中、出火などの鳴るやうなもので、乱さわぎの、そのまたずゥつ

一 一谷落城の前後を扱った巻で、義経坂落し、忠度最期、重衡生捕など含む、『盛衰記』ヤマ場のひと巻。

二 富くじの当り。「見徳」はこの頃行われた富くじの一種。

三 『源平盛衰記』巻第三十七は六項よりなり、その第二項。第一項は「熊谷父子城戸口に寄す幷平山同じ所に来る、付、成田来る事」。

四 「去る程に追手の大将軍蒲御曹司後陣に控へて…無勢にしては悪しかりなん後陣の大勢を待ちそろへて寄すべしと下知し給へば人々承り継ぎて」に続くところ。

五 言葉尻を張り上げる記号。

六 梶原平三景時。源頼朝の臣。平家追討に功があったが源義経を中傷する悪役である。

七 武士が、先祖から伝えた梓弓を一旦ひいたらもう帰って来ないのと同様に、一度進み始めた以上、引返すことができようか、の意。『平家物語』巻九「二度之懸」にも所載。

八 城戸口。

とおそろしいのでございますから、歌所(どころ)か、地口(ぢぐち)[九]がひとついへる場ではございませぬ。むかしの人はすさましい。私が考へますに、命を屁(へ)とも思はぬのでございますネ。敵が見立てゝ、矢一筋まゐら(射てさし)せんうけ(上げよう)給へや、と声をかけますと、私どもなら、楯(たて)を出すか、または蔭(かげ)へ逃げるか、何(なに)、自若(じつ)としてゐて射られる馬鹿があらう。そこをむかしの人は、大勢をかきわけて前へ乗出しまして、某(それがし)が所望(しよまう)あり、こゝを射(い)給へなどゝ、胸板(むないた)[一〇]を指(ゆび)ざして、ずつぱと(ずばりと)射られて馬から落ちますが、あれは芸もない事(粗雑なやり方で)でござります。景清(かげきよ)[一一]、三保谷(みほのや)が錣曳(しころびきなんぞ)等は、あんなに引張り(ひつぱ)合つてゐずと、景清が長刀(なぎなた)で、ちよいとやらかした(あっさりやっつけた)

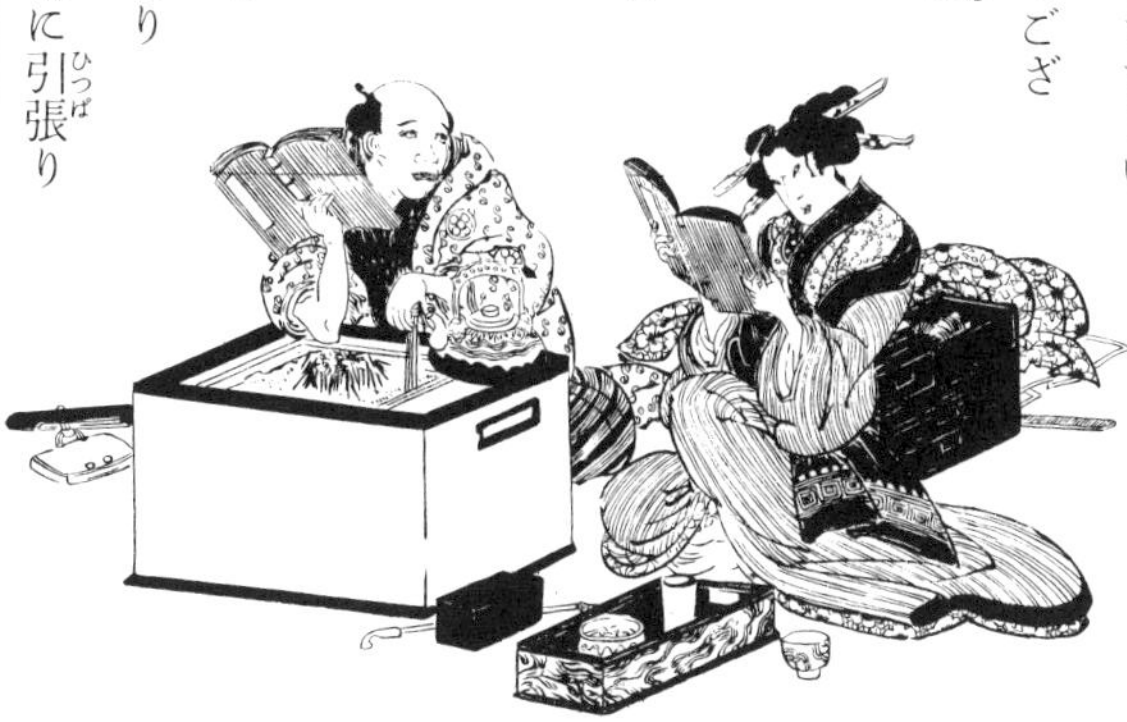

九 語呂合せの言葉遊び。

一〇 鎧の胴の前面の最上部。

一一 悪七兵衛平景清が逃げる三保谷四郎国俊の錣をつかむが、両者の強力で錣が引きちぎれた話。歌舞伎の「錣引(しころびき)」による。古くから上演されたであろうが、殊に正徳元年正月、森田座「傾城逆沢瀉(けいせいさかおもだか)」に早川伝五郎の景清と坂東又九郎の三保谷とで演じたのが有名で、以来流行し種々の趣向に脚色された。「錣」は兜の鉢の左右から後方に垂れて頸を覆うもの、革または鉄札で綴る。

方が手短であらうに、薙刀は持つたばかりで、気を長く引張つて居ましたネ。三保谷めも馬鹿な奴でございます、刀が折れたら差添を抜いたが能うございます。逃げながらお軽薄を申して、汝が腕の強さよといへば、また汝が首の骨の強さよと、景清もお愛相を申して、互に引分になつたと申しますが、今の角力でもしれたものさ。谷風、小野川と申しては、先年古人になりましたが、近頃の名物でござりました。是等が無勝負になり引分になりましたとて、貴様の左りをさしたは強かつた、イヤ貴様の三結を取つた所は強かつた、と申して、土俵を別れて御覧じませ、誰も見人はございませぬ。平生心やすい角力人でさへ土俵へ上がれば敵味方だのに、源氏平家と別つて居ながら、行司なし、相対づくで引分などゝは、素人の角力にもないこと、侠客の喧嘩にもございませぬ。都て長々と我名を名告りますが、むかしは雄長なことと思はれます。対手がすばやい者だと、何の国の住人を云切らぬ内にポントやられませう。シタガ、軍も段々功者になりまして、後には烈しい事になりましたが、上手になつた時代の軍法を、弁慶

一 大刀に添えて差す小刀。
二 口先きだけのお世辞をいって。
三 「さるにても汝、おそろしや腕の強きと言ひければ、景清は三保の谷が、頸の骨こそ、強けれと笑ひて」（謡曲「景清」）。
四 二代谷風梶之助。江戸の力士。寛政元年、小野川と共に横綱を免許され初代横綱となる。寛政二年六月十一日、吹上に於いて徳川家斉将軍の上覧相撲に際して東の横綱で、小野川と対戦した。寛政七年没。
五 小野川喜三郎（二代横綱）。安永九年十月、芝神明社内の勧進相撲に初めて入幕、幕尻内五枚となる。この場所初めて当時関脇の谷風梶之助と顔を合わせ、以後十数年間両雄争った。寛政元年、関脇のまま谷風と同時に横綱免許。文化三年没。
六 まわしの後ろの結び目。
七 互いに承知の上ですること。納得ずく。
八 侠気に富み威勢がよく喧嘩を好んだ男。多くは町火消し、魚河岸の軽子や職人。
九 戦に先立ち、敵陣に向って名乗りをあげること。
一〇 武蔵坊弁慶。比叡山西塔の荒法師。義経

に従って奥州へ下り衣川の戦で討死した。歌舞伎「勧進帳」、「義経千本桜」などで有名。
一一 坂田金時。幼名金太郎。相模国足柄山で山姥に育てられ、のち源頼光四天王の一人となった。歌舞伎「前太平記」「大江山酒呑童子」などに登場。赤本のヒーロー。
一二 三郎義秀。剛力無双の侍で、一目国などを巡歴した朝比奈島巡りの伝説は有名。黒本『朝比奈勇力鑑』、歌舞伎の曾我物にも登場。
一三 源義仲の妾。武勇にすぐれ部将として義仲を助けた。朝比奈三郎の母。
一四 槍は鎌倉末期から歩兵用として発達し、戦国時代に盛んに使われた。鉄砲隊を実戦に利用したのは織田信長の姉川の戦から。
一五 気をつけて漢字を見てみると。
一六 底本も漢字平仮名まじり、平仮名の振仮名つきで書かれている。
一七 非難すべき個所、欠点を見つけられる。「批点」は詩歌、文章を批評しまたは訂正して加える評点。
一八 変えようのないところ。
一九 漢字を集めて和歌の形で説明し覚えやすくした江戸時代の通俗辞書。小野篁の作と伝えられて普及した。三馬はすでにこの作のパロディーである『道化節用小野𥶡譃字尽』（文化三年刊）を作っている。

や金時[一一]や朝比奈[一二]、巴御前[一三]などに覚えさせたらば嘸おもしろい事でござりませう。（当時は）鑓も鉄砲もなしに、矢と薙刀ばかりでございますネ、ヱ、ヱ、ヘ、ヱ、成程、成程、鑓[一四]、鉄炮は後に出来たの、ヘヱ、ぐつと後に、ハ、ア 道理だ、（それで）薙刀を水車の如くに廻す事ばかり覚えたものかネ。そしてあの討死と申しますが、私の壮い頃は、何も存じませぬから、内で死ぬことを内死、外で死ぬことは外死でありさうなものと存じましたが、後々気[一五]がついて読めば討死は刀で討ツといふ、ナ、文字でござります。先の間は、平仮字[一六]付の、仮字ばかりを当に（振仮名だけを見て）、読みましたから了簡違、イヤハヤ お恥かしい事でございます。今また少しづゝも本がわかつて参つたれば、あの討死がどうもす（理解）めませぬ（できません）。何曾といつて御覧じませ、他に討たれて死ぬのだから、討たれ死をとげたりけり、と書く筈さネ。弘法にも筆の誤りとはよく云つたもので、歴々（ご立派な）の博識も、私どもに批点[一七]をうたれる事もあります。一体私は物事を考へます事が好きで、文字なども深く気をつけて見ますが、文字と申すものは、利方（理に適った）なもので動[一八]のとれぬ所を考へたものさネ。小野篁歌字尽[一九]と申すは、[一]小野小町の御親父の作だと申しますが、[二]女といふ字を三ッよせて、姦と訓ませます。なるほど女が三人会ればナ、おまへの前では無躾だが、べちやくちやと姦しいでございます。[三]男といふ字の両傍に女といふ字を二ッ書く、ソリヤ嫐。男といふ字を二ッ書いて、真中へ女といふ字を挾むと嬲、口偏に耳を書いて咡、山風で嵐。この割で考へますと、疊といふ字などは、上に田が三ッで、これで田田三ッといふ心で田田三、その下は疊さしの台でございます。疊をじかにおいては〔針を〕させませぬ、是非とも台が入るから文字までも台付にした所がきついものでございます。イエサ、から深く考へますが私の病でございます。誰も是程まで骨は折りませぬ。ダガ、面白い物さ、そも〳〵文字の始まりは、唐土ァ、何ンとか申した、私は記憶が悪いから、物に象つて覚えます、ァ、あれは坊さまの尻のやうな名であつた。ヲ、[四]蒼頡さ、蒼頡といふ人鶏の足あとを見て、始めて文字を製作すと、[五]節用集の首の所に書いてございました。その蒼頡が岩に腰をかけて、鶏を見て居る絵がございますが、あのまづ数多の文字を鶏が能く歩行

一 平安時代初期の女流歌人。出羽郡司小野良真（篁の子）の女といわれる。

二 「男男 姦 轟 おとこみつかけばたばかる、おんなをばかしましとよむ、くるまとゞろく」（『小野篁歌字尽』）。

三 「嬲嫐 おとこふたりなかのおんなをなぶるなり、りやうのおんなにおとこうはなり」（『歌字尽』）。「うはなり」は後妻、あるいは嫉妬。「なぶる」はもてあそび困らせる意。

四 中国神話伝説上の人物。黄帝の臣で、鳥の足跡をみて文字を創ったといわれる。「俯シテ察二亀文鳥迹之象ヲ一、菜二衆美ヲ一。合而制シレ字ヲ以代二結縄之政ニ一」（『和漢音釈書言字考節用集』）。

五 日常使用する語彙の漢字、意味、用法、語源などを示した国語辞書の通称。室町時代におこり、江戸時代に広く行われた。言葉から漢字を引く通俗百科辞典で簡便で重宝がられた。

分けました。それを見わけた蒼頡も勝(すぐ)れた人であつたが、くらべものにすると、見わけた蒼頡はまだ〳〵及びませぬ。何曽(なぜ)とおつしやい、畜生の身で数多の文字を歩分(あるきわ)けた所がすさましい(たいへんなものだ)。しかし、多くの中だから歩損ひもあり、同じ歩様(やう)もあり、中には蹴爪(けづめ)の障(さは)る事もあらうシ、蹴つまづく事もあるから、そこであれ、僅(わづか)はねるとはねぬ字と、一点か二点のことで、訓音(よみこゑ)の違ふのと、文字が似て居て心のかはる(意味の異なるものが)のがございます。蒼頡がいかほど文字を製(こしら)へたいと存じても、鶏があるいて呉れねば出来ませぬ。然(さ)すれば鶏のお蔭(かげ)でお互ひに物に通じ、用も足りると申すものだから、鶏は麁(そ)末(まつ)になりませぬ。天神[六]さまへ御神酒(おみき)を備へるよりも鶏へ米でも遣(つかは)すが能(よ)うございます。他(ひと)さまは存じませぬこと、私に限つては鶏を大切にいたします。寒中温薬(かんちうあたたまりくすり)[七]など〻勧められますが、かし[八]は雌鳥(めんどり)など決してたべませぬ。ハテおまへ考へて御覧(ごらう)じませ、文字を教へたばかりか、三百六十日夜(よ)の明けるをしらせるは誰だ。ソレお考へなさい、烏(からす)か、烏より早く教へるは鶏でございませう。日本(につぽん)の忠臣義士と呼ばれて、唐(から)までもきこえたほど

六 菅原道真を祀る天満宮（学問の神）へ。「天神」は菅原道真の神号。
七 寒中、薬の名を借りて肉食すること。「薬喰い」に同じ。
八 かしわ（羽毛が柏葉色、茶褐色の鶏）の雌。最も美味。

の大星由良之助（おほぼしゆらのすけ）さへ、一鶏しめさせ鍋焼（なべやき）させせんといはれましたが、あれほどなお人でも、まだ心付（こころづ）かなんだ。ハテ、そこが弘法にも筆の誤りか。

一「扨（さて）此肴では呑めぬ〳〵。鶏しめさせ鍋焼させせん」（「仮名手本忠臣蔵」七段目、一力茶屋）。

＊三二五〜三二八頁は、蓬左文庫尾崎久弥コレクション蔵本によった。

二 言葉遊びの一。語呂合せ。二一〇頁注五参照。

三「丁数」に同じ。書籍の紙数。

四『四十八癖第四編』は翌文化十五年（四月二十二日、文政と改元）正月に出版され、収録された四つの短編の標目もここに掲げてあるものとは全部異なっている。三三二頁参照。

五 関東方言の、独特で他国に通用しない発音。

六 家康の江戸城入城に従った家臣団、また江戸の開発に当った草分名主などの上層町人のことばを指す。武家ことば、上層町人ことば、これらを中心とする知識階級のことばと考えてよい。上方語と共通の言い方、また三

○世話を為過ぎて悪くいはるゝ人の癖

○面白くない話をする唯の老爺の癖

○物に譬へて悪態を衝く人の癖

○悪い[二]地口を並べて話する人の癖

○亭主に負けぬ下卑女房の癖

右五回著作成といへども[三]張数限ありてこゝに除く、乃ち第四[四]編一冊となして今春同時に発兌せり。書舗について御求給はるべし。

○世に[五]関東訛と呼来れども、関東の人おの〳〵訛るにあらず。其証は[六]高貴の人を見よ、言語殊に正しく、音声勝れて清く、他邦の人の及ぶ所にあらず。〔関東の〕下賤の人においては[七]省語約言多くして、音もおのづから[八]濁たり。且大都会は諸国の人会るゆゑに、六十余州の方言通ぜずといふことなく、耳に[九]馴れ、口に従つて、常に諸州の言語を混ず。たとへば、[一〇]伊勢の国の人、江戸に住て妻をむかふ、妻は

河方言の影響がみられ江戸語の成立過程に大きな役割を果した。これらの人々の言葉は、下層町人のことばが江戸語らしい特色を持つようになっても、比較的おそくまで上方語的な面を残存させていた。「正銘の江戸言といふは江戸でうまれたお歴のつかふ本江戸さ。…然様然者、如何いたして此様仕りましてござる、などといふ所は、ちやんとして立派で…」（三馬『狂言田舎操』）。

＊以下三二六頁一〇行まで、江戸でも町人ことば、その中でも総じて無教養な下層階級の人々のことばにまず江戸語らしい特色が現れたことを高貴の人も住む「大都会」、江戸の現象として誇り、また滑稽の中に解説している。庶民の側の当代人のみた国語史解説の貴重な一文である。

七 言葉の一部を省略し、短くちぢめて言う言葉。

八 訛って音声に濁音が多くなる。

九 互いに方言を聞き馴れ、それぞれの方言をしゃべって。

一〇 江戸には伊勢出身の商人が多かった。「宵越しの銭を持たぬ」江戸庶民は、ひがみもあってか、その商売上手をしばしば揶揄の対象とした。

房州の産なり、一子を江戸において生む、其子は江戸の人なり。且[一]奴僕あり、[二]手代は越後の産、一人は長崎の産、一人は奥州の人なり。調市五人あらば、一人は[三]下野、一人は相模、一人は信濃、一人は上総、一人は下総なり。下女は武蔵の産にして四人あり、武蔵といへどもおの／＼出所を異にす。かゝれば、家内十五人の中において江戸に産るゝ者僅に一子なるのみ、此一子は土地にしたがひて江戸の言語なりといへども、残る十四人の者、常に生国の言を用ひて、万事を問答するゆゑ、必ず伝染せずといふことなし。然ば[四]真の江戸言といふべきにあらず。仍て[五]一向に江戸訛と心得るは誤りなり。これは諸国の方言、江戸言に混て、[六]声濁、言訛としるべし。我は江戸出生の夫婦なりといふとも、夫婦の父母は必ず他国の産なり。これに仍て、真の江戸産といふもの世に稀なり、真の江戸産といふは、[七]国初以来江戸に住給ひて数代連綿と相続し給ふ高貴の人ならではなし。さるゆゑに、[八]貴族の言語清音にしていさゝかも訛らず、世に江

一 使用人。
二 番頭と丁稚の中間に位する身分。
三 現在の栃木県。「相模」は神奈川県、「信濃」は長野県、「上総」は千葉県中央部、「下総」は千葉県北部と茨城県南部。
＊ たとえば、「房州」が商家の使用人あがりで世帯をもった女性の連想を誘うように、以下、使用人たちの生国をあげるだけで江戸人は、その気質、職業、言語等をイメージした。いうなら、「越後」には米搗きの朴訥さを、「長崎」からは唐商いの商才を、「奥州」には実直さを…等である。なお、丁稚の生国は今日でいう広義の首都圏、あるいは出稼ぎ国圏というべき範囲である。これらの出身者もそれぞれ生国のやや固定した先入観をもって江戸人に迎えられた。
四 諸国の方言ではない本来の江戸の言葉。これは以下の説明に従えば結局、「高貴の人」「貴族」の言語を指す。
五 純粋に江戸だけで生じた方言。
六 音声がにごり、発音がなまる。
七 三二四頁注六参照。
八 そのような上流の言語は音声がにごらず、発音がなまらない。

戸訛といふもの下賤(げせん)[九]に限ることゝをもつてしるべし。且(かつ)、江戸訛をしらざる他邦の人々には、此書(このしよ)の言語(げんぎよ)解し難からんことを想ひて、こゝに其一二(そのいちに)を挙ぐ。此他(ほか)は江戸訛にあらず、諸国の方言伝染したるものとしるべし。

○関東訛と江戸訛との差別(しやべつ)[一〇]

○さう為(し)ちやァわりい[一一]

○かうしちやァいゝ[一二]

然様為(さやうし)ては悪(わる)い也

斯為(かうし)ては能(よ)いなり

○往(いく)べい[一三]○帰(けへ)るべい○よかんべい

○わるかんべい

これらおの／＼関東なまり也

江戸なまりにあらずをりふし

江戸者のいふは田舎詞をたはふれにつかひ来(きた)りしなり

○よかんべいわるかんべいは

よかるべしわるかるべしの

約也

○さうぢやァねへ[一四]

然様(さやう)では無い也

○かうだつたらう[一五]

斯(かう)で有(あり)つらん也

俗に斯(かう)で有(あつ)たらうの約也

九 下賤ではあっても高貴の人と同じ江戸に住み、他邦の人々よりはるかに優越した都会人である、との誇りをもって、次の文に移る。

一〇 江戸訛は武家、上層町人を擁する大都会で生じた特別の訛であって関東訛とは異なることの主張である。

一一 江戸語では助詞「は」「ば」が付いてこのように音節が融合同化することが多い。「聞きゃァ」（聞けば）、「出来ちゃァ」（出来ては）の類。「わりい」は「悪い」の訛。「江戸ッ子の評判記がわりい」（四八頁七行）。

一二 「よい」の訛。「そんないゝ男にうまれつかねへがいゝのさ」（京伝『江戸生艶気樺焼(うわきのかばやき)』）。

一三 「助語（ことばのをはりにつくことなり）京師にて『ナ』……大和にて『ナヨ』……関東にて『ベイ』美濃にて『ギヤ』」（『物類称呼』巻五言語）。東国語の特徴となる語であり、江戸語でも用いられている。「ざつと一風呂這入(へゑる)べい」（『浮世風呂』）。

一四 打消の助動詞「ない」の終止形（連体形も）の「ない」はこのように「ねえ」となることが多い。

一五 指定の助動詞「だ」の連用形「だつ」に過去・完了の助動詞「た」（終止形）のついた形である。

「からだつつろト約(つめ)ていふは江戸なまりにあらず関東訛也　則ち斯(かう)でありつらんの約也　○持(もつ)てけ　持(もつ)て往(ゆ)けの約也　「持ていげト濁(だみ)たるは関東訛也　○持(もつ)てつたらう　持(もつ)て往(ゆき)たであらうなり　「持ていぎつろト約ていふは　関東なまりなり則ち　○持て往つらんの約なり

△すべて江戸[一]訛を考(かんがふ)るに「あかさたなはまやらわ」の音を以(も)ていふべきことを「えけせてねへめえれゑ」の音にいひ来れり　余(よ)は推(おし)て知るべし

癖所謂癖物語　四十八癖　三編　畢

一　ア列の音がイに連なったものは、エ列の仮名に「へ」「ゑ」、まれに「い」「ひ」を付けて表現されることがある。実際の発音はエー、ケー、セーのような長音であったか。
（アイ→エー）付ゑい　御ゑへさつ　対手(ゑへて)
（カイ→ケー）扱(あつけへ)にくい　二階(けへ)
（サイ→セー）ちゐせへ　うるせへ　如才(じよせへ)
（タイ→テー）じれつてへ　聞てへ　大義(てへぎ)
（ナイ→ネー）しねへ（シナイ）　新内(しんねへ)節
（ハイ→ヘー）這入(へゑろ)う　足袋をへへて
（マイ→メー）いめへましい（イマイマシイ）　参(めへ)りやした
（ヤイ→エー）早(はゑへ)い　世話を焼(ゑへ)て
（ライ→レー）暗(くれへ)　行燈だ　死ぬ位(くれへ)なら
（ワイ→エー）幸(せへゑ)ひ　情のこゑゝ（コワイ）
ア列の音がエの音に連なった場合（カエ、サエ、タエ、マエ、ラエ、ワエ）も同様。（カエ→ケー）帰(けへ)る　あたまが支(つけへ)らァ等（湯沢幸吉郎『江戸言葉の研究』第二章による）。
二　吉原に居続けして執筆する意。
三　諺「麒麟も老いぬれば駑馬(どば)に劣る」。また、この時期は女曲馬が流行し、名古屋の野村柳吉、橘美和丸、渡辺金平の三座が江戸で興行、成功した。

四 諺「孔子も時に遇はず」。智恵ある者も不運で用いられないことがある。

五 秦の宦官。丞相となり、二世皇帝に鹿を馬と称して献じたが、皆、趙高を怖れて黙したという話は『漢楚軍談』で有名。

六 また新しい装いをこらして流行する。

七 丁子茶色（紅褐色、寛政期に流行）の地にした菖蒲皮染（青または萌黄に模様を白く染め抜く）。

八 市松形。石畳の模様。一九八頁注三参照。

九 「世の中はとてもかくても同じこと宮も藁屋も果てしなければ」（『新古今集』）。

一〇 大和柿（御所柿）の色を指す名称か。

一一 これも再流行の色の専斎茶。黒緑色。

一二 天明期の「媚茶色」（黒茶色）と浮気心を誘う、の両意を懸ける。

一三 おとな一人の湯銭。子供は八文。

一四 江戸の料理茶屋は『守貞漫稿』によれば、「需に応て美なる浴室にて浴させ」た。

一五 吉原大門、水道尻間の街路。引手茶屋が並ぶ。

一六 羽織の丈は流行によって変化した。「京坂も…文化中に至り江戸風を伝へて二尺四五寸の長きを用ふ」（『守貞漫稿』）。

題四十八癖第四編巻首

[二] 乗猪牙浮于山谷堀

[三]麒麟も老ぬれば曲馬の馬に劣り、野狐も用れば稲荷の威を奮ふ。[四]孔子も時に遇ざればそこら中まごつき給ひ、[五]趙高も時に遇ばさま〴〵の馬鹿を竭す。彼も此も、流行に前だつと後るゝと、時運に乗ると踏外すとにあり。倩世界の人情を後から監るに、古風に廃り[六]新様に興り、[七]丁子茶色の菖蒲革染、再び復古の[八]市松好、[九]宮も茅屋も石畳となれば、猫も杓子も蒲黄を嬉しがり、今又柿色は[一〇]大和と名告り、茶色は[一一]専斎と[一二]媚るが如く、興廃最常住なく流行総て斯の如し。是如何となれば、利に趨り欲に赴く腸から、奇を新に巧て、人の心を奪ふが故なり。僅に[一三]十文の銭湯をも、[一四]料理茶屋で浴るを好み、唯四文の湯豆腐をも、[一五]中の町で食ふを喜ぶは並ての人心といへども、是乃ち珍を愛玩して、我から心を奪はるゝなり。好事家さま〴〵なる中にも、都方の男子は江戸仕裁の[一六]長羽織を着餝り、江戸の女子

は京女郎の髪容をまなべば、老も若きも綿頭巾[一]、再び変じて山岡[二]となり、蝙蝠羽織[三]と襟掛[四]は、箱根からこつちの物に定て（定着し）より、江戸に産れた歌妓[五]が、追分節[六]の田舎唄を諷ひ、山家で育つた兄等が、悤行曲[七]で江戸者めかせば、孰が都、孰が鄙歟、上が股野[八]歟真田[九]の下締、ぱつちりきめたる帯止は、〔土佐日記にならい〕男もすなる胴締といふ物を、女もして見んとて佩るたぐひ、千差万別奇々妙々、風[一一]かはり俗うつりて（風俗もさまがわりして）、入代[一〇]の役者附も兼と捻つた名目（肩書きのせいか）にや従ひけむ、女形が敵役のすごみで思はずなる（思いがけない）愛敬を取り、立役が女形の和かみて大[一二]あたりをとりが鳴く、吾嬬に名たゝる張[一三]と意気路も、虚誕[一四]つかぬ傾城多くなりてより、〔客を〕振るといふこと絶てなくなり、素寒貧なる客人（無一文の客）にも、おつりき（調子よく気を）にあはせ（合わせ）鏡、こたつをうつして如在[一五]のなきこと後朝の塩茶はものかは、水[一六]雑炊で送るを想へば、竟には六味丸蝮蛇酒[一七]に、迎酒して（酔いざめに塩茶どころか）益水送別[一八]、此地魂胆髪冠すべて昔時の人にあらず、今日水猶流行して、片時も淀まぬ当時（現代の）の人情、諸事前を潜り（先物買いし）、万端奇きを挑むが故に、然でもあるまい斯でもないと、貶す気性の人多く、褒る心はありやなしや、〔伊勢物語ではないが〕いざこと問ん都鳥も、

一　真綿入りの頭巾。綿帽子。元来、老人用。
二　山岡頭巾。庶民も八丈絹製を用いた。
三　丈の短い羽織。二尺四、五寸が普通。
四　『四十八癖』二編に女二人が「襟掛」を「半衿物さ」と流行の先端らしくいい、三編では口うるさい男が京坂の真似はけしからんと叱る話がある。その流行をここでは関東の風俗と「定て」とあり、文化期の東西交流の速さがわかる。
五　吉原、岡場所以外の市中に住む女芸者。
六　もと信州追分の宿駅で唄った馬子唄。
七　遊廓をひやかしてまわる時に唄う歌。
八　股野景久。富本節所作事「真田帯閨組打」（天明四年十一月中村座）の登場人物。
九　注八の登場人物真田与一。真田紐の下締（女が帯の下に締める紐）に懸ける。
一〇　顔見世番付。十月にその座の役者を入れ替え、十一月の顔見世興行の前に発行した役者番付。
一一　役者名の上部に記す役柄（立役、若女形、敵役など）に「兼ル」とあることを指す。芸万能の名優、三代中村歌右衛門に始まる。
一二　「大当りをとる」と「とりが鳴く」（「あづま」の枕詞）を懸ける。
一三　遊里の特徴をあげて「京の遊女、江戸の張り、大坂の揚屋」（『難波鑑』）などという。

贋[一九]と真の監定あり、精に探し窃く穿つて、通り者は通過ぎ[二〇]、粋[二一]めも川へはまり過て、奇がらずをかしがらず眼耳鼻口[二二]を肥せるのみ。其吃便計些[二三]も騒がず、種々さま〴〵に巧むといふとも、到る所は古今来、通究て野暮起り、野暮極て通起る。意気だといひ、妙だといふは原より妙も意気もなし。新形[二四]の時粧しも、昔に廃れば意気慷慨、野暮簪も時を得て、用ひらるれば意気揚々。悉皆天地間の癖にして森羅万象、癖ならざるはなし。況や人間千状万態、元日の早天から大晦日の半夜まで、寝たり寤たり年中行事、癖で団めた物にあらずや。

時に文化十五年、戊寅正月元日。発客に開販たがる癖あり、余に戯作の癖ありて、善戯謔すれども逆縁[二五]ならぬ、初編の因を幸に双鶴堂主人に与て、四十八癖四編となす。若孟春、四[二六]の字を嫌ふ人あらば、よ十八癖よ編も善哉。

本町庵三馬戯題

梅楼斎[二七]

一四 女郎につきものの嘘が減り、手練手管で客をあしらうことが少なくなってから。

一五 炬燵を（客の便のために）「移す」（運ぶ）と合せ鏡に「写す」とを懸けた。

一六 薄い菜粥。酔後の食とする。

一七 強精丸薬。「蝮蛇酒」も強精薬酒。

一八 情緒が大事な後朝の別れにさえ、健康第一の「益水」を酌み交すほど実利主義の遊里風俗に変り。以下、「易水送別」（『唐詩選』駱賓王）の詩句「此地別燕丹、壮士髪衝冠、昔時人已没、今日水猶寒」のもじり。

一九 （都鳥の答も）虚実を吟味の必要がある。

二〇 文字通り行き過ぎて肝腎のツボを外し。

二一 諺「粋が川へはまる」。老巧者の失敗。

二二 鑑定眼、批判力が発達するだけ。

二三 「その時義経少しもさわがず」（謡曲「船弁慶」）のもじり。弁慶に「便計」（都合のよいはかりごと）の字をあて義経の代りとした。

二四 新形の笄として流行したが、廃ればなげき憤るだけ。「慷慨」に「笄」を懸ける。

二五 戯作癖を逆縁として、というのではなく、順当な所縁（初編）があって。「其の疑謗を縁とするは逆縁というべし」（『教行信証』）に拠る。

二六 二〇五頁注一四参照。

二七 三馬の戯号の一。

癖所謂癖物語　四十八癖第四編標目

○拙将棋(へぼしやうぎ)の癖

　並勝ちたる人の癖　負けたる人の癖

○我面白(われおもしろ)の他姦(ひとかしま)[一]しと云はるゝ人の癖

○言語(ことば)に可咲(おかしみ)を含みて教諭(きやうゆ)する人の癖

○極楽蜻蛉(ごくらくとんぼ)[二]と呼ばるゝ人の癖

一　やかましい。うるさい。

二　気楽もの。人生、風まかせののんきもの。

癖所謂 癖物語 四十八癖第四編

江戸戯作者　式亭三馬　戯編

まけしやうぎのくせ

「ハヽア あぢな所へ角（かく）とおうちなされたな。角あらんとは（そうこようとは）しらなんだ チヨツ 飛車（ひしや）と取（とり）かへるも吉例か。イヤ まてよ、イヤ まてしばしト、こゝがしやうぎだテ。イヤ〳〵 とりかへてさせ、またうつをりもあらう、[三]飛車しい手だス。ヤア〳〵 [四]なむ三ぼう[五]二てうがへ、ホイ〳〵 飛車に金をつけて、ぢさん金の飛車だからちとひけものかナ（きずものなのかな）。そこであとが桂とらうとおしよせて心は王手にありか。ハテ うるさくせめよせるぞ、[六]一ト手すいたらばと思ふが手のひまがない、通らッしやいだ。そこで桂とらう、[七]かさいの桂とろ（葛西の肥とろ）、チト [八]雪隠（せつちん）へちかよる（近づく）、わるいぜんぺうだはい（悪い前兆だな）。ヤ まづかうして見ろ ヲツト ヲツト しまつたり〳〵、こつちのなり金（成金）がよるかと思つたらなんまみだぶ

＊底本、この「将棋」と次の「われおもしろ」の二章は、二丁四枚の絵図入りであり、本文はその絵図の余白に草双紙風に細字で彫りこまれているが、絵図の部分は省略した。本文表記に漢字が著しく少ないことが目立つ。

三 いつもの。「久しい」の地口。

四 しまった。大変だ。失敗した時や驚いた時に発する語。

五 二挺。飛車と金と二枚。

六 王手がかからなければ。

七 「葛西舟」に懸けた。江戸下町の糞尿は業者が買いとり、大量に船につみこんで葛西方面（現在の墨田、葛飾、江戸川方面）に運搬し、一艘いくらという値段で農民に売った。

八 雪隠詰めにされる。王将が盤の隅に追いこまれ詰まりそうになる。

つ ハテ まけとなつたかい。そこで玉手（ぎよくしゆ）[一]に、ハヽア おびたゝしい（沢山ある）、しよせん（どっちにしろ）まけ〳〵。サア こんどは一ばん手なみのほどをお目にかけう（かけよう）」

かちしやうぎのくせ

「まづいつぷく（ひと休み）仕らうか。[二]日はながい、おぎやうずいでも（お行水でも）めしてゆる〳〵とおかんがへなさい。せつしや手には山々あれど、このこまはみな不用さ。[三]歩（ふ）が一枚あればつむけれど、さすがに義理あるいくさなれば雑兵（ざうひやう）の手にもかけられず、香車（きやうしや）しよぐわんじやうじゆう（所願成就）トあたまへぴしやりおさわぎあるな御たいしやうッ様御休息かナまだ御りやうけんはつきませぬか（お覚悟はできませんか）。[四]お手もとへざるをまはすがどうでござるな。[五]桂馬（けいま）のつりふんどし金をしめられた所がいたくなし、さやうなまだるいことではらくじやうちかきにあり（落城も間近い）。おかんがへの内にせつしやは一首うかんだ　金銀にさしつかえたるへぼ将棋飛車（ぴしやりと）とつまつて角のしあはせ（このような） ナント どうでござる、こいらはしろうと（素人わかりの）おち（いい）の狂歌だ」

へぼしやうぎのくせ

一 お手には、の意。

二 諺「下手の考え休むに似たり」による。

＊ 素人将棋の楽しみは、同時に、洒落や地口を言い合う楽しみでもあった。泰平の世の庶民たちによるもっとも卑近な文学の創造といえなくもない。

三 将棋で歩詰めは無効とされる。その約束を述べた。

四 大道芸人がざるを廻して見物から料金を集めること。ここは、駒を放棄することを勧める意。

五 諺。桂馬を打って両当りとすること。

六 いわゆる縁台将棋なのである。

七 犬の交尾に人だかりがするのと較べた。

八 竹や丸太を組んで作った仮の囲い。

九 敵を欺くため主将に似た人物と同じ姿をさせた武者。将門は七人の武者となって現れ

「ヲット八公そんなにおつかぶさつては駒(こま)が見えねへ、ちつとどかつしナ。ヲイ見る[六]ものぢやアねへ通つたく\、犬[七]のつるんだよりまだおもしろくねへ将棋だ。今度からさすならば、矢来(やらい)[八](番人を)をしてぼうつきをおくがいゝ。そのくせ見物のじよごん(助言)がうるせへ、かげ[九]武者が七人ついてゐるから、[一〇]まさか(平将門)どとさすやうだ(相手に)。ヲット まつたりく\手がはやいく\、アレサ じよごんの手をしつこなし。コウく\ なんだ、ハヽア 二[一一]歩か、二歩のたゞとり百人首[一二](壬生忠岑)にありさうだの、ヘン やつかましい、ナニ 目がくらんだと、べらぼうめ一歩や二歩にとんぢやく(かまうものか)があるもんか。こつちは角に銀をつけてしんざうつき[一三](妹女郎つき)二[一四]てうがへを買ふ男だ。どつこいおれが手だぞ、ちくしやうめ、どうしてくれうな(くれようかな)、まづ初王手おめのくすり[一五]、ヘン もうにげはじめた、あたじけね(けちな野郎だ)へやらうだ。あひまをよるに駒がおしいッ[一六]、そこでお手は金角寺の和尚、つ香桂(こうけい)さきにたゝずか(後悔先に立たずか)。ヲイく\ それは一ト手またつし、おいらいや、つまらねへ、飛車をとられては親にはなれた(迷子)どうぜんだ。その角の引き(自陣への)があらうとはゆめ[一七]三ぼう御存(ぞんじ)ねへ、ハテ おめへの時もまつてやつたからこゝは

たと伝えられる。「併し藤太が身は一ツ、将門は七人、一ツの身を以て見事七人の下知を聞くべきか、何とく\」(浄瑠璃「将門冠合戦」文耕堂)。ここは、見物の助言者のこと。

一〇 平将門。平安中期の武将。下総を本拠として勢力をふるい、父の遺領をめぐる紛争から内乱(承平天慶の乱)となったが、朝廷に咎められ平貞盛、藤原秀郷に討たれた。神田明神に祭られ民間の信仰を集めた。歌舞伎「花御江戸将門祭」(寛政元年、市村座)に上演され、黄表紙『将門冠初雪』(寛政三年刊)などが刊行されている。

一一 同じ行に二歩うつのは禁じ手。(この男うっかり二歩うったのを指摘された)。

一二 百人一首。「百人一首(ひゃくにんいっしゅ)」を古くからの読みくせで、「ひゃくにんしゅ」「ひゃくにんし」と読んだのに漢字を宛てた。

一三 部屋持ちでなく姉女郎(おいらん)に付属している妹女郎。

一四 角、銀二枚を相手の駒二枚と交換することを、新造付きの女郎買い、つまり女郎二人を買うことに懸けた。

一五 おめにかける、の洒落か。

一六 王将を詰めるところまで寄せる駒。

一七 夢三宝。夢にも。少しも。「三宝」は強意の接尾語。

まつがいゝ、つき合のわるいしやうぎだぜ、[一]まちなしてみきん相まもらせ、じよごんの手はさゝせ申すまじく候と証人が判もつくめへ（[二]保証人が奉公先と約束したのでもあるまいに）。マア手をはなせといへば、アレまあはなさつしョ、あれ〳〵シッ〳〵このちくしやうめなけなしの駒をねこまでがねらふやつさ」

一 待無し手見禁。待ったなしの同義語を重ねた将棋の用語。「手見禁」は、待ったをして相手の手を知るのを禁ずること。

二 保証人（請人(うけにん)）。地方出身者などは人宿(ひとやど)（桂庵、口入れ）に頼んで奉公口を周旋して貰う。人宿は請人となり請状に押印する。奉公人が契約違反、不法行為等を起したときは身柄の引き取り、弁償等の責任を負う。ここは請状の文形をもじった。

三 屋敷奉公。裕福な町人の娘は専ら教養を身につけるため武家屋敷に奉公した。

＊「踊と申すものは、おちいさい内から御奉公ができてよろしうございますねへ……」「ハイ、六ツの秋御奉公に上ました」（『浮世風呂』二編上）。この例などは乳母付きでお屋敷へ上がり、稽古もその屋敷で藤間流の師匠についている。

四 娘を指していう。あの子に。

五 有頂天。物事に熱中して他を顧みないこと。

六 この娘にとっては祖母。

七 歌舞伎舞踊の一。長唄所作事「京鹿子娘(きようかのこ)道成寺」を初世中村富十郎が踊って以来、道成寺といえばこれを指す。

八 肌脱ぎ姿。はだぬぎになって襦袢をあらわした姿をいう。ここは、襦袢まで、の意。

われおもしろの人かしましといはるゝ人のくせ

「おきゝなすつて下さいまし、御奉公[三]の口のはやいやうにと存じましてあの奴(やつこ)[四]どのにをどりを習はせますので、家内中がうてうてん[五]になつて大さわぎさ。[六]母は母であの通りまいにち衣装をぬつてをります、このまア衣装をごらうじまし(ご覧なさいまし)、これが道成寺[七]のさ、上着からはだぬぎ[八]まで、ぬひも何もすつぱり(そつくり)秀佳(しうか)[九]のいたした通りにあつらへました。コレ三や蔵(くら)の衣装つゞらの中から十二[一〇]へんげの衣装も出しておめにかけや。イエサもう衣装つゞらにきつしり七はいに小道具が一ト長持(ながもち)たまりました。これから段々ふえるばかりさ。この間もお屋敷へあがりまして十二月[一一]のけいせいと鰹(かつを)うり[一二]ををどりましたらけしからず(格別に)御ぜんさま(奥方様)の御意に入つて半田(はんだ)[一三]いなりのおこのみ(ご所望)が出まして大あたり(大好評さ)さ。それから御ほうびをいたゞきます、あつちのお部屋からもこつちのお部屋からもおさいく物[一四]のけつこうなをいかアいこ(〔物〕たくさんに)といただいてさがりました。イヱもうおさいく物がしたゝか(いつぱい)たまつてこまりますよ。どうもいたしかたのないものさ。それでもおまへさん、ありがたいこ

九 三代坂東三津五郎、俳名秀佳。天保二年没。江戸随一の所作事の名手。文化十三年三月五日より中村座二番目、切狂言「京鹿子娘道成寺」所作事で白拍子桜木を演じている。当時通常は一か月の興行を、好評のため四月下旬まで続演した。

一〇 文化十年三月五日より、中村座「其面影伊達写絵(だてのうつしえ)」の二番目「四季詠寄三ツ大(しきのながめよせてみつだい)」（「十二ケ月」）で、坂東三津五郎は十二か月変化物の所作事を演じた。それをまねた衣装。「変化物」は歌舞伎舞踊の一つで、いくつかの小品舞踊を組み合せ一つの外題に統一したもので、踊り手は衣装をかえて踊り分ける。

一一 注一〇「十二ケ月」の所作事中の正月、長唄「吉書始」の「傾城」。

一二 「十二ケ月」中の四月、長唄「初かつほ」の「いさみ商人」。街頭風景で初鰹を売るいなせな魚屋が盤台をかついで登場する。短いものなので、温習(さらい)などによく子供が踊る。

一三 「十二ケ月」中の二月、長唄「半田稲荷」の「坊主」。「半田稲荷」は物乞いの願人坊主が半田稲荷と書いた赤い幟をかつぎ、赤い着物、赤頭巾で疱瘡(ほうそう)、麻疹(はしか)が軽く済むように半田稲荷へ代参するといって家々を廻った。この様を舞踊化したもの。

一四 細工物。玩具の類か。

とさネ。そのかはり七ッ（午前四時頃起きて）おきをいたして、したくしておやしきへあがる、かれこれいたして宿へかへつたのがあけ七つ半（午前五時頃）てうど、鳥がうたひました（鶏が鳴きました）。また明日はお師匠さんのをどりぞめで、天王寺屋[一]のお富さんとこの奴どのともどりかご[二]でございます。今から地ひきを（三味線弾きを）つれてさらひに参りますのさ。ことし七つになりますが、おてんばのおかげかよく覚えますからお師匠さんの大お気にいりで、いつそ（とても）かはいがつて下さいます。来年はおまつりのをどりやたい[三]に出すつもりでございますが、またおとつさん大ものいりで（大変なご出費で）ございませう。イエもうおまへさん、一向におくめんなしで（人見知りしませんので）ございますから、それだけにげいも出来ますのさ。宿[四]でも御存じの気性でございますが、をどりのことにかけてはさつぱりいとひませぬ（少しもいやがりません）。まア私やあれが仕合（しあはせ）でございます。コレごらうじまし、このかづらもしかけ[五]ではじきがついてをります、かういたすとアレかづらがかはります、衣装もみんな引（ひき）[六]ぬきではやがはりになります。このやりでも花笠でもひと通り[七]ではございません、〔仕掛ものは〕のこらず人形町の鼠や[八]へあつらへました、しかけものゝ小道具などはべつし（とりわけて）

一 歌舞伎役者二代山下金作以後代々の屋号だが、ここは踊り仲間の商家の屋号か。

二 常磐津所作事中の傑作。常磐津・本名題「戻駕色相肩（もどりかごいろにあいかた）」、天明八年十一月中村座の顔見世狂言「唐相撲花江戸方（とうずもうはなのえどかた）」の第一番目四立目として出したもの。初代桜田治助作詞、鳥羽屋里長作曲。浪花の次郎作、実は石川五右衛門と東の与四郎、実は真柴久吉が島原からの戻り駕籠に禿を乗せ、浪花と江戸の自慢話から三都の廓話となるうちに互いの正体が現れるという筋。

三 踊屋台。引張って移動出来るようになっている踊の舞台。

四 父親も。この家の主人を指す。

五 （早替りの）仕掛をしてばねがついている。

六 衣装に仕掛けた糸を引いて素早く衣装を替えられるようになっている。

七 早替りできるようになっている、の意。

八 未詳。歌舞伎の小道具店。

て鼠屋がよくのみこんでをりますよ。コレ ひとつ団十郎[九]の乙姫(おとひめ)と浦島の早がはりをしておめにかけや、そのあとでかつをうり[一〇]イヤ おつなもんで(ちょっとしたもので)わたくしどもがひいきのせゐか三津五郎の所作(しょさ)[一一]ものをのこらず覚えさせました。コレ〳〵 とてもの事に(いっそのことに)衣装をつけてするがいゝ、ねヱおつかさん コレ 三や衣装をはやくもつて来や、おまへさんおいそがしからうがちよつと見てやつて下さいまし。ソレ 小道具もよ、ホンニ としだけより(幼い年に似合わず上手に)はよくをどるとみなさんがおつしやいます、どうぞ見てやつて下さいまし、コレ 松やこゝをかたづけるのだよ」

九 文化十年六月二十七日より上演された森田座夏狂言「尾上松緑洗濯噺」二番目「八景の所作事」中で、七代市川団十郎が踊った「姫垣の晩鐘」（乙姫）「浦島の帰帆」（浦島）を指す。「乙姫」は浦島の跡を慕う振り。「浦島」は乙姫を忘れかね、開けてはならぬ玉手箱を開けて白髪の老人となる。この夏狂言は大当りで、八月上旬まで上演された。

一〇 三三七頁注一二参照。

一一 所作事。歌舞伎の舞台で演じられる舞踊、舞踊劇。この時期は三代坂東三津五郎をはじめ三代中村歌右衛門、七代市川団十郎などの名優が、工夫をこらし世態人情の機微をうがつ浮世風俗物が流行し、小道具も写実性が必要とされ従来のものでは用をなさなくなった。

言語に興を含みて教訓する老人の癖

[一]図のごとき老人、としのころ八十あまり、げんきよく若い者にまじりて高ばなしのおかしみばかりいふて人にきらはれざる風也。門ト口より

ヤレ〳〵あるきにくいぞ。何所も彼も霜解でいくぢはねへ、下駄を履くには足元がわるし、雪踏[二]では身上にかゝはるし、[三]煤掃の時若いやつらが履捨にした[四]上草履を、おれが取置いてお役に立てた。[五]災も三年おけば用にたつとは爰のことだ。老当すてられねへにヨ内をどうだ、若者中みんな揃つたの。ちつとまたからかつてやらうか。イヤどつこいしよ。ヘンかういふ掛声で立居をするやうぢやアいかねへ。寝るにも起きるにも[六]三弦弾が入る。ヤ、コレおびたゝしい履物だぞ。是を脱ばなしにして障子を閉てて置くとは無用心、犬がくはへて往つてもしかたがねへ。第一この尊い日向を障子で除けることがあるものか、一寸しても着物の〔重ねの〕一枚も違ふはなしだ、それに順じて[七]堅炭[八]炭団〔の数〕も年中には大きい違

一 〔高ばなし〕大きな声で話すこと。

二 竹皮草履の裏に獣皮を張ったもの。江戸では礼装用にはく。

三 煤払い。十二月十三日の大掃除。江戸っ子にとっては遊び半分の楽しい日でもあった。終ると一同湯に入り祝儀酒が出る。この日は夜遊び自由であった。

四 室内ではく草履。

五 諺「禍も三年置けば用に立つ」(『譬喩尽』)。「おふぐおふぐと笑はれしが、禍も三年と今度の御用」(『根無草』)。

六 (三味線弾きがするような)掛け声つきだ。

七 樫、楢などで作った炭。堅く火力が強い。

八 木炭の粉末をふのりなどで球状に固め乾かした燃料。

ひだ。コレ脚かぢり共、よく聞かつし。おれはこのとしになるが朝から巨燵にはあたらぬよ。ハテたどんが三文いる所を、日向誇[九]をすれば、天道さまのおかげで銭いらず温まる、そこで炭団は夕方から活[一〇]けさせる。何ンだ、すねかぢりぢやァねへ、イヤ、ねへもすさましい。立派に親のすねをかぢつて御きげんよく馬鹿をつくすはおめへたちばかりでなし、世の中のむすこかぶ皆そのとほりよ。枇杷葉湯[一一]ぢやァねへが、世間の親の脚はたひら[一二]一面におふるまひ申すだ。このごろまで蟹屎[一三]をした者が、お芥子[一四]を取つて本田[一五]あたまになると、また金糞をたれはじめて、ふたおやに尻をぬぐはせる。おらがやうに貧しい家に生れた者は、幼少から奢をしらず不自由で仕上がるから、親のゆづりものはこの身ひとつ、主人から一歩か二歩もらつた本銭で大切にかせぎ出すやうになれど、株家督[一六]のある家へうまれた子は、ちいさい時から不自由をしらず、ういつらいめにあはぬから、我儘いつぱい仕尽して株にもはなれ、眷属を路頭に迷はせる、その時目がさめても親のすねはかぢりなくした上に、無縁[一七]信士、うろつき信女にして果てる

九 日向に出て暖まること。日向ぼこり。
一〇 灰に埋める。ここは火を入れること。
一一 枇杷の葉を乾燥させてきざみ煎じた薬。食傷、急性痢病に効く。「京都烏丸本家枇杷葉湯」のこと。江戸では馬喰町三丁目の山口屋又三郎が販売した。薬種店の店頭などで宣伝のため通行人に無料で飲ませた。
一二 平一面。だれにでも同じように。枇杷葉湯ふるまいの決り文句。「毎年四月上旬より、八月下旬まで、煎湯にひたして、たひら一面におふるまひまうすッ」（三馬『一盃綺言』）。
一三 赤子が生後初めてする糞。色黒く粘気がある。蟹くそ。
一四 芥子の実のように頭の中央だけを残して結んだ江戸期の子供の髪型。
一五 中剃りを耳のあたりまで剃り、髪の根を引きあげて結う。宝暦末より通人の髪型として流行した。
一六 「株」は江戸時代、株仲間の組合員の持つ特権。転じて広く職業・営業上の権利、資格をいう。売買、譲渡の対象となった。「家督」は相続する財産。
一七 両親の墓を建てることもできないで終る。「無縁」は身寄りのない、の意。

がマァ多いよ。おらァ八十になるが十一[一]の春まで親のすねをかぢり、廿二三まで主人のすねをかぢつて、やう〳〵〔一生を〕一人前になつて、当時不足なく（今は不自由なく）湯なり粥なりすゝつて、隠居して終るも、主親のすねをおろそかにかぢらぬお蔭さ。主親の恩を〔の有難さ〕あぢはへながらかぢるものは真人間[二]、兎角奉公せぬ人はやくにたゝねへによ。おめへたちはどれも〳〵奉公しない衆だが、煙草盆の掃除役から取り上げた[三]町人と、うぶ腹から（生れついての）の〔親の〕膝元育とは相撲が違ふ（役者が違う）。たとへ奉公せぬ身でも人つかひの道は知居るの、子を持たねへでも、親の恩は知居るのといふは、口ばかりの巧者で畠水練[四]、巨燵兵法、なか〳〵当推量で往く物ぢやァねへ。〔その日の米の〕有無の苦労から渡世の艱難といふ物は、ァ いたこできなさい（潮来節） チリ〳〵チリツ など ゝ浮虚（浮いた話じゃない）の沙汰ぢやァねへ、親の脚もかぢりやうのあるものさ。コレ かういふ狂歌がある。聞けば東さんも西さんも今[五]風の狂歌を詠んで真抜[六]とか下手成[七]とか名告るさうだが、これは三十年もむかし天明年中、ァ、なんとか云つた。ヲ、それ〳〵、おれがあたまの様だが、[八]つふりの光といふ狂歌師の歌に、

一 例えば三馬の場合は、九歳の冬から十七歳の秋まで書肆翫月堂に奉公した。
二 本物の人間（江戸語）。
三 だんだん昇進した。
四 諺。机上の空論で実際の役に立たない。「巨燵兵法」も同じ。
五 三馬と親交のあった鹿都部真顔は文化期に入ってから狂歌を俳諧歌と称し、『古今集』以来の俳諧歌にならって上品に詠むべきことを主張し、これが流行した。
六 鹿都部真顔の門弟の名とした。真顔は本名、北川嘉兵衛。別号、恋川好町、四方歌垣など。数寄屋橋外の汁粉屋を業とした。狂歌は四方側の頭目。三馬は真顔の後援を得て『狂歌觴』『俳諧歌觴』（真顔以下の狂歌の判者名鑑）を刊行している。
七 加保茶元成の門弟名とした。元成は本名、村田市兵衛。新吉原京町の妓楼大文字屋の主人で狂歌吉原連の指導者格。
八 つふり光（つむりの光）。本名、岸誠之。通称、宇右衛門。別号、桑楊庵、二世巴人亭。日本橋亀井町の町代。天明狂歌四天王の一。伯楽連の中心。寛政八年没。
九 独力で食ってゆくことが困難なので、養ってくれた母の乳や父の脚が恋しいことだ。

九 母の乳父の脚（すね）こそ恋ひしけれひとりでくらふことのならねば

ト是は秀逸（しういつ）といふでもなし、今風のおまへがたの目からは面白くもあるめへが、彼（かの）すねかぢりに付いて思ひ出したからいふが、只（ただ）ひとむき（ひたすら）に一〇述懐（じゆつくわい）懐旧（くわいきう）とばかり見て過ぎては、一一いよさのすいしよ（水晶で）で気はざんざと時花曲（はやりうた）も同然、シタガ、すねかぢりの後悔の情をよく詠んで、おかしみの中に教諭がある。こゝばかりが味ひ所（このあたりが）だの。おめへがたが狂歌だの一二俳諧歌（はいかいうた）だのと上手（ぜうず）に詠んでも、行ひがわるくては論語読（ろんごよみ）の論語しらず、孔子さまの思召（おぼしめし）にかなはず、一三豊後語（ぶんごがたり）の豊後しらずでは元祖の心にかなふまい。一四浄るりでも狂言でも皆教戒（まとめたもの）でむすんだもの、よく味はへれば親の脚と同じことで、一五脩身斉家（しゆしんせいか）その身のお為（ため）、わるく味はへるは浮虚（うはき）の媒（なかだち）、すなはち狂歌もその通り、一六人の心をやはらげ掛取（かけとり）（債鬼をやっつけることもするが）の鬼をも取りひしぐが、それも溺れてはならぬ。一七用（よう）隙（ひま）を闕（か）いて考へ居（て）ては家業の妨（さまたげ）、こゝをよく詠んだテ（詠んでいるものだ）、過ぎたるは及ばざるが如しとやらいふ通り、

一八 歌よみは下手（へた）こそよけれ天地（あめつち）のうごき出（いだ）してたまるものかは

諺「親のすねをかじる」を利かしている。『狂歌才蔵集』所載。

一〇 心中のおもいを述べ昔をなつかしむ、ただそれだけの歌と解してしまっては。

一一 文化期の流行唄「ざんざ節」の末節の決り文句。「ざんざ」は、はやしことば。原歌は「山は山、山多けれど雲に恋する、さま、富士の山。いよさがすいしょできはさんざ」。その替歌が流行した。

一二 注五参照。

一三 艶な曲を語ることはできるが、元祖が意図した真の意味（教戒）が分っていない。「豊後」は豊後節。常磐津、富本、清元、新内、薗八（そのはち）など豊後節系統の諸浄瑠璃の総称。

一四 浄瑠璃でも歌舞伎でも。

一五 身を修め、家をおさめ整える。「修身斉家治国平天下」（『大学』）。

一六 「目に見えぬ鬼神をもあはれと思はせ、男女の中をもやはらげ」（『古今集』仮名序）による。

一七 仕事をせず時間をつぶして、の意。

一八 歌よみは下手なのがよいのだ、上手な歌を詠んだために天地が動きだしたら、たまったものではない。『古今集』仮名序に「力をも入れずして天地（あめつち）を動かし」と和歌の徳を述べているのによった。

宿屋飯盛[一]の歌だがこの心もちがいゝ。深くなづまず（執着せず）心の慰によめば、家業の邪魔にならぬ。行余力[二]あらば学ぶべしと聖人もおつしやつた通り、隙がある時やらかすがいゝのさ。おめへの狂歌好にすがつて（ことよせて）まだいふことがある。狂歌堂真顔[三]の歌に、

[四]あらそはぬ風の柳の糸にこそ堪忍袋ぬふべかりけれ

といふ歌がある。これなどがどうもいへぬ（なんともいえずいい）。万事を風の柳にして堪忍[五]さへすれば物事納る。ソレよくいふやつだが、人にあたまをぶたれてもおまへのお手が痛みませうにトいふやうにしろといふは、譬といふもの。横町の鉢が向家の艮のよこぞつぽう（横っ面を張りたおす）をはりまげる、イヱ私はいたみませぬ、鉢五郎さま、あなたお手は痛みませぬかと云つて見なさい。この野郎ァまだ人をちよつくら返す（おちょくり返す）かと、また五ッ六ッぶちのめされて大疵[六]を求める。是は心もちの譬で、イヤまた喧嘩は心やすだてから（無遠慮から）発り（起るもの）たがる、詞を正して礼儀をつくせば喧嘩にはならぬ。こつちらが屁でもかげといへば先では糞をくらへといふシ、このべらぼうといへば、この猿松[七]といふ、死人野郎とい

一　石川雅望。通称、五郎兵衛。別号、六樹園、五老。日本橋小伝馬町で旅宿を営んだ。狂歌は伯楽連、のち五側と呼ぶ一派の中心人物。真顔と対立して天明調の狂歌を詠むべきことを主張した。『源注余滴』『雅言集覧』等の著述があり、国学者として有名。文政十三年没。

二　「行有ニ余力一、則以学レ文」（『論語』学而篇）。

三　鹿都部真顔。三四二頁注六参照。

四　風の吹くままになびいている柳の糸でこそ、破ってはならぬ人間の堪忍袋を縫って万事堪忍し、柳に風と受け流しなさい。『狂歌才蔵集』所収。

五　「堪忍」について心学者、脇阪義堂の『忍徳教』が文化六年に出版されている。実語教の体裁にならって堪忍の徳を説いたもので、この時期の心学の庶民教化の実態がうかがえる。

六　「毛を吹いて疵を求める」を踏まえる。しないでもよい事をして、逆効果をもたらすことのたとえ。

七　猿の擬人名語。人を罵っていう語。

へば精霊[八]ばつたで返し、礫野郎に癩[九]精霊、なんでも負けずにあくたい[一〇]の上風を往くから大事を仕出来す。ホンニ其所にどでらを着て懐手で二歩四[一一]百握つて居るはいさみの勝兄ィだな。コレ、てめへも能く聞きやれ、てめへの親仁は律義者だつけが、どうして其様な子が出来たか、能い異見だから聞きやれ。てめへもはした[一二]喧嘩のお先に出たがるが、見ッともねへ止しやれ。人の込みあふ中は猶さら小さくなつて、邪魔にならぬやうにするが男だ。何所の国に一倍[一三]ひつぱだかつて、肩臂いからして、こつちから突懸つて返りくじ[一四]をくはせるシ、銭湯へ往けば人かまはず、風呂中を独りで幅[一五]をして湯のはねるもかまはず立はだかつてざつぷり浴びるシ、なんぞと云つたら食つてかゝらう、とんと病犬のやうだ。他も狂人か病犬だと思つて除けて通すをいつぱし強い気になつてあたけまはるが、全体意地の悪いといふもので、男達でも江戸ッ子でもねへぞよ。てめへにおれが真似をして聞かせう。まづ木葉[一六]喧嘩の始末を正しい詞で云つて聞かせう、聞かれた物ではねへ。○まづ最初に鉢五郎が云分には、拙者懐手をいたし柾[一七]の日和

八 人を罵っていう語。ばったの一種。秋、草原に多い。「死人」に対し「精霊」と返した。

九 人を罵倒する語。「かたい」の促音化で、ハンセン氏病患者を蔑視した当時の称。乞食に多い病であったのでいう。

一〇 相手より一層ひどい悪口を言うから。「あくたい」は悪態。悪口。「うはて」の「て」は風の古語。

一一 一歩金二枚と四文銭の百つなぎ。睾丸と陰茎の見立て。

一二 とるにたらぬ小喧嘩を調子にのって人より先にしたがる。

一三 人一倍。いっそう、ひとしお。

一四 返公事。逆公事（原告を被告から逆に訴え返すこと）。悪い方が善い方へ苦情をいうこと。

一五 幅を利かせる。威張る。

一六 つまらぬ喧嘩。

一七 木目が縦にまっすぐ通った下駄。「日和下駄」は差歯の低い駒下駄。「江俗男女専用之することは府内犬多く犬糞を忌むの故也」（『守貞漫稿』）。

下駄を履きまして尾籠ながら〔汚ない話ですが〕犬屎新道を通りますると、向の方より別懇〔心やすい〕のあば鉄と申す仁見えられました。このあば鉄とは失礼ながら御疱瘡のお筋〔性が悪い〕お悪い所為で、お顔にお痕が残りまして俗におじやんか一、或ひはおじやみ二面と申すやうにお引つり三遊ばしたお顔ゆゑ、御名まへの鉄五郎さまにおあだ名を号け奉りまして、あば鉄さまと申上げます。この御仁、おほうッかぶりを遊ばして、四おいよさのお水晶でお気はざんざとお鼻唄で入らつしやいました。拙者お見請け申して、あなたは何れへと伺ひましたれば、拙者は拙者の足がござれば、参りたい方へ参る、この義を其許さまの御厄介には預かりませぬと仰有りましたゆゑ、げにかは御尤お御足の向きましたる方へお出ではござりませうが、今晩は拙者とおつき合ひ下され、失礼ながらやぢ馬におなりなされて五〔ご同道なされて〕六はね禁方へ是非にと申しまして、折ふし小便漏りまする様になりましたゆゑ、些おひかえ下され、拙者この溝へ仕る、七関東の連小便にあなたもおひよぐり八遊ばせと申上げましたれば、鉄五郎さま仰には拙者一珍宝九ひよぐらうと、またひよぐるまいと存寄〔私の考え次第であり〕にござること、

一 じゃんこ。あばた。また、あばた顔の人。
二 あばた面。
三 引っつる。皮膚がちぢんでひきつれる。
四 三四三頁注一一参照。
＊「正しい詞」にしようとしてやたらに「お」を付けているおかしみ。
五 子分。従者。
六 人名か。おそらく「はね金」。
七 諺。関東者は一人が小便すると他の者も一緒にする。
八 「ひょぐる」は放尿する。ほとばしらす。
九 小便することをいう。
一〇 尿意を催す状態を四季の天候、寒暖の具合に見立てた。
一一 おっぺす（「おしへす」の促音便）。ここは盃の献酬用語「おさえる」を奴詞で言った。さそうとする盃を戻して相手に飲ませること。

拙者が陰茎[一〇]の時候（都合）を其許さまお考へはござるまい、拙者が陰茎は拙者が陰茎でござれば、其許さまの関らぬことゝのお答ゆゑ、拙者義もそこ〳〵（いい加減）に〔陰茎を〕ふるひまして、彼はね禁宿所〔の〕へ御同伴仕りました。然る所三人彼此いたし御酒を三升余頂戴の上、そろ〳〵相はじまり、〔盃は〕[一一]おつぺし奉るの、イヤ お手[一二]許の〔拝見〕と押合ひまする内に、鉄五郎さまの仰には、盃の面倒なる男（献酬のややこしい男）、否ならば立帰れ、先刻やぢ馬で（同道して）参れと申したははなはだ過言、身不肖ながら御酒の一斤[一三]やごんすけ（五合）求得ぬ男でない、[一四]伊勢屋の払ひは拙者仕る、やぢ馬で御酒頂戴いたしては男道[一五]が相立たぬ、出刃庖丁[一六]のお対手に罷りならうか、気のきかざるとんちきめ[一七]と、雑言過言たまり得ず、遺痕に遺痕重なりましたるゆゑ、ぜひなくあば鉄公の御あたまにかぶり付き奉り、勿体なくも御髪の毛凡百二十余筋引キぬき、御額口少々食かき、歯形の数四手駕籠[一八]に順じて三枚並[一九]内一ヶ所は肉付の歯を一ッ本、五歩月代[二〇]にからまつて額口に残しましたが、後々、霊宝[二一]に相なりまするでござらう。○ナント老実で聞かせては〔馬鹿げて〕お坐（居たたまれず）にたまらず喧嘩ははづかしいものだらうが、そこで堪忍にしく

一二 お手許拝見。差された盃をおさえて言う挨拶語。

一三 酒一升のこと。「ごんすけ」は酒五合の擬人名語。

一四 江戸商人には伊勢国の出身者が多く、市中の商店名も伊勢屋が多かった。ここは酒屋。

一五 ここは文字通り男の道、男の意気地のこと。

一六 魚鳥の骨を切るに用いる厚い先の尖った庖丁。勇みの喧嘩の道具。「眉間へ三寸とびぐちをぶつ込んだの、出刃庖丁でどてつ腹をゑぐるといふことは、馴ッこになつちやァ屁とも思はねへ」（三馬『辰巳婦言』）。

一七 「とん吉」の「吉」を逆倒した語。まぬけ。馬鹿者。

一八 江戸の民間専用の駕籠。四本の竹を柱とし割竹で簡単に編んだ粗末な駕籠。

一九 三枚肩（一挺の四つ手駕籠を三人―一人は交代役―でかつぐ）と同じ速さの、二人でかつぐ普通の四つ手駕籠。このあたり、四、三（二）、一、五の数字の遊び。

二〇 剃らぬため頭髪が五分（約一・五センチメートル）のびている月代。

二一 社寺の秘宝。どこかの社寺の宝物となって御開帳に出品されるだろう。

はない。堪忍袋の紐を切らずとものことだ。顔が廃る男が立たぬも、他が聞いて尤な条で一生懸命の場に至つたら男の役だから引きやるな、その場を去らず立派にするがよし。見度くもない木葉喧嘩止めやれ。達引と喧嘩とは倹約と吝嗇ハど違ふ。形が似ても心の違ふことは水仙と葱だ。扨喧嘩ばかりが堪忍ぢやァねへ。世の中の事平生万事に堪忍して倹約を守り驕奢を慎むが則チ堪忍さ。倹約と吝嗇とは物事を約めるのと、物事を惜しむのと大きに意の変つた物だけれど、世上の人が兎角履違へるやつさ。この講釈は欠が出るからまづいふめへ、あのソレ、昔から人の知居る歌だが、くちもとな能い戒だ。

堪忍のなる堪忍が堪忍か
ならぬ堪忍するが堪忍

アレ、芝居でも沢村宗十郎が家の狂言で梅の由兵衛がせりふにもいふやつだ。あれは堪忍袋の代りにあたまへあの歌

一 男の面目がたたぬことを重ねていった。
二 理由で。
三 命を懸ける場。「一所懸命」の転。
四 男の役目、立場。「もう引かれぬは男の役」（「冥途の飛脚」）。
五 木端（木屑）。瑣末な、の意の接頭語。
六 意地を張り合うこと。義理を立てること。
七 底本のまま。
八 諺。『譬喩尽』所載。
九 元文元年正月、中村座「遊君鎧曾我」の二番目で初代沢村宗十郎の梅の由兵衛が大当りをとり、後、沢村家代々の家の芸となった。近い時期では文化七年三月、中村座「隅田春妓女容性」（沢村源之助）が大当りをとった。
一〇 梅の由兵衛はもと千葉の家中、三島隼人の家来であったが、血気にはやって同家中の者大勢を殺傷して追放となる。その時主人から堪忍の歌を認めた頭巾を拝領し、再び帰参するまでこの頭巾をぬがぬと誓い錠を下ろした（「隅田春妓女容性」）。この錣頭巾が世間に流行し、宗十郎頭巾と呼ばれた。「芝居俳優沢村宗十郎より製し始む故に今に至り名とすと聞く」（『守貞漫稿』）。
一一 梅の由兵衛が旧主の娘のため、紛失した千葉家の重宝を詮議するために頭巾をぬぎ棄

を頂いて、頭巾へ錠をおろして守つた、ケレド一生懸命の場に至つて主人のために堪忍袋を破つて（トこはいろになり）今をはじめの旅衣、アよいやさア（ト身ぶりをして）と頭巾を脱いで、サア荒事はじまり、見物もなるほど尤あれでは堪忍はなるまいと思ふはさ。梅の由兵衛が子供喧嘩の尻押に出たり、先陣に犬をけしかけ、後陣に下駄を脱いで待請けるなどゝいふけちなことはねへ。頭巾を冠つてゐる堪忍はなか／＼及ばぬ。「上見ればおよばぬことの多かりき笠着てくらせ己が心に」といふ歌のやうに、やつぱり奢を慎み我身を顧みる場だ。しかし、冬はよけれど夏は迷惑な物だの、紗の頭巾にしたら飴売と間違はうシ、まづ銭湯へ往くなども窮屈、冠り物を取りませうといふから、勧進相撲は一生見られねへハヽヽヽヽ。是は何だ（トそばにある西六がたばこ入をとりあげ）ハヽア能い裁だの、西さんの煙包か。コレ爰らが堪忍の入る場だぜ、またはじまつたぢやアねへ、是は新裁か。ヱ何、○ウ、渡革か。是が彼あんぺらとかかんぷらとかいふ物か、○何あんぺらも流行後れだからもたれぬト。ヘン久しいものだ（トひねくりてしばらく見）なるほど能い革だ。いかさまあんぺらといふ

てる場面がある（「隅田春妓女容性」序幕）。
一二 初代宗十郎の梅の由兵衛は「鷺と烏を縫し紺繻子、白繻子の片身替りの衣裳、紫のしころ頭巾へ錠を下して…『今を始めの旅衣ヨイヤまかしよ』と尻をからげ頭巾をとれば前下りの奴ゆゑ、見物どつと誉る声しばし止まざりける」（『歌舞伎年表』）と伝えられている。
一三 歌舞伎の時代物で演じる勇猛な役の豪快なせりふ・しぐさ。
一四 『譬喩尽』所載。
一五 織目があらく薄くて涼しい。大道の飴売りの頭巾。
一六 寺社の勧進相撲で見物に向っていう。
一七 明和、安永期、職業としての江戸勧進相撲が全国の中心となり、寛政期に谷風、小野川の両横綱、雷電などの力士が現れて江戸相撲の全盛期となった。
一八 贅沢をせずに、我慢が肝要。
一九 舶来の皮。
二〇 バダヴィア（インドネシア）語のアムペラ（ampela）で、砂糖を入れるアムペラ袋。ニッパ又はアムペラ、藺の葉などを網代に編んだ包装袋。煙草入れ、紙入れに用いた。
二一 オランダ語（kamfer, kampher）。樟脳を精製した薬品。カンフル。三五〇頁三行参照。

のは、アノ何だの、アノソレ、[一]小人島の寝坐ともいひさうな物だつけの。いかさま、是もしかし高さうな物だ　トいひながら皆々のはなしをきゝ　〇フムあんぺらも[二]唐渡りか、かんぷらが和蘭薬だから然でもあらうかい。[三]天麩羅がやたい店で[四]わんぐらが深川にあり金毘羅が讃岐だから、是はりきんで持つ[五]金平ともいふ革か、ハ、、、。むかしは竹をそいだ先へたばこをついで吸口は竹のまゝ吸つた物ださうなが、年々に物事が開けて能くなつてきたのだ。是を云つてははじまらねへから、余所の老人のやうなことはいはねへ。ハテ年々に物事が開けて能くなるで持つたものさ。百年後よりは五十年あとは能くなり、[六]二十年ひとむかしで[七]物換り星移るとはこゝの事だ。去年より今年は智恵が勝り、きのふの非はけふしれる所が、則チ万物能く成る所さ。けふ能いと思つた物が翌は悪く見える、是がまたいつまでも開けずに居よう物なら、おめへもおいらも、おぎやア〳〵で居ねばならぬ。竹のまゝ煙草を吸つた時はその時代相応それでもすまうが、[八]煙管烟包の出来た時節にはそれではすまぬ。その時代相応にせねばならぬが、そこがソレ堪忍の居る場で、身

一　あんぺらの煙草入れを見立てた。
二　舶来、輸入品の意。
三　三〇五頁注二五参照。次の「わんぐら」を引き出す。
四　御椀蔵。現在の江東区深川の地名。幕府賄方の椀蔵があった。「金毘羅」を引き出す。
五　坂田金時の子で強力無双。金平浄瑠璃の主人公。また「金平糊」、「金平足袋」など強い丈夫なものの名。「金毘羅」に懸けた。
六　「一昔といふは二十年をいへり何事も移り変る物なり」（『譬喩尽』）。本書刊行年（文政元年）より二十年前は寛政改革の時期。
七　時世の変遷をいう。王勃「勝王閣」の詩。
八　「きせる」はカンボジャ語クシエル（khsier）が語源。管の意。雁首と吸口は、贅沢を憚って金は使わないが、銀、真鍮、銅鉄で作り、流行の各種のデザインを用いた。金具をつなぐ竹の管をラウ、ラオ（羅宇）と呼ぶのはラオス（Laos）国産の斑竹を専用したところから。煙管は煙管筒に入れて携帯する。「烟包」は携帯用の刻み煙草入れで鼻紙袋と同様、実用と装飾を兼ねた。羅紗、革、油製紙で製した。山東京伝が京橋に「紙烟草入れ煙管」の店を経営したことは有名。
九　三都（京、大坂、江戸）。ここは特に江

分不相応奢(おご)らぬやうな品(しな)を持つが能(よ)い。しかしながら万物皆巧者(こうしや)に便利になつて、昔風の移り変るは繁花(はんくわ)[九]〔繁華の土地柄のおかげで〕の地の徳といふもので、流行は矢よりも早く、それも是も流行に後れたといふ内に、また流行がはじまる。何ンでも流行で追つかけられるやうなが、万物開ける〔開化発展する〕ゆゑさ。[一〇]元祖市川団十郎は、元禄年中立役(たちやく)[一一]の開山(かいさん)、荒事(あらごと)の氏神(うぢがみ)といはれたけれど、位付(くらゐつけ)[一二]は上上吉だ。むかしは上上吉が極官(ごくくわん)だ、サア それからの団十郎[一三]代々、大極上上吉、或は大至極上上無類などゝいふ位付になつたが、これすなはち追々(おひ)開けて年々に能くなる事の証拠だ。むかしの質素な事は、上上吉で御推量〔の例〕、くちもと〔身近な〕の譬(たとへ)が、肩衣(かたぎぬ)[一四]、袴(はかま)などゝいふ物が、今は製作(こしらへかた)が上手(ぜうず)になつて、上下付(かみしもつき)[一五]が立派になつた。何れもむかしは素袍(すはう)[一六]、長袴(ながばかま)[一七]の袖(そで)と裾(すそ)を断(き)つて肩衣、半袴(はん)[一八]とした物だが、その袖と裾を取捨てた形をいはゞ能の間狂言(あひきやうげん)に出る太郎冠者(たらうくわじや)[一九]の形が古代の上下(かみしも)姿だ。これ則チ当時〔今の〕の上下姿に比べては形容(かたち)も古風で質素な風俗だが、今あの通りの衣装で往来したら、馬鹿らしくて威も見えず〔威厳もなく〕ひよんな物〔奇妙なもの〕だらうからその時代相応がいゝ。芝居の鳥ぢやアねへが時代々々(ときよ)[二〇]

戸を指す。

一〇 元禄期の江戸第一流の役者。俳名才牛(さいぎゅう)、屋号成田屋。荒事（三四九頁注一三参照）を得意とし、後世まで市川家の芸風となった。宝永元年、市村座の舞台で歌舞伎役者生島半六に刺されて死す。四十五歳。

一一 劇中の善人の主役。立(たて)役者。

一二 役者評判記の芸評で使う役者の等級。上上吉、上上、上、中など。「極官」は最高位。

一三 歴代の市川団十郎の等級は上上吉（『役者談合衝(だんこうつい)』、元禄十三年）、極上上吉（『役者初子読(はつごよみ)』、享保二十年）、大至極上上吉（『役者姿記評林』、寛政元年）、三ケ津無類大至極上上吉（鰕蔵(えびぞう)、『役者大雑書』、寛政九年）。

一四 袖なしの胴衣。当時、町人の礼装は袴、肩衣。「今世の肩衣は縫裁共に裃(かみしも)に異なる事なく着用も社补と同き也」（『守貞漫稿』）。

一五 上下揃（肩衣と袴）の恰好。

一六 素襖。直垂(ひたたれ)の一種。室町頃はじまる。近世では平士(ひらざむらい)、陪臣(ばいしん)の礼服。

一七 袴の裾が長く三〇センチ余引きずる。

一八 くるぶしまでの長さで裾に括緒(くくりお)がない。

一九 狂言で大名や侍の召使いに用いる名。

二〇 歌舞伎の鳥の音「とひよ〳〵」のもじり。「すべて此国の鳥の音はトヒヨ〳〵と聞ゆる」（三馬『戯場訓蒙図彙』）。竹の鳥笛を使う。

さ。それだから余所の老人のやうにむかしばつかり誉めはしねへ、むかしは昔の時代の人によし、今は今の時代の人によし、昔の人の目には[一]丸山、源氏山が強し、近頃の人には[二]谷風、小野川が強し、今の人の目には[三]玉垣、柏戸が強し、世の中は是で持つたものだ。むかしが能ければ神代のむかしほど古い能いことはあるまいが、当時ほど物が開けぬから、ちよつと香物で茶漬を食ひたいと思つても、[四]茶碗屋膳椀屋の命も出来ず、茶釜煎茶こしらへるの尊もなし、[五]米薪間にあはせずの尊だから、自身田を耕し、稲を作り、諸道具を手づから作つた上で飯を焚くから、僅茶漬一膳に凡三四年もかゝつてやう／＼腹へ納る。ダカラ むかしを誉めるもよしわるしよ。そのまた流行といへば時さんの羽織もあまり[六]短過ぎるの、襟下りが追付け、乳限になるだらう。植木屋が見たら、能い[七]ずんど切だと云はうが、裾がお留守で[八]天窓勝に見えるから[九]風負をしさうだ。倹約かはしらぬが直の高い裁なら、もつと安い品で人並に拵へなせへ、長羽織もいらぬものだがあまり短い。[一〇]足を縫上するか裁を三寸伸ばすかだ。ソシテ 黒の紋付の羽織は金持が

一 丸山権太左衛門。享保の末の力士。大関。身長六尺五寸七分（約二メートル）。大力の持ち主で捻じ切った大青竹が「丸山筒」の名で秘蔵されたという（『近世奇跡考』）。
二 三二〇頁注四、五参照。
三 玉垣額之助。大関。『甲子夜話』にその豪気を伝える逸話が出ている。
四 以下、上代の神名の見立て。
五 「鸕鶿草葺不合尊」のもじり。彦火火出見尊の子で、神武天皇の父。
六 「羽織長短の事…文化七八年に至り又又短く成しやうに見ゆ。袖口の太細帯の広狭も、羽織に准じいろ／＼に変化したり」（『塵塚談』）。この頃は短羽織流行。
七 寸胴切。古木の幹の上部を切り、鑑賞用として茶室の庭に植えたもの。
八 上が重く見えるから。
九 風に吹き倒される。
一〇 足を縫上げて短くするか、羽織の寸法を長くするか。裁縫用語を使った洒落。
一一 髷節。髷の折りまげた部分の称、転じて髷そのもの。「幇間も京坂の幇間は…髷を斜にし眉も大方抜去て…」（『守貞漫稿』）。
一二 浮世絵版画の祖。万治～寛文頃、吉原風俗の版画を創始し、三十余年間活躍した。元

着ると一倍金持に見えるが、変な髷[一一]ぶしの野郎が着ると幇間と外見えねへよ。中から下の町人が着ては、如在も無ささうだが金もなささうだ。女の指物も菱川師宣[一二]が画いた比の風になつて、天和貞享[一三]時代の簪に一同したが、それにしては振袖も短くしさうな物だ。髱指[一四]が出来て下手にも結はれるシ、鬢簑[一五]が出来ておけんつう[一六]をも隠すシ、諸事自在になつてさま〳〵の小道具は出来たが、嶋田[一七]も丸髷[一八]も大神楽[一九]のお亀[二〇]のやうに、ちよんぼりと結つてあるが、日増に干減[二一]が立ッかして、髷は追々小さくなるの。後には鉦太鼓[二二]で探すやうに為つて、いつその事髷なし鬢も髱も古風だとか云つて、くり〳〵坊主になるのさ、最うその外に新工夫もあるめへ。然すると役者の紋を付けた鼈甲の耳環[二三]を仕出すのさ、お銀さんおまへの耳の穴は広いから、五歩[二四]まはりの耳の環がはまるけれど、わつちのは狭いから二歩まはりが漸々さ、それだから野暮だが唐草の蒔絵をさせたよと騒ぐ内に、また簪からの案じで鼻指といふ銀のぴら〳〵が出来る。牛の鼻綱[二五]のやうに両方の鼻の孔にぴら〳〵の鼻指をさす、おいらんなどは高尾薄雲[二六]といふ名

禄七年頃没。

一三『浮世風呂』二編下、女湯の会話に、貞享四年刊『女用訓蒙図彙』の笄の図を掲げ、「新形を仕つくしたから、またむかしへ帰つておつ付、この様なほ（こ）うかいがはやるだらうよ」とある。

一四 髱を後方へ張り出すため髱の中へ入れる具。鯨のひれで細工した。

一五 髢（入れ髪。添え髪）の一。

一六 お見通（向うを見通す意）。

一七 主に未婚の女性が結う髪型。髱が髷より後方に張り出す。

一八 既婚女性の髪型。頂に楕円形の平たい髷をつける。

一九 伊勢神宮の御祓大神楽と称して町々を廻り、獅子舞、籠鞠、綾取りなど種々の曲芸を演じた門付の芸人。

二〇 太神楽の一行中のお亀の面を被った（男の）芸人。

二一 干したために量が減ること。

二二 迷子同様、鉦や太鼓をたたいて探す。

二三「璫…釈名云穿レ耳施レ珠曰レ璫本出二於蛮夷一…」（『和漢三才図会』）。

二四 一寸（約三センチ）の二分の一。

二五 鼻繫。牛の鼻に通す環状の木。

二六 いずれも新吉原の著名なおいらん。

を筑波黒雲などゝ付けて、剃立のくり〳〵坊主へ鼻指八チ本、耳の環十六、左右の耳でチリリン〳〵ちやん〳〵ちやん〳〵と鳴るから、夜蕎麦売と一ツ所に馬を引出したやうで、道中の傾城は片端嚔ばかりするだらう。おいらんといふ所もわいらんどうなんしたといふと、鼻指が多くて嚔ばつかり致しイす、ぼんのくぼの毛を三ン本ぬいてくんなんし、ヲヤ利口らしうざんすなどゝやらかしたらおつりきだらうよ。然でもねへからでもあるめへと追々穿つて早手廻しになるから、天地の造物者もまけぬ気になつて居る所へ、人の智恵でたぶらかす物だから、青物一切四季に絶えず、鼠は鼠色とさへいはれるほどの物を、浅黄や媚茶の鼠が出来て、大和柿の狐、専斎茶の虎狼なか〳〵蕣や菊や石菖などの及ぶ所ぢやァあるまい。人の形体も五倫五体お定りぢやァ奇しくねへと云つて、是にも流行が有つたらひよんな物だらうス。不器量な人は皆流行におくれて美人一式、然なると一生不用な臍などは取捨てゝしまつて、男の乳も無益だから、乳なし、後の方にも眼があらばお先供の傍よれもいらず、昼鳶の用心にもよしと目の穴を

一 「高尾薄雲」を馬、牛の名にもじった。
二 江戸の夜間の商売の代表的なもの。夜鷹蕎麦。風鈴蕎麦。価は十六文。
三 吉原の縁で馬（付け馬）とした。
四 花魁道中。置屋から揚屋へおいらんが盛装して廓中を練り歩く。
五 「わいら」は対者を罵っていう語。ここは、鼻指しのため発音できなくてこういう。
六 項の中央の窪んでいるところ。のぼせ引下げのまじない。
七 こと細かに詮索して。
八 自然の運行を司る神様。
九 自然の運行を迷わせる。
一〇 自然の実りの季節だけでなく年中、野菜が出まわっている。「野菜に四時のわかちなく」（上田秋成『書初機嫌海』巻の下、天明七年刊）。
一一 利休鼠。灰色がかった薄いあい色。
一二 黒味がかった濃い茶色。ここは「紅掛ねずみ」を指すか。「鼠は薄墨色也。昔は鈍色と云也。此鼠色亦、深川鼠、銀鼠、藍鼠、漆鼠、紅掛ねずみ等種々あり」（『守貞漫稿』）。
一三 三二九頁注一〇参照。
一四 三二九頁注一一参照。
一五 新しい流行色の様々の染物が現れて、朝顔、菊、いしあやめ（菖蒲に似るが小型）など

前後へ通しに明けるのさ。若、前の目が盲れたら後じさりに歩いても正真の盲には増だ。後の眼が盲れたら人並だから損徳なし。然なると和製の砂[二〇]糖の外に、後坐頭、前坐頭といふ盲人が出来よう。しかし、女郎が客をふる時には後に目が有つてはチトふり栄がしねへス。口舌の時の空泣には後の目がいけしやア〳〵まじ〳〵とねむッたさうに見えたら気の毒な物だ。年が老つても耳の遠くならぬ為には掘貫耳[二一]といふ物を工夫して、掌へ呼耳[二二]を製へて、一寸囁ばなしなどには、こつちの掌を向の口へかざして聴けば口中あしき匂も嗅がず、まづ彼是調法だらうス。足などもぐる〳〵廻るやうにしかけて向へ行きあたる帰りしなには足をぐるりと翻して後向で歩行いて来るとソレ後の目が遊ばねへは、こいらは梶原[二三]が逆櫓の伝から出たのだ、ナント孝さん、この上[二四]の穿は然だらうの、古物々々と云つてやたらに古い物が流行だけれど、羲之[二五]の肉筆、利休[二六]の茶器よりも人の古いほど尊い物はない。まづ武家方はいふに及ばず、賤しい町人にも隠居親父のある家と白髪あたまの番頭のある家は大丈夫に納る。その筈だ、家の法を乱さ

を模様とした古い染織の及ぶところでない。
一六 五輪五体。五輪は物質を構成する地、水、火、風、空。五体は身体の筋、脈、肉、骨、毛皮。人間の身体。
一七 美人ぞろい。
一八 行列のお先払いをする武家の下僕。御先奴。「傍よれ」は掛け声。「下に」と同様。
一九 昼間、金品をかっぱらう盗人。
二〇 我が国の在来の座頭の他に後座頭、前座頭という新しい盲人ができよう。「後座頭」に「白砂糖」を懸けたか。
二一 「掘貫井戸」（地下を掘って地下水を湧き出させる井戸）のもじり。
二二 「呼び水」のもじり。
二三 梶原源太景季は八島の合戦にあたって義経に舟に逆櫓をたてることを提案した（『平家物語』巻第十一、逆櫓）。「逆櫓」は舟の進退を自由にするために櫓を艫と舳に互いに向い合せて立てること。
二四 これ以上の新流行の詮索は、そうですね…。以下へ懸かる。
二五 王羲之。東晋の書家。字は逸少。楷書、草書は書道史上の第一人者。
二六 千宗易の号。茶人、堺の人。織田信長、豊臣秀吉に仕え、侘茶を完成。秀吉の怒りに触れ、天正十九年自刃、七十一歳。

ず流行にかまはず、真直に物事をするから万事に誤ちがない、壮い者の発[一]才より老人の馬鹿が一割方も強からう。おめへがたはじめ老人を嫌つてそりやまた爺がうせたぞなど丶今まで笑つた者も苦い顔に変へるが、利休の茶器に高金を出して土蔵へしまつて置くよりも給金二両か三両で老人を傍近く使ふが徳だ。万事為になることを教へて為になることを行ふから、是ほど尊い宝はないによ。イヤ是は都府楼[二]の瓦だの、多賀城[三]の古瓦だのとちよつこり袂へ納る品が高金で飛あるくが、二尺に四尺五寸、蜻蛉持[四]でやつと持つ曲突[五]は誂向[六]で弐分するけれど、マア古いのをこそくつて置く、爰が人情の大癡呆、古瓦が何ンの益になる、曲突は朝夕[七]食事の用を達す肝要の道具だ。おなじ土で拵へた物にも、益不益と徳不徳はあるものだ。人は則[八]ち天が下の神物なり、天地の神と同根なるがゆゑに万物の霊と同体なりとある、その古くなつた人だからこの爺なども紫の帛紗〔宝物同様〕に包まれて真田紐[九]の総付で二重箱に納つて能いのだけれど亡骸になつてから漸々浅黄無垢[一〇]を冠つて檀那寺の土の中へむぐり籠むのだ、一向引キ合はねへものよ。おらが

一 小利口なこと。
二 九州筑前にある太宰府庁舎の別名。「都府楼纔看二瓦色一、観音寺只聴二鐘声一」(『和漢朗詠集』閑居、菅原道真)。
三 宮城県の多賀城村にある城址。奈良時代陸奥国の国府の所在地。
四 蜻蛉の羽のように棒の前端に横木をつけ、その両端を両人で担ぎ、後棒を一人で担ぐ。長持など重いものの担ぎ方。「二尺に…」は「曲突」の縦・横の寸法をいう。
五 竈を俗に「へっつい」といった。
六 特別に注文して作らせたもの。
七 当時は食事が朝夕二回から一日三回に変った頃。食事についての「朝夕」という表現に、「古物」(次頁四行)の語が利いてくる。
八 「人は殊に天地の正気をうけて生れ、仁義の性をそなへたれば万物の霊にして、貴き賤しき、みな天地の御子なり」(貝原益軒『君子訓』)。
九 平たく組んだ木綿紐。桐箱などの括り紐に用いる。
一〇 表裏全部、浅黄(薄藍色)の布で作った着物。屍衣。

息子も益にも立たぬ古本を買つてイヤ是は天満七太夫[一一]が説経座の正本[一二]で百何年になるの、イヤこれは赤本[一三]だの、丹絵[一四]だのと人トまねをして買込むが、漆絵[一五]だの赤本だのといふ物はおれが小児の時玩弄にしたものだ。して見れば、おれは活きた古物だから、おれが方がやつぱり上風だといふ事さアハハヽヽヽ。しかし親孝行といふことは難いことだが、おらが息子めも親をば大切にするから、まづ両方の仕合さ。親を大事に主人を大切に思はぬ者は、いくら挊いでも臨時の損失が出来て金は溜らぬによ。主親を大切にする人は万事それに順じるゆゑ、悪事は来らぬものだ。ホイ〳〵またむづかしいことを云出した、アハヽヽヽ。これが古物の癖よ。しかし人といふものは大なれ小なれ忠義の志のないやつは国土の費、永々米を食はせるは惜しいことだ。忠臣は孝子の門より出づる[一六]と云つて忠義心のある人は五常[一七]の道みなかなふものだ、ホイ鼻拭を忘れたはい、ヱ、がうはらな、塵紙を一枚はづまずはなるめへ、若い時だと百匹所[一八]だ。ナンダ、ついそ遣つたことはあるまいト、馬鹿なことをいふもんだ、おれほど花をやつた者はあるめ

一一 天満八太夫。近世初期、江戸の堺町の「天下一大薩摩」の隣りに「説経天満八太夫座」があった。仏典講説を起源として興った説経節は近世に入って舞台芸能として流行し一時は古浄瑠璃の操り芝居以上の人気を博した。特に江戸が盛んであった。

一二 節付けや仮名遣いまで忠実に太夫が語った通りに記録した本。

一三 赤色の表紙を用い、桃太郎、猿蟹合戦などお伽噺を題材とした子供向き絵本。江戸の地で生れた文芸の中で一番古い。延宝頃に始まり享保頃流行。

一四 初期浮世絵版画。墨の一色刷の上に主として丹（赤）で手彩色した一枚絵。

一五 浮世絵版画の一。墨に膠を混ぜたもので周囲を光るようにし、紅、黄、藍、緑などの彩色画を描く。

一六 諺。「もし忠なりといはゞ、忠臣は孝子の門に求むといへり」（『保元物語』）。

一七 人の常に守るべき五つの道徳。仁、義、礼、智、信。

一八 金一分の異称。若い頃に譬えれば、遊びや遊廓で祝儀をはずむような気持だ、の意。

へ。ハテ人といふものは金を遣(や)ることをしらねば人ではない、金を遣ることを覚えた人は本式(ほんじき)の人さ。遣様(やりやう)に上手(ぜうず)下手(へた)のある物で、そしてまづ遣ることをしらぬ人が多いテ、野暮を云ひなさんな、これでも宝暦年中(ほうれきねんぢう)[一]の色男だはな。随分人並に洒落(しやれ)たけれど止(とど)まる所を知居(しつて)たからはまつたことは(溺れたことはない)ねへ。おめへがたも能(よ)く心得るがいゝ、男と生れて人の末社(かみ)[二](取巻きで)になつて遊所(いうしよ)へ往(い)くべからず、身分相応の末社は連れるとも、人の末社になる腸(はらわた)(根性で)では出世は出来ませぬ。すべて男はけちな根性持つ物(持つものではない)でなし、約(つ)める(節約するところは)ことは約めてきれる時には(金を出すときは)思ひきつてはづむがいゝ、遊里(いうり)は平生(へいぜい)のたしなみを破つて馬鹿になりに往く場所だから、利口発明に遊ぶ気なら最初(あたま)から往かぬがよしさ。ヤレ然(さう)して(〔女郎に〕馬鹿にされるとか)はこけにされるの、イヤからすれば壱万[三]設(もう)かるのと勘定(かんぢやう)づくにかゝはる気なら往かぬことさ。一から十までたはけ(馬鹿騒ぎをして)をつくして興(楽しみを)を買ひに往くのだから、馬鹿になつてこけにされねば真のお客ではないはな。遊下手は身[四]をもつが遊上手は身がもてぬ、[五]客だか友達だかわからぬやうな遊び方は慎みなせへ。今時のけち客は兎角(とかく)かすり(身銭を切らない工夫ばかり)へ廻りたがる、はなはだ

一 江戸産の色男の最長老だよ。宝暦年中は京、大坂に対して江戸文化が勃興する時期。以後は文壇、演劇を含めて流行の中心は江戸へ移った。

二 遊廓内の幇間に対して江戸市中に住む太鼓持。江戸神。ここでは幇間めいた取り巻き。

三 女子の陰部の異称。「一万石」の略。転じて性交の意。

四 浪費して生計を損うことがない。

五 馴染んで女郎の間夫(まぶ)になったり、女郎が身上がりして応対するような、手練手管を弄した遊び方。

六 遊廓と劇場。当時の庶民文化の二大源泉地でもあった。

七 江戸初期に流行した説経浄瑠璃「三庄太夫」の主人公。丹後の国（京都府）由良(ゆら)の強欲非道の長者で、安寿姫と厨子王を奴婢とし

いやしいことだ。なんでも銭の出ない酒を飲みたがる奴は立身した例がねへによ。おめへたちもどうせつかふ金だから冥利をしつて遣ふがよし、酒も酒に呑まれぬほど、茶湯も茶に侵されぬほど、遊里[六]芝居も奢を省いて分限をまもれば、三庄太夫[七]のやうな親でも得心します。イヤ 芝居といへば、ホンニ 高麗屋[八]が髯の意休で、成田屋の助六に異見の場がある、また歌か久しい物だといはうが、あれも古歌をはめたのだ、ソレ 意休[九]が香炉台を切割つて刀をちやつと納めて何ンと云つた、

[一〇]人多き人の中にも人ぞなき人ひとになれ人となせ人

トこはいろのやうな心持にて ○助[一一]六さらばだ、ト唄になつてからいふ身ぶりをしてすつと這入る。アレ あの歌などがよく味へると有がたい歌だ、そこでおれが口を酢くして話すも爰よ、おれもおめへたちに気障がられて、芸もないこととは知つて居るが、今のソレ 人ひとになれ、人となせ人トいふ道理よ、よしかのわかつたらう。ドレ 意休ぢやアねへが、履物、灸[一二]の出ねへ内、おれも引込まう、助六ぢやアねへ、ぬけ六さらばだハヽヽヽ ト大口を明けてわらふ所へでつち長松何やら紙につゝみたる

て酷使した伝説は有名。様々に脚色され、後の浄瑠璃に伝えられた。

八 文化八年二月十八日、市村座で上演された「助六由縁江戸桜」による。助六は市川団十郎（成田屋）、意休は松本幸四郎（高麗屋）が演じた。四代目海老蔵三十七回忌、五代目鰕蔵七回忌追善狂言で、このとき三馬に「助六の入りは余りし木戸口にまたくゞり又くゞる見物」の狂歌がある。

九 花川戸の助六（曾我五郎時宗）は廓へ入りこみ、養父祐信のため源家の重宝友切丸を詮議している。その一場面で、意休は助六を打擲し、譬えとして傍の香炉台を切って助六を戒める（「この香炉台の如く兄弟心を合体なさば百斤の鼎を置くとも倒れず崩れず、また兄弟心も離れ〳〵になる時はまづこの如く…」）。廓通いを止めて人になれと、扇で助六を叩き、次の歌をよんで去る。

一〇 道歌か。世の中に人は大勢いるが、立派な人は少ない。だから偉い人になりなさい。また他の人をも立派な人にするよう導きなさい。

一一 意休のせりふ。「人目を忍んで時節を待て、助六さらば」。

一二 長居する客を帰す呪い。箒に手拭をかぶせたり、履物に灸をすえたりする。

ものを持来たる ○隠居請取りひらき見て なんだ長松、ハヽア鼻拭の裁か、よし〳〵、最ちつと早くよこせば塵紙一枚助けたものを。置往け〳〵アハヽヽヽ。ア、コレ〳〵長松てめへも鼻拭でも持居ろ、きたない鼻の下だ、女で見ろ（女だったら）鼻指はさせねへはアハヽヽ、ハヽヽヽ。しかし鼻が垂れ止むと（年頃になると）、[一]ちよつくり[二]三挺舟で[三]ぐい極りとなるから、兎角おせわは絶えぬぞハヽヽヽ。どうだ長松、おれもはやり唄は覚えたぞ、[四]読売をかはかして（ただ見物して）道草を食つたしるしだ。コレ〳〵内へ帰つたらナ、[五]寒見舞を早く配らせろと然いへ、旦那殿は見せ（店）にござるか、ウムよし〳〵。ソコデ何も用はなかつたか、ヲヽそれよ、婆どのにけふはお寺詣に往くから[六]巨燵へ着物をかけて下さいと。○早く帰れ。○けふは御先祖さまの[七]証月命日だ、後にお寺へ往つて[八]里扶持を納めて来よう。御先祖をお寺へ里に遣つた（里子に遣つた）気で時々和尚へ付届をすれば[九]魚心あれば水心あり[一〇]世帯仏法腹念仏で、お看経さつしやるにも（読経されるのでも）拝みやうが違ふ。これは天地自然の道理で、ハテ[一一]仏も元は凡夫なり、爰へはやく目を付けるがいゝ、[一二]後生はねがふがよし、後生も（後生願いも）女郎買もはまるは（夢中になるのは）家業の妨、ふかくはまらず相応に後生

一 「ちょっくら」に同じ。ちょっと。以下、流行唄の文句。

二 艪三挺立ての舟足の速い舟。猪牙舟に似て少し大きいもの。

三 通人の格好よろしく吉原へ通うことになるから。

＊「これ色男、猪牙舟の乗やうから伝授しましやう。猪牙舟といふものは、あぐらをひッかき、うしろえひぢかけの、首うなだれの、たばこ、ぱく〳〵とくらはせねば、舟がこぎにくい。まず船頭がうれしがる」（多田爺『遊子方言』）。

四 大道の流行唄を刷った瓦版売り。二人連れ、編笠をかぶり、左手に本を持ち、右手の細い竹箸（字突き）で本を敲いて唄い出す。三味線弾きが付く。これとは別にニュースの瓦版を売る際物師がおり、これは一人、編笠を被って売り歩く。瓦版の値段は一枚四〜五文。枚数が増えると高価になるが、幕末で二十五〜三十文位。

五 寒中見舞いのための付け届けの品。「寒」は小寒から節分までの約三十日。

六 着物を暖めておいて下さい。長松に伝言を頼んだ。

七 死亡した月、日と同じ月の同じ日。ふつうは「祥月」。

ねがふがいゝ。[一三]近松が宵庚申の浄瑠璃に油かけ町八百屋伊右衛門浄土宗の願ひ人大坂中の寺狂ひと書いたがこれは名言だ、大坂中の寺狂ひといふ一句で信者ばまりに深入りをした所が見え透く、然すれば後生ねがひにあまりはまるも色狂ひ同然、家もいらぬ身もいらぬとこの有がたい世の中に住みながら、濁世を遁れたいと云つて、あみだ様と心中仕兼ねぬは大俗の生[一四]悟り、ハテ家も身も入らぬといふは[一五]出家沙門の行ひ、その坊さまたちさへ出世をねがふものを、況や町人百姓においてをや。町人百姓は今日の家業をつとめ掟をそむかず一家を安楽に養育するが行ひだ。その間には神仏を信心するがいゝ、[一六]御先祖菩提、我身の後生、一家繁昌祈禱のため、一遍も余計に念仏を申すがいゝ。しかし、寺狂ひが多いものさ、そこが彼[一七]過ぎたるは及ばざるがごとし、イヤこんなことをいふおれも些[一八]お談義が多かつた。過ぎたるは猶及ばざるがごとし、さらば帰りませう。ャおかみさん、張[一九]物か、ヤレ〳〵つめたからうに、よせばいゝと云ひたいが、そこが女の行だ。チト手伝はうかの、ハヽア大分腰がふらつくぜ、ゆふべの夜並に精が

八 里子の養育料。ここはお布施のこと。
九 諺。こちらに相手への好意があれば、相手もまた好意をもって遇してくれる。
一〇 生活の為の仏法、腹を肥やす為の念仏。専ら衣食の為の仏法、念仏の意。
一一 仏も元来普通の人であり修養して仏になったのだ。「仏もむかしはぼんぶなり、我等も終には仏なり、いづれも仏性具せる身を、へだつるのみこそかなしけれ」（『平家物語』祇王）。
一二 来世。死後の世界。また来世の安楽。
一三 近松門左衛門作「心中宵庚申」、享保七年四月初演。「夏も来て、青物見世に、水乾く、莚庇に避けられし、日影の千世が舅の家は新靫、油掛町八百屋伊右衛門、浄土宗の願手了海坊の談義に打込み、開帳回向の世話やき仲間、見世は半兵衛に打任せ大坂中の寺狂ひ」（下之巻）。
一四 俗物の生半可な悟り。
一五 いずれも僧のこと。言葉を重ねた。
一六 先祖が極楽に往生して仏果を得ること。
一七 「過猶レ不レ及」（『論語』先進篇）。
一八 お説経（教）が長かった。
一九 洗い張り。着物を解き洗いして、張板に張る仕事。

出たらう、コレ過[一]ぎたるは猶及ばざるがごとしだよ、ハヽヽヽヽ。分相応(ほどほどにする)がいゝ(るがいい)、ハヽヽヽヽ。アイどなたも是におゆるりと、コレちつとも(少しでも)早く帰つて後でおれがことを沢山(たんと)悪くいはせるつもりだ。是も功徳(くどく)[二]よ、イヤ日向(ひなた)に居たら頭痛がするほどになつた。過ぎたるは猶及ばざるがごとしか、ハヽヽハヽきつい物だ。最一服(もういつぷく)あがれと義理にもいはねへの(お世辞にも言わないな)、その筈かい(そうだろうな)、宝暦(ほうれき)[三]年中(ねんぢう)の色男、当年[四]つもつて(とって)八十歳、アヽ久しく生きたぞ。ヘヽン過ぎたるは猶及ばざるがごとしか、アハヽヽヽ。

一 この句を房事過多の意とした駄洒落。

二 現世、来世の幸福をもたらすもとになるよい行い。

三 三五八頁注一参照。

四 本年。ことし。

五 楽しげに遊び廻る怠け者。うわついて家業を怠けるのらくら者。

六 〔中音〕中位の高さの音声。〔ぶんごぶし〕豊後節。都一中の門人宮古路豊後掾創始。六〇頁注八参照。

五 **極楽蜻蛉(ごくらくとんぼ)と呼ばるゝ人の癖**

六 図のごとき若い者中音にて聞覚えのぶんごぶしにて 〽是七でも晩にはお客さん、ひや八かし数の子の声がすりや、長屋(ながや)のあねへが飛んで出るッ。〇ヘンあんまり飛んで出もしめへス。万々一飛んで出りやア、宙野郎(ちうやらう)九、昨夕(よんべ)一〇の四百銅(いつほん)を返(けへ)しやだ 一一 ひとりごとをいひながら新道の江市屋格子のたてある家へ来たり格子のくゞり戸をあけてずつとはいると肩さきをぐわつたり打つ拍子に肩へかけたる手ぬぐひの落ちたるをひろひ上ゲて ア、痛(いて)へ気障(きざ)一二な戸だぞよ いやらしい声になり 気障戸(きざど)や、ちつとはきり〳〵しやナ(きりつとしたらどうだ)、ヱ、じれつてへヨウ ト戸をたてゝ ア、ラあやしや。今この鼻息荒(はないきあら)一三しの助が、障子(せうじ)を明けて上がらんとする所に、見ればあやしき三一四ン枚裏附(うらつけ)。これも只(ただ)の雪踏(せつた)ぢやアあんめへ、おほかた旦(だん)の ト せうじをあけて ありやこ(そらみろ)そ占(うらなひ) 大あたり トざしきへあがり ヤ旦那、此間(こないだ)は。モシ おかこ一五さんどうでごぜす(ご機嫌いかがです)。てつきりけふは旦がお出(いで)だッ、わつちが占もから中(あた)ら

七 曲名未詳。

八 乾し数の子を水にひやかして戻すことから、遊廓の「冷やかし」(ぞめき)の洒落。

九 「宙」はこの極楽蜻蛉の名。

一〇 昨夜貸した四百文を返せといわれるくらいが関の山。

一一 〔新道〕表通りに入口のある横町で地主の私道。道幅も広く(九尺以上)、比較的裕福な人が住んだ。〔江市屋格子〕「簀子(すのこ)を細かにして三角に削りたるを透間なきが如く打たれば内より外は僅に見ゆれ共外よりは見えず是は江戸の町人江市屋といへるが元禄の頃造りそめしとかや」(『嬉遊笑覧』)、「閑静(ひつそり)した新道(じんみち)に江市屋格子の無商売」(柳亭種彦『正本製(しょうほんじたて)』初編)。

一二 不愉快。また色情的でいやらしいこと。

一三 歌舞伎「伽羅先代萩(めいぼくせんだいはぎ)」の荒獅子男之助のもじり。この辺、男之助のせりふ。

一四 三枚裏附けの雪踏。表が真竹の皮、裏に獣皮をつけた履物。間に淡竹(はちく)皮を挟んであるのを重ね雪踏といった。三枚重ねは上等品。ここは「旦」(旦那の下略)の履物である。

一五 「かこわれ」(囲われ者の略)の意の命名。この新道に住む妾。

う物(もん)なら売らねへは(商売しなくては)損だ。一四角な傘(かさ)を立てゝ通町(とほりてう)へ出張(でばり)〔店〕を出さうか。▲(おかこ)宙(ちう)さんうれしいよ、おかたじけ。●(ちう)おめへさんはうれしいよだが、お宿(やど)のご二しんッぽさん(御新造様)は是物(これもん)だ　ト左右の人さしゆびを両方のひたいぐちへあてゝ角にして　大きな(おほヲッ)三八里半が二本、しかもお四焼芋(やきいも)とはこの事。ヲット　五船中にてさやうなことは申さぬものにて候　ト口をつめる　■(だんな)来ると騒々(さうざう)しい男だ。コウ　宙公、能(い)い所(とこ)へ来た、あすこの棚に平(ひらッ)たい桐箱がある、焼鍋(やきなべ)と書いてある。それをおろしてくだつし。六アレサ〱　飛(とん)んだ所(でもない)を見るぜ、おれが指(いびざ)す所をば見ねへで、チヨッ　七地犬(ぢいぬ)めェ。●是(これ)かェ　トおろして　然(さう)しからず(叱らなくてもよい)ともの事(こつ)たネ。どつこい、煤(すす)だらけ、八災(わざはひ)のはしもと町、あたまからざつぷり〔煤を〕浴びた、ホイ〱　九七段目の九太夫にはちと男が能(よ)過ぎるネ　きものをはたきをはり手ぬぐひであたまをはらひ　身上(しんせう)々々、着物(きもの)は旦(だん)といふ施主(せしゅ)(恵み手がいるから)があるから痛くもねへが朝つぱら結立(いひたて)の床髪(とこがみ)が〔結い賃〕三十二文と痛い。■けちな男だ、そんなあたまの十、弐十、大太刀を〔芝居だと〕振りまはすと一〇土間(どま)へほうり出す首だ。●ヲット　鶴(つる)亀(かめ)々々、えんぎでもねへ。■蓋(ふた)の煤をはたくがいゝ。●これはさま〱の一一お役、アイ　おかこさん、埃(ごみほこり)(ごみほこりが立ちます)がいたします。▲アレサ　裏口ではたきナ、無性(ぶしやう)

一　占師の商売風景。「通町」は「芝金杉橋より八ッ辻まで通町と云」(『江戸府内里俗名等切図集覧』)。ここは、そのうち日本橋本町辺の大通りに店を出して、の意。

二　裕福な町家の女房の呼称。ここは本宅の正妻。

三　薩摩芋。九里(栗)に近い美味。

四「やきもち」を懸けた。

五　謡曲「船弁慶」による常套的洒落。

六「くだっしゃれ」の下略。通人語の一。

七　近辺に住みつく野良犬。人を罵る語。

八「災の端(はし)」(前兆)と「橋本町」を懸ける。橋本町は現中央区日本橋馬喰町の西北に隣接していた町。願人坊主が多く住んでいた。

九　斧九太夫。「仮名手本忠臣蔵」七段目末でなぶり切りにされ、由良之助は「食ひ酔た其客に加茂川で、ナ水(ざうすい)を食はせい」と命ずる。

一〇　芝居で、切られた端役の代りに陰から投げ出す小道具の生首に見立てた。

一一　役目。ここは芝居がかりで半端な諸役がまわってくる、の意。

一二「しんじゅうだて」とも。相手への思いを貫くこと。またその行為。

一三〔しらこゑ〕甲高い声。

一四　畜類め(畜生め。可愛いものに対していう)を洒落ていう。「かんてうらい」はかよ

な。●ヘヱ他(ひと)をつかひながらどつちが無性か〔ト台所にゐる下女にむかひ〕コレ おりんどん、こなたの役場(やくば)〔役どころだが〕だが、けふは代役(かはりやく)をしてやるぜ、役不足だけれど堪忍してするも、みんな貴様(きさま)へ心中立(しんぢゆだて)[一二]〔しらこゑにて唄〕[一三]ヲヽうれし、ヲヽうれし、○畜類(ちくるい)[一四]かんてうらい、の、の(な)、承知か〳〵〔ト横目づかひわる身になり〕[一五]極(きま)[一六]りありがた山、まづこの恋〔色〕も半分出来たり。おれが方(ほう)は得心〔承知だから〕だから先(さき)さまの御量見ばかり〔[一七]この内ふたをはたきざしきへもち来たる〕■〔ふたをあけて醤油ための付きたる焼鳥なべを出し〕これで鴨焼(かもやき)を始めよう。●こいつは妙(みやう)[一八]だネ、この焼鍋でヂウツと云(い)はせの、この凹(くぼつ)たまりへ醤油を入れの、直(すぐ)に煮得(にえ)る。こつちのお手塩(てしほ)[一九]へわさびを置きの石[二〇]、人こそしらねかはく間もなしに、ヂウと焼くちよいと付ける、口もとへお箸(はし)ではこぶ、ぐいと呑みこむ、若間(もしま)だるくはお手づからお摘(つま)で召しあがる〔大きなこゑで〕妙。▲アレびつくりするはな。●犬子(いんのこ)[二一]々々、癪(しやく)〔癪が起れば〕にさはらば三馬が名方(めいほう)黒[二二]ぐすり、ヲツト思ひ出した。ゆふべ江戸[二三]の水のつめかへと薄化粧[二四]を買つて来ましたヨ、おりんどん、貴さまに預けたぜ。▲おかたじけ、今朝(けさ)つかつたよ。●おりんどん、貴さまはしけ[二五]やアしなんだか。○(りん)いやよ不景気[二六]な。●いやよ不景気な、貴さまの押物(おしもの)[二七]だ。

わい、ひよわいの意だが、ここでは言葉を並べただけで特に意味はない。「畜類寒鳥・寒卵」などと同じ。

一五〔わる身〕いやらしい身振り。

一六 上首尾の決着。「きまりあり」を「有難」とうけ、「ありがた山」（足柄山か）と末尾に「山」をつけて括る洒落。「恐れ入谷」と同類。

一七 そういう間に、蓋の埃をはたいてくる。

一八 すてき。うまい。明和頃に始まる通人語。

一九 手塩皿。小さく浅い皿。

二〇「我が袖は潮干に見えぬ沖の石の人こそしらね乾くまもなし」（『百人一首』『千載集』）に懸けた。

二一 幼児が夢に襲われ、物におびえる時唱える呪文の詞。

二二「しやくの黒薬…毎朝用ればしやくの根をきる　代三十六文」（『江戸水幸噺』）。以下、三馬店の自家宣伝。

二三 一五頁注一八参照。

二四 二七五頁注一〇参照。

二五（江戸の水を）切らしているんじゃないか。「しける」は不漁の意から転じて嚢中が乏しい、ものが欠乏している、の意。

二六 面白くもない。いまいましい。

二七 決まり文句。

その外にせりふなし、〔芝居だと〕書抜[一]はたつた一言〔おかこが声をまねて〕りんや、コウ りんや、あの、の、そこの鴨をこゝへよこしや、そして醤油[二]もよ。○〔りんが口をおさへて〕ソリヤそこらで、いやよ不景気なといふ場だらう。おれが云つてやつたから最だんまり[三]でいゝぞ。ドリヤ これも拙者のお役か、ヘン 口ゆゑにつかはれる〔言い出し兵衛で人に使われる〕だ〔トだい所より酒もり一式入用の品々をはこぶ〕●アゝ 大義だ〔骨折りだ〕／＼酒も楽々とはのめねへ。■誰ものんでくれとはたのまねへ。▲きつい〔余計な〕おせわさ。●酒も飲人がなくちやァ淋しさうだからネ。見るも気のどくでつい マア 飲んで上げる気になるのさ。ソリヤ 炭取[四]よ、炭も小沢山[五]におつぎなさい、おれが物ではなし、ぱつぱと遣つて酒もあびたり。世帯しらず〔世帯の苦労知らず〕とは野暮のいふこと、世帯をしつてはおたまりなし。遊びてへほど遊んだら、寝てへほど寝て、衣が裂れたら廃[六]にして、またあたらしく着殺し〔着つぶし〕の、着た限雀[七]お宿は何所ぢや、チウ／＼ちゆウつといはせて、早く焼鳥と出てへネ。時に燗銅壺[八]はよしかナ、お燗銅壺直し[九]〔大きなこゑで〕妙。■やかましい男だ マア 静にしねへか。▲ちかがつえ[一〇]だのう。■口からさきへ生れたらう。●それだからよくしやべり能く食ふ、口に孝行[一一]

一 台本から役者それぞれのせりふを書き抜いたもの。
二 「したじ」は醤油のこと。吸物を作る下地（素地）の意の女性語。
三 歌舞伎で、登場人物が無言で闇中にさぐりあう様を様式化した演出、またその場面をいう。
四 炭入れ。炭を小出しにして入れておく器。
五 少し多目に。
六 幼児が物を捨てる時に言う。
七 着ているもの以外に着物を持たぬこと。「舌切雀」のもじり。
八 長火鉢に作り付けてある銅壺。燗徳利などを浸して酒の燗をする。
九 「薬罐銅壺直し」。薬罐、銅壺の修理屋、いかけ屋の呼び声で洒落た。
一〇 近餓。すぐ減るおなかだねえ、の意。
一一 口に対して孝行を尽す様。

の次第を御覧じろッ、ア、何と云はう、洒落こぢれた。最う〳〵キウッと一盃やらかさねへぢやア、心がどうもおちつかねへ。サア〳〵旦那お燗を御覧じろ、酒の燗ばく団十大尽さま、サア〳〵わつちが拾つてあげいせう。ヲツト お盃、されば其の事めでたう候 大きなこゑで 妙 この内しばらく酒事あり ア、い丶匂ひだ、チウ〳〵 鴨めは焼かれて中ッ位だから中々といふが、こつちは、妙、妙 ト大きな声する ▲さう〳〵しいはな、食ふ時でも静にしな。●食ふ時静にすれば皆他にくはれやす。しかし鴨だから平気だが、人がからうされたらどうだらう。焼鮒のやうに片身焦で眼が白くなつてゐると、片目はまじり〳〵としながら、あしをぴり〳〵〳〵。▲いやだよ、気味の悪い。そんなことを聞くと胸がわるくなるはな。●そのひまに一人りでしよこなめるといふ謀ス。しかし大江山のすつてん童子にでもさらはれると是非然さ。その時実沢山でヤンヤといはれるは恐ながら旦ばかりス。酒肥でお腹に酒が絶えねへから酒塩いらず。おかこさんなどは骨多くて吐出される。▲よしなよ穢ねへ。●ヲツト 御免なさい。イヤ

一二「魂魄此の土にとどまつて」(「仮名手本忠臣蔵」六段目の勘平のせりふ)のもじり。「…云ふ声も早や四苦八苦」と続くので、「ア、苦しい」から出る。「ちろり」は酒の湯燗をする銅、真鍮、錫製の器。筒形または角形で把手、注ぎ口がある。ここは、銅壺にちろりを入れて燗をしている。

一三 洒落が言えそうでいてなかなか出てこないこと。

一四「前の関白太政大臣」のもじり。お酒様。

一五「拾ふ」はする、言うの侮蔑語。私が注いであげましょう、の意。

一六 感心しない、面白くない、の意。

一七「中位」の略。

一八 こっそりいいことをする意。

一九 丹波国大江山に住む鬼。源頼光が四天王と共に退治した。草双紙や浄瑠璃、歌舞伎に様々に脚色されている。

二〇 煮物の味をよくするため酒を入れること。

＊ この辺、食事の最中にいささか悪趣味であるが、後の滑稽本、例えば『妙竹林話七偏人』(梅亭金鵞作)では更に徹底した場面となる。

冷物でござい（トはしを出して三きれほどひとつにほうばり）熱ッヽ、ツヽ。▲それ見な、まんがちをするからくら。全体つけ（意地がきたないから）があらいから能い気味だ。●それはその筈の池（不忍池）、おめへさんとは口の大きさが違ひやす。こつちは京間（広いから）だから、かう食はぬと間尺に合はねへ。（トキニ）お肴は鴨焼ばかりかネ。鴨食三人柿八年ではおかしからず。何か気段（変った趣向）がありさうな物。（チト）風情が熱燗成就どつこい出来過（〔燗の〕）。（コウ）おりんどん、拝み（拝むよ）の後生（後生だ）、この酒（燗のつきすぎた酒をあけて）を明けて水で能ウく（グツ〳〵）（振って洗って）をさせておくれ、そしてその酒は酒塩だらう、その余りを鉄醬壺へ入れな、来年中の御調法、紙代板行代、（ヘン）よく四文と出るやつさ。（ヲツト）ありが〳〵、この（酒の）雫の垂れる所が気が利居る。（ヨシカ、）おりんどん、おかたじけよ。（コレ、）心でおがんでゐるはいな（トいふ所へ料理茶屋より誂の三ツ物二ツ物持来たるを下女坐敷へならべる）■だまつてくたばれさ。▲どうだネ。●（ウッ）（ト目をふさぎ後ろへそりかへりて）死んだア引（ト目を開き）どてつぱらをかうえぐられちやアたまらねへ、（モシ）いつの間にお誂が有りやした（まじめになり）一寸参りたくも此様に御心づけへ（お心遣いをいただくから）をなさるから、どうもお気の毒や蠅のあたま、おかまひなさんな私が自由にいたゞきます（トおよびごしになり）この大平を当ッことといふ

一 冬季銭湯へ入る時の挨拶語。体が冷えていてごめんなさい、の意。鍋に箸を出す際の挨拶語として洒落た。この類に、人ごみで「馬でござい」「田舎者でござい」等がある。

二 われ先きに手を出すから。「まんがち」は身勝手、欲張り。

三 「つけ」（付）は食物、特に酒の肴。

四 本京間（六尺五寸を一間とする）と中京間（六尺三寸を一間）とある。江戸間（五尺八寸を一間）、田舎間（六尺を一間）の対。

五 割が合わない。「京間」をうけた洒落。

六 「桃栗三年柿八年」のもじり。

七 「熱願成就」のもじり。

八 二二五頁注一一参照。

九 瓦版売りのせりふに見立てた。「紙代板行代四文」に「何でも四文と出る」（軽々しく差し出る意）を懸けた。三六〇頁注四参照。

一〇 「三ツ物二ツ物」三品、二品を組合せた料理。口取り、刺身、焼肴の三つなど。

一一 御馳走に驚いたことを大袈裟に言う。

一二 洒落。俗説に蠅の頭に毒があるという。

一三 中腰になって。

一四 大型の平皿、平椀。その中身当て遊び。

一五 銭一貫文。金一歩。銭十文を一疋とする。

一六 鱈の肉と昆布を取合せた煮物。

も古し、まづ見参、げェんざアんゥ うぬがこはいろにてふたをとり ヱヘン 旦へ、大はむき爰ら
が料理番に[一五]百疋をはづむ場だが、今はやられぬ時節が有らうッ。▲何だナ。
■ひとり悦に入つ居る。●[一六]鱈昆布だけれどまだ無いから、[一七]鼬魚か[一八]唐人を、
[一九]名代新造に鱈と食はせるやつさ きもをつぶしたふりにて ヲ、ヲ、いたち〳〵。▲アレサ肝
をつぶすはな。■唐人だと猶能い。●唐人を鱈昆布にして食つちやア先刻
のすつてん童子のやうだ。いたちの後は[二〇]千疋鼠にせう。イヨ [二一]玉屋引 トふたをする

○昆布と調じて煮れば鱈をあざむく魚あり。一種をいたちと呼び、一種を唐人といふ。名のしれざる魚なりしを、誰号くるとなく通称となし来たれり。かたちおの〳〵ちいさし、近来料理通あまねくしる所なり

▲ひとりで浮居るのう、にくらしい。●ついぞ可愛らしいといはれたことなし。何方さまもその通り、ハ、ア こつちらの[二二]呉洲の鉢はあま鯛の骨をすいて照焼、こいつが素人に真似も出来ねへやつさ。付合はせ物もすつぱり穿つたぞ、山椒の砂糖煮ありがてへ。[二三]山椒ふりかけ御覧に入れまするは[二四]会席仕立、この義もお目がとまりますれば[二五]台は元へとせりあげて参る、[二六]竹田近江が大がらくり、目鏡は紅毛の[二七]十里見、サア お出〳〵〳〵 ト大きな声する ■チヨツ やかましいといふに。●お燗はまだか[二八]政岡はやう飲ませいやい。■[二九]づる

一七 鼬魚。スズキ目の魚。海鯰。
一八 鱈の代用として鱈昆布に用いる魚の名。くろひげだら。
一九 女郎に客が重なった場合、代理として出る新造(妹女郎)。「名代」は客と同衾しない。
二〇 打上げ花火の名。「いたち」(これも打上げ花火)に懸けていう。
二一 花火屋。両国吉川町玉屋市郎兵衛。両国の川開きには「鍵屋」と評判を競った。橋より上流で玉屋、下流で鍵屋が打上げる慣例。
二二 呉須焼。藍の絵付けの中国製磁器。
二三 「最初ご覧に入れまするは」の洒落。以下、覗機関の口上に擬す。拡大鏡を前面に付けた箱の中で、続き物の浮絵(西洋画法の遠近法を取り入れた浮世絵)を順次転換させる見世物。口上役がつく。両国や浅草奥山などの盛り場で繁昌した。
二四 会席料理風。人数分だけ、無駄なく精選した料理を適量だけ皿に盛る。
二五 舞台のせり上げ。浮絵の転換を指すか。
二六 機巧人形遣い。竹田出雲掾。大坂道頓堀に竹田芝居を創設。宝永元年没。
二七 遠眼鏡。十里の先まで見えるの意。
二八 歌舞伎「伽羅先代萩」の幼君鶴喜代のせりふのもじり。「政岡」はその乳母。
二九 右の「鶴喜代君」の地口。

宙君だ。●ありがてへ。▲うるせへのう。コウ りんや、そこの丼鉢でも持つて来て宙公におもふさま飲ませるがいゝ。○[一]片口がようございませう。●[二]蚫貝「で飲め」とはいはねへな、[三]畜生めありがてへ、ニヤアフウ ト猫のまね わつちが何ぞといふと、おりんどんが板の間をトンと踏んで、ツンと引込む風がどうも好いたよ。○いやよ不景気な。●ヲツト それを云はせうばかりだ。モシ旦、気をつけて御覧じろ。竈の前へしやがんで[四]後姿を見せて、それからまた出て来る所は肌脱になつて[五]羯鼓か[六]花笠を持つて出さうさ。○いやァな宙さんだのう。●ヲツト [七]不景気を倹約したナ、ハテサ 見物の前があるから、好いた宙さんともいへめへ。そりやアおれが トむねをたゝき 爰に取居らァ、コレサ 心配無用だ 案じねへがいゝ、[八]向新道に蔵付売居を見ておいた、[九]表が黒塀で路次口に三尺の[一〇]蹴込が有つて畳建具もそつくり付居て小意気な造作だから、あすこを買つて[一一]引越女房ぐい極り、どうだ嬉しいか、ハテ 五百が蕎麦で[一二]長屋並の家移りは済むから、そば屋の若者に門並配らせて、お隣の伯母さんか大屋さんのおかみさんに頼んでお長屋を廻つて貰ふといふやつだ。ハイ 今晩お長屋へお

一 一方に注ぎ口のある鉢。片口どんぶり。

二 「鮑の貝の片思ひ」の略。「片口」をうける。ふつう飼猫の食器とするところから、次の「畜生」に懸る。

三 感動を表す卑語。多く異性の媚態を見て心を動かされたときに使う。

四 舞台での所作事（舞踊）の様に見立てた。後向きになって後見に衣装を直させ、小道具などを手に持ち、舞台正面を向いて所作を続けるさまである。

五 中空の円筒の両面に皮を張った打楽器。歌舞伎の所作事などに用いる。

六 造花でかざった笠。

七 振仮名は底本通り。

八 蔵つきの売家。

九 新道に面したところは黒塀で、裏の路次に面した裏口に。

一〇 板で床下をふさいだ幅三尺の上がり口がついていて。

一一 挙式も披露もせず手廻りの荷物だけ持って新世帯を張ること、また、そんな女房。「ぐい極り」は、それでぴったりきまる意の通人語。

一二 長屋の一々への引越しの挨拶は済むか

移んなすつた宙吉さ゚んのおかみさんでございます、是は／＼お初にお目にかゝりました、無調法者でございます、お心易う、ハイさやうならと廻つて帰ると、[一三]こちの人今戻つたはいなア、ヲヽ女房ども帰りやつたか、ヤレ／＼さぞ寒かつたであらう、サア／＼はやう上がりや、扨まアこのやうに二人り一所に暮すやうになるといふも皆是旦のお情、二つにはおかこさまの御深切、そなたも嘸うれしうおもやらうの。[一四]○是がマアうれしうならうてはいなア、モシこちの人、それはさうと、おまへなんぞ忘れさしやんした物がござんせうがナ。[一五]△ヤヤ忘れたこととは。○サアあのな。△あのな、[一六]ト爰で恥かしいこなしが有つて、[一七]ヱヽつつと最う是ぢやはいなア　トこの内始終二役の身ぶりこはいろにてぬれ事場の[一八]しかたをする　この二三句は仕形にゆづりていはず　ヲヽうれし。○木[一九]の頭がチヨン。○屏風へ手をかける、このとたんよろしくぶんまはすとまでは書いたが、〔舞台を〕然なつたら見物が気をもむだらうの　大きな声で　妙　トまじめになる　■この本読[二〇]は納らねへ。●おりん坊へ一寸ト内読[二一]ス。▲そんなむだをいふ間に本等[二二]の声色でもつかひナ。●おそろしや、ゲツプウが出るやうだ。一昨日の晩、成太郎[二三]と二人りで梨園[二四]さん

ら。

一三 妻から夫への称。あなた。以下、せりふもどきの声色になる。

一四 新妻になった「りん」の声色であることを示す。

一五 亭主「宙」の声色であることを示す。

一六 芝居の筋書でいえばト書に当る部分を、「宙」が地の声で語るところ。

一七 歌舞伎用語。主として動作で心理を表現する場合に使う。

一八 〔しかた〕仕方咄。身振りによる描写を交えてする話。「仕形」も同じ。

一九 場面の変る合図の拍子木。

二〇 上演前に作者が一座の役者に台本を読んで聞かせること。

二一 作者が台本を書き終えたとき、立作者が役者に読み聞かせ、その可否を調べること。「本読」に先立ち、内々で読むところからいう。

二二 歌舞伎役者の声色。

二三 市川家の屋号「成田屋」を下敷にした命名。

二四 「梨園」は演劇界、劇壇。芝居好きの人物の名とした。

の所へ呼ばれてネ、最初から帰りまでつかは〔声色を〕せ抜かれたネ、立役中二階[一]を本中間[二]中[三]、そりやアもう何枚[四]だか限りなし。その筈さ、お宿下り[五]の髱[六]二三枚に梨園さんが長気なく声色好ときてゐるから、二人ながら片息、成太郎め、ひよろ〳〵しねへばかり、なんぼう怖しき物語りにて候ッ[七]。たしなませるではねへが、旦などは〔今さら〕声色でもねへとか云つてお出なさるからまことにありが太平楽[八]で飲居るのさ。あいつも間に〔酒の〕二三枚はようござへやす、モシつかねへ事だが曾我[九]の対面だの、助六[一〇]だのといふものは、正銘[一一]の江戸狂言だから、江戸ッ子でなくちやア、せりふ廻しから仕打[一二]が本間[一三]にはまらねへ。所が折節下り[一四]役者が交ッてすると無理に江戸訛を云ひたがるから、然ぢやアねへといふのも、然だアねへなどゝ云ひやす。あれは上方で何ぢやといふのを江戸で何だといふから、その格で然だアねへと履違へたやつさネ、一体形容も移らず、江戸狂言には真平さ。そこでわつちが考へました、あの助六の狂言はまじりなし江戸狂言、江戸役者でなくては移らぬといふ所を、不残上方役者でばかりして見たら、こいつは腹筋[一五]だらうぢやアござ

一　女形の異称。楽屋の位置による称。
二　歌舞伎役者の階級の一。中通り。
三　歌舞伎役者の階級の一。最高位の名題（立役）と中通りとの間の位。やがて名題に昇進する身分の意。明治以降は「名題下」。
四　声色の演目を数える助数詞。役者の番付の数え方に因んでいう。
五　奉公人が休暇を貰って親許や身元請人のところへ帰ること。ここは芸者を呼んだことを、ひねって「お宿下り」といったか。
六　若い婦人の称。芸者をさすことが多い。
七　もと能・狂言、転じて読本、草双紙合巻の怪談の常套句。
八　「ありがたい」と「太平楽」を懸けた。
九　曾我兄弟が仇の工藤祐経と初めて顔を合わせる場面。江戸歌舞伎では毎年正月上演の曾我狂言に必ずこの場を設けた。
一〇　「助六由縁江戸桜」。市川家のお家芸。世話物で、十八番中最も重要な演目であった。
一一　正真正銘。全く嘘、偽りのない本物。
一二　役者の舞台でのしぐさ。演技。
一三　本格的でない。「本間」は上級女郎の持部屋。廻し部屋、名代の部屋に対していう。
一四　上方（京・大坂）から江戸へ下って出演する歌舞伎役者。単に「下り」ともいう。
一五　「腹筋をよる」（おわらいぐさ）の略。

へせんか。この間一寸拵（ちよつとこせ）へたが、こりやァ旦の腹にやァはまる（好みにはぴったり合う）つもりさ　ト身ごしらへして　こいつは立つて為（し）ねへぢやァ介科（みぶり）が移らねへ。○まづ助六の出からちよつぴり　ト立って　いつもの通り前弾（まへびき）[一六]の内、助六が姉川頭巾（あねがはづきん）[一七]で黒船（くろふね）の忠（ちう）右衛門の拵（こしれへ）で花道（はなみち）へとまると、江戸節[一八]といふ場が義太夫で、〽（じやうるり）[一九]人目（ひとめ）の関（せき）のゆるしなく、傘（かさ）の雫（しづく）にしよぼぬれて、雨の簑輪（みのわ）のさえ返る。△（みなみな）助六さんそのお頭巾はヱ。[二〇]○この頭巾の御ふしん（ご不審ですか）でゐすか　[二一]トかみがたの音声しはがれたる京談でいふゆゑみなみなわらふ　〽このお頭巾はすぎしころ、何とやらして物とやら、[二二]袖ふりゆかし君ゆかし。○君なりや〳〵[二三]、何はしかれ（何をおいても第一に）。[二四]〽しんぞ命をあげまき（揚巻）の是（これ）ぬけ六が前わたり不出来（ふでき）

一六　三味線の前奏。
一七　投頭巾の異称。上方役者、初代姉川新四郎が自作自演した「黒船出入湊」中の大坂の町奴、黒船忠右衛門が着用した。黒頭巾とも。黒船忠右衛門と獄門の庄兵衛との出入りを脚色した「黒船出入湊」は江戸では享保期から上演され有名。七〇頁注一三参照。
一八　「助六由縁江戸桜」では江戸浄瑠璃の河東節。それを上方浄瑠璃の義太夫節の節付けで、の意。
一九　河東節では「思ひ染たる五所（いつところ）、紋日待日のよすがさへ、こどもが便り待合の、辻うら茶屋にぬれている、雨の簑輪のさえかゑる」。「染める」「五所紋」以下縁語仕立。「簑輪」は吉原土手に近い三ノ輪。
二〇　「助六『この鉢巻が御不審か』」河東節〽この鉢巻は過しころ、由縁のすぢの紫の…富士と筑波の山合ひに、袖ふりゆかし君ゆかし」。紫の病い鉢巻は、助六のトレード・マーク。それが頭巾に換わる。
二一　〔京談〕京言葉、京都弁。
二二　底本「な」。誤刻か。
二三　「助六『君なら〳〵』」（君傾城故なら）。
二四　「河東節〽新造命をあげまきの、これ助六の前わたり、風情なりける次第なり」。「新造」は「真ぞ（真に）命をあげる」を懸ける。

なりける次第なり。△助さんちやつと(早く)こゝへござんせいなア。○ヤどうぢ[一]やぞい、お山[二]さんたち、いつ見ても トツト もうゑらいもんぢやはいのう。そんならゆるさんせ。どちら(の女の間)へなと割込(わりこ)まうかい。ゑらう冷(ひ)えてけつかる、冷者(ひえもの)[三]ぢやさかいにゆるさんせや〳〵。△助さんたばこのみんか(のみませんか)。○イヤモウこないに(此様に)、めんめ(面々)が馳走さんしたら、トツト 火の用心がわるかろがや。△何いひぢややら、トいふと意休が。⧖ヤ コレ そこな[四]女郎(ぢよろ)さんたち、吸付(すいつけ)たばこたら何たらいふ物をわしにもふれまふ(振舞)ておくれんか。△このきせるには主(ぬし)があるはいなア。⧖主とは誰ぢやぞいやい。○ヲヽ外でもないわしがこつちや、ナント ゑらいものか、大門口(おほもんぐち)へぬつと面出(つらだ)すと アレ 見やんせ、仲(なか)の町(てう)の両側から吸付たばこの雨霰(あめあられ)。女郎づか[五]にぎるもな(者は)、是(これ)でなけにや嬉しうないはい。大尽(だいじん)たらいふて大きな面(つら)しくさつても、こりやまた金銭(きんせん)づくぢやゆかん事(こつ)ちや。イヤ そこなへげたれどの[六](大馬鹿者どの)、こなんも(お前さんも)煙管(きせる)がほしか(欲しければ)、一本かして進(しん)じやんせう。⧖ヤ そりやかたしけない、スリヤ わが身がかし(お前さんが貸してく)てくれるぢやまで(れるというのだな)。○いかにも[七] ト足できせるを出すみぶり ⧖ハヽヽヽ、立派な男ぢやがナア。


一「助六『どふでんす〳〵。いつ見ても美しいお顔』」(『助六由縁江戸桜』)。

二 上方で女郎のことをいう。

三「助六『冷(ひえ)ものでござい。御免なさい』」。三六八頁注一参照。

四「意休『君達の吸付たばこをいつぷく給べたい』」。「吸付たばこ」は、女郎の客への実意の証し。

五 遊里通いではばをきかせる者は。「つか(柄)を握る」は一つの道を極め、老練者となること。

六「助六『撫附(なでつけ)どの、誰だか知らぬが、きせるの用なら一本かして進ぜやう』」。

七「助六『かして進ぜませう』(トきせるを足に挟みつきだし)」。

八 てんぼう。腕が役に立たぬ不具者。

九「意休『足のよく働く麩屋の男か』」。小咄に胴から切離された男の脚が麩屋に奉公する話がある(『あられ酒』喧嘩胴切、『甲子夜話』等)。原料を踏み込むのが仕事だからである。

一〇 伊達衆(だてしゅ)。侠客。「粋方」も同じ。

一一「意休『理非を弁(わき)まへず、ちよッくらをはたらく奴をば侠客(きをひ)といふとかへ』」。「もうろく」は乱暴者、無法者。「江戸ででんぼう、上方で、もうろくなどといふあばづれがあれ

わりや可愛やてん[八]ぼぢやさうなはい。[九]足のはたらく麩屋の久三か、其様なことして[一〇]達衆ぢやの粋方ぢやのと人をおどしけつかる、ガ惣じて不義不礼をせず、意地を立てゝ男をみがき、一ッ寸ひかずに出入りするを、ほんまの達衆といふ。[一一]利非わきまへずあんだらつくすを、もうろくといふはいやい。兎角絶えぬは[一二]忽行のぶい〳〵、[一三]屁玉も同然取所がない。しかし何いふても馬の耳に風ぢや、ァまゝよ。放遣かしておいて、ドリヤ、[一四]屁除に沈香なと焚かうかい。■よ、よ、有がてへ〳〵。▲〇ヲホ、、、ト皆々笑ふ ●こいつはモシ[一五]茶番にやらかしてへネ。■[一六]景物に案じがあらうテ。●さやうさァハ、ハ是から間をぬいて助六の[一七]悪態を一ばんきかせやす。■[一八]大坂の新町でいく方がいゝ。●さやうさ、[一九]江戸紫の鉢巻にといふやつを、大坂ではやる姉川頭巾、髪はすなはち[二〇]団七かづら、はけの間をのぞいて見い淡路島が浮絵のやうに見える。天満の天神さんのお宮から、住吉さんの拝殿まで、御存しられた男達ス、まだ何かありやせうテ。■[二一]三升が聞いたらうんざりするだらう。●[二二]成田屋の親方にきかせると、そりやァ、おかしがるのさ。イヤモシ、

ど」（『浮世風呂』四編上）。

一二 冷やかし連の小言。「意休『廓に絶ぬが地廻りのぶう〳〵』」。

一三 湯の中で放屁した泡。「ぶい〳〵」に懸ける。

一四「意休『蚊遣に伽羅でも焚ふか』」。「沈香」は香木。上等品を「伽羅」という。

一五 茶番狂言。素人の間に流行した俄芝居。

一六 茶番で落ちにこじつける品物。

一七 悪口。「むかしは男達などの出端にはつらねといふものが有つて、悪態をなが〳〵と云つたものさ」（『浮世風呂』四編下）。

一八 吉原でなく大坂の新町の遊里での趣向とした方がよい。

一九「助六『江戸紫の鉢巻に、髪はなまじめはけ先の、間から覗ひて見ろ、安房上総が浮画のやうに見へるは』」。髷を高く結った本多髷と月代の間から覗くと、ちょうど覗き眼鏡で浮絵を見るように。「安房上総」が「淡路島」では締まらない。

二〇「宿無団七時雨傘」の団七（大坂の侠客）が用いた鬘。本多髷の一つである。「団七（伝九郎賓とも云）」（『当世風俗通』）。

二一 七代市川団十郎の俳名。多芸多才。古記録を調べ、市川家歌舞伎十八番を制定した。

二二 七代市川団十郎の屋号。

つかねへ事たが、新町で思ひ出した。この春、旅行さんのお供で金毘羅[一]参り、京大坂にも久しく逗留しましたが、モシ奇麗で下直で妙稀代といふ所は、[二]伊勢の古市にとゞめたネ。古市に[三]松本屋彦十郎といふがごぜへます。その内へ旅行さんと一所に往つた所が、例の[四]伊勢音頭で惣躍を見てへとかいふと、踊乃間へお連れ申す。づいと往く、下坐敷がまづ結構で打ぬき二十一畳敷、蔦の間と云つて一式蔦づくし、勿論、家の定紋が丸に蔦からの案じと見えて、おの／＼立派づくめ、そこからトン／＼と二階へ上がる。こゝが菊の間と号けて[五]踊りの間で、三十五畳敷の坐敷に、四方六尺幅の椽側を押廻して広い坐敷さネ。床天井が[六]張付で、[七]光琳の菊の[八]地紙合はせ、隅の方に[九]袋棚があつて、[一〇]地袋のふすまが絹地に[一一]月僊の画いた菊の張付さ。欄間から建具一式すべて菊づくめで、こいつはありがてへとか云つて坐につくと、爰がうぎさ、[一二]京間十二畳敷の[一三]大毛氈を坐敷の真中に敷いてお客を請じ奉るから、五六人一坐がお茶を挽いた[一四]中坐といふ身で、たばこ盆をひかえて居ると、真鍮の大燭台を四対、そこゝへ並べやす。すはや惣踊が

一 香川県仲多度郡象頭山（琴平山）にある金刀比羅宮。金毘羅大権現。

二 現在の三重県伊勢市の地名。遊廓があり、伊勢参りの客で栄えた。「伊勢の妓楼しかるべきもの。第一古市。第二松坂。第三一身田。第四四日市。第五津。第六神戸。第七桑名なり」（馬琴『羇旅漫録』）。

三 古市の妓楼。以下はこの店のための宣伝である。

四 古市の遊里や参宮の沿道の茶店や旅館で歌われた長唄式の俗謡。もとはこの地方の歌謡（伊勢の山田の舟着場、川崎の盆踊に始まったので川崎音頭とも呼ばれた）が座敷芸として発達したもの。

五 古市の遊廓の大店には伊勢音頭の踊りの間がつきものだったようである。「京『アノ牛車楼か、千束亭に、しよじやないかいな』北八『たいこの間とやらは、何屋にありやす』ていしゆ『たいこじやおません。鼓の事かいな。ソリヤ千束やでおますがな』」（『膝栗毛五編追加』）。「牛車楼」（備前屋小三郎）の新造「桜の間」の宣伝のため三馬は『伊勢名物通神風』（絵草紙）を本書と同年に出版した。

六 貼付画。絹、紙に描いて襖、板戸などにはりつける。

七 光琳模様の。尾形光琳は江戸中期の画

はじまるといふと、地方(ぢかた)[一五]が四五人、鬱金色(うこんいろ)[一六]の縮緬(ちりめん)へ高台寺[一七]菊の大形に染抜いた揃衣装(そろひいしやう)で坐鋪(ざしき)へ並ぶ。すでに拍子(ひやうし)をすゝめけりになると、彼(かの)六尺幅の廻(まは)り椽(えん)へ、五十人あまりの踊子(をどりこ)がずらりと並んで、前に一脚ツヽ銘々(めいめい)燭台をならべて、後(うしろ)の方は三人ばさみ〔三人に一台の割合で〕ほどにぼんぼりを付けて、そりやアもう白昼(はくちう)のごとし。五七人の地方〔伴奏〕の太鼓(たいこ)三味(しやみ)にあはせて、四季(しき)[一八]の寿(ことぶき)といふ〔伊勢〕音頭に合はせて、五十人ばかりが並んで踊るが、アヽおかみさんにはおめにかけてへぞ。この踊子の衣装が、上着(うはぎ)が空色縮緬に菊の惣模様(そうもやう)で、下着(したぎ)が緋(ひ)縮緬に菊の縫(ぬひ)[一九]模様、帯が緋羅紗(ひらしや)に金糸(きんし)の菊寿(きくじゆ)[二〇]の縫、のこらず対(つい)の衣装でをどるが、しなかたちの和(やは)らかな所がどうも一流だネ、まねて出来やせん〔真似られるものじゃありません〕。そいつを見ながら酒をのむ、爰(ここ)へ出る器(うつは)が一式菊づくし、〔料理の〕鯛の背中や慈姑(くわい)のあたまに菊のつかぬばかり〔菊がつかないだけ〕、後(あと)は皆菊つくし、酒をのめば一両弐分と弐両も雑用(ざうよう)が出るけれど〔出費があるけれど〕、素踊(すをどり)と云つて踊ばかり見て、茶を呑んで済ませば、たつた弐分か三分だが、十人で見ると御一人前僅(はづか)三四朱(しゆ)の割合(わりあひ)で、その物踊が見られるナント下直(げぢき)な物ぢやアねへかネ。▲そりやア皆踊子で地弾(ぢひき)

家。光悦、宗達に学び、華麗な装飾画風を展開。蒔絵師としても有名。享保元年没。

八 「光琳菊」を描いた扇面を集めた絵柄の紙（布）を張ってある。

九 袋戸棚。張出して設けた戸のある棚。

一〇 床の間に接して設けた袋棚の戸（袋戸）。

一一 画僧。尾張の人。雪舟また元明の画風を学んだ。山水、人物に長じた。画料を貰ったので世に乞食月僊とよばれたが、晩年その財で伊勢山田（古市）に寂照寺を再興した。文化六年没。

一二 三六八頁注四参照。

一三 毛織の敷物。女郎が張見世に出ている時敷いた。次の見立てに懸る。

一四 客にあぶれた女郎が張見世の真中にぽつんといるという姿で。「中坐」は吉原で張見世の中央の席。最上席とされた。

一五 舞踊で音楽（三味線）を受持つ人の称。

一六 「うこん」の根茎で染めた濃い鮮黄色。

一七 高台寺蒔絵の菊模様。京都高台寺にある豊臣秀吉夫妻の遺品と同じ様式の蒔絵。

一八 伊勢音頭の一。

一九 刺繡した模様。

二〇 菊寿模様の刺繡。二代目瀬川菊之丞が使用し安永・天明頃流行した模様。菊の花と寿の字を交互に並べたもの。

は芸子とやらいふのかのう。●何さ芸子なし、皆おやまさ、てん〲のあひかたが極ると、後は皆坐敷に居て大勢で坐を持つから、江戸の割をするとすてきに安い物さ。栄二、おやつ、小鶴などゝいふ奇麗揃が出たつけ、歌野、雛次、小由良、いろはなどゝいふ可愛らしい名がありやす、また別世界だ、ネモシ旦那、どうぞおめさんも上方へは一度お出なせへ。古市なら松本屋彦十郎へ往くべし、あすこの二階からは野を一面に見はらして、向の方に鼓が嶽[一]、朝熊が嶽[二]が見える。能い風景さ、庭に四畳半の茶室がごぜへます。あの額は何か覚えをして来たつけ、何んでも梅屋敷[三]々々々それ〲、臥龍といふ二字が書いて有つた。筆者はむかしの名高い人で、ア、あれは、石川五右衛門[四]でなし、なんでも石川さ。■石川拍山[五]なら和様書だが。●拍山かネ、いかさま山があつたテ。■石川丈山[六]か。●ヲツト その丈山々々、丈山ばつかり毛十六と、その時しかも洒落たつけ。■丈山なら隷書八分[七]を書いたお人だ。●二階の額は鵬斎[八]さんのお書きなすつた菊寿楼ナント旦、わつちもこしやくに覚えちやァ来るてネ。是といふが高名家の

一 前山（古市山田の南）の東に聳える山。
二 山嶺が南北に延び、伊勢志摩の分水界。神路山の東北境をなす。
三 江戸亀戸の清香庵の俗称。梅樹が多数あり、臥龍梅が特に有名。
四 安土桃山時代の大盗人。並木宗輔作浄瑠璃「釜淵双級巴」、並木五瓶作歌舞伎「楼門五三桐」などに脚色されている。
五 書家。通称勘介。享保六年、幕命により庶民教育のための著『六諭衍義大意』（室鳩巣著）の筆をとった。
六 江戸初期の漢詩人、書家。六六山人、四明山人、凹凸窩、詩仙堂等と号す。徳川家康に仕えたが、後、藤原惺窩に儒学を学び、漢詩の詩作で有名。晩年は京都一乗寺に詩仙堂を築いて隠棲した。寛文十二年没。
七 後漢に至って完成した、装飾性をもった隷書体。今隷とも。
八 亀田鵬斎。江戸後期の儒者。江戸の人。文人画を能くし、書は特に草書楷書を巧みにした。文政九年没。
九 二代中島三甫右衛門。敵役、実悪の権威。天明二年没。「家の詞」はその名せりふ。
一〇 初春に上演される曾我狂言の「近江八幡の石段」の登場人物。鎌倉鶴ケ岡の石段に工藤祐経の家来近江小藤太成家と八幡三郎行家

先生方へお出入をするお蔭ス。イヤむだはのけて旦を上方へ引出してへ。▲きついおせわさ。何国へもやることはならねへよ。●どつけへそつけへ遣りやアしよねへはス。[九]古人中島の家の詞、今ぢやア曾我狂言の[一〇]小藤太に残つてゐるばかり、ナント博識かッ。ヱヘン[一一]勧学院の雀は蒙求を囀り、飯食はうの娘も[一二]忘想を囀ると申して、[一三]芸者の辺の童は習はずして小唄を唄ふの道理、[一四]一品お覚えなされても御人体とお人柄のすたらぬ業ぢや。若お立合の内から。▲またはじまつたヨ。■よくしやべる男だぞ。●そんならまた頂戴と。■[一五]会所めきたがるやつさ。●きのふは[一六]安宅の松公が所へ往つて[一七]出来立の鮓を給べやしたが、どうも松が鮓はきついよねヱ旦。■ありやア競だ。松が鮓ばかりは上手ばかりでなし、魚を吟味するからあれを食ひわけてやらねへぢやア真の江戸ッ子ぢやアねへ。あんな[一八]偏土に居て、二百疋、三百疋の折詰桶詰の売れる、[一九]いさご鮓の妙だ。●この寒空ぢやア[二〇]鮒の昆布巻を始めようといふ所だが、やつぱり誂の鮓どうも奇妙さ。ソシテ誰あつていさごずしと覚えたものなし、安宅の松がすしさ。■[二一]安宅の松といはせ

とが参詣に来る。近江の飛脚持助は八幡の飛脚早助に密書を奪われ追かけて石段に来、四人の暗闘となり、密書は八幡の手に入る。この小藤太のせりふに三甫右衛門のせりふが残っている、の意。

一一 諺。勧学院（平安時代の大学）の雀は、学生が『蒙求』を読むのを真似てさえずる意。

一二 底本のまま。「妄」の誤刻か。

一三 「門前の小僧習はぬ経をよむ」のもじり。

一四 一曲覚えても。流行歌曲の読売りのせりふに見立てた洒落。

一五 二三六頁注三参照。

一六 「文化のはじめ頃深川六軒ぼりに松がすし出きて世上すしの風一変し」（『嬉遊笑覧』）。「深川御船蔵町あだけ、一銘松すし、いさごすし、堺屋松五郎」（『江戸買物独案内』）。

一七 一種の早熟鮨であったか。

一八 川向う（墨田川を越した向う）のもと埋立地であり、岡場所の名ひとつをとっても、「石切場」（石場）等、日本橋からすれば、まさしく「郊外偏土」であった。

一九 この店の屋号。

二〇 鮒を一匹ずつ昆布で巻き、干瓢でしばって煮たもの。寒いから煮物にしたい、の意。

二一 長唄「隈取安宅松」。富士田吉治作曲。弁慶が安宅で里の童に奥州への道を教わる筋。

る気ぢやァねへか。●違ごぜへせん。松公の所から出て一[一]ッ目の弁天の前へ来るとおたびの[二]一泉さんにばつたりと行逢つた。■ム、いづみ屋のか。●さやうさ。どうだ宙、てめへ何所をこぢつけ(取巻きして)てあるく、今ッからおれが方へ歩べ(遊びに来い)とおつしやるから、得たりかしこしで往く。また大酒となる所へ追々高名家が集まつて、野郎め テント 面白しで大どろんこ(大の泥酔)になつて帰ると、両国橋の上で、イヤ 爰が大笑ひさ、[三]貧僧の重ね斎、あのソレ辰斎さんと五瀬さんと英賀さん、何所の崩れ(流れか)か皆とつちり者(酔っぱらい)で、ヤイ見つけた許さねへとか云つて三人に引ぱられたはいゝが、また飲直しに連れて往かうとかおつしやつてのつぴきならず。あはよくばはづさん(なんとか脱け出そうとして)と彼偽の謀をめくらすと、下直な(安手の)[四]孔明さ、後備に島安が出て来て、むなぐらを取つかまへてはなさねへといふやつで、到頭[五]薬研堀へ引ッこまれて大敗軍、のこらず酒と打死。けふは酒を見るもいやだと思つたが、飲めばまたわるくねへやつさネ、のうおりんどん、いやよ不景気なか、ヘン是で二度だがァ、つがもね(他愛もない)へトコハイロャ島安で思ひ出した、あしたはあたらし橋[六]の旦那へこぢつけよう(押しかけていこう)

一 本所、竪川にかかる一之橋に近い一ッ目(江の島)弁天社か。

二 江戸岡場所の一「八幡御旅所」(『婦美車紫鹿子』)の茶屋の主人か。深川御船蔵前町にあり、安宅と隣接する。深川八幡宮祭礼の御旅所(神輿の仮安置所)となるのでこの名がある。

三 諺。飢えている者が、一度に沢山の食物を与えられること。「斎(とき)」は法要などで僧や参会者に供す食事。

四 諸葛孔明。中国三国時代の蜀漢の宰相。蜀漢の劉備の三顧の礼に応じて仕え戦略家として活躍した。『通俗三国志』で有名。この辺、軍談講釈の調子。

五 日本橋の両国橋西詰にあった堀。この辺に芸者が多かった。

六 神田川に架けた橋。筋違橋の別称。今の万世橋辺。

ス。▲よく方々へこぢつけるのう。●犬[七]もあるけば棒とやらさ。しかし有がてへことにやァ、人さまににくまれねへから仕合せ、何所へ往つても宙々だ。■鼠のやうにされるの。▲あたま[八]の黒い鼠といふのだの。●番頭[九]になると白鼠、髱に逢つちやァ猫撫声、まづ第一食客にお置きなされば御[一〇]徳用向、万事にお間の合ふかはりには御身上[一一]のお為にはならぬ。イヱモシ居候も度々した者だが、あれも気の毒がつて、くれ〳〵と働く内はいゝが、居候染みて功労を経て来ると、歯を磨きながら朝湯へ往つて、唄一[一二]くさり、豊後[一三]の二枚もうなつて、髪結床で額をさらひながら、勘当以前のからばなしで思ふさま螺を吹居る間に、内ぢやァ朝飯過の汁鍋までかみさんが洗つて仕廻ふ時分に、[一四]ぬかりんと帰つて来てしやァ〳〵と飯を食ふ。しかも一人前の汁は土鍋へ取分けて、火鉢の隅にかけてあるやつをお忝ともいはずに食ふやうになると、最う一番目の大詰で、方々さらばになりやす。全体、居候の秘伝は内のかみさんの味方になつて諸事かみさんをかきころばせばしめたものさ。ハテ少々不出かしがあつても、亭主へ執成してくれる

七 諺「犬も歩けば棒に逢う」。事をなす者は意外の災難または幸いに出合うことがある、の意。ここは幸運。
八 家の中のものをかすめとる者を鼠にたとえて諷していう。
九 以下、大道の呼び売りの調子で洒落る。
一〇 使って得をし何かと役立つ。
一一 家の財産の費えとなる。
一二 流行歌曲、例えば伊勢音頭、潮来節などの一段落。
一三 豊後節のさわり文句を二種。
一四 ぬかりんとした様で。「ぬかりん」は何くわぬ顔つきをしてとぼける様。

から、長くも持ちやすが、つい尻が温（あった）[一]まるとかみさんを三下（さんした）[二]に見て、一々おかこさん舞台（ぶてへ）[三]へさ〔差障〕そむくに仍（よ）つて、サア こゝが女の浅ましさだ。ヲット おかこさん、是は旦那へばかり〔旦那だけへの〕のお咄（はな）しだによ。ヱヘン そこでそれ段々亭主へ焚付（たきつ）けて吹込むから、弥々（いよいよ）風〔風向きが〕がわるくなつて ポン とやられやす。▲ハイ〳〵 女といふものは浅はかな浅ましい者さネ。それだから男になりてへ、のう、りんや。○さやうでございます。男も宙さんの様（やう）になりたうございます。●ヤ、ほんに、烏（からす）[四]は口ゆゑだ〔憎まれる〕。モシ おかこさん。是は真平御免（まつぴらごめん）[五]なさい槌鉄熊手（づちかなくまで）、このいひわけは〔言訳けは無しの〕なゝつ道具の弁慶さん、コレ 尻馬（しりうま）〔おかこさんの〕に乗つてどういふ気だ、おりんどん、ハハア きこえた（わかった）、恋のかなはぬ意趣（いしゆ）ばらしだの。ハテ いふてもいはいでもの事を ハレ やくたいもない〔他愛もない〕 トこはいろにてまぎらす ○折から六十あまりのばあさまうら口の腰高せうじをあけて ばゝ「御免なさいまし トはいる。このこゑを聞きて宙吉びつくりはいもう、こたつのかげへかくれながらちいさな声で 桑原（くはばら）[六]〳〵、万歳楽[七]〳〵。ばゝ「おりんどんこの間は。○お袋さんお出（いで）なさいましたか。ばゝ「アノ おまへに私等（わたしら）が野郎ども〔お馬鹿さん〕のが居（ゐ）ませう。○ハイ トあいさつにまごつく内に ばゝ「おかこさん御免な

一　ながく住みつくと。

二　「三下奴（さんしたやつこ）」の略。取るにたらぬ軽輩。

三　格好がつかなくて困る。

四　諺「烏は口故憎まるる」。やかましく鳴くので人に憎まれる。

五　御免なさい、言訳なし、の洒落。「真平御免なさい」と「さい槌」（木槌）を懸ける。「さい槌」「鉄熊手」「なゝつ道具」「弁慶」は縁語。

六　落雷を避ける民間呪文。関東地方に限られているようだ。

七　地震の時に、災害をのがれるために唱える民間呪文。

さいまし。扨(さて)めつきり冷々(ひえびえ)しうなりました(お寒くなりました)。御機嫌様(ごきげんさま)[八]ようお出なさいますか。大きに御無沙汰ばかりいたしましてもう。▲ヲヤ 御嘷様(おつかさん)か、よくお出なすつたネ。サア お上がんなさいな。サア まア一服。ばゝ「ハイ ありがたう。イヱ もうおかまひなさいますな。毎度、宙吉が参りましておやかましうございませう 一調子はりあげ コレ 宙吉ヤ、宙吉 トいはれて、ぜつたいぜつめいこたつよりはいいで ●かゝさん何だナ。ばゝ「何だナぢやアねへはな、サア／＼内へ帰(けへ)つた／＼。ちつと内へも廻るがいゝ、家業を捨てゝ三日も五日も出あるい居(て)てすむものかナ トことばをなほし おかこさん御免なさいまし。お客様もお出なさる御様子(ごやうす)だに、おやかましうございませう。イヱサ 遊(あす)ぶもかまひませんが、あれ(あの男のときたら)がのは悪い癖(くせ)でなまけ出すと五日(ごにち)も十日(とをか)も寄付きません。女親(をんなおや)だから馬鹿にいたして、モウ／＼モウ おまへさん、いけるもんぢやアございません(手に負えるものでは)。●コウ かゝさん、それを爰(ここ)で云(い)つてくれずともの事(こつ)た。今帰(けへ)らアな。マア 先(さき)へ往(い)きなせへ。ばゝ「先へ往け(先に帰れ〔という手〕)もひさしいもの(いつもの手)さ、サア／＼帰るがいゝ。●今帰るよ。帰るの子は(蛙の子は)[九]帰(けへ)る(蛙になる)になると忰(せがれ)宙吉めが大だけ。ばゝ「なんの口功者(くちごうしゃ)な。其様(そん)な能(い)い気[一〇]

八「御機嫌よろしゅう」の丁寧な言い方。婦人語。

九「蛙の子は蛙になる、親に劣らぬ力弥めが大だけ」(「仮名手本忠臣蔵」九段目)のもじり。「蛙の子は蛙」は諺。おたまじゃくしも日がたてば親と同じ蛙になる。親が愚であれば子もまた愚である、の意。

一〇「気前(きまえ)」の音読。ここは、気分、機嫌の意。

ぜんぢやアねへ、帰つた〳〵。●コレかゝさん、おめへも聞訳のねへ。今に帰るといふに、ハテ小児のやうにかゝさんに手々を引かれて爰が出られるものかナ。大切な子に恥をかゝせても親の面目でもあるめへ。ばゝ「よう恥をしらうぞ。年中あつぱ〳〵遊びあるいて、極楽蜻蛉に身を持つてすまうと思ふか。●極楽とんぼだから後生楽[一]だが、地獄やんま[二]なら、おめへ猶苦労だらう。ばゝ「お聞きなさいまし、口があれでございます。アハヽヽヽ（ト皆々笑ふ）ばゝ「是はもうおやかましうございます。折角お酒盛のお邪魔をいたしました。ハイさやうならあなた（トあいさつをはり）アイおりんどん。○ハイお帰んなさいまし。ばゝ「コレ後から直に帰らうよ。●あいヨ。たつた今帰りやすめへが婆々殿といはれたとて、野郎殿といふ事もねへ。■野郎殿一盃のまつし。（ばゝは帰る。宙吉したを出す。みな〳〵なぶりて大笑になる）●折角うまい酒を、お袋に毒気をぬかれた。いかにてサア盃を野郎殿。●アヽ鶴亀々々[三]。▲そんなら極楽とんぼ一盃あがれ。●これはしたり、最う云つこなし。サア〳〵ひとつしかられたから、まづ是で落着いた。是からが酒だ。▲それでもたつた今帰るといひながら。

一 楽天的であること。万事気にかけぬこと。

二 地獄のとんぼ。「極楽蜻蛉」の逆をいった減らず口。

三 縁起直しに言う語。

●[四]ハテ帰る[五]（けへ）の面（つら）へヲツトおりんどん、水を一盃（いっぺい）おくれ。是はありがた[六]山烏（やまがらす）
[七]かしらも白くなりにけり。また面白くなりにけり大きな声で妙（みやう）。

癖所謂癖物語　四十八癖　第四編　畢

四　底本●印なし。読解の便を考えて、話者記号を加えた。

五　諺「蛙の面へ水」（何も感じない）による。

六　有難いの洒落「有難山」を更に「山の（寒）烏」に続けた。

七　諺「烏の頭の白くなるまで」（『史記』燕太子の故事に基づく）。いつまでもその時期が来ないこと。ありがた山―山烏―頭白―面白、とつないだ。

解説

暮しを写す――式亭三馬の文芸――

本田康雄

一　商人・戯作者ふた役の生涯

式亭三馬は、安永五年（一七七六）に江戸浅草に生まれた。本名は菊地久徳（ひさのり）、字（あざな）は太輔（たすけ）、幼名をとらの助と呼ばれた。『式亭雑記』中に門弟古今亭三鳥に関する記事で、「(三鳥は）四年以来、浅草田原町三丁目家主茂兵衛店に住す」（文化八年五月十一日の条）と述べている。これが実父の名と三馬が生まれた家に触れている箇所である。浅草雷門（かみなりもん）の近く田原町三丁目中横町で、角に有名な歯薬売り松井源水がいたので俗称を源水横町という横町の長屋を差配する大家で、版木師を業とした菊地茂兵衛が三馬の父であった。

茂兵衛は晴雲堂と号し、三馬作刊本に「彫工　菊地茂兵衛刀」という署名がみえる。版木師としての仕事と生活、多くの版元、地本問屋と交渉のあったことは、長男三馬の生涯にも大きな影響を与えたであろう。特にすぐれた技術を必要とする草双紙合巻の彫工として、多くの場合、父親の協力を得られたことは、作者三馬にとって幸運であった。

三馬の実母のことはよく分らない。『式亭雑記』文化八年（三馬、三十六歳）の条に「四月四日は亡弟平八が百箇日の忌日にあたりければ谷中妙雲寺へ墓まうでする折から、墓所にて浅草の継母并（ならび）に愚弟金蔵に遇（あ）ふ」とあり、この頃には茂兵衛が三馬の継母、異母弟と共に暮していたことが察せられるのみである。

三馬は九歳の冬から十七歳（寛政四年）の秋まで、本石町四丁目の書肆、翫月堂堀野屋仁兵衛に奉公した（三馬旧蔵本『誰が袖日記』識語）。合巻『敵討安達太郎山』巻末口上に、「私儀独立つて十八歳の春よりけさくしやとなり」と記しているように、奉公を終えた翌年に処女作黄表紙『天道浮世出星操』（三冊、歌川豊国画、西宮新六版）、『人間一心覗替繰』（二冊、歌川豊国画、西宮新六版）を執筆したことになる。『天道浮世出星操』は山東京伝の当り作『心学早染草』（寛政二年刊）の趣向によったもので、天上界の星々が人間の心を操って様々の事件を起す筋書きになっている。「酒星にあやつられ酔つて乱暴する按摩」以下、儒者、泥棒、嫁と姑、息子など、世間にみられる各種の人物類型を自在に登場させ描きわけたところに、すでに後年の三馬の特徴がみられる。『人間一心覗替繰』も同様に、嫁、姑のいがみあっている様、持参金つきの嫁の高慢、それに鼻毛をのばす亭主、放蕩息子など町人社会の類型的人物像を取上げている。主人公式田や馬二郎がいきちょん大明神から授かった腹明鏡で人の腹の中を覗くという趣向の面白さよりも、むしろ誇張してかかれた嫁、姑などの生のせりふ、構図が可笑しさを誘う。この作が拠り所とした芝全交の『十四傾城腹之内』（北尾重政画、寛政五年刊）は医学書を種本に内臓をそれぞれ人物に見立てたものだったが、『戯作外題鑑』が「式亭三馬出る。全交の趣を慕ふて世俗の風を穿つことを得たる妙法多し」と評しているのも尤もと思われる。「世俗の風を穿つ」のが、三馬の作風の生涯を通しての特徴であった。

因みにこの二作に用いた戯号は「式亭主人」また「式亭三馬」、印は「三馬」（『天道浮世出星操』）、「式三馬」（『人間一心覗替繰』）であった。この戯号について三馬は、「此道ふるつはものとよばれたる三和の三の字、焉馬の馬の字そのひあはひの桃の木といふ綽号を得たる式亭三馬」（文化元年刊

『狂言綺語』所収「十大人を寿く辞」）と書いているし、馬琴も「（三馬）みづから云、我は唐来子の才を慕ひ、烏亭子に忘形の友とせられしより、三和焉馬の一字を取りて三馬と号するとぞ」（『近世物之本江戸作者部類』）と述べている。三馬自身の言である以上信ずべきであろう。しかしこの処女作によって判断する限り、「所謂四季の四番続を十二幕の月ときり……四季折々の演文附」（『天道浮世出星操』自序）の「四季」が「式」となり、歌舞伎「式三番」が「式亭三馬」となったことも、印「式三馬」によって察せられるのである。「あやつり」「のぞきからくり」と銘うった二作の芝居もどきの趣向が、この戯号に関しても注目されてよい。

以後、当時の戯作者一般がそうであったように、毎年黄表紙を発表し、寛政十年には洒落本初作『辰巳婦言』でこれまで誰も着目することのなかった深川古石場の遊里を描写した。

寛政十一年には三馬を筆禍事件（年表参照）で有名にした黄表紙『大楠木是嘘気侠太平記向鉢巻』（三冊、北尾重政画、西宮新六版）を刊行した。この作品は火消し人足仲間の内紛を太平記の世界にこじつけ、楠正成ならぬ嘘気茶右衛門を主人公として活躍させ、刀や槍の代りに鳶口と纏を持たせた。このような手法は、寛政初期の黄表紙『文武二道万石通』（喜三二）『鸚鵡返文武二道』（春町）などと共通する。寛政の改革政治に取材したこれらの黄表紙は、営中の秘事を扱い松平定信を始め幕府要路の政策を、源頼朝、畠山重忠の時代あるいは延喜の聖代のこととして仄めかして洒落れ、からかった笑いの文学であった。三馬はこの手法をそのまま適用して、下町の火消し人足の喧嘩を太平記の世界にあてはめて書いたのであった。鎧を着てはいるが角繋の股引に鉄棒・鳶口を持ち、きおいの言葉を遣う軍勢の合戦を描いている。本屋奉公の頃愛読したであろう先達戯作者の名作の手法で、町火消しの喧嘩という江戸の市井の事件を描いたわけだ。「角繋の股引をはいて中腹を並べる者は、是も江戸っ子式亭三馬」という序文末尾の文章も、三馬が町の作者として独自の世界を見出したことを自信をもって宣言しているように思われる。

この寛政十一年刊行の諸作等――『引返譬幕明（ひきかえしたとえのまくあき）』『俳優楽室通（やくしゃがくやつう）』及び門人・楽山人馬笑の洒落本『廓（くるわ）節用』――に、黄表紙作者の大先輩であった芝全交襲名についての口上がみえる。故人全交の遺言によって「二代目全交と罷成（まかりなり）候へとも」（『俳優楽室通』）「末じゆくの小作をもつて古人の高名をけがすことを恐れ」（『引返譬幕明』）まだ改名していないと述べている。これだけのことを明言する以上、全交襲名について確かな話があったものと思われるが、詳細は明らかでない。翌寛政十二年は『侠太平記』の筆禍により出版活動を謹慎したので襲名する余裕がなかったのであろう。その後も襲名しなかった理由としては、「とかくする程に、彼火消人足闘争の一件より三馬の名号暴（にはか）に噪がしくなりしかば、初念を絶にき」（『江戸作者部類』）という馬琴の解説を首肯すべきであろうか。

寛政年中に三馬は数寄屋橋外山下町の書肆万屋（よろずや）太治右衛門（蘭香堂）の婿養子となった。享和二、三年、二十七、八歳頃の作品に、この万屋太治右衛門の家で本屋の商売と戯作の執筆に従っている三馬自身が登場してくる。また、享和二年刊の黄表紙『封鎖心鑰匙（びんとじようまえこころのあいかぎ）』（三冊、歌川豊広画、西宮新六版）の巻末「追加」に、稿本の催促に来た版元と三馬自身の「欲」を書くという趣向で、「三馬のべらぼうめまたるすをつかひをる。山下町まではる〱の所を、こんなにむだあしをしては、つまらねへぞ。らいねんからはもうたのまねへ。あんな作はいつくらもある」という本屋と、「かんばんつきはさくしやのようだが、あきんど二やくだからやれ〱いそがしい。子ぞういそげ〱。山の手から下谷へまはらう。なんぞもうかる雅物でもでさうなものだ」として風呂敷包を背にした三馬を描いている。また同年刊の黄表紙『綿温石奇効報条（わたおんじやくきこうのひきふだ）』は、綿温石という薬綿の宣伝の為の小冊子であるが、取次所である万屋太治右衛門の店先へ寒がりたちが押し寄せる情景を描いている。その口絵に店先で「馬」印の紋つきの着物を着て温石を売っている人物は、三馬自身を描かせたものであろう。巻末では版元の和泉屋市兵衛に稿本を渡した三馬が「ヤレ〳〵此ごろはあきなひがいそがしくてならぬ。やう〳〵のひまでこじつけました」、和泉屋市兵衛が「ことしもきつうおくれてこまります」と言っている。後に三馬は本町二丁目に「仙方延寿丹売薬店」（付録参照）を開いて家業とし、同時に戯作の執筆に励んだが、その原型ともみられる生活の仕方を万屋太治右衛門の婿養子時代に窺うことが出来る。その後、妻が亡くなって養家を離れたが、離別後の動静については、石町の裏屋に借宅した（『江戸作者部類』）とか四日市に古本を商う小店を開いた（『戯作六家撰』）とか諸説あるが、享和三年刊『戯場訓蒙図彙』の刊記中に「享和三歳次癸亥春開雕　江戸山下町万屋太治右衛門、本石町四丁目西宮太助」とある。西宮太助は三馬の俗称なので、この年頃には万屋太治右衛門家から独立して本石町四丁目に移り住んだと考えられる。翌文化元年からは、以前奉公した翫月堂堀野屋仁兵衛の後室を養い、後にその娘を妻としたようである。

　文化二年執筆、文化三年刊行の諸作品は三馬の多彩な作家活動を示し、彼の文芸の特徴が始めて全面的に姿を顕してくる。『敵討安達太郎山』『雷太郎強悪物語』はこの期の黄表紙界の敵討物流行に応じて制作した苦心の作で、特に『浅草観音利益仇討』と角書のつけられた『雷太郎』は大当りをとった。同書は歌川豊国画、西宮新六版で、十冊を前後二編とし、各五冊をそれぞれ一冊に合本した。そのことについて三馬は、「絵ざうし合巻といふものを始めたり。（合巻とは五冊ものを一巻に合巻して売る也。されば合巻の権輿は、作者にては予が工夫、板元にては西宮が家に発る）」、「相撲取おのが勝たる咄ばかりするに似たれど、合巻絵ざうしを世に流行させしは予が一生の誉と思へば、老後の思ひ出いさぎよく侍り」(『式亭雑記』文化七年六月の条)と述べている。同書の全場面の約半分は、自殺、惨殺、格闘、斬り合い、あるいは亡霊出現の場面であって、馬琴は「いたく殺伐なる臭草紙」(『江戸作者部類』)と評している。しかし大当りであった。合巻仕立の書誌的な意味での創始については、三馬以前に十返舎一九の工夫があったが、黄表紙界に製本体裁の一つのモデルを示し、これをその主流として流行させ定着せしめたのは『雷太郎』であった。この作品で多くの読者を獲得したことが、三馬の作者生活の大きな支えとなったことは確かである。この年、三馬は洒落本としても『辰巳婦言第二集船頭深話』があり、中本『戯場粋言幕之外』『酩酊気質』には、後の『浮世風呂』をはじめとする滑稽本につながる手法が窺われる。

文化五年から七年にかけて、三馬は毎年十部に上る合巻を執筆した。その後も年間五、六部は書いているが、この三年間が彼の生涯の中で最も華々しい量産、かつ大当りの時期であった。文化五年の『吃又平名画助刃』(八冊、歌川国貞画)、『力競稚敵討』(八冊、勝川春亭画)、文化六年の『金神長五郎忠孝話』(十二冊、歌川国貞画)、文化七年の『一対男時花歌川』(十二冊、歌川豊国、豊広画)などは大当りで、これらの作によって三馬はさらに有名になった。

文化七年十二月には本町二丁目へ転宅し仙方延寿丹売薬店を経営することになる。この年に始まった戯作者兼売薬店の主という生活のあり方は、生涯変らなかった。売薬店開店については相当の覚悟が必要であったと思われるが、万屋太治右衛門の婿養子として本屋経営の経験があり、全くの素人ではなかったのだから、それまでの商人、戯作者兼業生活の延長と考えても大きな誤りはあるまい。また、三馬が常に目標として意識した山東京伝は、すでに寛政五年「其産業なきをもて遂に生涯の糧をなさむと欲して」(『伊波伝毛之記』)京橋銀座に紙烟草入煙管店を開き、戯作者との兼業生活を始めていた。三馬の意識には、おそらくこの京伝店の先例があったであろう。

彼等が「京伝店」「三馬店」を営んだのは、必ずしも経済上の必要からだけではない。原稿料だけでは生活できないから副業を持ったといった見解はおそらく誤りであろう。作家が著述業として社会一般に公認されている近代を以て、近世社会を律する嫌いがある。京伝も三馬もいずれも江戸の町人として家業を持たねばならなかった。生活の実質が作者であり、戯作執筆を目標に生きるとしても、この時代においてはそうした生き方に適合するような家業を自ら選んで江戸の町人として世に立たねばならなかったのだ。「商売往来」にもない戯作は、家業ではあり得なかった。文化九年にもうけた一子小三馬が父の没後二十七回忌に編んだ『式亭狂文集』（一名、戯想文）の凡例に「余成長後愚蒙(おろか)の筆もて及ばぬすさみに年々春毎一二部の稗史を著せるは、先考(ちち)が戯作に間なき身の時々(おりおり)に苦心あられて薬店を開き、子孫の活口(すぎはひ)をはかられしその深慮思へばなり。三十年の春秋を経て今に至るは、全く先考(うし)の賜たる製薬の効によれり。因(より)て尚世に広うしその功を不朽に伝へんと、只顧(ひたすら)家の後栄を祈るのみ。且(そのうへ)戯作左祖(ごひいき)の庇蔭(みかげ)を仰ぐも、余生計(わがなりはひ)を創(はじめ)し本源(そのみなもと)を忘却(わすれ)じと思ふ赤心(まごころ)よりいかでか家勢をおとさじとてつゞれる草紙にしあれど……」とある。戯作者である父を敬慕すると共に、それ以上に、家業として売薬店を開き、子孫に伝えてくれたことに感謝している。

開店の翌文化八年には三馬新製のおしろいのはげぬ薬「江戸の水」が「思ひの外流行」（『式亭雑記』）した。この化粧水は、文化七年の冬、他店から発売されて流行したという「るりの露」（おはぐろのはげぬ薬）また「三能水」などからの思いつきであろうか。だとすれば、おはぐろのはげぬ薬「るりの露」からおしろい下の化粧水「江戸の水」を着想するところに、またその命名に、いかにも洒落た三馬のアイデアが窺われる。「戯作の御ひいき強き御蔭にて、御邸の御女中様方は別して御評ばんよろしく御懇意様方へ御吹聴遊ばす故、いよ〱江戸の水〱と大評判になりしは誠にありがたき御贔屓(ごひいき)の御力なり……」(『江戸水幸噺(えどのみずさいわいばなし)』)というように、三馬作品の愛読者を狙って化粧品の宣伝を試みたのである。

文化九年、虎之助、後の小三馬をもうけて、店と家庭とそして戯作を総合した式亭三馬の生活が完成された観がある。以後、多忙のためか作品の執筆は減ったが、中本の発表は増えている。これまで年間二、三種であったのが文化十年などは七種も発表している。三馬の滑稽本の到達点を論ずるとすれば、この時期においてなされねばならない。『浮世風呂』が完結して『浮世床』が現れ、『四十八癖』シリーズが始まった。また『人間万事虚誕計(うそばつかり)』『人心覗機関(ひとごころのぞきからくり)』等、人間心理の表裏を穿(うが)ち戯画化したもの、また『忠臣蔵偏痴気論(へんちきろん)』『田舎芝居忠臣蔵』『素人狂言紋切形(しろうときょうげんもんきりがた)』等の演劇に取材するものなど多くの好著を生み出している。

文化十二年四十歳の頃から執筆する作品の数は急に少なくなる。しかし、寡作ではあったが、合巻作者としての技巧をこらした『艶容歌妓結(はですがたおどりこむすび)』(七冊、歌川国貞画)の如き傑作を書いている。また、没後文政八年に刊行された読本『梅精奇談魁草紙(さきがけぞうし)』の稿も文政の初めに執筆されたようである。読本(よみほん)には不向きであった三馬が寡作続きのこの頃、中国小説『今古奇観』を翻訳したこの第二作目の読本を書いた点に戯作への執念が認められる。

三馬は文政五年壬午閏正月六日に没した。馬琴が「其子尚総角なりければ戯作の弟子益亭三友等相資けて売薬店を相続せしめたりしとなん」(『江戸作者部類』)と記しているように幼い一子虎之助を中心に早急に家業の継承が計られ、売薬店の経営のみならず戯作も、つまり戯作と商人を兼ね備えた三馬の生き方がそのまま式亭小三馬に受け継がれることとなった。「戯墨をもて産を興せし者は、京伝と三馬のみ、京伝は子なし、弟京山が代りて店を継ぐに及びて、煙管煙包の売買を廃したり、三馬はその子に至りて父の生業を改めず、因て思ふ、身後の福は三馬京伝に勝れり」(『江戸作者部類』)と馬琴が述べている通りである。

二　『浮世床』の成立

『浮世床』『四十八癖』を解説する前提として、文化三年刊の中本『酩酊気質』『戯場粋言幕之外』と『浮世風呂』(文化六年～十年刊)との関係の要点を記しておきたい。

『酩酊気質』(上下二冊、歌川豊国画)は、かつぎ上戸、悪たい上戸など十二種類の酔漢(但し、なき上戸は老婆)をせりふと画像とで精細に描写した作であり、「凡例」末に「此の著作は素より一夕の漫戯にて、桜川甚幸に与へしを、書肆の需めによりて小冊とせり。希はくは甚幸が身振にて見給へ、作意顕はれて含笑又読むに勝る。彼の甚幸は慈悲成門人居芝西応寺町予が幼少の頃聞き及びし、一瓢、白兎、三楽に等しき身振の達者物真似の名人なり。余かれを愛する事久し。故に此の書を授くといふ」とある。一瓢、白兎、三楽については『茶番狂言早合点』初編(文政四年刊)にも、宝暦から明和にかけての有名な茶番師として「角至、里住、三落、他園、流香、藤十、一瓢、白兎、如斎、三楽三落と同人なるべし金福、陽堂、悪鬼涯喜賦未レ詳」等の名を掲げている。これらの人々は身振り、物真似(声色)、茶番の名人であった。因みに一瓢は江戸洒落本の元祖『遊子方言』の通り者のせりふに、「これ〳〵此おかのむかふが、それ身(身振りの意)をする一瓢が内だ」と語られている人物である。その系譜に繫がる桜川甚幸に、この作品を授けたと三馬は言っている。この凡例の記載は、本文に於ける精細な言語描写と相応するもので、三馬が身振り物真似の演芸の手法を文芸に導入したことを示している。但し、このような手法で書かれた先行の文芸作品がなかった訳ではない。山東京伝はその第二作目の洒落本『客衆(きゃくしゅ)肝照子(きもかがみ)』(天明六年刊)において、全巻を挙げて遊女・遊客など遊里登場人物を十九項に分けて、その身振り声色の描写を試みている。もちろん、寛政二年の禁止令以来、遊里を舞台に男女の情の機微を描きわける洒落本の執筆がほとんど不可能になってきていた事情はあったが、こういった手法を、更に市井一般の世界に持込んだのが三馬の『酩酊気質』であった。この作品では、各種の酔っぱらいの仕種や口癖を写して酔漢の生態がありありと現われるように苦心している。酔っぱらいという人物類型のみを描き、しかも読物としての相応の分量も必要であった為か、いささかくどい感じは否めないが、江戸の俗語・日常語を使っての創作である点に着目すべきである。これは後年の戯作者のみならず、明治開化期のいわゆる文学者たちにまで影響を及ぼした文体あるいは表現法の発掘といえる、三馬の最も得意とする方面であった。

『戯場粋言幕之外』(上下二冊、歌川国直画)は、堺町の中村座、葺屋町の市村座、この二町の光景を書き、中村座での観客の様子、観客同士の会話、物売りその他場内の有様を書いている。注目したいのはこのような情景を描写するにあたって、田舎者太郎左衛門、治郎助、老爺、老婆、息子を登場させ、その方言の会話を写し、田舎者の江戸見物の形を採ったことである。この手法は洒落本中の一系列――『両国栞』(明和八年刊)『呼子鳥』(安永八年刊)『真似山気登里』(安永九年刊)――及び前年文化二年刊の中本『有喜世物真似旧観帖』『叶福助略縁起』を想わせる。遊里見物乃至江戸見物を扱った「浮世物真似」の手法が援用されているのである。この描写法を軸としながら劇場内で利いた風の話をして芝居通を気どる男、桟敷での見合いの場面、生酔（なまよい）、儒者、国学者などを登場させ、これらの人物の会話の間に劇場の雰囲気を盛り上げ、また役者、芝居の隠語、劇場の構造などを説明している。

文化六年から刊行され三馬の代表作となった『浮世風呂』は、当時庶民の娯楽場の観のあった銭湯の情景を写し浴客同士の会話を描写した作であるが、以上に述べた二種の中本の総合の上に成立した作であった。『酩酊気質』における（生酔の）物真似描写、『戯場粋言幕之外』における登場人物の設定、及びそれらの人物による場面構成を無視して『浮世風呂』の成立を考えることは不可能であろう。『浮世風呂』前編の登場人物を会話描写を前提として類型的に把握すると、『戯場粋言幕之外』の登場人物と共通するものが相当に多いことに気付く。念のため共通する人物ごとにまとめてみると次のようになる（括弧内は『戯場粋言幕之外』登場人物）。

一、洒落本の類型人物「田舎」者に該当する人物で方言を遣う——田舎出身の下男（田舎者太郎左衛門・爺・婆）

二、洒落本の「武左」を想わせる人物で九州弁を遣う——西国者（お国侍）

三、関西弁を遣う人物——上方者（かみがた）（呉服屋の手代藤助）

四、酔っぱらい——大生酔（生酔・大生酔）

五、非常識でやたらに学問上の用語を使って出鱈目（でたらめ）をいう滑稽人物——医者（儒者・国学者）

六、洒落本の「半可通」に当る人物——義遊（半可通）

七、特定の性格はなく専ら取交される会話とその間にかもし出される場の雰囲気の主体として登場する一般の人物——八兵衛・松右衛門・金兵衛・源四郎（娘・母親・息子・年配の人——見合いの場面）

右の人物を中心とする場面が『浮世風呂』本文の約五割を占め、その中でも四の「酔っぱらい」が全体の二割に及ぶ。『浮世風呂』前編の登場人物とその会話描写は、桜川甚幸の身振り声色に擬した『酩酊気質』の酔漢の描写、また、浮世物真似の手法で劇場を描写した『戯場粋言幕之外』の人物設定および場面構成の技法に支えられているといえる。

『浮世風呂』は前編から四編へ書き進めてゆく中にかなり作風の変化を生じている。はじめ銭湯そのものの情景の「写し」が主眼であったものが、大当りをとった二編「女湯之巻」から三編へと女湯を描写してゆく中に、次第に登場人物相互の世間話（前述の七のタイプ）を描く場面が多くなった。四編では全体の五割を超えている。銭湯を写すといってもただ描写するだけでは限りがあり、くり返しも避けられないことになる。さまざまの趣向を設けて世間話、雑談の分量を増したということでもあろうが、着想の変化という評価もできよう。三馬自身にその意図が明白にあったかどうかは明らかでない。けれども、結果として、情景の「写し」から人物像の設定、創造へと変ってゆく作風の流れの変化するさまを確かに読みとることができる。

『浮世風呂』に続いて三馬は『浮世床』（文化十年初編、十一年二編刊）を書くことになった。厳密にいえば『浮世床』初編の原稿は自序の日付「文化八年辛未皐月十日」には少なくとも書き始められていたと思われ、後叙で「……一寸出来ると思の外、此柏屋（版元柏屋半蔵）の約束も翌明々日と云延たるが、きのふとなまけ、けふとづるけ、いつしか四とせの星霜を経りぬ」と断っている。つまり『浮世床』の少なくとも一部は『浮世風呂』三編——文化八年辛未五月八日脱稿（跋文）——と前後して執筆されたと考えられる。「銭湯」の趣向が尽きて「髪結床」へ舞台を換えたというよりは『浮世風呂』執筆の過程で『浮世床』の構想が生まれたというのが正しく、ある時期には両者並行して書かれたことが注目されるのである。

庶民の社交場という点では「風呂」も「床」も共通する面のあることは確かである。しかし、『浮世風呂』は元来銭湯の情景を写すこと——「写し」が主眼であった。ところが、その隣りに「浮世床」を設定するということになると自然にそれらを含んだ町の姿が浮び上がってくる。銭湯に描写の筆をふるった三馬は、ここで下町の雰囲気と住民の類型を、フィクションとして写し出す地点にさしかかったのではなかったか。そして、それは巻頭の口絵に描かれた大長屋のある町内の風景、本文冒頭の文章に端的に示されている。「大道直うして、髪結床必ず十字街にあるが中にも、浮世風呂に隣れる家は、浮世床と名を称びて連牆の梳髪舗。間口二間に建列なる腰高の油障子……その一方は、大長家の路次口をひかへたり。且入口の模様をいはゞ、大峰山の小先達、懺悔々々の梵天は、雨に洒落れても御丹精を遺し……」という文章は、工夫された口絵と共に三馬が書こうとした世界を余すところなく示しているのである。このような『浮世床』の舞台背景は、実は三馬の洒落本中にすでに用意されていた。洒落本初作『辰巳婦言』(寛政十年刊)の巻末に、この作の女主人、深川古石場の板もと(御職女郎)である「おとま」について次のように述べている。

作者曰　予おとまが出所をかんがみるに定て本所辺りの片はづれに、御目印青紙の……と刷毛書の水油有りの障子ヲ立たる九尺店のろじ口、本道外科と割て書たる医者の表札、さんげ〳〵の梵典と共に、雨晒となり、屑家葺の棟割に蛇の這出る流し元、大やさん鉄棒ヲ引きずり、火の用心と触れば、……大長屋に住む親仁といえるは、屑ワイ〳〵にその日を送り、夜はよもすがら、おでん白菊塩梅よしも、内の工面はあんばいわるく、母親の賃仕叓も、お花荒神松のりやの問ダを見合せ、いとけなき時はめけたらたん切大ころばしを口チにほふばり、南京小紋ニ鳴海絞りのつ

> ぎ〳〵、油揚のびときを引ツぱり、うどんやの汁つぎをもつて、醤油を六文、壱文の糠袋、ふすま磨きの小むすめなりしも、十五といへる春の頃、親仁が中風の為に、終には金にかへられ、……

遊里の枠を越えて、おとまが育った下町の長屋風景を描写し、両親のこと、幼年時代の生活に筆を及ぼしているのである。『辰巳婦言』は山東京伝の洒落本『傾城買四十八手』（寛政二年刊）『古契三娼』（天明七年刊）から大きな影響をうけており、京伝の洒落本を通してこの期の洒落本界の実情描写――遊里の座敷の遊び、手練手管の応酬でなく、遊女の商売気ぬきの真実の姿を描く作風――を学んでいる（京伝洒落本からの影響については、かつて水野稔氏より懇切な御教示を得た。同氏著『江戸小説論叢』参照）。

しかし、それにしても三馬の「おとま」親里の世界の追求は徹底していた。『辰巳婦言』後編の『船頭深話』（文化三年刊）では遊客喜之助がおとまの両親の家を訪ねることになり、「是より第五齣　辰巳七軒堀おとま親里の世界　来春三編にいだし奉入御覧候」と予告している。この構想は翌文化四年刊『船頭部屋』の「七軒堀親里の套」で実現し、「がらくたものをならべた見たをし屋」でおふくろはぼろや、おやじは古釘を打ち直している情景が描写されている。「七軒堀」とは「深川古石場三河屋」とあるべきところを「鎌倉古市場二川屋」と記すような洒落本の朧化の手法で、実は「深川六間堀」のことであろう。「本所辺りの片はづれ」（『辰巳婦言』）とあるのとも符合する。この作品の凡例に「前篇の二書に古市場の穴を穿ち風俗言語の趣ハ尽したればおとまが真実を主とし聊流行をくはふ……」とあるように、洒落本の実情描写の流行に従い徹底して三馬独自の世界を書いたのだ。これ以後、三馬は洒落本を執筆していない。このことは一般に洒落本というジャンルが衰微したことと考え合わせるべきであるが、「七軒堀親里の套」の長屋の描写、そこに生活する庶民の人物像は滑稽本

『浮世床』に継承されたとみたい。『浮世床』巻頭口絵、及び本文冒頭の一文に描写された町内風景、大長屋の路次口のモデルを三馬の著作の中に強いて求めるとすれば、以上に述べたように「七軒堀」のおとまの親里、つまり深川六間堀の長屋風景が想像されるのである。但し、付録に示したような、類型的な長屋が江戸の各所に存在したことが考えられる。少なくとも『浮世床』本文によればモデルの大長屋は、日本橋界隈に設定されている。だとすれば三馬はおとまの親里を通し、さらにわが住む町日本橋をも舞台として、江戸の長屋一般、そこに住む江戸庶民の暮しを書こうとしたと思われるのである。

『浮世床』では下町のどこにでもありそうな髪結床を舞台に極くありふれた庶民の類型が生地のまま登場し、駄洒落をとばしたり、人の批評をしたり、無駄話をして時間をつぶしている。つまり髪結の順番を待つ間の時間つぶしの話が列挙されており、また特殊な人物像の描写ではなく庶民の日常生活の雰囲気がそのまま滲み出ているのである。遊里に代わるべき文芸の対象として江戸の下町——作者三馬が住み、読者が現に生活しているわが町をまともに書いたのは、この『浮世床』が最初ではなかったであろうか。もちろんこの作品の生地のままの庶民を登場させながら書いてゆく手法は、もともと遊女、遊客の座敷の言葉を写した洒落本以来の描写法であり、展開される会話、文体がその性質を維持する限りそれは庶民生活の一面を表現するだけでそれ以上の深まりを描くことは困難であった。そういう滑稽本全般にみられる偏向を帯びながらも三馬としては洒落本の精神や手法、つまり洒落と穿ちによって人間心理の機微をつくこと——それをあらゆる工夫をこらして江戸の下町の生活の描写に適用したのだ。

『浮世床』二編巻末に「俗談平話のおかしみあることどもをひろひあつめ、人情のありさまをくはしくうがちて、来春嗣て出す」と予告しているが、三編は三馬自身の手では書かれず九年後、三馬没後の文政六年、滝亭鯉丈の手に成った。鯉丈は徹底して茶番の趣向を髪結床の会話に持ち込んでいる。隠居が惣太郎の茶番の趣向を聞いてやり指導する話などは茶番そのものだし、鬢五郎が虫歯の痛む女を身投げと間違えて助ける失敗談、無筆の盲蔵が知ったふりをして手紙をさかさまに読むのを皆それと知りながらすましていじめる話など、いくつかのいわば茶番劇をこしらえて髪結床の会話の中に嵌めこんでいる。この三編には明らかに鯉丈の特徴がうかがわれる。しかし、髪結いの順番を待つ間の気楽な時間の中に〝話し〟をはめこんでゆく手法はすでに三馬が確立していた。鯉丈はその点をみてとって遠慮なく茶番の趣向を持ち込んだのである。

三馬がともかくも庶民層をまともに作品に登場させ、「俗談平話」を書くことによって庶民の社会や生活を文芸化したことの意義は大きい。洒落本を主軸とする戯作の流れが、この滑稽本の出現によって真に庶民層の所有に帰したとみることも可能であろう。本書巻頭に描かれた町内の風景を眺めてみれば、三馬の描こうとした小世界が、歴然と、手にとるように浮び上がってくる。

三 『四十八癖』——物真似描写の展開と到達点

三馬作の滑稽本を一覧すれば、それらがいくつかの系統から成立っていることが分る。その系統は、必ずしも三馬が意図的に書き分けをした結果というわけにはいかないところがある。発案した新構想の作が当れば翌年も書き継ぎ、売れなければ中止するということがあったであろうし、また新構想の作にしても、彼が作品の序跋文でしばしば述べているように版元からの要請を無視出来ない。商品市場の波風に便乗したり翻弄されたりすることも当時の出版界の現実として前提とすべきであろう。とりわけて、戯作とあきんど二役を兼ね、自作のうちに商品宣伝を織り込む今日でいうパブリシティの先駆者だったほど流行に敏感だった三馬のことだから、作風の漂漾はむしろ自然なことでもあったといえる。けれども、そうした紆余(うよ)曲折を経ながらも、三馬は中本に関しては、日本橋の一売薬店主としての自らの視角のうちに日常的に見えてくる庶民の生活風景と登場人物のおかしさ——焦点は一貫してここに定めてきた。その中で彼の代表作として最も注目すべき作品が『浮世風呂』『浮世床』の系列であることは言うまでもない。これらは戯作文芸として、銭湯や髪結床を場として慎重に構想され、展開をさせた作品であった。しかし、この他にも『浮世風呂』成立の基盤となった前述の文化三年刊の中本二種、『戯場粋言幕之外』と『酩酊気質』はそれぞれ独立した系列として多くの作品に発展し展開して行く。前者は芝居や役者の世界をうがって当時の演劇愛好者——それは同時に市井人一般と同義語でもあった——に示そうとしたものであり、『客者評判記』(文化八年刊)、『田舎芝居忠臣蔵』(文化十年刊)、『素人狂言紋切形』(文化十一年刊)などがあった。後者は物真似の手法で類型的気質(性癖・心理)を描写するもので、『当世七癖上戸』(文化七年刊)、『早替胸機関』(同上)、『四十八癖』(文化九〜文政元年刊)などがあり、三馬が最も得意とする領域であって、その中で、初編から四編まで質量ともに最も多くの力を注いだのが『四十八癖』シリーズであった。

『四十八癖』初編は、歌川国直画で文化九年に鶴屋金助から版行された。自序の日付「文化八年辛未十二月三日」の成稿であろう。「世の人々の無くて七癖、或は有て四十八癖、異類異形を図にあらはして、癖といふ癖物語と目(もく)す」(自序)というのが題名の意味を語っている。「癖」といっても「標目」が自ら示しているように、「女房をこはがる亭主の癖」以下、一種の類型的人物を対象とはしているものの、その観察と描写とが細密をきわめている上に、人間心理を的確に把握しているだけに、「癖」が単なる一人物の癖にとどまらず、読者がわが身に引きくらべて読み進むことのできる普遍性をもっている。また、一般に、文句なしにおかしい軽い笑いを誘う短編が多いが、この編の最後の「人の非を数ふる人の癖」はそれだけに終らない。この話は、とある裏長屋の一隅で、昼前の一刻、亭主の留守をよいことに四方山話をする二人の女の会話のおかしさを狙ったものだが、この一齣の情景描写は裏長屋の生活の雰囲気を鮮やかに活写して紙上に再現してみせる。女たちの言葉づかいを軸に性格描写といってよいほど話者の人物像をくっきり浮び上がらせ、それゆえに彼女たちの生活圏である裏長屋そのものを髣髴させる。かりに三馬の文芸を「物真似」に過ぎぬとするならば、この場合、裏店生活そのものの物真似ということもできよう。

『四十八癖』二編は、翌文化十年に同じ国直画で版行された。各種の人物を六項に分けて掲げている。編中の「大言を吐いて諸道を訕る人の癖幷に克く応答をする人の癖」では、〝金があつてたはことをぬかすゆゑ、人がハイ〱とうけてばかりゐるをよき事と心得〟た人物が、物産、国学、諸芸道について高慢な出鱈目をいう。道具屋らしき人物がそつなく追従して答える。「蔭で舌を出す人の癖」は、その道具屋が別れて後、本心を語り悪口をいう趣向で、前編と対になっている。次の「金を溜る人の癖」と「金をなくす人の癖」とがやはり対をなしている点に、この編の特徴の一つがある。最後の「浮虚なる人の癖幷に不実者の癖」は、初編の最終項と同様、裏店の女のおしゃべりを描いた好短編である。

文化十四年に『四十八癖』三編が、柳川重信画で刊行された。この第二話「近所合壁の奴婢を会めて世間話を好く人の癖」は、三馬得意の裏店描写であって分量も多く、版本全二十六丁（本文は第五丁より）中の十丁を占める。『四十八癖』シリーズ中の圧巻は、ここに登場する女主人公「おてんば娘おしやべりあまの功を経たるかゝア左衛門」である。もちろん、人間の四十八癖を描くという構想の中に置かれているために断片的な描写であることは否めない。また、描写の基本的な形式が、ある人物の一場の「物真似」を主としていることも変らない。けれども、もともと生酔（なまよい）という特殊な状況に置かれた人物の言語描写（『酩酊気質』）に始まった「物真似」の滑稽本は、ついにこの人物像を描き切るまでに成長した感がある。多少の誇張はあるとはいえ、当時の裏長屋の景を手に取るように写してみせ、暇をぬすむことを楽しみにしている女奉公人たちを、ときにおどしすかしして頤使（いし）する長屋の女ボス、大女傑を粘っこく、それゆえにあざやかに描き上げている。この辺が三馬の滑稽本の辿り得た一つの極であろう。もはや「物真似」の域を完全に脱け出て「創作」し得た人物像といえよう。この『四十八癖』四編は、歌川美丸画で文化十五年（四月二十二日、文政と改元）正月に刊行された。この編では第四話の後半にむしろ特徴があろうか。三馬文芸のなかで決して優れた作品とはいえない。いやそれどころか、シリーズ中では水と油のような伊勢古市の松本屋彦十郎店の踊りの間の模様、惣踊りの実景が延々と紹介されている。明らかに一種のパブリシティ記事である。作者の、低位のもう一つの極を示すものかもしれない。

『四十八癖』は四編で終っている。もし書き継がれたとしたら、三編の標目にある「物に譬（たと）へて悪言（あくたい）を衝く人の癖」「話の度毎に悪地口をいふ人の癖」「亭主に負けぬ下卑女房の癖」が作品化されることになったであろう。そして、書かれることはなかったが、最後の「下卑女房の癖」などはその標目を読むだけでも、いかにも生々として三馬の本領を感じさせる。文化期より文政期にかけて江戸の裏店に「棲息」した女のおしゃべりを、さらに新たな視点と切り口とで描くことの出来なかったことが惜しまれる。

三馬の滑稽本が、もと身振り物真似を活写するところに基盤を置いた文芸であること、その文芸を、執拗な眼による観察と精緻をきわめた描写とで磨きあげてきたことについてはあらあら述べてきた。三馬の文芸が馬琴のいう「浮世物真似の中本」(『江戸作者部類』)の域をすでに脱したことは明らかであろう。

しかし、総じて三馬の作品が、町人社会を主題としながら表面的な描写に終ることが多く、登場人物に類型化が目立つこともまた事実であろう。類型的な人物が登場して滑稽を弄ぶだけで、それ以上の深まりがない、という大方の評言は、その限りでは必ずしも不当とはいえない。

けれども、結論を先にしていうならば、三馬の文芸は、むしろその「深まり」のなさ、言葉を換えれば、その軽妙さにこそ本質があると見ることも出来る。三馬が私淑していた風来山人平賀源内を、いわゆる戯作の源流とみることはおそらく正しかろう。周知のように源内はお薬坊主という軽輩中の軽輩ではあったが、ともかくも武士の端くれであった。源内にとっての不幸は、あり余る奇才の持ち主であったこととの一事に尽きる。主君讃州侯の寵を受けたのはまさに「芸が身をたすける不仕合せ」の初めであり、致仕して鬱屈の日々を送り、その佶屈した思いを「戯書」に託して吐き続け、身を市井におき、自らを戯作者とよんだ。いうならば、風来山人、蜀山人らの下級武士を中心とする前期戯作は、もと屈折した述志の文芸でもあった。彼らは、作品を寓話に託し、視点をずらして物事の本質を真正面から見つめないポーズをとり、あるいは主題をもっぱら市井や遊里の閑話に選んで、自らおどけ、自らを戯画化することで、志の露顕をさけた。その「志からの脱化」作業そのものが戯作における「洒落」の原型であったといえようか——。もちろん、あり余る博識と厳しい観察眼、そして巧妙な描写力とが、その作業を可能にしたのである。その戯作の次代の旗手たち、京伝、一九、三馬の後期戯作者と呼ばれる人たちは町人であり、ほとんど初期戯作者たちの鬱屈する思いとは無縁であり得た。その意味では戯作の本質の形骸化であり風化であるといえぬこともない。けれども、前期戯作者の、わが志を朧化し、物事の本質をまともに深く捉えようとするよりも斜に構えて物事を軽やかに洒落のめそうとする精神は、町人社会を町人が写す時代に移って、世間熟知の社交場である遊里という名の虚実の世界に舞台を設定し、人間の愛情を描きながら、軽みのある洒落の文芸を生み出してゆこうとする。その視点は前期戯作者と較べて下向し平準化し、視角も変ってくる。いわゆる後期戯作者が模範とした洒落本は、小冊子の中に遊里や遊里のなかでの遊びを再現し、その小世界の枠組みの中で当代の風俗と趣味生活とを穿った。洒落本の読者は洗練された遊興の紙上体験が可能であった。寛政の洒落本禁止令も背景にはあったが、その花柳の小世界を裏店の小世界に移したのが三馬作品であった。洒落本が遊里を描写し再現したように、これもまた限られた視野ではあったが、町人社会、町人生活――それも底辺に近い長屋の住人たちの実態を、覗機関の浮き絵のように三馬は立体化し浮び上がらせてみせた。三馬は源内を敬慕したが、源内の志はない。自ら戯作者たらんと志したのだから源内とはむしろ逆の極に立つ。けれども、三馬には当代の平均的な市井人が市井人の姿を写すという視点がつねにあり、また、人間という生き物の生態に対するあくなき好奇心をもっていた。加えて、三馬には「浮世物真似」の手法による、他の追随を許さぬほど精緻な人間観察術と、京伝以来の洒落本の筆法を十二分に応用した描写法とがあった。当代の平均的市井人が、程よく笑い合える程の人間の弱点と性癖とを、三馬は自在的確に描きわける手段を身につけていた。

三馬の文芸のなかでは長編に属する『浮世風呂』や『浮世床』にしても、全体のまとまりを売り物にする作品というよりも、短編の集積と見たほうが妥当かもしれない。『四十八癖』の場合は、四編を通じての「癖」の主題は一貫していても短編集であることは明白である。三馬は構想の作家であるよりも、やはり断片の輝きを身上とする短編作家と呼ぶべきであろう。これは、三馬が滑稽本作者としてもっともふさわしい資質の持ち主であったことを示している。

源内が「隠逸」者であったのに対して、私淑していた三馬は、自らを「江戸前の市隠」（『浮世床』初編後叙）と称している。これは、三馬が源内の後継者であるだけではなく、また洒落本の京伝の亜流でもなく、それらを総合した上に独自の「滑稽味」を加えた者であることの自負を示したものといえる。江戸生まれ江戸育ちの三馬は、文字どおり江戸前の「粋と笑い」の文芸を創造してみせたのである。

それが、従来の諸戯作者たちと比較して、いくらか通俗的ではあってもはるかに多数の読者を、三馬が獲得することになった理由でもある。『浮世床』口絵の町内風景を眺めてみよう。戯作文芸の流れは、式亭三馬に至って、ついに下町の長屋の実景を活写することになった。洒落本が対象とした伝統的な闇の不夜城である花柳の巷から、いささか騒々しくもある昼の長屋の現実へと変った。しかも、ここに展開されるのは髪結床に集まった庶民たちのひとときの憩いの姿である。芝居番付、落語・講釈のビラ、碁盤・将棋盤等は、髪結床にありふれた風景だったのだが、同時に三馬の狙った世界でもあった。女郎からきた手紙を読んだり、壁隣りの口寄せを覗く趣向も、同様に長屋の住人たちの余暇、娯楽を楽しむ姿を写している。三馬はこのひとときの彼等の姿態、会話を通して「浮世の人情」（自序）に迫ろうとした。

明治になって西欧の習慣が輸入されると共に、「日曜日」、「一六休暇」（官吏の公休日）、学校の

「暑中休暇」が定まり、また、労働時間が細かく規定されることになったが、『浮世床』『四十八癖』には、近代とは全く異なる「江戸の時間」が流れている。その中で、三馬はいわば江戸庶民の余暇を描写したとも言えよう。

そのことは、端的に『浮世床』口絵に描かれているし、彼等の年間スケジュールを考えてみても、『浮世床』『四十八癖』中で、しばしば話題になっている祭礼、開帳、その他の社寺参拝、また物見遊山、講中の集会、浄瑠璃・小唄の芸事、遊廓へ繰り出すことまで含めて、江戸庶民のレジャーが余すところなく扱われている。『四十八癖』で、亭主の留守をよいことに小鍋立てのひとときを過す女同士のおしゃべりもその重要な一環であった。本書の二作品が、泰平の世の江戸庶民の余暇を描いた、と言い切っては語弊があろう。けれども、江戸庶民の実態をもっとも的確にとらえるとすれば、焦点はおのずからその〝遊び〟に合わせざるを得ないことになる。わが町のわが仲間を、俗談平話で描いた三馬作品を、読者が先を争って読んだこともまた自然の勢いといえるだろう。

四　後代への影響

三馬の滑稽本にみられる描写の手法は後続の作者に受け継がれ、明治初期までは直接創作上の参考とされることがあった。牛店に集まる西洋料理好きの描写を通して開化期の人間像を浮彫りした『安愚楽鍋(あぐらなべ)』(仮名垣魯文、三編五冊、明治四〜五年刊)に、「……あとはおさけと生の鍋。まづ先さまは一ときりの。替る〴〵の人心。所謂のぞき機関(からくり)ならんか。作者の口調は三馬〳〵」(二編上、巻頭)

とあるのはこの作が三馬の滑稽本の手法に拠ったことを示している。ただし、その手法を借り、主題を明治の風俗に移したこと以外に大きな意味は見出せない。

水谷不倒は「洒落本一変して一九の中本となり、狭斜世界は押拡げられて我が下流全体の世界となりしを、三馬更に一変して江戸町内の世界となし、漸く本来の花柳肌を脱し、普通の人情を主眼とし、叙事体にて之をなしゝは此の以前に其磧自笑等あれども対話体は三馬が嚆矢なるべし」(『列伝体小説史』三馬の項)と三馬の文芸を評価しつつも、三馬は「実際の世間」「現実」の「模写」に長じ、文章の上で口真似・物真似をなすことが巧みであっても、「三馬の才は、所詮模倣にありて創造にあらず」と批判している。そして、結論としては、「明治の小説家にして三馬的滑稽に甘ぜんか、明治の小説は到底美術たる能はざるべし」と警告している。水谷不倒のこの評言自体が、新しく「文学」を創造しようという明治期の、すでに文学史に属する事柄であるが、三馬の文芸が「模写」であって「創造」を本旨とする「美術」、つまり、「文学」ではないという指摘は、今日なお通用している。その点については、三馬の文芸が「模写」にはじまり、模写を抜き出た「創作」の域に達していることを、すでにあらあら述べてきた。

水谷不倒の評言が、魯文の『安愚楽鍋』に対するものであるならば至当といえよう。しかし、二葉亭四迷の場合は、いささか異なる。

二葉亭四迷はその言文一致体の文章を創造する苦心の中で、三馬の会話文を参考にしたと自ら語っている。「余が言文一致の由来」(明治三十九年五月)で、坪内逍遥の意見に従って円朝の落語通りに文章を書いてみた、と語っていることは周知のところだが、続けてその後、二葉亭の文章がややもすれば「俗になる、突拍子もねえことを云やあがる的に」なるので〝坪内先生は上品にせよと言い、徳富さんは文章体にした方がよいといった〃が「自分は両先輩の説に不服であった」と述べ、文章についての自分の説を披瀝（ひれき）している。国民語の資格を得ていない漢語や現代に生きていない古語は使わない、どこまでも「今の言葉」を使うことを主張した後で、次のように語っている。

> 支那文や和文を強ひてこね合せようとするのは無駄である、人間の私意でどうなるもんかといふ考であつたから、さあ馬鹿な苦しみをやつた。成語、熟語、凡て取らない。僅に参考にしたものは、式亭三馬の作中にある所謂（いはゆる）深川言葉といふ奴だ。『べらぼうめ、南瓜（かぼちゃ）畑に落こちた凧（たこ）ぢやあるめえし、乙うひつからんだことを云ひなさんな』とか『井戸の釣瓶（つるべ）ぢやあるめえし、上げたり下げたりして貰ふめえぜえ』とか……いかにも下品であるが、併しポエチカルだ。俗語の精神は茲（ここ）に存するのだと信じたので、これだけは多少便りにしたが、外には何もない。

右の三馬の深川言葉は『辰巳婦言』の女主人公おとまと遊客藤兵衛の会話——おとま「おめへも又あんまりでござへす。かぼちゃ畑へ凧をおつことしたやうに、おつにからんだ事をいいなへへす。ソウ又穴の穴までほつて聞たくは、わけを話してきかせやせふ」藤兵衛「しれたことよ。穴を掘るのほらねェのと、水場の施主か、堀抜井戸の地主が、聞てあきれらァ。ふさ〴〵しい」——にみえる。

近代文学の孤独な先駆者として、二葉亭はロシヤ文学を正確に日本の文章に写そうとした。しかし、それに応ずる日本の文章は、自ら新たに創造する以外にどこにも用意されていなかった。二葉亭が、三馬の文芸を「いかにも下品であるが、併しポエチカル」と受取ったのは、三味線の音色を愛したという彼自身の江戸趣味に発していよう。大事なのは、これに続く「俗語の精神」の二字だろう。いうまでもなく、文体、表現法はつねに作者の発想と表裏の関係にある。俗語による会話を余すところなく駆使した『辰巳婦言』の場合、前述したように、深川の大長屋の九尺二間を親里とする極貧育ちのヒロインを、その生まれ育ちとの関わりから捉え、描き出そうとするならば、「下品な会話体」は、三馬にとって不可欠の手法だったということができよう。そして、江戸前の三馬にとって深川辺の「下品な会話」は、売薬店主三馬の、まさに自家薬籠中のものであった。市井人が市井人の眼と言葉で市井人を活写する、その文芸に、四迷はむしろ「新らしさ」を見た、といえるのではないか。二葉亭四迷が明治二十年代に始まる言文一致体小説の嚆矢であることは、今さらに付言する要もあるまい。

〔参考文献〕

朝倉治彦編『自筆影印守貞漫稿』昭和四十九年六月　東京堂出版

神保五彌校注『日本古典文学全集　滑稽本』昭和四十六年五月　小学館

藤村潤一郎「町飛脚・文使・伝便」『日本歴史』昭和五十一年四月号

本田康雄『式亭三馬の文芸』昭和四十八年三月　笠間書院

『浮世床』『四十八癖』の書誌について

一、『浮世床』は、閲覧した諸本の多くは後刷本で、初編四冊、二編三冊（または四冊）である。初版本と判断される吉田幸一氏蔵本（初編のみ）、蓬左文庫尾崎久弥コレクション本（初編上巻）、京都大学潁原文庫蔵本（初編下巻）によって考察すると、『浮世床』初編の初版は上、中、下巻の三冊本で、それぞれ中本形（表紙縦一八・五、横一二・五センチメートル平均）であり、方簽――縦七・五、横七・九センチメートル。内枠縦五・六、横五・九センチメートル。外枠と内枠の間に孔雀羽根の模様あり――に三行に「柳髪新話／浮世床／初編　上（中、下）巻」と記されている。本文は八行。本文枠は四周単辺、縦一五・三、横一〇・五センチメートル。丁数は上巻四十六丁、中巻二十五丁、下巻二十七丁である。『浮世床』初編と同年に刊行された『浮世風呂』四編の広告「当酉年新版絵入読本」中に、「柳髪新話　浮世床　初編三冊」と記されているのがこれであろう。二編の初版本も、おそらく柱刻の記載「浮床二上　序一（〜八）、九（〜三十五）」「浮床二下　一（〜三十五）」の通り、上、下巻の二冊であったと想定される。従って、『浮世床』初版本は、各冊方簽を付した初編三巻三冊、二編二巻二冊の中本であったと考えられる。画工は初、二編とも歌川国直である。

一、『四十八癖』は、初編より四編までそれぞれ一冊。中本形で、架蔵本（初編のみ）には方簽――縦七・七、横七・二センチメートル――があり、その中央に「四十八癖初稿／全一套」、右側に「癖所謂／癖物語」、左側に「式亭三馬戯編歌川国直戯　筆江戸書賈双鶴堂金助梓」とある。各編とも本文は十五行。本文枠は四周単辺、縦一五・三、横一〇・八センチメートル。丁数は初編二十三丁、二編二十五丁、三編二十八丁、四編二十九丁である。

付録

三馬店図

「江戸の水」宣伝のための自家広告冊子『江戸水幸噺』（三冊、歌川国直画、鶴屋金助版、文化九年刊）二丁裏、三丁表に載る。

上欄には以下のように書かれている。

こゝに京都田中宗悦がせいする煉薬に、仙方延寿丹といふは、むかし〳〵元禄年中より江戸本町一丁目出店にてうりひろめ来り当時まで凡百二十年あまり世にきこえたるりやうやく也。すべて京大坂より江戸表に出店を出し、あるひはひろめ所を出すたぐひ多けれども、みなちかごろの事にて、此延寿丹をさいしよとするよし、古物ごのみの諸先生あるひは古老のものかたりなり。これによつて此たび本丁二丁目三馬方は本家に縁あればとて一丁目の店を引うつしていぜんのごとくうりひろめ来る。しかるに、関東筋は式亭の取つぎにて諸国へうり出す。もちろんむかしより国々にあまた取次所はあれども戯作御ひいきの御おんたくにてむかしにまさる薬のうれ高…（以下、三丁裏、四丁表まで延寿丹の宣伝と効能書が続き、さらに江戸の水の宣伝がある）。

奥の帳場にいるのが三馬か。

〈国立国会図書館蔵本による〉

「えんじゆたんを二朱が下さい。」

「ハイ〳〵只今つめます間、すこしおまちあそばされませ。」

三馬店を中心とした日本橋周辺地図

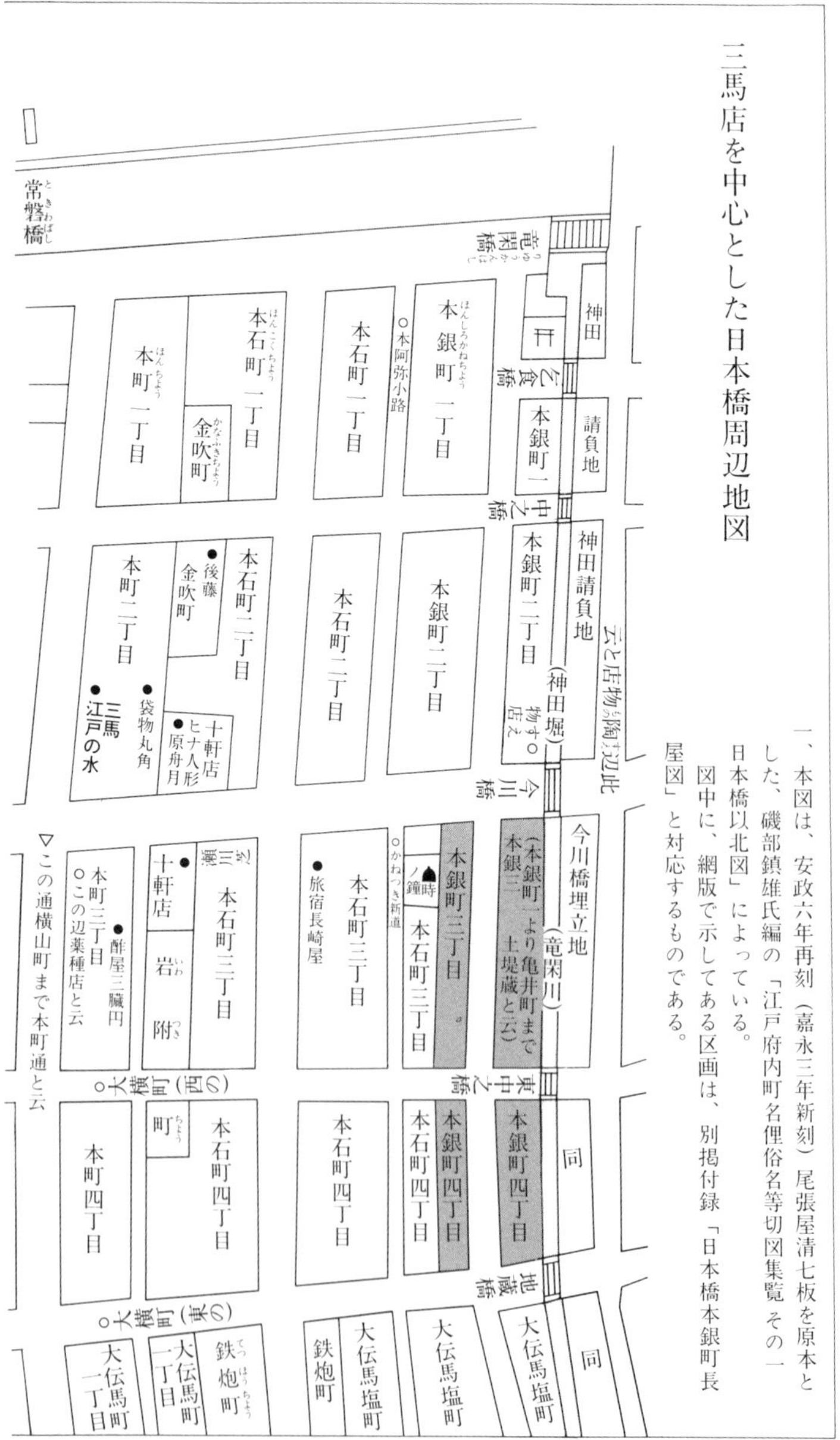

一、本図は、安政六年再刻（嘉永三年新刻）尾張屋清七板を原本とした、磯部鎮雄氏編の「江戸府内町名俚俗名等切図集覧 その一 日本橋以北図」によっている。

一、図中に、網版で示してある区画は、別掲付録「日本橋本銀町長屋図」と対応するものである。

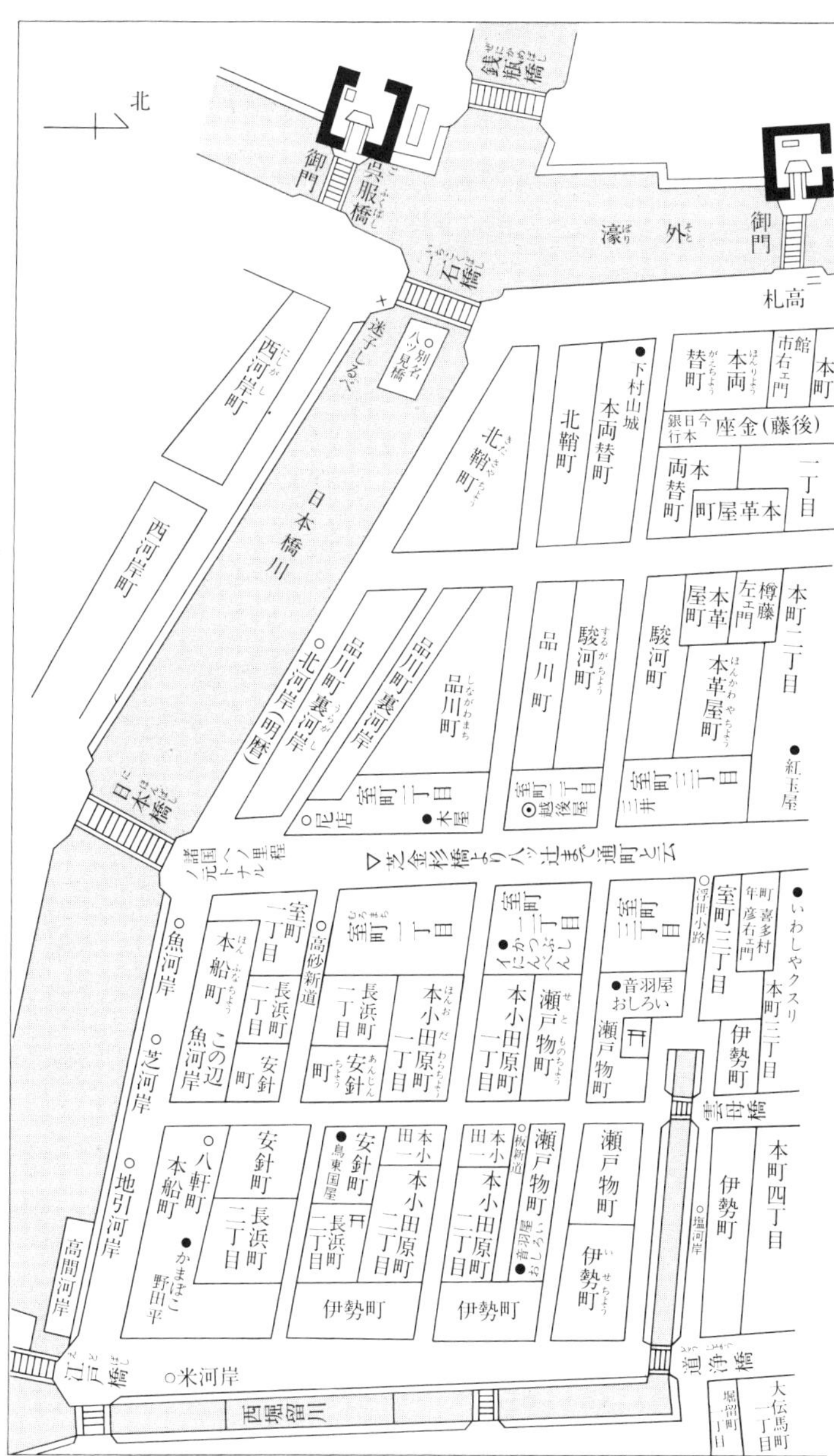

第一図

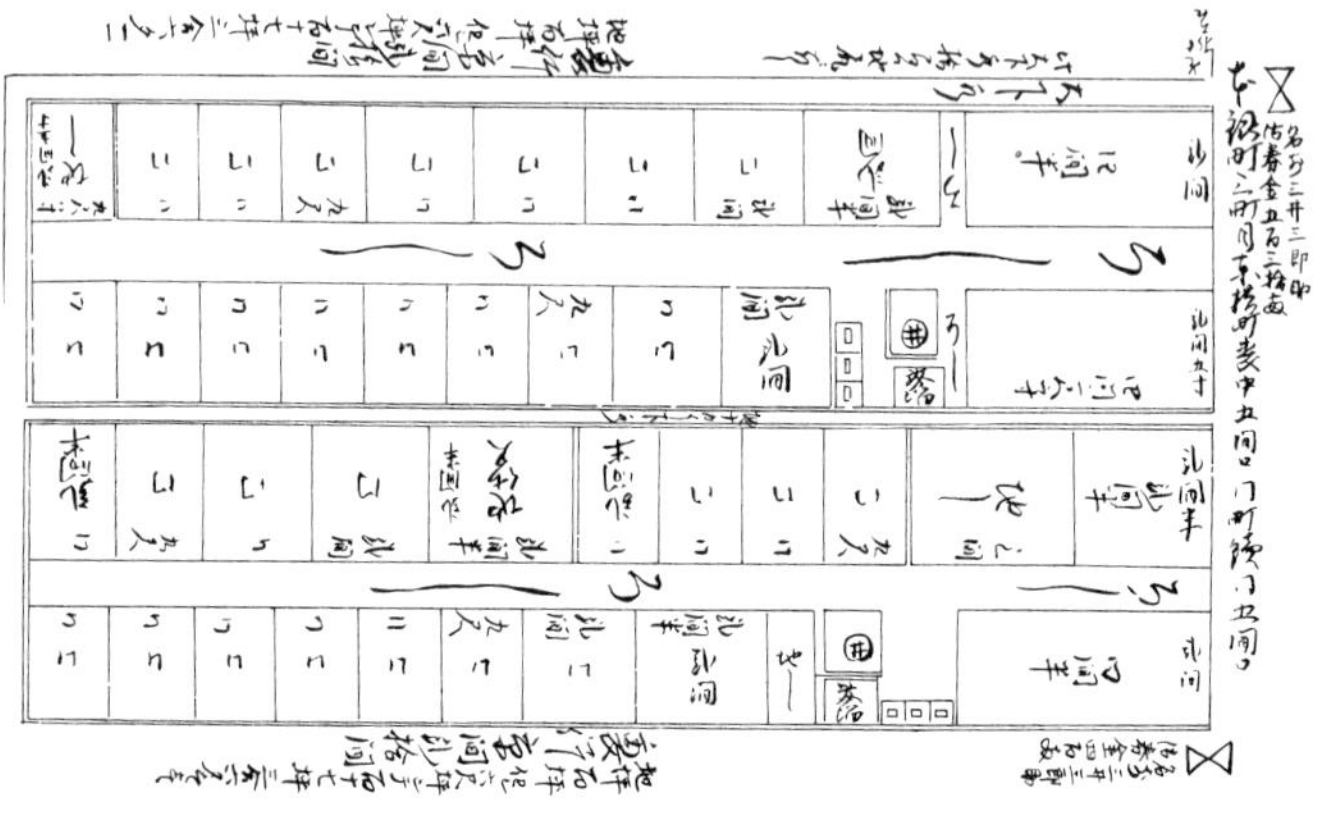

第二図

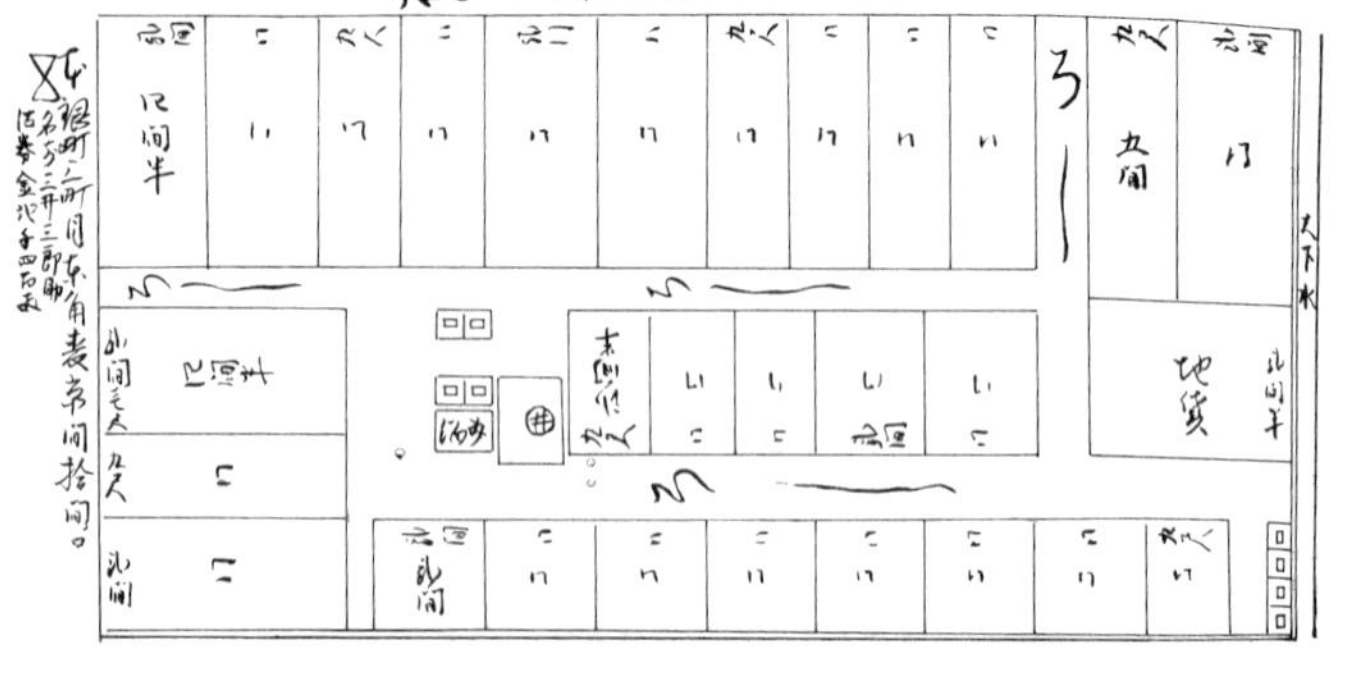

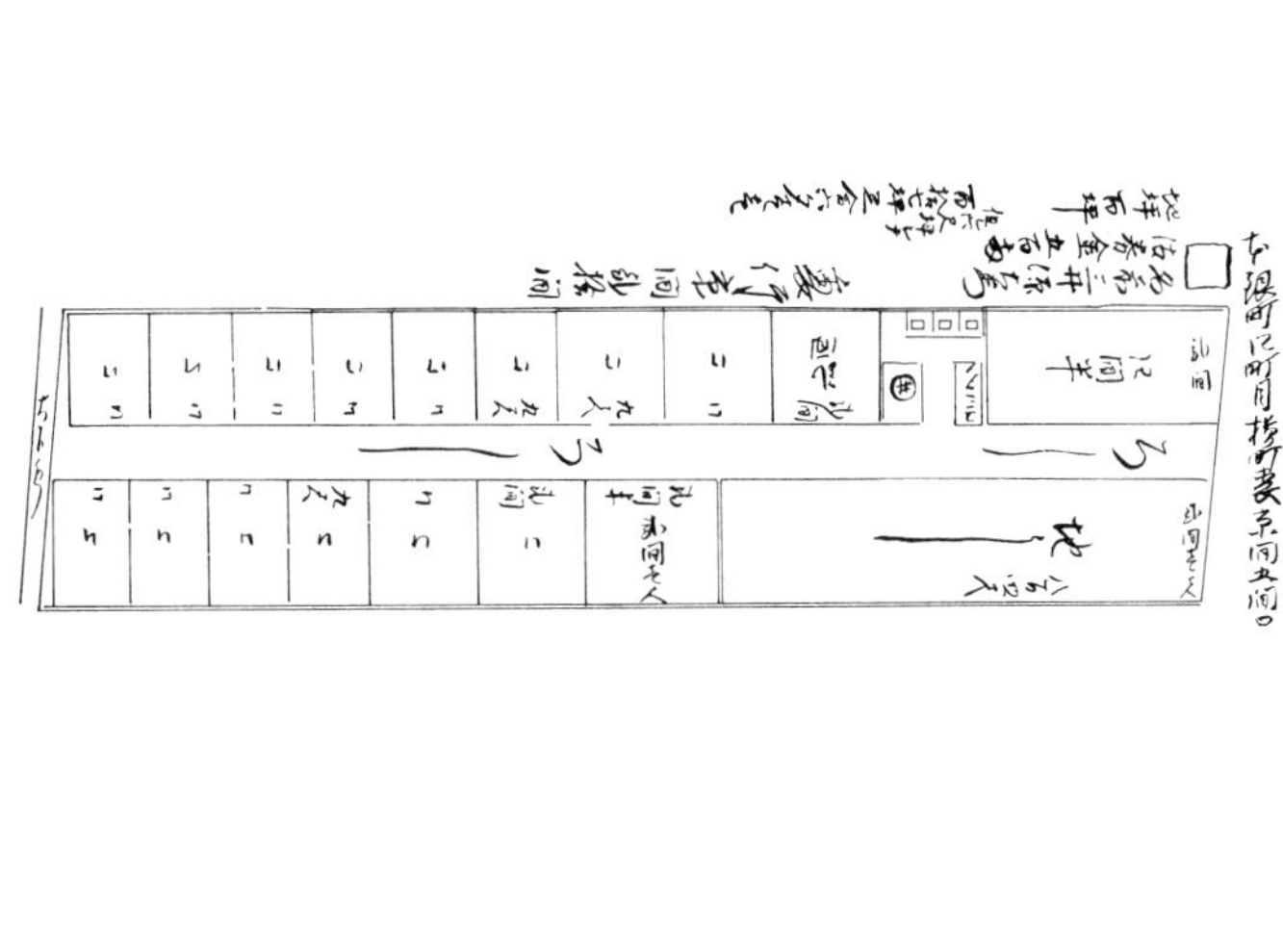
第三図

日本橋本銀町長屋図

図版は三井文庫蔵『江戸抱屋敷絵図』中の本銀町三、四町目の長屋の図面である。同書（縦三三、横二四・二センチメートルの冊子）は、文化四年、京両替店勘定名代伊藤儀右衛門が江戸勤番中作成したもので、前年三月の大火（年表参照）後の三井家抱屋敷関係資料として、九十七か所の町屋敷の平面図を収録した沽券図帳である。「地貸」の箇処は黄色彩色。前掲の「日本橋周辺地図」に該当地域を示してある。

第一図は、本銀町三町目にある長屋図である。大長屋二棟の地境に「下水」が流れており、それぞれの長屋に、共同の井戸、芥溜、総後架（共同便所）がある。間取りは九尺二間が中心だが、表通りまたは新道に面していると思われる角地は、二間四間半等の大きな貸家、貸地となっている。第二図は、総後架が「大下水」近くに更に一か所ある。いずれも地権者は三井三郎助、土地価格を表示する沽券が記されている。

第三図は本銀町四町目所在の大長屋。二間一尺八間四尺の「地かし」地と路次を挟んで「ゴミタメ」等がある。この界隈に限定されてのことか、大長屋は「下水」または「大下水」で区切られているようである。地権者は三井源右衛門。このような長屋が江戸の下町に多数混在した。三馬は長屋の住民の気質やその暮らしぶりを描写したのである。

式亭三馬年表

一、上段には三馬の滑稽本を中心とした作品刊行年表を、中段にその生活録を対照して掲げた。また参考のために同時代の主要文芸作品・傾向、あるいは歴史的事件等を下段に置いた。
一、当時、作者は前年秋までに版元に稿本を渡し、正月に刊行（前年冬より売出し）するのが通例であった。上段の刊行作品の年度は執筆の翌年になる。

西暦	年号	年齢	刊行作品	生活録	参考事項
一七六五	明和二				○『柳多留』初編刊。
一七七〇	七				○田舎老人多田爺『遊子方言』刊。 ○洒落本流行はじまる。
一七七二	安永元				○江戸大火。
一七七四	三				○『解体新書』刊。
一七七五	四				○黄表紙はじまる。 ○恋川春町『金々先生栄花夢』刊。
一七七六	五	1		○三馬出生。浅草田原町三巷（三丁目）。家主菊地茂兵衛の長男。幼名「とらの助」。茂兵衛は八丈島の為朝大明神の祠官菊地氏の第八代、菊地武幾の長男。業は版木師、号、晴雲堂。三馬作合巻を多数彫っている。親子の間、後年に至るまでよし。三馬は、この父親から「金銅殿の名犬」の話など、寝物語に聞いて育つ。母未詳。父、のちに三馬にとっての継母を娶る。	○上田秋成『雨月物語』刊。 ○平賀源内、エレキテル完成。
一七七八	七	3			○ロシア船、蝦夷に来る。
一七七九	八	4		○「幼きころ伯母なるもの某大守公の奥殿に仕へまゐ	○平賀源内、獄中で病没。

				らせければ、おり〳〵伯母へ対面のため奥殿へ至るごとに好む所なれば傍にありおふ冊子をとり読むを其席へ来あはす仕女たち『この童は歳にも似気なく書を読むことの拙からず、今の程よりかく文才に長じたれば、後はいかなる者にかならんずらん』などいはれしが…」（『戯作六家撰』に三馬自身よりの聞書きとして所載）。	
一七八一	天明 元	*6*		○実弟平八誕生（のち書肆石渡利助家を継ぎ、さらに書肆三浦家の養子となる）。	
一七八三	三	*8*			○この年より諸国大飢饉、農民流亡はじまる。
一七八四	四	*9*		○この年の冬より本石町四丁目書肆翫月堂に奉公。	
一七八五	五	*10*			○山東京伝『江戸生艶気樺焼』刊。
一七八六	六	*11*			○諸国大洪水、大凶作。江戸も同様。
一七九〇	寛政 二	*15*			○洒落本出版禁止令。「なお利を思ふ書賈等、行事の検定を受ずして私にかの小冊を印行せしもの尠からず…」（馬琴『江戸作者部類』）。
一七九二	四	*17*		○この年の秋まで翫月堂に奉公。	
一七九三	五	*18*		○独立して戯作執筆をはじめる。戯号、「式亭三馬」、印は「三馬」、「式三馬」を用いた。 ○京伝と並ぶ戯作者「芝全交」没。	○京伝、京橋銀座一丁目に「紙烟草入煙管店」を開き、商売と戯作兼業の生活を確立（職業戯作者の嚆矢）。
一七九四	六	*19*	黄表紙処女作 『天道浮世出星操（てんどううきよのでづかい）』 『人間一心覗替繰（にんげんいっしんのぞきからくり）』	○馬琴は三馬が嫌いで批判し非難したが、「其親茂兵衛も酒を嗜むにより月毎に酒銭として南鐐二片づつ送ること数年」（『作者部類』）に及ぶことをほめている。	○この頃、書肆上総屋利兵衛、石渡利助と改名。禁令を犯して洒落本を版行し、軽追放されたためである。

一七九五	寛政 七	*20*	黄表紙 『唐人寝言』		○本居宣長『古事記伝』下巻完結。
一七九八	十	*23*	『吾妻街道女敵討』（敵討もの初作） 洒落本 『辰巳婦言』（穴場としての深川古石場を扱った初作）		
一七九九	十一	*24*	黄表紙 『侠太平記向鉢巻』（火消し人足、一、二番組の争いがテーマ） 洒落本 『傾城買談客物語』 芝居本 『俳優楽室通』 『俳優三階興』	○正月六日、『侠太平記』を読んだ「よ」組の若い者、版元の西宮新六、ならびに筆者三馬宅を襲い、破壊する。この事件で、人足数名入牢、新六は過料、三馬は手鎖五十日。三馬、のちにこの事件を「父にもいたく劬労をかけしかど」といっているが、馬琴はこの事件をとらえて、三馬の名が「暴に噪がしく」なったと評す（『作者部類』）。 ○芝全交の遺言により二代目全交の名を譲られたが改名しなかった（『引返譬幕明』『俳優楽室通』）。	
一八〇〇	十二	*25*		○三馬は寛政年中に、数寄屋橋外山下町書肆万屋太治右衛門（蘭香堂）の婿養子となった。	○伊能忠敬、蝦夷地測量を命ぜられる。
一八〇一	享和 元	*26*			○本居宣長没。
一八〇二	二	*27*	黄表紙 『稗史億説年代記』 『封鎖心鑰匙』 『綿温石奇効報条』	○『綿温石奇効報条』の巻末に、万屋宅の三馬自身が登場、「看板つきは作者のようだが商人二やく」と語る。插絵に、万屋売出しの温石を売る「馬印」の紋の人物が描かれる。『浮世床』口絵にも同趣向がみられる。	○十返舎一九『東海道中膝栗毛』初編刊。
一八〇三	三	*28*	狂歌師事典	○友人の落話家烏亭焉馬の六十の賀の世話役となる。	

西暦	年号	年齢	作品	事項	社会
			『狂歌觿』(鹿都部真顔の企画の実現)		○この年四〜六月、麻疹大流行。
一八〇四	文化 元	29	滑稽本 『麻疹戯言』(初作) 『戯場訓蒙図彙』 『戯文報条 狂言綺語』(前年の焉馬六十の賀の出席者の即興文に自作の狂文を加えた書)	○甑月堂の後室(未亡人)を養い、のち、その娘を妻とする。甑月堂は二代目仁兵衛が相続したが、この年本石町の家は頽廃した。 ○この年、焉馬の催した鹿都部真顔送別宴に出席した。	
一八〇六	三	31	合巻 『雷太郎強悪物語』(初作、三馬出世作) 『敵討安達太郎山』 滑稽本 『酩酊気質』 『戯場粋言幕之外』 『小野篤譃字尽』 洒落本 『船頭深話』	○「合巻絵ざうしを世に流行させせしは、予が一生の誉」(『式亭雑記』)。 ○この前後、三馬は蕎麦から座禅豆に至る「報条」(戯文、狂文による宣伝文)をさかんに書いている。 ○日本橋十九文横丁に住んで芝高輪より発した大火に遭い、蔵書ことごとく焼く。この火、江戸五百三十余町を舐め尽す。 ○北総、佐原の柳斎主人方に仮寓すること数か月(潮来に遊ぶ)。 ○年内に江戸に帰り、本石町四丁目新道に転居。	○以後合巻流行する。 ○五代市川団十郎没。
一八〇七	四	32	洒落本 『船頭部屋』		
一八〇八	五	33	合巻 『吃又平名画助刃』 『双禿対仇討』 『力競稚敵討』	○「酒色の巷に走りしが、意馬漸くとどまりて老実漢になり…」(『敵討宿六始』版元の作者紹介)。 ○京伝作よりも早く出版するために稿本を渡した絵師、勝川春亭が後廻しにしたということで絶交騒ぎ。	○間宮林蔵、樺太へ。

一八〇九	文化 六	*34*	合巻 『大尽舞廓始（くるわのはじまり）』 滑稽本 『浮世風呂』前編		○『東海道中膝栗毛』八編刊（完結）。 ○上田秋成没。
一八一〇	七	*35*	芝居本 『役者評判記』 滑稽本 『浮世風呂』二編 『早替胸機関（はやがわりむねのからくり）』 『当世七癖上戸』	○「中本にては浮世風呂二編女湯、石渡平八板、ことしの大あたりなり」（『式亭雑記』）。 ○十二月、本町二丁目へ転宅。 ○仙方延寿丹の売薬店を開く。薬屋と戯作の二筋道。	
一八一一	八	*36*	読本 『流転数回阿古義物語』（父茂兵衛、口絵に「紅毛銅版の細密を偽刻」） 滑稽本 『客者評判記』 『狂言田舎操』	○正月、実弟平八没。戒名顕修信士。 ○二月、「江戸の水」発売。売れ行きよく、店は繁昌。戯作者としての評価も高まり、草双紙では京伝と同格となる。女性風俗等の取材にも熱心で、多忙を極めた。 ○三月、三馬主催の書画会を両国で開催。世話人に豊国、国貞等の絵師、京伝、京山も出席。勝川春亭と仲直りの宴。	○彫物（入れ墨）禁止。
一八一二	九	*37*	合巻 『江戸水幸噺（えどのみずさいわいばなし）』（自家宣伝） 『赤本再興花吹ぢゝ』	○虎之助（三馬自身の幼名と同じ）、のちの式亭小三馬をもうける。	

			『赤本再興桃太郎』 滑稽本 『浮世風呂』三編 『四十八癖』初編 『忠臣蔵偏痴気論』 『訥子路考極楽道中記』（役者追善草紙）		○四代瀬川菊之丞没。 ○四代沢村宗十郎没。
一八一三	十	38	滑稽本 『浮世床』初編 『四十八癖』二編 『浮世風呂』四編 『例之酒癖一盃綺言』 『人間万事虚誕計（うそばつかり）』 『田舎芝居忠臣蔵』初編		
一八一四	十一	39	滑稽本 『浮世床』二編 『古今百馬鹿』 『田舎芝居忠臣蔵』後編 『人心覗機関（ひとごころのぞきからくり）』	○『古今百馬鹿』の跋文（弟子春亭三暁）に「黄口の小児もその雷名知らざるなし」。	○馬琴『南総里見八犬伝』肇輯刊。 ○清元延寿大夫、市村座の顔見世で清元節「御摂花吉野拾遺（めぐみのはなよしのしゅうい）」初公演。
一八一五	十二	40	『素人狂言紋切形』 『落話（おとしばなし）中興来由』（「江戸におとしばなしをする人々の落話会催すとて、物ずきしたる団扇あるひはすりものを」		○将軍、参府中の飛鳥井雅光らの蹴鞠をみる。

西暦	年号	年齢	著作	事項	参考事項
			貼り込み、解説を加えたもの）		
一八一六	文化十三	41	『狂歌觿』続編 『俳諧歌觿』		○山東京伝没。
一八一七	十四	42	合巻 『五色潮来艶合奏』 滑稽本 『大千世界楽屋探』初編 『四十八癖』三編		
一八一八	文政　元	43	手紙文用例 『大全一筆啓上』 滑稽本 『四十八癖』四編		
一八二〇	三	45	合巻 『松竹梅女水滸伝』前編		
一八二一	四	46	合巻 『松竹梅女水滸伝』後編		○伊能忠敬（没後）沿海実測図完成。
一八二二	五	47	滑稽本 『茶番狂言早合点』初編	○閏正月六日死去。深川の雲光院寺中、長源院に葬る（大正十五年春に現在の目黒区碑文谷一丁目正泉寺へ改葬）。戒名は「観誉喜楽奏天信士」。父茂兵衛在世、小三馬、店と戯作の二つながら継承した。	
一八二三	六				○シーボルト、長崎出島に着任。
一八二四	七		合巻（遺稿）		

西暦	年号		事項
			『坂東太郎強盗譚』初編（「いかづち太郎にもう一ぱいあぶらを乗せたるばんどう太郎」〈序〉）
一八二五	八		読本『魁（さきがけ）草紙』
一八二六	九		滑稽本『風流稽古三味線』
一八四一	天保十二		洒落本『潮来婦志（いたこぶし）』小三馬刊

『浮世床』『四十八癖』金銭・物価等対照索引

一、本文中の金・銀・銭貨の価値、または物価・経費等を知るため、記載された金額を三貨に分けて列挙した。庶民の暮しの中で、三貨がどのように使われたかを、相互に比較対照できることを目的としたものである。

一、物価・経費等は質量によって異なる。この点、作品には明確に記されていない例が少なくないが、一応の目安と考えられる類は、これを掲げた。また、金額が、譬えや隠語に使われている例も挙げてある。

一、金一両は金四歩、金一歩は金四朱、南鐐二朱銀は金二朱にあたる。三貨は、それぞれの相場に応じて両替されたが、文化末の銭相場は一両に付き、銭六千二百〜七千文である（三井高維編『両替年代記』）。

金額	本文用例	内容（使途）	頁数
（銭）			
一文	一文半銭	最小額の譬。	二一六
	文字半銭	〃	二五五
	一文	寒行への喜捨。	二八九
	一チ文	御用聞の空徳利の集め賃。	三〇二
二文	二文も承知	「百も承知」に同じ。	二七
三文	お花三文	仏花一束の価。	三
	三文花	〃	四
	三文	たどんの価。	三四一
四文	四文花	仏花一束の価。	四四
	四文	椎実一袋の価。	四五
	何でも四文と	安価な、転じて何事でも、の譬。	四八
	四銭〜三十二銭	菓子類（紅毛ようかん他）の価。	五七
	四文ばかりも	僅少の譬。程度をいう。	六二
	四文壱合	最下等の酒一合の価。	九六
	四文一合	〃	一七七
	四文二合半	一合四文の最下等の酒を二合半。	一九七
	四文	汁の実の代。	二〇一
	四文	切売りの西瓜の価。	二五八
	四文	一日の白粉（おしろい）代。	二九一
	四文	湯豆腐の価。	三三九
	四文と出る	軽々しく差出ることの譬。	三六八
五文	五文	安物の干物十枚の価。	二五八
八文	八銭	流行歌の摺本一冊の価。	一七四
	八文	居酒屋の湯豆腐の価。	三二一
十文	十文	湯銭。	三三九

十二文	十二銅	口寄せのおひねり。	一二三
	十二文	口寄せ供養の賽銭。	一三〇
十三文	撰取つて十三文	呼び売りのせりふ。	二六
十六文	十六文（そくもん）	琉球芋一本の価。	二六
	十六文	夜鷹そばの価。	一四五
	十六銭	流行歌の摺本上下二冊の価。	一七四
	十六文	団扇一本の価。	二五七
	十六文	花売婆の花代二回分。	三〇七
二十四文	二十四文	夜鷹の価。	一三〇
	廿四文	〃	一四五
	二十四銅	大道売りの伝授書の価。	二四〇
二十八文	廿八文	文化期以前の髪結賃。	四五
	二十八文	〃	七六
	二十八文五の字	一合二十八文の酒を五合。	三一三
三十二文	三十二孔	髪結賃。	一四
	三十二文	〃	四五
	三十二文か五十	単衣の洗い張り代。	三二六
	三十二文	髪結賃。	三六四
三十六文	三十六文	大坂、砂場の蕎麦代（量不明）。	七一
三十八文	三十八文	安売り均一の小間物類の価。	四六
	三十八文	西瓜一個の価。	二五八
四十文	四十	七色蕃椒十袋の価。	二六八
	四十や八十	大道売りの口上。	二六八
五十文	五十	深川の「船饅頭」の女の価。	一三〇
五十六文	五十六文	紙屑を売った代。	三〇六

六十四文	六十四文か百	料理茶屋の鯉の吸物の価。	四一
百文	百	犬の葬儀料。	一二五
	百	深川の「船饅頭」の女の価。	一三〇
	百	長屋住い、急場しのぎの米代。	二〇一
	百文	新内門付けへの謝金。	三三九
百五十文	百五十	まぐろの刺身の価。	三二四
二百文	二百下がる	焦げた着物の入質料の下がり分。	八五
	二三百	伯母へ渡す小遣い銭。	一〇〇
	二百	間歯の櫛の価。	一七九
	二百	ふぐのすっぽん煮の価。	三二四
四百文	四百	岡場所の揚げ代。	四九
	四百	居候の寸借金の額。	九三
	四百	岡場所の揚げ代。	一二九
	四百や五百	遊興費の譬。	一六九
	四百	長屋住い、数日分の米代。	二〇〇
	四百	長屋住いの女房のへそくり。	三三〇
	四百六十四文	大俵の炭の価。	二七〇
五百文	五百	長屋の引越しの挨拶の蕎麦代。	三七〇
六百文	六百	青首一羽の元値。	一七〇
七百文	七八百	年間の紅（べに）粉代。	二九三
八百文	八百	青首一羽の価。	一六九
一貫	壱貫五百六十四文	長屋住いの男の親の遺産。	二二六
（金）			
二朱	二朱	吉原の小店の揚げ代。	一二九

二朱	二朱や一分	遊興費の譬。	一六九
	弐朱	伊勢海老七ツの価。	二六六
三朱	三四朱	古市、芸者手踊りの団体鑑賞料。	三七七
一歩	壱歩	鯉一尾の価。	三九
	壱分	上方者の女郎買いの予算。	六九
	素一歩	勘当息子の遊興代。	一四六
	一方金	芸者への祝儀代。	二〇九
	壱分	滝水五升、山葵一本、赤味噌の価。	二六九
	壱分	上白米の価。	二六九
	壱歩	月極めの傭婆の給金。	二九七
	壱分二百	自慢の聞かされ賃（里扶持）。	二五三
	壱分弐百	諸芸の稽古料か（里扶持）。	三〇六
	壱分か一分弐朱	紺ちりめんの褌の価。	四八
	壱分弐朱	鯛一尾、水貝、たいらぎの価。	二六六
	一歩か二歩	小売りの元手の例。	三四一
百疋	百疋	吉原への駕籠代。	七九
	百疋	勘当息子の遊興代。	一四六
	百匹	遊興の席での祝儀代。	三五七
	百疋	料理番への心づけ。	三六九
二百疋	二百疋、三百疋	折詰桶詰の鮓の価。	三七九
二歩	二分	「昼三」につぐ女郎の揚げ代。	一二九
	二分	伊勢海老他の肴屋への支払い。	二六六
	弐分	大型の曲突(へっつい)の誂の価。	三五六
	弐分四百	博多帯の入質料。	二八
	二歩四百(にぶいっぽん)	男性器の陰語。	三四五

	弐分弐朱	入質した博多帯の請け賃。	二八
	弐分弐朱	けちな上方者の江戸大坂間の往復の旅費。	一七六
	二分や三歩	料理茶屋の一人分の費用。	二六七
	弐分か三分	古市の芸者素踊りの鑑賞料。	三七七
三歩	三歩	「昼三」女郎の揚げ代。	一一四
	三歩	〃	一二九
	三分	新品の簞笥の価。	二八七
	三分九百	家賃三月分。	二二三
一両	小判	芸者付料理茶屋の代金。	二六七
	一両	頼母子講の礼金。	二九七
	壱両弐朱六百	骨董価値のある簞笥の価。	二八七
	壱両二分	男物羽織一枚を新調する費用。	二六五
	一両弐分と弐両	古市での本格的な遊興代。	三七七
二両	弐両	簪三本の入質料。	二二三
	二両か三両	老人を傍近く使う給金。	三五六
三両	舌三枚	博多帯、晴着二枚の入質料。	二八
	三両	妾宅を構える費用。	一三五
	三両	簪三本（元金二両）の請け賃。	二二三
五両	こがねいつひら	女郎の無心。	六〇
	堪忍五両負けて 三両	「堪忍」を表す諺。	一七三
	五両と十両	江の島への遊山代。	一七六
	五両や十両	長屋住いの男への持参金。	二二五
七両	七両二分	寺への寄進（間男の謝罪金）。	四四

十両	十両	入質した衣装の請け賃。	二六一
三十両	卅両	櫛、簪など髪飾り一式の価。	六六
	三十両	骨董品の価。	二四六
	三十両壱分の足	金三十両につき金一歩の利息。	二五六
百両	百両	屋形船遊山にかかる費用の譬。	二五七
千両	千両だの八百両	かたみ分けの土地の沽券。	一〇〇
	だの		
	千両	絶妙を表す称。	二一一
	千両	〃	三〇五
	千両々々	すばらしいことを表す称。	二五五
千五百両	千五百両	裕福な伯母の死金。	一〇〇

(銀)			
五匁	月に五匁や拾匁	お菜代の不足分。	三一〇
二朱(銀)	南鐐	吉原への駕籠賃。	七八
	南鐐壱片	〃	二一四
	南鐐一片	勘当息子の遊興代。	一四六
	龍蔵	婚礼の進物の代金。	一六三
	南鐐一片	太々講の昼食こみの会費。	二一三
十八匁	十八匁	真岡木綿のさらさ染一反の価。	二三四
二十五匁	弐拾五匁	歌舞伎の土間の上席の代金。	一四一
三十五匁	三拾五匁	歌舞伎の上席の桟敷代。	一四一

新潮日本古典集成〈新装版〉

浮世床（うきよどこ） 四十八癖（しじゅうはちくせ）

令和二年七月三十日発行

校注者　本田康雄（ほんだやすお）

発行者　佐藤隆信

発行所　株式会社新潮社

〒一六二-八七一一　東京都新宿区矢来町七一
電話　〇三-三二六六-五四一一（編集部）
　　　〇三-三二六六-五一一一（読者係）
https://www.shinchosha.co.jp

印刷所　大日本印刷株式会社

製本所　加藤製本株式会社

装画　佐多芳郎／装幀　新潮社装幀室

組版　株式会社DNPメディア・アート

乱丁・落丁本は、ご面倒ですが小社読者係宛お送り下さい。
送料小社負担にてお取替えいたします。
価格はカバーに表示してあります。

ISBN978-4-10-620880-5　C0393

好色一代女 村田穆 校注

天成の美貌と才覚をもちながら、生来の多情さゆえに流転の生涯を送った女の来し方を、嵯峨の奥深く侘び住む老女が告白。愛欲に耽溺する人間の哀歓を描く。

世間胸算用 金井寅之助 松原秀江 校注

大晦日に繰り広げられる奇想天外な借金取りの攻防。一銭を求めて必死にやりくりする元禄庶民の泣き笑いの姿を軽妙に描き、鋭い人間洞察を展開する西鶴晩年の傑作。

芭蕉文集 富山奏 校注

松尾芭蕉が描いた、ひたぶるな、凜冽な生の軌跡。全紀行文をはじめ、日記、書簡などを年代順に配列し、精緻明快な注釈を付して、孤絶の大詩人の肉声を聞く！

近松門左衛門集 信多純一 校注

義理人情の柵を、美しい詞章と巧妙な作劇で織り上げ、人間の愛憎をより深い処で捉えて感動を呼ぶ「曾根崎心中」「国性爺合戦」「心中天の網島」等、代表作五編を収録。

浄瑠璃集 土田衞 校注

義理を重んじ、情に絆され、恋に溺れる人間の、哀れにいとしい心情を、美しい詞章にうたいあげて、庶民の涙を絞った浄瑠璃。『仮名手本忠臣蔵』等四編を収録。

雨月物語　癇癖談（くせものがたり） 浅野三平 校注

帝の亡霊、愛欲の蛇……四次元小説の先駆『雨月物語』。当るをさいわい世相人情に癇癪をたたきつけた風俗時評『癇癖談』は初の詳細注釈。孤高の人上田秋成の二大傑作！

春雨物語 書初機嫌海 美山 靖 校注

薬子の血ぬれぬれと几帳を染める「血かたびら」大盗悪行のはてに悟りを開く「樊噲」——。死を目前に秋成が執念を結晶させた短編集。初校注『書初機嫌海』を併録。

與謝蕪村集 清水孝之 校注

美酒に宝玉をひたしたような、蕪村の詩の世界を味わい楽しむ——『蕪村句集』の全評釈、『春風馬堤ノ曲』『新花つみ』・洒脱な俳文等の、個性あふれる清新な解釈。

本居宣長集 日野龍夫 校注

源氏物語の正しい読み方を、初めて説いた「紫文要領」。和歌の豊かな味わい方を、懇切に手引きした「石上私淑言」。宣長の神髄が凝縮された二大評論を収録。

誹風柳多留 宮田正信 校注

柳の枝に江戸の風、誹風狂句の校注は、酸いも甘いもかみわけた碩学ならではの斬新無類・機智縦横。全句に句移りを実証してみせた読書界への衝撃。

東海道四谷怪談 郡司正勝 校注

江戸は四谷を舞台に起った、愛と憎しみの怨霊劇。人の心の怪をのぞく傑作戯曲に、正統迫真の演出注を加えて刊行、哀しいお岩が、夜ごと軒先に立ちつくす。

三人吉三廓初買 今尾哲也 校注

封建社会の間隙をぬって、颯爽と立ち廻る三人の盗賊。詩情あふれる名せりふ、緊密に絡み合う人と人の絆。江戸の世紀末を彩る河竹黙阿弥の代表作。

■新潮日本古典集成

- 古事記　西宮一民
- 萬葉集　一～五　青木生子　井手至　伊藤博　清水克彦　橋本四郎
- 日本霊異記　小泉道
- 竹取物語　野口元大
- 伊勢物語　渡辺実
- 古今和歌集　奥村恆哉
- 土佐日記　貫之集　木村正中
- 蜻蛉日記　犬養廉
- 落窪物語　稲賀敬二
- 枕草子　上・下　萩谷朴
- 和泉式部日記　和泉式部集　野村精一
- 紫式部日記　紫式部集　山本利達
- 源氏物語　一～八　石田穣二　清水好子
- 和漢朗詠集　大曽根章介　堀内秀晃
- 更級日記　秋山虔
- 狭衣物語　上・下　鈴木一雄
- 堤中納言物語　塚原鉄雄
- 大鏡　石川徹
- 今昔物語集　本朝世俗部　一～四　阪倉篤義　本田義憲　川端善明
- 梁塵秘抄　榎克朗
- 山家集　後藤重郎
- 無名草子　桑原博史
- 宇治拾遺物語　大島建彦
- 新古今和歌集　上・下　久保田淳
- 方丈記　発心集　三木紀人
- 平家物語　上・中・下　水原一
- 金槐和歌集　樋口芳麻呂
- 建礼門院右京大夫集　糸賀きみ江
- 古今著聞集　上・下　西尾光一　小林保治
- 歎異抄　三帖和讃　伊藤博之
- とはずがたり　福田秀一
- 徒然草　木藤才蔵
- 太平記　一～五　山下宏明
- 謡曲集　上・中・下　伊藤正義
- 世阿弥芸術論集　田中裕
- 連歌集　島津忠夫
- 竹馬狂吟集　新撰犬筑波集　木村三四吾　井口壽
- 閑吟集　宗安小歌集　北川忠彦
- 御伽草子集　松本隆信
- 説経集　室木弥太郎
- 好色一代男　松田修
- 好色一代女　村田穆
- 日本永代蔵　村田穆
- 世間胸算用　金井寅之助　松原秀江
- 芭蕉句集　今栄蔵
- 芭蕉文集　富山奏
- 近松門左衛門集　信多純一
- 浄瑠璃集　土田衞
- 雨月物語　癇癖談　浅野三平
- 春雨物語　書初機嫌海　美山靖
- 與謝蕪村集　清水孝之
- 本居宣長集　日野龍夫
- 誹風柳多留　宮田正信
- 浮世床　四十八癖　本田康雄
- 東海道四谷怪談　郡司正勝
- 三人吉三廓初買　今尾哲也